Knaur.

Ihr persönliches Leseexemplar

Nicht zum Weiterverkauf!

Erscheinungstermin:
1. August 2005

Bitte nicht vor Erscheinen
rezensieren!

Über dieses Buch:
London im Jahre 1665. Es ist die Zeit nach dem englischen Bürgerkrieg. Jeremy Blackshaw hat seinen Beruf als Arzt zugunsten einer Berufung zum Geistlichen aufgegeben. Doch als katholischer Priester kann er aufgrund der Gesetze, mit denen die Katholiken im protestantischen England unterdrückt werden, nur unter falschem Namen und im Untergrund wirken. Er wird bei seiner Arbeit unterstützt von dem Frauenhelden Alan Ridgeway und Lady Amoret St. Clair, Mätresse des Königs und Jeremys Beschützerin. Als Jeremy den an Fleckfieber erkrankten Richter Sir Orlando Trelawney behandelt, wird er unversehens in eine Serie von Verbrechen hineingezogen, die London heimsucht, denn Sir Orlando untersucht gerade den Giftmord an einem seiner Kollegen – der nicht der einzige bleibt. Offensichtlich hat es jemand auf die Londoner Gerichtsbarkeit abgesehen. Trelawney zieht Jeremy hinzu und schickt ihn in das berüchtigte Gefängnis von Newgate, wo er auf den jungen und hitzköpfigen Iren Breandán trifft.
Ist aber Breandán der unheimliche Mörder, der Richter und andere Vertreter der Justiz auf dem Gewissen hat? Alle Spuren scheinen zu ihm zu führen. Oder legt hier jemand bewusst eine falsche Fährte?

Über die Autorin:
Sandra Lessmann wurde 1969 geboren. Nach der Schule lebte sie fünf Jahre lang in London, wo ihre Liebe zu England erwachte. Zurück in Deutschland, studierte sie Geschichte, Anglistik, Kunstgeschichte und Erziehungswissenschaften in Düsseldorf. Ihr besonderes Interesse galt englischer Geschichte. Nach dem Studium arbeitete sie am Institut für Geschichte der Medizin der Heinrich-Heine-Universität Düsseldorf, doch ihre wahre Leidenschaft gilt seit der Kindheit dem Schreiben. DIE RICHTER DES KÖNIGS ist ihr erster Roman.

Sandra Lessmann

Die Richter des Königs

Roman

Knaur Taschenbuch Verlag

Besuchen Sie uns im Internet:
www.knaur.de

Originalausgabe August 2005
Copyright © 2005 by Knaur Taschenbuch.
Ein Unternehmen der Droemerschen Verlagsanstalt
Th. Knaur Nachf. GmbH & Co. KG, München
Alle Rechte vorbehalten. Das Werk darf – auch teilweise –
nur mit Genehmigung des Verlags wiedergegeben werden.
Redaktion: Ilse Wagner
Umschlaggestaltung: ZERO Werbeagentur, München
Umschlagabbildung: FinePic, München
Satz: Ventura Publisher im Verlag
Druck und Bindung: Ebner & Spiegel, Ulm
Printed in Germany
ISBN 3-426-62960-7

2 4 5 3 1

Erstes Kapitel

1664

Der alternde Taschendieb Jack Einauge erreichte den verabredeten Treffpunkt in Whitefriars beim zehnten Glockenschlag. Der aufgehende Mond tauchte die Ruinen des ehemaligen Karmeliterklosters in ein silbernes Licht, das hell genug war, so dass man sich auch ohne Laterne zwischen dem herumliegenden Bauschutt und zerbröckelnden Gestein zurechtfinden konnte. Hier war man vor neugierigen Augen so gut wie sicher. Nur ein paar Bettler, die keine andere Unterkunft fanden, hausten in dem zugigen Gemäuer. Irgendwo in einer Ecke des Chors hustete sich einer dieser armen Schlucker die Seele aus dem Leib. Einauge achtete nicht darauf. Ungeduldig rieb er sich die knotigen Hände. Die Zeiten, als seine flinken Finger die Beutel wohlhabender Bürger unbemerkt von deren Gürteln schneiden konnten, waren seit langem vorüber. Das Werkzeug seiner Zunft war nutzlos geworden, und an manchen Tagen gelang es ihm nicht einmal mehr, einen Humpen Ale zu heben. Die Erkenntnis, dass er langsam, aber sicher zum Krüppel wurde, hatte seinen Gaunerstolz gebrochen. Um nicht zu verhungern, übernahm er mittlerweile jede Arbeit, die er kriegen konnte.

»Hast du die Liste?«, fragte unvermittelt eine Stimme aus dem Halbdunkel einer Mauernische.

Einauge fuhr erschrocken herum und musterte die Gestalt,

die in einen langen Kapuzenmantel gehüllt war. »Bei Christi Blut! Ihr schleicht wie eine Katze. Hätte mir fast die Hosen nass gemacht!«

»Hasenfuß! Heb dir das für den Tag auf, an dem man dich hängt. Hast du die Namen besorgt?«

»Ja.«

»Dann gib sie mir!«

»Erst das Geld.«

Aus der Nische wurden ihm einige Münzen entgegengeworfen. Er versuchte, sie zu fangen, doch es misslang ihm kläglich. Fluchend kniete er sich auf den Boden und sammelte sie eine nach der anderen ein. Nachdem er sie begutachtet hatte, nickte er zufrieden. »Ihr seid recht freigebig. Ich versteh Euch nicht. Wozu braucht Ihr mich, um die Namen rauszufinden? Es gibt doch Protokolle, wo man so was nachlesen kann.« Der Taschendieb grinste breit. »Aber vielleicht wollt Ihr nicht beim Rumschnüffeln erwischt werden. Habt irgendeine Gaunerei vor, was?«

»Das geht dich nichts an, mein Lieber.«

»Offen gesagt will ich's auch gar nicht wissen. Hier habt Ihr die Liste.«

Einauge griff in seine zerschlissene Kniehose, holte ein schmutziges Stück Papier hervor und legte es in die Hand, die sich ihm entgegenstreckte. Das Mondlicht reichte gerade aus, um das Geschriebene zu entziffern.

»Das sind nicht alle, Einauge. Was ist mit dem Wundarzt?«

»Nichts zu machen. Der Bursche, der mir die Namen aufschrieb, konnte sich nicht erinnern, wie er hieß. Es ist zu lange her. Und ich glaube, einer der Richter ist vor ein paar Monaten gestorben.«

Ohne es zu sehen, ahnte Einauge, dass sich die Lippen, die im Schatten der Kapuze lagen, zu einem kalten Lächeln verzogen.

»Das scheint Euch nicht besonders zu betrüben«, bemerkte er sarkastisch.

»Warum sollte es?«, war die ungerührte Antwort. »Jeder bekommt nur, was er verdient.«

Auch ein abgefeimter Spitzbube wie Jack Einauge konnte sich beim Klang dieser eisigen Stimme eines Schauderns nicht erwehren. Es lag eine unerschütterliche Entschlossenheit darin, die selbst ihm unheimlich war.

Der sommerliche Regenschauer hatte nachgelassen. Ein schmaler Riss in der grauen Wolkendecke gab den Blick auf den blauen Himmel frei. Doch die Sonnenstrahlen erreichten nur vereinzelt die Gassen des Londoner Stadtkerns, die von den weit vorspringenden Giebeln der Häuser beschattet wurden.

Der Wundarzt Alan Ridgeway gab seinem Gesellen noch einige Anweisungen, bevor er seine Chirurgenstube verließ und auf die Paternoster Row hinaustrat. Dabei stolperte er über einen Haufen Unrat, den sein Nachbar auf dem Kopfsteinpflaster zusammengefegt hatte, und stieß einen Fluch aus. Es erforderte schon eine gewisse Behändigkeit, sich in den vom Kehricht und Dung der frei laufenden Schweine verschmutzten Straßen fortzubewegen, ohne sich die Kleider zu ruinieren, besonders wenn der Regen den Dreck in Morast verwandelt hatte.

Da kein Fuhrwerk kam, balancierte Alan vorsichtig über die offene Abflussrinne in der Mitte der Straße und bog in die schmale Ave Maria Lane ein. An der Ecke präsentierte sich ihm ein Schauspiel, das ihn lächelnd im Schritt verhalten ließ. Eine dralle Milchmagd beugte sich gerade vor, um das Joch, an dem sie die Eimer trug, wieder auf ihre Schultern zu heben. Dabei hüpften ihr die runden Brüste regelrecht aus dem Mieder, und Alan konnte nicht widerstehen, sie mit den Händen aufzufangen. Die Milchmagd zuckte nicht zurück, sondern kicherte vergnügt, denn sie war seine forsche Art gewöhnt.

»Aber, aber, Meister Ridgeway«, gluckste sie, während er ihr einen flüchtigen Kuss auf die Wange gab.

Obwohl schon sechsunddreißig Jahre alt und in der Chirurgengilde fest etabliert, war Alan noch immer Junggeselle. Trotzdem dachte er nicht daran, ein keusches Leben zu führen. Die junge Milchmagd war eine von mehreren willigen Frauen in der Nachbarschaft, mit denen er hin und wieder ein Schäferstündchen verbrachte. Dafür behandelte er sie kostenlos, wenn sie Beschwerden hatten.

Alan wollte eben seinen Weg fortsetzen, als eine vertraute Stimme in seinem Rücken erklang: »Ihr seid wirklich unverbesserlich. Noch immer derselbe Schürzenjäger!«

Überrascht fuhr Alan herum und betrachtete mit gerunzelter Stirn den ganz in Schwarz gekleideten Mann, der hinter ihm stand. Auf den ersten Blick wirkte er wie ein Prediger oder ein Kaufmann mit puritanischen Prinzipien, denn seine strenge dunkle Aufmachung wurde nur von einem schlichten weißen Leinenkragen aufgehellt. Doch der Schein trog. Alan wusste, dass der Mann, wie er selbst auch, dem römisch-katholischen Glauben angehörte, denn er erkannte in ihm einen alten Kameraden aus dem Bürgerkrieg.

»Jeremy! Jeremy Blackshaw! Aber wie ist das möglich? Ich glaubte Euch seit langem tot! Seit der Schlacht von Worcester vor dreizehn Jahren, um genau zu sein.«

»Wie Ihr seht, bin ich am Leben«, erwiderte der andere lächelnd. »Aber ich war lange auf Reisen und bin erst vor zwei Jahren nach England zurückgekehrt.«

Alan strahlte vor Freude über das ganze Gesicht und umarmte seinen lang vermissten Freund. Sie hatten beide in der royalistischen Armee als Feldscher gedient. Nach der Schlacht von Worcester im Jahre 1651, bei der Alan von den Anhängern des Parlaments gefangen genommen worden war, hatten sie sich aus den Augen verloren. Es erschien ihm wie ein Wunder, den Kameraden von damals lebendig wiederzusehen.

»Wo wohnt Ihr?«, fragte Alan wissbegierig.

»Im Moment in der ›Pfauenschenke‹.«

»Dann nehmt morgen früh mit mir dort den Morgentrunk ein. Ich möchte hören, wie es Euch in all der Zeit ergangen ist. Leider bin ich sehr in Eile, sonst hätte ich Euch gebeten, mit mir essen zu gehen. Aber ich muss zu einer Sektion.«

Jeremy Blackshaw zog interessiert die Augenbrauen hoch. »Eine Anatomievorlesung?«

»Nein, es geht um einen mysteriösen Todesfall. Der Leichenbeschauer hat eine Untersuchung angeordnet.«

»Ich verstehe. Treffen wir uns also morgen in der ›Pfauenschenke‹. Sicher werdet Ihr mir ebenso viel zu erzählen haben wie ich Euch.«

Alan eilte mit einem Lächeln auf den Lippen davon. Er hatte die Neugierde in Jeremys Augen aufblitzen sehen, ein Ausdruck, der ihm vertraut war, denn sein alter Freund hatte schon damals nichts so sehr geliebt wie ein kniffliges Rätsel. Und er hatte auch von jeher eine besondere Begabung gehabt, Probleme allein durch logische Schlussfolgerungen zu lösen.

Die Leichenschau wurde im Hinterzimmer einer Schenke durchgeführt. Hier würde später auch die Anhörung stattfinden, bei der eine Jury nach Betrachtung der Tatbestände über die Todesursache entschied. So war es in England Brauch. Bei Alans Eintreffen waren bereits drei Männer anwesend: ein Chirurg, der ihm zur Hand gehen sollte, ein akademisch ausgebildeter Arzt und der Leichenbeschauer John Turner. Die Medizin teilte sich schon seit mehreren hundert Jahren in zwei Aufgabenbereiche:

Während die handwerklich ausgebildeten und in Zünften organisierten Wundärzte nur äußerliche Behandlungen durchführten, widmeten sich die Doctores, die an der Universität studiert hatten, den inneren Krankheiten. So würde auch bei der Untersuchung des Leichnams Dr. Wilson die Chirurgen nur aus dem Hintergrund beaufsichtigen, ohne sich selbst die Hände schmutzig zu machen. Doch Alan war die Hochnäsigkeit der studierten Ärzte gewöhnt und bemühte sich, sie zu ignorieren. Man wartete nur noch auf den Richter Sir Orlando Trelawney, der darauf bestanden hatte, der Sektion beizuwohnen.

Der Tote lag aufgebahrt auf einem groben Holztisch nahe der Fenster. Alan und der andere Chirurg machten sich daran, ihn zu entkleiden und zu waschen, als der Richter in der Tür erschien. Trelawney war ein ungewöhnlich hoch gewachsener Mann mit kräftigem Knochenbau, dazu war er sehr schlank, was ihn noch größer wirken ließ. Das Gesicht mit den ausgeprägten Zügen, den kühlen blauen Augen und den fleischigen Lippen strahlte Willensstärke und Intelligenz aus. Eine blonde gelockte Perücke umrahmte es wie eine Löwenmähne.

Sir Orlando Trelawney vermied es, den Toten anzusehen, und heftete den Blick stattdessen auf die vier Männer, die ihn erwarteten.

»Seid Ihr sicher, dass Ihr zusehen wollt, Mylord?«, fragte Turner.

Trelawney nickte. Er hatte noch nie einer Leichenöffnung beigewohnt und verspürte bei dem Gedanken daran ein leichtes Grausen. Im Gegensatz zum Kontinent, wo die Peinliche Gerichtsordnung Kaiser Karls V., die *Carolina*, gerichtsmedizinische Untersuchungen vorschrieb, waren in England Sektionen zur Feststellung der Todesursache nicht üblich. Es war Aufgabe des Leichenbeschauers, der gewöhnlich weder über medizinische noch juristische Kenntnisse verfügte, zu entscheiden, ob ein Verbrechen vorlag oder nicht. Und da dieser schlecht bezahlte Beamte keine zusätzliche Vergütung für eine Untersuchung erhielt, nahm er diese nur vor, wenn es bereits einen Mordverdächtigen gab, denn bei dessen Verurteilung fiel dem Leichenbeschauer ein Teil seines Besitzes zu.

Als Richter des Königlichen Gerichtshofs bedauerte Sir Orlando die Rückständigkeit der englischen Verhältnisse. Allein die Zahl der Giftmorde, die aus diesem Grund unentdeckt blieben, war unmöglich abzuschätzen. Im vorliegenden Fall hatte Trelawney ein persönliches Interesse an einer genauen Untersuchung, denn der Tote auf dem Tisch war kein Unbekannter, sondern ein Freund und Kollege: Baron Thomas Peckham, Richter des Finanzgerichts.

»Ihr könnt anfangen«, verkündete Sir Orlando, während er seinen Hut und Umhang über einen Schemel warf.

Dabei schnappte er Alan Ridgeways zweifelnden Blick auf. Dieser war seit langem mit dem Richter bekannt und wusste daher, welch schwere Zeit Trelawney gerade durchmachte. Vor wenigen Wochen erst war seine Gemahlin nach einer Fehlgeburt gestorben. Sie ließ ihn kinderlos zurück. In den fünfzehn Jahren ihrer Ehe hatten sie einen schwächlichen Säugling nach dem anderen zu Grabe getragen. Nun blieb ihm nur noch seine Nichte, eine zänkische Jungfer, die er seit längerem vergeblich zu verheiraten versuchte und die ihm widerwillig den Haushalt führte.

Die Nachricht von Peckhams Tod hatte Sir Orlando in seiner Trauer umso härter getroffen. Der Baron war vor einer Woche an einer milden Kolik erkrankt und von einem Arzt behandelt worden. Obwohl es ihm kurz darauf bereits besser gegangen war, hatte er eines Morgens einen heftigen Anfall erlitten und war nach furchtbarem Leiden noch am selben Abend gestorben. Die Plötzlichkeit seines Todes erschien der Ehefrau so verdächtig, dass sie sich an Trelawney wandte und ihn um Rat fragte. Sie befürchtete, dass der Arzt ihrem Mann ein falsches Medikament verabreicht hatte, und wollte Klarheit gewinnen. Der Richter informierte daraufhin den Leichenbeschauer, der allerdings Zweifel äußerte, ob eine Sektion ein eindeutiges Ergebnis bringen würde. Doch Trelawney war entschlossen, der Sache auf den Grund zu gehen, und entschied sich, bei der Leichenöffnung anwesend zu sein, um dafür zu sorgen, dass sie sorgfältig durchgeführt wurde, auch wenn weder er noch der Leichenbeschauer oder die Chirurgen so recht wussten, wonach sie suchen sollten.

Sir Orlando zwang sich, in das Gesicht des Toten zu sehen, das wie aus Wachs geformt schien. Die Leblosigkeit der Züge machte es dem Richter schwer, in dem Leichnam seinen Amtsbruder wiederzuerkennen. Wie von selbst wanderte sein Blick zu Alan Ridgeway, der das Äußere der Leiche einer genauen Begutachtung unterzog. Trelawney kannte den jungen Mann als begabten Wundarzt, der seinem Handwerk mit Hingabe nachging, aber deutlich an der Unzulänglichkeit seines medizinischen Wissens litt. Gegen die meisten Krankheiten war er machtlos.

Wie gebannt fixierte Sir Orlando Alan Ridgeways Profil mit der geraden Nase und den schmalen Lippen, nur um nicht auf den Leichnam blicken zu müssen. Kohlschwarzes glattes Haar, das nur an den Schläfen von einigen silbernen Fäden durchsetzt war, fiel dem Chirurgen bis auf die Schultern herab, auf Kinn und Wangen lag ein dunkler Bartschatten, der sich von seiner weißen Haut abhob. Sorgfältig drehte er den Toten hin und her, damit ihm kein Hinweis entging. Das einzig Auffällige war die seltsame, nach innen gekrümmte Stellung der Finger und Zehen: Peckham war unter schmerzhaften Krämpfen gestorben.

Trelawney stieß einen tiefen Seufzer aus. Wieder traf ihn ein besorgter Blick aus Alans bleigrauen Augen. Und wieder nickte der Richter störrisch wie ein Kind, das entgegen alle Vernunft seinen Mut beweisen will.

Alan schüttelte missbilligend den Kopf und beugte sich mit einem Messer in der feingliedrigen Hand über den Toten. Zuerst machte er mit der Spitze der Klinge einen Einschnitt in das Bauchfell des Leichnams. Dann schob er zwei Finger in das so entstandene Loch und löste die Bauchdecke von den Eingeweiden, um sie beim Aufschneiden nicht zu verletzten. Als der Bauch auseinander klaffte, wurde unter der Haut die gelbe Fettschicht sichtbar. Es folgte ein zweiter horizontaler Schnitt, so dass die Form eines Kreuzes entstand.

Der Wundarzt entfernte nacheinander Milz, Nieren, Zwölffingerdarm und Magen und schnitt jedes Organ auf. Im Innern des Magens befand sich ein dunkelgrauer Rückstand, außerdem waren die Wände stark entzündet. Daraufhin öffnete Alan auch den Schlund und die Speiseröhre, die ebenfalls eine auffällige Rötung zeigten. Der Arzt und die Chirurgen kamen überein, dass der Baron unzweifelhaft an einer giftigen Substanz gestorben war, konnten jedoch nicht sagen, worum es sich dabei handelte. Alan nahm eine Probe des Mageninhalts, bevor er die Organe in den Körper zurücklegte und ihn wieder zunähte.

Trelawney hatte schweigend zugesehen und sich in die Diskussion nicht eingemischt. Unter seiner langen blonden Perücke war er so bleich geworden wie der Tote.

Alan fragte sich unwillkürlich, weshalb der Richter sich zugemutet hatte, der Zergliederung eines Freundes zuzusehen, obwohl es nicht zu seinen Pflichten gehörte. Aber Sir Orlando war für seine Gewissenhaftigkeit bekannt. Er überzeugte sich lieber mit eigenen Augen, als sich auf die Aussagen anderer zu verlassen. Trelawney gehörte zu den Menschen, die strenge Prinzipien hatten und diesen auch in schwierigen Zeiten treu blieben. Sein Vater, ein Landedelmann aus Cornwall, hatte ihn als Kind auf die St.-Paul's-Schule in London und später auf das Emanuel College in Cambridge geschickt. Darauf folgte ein Studium der Jurisprudenz am Inner Temple. Der Bürgerkrieg zwischen König und Parlament machte Trelawneys Laufbahn als Advokat jedoch ein frühzeitiges Ende. Er diente zwei Jahre als Offizier im königlichen Heer, bevor er gefangen genommen wurde und einige Zeit im Tower verbringen musste. Nach der Hinrichtung König Charles' I. übernahm Oliver Cromwell die Macht und verwandelte England in eine Republik. Als Royalist konnte Trelawney seine Regierung nicht als gesetzmäßig anerkennen und arbeitete fortan zurückgezogen als außeramtlicher Rechtsberater. Bei der Wiederherstellung der Monarchie im Jahre 1660 belohnte der neue König Charles II. diese Loyalität, indem er Trelawney und einige andere Juristen bei den Gerichtsverfahren gegen die Königsmörder zu Vertretern der Anklage berief. Danach wurde er zum Richter des Court of King's Bench, des Königlichen Gerichtshofs, ernannt und erhielt den Ritterschlag. Seitdem galt er nicht nur in London als unbestechlicher Richter, dem das Schicksal der Angeklagten, die vor ihm erschienen, nicht gleichgültig war – eine Seltenheit in dieser Zeit!

Und aus diesem Grunde schätzte auch Alan ihn sehr.

Zweites Kapitel

Es dämmerte bereits, als Sir Orlando Trelawney sich durch die unbeleuchteten Gassen von St. Clement Danes auf den Heimweg machte. Ein leichter Nieselregen hatte eingesetzt und sprühte ihm ins Gesicht, so dass er seinen Hut tiefer in die Stirn zog und sich enger in seinen Umhang schmiegte. Eine Weile stapfte er tief in Gedanken versunken dahin, bis er bemerkte, dass er in die falsche Richtung ging. Verwirrt blieb er vor einem Misthaufen stehen, auf dem eine tote Ratte lag, und versuchte, sich darüber klar zu werden, wo er sich befand. Es gelang ihm nicht. In seinem Innern herrschte eine quälende Leere, die seinen ganzen Körper lähmte und jede Bewegung zu einer Kraftanstrengung werden ließ.

Der Tod! Überall zeigte er sein höhnisches Gesicht, seine grinsende Fratze. Sicher, die Nähe des Todes war nichts Ungewöhnliches für ihn. In der Zeit, in der er lebte, begegnete man ihm ständig. Kriege, Seuchen, Hinrichtungen – er hatte alles miterlebt. Es gab keine Gewähr, ein hohes Alter zu erreichen, und unter den Schwächsten, den Kindern, hielt der Tod die reichste Ernte. Ja, eigentlich war er daran gewöhnt, Menschen sterben zu sehen, und als Richter hatte er zudem so manches Todesurteil gefällt. Und doch war jetzt alles anders als früher. Erst der Verlust seiner Frau, der leidgeprüften ergebenen Gefährtin, dann seines langjährigen Freundes Peckham, den er seit seiner Studienzeit im Temple gekannt hatte. Es schien ein so sinnloser, grausamer Tod, offenbar verursacht durch das

Versehen eines Arztes oder des Apothekers, der die Medizin hergestellt hatte. Aber das blieb noch zu überprüfen.

Er hatte alles verloren, was ihm lieb und teuer war. Nun gab es nichts mehr, was man ihm noch nehmen konnte. Hatte er denn so schwer gesündigt, dass Gott ihn auf diese Weise strafte? Sollte er die Verzweiflung der Einsamkeit kennen lernen? Manchmal beneidete er die abergläubischen Katholiken, die die ständige Gegenwart ihrer Heiligen um sich spürten und unter dem Mantel der Gottesmutter Schutz fanden. Ihm als Protestanten blieb ein solcher Trost versagt. So unvernünftig ihm der römische Glaube auch erschien, in diesem Moment verstand er, weshalb die kleine Gruppe Katholiken, die es in England noch gab, so hartnäckig daran festhielt.

Noch immer starrte Sir Orlando wie verhext auf den Rattenkadaver vor ihm, dem Sinnbild des Todes. Die Leere in seinem Inneren wandelte sich langsam zu einem tiefen dumpfen Schmerz, der ihm die Brust zusammendrückte. Der Gedanke an sein Haus in der Chancery Lane hatte nichts Verlockendes für ihn. Es erschien ihm leer und kalt, trotz seiner reichen Ausstattung. Dort erwartete ihn nur das schrille Gekeife seiner Nichte, die mit ihrem Schicksal haderte und ihn dafür verantwortlich machte, dass er sie nicht gut verheiratete.

Wie ein Schlafwandler setzte Trelawney sich wieder in Bewegung und hielt erst an, als das laute Stimmengewirr zechender Nachtschwärmer die Nähe einer Schenke verriet. Der Richter trat ohne Zögern ein und suchte sich durch die dichten Schwaden blauen Tabakrauchs einen abgelegenen Tisch, um den Schmerz in seiner Brust mit Wein zu betäuben.

Als er erwachte, wusste er nicht, wo er war. Jemand zerrte grob an seinen Kleidern. In dem Glauben, man versuche, ihn zu berauben, begann er instinktiv, sich zu wehren, und schlug orientierungslos um sich. Eine Stimme rief etwas, das er nicht verstand. Er hörte Schritte, die durch den Morast klatschten. Als seine von Trunkenheit verschleierten Augen endlich wieder klar sehen konnten, bemerkte er einen jungen Mann mit zerzausten langen Haaren, der sich über ihn beugte. Er sprach mit einem starken irischen Akzent, dessen fremdartiger Klang ein unbestimmtes Gefühl von Furcht in Trelawney weckte.

»Seid Ihr verletzt, Sir? Braucht Ihr Hilfe?«

Der junge Ire packte ihn am Arm, um ihn auf die Beine zu ziehen. In seinem hilflosen Zustand erlebte Sir Orlando die energische Berührung wie einen Angriff und erwartete jeden Moment einen Schlag mit der Faust oder einen Stich mit dem Messer. Wutentbrannt stieß er seinen Gegner zurück, raffte sich mühsam vom Boden auf und tastete unkontrolliert nach seinem Degen. Bevor er die Klinge aus der Scheide ziehen konnte, hatte sich der Ire jedoch mit einem leichtfüßigen Sprung außer Reichweite gebracht.

Die Stimme des Burschen nahm einen verbitterten, hasserfüllten Ton an, während er wütend die Faust gegen den Richter schüttelte: »Dann verreck doch im Straßenkot, verfluchter Engländer! Was kümmert's mich!« Im nächsten Moment war er lautlos in der Nacht verschwunden.

Trelawney hielt sich nur mit äußerster Anstrengung auf den Beinen. Er war kein gewohnheitsmäßiger Trinker und daher nur wenige Male in seinem Leben bis zur Besinnungslosigkeit berauscht gewesen. Es dauerte eine ganze Weile, bis er begriff, dass er in einem Hauseingang gelegen hatte. Er konnte sich nicht mehr daran erinnern, die Schenke verlassen zu haben oder auf dem Heimweg eingeschlafen zu sein. Prüfend fuhr er sich mit der Hand über die Taille und stellte zu seiner Überraschung fest, dass sein Geldbeutel noch da war. Zum

Glück war er erwacht, bevor dieser irische Spitzbube ihn ausrauben konnte.

Ein leichter Wind kam auf und ließ ihn frösteln. Trelawney rückte seinen Umhang auf seinen Schultern zurecht, der sich verschoben hatte, und zog den Wollstoff fester um sich. Nachdem er sich in der Dunkelheit orientiert hatte, stapfte er durch den Straßenschlamm in Richtung der Chancery Lane. An seinem Haus angekommen, taumelte er über die Schwelle und stieg schwankend die Stufen zu seinem Schlafgemach hinauf. Seine Nichte und die Dienerschaft schliefen friedlich. Niemanden kümmerte es, ob er da war oder nicht. Abgrundtiefe Müdigkeit überkam den Richter, als er sich auf die Kante des Baldachinbettes sinken ließ und sich umständlich die Schuhe auszog.

Da öffnete sich leise die Tür, und sein Kammerdiener Malory huschte verschlafen herein, um ihm beim Auskleiden zu helfen. Der mitleidige Blick, den Malory seinem Herrn zuwarf, führte Trelawney seine ganze Erbärmlichkeit so schmerzhaft vor Augen, dass er gereizt einen seiner schlammbeschmutzten Schuhe ergriff und nach dem Kammerdiener warf.

»Verschwinde! Lass mich allein!«, brüllte er. »Lass mich allein!«

Malory gehorchte schweigend, jedoch nicht, ohne den Richter mit einem weiteren mitfühlenden Blick zu bedenken. Trelawney barg schluchzend das Gesicht in den Händen. Dann ließ er sich, bekleidet wie er war, aufs Bett sinken und fiel in unruhigen Schlaf.

Ein unangenehmes Jucken am ganzen Körper weckte ihn. Ohne sich dessen bewusst zu sein, kratzte er sich die Haut blutig.

Es war bereits heller Tag. Als Trelawney verwirrt um sich blickte, bemerkte er, dass seine Kleider über Nacht ein Eigenleben entwickelt hatten. Etwas bewegte sich in den Falten des Stoffs, kroch unter sein Wams, dann zwischen sein Leinenhemd und seine Haut, verbiss sich in seinem Fleisch und saugte gierig sein Blut. Mit einem jähen Gefühl des Ekels sprang der Richter vom Bett, zerrte sich Perücke und Kleider vom Leib und schleuderte sie auf den Boden. Jedes einzelne Stück wimmelte vor Läusen.

Trelawney konnte einen saftigen Fluch nicht unterdrücken. Er hasste die kleinen Quälgeister und achtete stets auf Reinlichkeit, um sie sich vom Hals zu halten. Folglich konnte er sich das Ungeziefer nur bei seinem gestrigen Besuch in der Schenke geholt haben. Das war nun die Strafe für seine gottlose Trunkenheit, in der er vergeblich Vergessen gesucht hatte.

Trelawney wollte gerade nach seinem Kammerdiener rufen, als sein Blick an den übereinander geworfenen Kleidern hängen blieb. Vorsichtig zog er Hemd und Wams, die zuoberst lagen, beiseite und betrachtete verwirrt den Umhang. Erst jetzt fiel ihm auf, dass es nicht der seine war, sondern ein fremder. Und da begriff er auch, wie er sich die Läuse geholt hatte. Er musste beim Verlassen der Schenke aus Versehen den Mantel eines anderen Gastes statt seines eigenen mitgenommen haben. Die Dunkelheit und sein benebelter Geist hatten ihn daran gehindert, den Irrtum zu bemerken. Er hatte sich die Unannehmlichkeiten also selbst zuzuschreiben.

Ärgerlich rief er nach Malory und versuchte, das quälende Jucken zu ignorieren, das die Bisse der lästigen Plagegeister überall an seinem Körper auslösten. Doch es war sinnlos. Immer wieder ertappte er sich dabei, wie er sich gegen seinen Willen kratzte, bis seine Haut mit Schrammen bedeckt war.

Drittes Kapitel

Am frühen Morgen machte sich Alan zur »Pfauenschenke« auf. An der Tür blieb er stehen, um nach seinem Freund Ausschau zu halten, und entdeckte ihn schließlich an einem Tisch im hinteren Bereich des Schankraums. Zu Alans Überraschung war er nicht allein, sondern befand sich im Gespräch mit einer Frau, die einen langen Kapuzenmantel trug. Ihr Gesicht war hinter einer schwarzen Samtmaske verborgen. Schon seit längerer Zeit war es für Damen unterschiedlichen Standes Mode, maskiert auf die Straße zu gehen. Einerseits ermöglichte ihnen dies, unerkannt zu bleiben, andererseits schützten sie so ihre Haut vor der bräunenden Sonne.

Als Alan fasziniert näher trat, wandte sich die Frau gerade zum Gehen. Beim Verlassen des Schankraums streifte ihr Umhang leicht Alans Hand. Dabei nahm er den betörenden Duft eines teuren Parfüms wahr. Und da er immer nur eines im Sinn hatte, vermutete er sogleich, dass sie die Mätresse seines Freundes war, obwohl eine heimliche Liebschaft gar nicht zu Jeremy Blackshaw passte, den er früher nur als Kostverächter gekannt hatte. Außerdem verwirrte es ihn, dass die Maskierte mehr den Eindruck einer vornehmen Dame machte als einer auf Abwege geratenen Bürgersfrau. Brennend vor Neugier trat Alan an den Tisch seines Freundes und setzte sich zu ihm.

»Wie ich sehe, hattet Ihr Besuch. Wer ist die schöne Unbekannte?«

»Woher wollt Ihr wissen, dass sie schön ist?«, meinte Jeremy spöttisch. »Ihr habt ihr Gesicht doch gar nicht gesehen.«

»Dafür habe ich eine Nase«, sagte Alan und tippte sich grinsend an dieselbe. »Allein die anmutige Art, wie sie sich bewegt, und die stolze Haltung. Und ich dachte immer, Ihr seid für die Reize der Frauen nicht empfänglich.«

»Alan, Ihr beobachtet zwar sehr genau, aber leider missdeutet Ihr, was Ihr seht«, belehrte Jeremy seinen alten Kameraden.

»Und Ihr seid ein größerer Narr, als ich dachte, wenn Ihr ein so verführerisches Weib verschmäht«, gab Alan zurück.

Er blickte prüfend in das verschlossene Gesicht seines Freundes und seufzte. Er hatte es noch nie verstanden, darin zu lesen. Es war ein langes, schmales Gesicht mit einer hohen, gewölbten Stirn, tief liegenden Augen, die stets vor Lebendigkeit sprühten, und stark modellierten Wangenknochen. Die Nase erinnerte an den Schnabel eines Raubvogels. Zu beiden Seiten der Nasenflügel zog sich eine Falte bis zu den schmalen Lippen. Darunter sprang ein markantes, spitzes Kinn hervor. Jeremys Körper war ebenso hager wie sein Gesicht. Alan war überzeugt, dass er noch immer so asketisch lebte wie früher. Bis auf die Fächer kleiner Fältchen in seinen Augenwinkeln erschien er fast unverändert. Auch sein glattes, dunkelbraunes Haar, das er wie die meisten Männer lang bis auf die Schultern trug, wies kaum graue Fäden auf.

»Erinnert Ihr Euch noch an den Tag, als wir uns das letzte Mal sahen?«, fragte Alan ein wenig schwermütig, denn die Erinnerung an den Bürgerkrieg, unter dem damals ganz England gelitten hatte, weckte starke Gefühle in ihm. Die Hinrichtung König Charles' I. nach einem vom Parlament veranstalteten Schauprozess hatte ihrer aller Leben in den Grundfesten erschüttert. Der Sohn des Märtyrerkönigs, der jetzige Charles II., hatte 1651 einen letzten verzweifelten Versuch unternommen, mit Hilfe der Schotten den Thron zurückzuerobern. Vor der Stadt Worcester war sein erschöpftes Heer auf die Truppen Cromwells getroffen und vernichtend geschlagen worden.

»Ich hatte nicht zu hoffen gewagt, dass Ihr die Schlacht überlebt haben könntet«, bekannte Alan. »Als man mich gefangen nahm, fragte ich jeden meiner Leidensgenossen nach Euch, aber niemand wusste etwas. Wir wurden nach Chester gebracht und dort einige Wochen im Kerker festgehalten.

Schließlich gelang es mir, einen Geleitbrief nach London zu bekommen und hier bei Richard Wiseman zu arbeiten. Zwei Jahre später wurde ich in die Gilde der Barbiere und Wundärzte aufgenommen. Seitdem geht es mir so gut, wie ich es mir nur wünschen kann. Aber nun erzählt endlich, wie Ihr es geschafft habt, aus Worcester zu entkommen.«

Jeremy probierte einen Schluck von der heißen Schokolade, die sie als Morgentrunk zu sich nahmen.

»Ich hatte großes Glück. Ein Soldat, der gerade seine Muskete abgefeuert hatte, schlug mich mit dem Kolben nieder und ließ mich liegen. Ich erwachte mitten in der Nacht unter einem Berg von Leichen. Als ich mich davonschleichen wollte, traf ich auf einen sterbenden Offizier, der mich bat, seiner kleinen Tochter ein Medaillon zu bringen, das er bei sich trug. Ich tat ihm gerne den Gefallen, denn er war Katholik wie ich. Das Mädchen befand sich in der Obhut eines katholischen Gentleman. Zu dem Zeitpunkt, als ich in dessen Haus eintraf, hielt er dort den König versteckt, der nach der Schlacht aus Worcester geflohen war. Cromwells Soldaten suchten überall nach ihm, und man hätte Charles ebenso den Kopf abgeschlagen wie seinem Vater, wenn man ihn gefunden hätte. Es war sein Glück, dass er im Haus eines Katholiken Unterschlupf fand, das über geheime Priesterverstecke verfügte. Sie waren so geschickt angelegt, dass sie auch bei einer gründlichen Haussuchung nicht entdeckt werden konnten. So erfuhr der König am eigenen Leib, wie es unseren Geistlichen ergangen war, als man sie zur Zeit seines Großvaters James wie wilde Tiere jagte.«

»Ihr habt mit dem König gesprochen?«, fragte Alan erstaunt.

»Ja, und ich habe ihn als Mensch schätzen gelernt. Er hat während seiner Flucht Einblick in die Lebensweise der einfachen Leute erhalten. Er hat Hunger und Entbehrung erfahren und im Angesicht der Gefahr heldenhaften Mut bewiesen. Die besten Voraussetzungen, um ein guter König zu werden.«

»Wie ist es Euch gelungen, England zu verlassen? Die Armee hielt doch sicher alle Häfen besetzt.«

»Es war tatsächlich nicht einfach«, gab Jeremy zu. »Zumal ich mich bereit erklärt hatte, das Mädchen, das nach dem Tod ihres Vaters Waise geworden war, zur Familie ihrer Mutter nach Frankreich zu bringen. Ich versuchte es erst von Bristol aus, wo meine Schwester wohnte, konnte aber kein geeignetes Schiff finden. An der Südküste trafen wir durch Zufall den König wieder, der dasselbe Problem hatte. Dort hätten sie ihn um ein Haar erwischt. Aber Gott schützte ihn, und einige Zeit später gelang ihm die Flucht nach Frankreich.«

»Ihr habt mir noch immer nicht verraten, wie *Ihr* es geschafft habt«, drängte Alan ungeduldig.

Jeremy lächelte bescheiden.

»Als mir klar wurde, dass ich nicht die Mittel besaß, um einen Fischer oder den Kapitän eines Handelsschiffs zu bestechen, seinen Kopf für einen royalistischen Flüchtling zu riskieren, kam mir eine Idee, wie ich die Amtsvertreter überlisten konnte.

Im Ärmelkanal wimmelte es von holländischen Piraten, die die englische und französische Küste unsicher machten. Eines Abends entdeckten wir einen dieser Freibeuter in einer abgelegenen Bucht. Offenbar hatte ein Sturm ihn gezwungen, dort

Schutz zu suchen. Ich ging davon aus, dass die Leute der Gegend das Schiff ebenfalls bemerkt hatten, und beschloss, diesen Umstand auszunutzen. Zum Glück sprach ich damals schon fließend Französisch. Wie Ihr wisst, hatte ich eine Weile in Paris studiert. Ich schärfte dem Mädchen also ein, sie solle so tun, als sei sie Französin, und da sie sehr aufgeweckt war, spielte sie ihre Rolle, ohne sich ein einziges Mal zu versprechen.

So begab ich mich mit ihr zum nächsten Dorf, wo uns der dortige Nachtwächter, der uns für Vagabunden hielt, verhaftete und dem Friedensrichter vorführte, wie es seine Pflicht war. Dieser besorgte einen Dolmetscher, als er bemerkte, dass er Franzosen vor sich hatte, und ich erklärte ihm, dass meine kleine Base und ich während einer Bootsfahrt vor der Küste Frankreichs von Piraten aufgebracht worden seien. Das Schiff der Freibeuter sei von einem Sturm nach England abgetrieben worden und habe uns an einem verlassenen Strand abgesetzt. Da man uns alles geraubt habe, hätten wir kein Geld, um nach Frankreich zurückzureisen, und natürlich auch keine Papiere.

Als man dem Friedensrichter die Sichtung eines Holländers vor der Küste bestätigte, nahm er mir meine Geschichte ab. Eigentlich wäre es nun seine Pflicht gewesen, uns nach London bringen zu lassen, wo eine höhere Autorität über unser Schicksal entschieden hätte. Ich rechnete jedoch damit, dass seine Sorge um die Gemeindekasse größer sein würde als sein Pflichtbewusstsein gegenüber dem Gesetz. Und ich behielt Recht. Nachdem er die Kosten für unsere Eskortierung nach London im Geiste überschlagen hatte, entschied er, dass es für die Gemeinde billiger wäre, die unerwünschten Franzosen von einem Fischer der Gegend über den Kanal bringen zu lassen. Man sah dem Friedensrichter deutlich an, wie froh er war, uns los zu sein.«

Alan brach in schallendes Gelächter aus. »Cromwell hätte dem guten Mann den Kopf abgerissen. Ihr seid wahrlich ein Teufelskerl, Jeremy!«

»Es ist immer von Vorteil, die Schwächen der Menschen zu kennen.«

»Ihr seid also ins Exil gegangen?«, fragte Alan, während er sich die Lachtränen aus den Augen wischte. »Und was wurde aus dem Mädchen?«

»Ich lieferte sie bei ihrer Familie ab. Dann ging ich nach Italien, um Medizin zu studieren, denn in Frankreich herrschte damals ja auch Bürgerkrieg, und ich hatte vorerst genug von Schlachtfeldern und Gemetzeln. Später verbrachte ich einige Jahre in Indien und lernte sehr viel über die dort praktizierte Medizin, die in mancher Hinsicht der europäischen überlegen ist.«

Alan lauschte interessiert. Er hatte seinen Freund schon früher als überaus klug und wissensdurstig gekannt und sein außerordentliches Gedächtnis für Einzelheiten bewundert. Nun entdeckte er, dass Jeremy seine Talente offenbar ausgiebig genutzt hatte.

»Habt Ihr eigentlich das Mädchen je wiedergesehen?«

»Ja, durch Zufall. Als mit Cromwells Tod die Herrschaft der Puritaner endlich zu Ende gegangen war und unser König Charles wieder auf dem Thron saß, kehrte ich über Paris nach England zurück. Und in Paris begegnete ich ihr im Louvre. Ihre Familie ist zwar recht arm, aber von altem Adel, und so fiel es ihr nicht schwer, am französischen Hof Fuß zu fassen. Und als Charles seine in Frankreich lebende Mutter vor ihrem letzten Besuch bat, ihm einige hübsche Hofdamen mitzubringen, war auch Lady St. Clair darunter. Seitdem sehe ich sie regelmäßig, manchmal am Hof und manchmal hier, so wie eben.«

Alan riss entgeistert die Augen auf.

»Die Dame, mit der Ihr vorhin spracht, war Amoret St. Clair? Die Mätresse des Königs?«

»Ja, bedauerlicherweise«, bestätigte Jeremy mit einem Seufzer.

»Ah, Ihr seid eifersüchtig.«

»Nein, nur besorgt um ihr Seelenheil.«

»Ich bin sicher, ihr Beichtvater erlegt ihr eine Buße auf und erteilt ihr dann die Absolution, auch wenn er ihr Verhalten missbilligt.«

»Was bleibt mir anderes übrig!«

Alan verschluckte sich an seiner Schokolade, als er die Bedeutung der letzten Bemerkung begriff.

»Sie ist Euer Beichtkind? Ihr ... Ihr seid Priester?«, stieß er mit gesenkter Stimme hervor.

Jeremy lächelte amüsiert.

»Seid Ihr überrascht?«

»Wenn ich ernstlich darüber nachdenke ... Eigentlich nicht«, stammelte Alan, der die Enthüllung noch nicht ganz verkraftet hatte. »Ihr wart schon immer ein vergeistigter Mensch, der kein Interesse an körperlichen Genüssen hatte. Aber warum genügte Euch das Studium der Medizin nicht? Ihr hättet einen begnadeten Arzt abgegeben.«

»Der nichtsdestoweniger den meisten Krankheiten hilflos gegenübergestanden hätte. Es schien mir wichtiger, mich der Seelen der Menschen anzunehmen, damit sie für das Leben nach dem Tod vorbereitet sind. So ging ich nach Rom und trat dort der Gesellschaft Jesu bei.«

»Ihr wart also als Missionar in Indien. Was Euch nicht hinderte, die dortige Medizin zu studieren.«

»Eine meiner Schwächen, zugegeben«, erklärte Jeremy ohne die geringste Spur von Zerknirschung.

Alans Gesichtsausdruck hatte sich mehr und mehr verdüstert, während ihm die Konsequenzen von Jeremys Handeln bewusst wurden. »Weshalb seid Ihr nach England zurückgekehrt?«, fragte er missbilligend. »Warum setzt Ihr Euch solcher Gefahr aus? Die Gesetze sind offiziell immer noch in Kraft. Ihr könnt von der Straße weg verhaftet und als Hochverräter hingerichtet werden, nur weil Ihr es als katholischer Priester und obendrein als Jesuit gewagt habt, englischen Boden zu betreten!«

»Ihr wisst sehr gut, dass dieses Gesetz seit der Thronbesteigung unseres Königs nicht mehr angewendet wurde«, erinnerte Jeremy ihn gleichmütig.

»Die Zeiten können sich auch wieder ändern. Und gerade hier in London, wo der puritanische Einfluss noch immer stark ist, hat die Bevölkerung eine Heidenangst vor der römischen Kirche.«

»Ich weiß. Deshalb lebe ich hier unter dem Namen Fauconer. Außer dem Wirt dieser Schenke und den Katholiken, die ich betreue, weiß niemand, dass ich katholischer Priester bin.«

»Stört es Euch nicht, ein Leben im Verborgenen führen zu müssen?«

»Nein. Ihr wisst, ich vergrabe mich gerne in meine Studien und mache mir nicht viel aus Gesellschaft. Aber nun haben wir genug über mich gesprochen. Erzählt mir von Eurer Sektion. Habt Ihr die Todesursache festgestellt?«

Alan berichtete in allen Einzelheiten von der Leichenschau und dem Schluss, zu dem die anwesenden Ärzte gekommen waren.

»Ihr habt also eine Probe des Mageninhalts genommen? Habt Ihr etwas dagegen, sie mir zu zeigen? Vielleicht kann ich feststellen, ob sie tatsächlich Gift enthält.«

Alan willigte erfreut ein. »Machen wir uns gleich auf den Weg.«

Sie betraten den Londoner Stadtkern durch das Ludgate, eines der sieben Torhäuser der alten Festungsmauer. In der Paternoster Row versperrten die Kutschen des Adels, der bei den hier ansässigen Seiden- und Spitzenhändlern einkaufte, ständig die Straße, so dass auch für Fußgänger ein Durchkommen zuweilen mühsam wurde. Alans chirurgische Offizin befand sich im unteren Bereich eines dreistöckigen Fachwerkhauses, dessen vorkragende obere Geschosse mit prachtvollem Schnitzwerk verziert waren. Man begegnete dieser Bauweise noch überall in der Altstadt. Dabei wurde zuerst ein Gerüst aus Holz angefertigt und dann die Zwischenräume mit einem Flechtwerk aus Weidenruten ausgefüllt, das mit Lehm beworfen und verputzt wurde. Der spitze Dreiecksgiebel überragte die Straße, so dass man das rote Ziegeldach nur sehen konnte, wenn man von der Seite hinaufblickte. In den bleigefassten Glasscheiben der Erkerfenster spiegelte sich die Sonne wie in den Facetten eines geschliffenen Diamanten. Über der Eingangstür war das Zunftzeichen der Wundärzte befestigt, eine rot-weiß gestreifte Stange, an deren Ende ein Aderlassbecken hing. Vor jedem Laden fand man diese Handwerkssymbole, meist in Form von bemalten Holzschildern, die an schmiedeeisernen Trägern über die Straße ragten, damit auch der Schriftunkundige verstand, was es dort zu kaufen gab.

Jeremy Blackshaw folgte seinem Freund in die Werkstätte im Erdgeschoss, wo ein Lehrling gerade damit beschäftigt war, den Fußboden zu schrubben. Es war ein großer, getäfelter Raum mit einem breiten Holztisch für Operationen, bei denen der Patient liegen musste, sowie mehreren Stühlen mit Armlehnen, einer Fußbank und einem Schrank mit unzähligen Arzneischubladen. Die Wände waren behängt mit blank geputzten Aderlassbecken, ledernen Instrumentenfutteralen und anderen

Utensilien. Auf einem hölzernen Gestell reihten sich irdene Salbentöpfe aneinander.

Jeremy, der die einzelnen Gerätschaften mit einem Blick in die Runde in sich aufnahm, war beeindruckt. Es herrschte Ordnung und Reinlichkeit. Zudem sah er zu seiner Befriedigung, dass Alan auf die von manchen seiner Zunftgenossen aus Effekthascherei aufgestellten menschlichen Skelette oder ausgestopften Tiere verzichtete.

»Hier ist die Probe des Mageninhalts«, erklärte Alan, während er einen kleinen Behälter von einem Regal nahm. Der Inhalt war zu einem grauen Pulver eingetrocknet, das der Jesuit mit einem Holzstab vorsichtig vom Boden des Glases abkratzte. Dann bat er um eine Schale aus Zinn, legte mit einer Zange ein glühendes Stück Kohle aus dem Kamin hinein und stellte sie auf den Tisch.

»Gebt Acht, dass Ihr nicht zu nah davor steht«, warnte Jeremy, bevor er einen Teil des Pulvers auf einen Löffel schüttete und es auf die Kohlenglut rieseln ließ. Es entwickelte sich ein feiner weißer Rauch.

»Riecht Ihr das?«, fragte Jeremy.

»Ein Hauch von Knoblauch«, bestätigte Alan.

»Ihr sagtet doch, der Baron habe unter heftigen Krämpfen und Lähmungserscheinungen gelitten. Außerdem seien nach dem Tod seine Finger und Zehen eigentümlich gekrümmt gewesen. All das deutet auf eine Arsenikvergiftung hin. Die Geruchsprobe ist zwar nicht absolut narrensicher, aber ich denke doch, dass sie dem Richter einen wertvollen Hinweis bei der Untersuchung des Falles liefert.«

»Ich werde es ihm so schnell wie möglich mitteilen«, meinte Alan zustimmend.

Viertes Kapitel

Richter Trelawney verließ nachdenklich die Apotheke und blieb einen Moment unschlüssig auf der Paternoster Row stehen. Der Laufbursche sprang vom Trittbrett seiner Kutsche, um ihm den Schlag zu öffnen, doch Trelawney bedeutete ihm mit einem Wink, dass er noch nicht einsteigen wollte.

Da das Haus von Meister Ridgeway nur wenige Schritte entfernt war, hatte der Richter sich entschieden, dem Wundarzt noch einen Besuch abzustatten. Vor der Tür musste er stehen bleiben und an der Wand nach einem Halt tasten, da sich plötzlich alles um ihn zu drehen begann. Schon den ganzen Tag überkamen ihn immer wieder Anfälle von Schwindel. Dazu folterte ein hämmernder Schmerz seinen Kopf, der ihn fast blind machte. Er sehnte sich nach Ruhe, fand aber seit zwei Nächten kaum noch Schlaf und fühlte sich mittlerweile zu Tode erschöpft. Mühsam überwand er sich schließlich, die Chirurgenstube zu betreten. Alan Ridgeway begrüßte den Richter herzlich, sah ihm allerdings sofort seine Müdigkeit an und schob ihm einen Stuhl zu.

»Ich komme gerade von Meister Bloundel, dem Apotheker«, berichtete Trelawney, während er sich auf den Stuhl fallen ließ. »Er hat für Dr. Whalley die Medizin hergestellt, die dieser Baron Peckham verabreichte. Er schwört, dass sie kein Arsenik enthielt, und zeigte mir sogar das Rezept, das der Arzt ihm schickte. Wie es scheint, ist Dr. Whalley unschuldig. Ich muss Euch danken, dass Ihr mir Euren Verdacht mitteiltet, der Baron könne mit Arsenik vergiftet worden sein. Ich habe die Geruchsprobe von einem unabhängigen Apotheker vor Zeugen durchführen lassen. Arsenik entwickelt tatsächlich einen charakteristischen Knoblauchgeruch, wenn es verbrannt wird. Aber woher wusstet Ihr das?«

»Von einem Freund, einem Gelehrten, der lange Zeit auf Reisen war.«

»Ihr müsst ihn mir bei Gelegenheit vorstellen. Der Tod des Barons erscheint jetzt in einem ganz anderen Licht. Wenn es kein Versehen des Arztes war, dann war es Mord. Jemand hat Peckham absichtlich vergiftet!«

»Habt Ihr eine Ahnung, wer es gewesen sein könnte?«

»Nein«, antwortete der Richter mit einem Kopfschütteln. »Ich habe die ganze letzte Woche damit zugebracht, jedes einzelne Mitglied seines Haushalts zu verhören, die Familie ebenso wie die Dienerschaft. Es fand sich niemand, der ein Motiv hatte, Peckham umzubringen. Außer seiner Frau und seinen Kindern, die ihn natürlich beerben. Aber ich kann mir einfach nicht vorstellen, dass es einer von ihnen war.«

»Ihr solltet Euch etwas Ruhe gönnen, Mylord«, sagte Alan eindringlich. »Ihr werdet das Rätsel nicht lösen, wenn Ihr vor Müdigkeit nicht mehr klar denken könnt.«

»Ihr habt Recht. Ich fühle mich sehr matt. Aber diese quälenden Kopfschmerzen lassen mich nicht schlafen. Vielleicht wird es besser, wenn Ihr mich zur Ader lasst.«

»Wir befinden uns gerade in einem günstigen Sternzeichen für den Aderlass«, stimmte Alan zu. »Ich habe heute schon mehrere Kunden bedient. Noch letzte Woche wäre es zu gefährlich gewesen.«

Obgleich Alan der Astrologie eher skeptisch gegenüberstand, richtete er sich wie jeder Wundarzt nach den günstigen Lasszeiten, die in speziellen Kalendern aufgeführt waren.

Wurde ein Mensch in einem bösen Sternzeichen zur Ader gelassen, konnte er gesundheitliche Schäden davontragen. Dieses Risiko wollte Alan nicht eingehen.

Er half dem Richter aus Umhang und Wams und bemerkte dabei, dass Trelawneys Leinenhemd am Rücken und unter den Achseln feucht von Schweiß war, obwohl schon seit Tagen kühles Wetter herrschte. Nachdem Sir Orlando den rechten Ärmel des Hemdes bis über den Ellbogen hochgekrempelt hatte, drückte Alan ihm einen Stock in die Hand, auf den er sich stützen konnte, wenn sein Arm müde wurde. Der eifrige Lehrling war bereits mit einer polierten Messingschüssel zur Stelle.

Nach einem kurzen Blick in das Gesicht des Richters, der vor Schmerz die Augen geschlossen hielt, schnürte Alan seinen entblößten Oberarm mit einer bereitliegenden Wollbinde ab. Dann schlug er mit dem Lasseisen die hervortretende Vene, bis dunkles Blut aus der Wunde quoll und mit einem metallischen Ton auf den Boden der Messingschale tropfte.

Trelawney ließ die Prozedur schweigend über sich ergehen, seinen erschlaffenden Arm auf den Stock gestützt. Als Alan ihm etwa zwölf Unzen Blut entnommen hatte, tupfte er den Einstich mit einem Leintuch ab und verband die Wunde. Der Lehrjunge stellte die Aderlassschale auf eine Bank und beeilte sich, für den geschwächten Patienten stärkenden Wein zu holen, der stets für diesen Zweck in einem Krug bereitstand.

»Ihr braucht jetzt unbedingt Ruhe, Sir«, sagte Alan bestimmt. »Soll ich Euch eine Mietkutsche rufen?«

»Nein, danke, ich bin mit meiner eigenen Kutsche hier«, erklärte Trelawney mit erschöpfter Stimme.

Unendlich langsam erhob er sich vom Stuhl und ließ sich von Alan in sein Wams helfen. Auf seiner Stirn und an den Schläfen sammelten sich schimmernde Schweißperlen. Der Wundarzt sah ihm sorgenvoll nach, während Trelawney sich träge zur Tür hinausschleppte. Er hatte ein ungutes Gefühl.

Am nächsten Tag erschien der Kammerdiener des Richters völlig aufgelöst in Alans Offizin. »Meister Ridgeway, Ihr müsst sofort kommen! Mein Herr ist schwer erkrankt. Alle glauben, er wurde vergiftet!«

Sir Orlando Trelawney ging mit Dante durch die Hölle, entlang dampfender Seen flüssigen Feuers und durch ewiges Eis, über das ein grausamer Wind hinwegfegte. Wie tausend Nadeln bohrte sich die Kälte in seine Haut und ließ ihn frösteln, nur um im nächsten Moment der Glut einer trockenen Wüste zu weichen. Jede Faser seines Leibes brannte, die Augen, die Zunge, die Kehle, die Eingeweide ... Er sehnte sich nach Kühlung, doch um ihn war nur unerträgliche Hitze.

Der junge Ire beugte sich über ihn und lachte ihn aus. In seiner Hand schwenkte er eine rauchende Fackel, deren Flammen über Trelawneys nackten Körper leckten und sein Fleisch versengten. In wilder Panik begann er zu toben, zu schreien, um sich zu schlagen ...

Von allen Seiten griffen Hände nach ihm und drückten ihn nieder. Er kämpfte weiter gegen die Übermacht seiner Feinde an, bis einer von ihnen mit einem Messer auf ihn einstach. Mit dem austretenden Blut verließ ihn allmählich die Kraft, seine Glieder wurden schwer, zu schwer, um sie zu bewegen ...

»Er wird ruhiger«, sagte eine vertraute Stimme. Sie gehörte Alan Ridgeway.

»Ja, der Aderlass zieht das Gift aus seinem Kopf«, erklärte Dr. Hughes, der Arzt. »Sein Körper ist voll von schlechtem Blut.«

Sir Orlando hörte die Worte, die gesprochen wurden, ohne ihren Sinn zu verstehen. Eine Hand hob seinen Kopf an, der

Rand eines Gefäßes berührte seine Lippen. Willenlos schluckte er, was man ihm einflößte, obwohl ihm der Geschmack zuwider war. In seinem Innern gärte das Gift, stieg in seine Kehle und ließ ihn würgen. Im nächsten Moment erbrach er sich, doch es war nur schaumiger Gallensaft, der über seine Lippen quoll, denn er hatte längst nichts mehr in sich, was er noch von sich geben konnte.

»Er hat nicht genug von dem Antimonbrechmittel geschluckt«, sagte der Arzt. »Ich gebe ihm noch eine Dosis Zinksulfat.«

Trelawney vernahm den Protest des Wundarztes, der davor warnte, den Patienten zu sehr zu schwächen. Doch der Arzt verabreichte ungerührt das Medikament und bereitete ein neues Klistier vor.

Die Flammen in Sir Orlandos Innern loderten wieder auf. Sein Geist verwirrte sich, versuchte, sich von seinem leidenden Körper zu lösen und davonzueilen, an den Ort, an dem es keine Schmerzen gab. Dort erwartete ihn Elizabeth, seine stille, sanfte Beth ... Bald ... bald würde er wieder mit ihr vereint sein ...

Fünftes Kapitel

Alan hatte sich nur widerwillig vom Krankenlager des Richters losreißen können. Aber er sah ein, dass die Kräfte des Patienten von Stunde zu Stunde dahinschwanden und dass er keine Zeit verlieren durfte. Atemlos erreichte er die Pfauenschenke und fragte den Wirt nach Mr. Fauconer. Dieser wies ihm den Weg zu einem Zimmer im Obergeschoss, wo Jeremy beim Eintreten seines Freundes überrascht von einem Buch aufsah.

»Ich bitte Euch, kommt mit mir zu Sir Orlando Trelawney«, rief Alan ohne Begrüßung. »Er ist schwer krank. Dr. Hughes ist ratlos, er probiert jede Rosskur aus, die ihm einfällt, nur um den Anschein zu erwecken, dass er etwas tut. Aber ich bin überzeugt, er wird den Richter damit umbringen. Vielleicht könnt Ihr ihm helfen. Er ist ein gerechter, gottesfürchtiger Mann. Sein Tod wäre ein großer Verlust für die Richterbank.«

»Gut, ich komme«, erwiderte der Jesuit, während er, ohne zu zögern, einige Utensilien einpackte. »Beschreibt mir die Krankheit des Richters unterwegs.«

»Er hat schon an Sankt Laurentius über Kopfschmerzen und Mattigkeit geklagt. Dann überfiel ihn ein Schüttelfrost und starkes Fieber. Manchmal tobt er wie ein Mensch, der dem Wahnsinn verfallen ist.«

»Wie ist seine Gesichtsfarbe?«

»Hochrot! Die Augen glänzen, die Zunge ist belegt.«

»Hat er sich erbrochen?«

»Ja, ein- oder zweimal. Die Dienerschaft ist der Meinung, er wurde vergiftet, so wie Baron Peckham. Aber vor zwei Tagen trat ein seltsamer Ausschlag auf seiner Haut auf, und seitdem ist Dr. Hughes überzeugt, dass es ein ansteckendes Fieber ist.«

»Wie hat er den Kranken behandelt?«

»Zuerst ordnete er einen Aderlass an, den er am dritten Tag an der Halsvene wiederholen ließ. Dazu gab er Brech- und Abführmittel.«

»Ein sicherer Weg, um den Patienten ins Grab zu bringen«, meinte Jeremy zynisch.

Auf dem Weg zur Chancery Lane drängten sie sich rücksichtslos durch die Menge der Händler, Tagelöhner und Müllkutscher. Vor dem roten Backsteinhaus des Richters trafen sie auf Dr. Hughes, der sich gerade auf den Heimweg machte.

»Ah, Meister Ridgeway, gut, dass Ihr kommt«, sagte er, die Müdigkeit in seiner Stimme übertreibend. »Ich war jetzt eine Nacht und einen Tag auf den Beinen und brauche dringend etwas Schlaf. Eine Pflegerin ist bei Seiner Lordschaft. Ihr könnt sie ablösen. Lasst ihn noch einmal zur Ader, wenn sein Zustand sich nicht bessert. Ich komme morgen früh wieder.«

Man sah dem Arzt an, dass er es eilig hatte, wegzukommen.

»Er hat den Richter aufgegeben«, flüsterte Alan seinem Freund zu.

Ein Lakai öffnete ihnen die Haustür und ließ sie schweigend ein. Da der Wundarzt den Weg kannte, entließ er den Burschen mit einer Handbewegung und führte Jeremy eine kunstvoll geschnitzte Eichentreppe in den zweiten Stock hinauf. Beim Betreten des abgedunkelten Schlafgemachs schlug ihnen ein schwerer, über Geruch entgegen. Die Luft war zum Schneiden dick, denn die Fenster waren fest verschlossen, und im Kamin brannte ein starkes Feuer, wie Dr. Hughes es angeordnet hatte. Frische Luft galt für Kranke als schädlich. Die Hitze sollte den

Patienten zum Schwitzen bringen, damit sein Körper von den verdorbenen Säften gereinigt wurde, die die Krankheit hervorriefen.

An der Seite des Bettes, dessen Vorhänge zugezogen waren, damit auch ja kein kühles Lüftchen eindringen konnte, saßen zwei Frauen: die verschlafene Pflegerin und eine Jungfer mit einem verkniffenen Mund, die sich die Zeit ungerührt mit einer Stickarbeit vertrieb. Sie trug ein schmuckloses, graues Kleid mit einem einfachen Leinenkragen und weißen Manschetten.

»Das ist Mistress Esther Langham, die Nichte des Richters«, raunte Alan seinem Begleiter zu. »Eine seltsame Person! Es scheint sie überhaupt nicht zu kümmern, dass ihr Onkel im Sterben liegt.«

Er begrüßte die junge Frau, deren hellblaue Augen ihn ausdruckslos anblickten. »Ich möchte Euch Dr. Fauconer vorstellen. Er hat auf dem Kontinent Medizin studiert und würde sich gerne Euren Onkel ansehen.«

»Noch ein Arzt?«, bemerkte Esther Langham, deren schmales Gesicht unter der strengen Leinenhaube unbewegt blieb. »Untersucht ihn, wenn Ihr es wünscht. Ich werde Euch nicht abhalten.«

Auf Jeremys Wink hin wandte Alan sich an die Pflegerin. »Ihr könnt Euch zurückziehen. Wir werden die Nacht über bei ihm wachen.« Die alte Frau erhob sich dankbar und watschelte aus dem Raum.

Mit einer flinken Bewegung warf Jeremy seinen Umhang über den Stuhl, zog die Bettvorhänge auf und blickte auf den Kranken hinab. Alan hörte, wie er geräuschvoll den Atem durch die Nase stieß, denn trotz seiner Erfahrungen war er schockiert, wie schlimm der Mann zugerichtet worden war. Sein Kopf war kahl geschoren und mit nässenden Wunden bedeckt. Der Arzt hatte durch Auflegen einer ätzenden Substanz auf die

Haut künstlich Geschwüre hervorgerufen, die durch Fremdkörper, in diesem Fall getrocknete Erbsen, so lange offen gehalten wurden, bis sie eiterten. Diese Prozedur sollte heilende Körperkräfte wecken und so das Übel austreiben. Als der Priester die schweren Decken, unter denen der Patient fast erstickte, zur Seite schlug, wurden unter den Fußsohlen des Richters schwarze Brandwunden sichtbar, die von einem Glüheisen stammten und demselben Zweck dienten.

»Die Inquisition foltert ihre Opfer nicht grausamer als die gelehrten Herren Ärzte!«, stieß Jeremy zwischen den Zähnen hervor. Er hatte sich auf den Rand des Bettes gesetzt und begann den Kranken zu untersuchen. Trelawney lag völlig apathisch da, mit leerem Gesichtsausdruck, halb geschlossenen, starren Augen und geöffnetem Mund. Seine Haut war heiß und trocken.

Jeremy öffnete mit den Fingern vorsichtig die vom Fieber rissigen Lippen und zog die Zunge heraus, die eine braune Färbung angenommen hatte und mit einem borkigen Belag bedeckt war. Der Rachen war entzündet. Das Nachthemd, in das der Kranke gekleidet war, klebte schmutzig gelb an seinem Körper. Sicher war es in all der Zeit nicht gewechselt worden. Der Jesuit riss es kurzerhand in Stücke, um den Hautausschlag zu begutachten. Unregelmäßige, rosenrote Flecken breiteten sich über Hals, Brust, Bauch und die Arme entlang bis zu den Fingerspitzen und sogar über beide Beine bis zu den Füßen aus. Nur das Gesicht blieb verschont. Sanft ließ Jeremy seine Hand über die Milz gleiten, die deutlich vergrößert war. Trotz der leichten Berührung begann Trelawney vor Schmerz zu wimmern. Sein Puls ging sehr schnell.

»Der Arzt hat Recht, es ist ein ansteckendes Fieber«, verkündete Jeremy. »Kerkerfieber! Ich habe diese Flecken schon oft bei Gefangenen im Newgate gesehen.«

Alan sah betroffen in das verfallene stumpfe Gesicht des Richters, das merklich abgemagert war.

»Er sieht noch schlechter aus als heute Morgen. Ich glaube, er stirbt.«

»Noch ist er nicht tot, mein Freund. Aber wenn wir das Fieber nicht senken, wird er verbrennen.«

Ohne zu zögern sprang der Priester vom Bett und riss die Fenster weit auf, um die kühle Abendluft hereinzulassen. »Löscht das Feuer im Kamin, Alan.«

Die Nichte des Richters sah dem ganz in Schwarz gekleideten, hageren Mann verständnislos zu, wie er auch alle Bettvorhänge aufzog und, da sein Freund die Flammen im Kamin nicht schnell genug mit Asche bedeckte, kurzerhand eine Schüssel mit Wasser darüber ausleerte.

»Mistress Langham, ich muss während der Nacht über einen Teil Eurer Dienerschaft verfügen. Ich brauche einen Waschzuber, um Euren Onkel zu baden. Die Bettwäsche muss gewechselt, die Vorhänge entfernt und in einem geschlossenen Raum ausgeräuchert werden. Die Binsenmatten solltet Ihr verbrennen lassen, ebenso das Nachthemd und die anderen Kleider, die der Richter seit Ausbruch der Krankheit getragen hat.«

Die junge Frau starrte ihn mit gerunzelter Stirn an. »Ihr wollt ihn baden?«

Wer hatte schon jemals davon gehört, dass man einen Kranken baden sollte? Das Wasser würde durch die Haut ins Körperinnere eindringen und verdorbene Stoffe hineintragen, die die Organe schädigten.

»Madam, der Patient braucht vor allem Kühlung.«

»Dr. Hughes sagte, das Fieber beschleunige die Kochung der Säfte und habe deshalb eine heilsame Wirkung«, wandte Esther wichtigtuerisch ein.

»Unter gewissen Umständen ist das auch so, Madam, aber

wenn das Fieber zu hoch ist, kann es mehr Schaden anrichten als nutzen. Ich habe schon oft Menschen daran sterben sehen. Und mit dieser Erfahrung stehe ich keineswegs allein. Ich hörte von einem Arzt in Westminster namens Thomas Sydenham, der die ansteckenden Fieber studiert und die kühlende Therapie ebenfalls befürwortet.« Da er sah, dass sie noch immer zweifelnd die Stirn in Falten legte, fügte er hinzu: »Madam, ich sehe, Ihr habt einen wachen Verstand. Wenn Ihr die Absicht hättet, ein brennendes Haus vor der Zerstörung zu retten, würdet Ihr dann hingehen und Fackeln hineinwerfen?«

»Natürlich nicht«, antwortete die junge Frau schmunzelnd.

»Seht Ihr? Warum also sollte es sinnvoll sein, einen Kranken, der vom Fieber verzehrt wird, noch zusätzlicher Hitze auszusetzen?«

Mistress Langham betrachtete nachdenklich den Mann vor ihr, dessen graue Augen sie erwartungsvoll ansahen. Es war das erste Mal, dass ein Mann ihr als Frau Verstand zusprach. Die Bitterkeit in ihrem Herzen erschien ihr mit einem Mal erträglicher, und ihre unterdrückte Wut auf den Richter ließ ein wenig nach.

»Tut mit meinem Onkel, was Ihr für richtig haltet. Ich werde Euch bringen lassen, was immer Ihr benötigt.«

»Danke, Madam.« Jeremy kehrte an die Seite des Bettes zurück. »Wie alt ist der Richter, Alan, wisst Ihr das?«, fragte er besorgt.

»So um die zweiundvierzig, glaube ich. Weshalb fragt Ihr?«

»Dieses Fieber ist umso gefährlicher, je älter der Kranke ist.«

Jeremy legte die Hand auf Trelawneys Brust, um seinen Herzschlag zu fühlen. Dann drückte er sein Fleisch prüfend zwischen den Fingern. Es war ausgetrocknet wie Pergament. »Holt mir Wein«, bat er eindringlich.

Während sich drei Lakaien mit dem Waschzuber abschleppten, der neben dem Bett aufgestellt und mit sauberen Laken ausgelegt wurde, versuchte Jeremy, dem Kranken etwas Wein einzuflößen. Dies erwies sich als mühsam, denn er wollte nicht schlucken. Gaumen und Rachen waren durch die Entzündung schmerzempfindlich geworden. Mit unendlicher Geduld probierte es der Jesuit wieder und wieder, bis Trelawney wenigstens einen Teil des Rotweins getrunken hatte.

Die Vorbereitungen für das Bad gingen ihm dagegen zu langsam voran. Die Stirn des Richters glühte, und die Apathie war einer Phase des Fieberdeliriums gewichen, in der er albtraumhafte Ängste durchlebte, sich unruhig hin und her warf und ab und zu gequälte Schreie ausstieß. Schließlich nahm Jeremy einer mit frischer Wäsche beladenen Magd eines der Laken ab, tauchte es in den erst eine Handbreit gefüllten Waschzuber und legte das nasse Tuch mit Alans Hilfe neben dem Körper des Richters auf das Bett. Gemeinsam hoben sie den Besinnungslosen darauf und wickelten ihn rundum in das tropfende Laken ein, wobei nur das Gesicht und die Füße frei blieben. Durch das Leintuch in seiner Bewegungsfreiheit eingeschränkt, hörte Trelawney auf zu toben.

Als der Zuber gefüllt war, prüfte Jeremy mit der Hand die Temperatur des Wassers. Es durfte weder zu kühl noch zu warm sein. »Gut, legen wir ihn hinein«, sagte er dann.

Zusammen mit Alan und dem Kammerdiener Malory trug er den nackten Körper zum Bad und tauchte ihn behutsam ins Wasser. Jeremy hielt dem Richter den Kopf, während Alan ihn gründlich wusch. Zwei Dienstmädchen wechselten derweil die Bettwäsche und entfernten Kissen und Vorhänge. Die Lakaien brachten die Binsenmatten hinaus, die den Holzfußboden bedeckten.

Nach einer Weile gab der Priester seinen Helfern einen Wink. Sie hoben den Kranken aus dem Wasser, trockneten ihn mit einem sauberen Leintuch ab und legten ihn in das frisch bezogene Bett. Besorgt fühlte Jeremy Trelawneys Herzschlag und fand ihn zu seiner Beruhigung immer noch kräftig. Gleichwohl gab er ihm zur Stärkung noch etwas Wein zu trinken.

»Habt Ihr Sauermilch im Haus?«, wandte er sich kurz darauf an den Kammerdiener, der nicht mehr vom Lager seines Herrn wich.

»Ich glaube, ja. Ich werde sofort nachsehen«, antwortete Malory eifrig.

Alan beugte sich fasziniert über den Kranken, der ganz ruhig lag. Er atmete jetzt tiefer und entspannter als vorher. »Es geht ihm besser«, stieß er voller Freude hervor.

»Zügelt Euren Enthusiasmus, Alan, das war erst der Anfang. Uns steht eine anstrengende Nacht bevor«, belehrte ihn Jeremy lächelnd.

Den Lakaien, die den Zuber gefüllt hatten, gab er Anweisung, das verschmutzte Wasser auszuleeren und frisches zu holen. Mit unterdrücktem Murren gehorchten sie, was ihnen einen scharfen Tadel der Nichte einbrachte, die ein strenges Regiment in ihrem Haushalt führte.

»Dieses Mädchen ist ein rechter Giftzahn«, flüsterte Alan seinem Freund zu, als Esther das Zimmer verlassen hatte. »Kein Wunder, dass der Richter sie nicht unter die Haube bringen kann.«

Nun, da Trelawney sich beruhigt hatte, machte Jeremy sich an die Behandlung seiner Wunden. Er entfernte die Erbsen und bestrich dann die Blasen auf seiner Kopfhaut und die Verbrennungen unter den Füßen mit einer Salbe, die Kamille und Ringelblumen enthielt und die er stets in einem Salbentiegel mit sich führte. Die ganze Nacht über wachten sie bei dem Kranken. Immer wieder flößte ihm Jeremy geduldig kühle Sauermilch ein, die ihn erfrischen sollte, und wechselte regelmäßig die kalten Umschläge auf seiner Stirn und seiner Brust. Als nach einigen Stunden das Fieber wieder zu steigen begann, wurde das kühlende Bad wiederholt.

Am frühen Vormittag erschien Dr. Hughes, um nach seinem Patienten zu sehen. Als er sah, dass seine Anordnungen missachtet worden waren und der Kranke in einem kühlen Raum unter einer leichten Decke lag, protestierte er und warnte vor dem Schlimmsten. Jeremy hatte Esther überredet, den Arzt auszuzahlen. Erleichtert, sich der Verantwortung für den in seinen Augen Todgeweihten entziehen zu können, machte er sich ohne Widerrede davon. Jeremy neigte sich zu Alans Ohr und sagte leise: »Ich muss im Newgate-Gefängnis die Messe lesen. Im Moment besteht für den Richter keine Gefahr. Ihr könnt allein bei ihm wachen. Ich komme so schnell wie möglich wieder und löse Euch ab.«

Sechstes Kapitel

Bei seiner Rückkehr brachte Jeremy einige Medikamente vom Apotheker mit. »Ich habe versucht, Chinarinde aufzutreiben, konnte aber keine bekommen«, erklärte er. »Das liegt wohl am Misstrauen der Engländer gegenüber dem ›Jesuitenpulver‹, wie sie es nennen. Aber Weidenrinde erfüllt denselben Zweck.«

Alan machte sich auf den Heimweg, um in seiner Werkstatt nach dem Rechten zu sehen und ein wenig zu schlafen.

Am Nachmittag stieg das Fieber wieder gefährlich an. Jeremy verabreichte Trelawney einen aus Weidenrinde gebrauten Trank. Zusätzlich kühlte er Herz und Gehirn mit kalten Tüchern. Der Hautausschlag hatte sich mittlerweile sogar über die Handflächen und Fußsohlen ausgebreitet und nahm überall am Körper eine schmutzige dunkelrote Färbung an. Der Kranke hatte jegliche Gewalt über seine Glieder verloren und lag in völliger Erschöpfung reglos da. Sein Geist war noch immer verwirrt. Wenn man ihn ansprach, öffnete er die Augen, doch sein Blick irrte ziellos umher, ohne irgendetwas wahrzunehmen. Von Zeit zu Zeit stieß er unzusammenhängende Wörter zwischen seinen zerschundenen Lippen hervor. Manchmal jammerte er wie ein Kind, manchmal schrie er in Panik auf, als werde er von Dämonen gejagt.

Jeremy führte die kalten Einpackungen fort, um das Fieber erträglich zu halten. Doch Trelawney blieb ruhelos, sein Puls schnell und weich, und der Mangel an Schlaf zehrte an seinen

Kräften. Der Jesuit wurde nicht müde, ihn zu beruhigen, um ihm ein Gefühl der Geborgenheit zu vermitteln. Wenn er mit dem Kranken allein war, betete er leise den Rosenkranz, weil er wusste, dass das Gebet den Rhythmus des Herzschlags nachahmte und deshalb eine besänftigende Wirkung ausübte, auch auf einen Ketzer.

Alan besorgte Mohnsaft, der getrocknet und zu kleinen Kugeln geknetet worden war. Bald glitt der Richter in einen betäubungsähnlichen Schlaf, der nicht mehr ständig von Albträumen unterbrochen wurde. Tag für Tag wechselten sich Jeremy und der Wundarzt am Krankenlager ab, wickelten Trelawneys fiebernden Körper, der mehr und mehr an Substanz verlor, unermüdlich in nasse Laken, um ihn zu kühlen, flößten ihm Milch, Wein und Fleischbrühe ein, um seine Kräfte zu erhalten, und sorgten ansonsten dafür, dass seine Ruhe nicht gestört wurde, soweit dies in einer lärmenden Stadt wie London möglich war.

Eines Morgens begannen sich die Fieberschleier, die Sir Orlandos Geist verdunkelten, endlich zu lichten, und er kam allmählich wieder zur Besinnung. Sein fliehender Blick blieb an Jeremy haften, aber es dauerte eine Weile, bis er bemerkte, dass ihm dieses Gesicht unbekannt war. Seine Stimme war heiser und schwach, kaum hörbar. »Wer seid Ihr?«

Alan trat an die Seite seines Freundes. »Das ist Dr. Fauconer. Er ist Arzt.«

Sofort flackerte ein Ausdruck der Panik in den Augen des Richters auf. Er versuchte, abwehrend die Hände zu heben, was ihm aber nicht gelang. »Nein ... ich flehe Euch an, lasst mich in Frieden sterben ...«, hauchte er.

Jeremy setzte sich auf die Bettkante und lächelte ihm beruhigend zu. »Habt Ihr es so eilig mit dem Sterben? Ihr versündigt Euch gegen Gott, wenn Ihr den Tod herbeisehnt.«

»Ich weiß, dass ich sterbe ...«

»Nicht, wenn ich es verhindern kann!«, erwiderte Jeremy entschlossen. »Euer Herz ist stark. Ihr habt eine gute Chance, das Fieber zu überstehen. Aber Ihr müsst leben *wollen!*«, fügte er sanft hinzu.

Trelawney sah verwundert zu ihm auf. Woher wusste dieser Mann, dass er jegliche Hoffnung verloren hatte, vor Tagen schon, weil er das Dasein nur noch als leidvoll empfand? Der Arzt hatte Recht. Er versündigte sich gegen Gott. Die Erkenntnis, dass diesem völlig Fremden daran lag, dass er den Tod besiegte, weckte einen letzten Rest Lebenswillen in ihm.

»Ich sehe, Ihr habt es Euch anders überlegt«, bemerkte Jeremy freundlich. »Ich habe nicht vor, Euch zu quälen. Ihr braucht Ruhe und Pflege. Aber es ist unerlässlich, dass Ihr tut, was ich Euch sage.«

»Ja«, willigte Trelawney mit einem schwachen Lächeln ein.

Alan reichte Jeremy einen Becher mit Sauermilch, und dieser stützte den Kopf des Richters, damit er trinken konnte. Doch Trelawney zuckte instinktiv zurück. Der Priester erriet seine Gedanken.

»Seid unbesorgt. Es ist kein Brechmittel. Es ist nur Milch. Sie wird Euch stärken.«

Beruhigt öffnete Sir Orlando die Lippen, trank aber nur zögernd.

»Ich weiß, das Schlucken bereitet Euch Schmerzen. Aber Ihr müsst trinken!«, ermunterte Jeremy ihn. »Und nun ruht Euch aus. Ihr braucht all Eure Kräfte.«

Gegen Ende der zweiten Woche, an Sankt Bartholomäus, ließ das Fieber schließlich nach. Es sank sehr rasch ab, begleitet von starken Schweißausbrüchen. Die nervöse Unruhe des Kranken wich tiefem, entspanntem Schlaf, sein Puls verlangsamte sich, seine Haut wurde kühl und weich, und der Ausschlag verfärbte sich zu einem verwaschenen Gelb.

»Er ist über den Berg«, stellte Jeremy befriedigt fest.

Nun blieb nichts mehr zu tun, als den schweißüberströmten Körper regelmäßig zu trocknen, den Rücken und die Beine mit Essigwasser abzuwaschen und danach mit Salbe einzureiben, um ein Wundliegen zu verhindern, und ihn zum Essen und Trinken zu ermuntern. Trelawney war bis auf die Knochen abgemagert und wirkte wie ein Gespenst. Doch Jeremy prophezeite ihm, dass er rasch wieder zunehmen würde, vielleicht sogar mehr, als ihm lieb sei. Er verordnete ihm absolute Ruhe und erlaubte ihm nicht einmal, zum Wasserlassen aufzustehen, sondern wies ihn an, stattdessen Bettschüssel und Uringlas zu benutzen. Sir Orlando widersprach nicht, denn er war ohnehin zu schwach, um sich zu rühren.

Tagelang hatte er kein anderes Bedürfnis als Schlafen und Essen. Jeremy hatte seine Pflege dem Kammerdiener überlassen, besuchte den Richter aber jeden Morgen, um seine Genesung zu beobachten. Nach dem erquickenden Schlaf waren auch Trelawneys geistige Kräfte zurückgekehrt, und er betrachtete neugierig das Gesicht des Mannes, der ihm den Lebenswillen zurückgegeben hatte.

»Ich möchte Euch danken«, sagte er. »Ohne Euch wäre ich tot.«

»Dankt nicht mir«, widersprach der Jesuit ernst. »Unser Leben liegt allein in Gottes Hand.«

»Sagt mir, wie viel Euer Honorar beträgt. Ich werde dafür sorgen, dass es Euch ohne Verzögerung ausgezahlt wird.«

Jeremy schüttelte leicht den Kopf. »Das kann ich nicht annehmen, Sir. Zahlt Meister Ridgeway, was ihm zusteht, ich habe ihm nur beratend zur Seite gestanden.«

Trelawney sah sein Gegenüber verständnislos an. »Ich mag

im Delirium gewesen sein, Dr. Fauconer, aber ich weiß genau, dass Ihr es wart, der mich pflegte. Ich habe überlebt, weil ich Vertrauen zu Euch hatte.«

»Dennoch kann ich kein Geld annehmen, Mylord.«

»Aber lasst mich Euch doch wenigstens den Engel zahlen.«

Der Engel war eine Goldmünze, die von den gelehrten Ärzten als Mindesthonorar erhoben wurde.

»Eure Hartnäckigkeit, meine Mühe zu entlohnen, ehrt Euch, Sir, aber ich besitze keine Lizenz der Königlichen Ärztekammer, um in London als Arzt zu praktizieren. Meine ungewöhnliche Behandlung Eurer Krankheit hat schon genug Aufsehen erregt. Dr. Hughes hat bei der Ärztekammer Beschwerde gegen Meister Ridgeway eingereicht, mit der Begründung, er habe seine Kompetenzen als Wundarzt überschritten.«

»Macht Euch deswegen keine Sorgen«, meinte Trelawney beschwichtigend. »Ich kümmere mich darum. Meister Ridgeway wird keinen Ärger bekommen. Und was Euch betrifft, so wäre es ein Leichtes für mich, Euch eine Lizenz zu beschaffen.«

»Daran zweifle ich nicht, Mylord. Aber ich muss Euer großzügiges Angebot trotzdem ablehnen, denn eigentlich praktiziere ich nicht mehr. Ich habe Euch behandelt, weil Meister Ridgeway mich um Hilfe bat.«

Trelawney runzelte irritiert die Stirn. »Nun, wenn Ihr nicht wollt. Ich kann Euch nicht zwingen.«

Jeremy beugte sich über ihn und begutachtete die Wunden auf seiner Kopfhaut, die gut verheilten.

»Es gibt da noch etwas anderes, worüber ich mit Euch sprechen wollte, Sir. Ich frage mich nämlich schon die ganze Zeit, wie Ihr an einem Fieber erkranken konntet, das vornehmlich in Gefängnissen, auf Schiffen oder in Feldlagern auftritt.«

»Könnt Ihr das denn so genau unterscheiden?«

»Die Flecken an Eurem Körper und die zweiwöchige Dauer

des Fiebers habe ich bisher nur bei Kerkerfieber beobachtet. Man nennt es deswegen auch Fleckfieber. Wart Ihr während der letzten Wochen in einem Gefängnis, am Hafen oder in einem Hospital?«

»Nein, nicht einmal in der Nähe. Aber mir ist nicht ganz klar, worauf Ihr hinauswollt.«

»Ihr könnt Euch nur an einem Ort angesteckt haben, wo dieses Fieber vorkommt. Es wird durch widrige Umstände verursacht, die die Luft korrumpieren, sie vergiften und mit krankheitsauslösenden Miasmen schwängern. Diese dringen in den menschlichen Körper ein und lassen die Körpersäfte in Fäulnis übergehen. So erklären es zumindest die Anhänger Galens.«

»Das klingt, als hättet Ihr Zweifel an dieser Lehre.«

»Nun, ich bin nicht der Einzige. Paracelsus hat die Theorie von der verseuchten Luft schon vor langer Zeit zurückgewiesen. Ich persönlich schließe mich allerdings der Kontagienlehre von Girolamo Fracastoro an, die besagt, dass manche Krankheiten durch einen Ansteckungsstoff von einem Menschen zum anderen übertragen werden. Schon Boccaccio hat in seinem *Decamerone* die Auffassung geäußert, dass die Pest durch das Berühren von Gegenständen, die zuvor Kranke angefasst hatten, an Gesunde weitergegeben wurde, durch eine Art anklebendes Pestgift oder einen Pestfunken, den man sich als unsichtbaren Dunst vorstellt. Bestimmte Gegenstände scheinen diesen Pestfunken besonders leicht aufzunehmen – man bezeichnet sie als Zunder –, dazu gehören vor allem Felle und Kleidung aus Materialien wie Wolle, Leinen, Hanf oder Flachs. Ja, man hat sogar beobachtet, dass kleine Tierchen wie Mücken und Käfer das Gift weitergetragen haben. Beim Kerkerfieber verhält es sich wie mit der Pest. Es kann durch Zunder verbreitet werden. Vielleicht erinnert Ihr Euch an die ›Schwarzen Assisen‹ von Oxford im Jahre 1577, als Richter und Geschworene nach dem Kontakt mit den Häftlingen im Gerichtssaal am Kerkerfieber starben.«

»Ihr habt Recht. Sir Francis Bacon war damals auch der Meinung, dass die Gefangenen die Krankheit verursachten. Aber in dem Zeitraum, den Ihr erwähntet, fand keine Gerichtsverhandlung statt, wo ich mich hätte anstecken können.«

»Das ist sehr seltsam, Mylord, und es macht mir Sorgen«, sagte Jeremy betroffen. »Denkt einmal scharf nach. Ist Euch in den letzten Wochen irgendetwas passiert, was Euch merkwürdig vorkam?«

Sir Orlando grübelte angestrengt und blickte den Arzt dann unsicher an. »Das Einzige, was mir einfällt, ist diese dumme Sache mit dem Umhang.«

Jeremy horchte sofort interessiert auf. »Erzählt mir davon.«

Trelawney berichtete ihm von seiner Begegnung mit dem Iren und dem verschwundenen Mantel, der von Läusen gewimmelt hatte.

»Das ist es!«, rief Jeremy triumphierend aus. »Kerkerfieber tritt stets unter Bedingungen auf, die auch einen Läusebefall begünstigen. Der Umhang gehörte mit Sicherheit jemandem, der dieses Fieber hatte. An ihm klebte das Gift, durch das Ihr Euch angesteckt habt. Und ich glaube nicht, dass es ein Zufall war.«

»Ihr meint, jemand hat absichtlich meinen Mantel mit dem des Kranken vertauscht?«, stieß der Richter entsetzt hervor.

»Ja, Sir. Ich denke, man hat auf sehr raffinierte Weise versucht, Euch zu ermorden.«

Siebtes Kapitel

Die Residenz des Königs, der Whitehall-Palast in Westminster, lag hinter einer Biegung der Themse. Jeremy ließ sich von dem Fährmann, dessen Barke er in Blackfriars bestiegen hatte, an der Anlegestelle absetzen. Zielstrebig betrat er das Innere der im Laufe von vier Jahrhunderten gewachsenen Gebäudemasse aus rotem Backstein, die dermaßen von verwinkelten Korridoren durchzogen war, dass sie einem Kaninchenbau ähnelte. Hier hielt Charles II. Hof. Es umringte ihn eine schillernde Menge von in Seide und Spitzen gekleideten, fluchenden, hurenden und speichelleckenden Höflingen, die heimlich ihre Intrigen spannen. Daneben begegnete man aber auch einfachen Landadeligen, Amtsträgern, Kaufleuten, uniformierten Gardisten und umherhuschenden Pagen.

Unmittelbar am Themse-Ufer befanden sich die Küchen und Speisekammern, von denen köstliche Bratendüfte herüberwehten und den üblen Geruch der Kloaken überdeckten. Ein schmaler Gang führte an der Königlichen Kapelle und der Großen Halle vorbei und öffnete sich auf einen weitläufigen Hof. Durch das Holbeintor erreichte man ein unübersichtliches Labyrinth von Gängen, an denen die Gemächer der Höflinge lagen. Jeder Fremde hätte sich hier hoffnungslos verirrt. Doch Jeremy kannte den Weg zu den Räumen, die Lady St. Clair bewohnte.

Obwohl sich der in einfaches Schwarz gekleidete Mann deutlich von den aufgeputzten Damen und bebänderten Galanen abhob, nahm niemand Notiz von ihm. Man hielt ihn für einen der geschäftigen Kaufleute, die bei ihren Kunden Bestellungen aufnahmen, oder einen Amtmann, der zu Chancellor Clarendon unterwegs war. Die Tür zu Amoret St. Clairs Gemächern stand offen. Jeremy trat ungeniert über die Schwelle, mitten hinein in ein buntes Durcheinander ausgebreiteter Proben verschiedener Seidenstoffe, Damaste, Brokate und Spitzen in allen Farben. Es war ein ungünstiger Zeitpunkt für einen unerwarteten Besuch, denn offenbar hatte die Lady ihre Schneiderin kommen lassen, um neue Kleider in Auftrag zu geben, während sie sich vor einem Toilettentisch aus poliertem Ebenholz frisieren ließ.

Der Raum wurde beherrscht von einem prachtvoll verzierten Prunkbett mit vier Pfosten, die einen geschnitzten Baldachin stützten. Der goldgrüne Brokat der Draperien und Vorhänge war auf den dunkelgrünen Damast der Wandbespannung abgestimmt. Zwischen den Fenstern hing ein riesiger silberner Pfeilerspiegel, darunter stand ein passender Tisch. Auf der gegenüberliegenden Seite befand sich ein Marmorkamin, dessen Sims von zwei Karyatiden getragen wurde.

Als Jeremy sich ungezwungen näherte, bemerkte Amoret ihn aus dem Augenwinkel. Sofort breitete sich ein freudiges Lächeln über ihr Gesicht.

»Ich bin untröstlich, Madame Franchette«, sagte sie auf Französisch, »aber wir müssen ein andermal weitermachen. Ich habe jetzt keine Zeit mehr. Das Gleiche gilt für Euch, Monsieur Marvier. Ihr werdet mich später fertig frisieren müssen.«

»Aber, Madame, sagtet Ihr nicht, der König erwarte Euch in Kürze?«

»Keine Widerrede! Kommt in einer halben Stunde zurück.«

Der kleine Franzose verbeugte sich und verließ den Raum, gefolgt von den restlichen Dienstboten, die die Tür hinter sich zuzogen.

»Ich kann Euch fertig frisieren, Madame, wenn Ihr es

wünscht«, erbot sich Jeremy. »Ihr wisst, dass ich einmal Barbier-Chirurg war. Auch wenn sich die Mode seitdem um einiges geändert hat, weiß ich immer noch, wie man ein Brenneisen handhabt.«

Er hatte aus Gewohnheit Französisch mit ihr gesprochen, wie es seit der Rückkehr des Königs auch am englischen Hof nichts Ungewöhnliches war. Die Höflinge, die das Exil mit ihm geteilt hatten, waren während ihres Aufenthalts auf dem Kontinent durch die französischen Sitten geprägt worden und hatten sie mit nach England gebracht. Dieser Umstand machte sie bei den Bürgern der Stadt nicht besonders beliebt.

Ohne ihre Antwort abzuwarten, trat Jeremy an Amorets Seite und begann ihr Haar auf der linken Seite mit einem Schildpattkamm zu teilen. Es war ihm nicht peinlich, dass sie noch den Schlafrock trug, ein kleidähnlich geschnittenes Gewand mit weiten Ärmeln, das über einem mit Spitzen und Rüschen besetzten weißen Hemd getragen und vorne mit Brillantspangen zusammengehalten wurde. Es galt für eine Dame nicht als unschicklich, in diesem Kleidungsstück Besuch zu empfangen oder sich porträtieren zu lassen. Außerdem kannte er Amoret St. Clair seit ihrer Kindheit und hatte damals auf ihrer gemeinsamen Flucht aus England Tag und Nacht unter den widrigsten Umständen mit ihr verbracht. Seitdem war sie für ihn immer wie eine Tochter gewesen.

Sie war zur Hälfte Französin und hatte auch ein wenig italienisches Blut in den Adern, so dass sie vom Schönheitsideal ihrer Zeit, zu dem blondes Haar, helle Haut und blaue Augen gehörten, nicht weiter hätte entfernt sein können. Mit ihren schwarzen Haaren und Augen und einer Haut, die nach der leisesten Berührung eines Sonnenstrahls ein cremiges Goldbraun annahm, war sie dunkel wie eine Stuart. Bei ihrem ersten Zusammentreffen hatte Charles, der sich selbst aufgrund seiner südländischen Erscheinung hässlich fand, das kleine braune Mädchen bedauert, sie aber zugleich als Leidensgenossin ins Herz geschlossen.

»Es tut mir Leid, so unangemeldet in Eure Garderobe zu platzen«, entschuldigte sich Jeremy, während er eine schwarze Haarsträhne auf das Brenneisen wickelte, bis eine perfekt gedrehte Locke entstand. »Ich wollte Euch nur mitteilen, dass ich fortan nicht mehr in der Pfauenschenke zu erreichen bin, sondern bei Meister Ridgeway, einem Chirurgen in der Paternoster Row innerhalb der Stadtmauern. Wenn Ihr nicht so hartnäckig darauf bestehen würdet, mich zum Beichtvater zu haben, sondern mit einem der Kapuziner der Königin-Mutter vorlieb nähmet, könntet Ihr Euch sehr viel Mühe ersparen. Wollt Ihr es Euch nicht noch einmal überlegen, Madame?«

»Nein, mein Freund, Ihr kennt meine Antwort«, erwiderte Amoret sanft. »Ich vertraue niemandem so sehr wie Euch. Außerdem, wer sollte für Euren Lebensunterhalt aufkommen, wenn nicht ich? Als Missionar erhaltet Ihr nur wenig Unterstützung von Eurem Orden, der in diesem Land verboten ist. Auch wenn die hiesigen Jesuiten dennoch über gewisse Einkünfte verfügen, so würden diese ohne die Zuschüsse des katholischen Adels und der Gesandtschaften kaum ausreichen.«

»Ich brauche nicht viel zum Leben, Madame.«

»Oh, ich weiß, Ihr seid ein Asket. Ihr würdet über Euren Büchern verhungern, nur weil Ihr zu essen vergesst. Aber bitte bedenkt auch, dass Ihr ohne mich Euren Schutzbefohlenen nicht mehr auf dieselbe Weise helfen könntet wie bisher.« Sie wandte den Kopf zu ihm. In ihre schwarzen Augen trat ein lebhaftes Funkeln. »Der König ist großzügig. Er hat jedem, der ihm damals auf seiner Flucht geholfen hat, eine Pension zuerkannt. Jedem, nur Euch nicht, obwohl Ihr Euer Leben riskiert habt. Er kann Euch nicht belohnen, weil es einen Riesenskandal geben würde, wenn jemals ans Licht käme, dass er einen Jesuiten, einen dieser ›ruchlosen Söldner des Papstes‹, unterstützt. Aber der König weiß, dass Ihr mein Beichtvater seid und dass ich Euch Geld gebe, das ich ihm verdanke, und sein Gewissen ist beruhigt.«

»Haltet Euer kleines Köpfchen still, Törin, sonst ruiniert Ihr Euren Kopfputz«, spöttelte Jeremy, der ihre Starrsinnigkeit kannte. »Immerhin habt Ihr es von jetzt an leichter, mich unauffällig zu besuchen, wenn Ihr es wünscht. Meister Ridgeways Werkstatt ist gleich neben den Läden der Seidenwarenhändler, in denen Ihr einkaufen geht.«

»Was ist dieser Meister Ridgeway für ein Mensch?«, fragte Amoret.

»Ein arger Schürzenjäger! Ich kann beim besten Willen nicht verstehen, weshalb er sich einen Priester ins Haus holt, der ihm nur seine Schäferstündchen verleiden wird. Aber er ist sehr erpicht darauf, sich meine medizinischen Kenntnisse anzueignen.«

»Ist er vertrauenswürdig?«

»Ja, ich kenne ihn aus dem Bürgerkrieg. Er ist ein alter Freund.«

»Ihr seid zu gutgläubig!«, warnte Amoret. »Seid Ihr sicher, dass er Euch in einer Krise nicht verraten wird?«

Amoret versuchte, sich ihre Sorge nicht anmerken zu lassen, die sie nie ganz ablegen konnte. Auch wenn sich seit der Thronbesteigung des Königs vieles verbessert hatte und Charles die Lage der Katholiken seines Reiches erleichtern wollte, war es ihm bisher dennoch nicht gelungen, das Parlament zu einer Gesetzesänderung zu bewegen, die ihnen die freie Ausübung ihres Glaubens gestattete.

Jeremy, der Amorets Haar an ihrem Hinterkopf zu einem

Knoten gewunden hatte, legte beruhigend seine Hand auf ihre durch den Ausschnitt des Hemdes entblößte Schulter und sagte leise: »Ihr wisst doch, dass ich vorsichtig bin. Also sorgt Euch nicht um mich.« Er nahm die mit Perlen besetzten Haarnadeln von der Platte des Toilettentischs und befestigte damit den Knoten, der in derselben Farbe schimmerte wie das Ebenholz des kostbaren Möbels.

»Wie geht es jetzt dem Richter?«, fragte Amoret nach einer Weile.

Jeremy hatte ihr bei ihrem letzten Zusammentreffen erzählt, dass er Sir Orlando Trelawney behandelte. Jeder Höfling kannte zumindest die Namen der zwölf Richter des Königreichs, daher war ihr Interesse nicht geheuchelt.

»Er ist auf dem Weg der Besserung. Aber sein Leben ist noch nicht außer Gefahr. Ich bin sicher, dass man ihn umbringen will.«

Amoret zuckte zusammen. »Ist das Euer Ernst? Wer würde denn so etwas tun?«

»Ich weiß nicht, wer dahinter steckt. Aber ich werde es herausfinden.«

Er hatte das Bedürfnis, ihr seine Schlussfolgerungen mitzuteilen, denn er schätzte sowohl ihre Intelligenz als auch ihre weibliche Einfühlsamkeit, die ihn oft die Dinge aus einem Blickwinkel sehen ließ, auf den er allein nicht gekommen wäre. So legte er ihr dar, was der Richter ihm über den Umhang erzählt hatte, und erklärte ihr, weshalb er glaubte, dass der Umtausch mit der Absicht geschehen sei, die Krankheit auf den Ahnungslosen zu übertragen.

An dieser Stelle unterbrach Amoret ihn jäh und fragte bestürzt: »Hattet Ihr denn keine Angst, dass Ihr Euch anstecken könntet?«

»Madame, wie ich dem Richter schon sagte, unser Leben

liegt allein in Gottes Hand. Außerdem habe ich die Erfahrung gemacht, dass gründliches Waschen meistens vor Ansteckung bewahrt. Leider findet die körperliche Reinlichkeit, wie sie in verschiedenen Ländern Asiens üblich ist, in Europa nach wie vor wenig Gegenliebe.«

»Ihr wollt also versuchen, den Täter zu finden?«

»Ja. Allerdings ist der einzige Anhaltspunkt, den ich habe, ein Ire, der sich über den Richter beugte, als dieser aus seiner Bewusstlosigkeit erwachte. Seine Lordschaft erinnerte sich, dass er ihm bereits in der Schenke aufgefallen war, weil er mit einem der Stammgäste Streit hatte. Ich habe mich dort nach dem Burschen erkundigt und erfuhr, dass sein Name McMahon sei. Ein Jurastudent des Inner Temple, der mein Gespräch mit dem Schankwirt mit anhörte, erzählte mir, dass er McMahon einige Male in Whitefriars gesehen habe. Dort finden Gauner und Schuldner eine Freistatt, wo sie vor Konstablern und Büttlen sicher sind. Der Student bot mir an, mich zu führen. In der Absteige, in der McMahon hin und wieder übernachtete, erfuhren wir, dass er vor etwa zwei Wochen wegen Diebstahls verhaftet und in den Kerker des Newgate geworfen wurde. Dort werde ich ihn morgen gründlich ausfragen.«

Jeremy rückte noch eine der kleinen Löckchen auf Amorets Stirn zurecht, bevor er sie aufforderte, sich im Spiegel zu betrachten. Sie musste lächeln, denn sie wusste, wie sehr er ihre Lebensweise am Hof, die unsittlich geschnittenen Kleider und jeden übermäßigen Putz missbilligte. Doch es war ihm klar, dass er es nicht ändern konnte, denn sie genoss dieses unterhaltsame Leben und wollte es nicht aufgeben. Er konnte nur versuchen, sie vor dem Schlimmsten zu bewahren. Als Amoret seinem Blick im Spiegel begegnete, senkte sie plötzlich unbehaglich die Augen. »Es gibt da etwas, das ich Euch sagen muss«, gestand sie zögernd.

Noch bevor sie weitersprach, ahnte Jeremy bereits, worum es sich handelte.

»Ich glaube, ich bin in Hoffnung.«

Jeremy war nicht im Mindesten überrascht. Sie war eine der Mätressen des Königs. Auch wenn Charles sie nicht so oft aufsuchte wie Lady Castlemaine, hatte es doch früher oder später passieren müssen. »Seid Ihr sicher, Madame?«

»Mir war schon seit zwei Monaten nicht mehr unwohl.«

Er spürte, dass sie sich vor seiner Reaktion fürchtete. Sie achtete ihn wie ihren Vater und wollte ihn nicht enttäuschen.

»Wir können ein andermal darüber sprechen, wenn Ihr wollt, Madame«, sagte er diplomatisch. »Weiß es der König schon?«

»Ja. Er wünscht, dass ich heirate, damit das Kind nicht unehelich zur Welt kommt.«

»Aber Ihr weigert Euch weiterhin, in den heiligen Stand der Ehe zu treten, Starrkopf, der Ihr seid«, spottete Jeremy.

In diesem Moment wurde vor der Tür der Trubel sich nähernder Höflinge hörbar. Absätze klapperten auf dem Boden des Korridors, Stimmen erklangen, Hunde bellten. Es waren die kleinen Spaniels, die den König fast überallhin begleiteten. Beim Eintreten schüttelte Charles sein lärmendes Gefolge jedoch ab und schloss die Tür hinter sich.

Als er Jeremy, der noch immer Kamm und Bänder in der Hand hielt, an Amorets Seite stehen sah, rief er verblüfft aus: »*Oddsfish!* Ich wusste ja, dass die Jesuiten über vielerlei Talente verfügen. Aber dass sie nun schon die Damen meines Hofes frisieren!«

Jeremy legte die Utensilien lächelnd an ihren Platz zurück. »Verzeiht, Euer Majestät, ich hatte etwas mit Lady St. Clair zu besprechen und wollte nicht, dass sie Euch unfrisiert gegenübertreten muss.«

Charles näherte sich und reichte Jeremy die Hand zum Kuss.

Zu einem kurzen, samtenen Wams, das vorne offen blieb und so das aus feinem transparentem Leinen gefertigte Hemd sehen ließ, trug der König die so genannte Rhingrave, eine Art Pumphose, die aber eher einem faltenreichen Rock ähnelte. Die Hosenbeine wurden unter den Knien mit Spitzenmanschetten zusammengehalten. Auch das weitärmelige Hemd und der weiße Kragen waren mit prächtigen Spitzen besetzt, die über Charles' schöne Hände fielen. Bunte Satinschleifen zierten Ärmel und Schultern. Seine wohlgeformten Beine kamen durch eng anliegende Seidenstrümpfe vorteilhaft zur Geltung. Seidene Schleifenschuhe mit roten Absätzen und ein weicher Hut mit breiter Krempe, auf dem duftige rote Federn wehten, vervollständigten seine Erscheinung, die wahrhaft majestätisch wirkte.

Charles war außergewöhnlich groß und überragte jeden seiner Höflinge – ein nicht unzweckmäßiges körperliches Merkmal für einen König, das sich während seiner Flucht vor Cromwells Häschern allerdings als recht verräterisch erwiesen hatte. Ansonsten hatte sich der als Diener verkleidete junge Mann von damals merklich verändert. Die lange Zeit des Exils war nicht spurlos an ihm vorübergegangen. Sie hatte ernste Linien in sein dunkelhäutiges Gesicht gegraben, vor allem von den Nasenflügeln zum Kinn. Seine Züge waren schwer und fleischig, wie auch die große, lange Nase. Seine braunen Augen unter den dichten schwarzen Brauen aber blitzten wach und aufmerksam, und seine sinnlichen Lippen kräuselten sich stets in den Mundwinkeln. Darüber wuchs ein eleganter, wie mit einem Kohlestift gezogener Oberlippenbart. Seit kurzem erst trug auch Charles die Allongeperücke, denn seine eigenen langen schwarzen Locken waren grau geworden, obwohl er erst vierunddreißig Jahre alt war.

Ganz im Gegensatz zu seinem gut aussehenden Vater, dem Märtyrerkönig, war Charles nicht attraktiv. Aber sein Charme ließ all diese Mängel vergessen und verzauberte nicht nur die Frauen, sondern auch viele Männer. Selbst Jeremy konnte sich der Ausstrahlung seiner Persönlichkeit nicht entziehen, auch wenn er es bedauerte, dass Charles die Hoffnungen, die man in ihn gesetzt hatte, enttäuschte. Er empfand die Regierungsgeschäfte als lästig und entzog sich ihnen so oft wie möglich. Sein Hof galt als dekadent, korrupt und verschwenderisch.

Obgleich dem König die Anwesenheit des Priesters in den Gemächern seiner Mätresse ungelegen kam, ließ er es sich nicht anmerken. Er war der Einzige außer Amoret, der Jeremys Geheimnis kannte. Denn obwohl es entgegen den Gesetzen des Königreichs Priester am Hof gab – allein schon im Gefolge der katholischen Königin und der Königin-Mutter –, zog es Jeremy vor, unerkannt zu bleiben, um sich ungestört unter den protestantischen Londonern bewegen zu können.

»Da Ihr Lady Amorets Beichtvater seid, Pater Blackshaw, hat sie Euch sicher die Neuigkeit erzählt«, begann Charles nach kurzer Überlegung. Mit einer nachlässigen Geste warf er seinen federgeschmückten Hut auf einen Hocker. »Trotzdem will sie nicht heiraten, und das bereitet mir Ungelegenheiten. Es wird schon genug geklatscht, auch außerhalb des Hofs. Redet ihr ein wenig ins Gewissen, Pater. Vielleicht hört sie auf Euch.«

»Ich werde es versuchen, Sire«, antwortete Jeremy, bevor er sich verbeugte und den Raum verließ.

Sicher, er würde Charles den Gefallen tun und mit Amoret sprechen, doch er wusste, dass sie ihre Meinung nicht ändern würde. In dieser Sache hörte sie nicht einmal auf ihn. Aber wenn er ehrlich mit sich war, musste er gestehen, dass er sich bisher keine große Mühe gegeben hatte, sie zu überzeugen. Der Gedanke, Amoret mit einem dieser selbstsüchtigen Höflinge verheiratet zu sehen, war ihm zuwider. Sie waren alle aus demselben Holz geschnitzt: leichtfertig, grausam, zynisch, moralisch völlig verkommen. Amoret war es dagegen irgendwie gelungen, sich in diesem Sündenpfuhl ihre Aufrichtigkeit und Herzenswärme zu erhalten, die sie schon als Kind besessen hatte. Vielleicht lag es daran, dass sie keinen Ehrgeiz besaß und sich überall Freunde zu machen verstand. Selbst die berüchtigte Barbara Palmer, Lady Castlemaine, die normalerweise ihre Rivalinnen um die Gunst des Königs mit eifersüchtigem Hass verfolgte, fühlte sich Amoret St. Clair gegenüber entwaffnet und behandelte sie wie eine Freundin.

Wenn aber keinen Höfling, wen sollte sie dann heiraten? Einen langweiligen Krautjunker oder gar einen bürgerlichen Emporkömmling? Undenkbar! Nein, für dieses Problem gab es im Augenblick keine Lösung. Er musste die Gegebenheiten hinnehmen, wie sie waren.

Achtes Kapitel

Vor dem Haus des Richters traf Jeremy auf den Jurastudenten George Jeffreys, der ihn vor einigen Tagen nach Whitefriars begleitet hatte. Der junge Mann erkundigte sich, ob die Untersuchungen etwas Neues ergeben hätten. Da Jeremy erriet, dass der Student ihm nicht zufällig über den Weg gelaufen war, reagierte er zurückhaltend.

»Mr. Fauconer«, sagte Jeffreys daraufhin verschmitzt, »ich weiß, dass Ihr für Richter Trelawney Nachforschungen anstellt. Ihr wollt herausfinden, wer ihm schaden will, und ich möchte Euch helfen. Immerhin habt Ihr durch mich den Iren gefunden.«

»Das ist wahr. Aber warum sollte Euch das Schicksal des Richters interessieren?«

»Nun, ich habe nicht vor, mein Leben lang ein kleiner unbedeutender Advokat zu bleiben. Fleißiges Studieren allein wird mich jedoch nicht weit bringen. Ich brauche vor allem Beziehungen. Und was könnte da hilfreicher sein, als einem Richter des Königlichen Gerichtshofs einen Dienst zu erweisen?«

Jeremy musterte den jungen Mann mit gemischten Gefühlen. George Jeffreys konnte kaum älter als neunzehn Jahre sein. Mit seiner schlanken, mittelgroßen Statur, den fein geschnittenen Zügen, den großen haselnussbraunen Augen und dem welligen dunklen Haar sah er ausgesprochen gut aus. Noch hatten die Ausschweifungen, denen sich die Studenten so gerne hingaben, keine Spuren in seinem schönen Gesicht hinterlassen.

George Jeffreys Argument erschien zwar einleuchtend, doch Jeremys misstrauische Natur mahnte ihn trotzdem zur Vorsicht.

»Ihr wollt also für mich arbeiten?«

»Es kostet Euch nichts«, versicherte der Student. »Aber ich möchte, dass Ihr dem Richter gegenüber meinen Namen nennt.«

»Also gut. Ich habe tatsächlich eine Aufgabe für Euch. Richter Trelawney hat vielleicht gar keine Ahnung, dass er Feinde hat. Ihr könnt Euch in juristischen Kreisen unauffälliger bewegen als ich. Hört Euch ein wenig um und berichtet mir, wenn Ihr auf etwas Verdächtiges stoßt.«

»Ich werde Augen und Ohren offen halten«, versprach Jeffreys, dann tippte er sich an seinen Hut und eilte befriedigt davon. Der Jesuit sah ihm nach, bis er um eine Ecke verschwunden war. Das Interesse des Burschen war ihm nicht ganz geheuer, aber das lag sicher daran, dass er es gewöhnt war, Fremden zu misstrauen.

Auf sein Klopfen hin öffnete ihm eines der Stubenmädchen. Das Gesicht der jungen Frau wirkte verstört. Irgendwo im Inneren des Hauses war ein geräuschvoller Streit im Gange. Jeremy konnte deutlich die erboste Stimme des Richters erkennen. Beunruhigt schob er sich an dem wie gelähmt dastehenden Hausmädchen vorbei in die mit schwarz-weißem Marmor gefliese Eingangshalle. Am Fuße der Treppe schien sich der gesamte Haushalt versammelt zu haben. Esthers schneidende Stimme übertönte die in halblautem Ton vorgebrachten Beteuerungen des Kammerdieners, während Lakaien und Dienstmädchen in stummer Betroffenheit aus dem Hintergrund zusahen.

»Schluss jetzt! Seid still, alle miteinander!«, schrie Sir Orlando Trelawney, der in Nachthemd und Schlafrock auf dem Treppenabsatz stand, die rechte Hand um das Holzgeländer gekrampft, um sich aufrecht zu halten. Seine Beine zitterten vor Schwäche, und seine Stimme versagte, als er weitersprechen wollte. Jeremys Auftauchen unterbrach den Streit. Ohne sich um die anderen Anwesenden zu kümmern, trat er neben den Richter, der wie ein kraftloses Gespenst hin und her schwankte, und legte sich dessen Arm um die Schultern.

»Ich sagte Euch doch, dass Ihr im Bett bleiben sollt!«, tadelte er seinen unvernünftigen Patienten. »Wenn Ihr meine Anweisungen nicht befolgt, wird es doppelt so lange dauern, bis Ihr wieder gesund seid.«

»Wie kann ich mich ausruhen, wenn in meinem Haus alles drunter und drüber geht?«, ereiferte sich Trelawney, während er keuchend nach Atem rang. Die leichte Anstrengung hatte ihn völlig erschöpft. Jeremy half ihm die zwei Stockwerke zu seinem Schlafgemach hinauf und legte ihn auf das Bett. Dann zog er sich einen der neuartigen Stühle heran, die mit Sitzpolstern versehen waren, und setzte sich zu ihm.

»Erzählt mir, was passiert ist, Sir«, bat er ruhig.

Trelawneys Gesicht war noch immer hochrot. »Meine Nichte beschuldigt Malory, Geld aus meinem Studierzimmer gestohlen zu haben. Sie sagt, sie habe es mit eigenen Augen gesehen. Ich kann es nicht glauben! Ausgerechnet Malory, auf den ich mich immer verlassen habe, der mich die letzten Tage so unermüdlich gepflegt hat. Es ist ... es ist so ernüchternd, wenn man von seinen engsten Vertrauten verraten wird.«

Die Betroffenheit des Richters ging so tief, dass ihm erneut die Stimme versagte.

»Wenn Ihr erlaubt, werde ich die Sache untersuchen«, erbot sich Jeremy, der nicht so ohne weiteres bereit war, an die Schuld des Kammerdieners zu glauben.

»Ich fürchte, sie ist eindeutig. Da Esther gesehen hat, wie

Malory das Geld nahm, bleibt mir nichts anderes übrig, als ihn zu entlassen.«

»Lasst mich trotzdem beide befragen, Sir.«

»Natürlich. Ihr habt freie Hand, Dr. Fauconer.«

Jeremy ging wieder in die Halle hinab, wo Esther noch immer dabei war, den Kammerdiener mit Verwünschungen zu überschütten. Malory duckte sich wie unter einem Hagel Schläge. Kaum entdeckte er jedoch den Arzt auf der Treppe, als er demütig fragte: »Ist Seine Lordschaft in Ordnung, Doktor?«

»Es geht ihm gut, Malory. Die Aufregung hat ihm nicht weiter geschadet.«

Jeremy wandte sich an die Nichte. »Mistress Langham, Euer Onkel hat mich gebeten, Eurer Beschwerde nachzugehen. Erzählt mir bitte, was Ihr gesehen habt.«

Esther holte tief Luft, sichtlich gereizt, dass man ihre Worte anzweifelte. Doch sie gab ohne Widerrede nach. »Ich kam gerade aus dem Speisezimmer«, begann sie, auf eine Tür zu ihrer Rechten deutend, »als ich Malory in das Studierzimmer meines Onkels gehen sah. Es wunderte mich, dass er die Tür hinter sich schloss und den Schlüssel umdrehte. Wie Ihr wisst, ist mein Onkel zu krank, um zu arbeiten. Er konnte ihn also nicht heruntergeschickt haben, um ihm etwas zu holen. Da ich die Tür nicht öffnen konnte, sah ich durchs Schlüsselloch und beobachtete Malory, wie er Geld aus der Kassette nahm, die sich in dem Kabinettschränkchen befindet. Da ich aber nicht sicher war, ob mein Onkel ihn nicht vielleicht doch beauftragt hatte, wartete ich in der Tür des Speisezimmers, bis er herauskam, und folgte ihm die Treppe hinauf. Doch Malory ging nicht zu meinem Onkel, sondern brachte das Geld in seine Dachkammer, wo er es in einer Truhe unter seinen Kleidungsstücken versteckte. Wer weiß, wie oft er uns in der Vergangenheit schon bestohlen hat.«

»Ich schwöre, dass es nicht wahr ist!«, beteuerte Malory mit flehender Stimme. »Ich habe Seine Lordschaft nie bestohlen.«

Esther verabreichte ihm eine schallende Ohrfeige. »Du wagst es, mich eine Lügnerin zu nennen?«, schrie sie. »Du hast Glück, dass ich dich nicht anzeige. Du gehörst an den Galgen, du Lump! Aber die Richter würden dich ja doch mit einem Brandmal davonkommen lassen.«

Jeremy bekam eine Gänsehaut, während er das schreckliche Schauspiel mit ansah. Wie konnte eine junge Frau wie diese nur so verbittert sein, dass sie einem anderen Menschen gnadenlos den Tod wünschte? Was hatte sie nur derart verhärtet, dass sie nichts als Hass verspürte?

»Zeigt mir die Geldkassette«, bat Jeremy schließlich, um Esther von dem armen Malory abzulenken.

Sie gehorchte wortlos und führte ihn in das Studierzimmer, dessen Wände mit dunkler Eiche getäfelt waren. Vor einem Kabinettschrank aus Ebenholz blieb sie stehen und öffnete die mit Halbreliefs geschmückten Türen, so dass die einzelnen Schubladen zum Vorschein kamen. In einer davon befand sich eine Kassette aus bemaltem Holz. Esther hob den Deckel und nahm ein Ledersäckchen heraus. Es war mit Silberkronen gefüllt.

»Dies ist der Geldbeutel, den ich in Malorys Truhe fand«, erklärte sie.

»Ich verstehe. Wäret Ihr wohl so freundlich, die Tür dieses Raumes zu schließen und den Schlüssel umzudrehen, Madam?«

Jeremy trat in die Halle hinaus und wartete, bis sie seine Anweisungen ausgeführt hatte. Dann beugte er sich vor und inspizierte das Schloss.

»Vielen Dank, Madam, Ihr könnt wieder öffnen. Wenn Ihr mir jetzt bitte noch die Dachkammer zeigen würdet.«

Esther tat ihm gern den Gefallen. Triumphierend stieg sie ihm voran ins obere Stockwerk hinauf, wo das Gesinde untergebracht war.

»Von wo habt Ihr Malory beobachtet, als er das Geld in die Truhe legte?«, erkundigte sich Jeremy freundlich. Und als sie ihm die Stelle zeigte, blieb er dort stehen und blickte prüfend in die Kammer hinein.

»Würdet Ihr wohl so tun, als wenn Ihr etwas in die Truhe legt, Madam«, bat er schließlich und beobachtete die Nichte aufmerksam, während sie seiner Forderung nachkam.

»Danke, das genügt. Ich bin jetzt genauestens im Bilde«, verkündete der Jesuit befriedigt. »Es ist an der Zeit, Seine Lordschaft aufzuklären. Bitte folgt mir, Madam, du auch, Malory!«

Sir Orlando Trelawney konnte sich nur mit Mühe dazu überwinden, im Bett zu bleiben. Er fragte sich unablässig, ob er die Verfehlungen seines Kammerdieners hätte verhindern können, wenn er seine Pflicht als Hausherr ernster genommen hätte. Schließlich war es seine Aufgabe, über die Moral seiner Bediensteten zu wachen und sie bei Fehltritten zu züchtigen. Vielleicht hatte er in der Vergangenheit zu viel Milde walten lassen. Seine Frau war sehr weichherzig gewesen und hatte es nicht geduldet, dass er einen der Diener mit dem Stock strafte, auch wenn es angebracht war. Und er hatte immer Rücksicht auf ihre Wünsche genommen. Mit einem Seufzen sah er nun ein, dass er seine Dienstboten in Zukunft strenger behandeln musste.

Als Jeremy mit Esther und Malory sein Schlafgemach betrat, setzte Trelawney sich im Bett auf und sah den Arzt erwartungsvoll an. »Nun, Dr. Fauconer, was soll ich Eurer Ansicht nach mit Malory tun?«

Jeremys Blick streifte mitleidig das bleiche Gesicht des Kammerdieners.

»Ihn in Euren Diensten behalten, Sir«, sagte er bestimmt. »Er hat nichts Unrechtes getan.«

»Aber ... ich verstehe nicht ...«

»Es tut mir sehr Leid, Euch das sagen zu müssen, aber Eure Nichte lügt.«

Esther riss empört die Augen auf. »Wie könnt Ihr es wagen!«

Der Richter schnitt ihr ungeduldig das Wort ab. »Sprecht weiter, Doktor.«

»Mylord, Eure Nichte hat sehr genau beschrieben, wie sie Zeuge von Malorys Diebstahl geworden sei. Sie erwähnte möglichst viele Einzelheiten, um ihren Bericht glaubwürdiger zu machen. Aber gerade durch diese Details hat sie sich verraten. Ich zähle sie Euch gerne auf: Erstens behauptete sie, Malory durchs Schlüsselloch beobachtet zu haben, weil er hinter sich abgeschlossen habe und sie die Tür nicht öffnen konnte. Wenn der Schlüssel jedoch von innen steckt, kann man nicht durch das Loch sehen. Und selbst wenn er nicht steckt, so ist es unmöglich, den Kabinettschrank zu erkennen, der an einer Seitenwand steht und nicht gegenüber der Tür. Zweitens sagte sie, dass Malory das gestohlene Geld in seine Truhe legte. Von der Treppe aus kann man zwar in die Kammer sehen, aber die Truhe befindet sich in einer Position, dass sie – von der Tür aus betrachtet – von dem Fußende des Bettes verdeckt wird. Eure Nichte kann also weder gesehen haben, wie der Diener das Geld stahl, noch wie er es versteckte. Vermutlich war der Beutel die ganze Zeit über in der Kassette, und sie hat die Geschichte nur erfunden.«

Eine Weile war der Richter sprachlos. Sein Blick wanderte nur von einem zum anderen, als müsse er das Gehörte erst verdauen. Auch Esther blieb stumm. Sie hatte begriffen, dass man ihre Lüge durchschaut hatte. Trelawneys Wut war verraucht. Er verspürte nur noch grenzenlose Ernüchterung.

»Esther, geh hinaus!«, befahl er. »Ich werde mich später mit dir befassen. Jetzt habe ich nicht mehr die Kraft dazu.«

Sie gehorchte schweigend, doch der Blick, mit dem sie alle drei Männer beim Hinausgehen streifte, war so feindselig, dass der Richter zusammenzuckte.

»Bei Christi Blut, was ist nur in sie gefahren? Ich verstehe das nicht. Dr. Fauconer, ich bin Euch schon wieder zu Dank verpflichtet. Ihr habt einen Unschuldigen vor unverdienter Strafe gerettet. Malory, es tut mir Leid, dass ich dir nicht geglaubt habe. Ich hätte es besser wissen müssen. Versuche, die nächsten Tage meiner Nichte aus dem Weg zu gehen, damit sie ihre schlechte Laune nicht an dir auslässt.«

Jeremy griff sich nachdenklich ans Kinn, während er dem erleichterten Malory beim Verlassen des Raumes nachsah. »Ich frage mich, weshalb sie ausgerechnet denjenigen Diener loswerden wollte, der Euch so offensichtlich ergeben ist«, sagte er halblaut.

Er ließ sich wieder auf den Stuhl an der Seite des Baldachinbettes sinken und blickte den Richter eindringlich an. »Mylord, ich mache mir ernstlich Sorgen um Euch.«

»Aber ich fühle mich schon viel besser, Doktor.«

»Das Fieber habt Ihr überstanden, ja, aber ich fürchte, dass Ihr noch immer in Gefahr seid. Jemand will Euch tot sehen! Und er könnte es wieder versuchen.«

»Ich verstehe Eure Argumentation, was den vertauschten Mantel betrifft, Doktor«, stimmte Sir Orlando zu. »Aber was ich nicht begreife, ist, weshalb sich jemand, der mich umbringen will, so viele Umstände machen sollte. Warum hat er mir nicht einfach ein Messer ins Herz gestoßen, als ich betrunken dalag?«

»Um keinen Verdacht zu erregen, Sir. Ständig werden Menschen krank und sterben. Das ist nichts Ungewöhnliches. Aber wenn ein Richter vom Königlichen Gerichtshof auf der Straße niedergestochen würde, gäbe es einen Aufschrei. Man würde eine Untersuchung anstellen und dem Mörder vielleicht auf die Spur kommen. Euren Fiebertod hätte man dagegen als Unglück hingenommen. Solange wir nicht wissen, wer Euch den Tod wünscht, müsst Ihr sehr wachsam sein, Mylord. Sorgt dafür, dass Ihr nie allein bleibt, und lasst Euren Kammerdiener bei Euch schlafen.«

»Glaubt Ihr wirklich, dass das nötig ist?«

»Ich denke, wir haben es mit einem Mörder zu tun, der nicht nur gerissen, sondern auch entschlossen ist. Er hat einen Moment gewählt, in dem Ihr hilflos wart. Und da Ihr kein gewohnheitsmäßiger Trinker seid, muss er diese Gelegenheit spontan ergriffen haben. Ich bin sicher, dass er auch in Zukunft jedes Zeichen von Schwäche Eurerseits für einen weiteren Anschlag ausnutzen wird. Ihr solltet Euch wirklich einmal Gedanken machen, ob Ihr einen Feind habt, dem Ihr einen Mord zutrauen würdet.«

»Ich kann es mir einfach nicht vorstellen«, widersprach Sir Orlando ohne Zögern.

Eine solche Antwort hatte Jeremy erwartet. Der gutgläubige Richter würde ihm bei seinen Ermittlungen wahrlich keine große Hilfe sein. Während er sich anschickte, seinen Patienten zu untersuchen, fragte er beiläufig: »Sagt Euch der Name George Jeffreys etwas?«

Trelawney reichte Jeremy die Hand, damit dieser seinen Puls fühlen konnte.

»Nein, gar nichts.«

»Ein Jurastudent vom Inner Temple. Ihr habt auch dort studiert, nicht wahr?«

»Ja, und ich bin immer noch Mitglied.«

»Mr. Jeffreys interessiert sich sehr für den Anschlag auf

Euer Leben. Er hat mir geholfen, den Iren aufzuspüren, den ich übrigens mit Eurer Erlaubnis morgen befragen werde.«

»Ich kann Euch eine Empfehlung an einen Friedensrichter mitgeben, damit er Euch einen Verhaftbefehl ausstellt.«

»Nicht nötig, Mylord. Dieser McMahon befindet sich bereits im Newgate.«

Nachdem Jeremy die gut verheilten Brandwunden an Trelawneys Füßen noch einmal mit Salbe eingerieben hatte, deckte er den Richter wieder zu. Sein abgemagerter Körper begann, allmählich wieder Fleisch anzusetzen, und sein blondes Haar wuchs in einem dunkleren Ton nach. Bald würde nichts mehr an seine schwere Krankheit erinnern.

»Dr. Fauconer, ich habe eine Bitte an Euch«, erklärte Sir Orlando nach Beendigung der Untersuchung. »Ihr habt mir heute wieder einmal bewiesen, wie wichtig eine genaue Beobachtungsgabe zur Aufklärung eines Verbrechens ist. Ich nehme mein Richteramt sehr ernst und versuche stets, Unschuldige vor Verleumdungen zu bewahren. Leider kommt es immer wieder vor, dass ich allein nicht weiterweiß, auch wenn mein Gefühl mir sagt, dass das Offensichtliche nicht unbedingt die Wahrheit ist.

Ich will Euch ein Beispiel geben. Vor knapp drei Jahren wurde eine Frau überfallen und vergewaltigt. Sie war so schlimm zugerichtet, dass sie an ihren Verletzungen starb. Angesichts dieser brutalen Tat ging ein Aufschrei der Empörung durch die ganze Stadt. Die Friedensrichter gerieten unter Druck, den Schuldigen zu finden und vor Gericht zu bringen. Bald fand sich ein Verdächtiger, der am selben Abend mit dem Opfer gesehen worden war. Allein aufgrund dieser Tatsache wurde er verurteilt und gehenkt. Ich war damals einer der Richter, und obwohl ich die Beweise nicht für ausreichend hielt, konnte ich doch nichts tun, um den Mann zu retten. Die Jury hätte ihn auf jeden

Fall schuldig gesprochen. Das Verbrechen hatte die Menschen so erschüttert, dass sie ein Sühneopfer brauchten, um sich wieder sicher zu fühlen. Etwa vor einem Jahr gestand schließlich ein anderer Mann die Tat. Wir hatten uns alle des Justizmordes schuldig gemacht!

Ich will etwas Derartiges nie wieder erleben müssen. Deshalb möchte ich Euch in Zukunft bei unklaren Fällen zu Rate ziehen. Seid Ihr damit einverstanden?«

Jeremy wandte betroffen das Gesicht ab und presste die Lippen aufeinander, bis sie weiß wurden. »Ihr vertraut mir zu sehr, Richter«, sagte er abwehrend.

»Wie könnte ich Euch nicht vertrauen? Ihr habt mir das Leben gerettet!«

»Ihr wisst doch gar nichts über mich.«

»Ich weiß, dass Ihr ein kluger und ehrlicher Mann seid.«

Zu seinem Unbehagen begriff Jeremy, dass es Trelawney ernst war und dass er sich von seinem Entschluss nicht abbringen ließ.

»Da Ihr mir so sehr vertraut, Mylord, bleibt mir nichts anderes übrig, als auch Euch zu vertrauen. Bevor Ihr mich in irgendwelche Dinge einweiht, muss ich Euch etwas sagen.«

»Dass Ihr katholisch seid?«, lächelte Trelawney. »Das habe ich schon erraten. Aber das ist kein Problem. Ich gehöre nicht zu denen, die alle Katholiken als Staatsfeinde betrachten. Und ich verlange auch nicht, dass Ihr einen Eid schwört, den Ihr mit Eurem Gewissen nicht vereinbaren könnt.«

»Darum geht es nicht«, widersprach Jeremy. »Es stimmt, dass ich der katholischen Kirche angehöre. Aber das ist nicht alles. Ich bin außerdem Priester und Jesuit!«

Jedes weitere Wort blieb Trelawney im Hals stecken. Über sein Gesicht breitete sich ein Ausdruck des Entsetzens aus. Für einen Moment verspürte er die dumpfe, von wirren Verleumdungen angeheizte Angst der Engländer vor den Jesuiten, der »Elitetruppe des Papstes, die seit fast einem Jahrhundert bereitstand, um England mit List und Tücke in den Schoß der römischen Kirche zurückzuführen«. Sie galten als »gerissene Spione und skrupellose Verschwörer, die aus dem Untergrund gegen die englische Staatskirche intrigierten«.

Sir Orlando starrte den Priester an seiner Seite an wie einen Fremden, wie einen Feind, der sich sein Vertrauen erschlichen hatte, um ihn ins Verderben zu stürzen. »Ein gottverdammter Jesuit ...«, stieß er abfällig hervor. Sein Gesicht verhärtete sich, und er wandte abrupt den Blick ab. »Geht! Verlasst mein Haus!«, sagte er voller Bitterkeit. Er fühlte sich enttäuscht und betrogen.

Jeremy zog sich wortlos zurück.

Neuntes Kapitel

Alan zerrte ungeduldig an der Verschnürung des Mieders, bis es locker genug war, dass er mit der Hand hineingreifen konnte. Gwyneth Bloundel, die Frau des Apothekers, keuchte erregt und ließ sich ohne Gegenwehr von ihm zum Bett ziehen. Alan hatte Mistress Bloundels Besuch genutzt, um mit ihr in seiner Schlafkammer zu verschwinden, während der Geselle ihn in der Werkstatt vertrat. Es war nicht das erste Mal. Die Apothekerfrau, die Alan regelmäßig Zutaten für seine Salben brachte, kam stets kurz vor Ladenschluss, wenn keine Kunden mehr da waren. Sie war eine dunkle Waliserin von Anfang vierzig, die Meister Bloundel vor wenigen Jahren in zweiter Ehe geheiratet hatte. Die Fettpolster in ihrem Gesicht ließen keine Falten sehen, und trotz ihrer fülligen Gestalt wirkte sie jünger, als sie war. Dazu besaß sie die lebhafte Gemütsart der Kelten.

Alan zog sie all den anderen Frauen, mit denen er poussierte, vor. Besonders die unverheirateten Mägde hatten ständig Angst, schwanger zu werden, und erlaubten ihm bestenfalls, ihnen unter die Röcke zu fassen. Gwyneth dagegen hatte als Apothekerfrau ihre Methoden, eine ungewollte Empfängnis zu verhindern. Er wusste nicht genau, wie sie es machte, nur dass sie einen in Zitronensaft getränkten Schwamm verwendete. Aber im Grunde war es ihm auch egal. Sie genoss es, wenn er in sie eindrang, und gestattete es sogar, dass er in ihr zum Höhepunkt kam.

An diesem Abend aber wurden sie mittendrin unterbrochen. Alan vernahm Johns Stimme unten im Laden. Um seinen Meister zu warnen, sagte der Geselle laut: »Guten Abend, Mr. Fauconer. Ihr seid sehr früh zurück.«

Alan hielt in der Bewegung inne und fluchte leise. Widerwillig löste er sich von Gwyneth, die überrascht den Kopf hob. »Was ist?«

»Mein Freund ist früher zurück als erwartet. Und er hat strenge moralische Prinzipien.«

»Gehört dein Freund etwa zu diesen fanatischen Puritanern?«

Alan lächelte unbehaglich, denn er wollte nicht preisgeben, dass Jeremy römischer Priester war.

»Schnell, zieh dich an«, drängte er sie, während er seine Kniehose hochzerrte. Seine Erregung war noch nicht abgeklungen, und so hatte er Mühe, die Hose zu schließen.

Auf der Treppe nach unten stopfte er noch hastig sein Hemd in den Hosenbund. In seiner Hektik stieß er auf dem Absatz mit Jeremy zusammen, der gerade in den ersten Stock hinaufsteigen wollte.

»Ah, Alan, da seid Ihr ja.«

Der Wundarzt versuchte, seine Verlegenheit zu verbergen, indem er sich zu Mistress Bloundel umwandte und sie einander vorstellte. Jeremy sah amüsiert von einem zum anderen. Er brauchte nur einen Blick auf Alans Kniehose zu werfen, um zu wissen, was zwischen ihm und der Apothekerfrau vorgegangen war.

Sich ein Lächeln verkneifend, sagte er höflich: »Es ist mir eine Ehre, Mistress Bloundel.«

»Ich kaufe regelmäßig Kräuter und andere Zutaten bei ihrem Mann«, erklärte Alan. »Seine Apothekerstube ist nur zwei Häuser entfernt.«

Gwyneth wollte sich verabschieden, doch Jeremy hielt sie zurück.

»Euer Gatte hat doch vor einigen Wochen die Medizin für Baron Peckham hergestellt, nicht wahr?«

»Ja, das stimmt. Der arme Baron! Er war ein so angesehener Richter.«

»Ist es möglich, dass eine fremde Person Arsenik in die Medizin gerührt haben könnte? Ein Kunde vielleicht?«

»Ich glaube nicht, Sir«, meinte Gwyneth kopfschüttelnd. »Mein Mann mischte die Zutaten, gleich nachdem ein Bote von Dr. Whalley das Rezept gebracht hatte. Die Arznei blieb nie unbeaufsichtigt. Es war immer jemand im Laden, entweder mein Gatte, der Geselle, die Lehrjungen oder ich.«

»Wer lieferte die Medizin im Haus des Barons ab?«

»Ich selbst. Ich übernehme oft die Botendienste, wenn viel zu tun ist.«

»Und Ihr habt sie auf dem Weg nie aus den Augen gelassen?«

»Nein.«

»Hat niemand versucht, Euch anzusprechen oder abzulenken? Denkt bitte genau nach.«

»Ich versichere Euch, wenn sich jemand an der Arznei zu schaffen gemacht hätte, dann hätte ich es bemerkt.«

»Ihr seid eine kluge Frau, Mistress Bloundel. Wenn Ihr es sagt, so glaube ich es«, schloss Jeremy sichtlich enttäuscht.

Als die Waliserin gegangen war, folgte Alan seinem Freund in die Schlafkammer, die er ihm bei seinem Einzug überlassen hatte. Sie lag nach vorne zur Straße hinaus, unmittelbar über der seinen. Als Junggeselle litt er nicht unter Platzmangel. John, der Geselle, und die Magd Susan bewohnten jeweils eine Dachkammer, Tim, der Lehrjunge, schlief in der Werkstatt, und Mistress Brewster, eine Witwe, die Alan den Haushalt führte, hatte ein eigenes Zimmer im zweiten Stock.

Jeremy hatte seine wenigen Habseligkeiten in einer Truhe verstaut. Seine Bücher stapelten sich auf einem Bücherbord, das Alan als Willkommensgeschenk bei einem Schreiner in Auftrag gegeben hatte. Ansonsten war der Raum nur noch mit einem Baldachinbett, dessen Vorhänge tagsüber um die Pfosten geschlungen waren, einem Tisch, einem Stuhl und einem Schemel möbliert. Ein Wasserkrug und eine Schüssel aus Zinn dienten zum Waschen. Der Kamin war schmucklos, die Kaminböcke bestanden aus einfachem Eisen. Der Tisch mit den gedrechselten Beinen, den Jeremy zum Schreiben benutzte, diente ihm außerdem als Altar. Die Katholiken, die seiner Verantwortung unterstanden, versammelten sich regelmäßig in seiner Kammer, um die Messe zu hören.

Jeremy hatte Alan auf die Konsequenzen aufmerksam gemacht, die seine Einladung für ihn haben würde. Sich einen römischen Priester ins Haus zu holen bedeutete den Verstoß gegen eine Reihe von Gesetzen, die zwar nicht mehr vollstreckt wurden, aber noch nicht abgeschafft waren. Sie konnten jederzeit wiederbelebt werden. Und auf die Beherbergung eines Priesters stand immer noch die Todesstrafe.

Doch Alan war ähnlich zuversichtlich wie Jeremy. Er glaubte nicht, dass der König, der nach Glaubensfreiheit strebte, es jemals so weit kommen lassen würde.

Und so fand er sehr bald Gefallen an den Besuchen der wenigen Katholiken in seinem Haus, die friedlich an der Messe teilnahmen und danach gewöhnlich noch zu einem Plausch blieben. Dadurch gewann Alan sie ohne Mühe als neue Kunden.

»Wart Ihr beim Richter?«, fragte der Wundarzt, während er zusah, wie Jeremy die Utensilien, die er zum Spenden der Sterbesakramente brauchte, in die Truhe packte. Eine seiner Schutzbefohlenen war gerade gestorben.

»Ja, er erholt sich gut und braucht meine Pflege nicht mehr.

Würdet Ihr in ein paar Tagen an meiner Stelle noch einmal nach ihm sehen, Alan? Das wird ihm lieber sein.«

Alans Gesicht wurde ernst. »Ihr habt ihm doch nicht etwa die Wahrheit gesagt?«

»Ich musste. Er hat sich mir anvertraut. Ich konnte ihn nicht länger hinters Licht führen.«

»Euer Ehrgefühl wird eines Tages noch Euer Tod sein. Der Richter kann Euch große Schwierigkeiten machen, das wisst Ihr doch!«

»Traut Ihr ihm das zu?«

Alan zögerte. »Nein ... nein, eigentlich nicht.«

»Ich denke, er wird darüber hinwegkommen«, meinte Jeremy aufmunternd. »Übrigens wäre ich Euch dankbar, wenn Ihr mich morgen ins Newgate begleiten würdet.«

»Ihr wollt trotzdem weiter nachforschen?«

»Unbedingt! Solange der Mörder nicht gefunden ist, besteht die Gefahr, dass er es wieder versucht. Und wenn es ihm dann gelingt, erwartet Trelawney als Ketzer die ewige Verdammnis. Davor möchte ich ihn so lange wie möglich bewahren.«

Zehntes Kapitel

Das Newgate war nur wenige Straßen von der Paternoster Row entfernt. Der Bogen des Torhauses überspannte die Newgate Street und ermöglichte den Durchgang durch die alte Stadtmauer. In früheren Zeiten war das Tor durch ein schweres Fallgitter gesichert gewesen, das man bei Gefahr herunterlassen konnte. Die sechseckigen Türme, die zu beiden Seiten aufragten, und der Zinnenkranz ließen es wie eine uneinnehmbare Festung erscheinen. Die Mauern waren aus massiven Steinquadern gefügt, die der Rauch der Kohlenfeuer geschwärzt hatte.

Schon im Mittelalter hatte man angefangen, die Torhäuser als Kerker zu nutzen. Im Gegensatz zu den anderen, in denen hauptsächlich Schuldner einsaßen, war das Newgate das Gefängnis für Diebe und Mörder. Es unterstand den Sheriffs von London und Middlesex, die den Kerkermeister ernannten, und war auch das berüchtigtste von allen. Allein sein Name verbreitete Schrecken. Im Volksmund setzte man das Gefängnis mit dem Höllenschlund gleich.

Ein Ekel erregender Gestank drang durch die dicken Mauern und verpestete in der warmen Jahreszeit die gesamte Umgebung. Vor dem Gefängnis befand sich ein Pranger, der an diesem Tag aber leer war. Als Jeremy und Alan unter dem Torbogen hindurchgingen, lud man gerade die an Kerkerfieber oder anderen Krankheiten gestorbenen Häftlinge auf einen Karren, um sie in ein Massengrab auf dem Friedhof von Christchurch zu werfen.

Das Newgate war in zwei Bereiche geteilt: die »Volksseite« lag im Norden des Torhauses und beherbergte die armen Gefangenen. Die »herrschaftliche Seite« befand sich im Süden, wo die Wohlhabenderen untergebracht waren, die genug Geld besaßen, um sich Privilegien zu erkaufen.

Wie in einem Gasthof musste für jede Bequemlichkeit bezahlt werden. Ein Bett kostete zwei Shilling und sechs Pence wöchentlich, saubere Laken zusätzliche zwei Shilling. Die Schließer verlangten von allen Neuankömmlingen ein Trinkgeld. Ohne die Unterstützung ihrer Freunde oder Verwandten drohte den Ärmsten unter den Gefangenen der Hungertod, denn nicht einmal Wasser und Brot gab es umsonst. Und wer keine Freunde besaß, war auf die Barmherzigkeit Fremder angewiesen. Wer dagegen über Geldmittel verfügte, konnte in der Schankstube zechen und spielen, sich das Essen aus einer Garküche bringen lassen, in seinem Quartier Feste feiern oder sich für einen Shilling mit einer Dirne amüsieren. Der Kerkermeister des Newgate, der sein Amt für viel Geld gekauft hatte, wollte nicht nur seine Ausgaben wieder hereinholen, sondern darüber hinaus Gewinn machen. Und so versuchte er die Gefangenen bis auf den letzten Penny auszuquetschen.

Es war das erste Mal, dass Alan das Newgate betrat. Der Geruch, der ihm entgegenschlug, verursachte ihm dermaßen Übelkeit, dass er sich ein Taschentuch vor die Nase hielt. Es gab kein Wasser zum Waschen und keine Abtritte, nur Nachttöpfe, die jeden Morgen geleert wurden. Eine Gänsehaut breitete sich über Alans Körper aus, noch verstärkt durch den ohrenbetäubenden Lärm, der im Innern der Festung herrschte. Fast dreihundert Menschen waren hier zusammengepfercht, obwohl nur Platz für hundertfünfzig war. Aber es waren nicht ihre rauen Stimmen, die das Höllenspektakel hervorriefen, sondern die eisernen Ketten, die sie beim Gehen über den Steinboden schleiften, denn jeden Morgen wurden die Türen der einzelnen Abteilungen geöffnet, und die Häftlinge konnten sich innerhalb des Kerkers frei bewegen.

Die Luft war von blauem Tabakrauch geschwängert, der in Schwaden unter der Decke hing. Die Gefangenen rauchten unablässig, weil sie glaubten, sich dadurch vor Krankheiten schützen zu können. Durch die schmalen vergitterten Fenster drang weder frische Luft noch Licht herein, so dass den ganzen Tag über Fackeln und Talglichter brannten. Auch dafür mussten die Häftlinge bezahlen.

Jeremy führte seinen Freund in den ersten Stock der herrschaftlichen Seite, wo die finanziell besser gestellten Häftlinge in einigem Komfort lebten. Im Erdgeschoss gab es eine Schankstube, in der man essen und trinken konnte, und im obersten Stockwerk lag die Gefängniskapelle.

Im Zimmer eines Katholiken, das dieser zwar mit anderen Gefangenen teilen musste, das aber mit anständigen Betten, einem Tisch und Stühlen möbliert war, las Jeremy regelmäßig die Messe.

»Wie viel zahlt Ihr für das Zimmer?«, fragte Alan neugierig.

»Drei Pfund, sechs Shilling und acht Pence die Woche. Ein Zimmer im Presshof, dem besten Quartier hier im Newgate, kostet bis zu dreißig Guineen«, antwortete der Kaufmann, der wegen Schulden in Haft war. Dies diente nicht der Strafe, sondern sollte verhindern, dass er sich davonmachte. Er durfte das Gefängnis erst verlassen, wenn er alle seine Gläubiger bezahlt hatte. Dass er keine Möglichkeit besaß, das nötige Geld zu verdienen, solange er sich in Haft befand, war den Gläubigern bewusst. Doch man war der Meinung, dass der Schuldner sich bemühen müsse, von Freunden oder Verwandten ausgelöst zu werden. Bis dahin nutzte der Kaufmann den Rest seines Geldes, um sich ein angenehmeres Quartier zu leisten.

Die Frau des Kaufmanns war mit ihren Kindern ins Gefängnis gekommen, um an der Messe teilzunehmen. Manchmal blieb die Familie auch über Nacht. Im Newgate konnte man sich mit einem kleinen Trinkgeld so gut wie jedes Privileg erkaufen.

Als sich die Katholiken unter den Gefangenen unauffällig eingefunden hatten, hörte Jeremy Beichten und zelebrierte die Messe. Danach verwandelte man den Altar wieder in einen einfachen Tisch und verstaute die silbernen Kerzenleuchter, den Kelch und den Hostienteller in ihrem Versteck unter dem Kamin. Das Messgerät wurde nicht, wie in früheren Zeiten, versteckt, weil der Besitz in England verboten war, denn der Kerkermeister war gegen ein Bestechungsgeld bereit, das »papistische« Ritual zu dulden. Man wollte lediglich verhindern, dass es gestohlen wurde.

Nachdem Jeremy Altarstein, Stola und Kruzifix in seine Taschen zurückgesteckt hatte, fragte er mit einem auffordernden Blick in die Runde: »Ich suche einen Mann namens McMahon. Weiß jemand, wo ich ihn finden kann?«

»Ich glaube, ich weiß, wen Ihr meint, Pater«, sagte eine Frau. »Ein junger Ire, der zu Mariä Himmelfahrt hergebracht wurde.«

»Ja, ein verrückter irischer Hitzkopf!«, erinnerte sich ein anderer. »Hat getobt wie ein Irrer, als die Wärter ihn nach Asche durchsuchten. Als sie nichts fanden, überließen sie ihn den anderen Gefangenen. Die sind schlimmer als die Wärter. Ihr wisst ja, was mit Neuankömmlingen passiert, die kein Schmiergeld bezahlen können, Pater. Sie fielen über ihn her, rissen ihm die Kleider herunter und gerbten ihm tüchtig das Fell. Man sollte meinen, das hätte sein Mütchen gekühlt, aber Pustekuchen! Zwei Tage später fing er mit einem der Wärter Streit an und ging ihm an die Gurgel – trotz seiner Ketten. Wenn die Häftlinge nicht dazwischen gegangen wären, hätte er ihm das Licht ausgeblasen. Ihr könnt Euch vorstellen, was dann folgte. Die Wärter haben ihn zusammengeschlagen und ins tiefste Loch geworfen. Wenn er noch nicht krepiert ist, findet Ihr ihn dort.«

Jeremy führte Alan auf die andere Seite des Newgate, wo diejenigen Gefangenen, die sich keine Vergünstigungen leisten konnten, untergebracht waren. In den meisten Abteilungen waren mehr als dreißig Menschen in einem Raum zusammengepfercht. Sie mussten sich zu mehreren eine Holzpritsche teilen, in Hängematten oder auf dem Fußboden schlafen.

Als Jeremy und Alan an der Küche des Henkers vorbeikamen, stieg ihnen ein Übelkeit erregender Geruch in die Nase, der noch abstoßender war als die ohnehin schlechte Luft im Gefängnis.

»Hier kocht Jack Ketch die Köpfe und Gliedmaßen der Gevierteilten in Pech, bevor sie auf der London Bridge aufgespießt werden«, erklärte Jeremy. »Das soll verhindern, dass die Krähen das Fleisch von den Knochen picken.«

Überall streunten struppige Hunde und Katzen umher. Einige Häftlinge hielten sich sogar Schweine und Geflügel.

Nachdem sie die Abteilungen der Schuldner hinter sich gelassen hatten, gelangten sie durch einen finstern Gang, der von einer einzigen Fackel erhellt wurde, in die unteren Verliese. Der feuchte Boden war mit fauligen Binsen bedeckt, und hier und da leuchteten die Augen einer nach Speiseresten wühlenden Ratte auf. Bei jedem Schritt knackte es unter den Schuhsohlen, und als Alan sich vorbeugte, um im Halbdunkel besser sehen zu können, bemerkte er, dass der Boden vor Läusen und anderen Kriechtieren wimmelte.

Bald waren die Besucher umringt von ausgemergelten Gestalten, die bettelnd schmutzstarrende Hände zu ihnen hoben. Ihre Lumpen waren mit Ungeziefer verseucht. Viele von ihnen litten an Kerkerfieber und taumelten mit dumpfem Blick umher. Jeremy holte einige Stücke Brot aus seiner Tasche hervor und verteilte sie unter die armen Teufel, die sich wie Tiere darum balgten. Er wusste, es war nicht genug, um sie vor ihrem traurigen Schicksal zu retten. Die meisten würden den Tag ihrer Gerichtsverhandlung nicht erleben.

Jeremy wandte sich an einen der Schließer, an dessen Gürtel ein schwerer Schlüsselbund und eine neunschwänzige Katze hingen.

»Wir suchen einen Mann namens McMahon«, sagte er und gab ihm ein Sechspencestück.

»Kommt mit«, antwortete der Wächter und führte sie in ein Verlies, das noch tiefer lag. Hier gab es keine Fenster, ein modriger Geruch lag in der Luft. Die Binsen, die den Boden bedeckten, waren längst nicht mehr als solche zu erkennen. Die wenigen Gefangenen, die hier untergebracht waren, büßten für besondere Vergehen und hatten keine Gnade zu erwarten.

Der Wärter blieb bei einer reglos daliegenden Gestalt stehen und versetzte ihr einen Fußtritt. Doch der Misshandelte spürte nichts mehr. Er war tot. Ungerührt beugte sich der Schließer über den Leichnam und begann, ihm die Kleider auszuziehen. Alles, was irgendeinen Wert hatte, wurde zu Geld gemacht.

»Das irische Schwein ist da drüben«, sagte der Wärter und deutete nach rechts. »Ihr könnt mit ihm sprechen, wenn Ihr wollt, aber nehmt Euch in Acht. Er ist tollwütig.«

Alan wandte sich rasch von dem schrecklichen Anblick ab und trat mit Jeremy zu dem Gefangenen, der teilnahmslos auf dem feuchten Steinboden lag. Er trug nichts weiter als eine zerfetzte Kniehose, sein Oberkörper und seine Füße waren nackt. Man hatte ihn dermaßen mit Ketten beladen, dass er sich kaum noch rühren konnte. Zusätzlich zu den Ringen, die Arm- und Fußgelenke umschlossen, hatte man ihm noch ein Halseisen angelegt, das durch eine Kette an einem Ringbolzen befestigt war, der aus der Mauer hervorragte.

»Er muss sie ganz schön das Fürchten gelehrt haben«, bemerkte Jeremy, während er sich neben den Gefangenen hockte. »Bist du McMahon?«

Der junge Mann setzte sich trotz des Gewichts seiner Fesseln auf und streifte die Besucher mit einem Blick, der wach und ungetrübt war. Sein von Schmutz verklebtes Haar hing in Rattenschwänzen auf seine Schultern. Ein verfilzter Dreiwochenbart überwucherte sein bleiches Gesicht. Sein Körper war so mager, dass sich die Knochen unter der Haut abzeichneten.

»Mein Name ist Breandán Mac Mathúna. Die Engländer nennen mich McMahon.«

»*Brendan Mac Mahuna*. Ist das so richtig ausgesprochen?«

»Ja. Ihr lernt schnell. Was wollt Ihr von mir?«

»Dir helfen, mein Sohn«, sagte Jeremy, um den Argwohn des Mannes zu besänftigen.

Breandán Mac Mathúna wandte verächtlich das Gesicht ab.

»Warum solltet Ihr mir helfen?«

»Weil ich Priester bin und mich um dein Heil sorge.«

Der junge Ire stieß ein sarkastisches Lachen aus. »Dann seid Ihr also der Pfaffe, von dem die anderen erzählten. Ihr sollt ja wahre Wunder vollbringen.« Doch sein Misstrauen verflog. Er kannte den Eifer der Missionare, die in England im Untergrund arbeiteten. Hier war für kleinliche Herzen kein Platz, denn sie riskierten ihr Leben.

Jeremy hatte den Gefangenen von Kopf bis Fuß gemustert. Selbst unter dem Schmutz, der seine Haut grau färbte, waren unzählige Blutergüsse zu erkennen. Beim Aufsetzen hatte Breandán Mac Mathúna seinen rechten Arm mit der linken Hand abgestützt. Offenbar war er verletzt.

»Lass mich deine Schulter sehen«, bat Jeremy sanft.

Er tastete behutsam über die Knochen und versuchte den Arm anzuheben. Breandán stöhnte vor Schmerzen.

»Sie haben dich ganz schön gerupft, Junge. Die Schulter ist ausgekugelt. Wir müssen sie wieder einrenken. Aber zuerst werden wir dich von diesen barbarischen Ketten befreien.«

Jeremy erhob sich und trat zu dem Wärter, der im Hintergrund gewartet hatte.

»Wie viel verlangt Ihr für leichtere Ketten?«

»Vergesst es! Der Kerl ist verrückt. Er hat einen von uns beinahe erwürgt.«

»Nach der Abreibung, die Ihr ihm verpasst habt, ist er für niemanden mehr eine Gefahr. Seine Schulter ist ausgerenkt. Außerdem ist er halb verhungert. Er muss Euch ja mächtig Angst gemacht haben.«

»Angst? Dass ich nicht lache! Also gut. Leichtere Ketten für sechs Shilling.«

»Und ein besseres Quartier. Ich bezahle für ihn.«

»Wenn Ihr wollt. Aber wenn er noch einmal Radau macht, bekommt er die Peitsche zu schmecken.«

Jeremy gab dem Schließer das verlangte Geld. Kurz darauf erschien einer der Gefangenen, die den Wärtern assistierten. Mit seinem mitgebrachten Werkzeug schlug er Breandáns Ketten ab. Die Ringe hatten sich tief ins Fleisch gerieben und blutende Wunden hinterlassen. Bevor der Mann ihm leichtere Eisen anlegte, renkte Jeremy mit Alans Hilfe die ausgekugelte Schulter wieder ein. Der Ire schrie auf und kämpfte gegen eine Ohnmacht an, hielt sich aber trotzig aufrecht.

Jeremy und Alan halfen ihm auf die Beine und brachten ihn in eine höher gelegene Abteilung, die durch ein vergittertes Fenster wenigstens etwas Frischluft erhielt. Hier musste Breandán zwar ein Bett mit anderen teilen, aber er brauchte nicht mehr auf dem bloßen Steinboden zu liegen. Die leichteren

Ketten an Händen und Füßen behinderten ihn nur wenig. Mit ihnen konnte er zumindest innerhalb des Gefängnisses umhergehen. Das neue Quartier war außer mit mehreren Betten auch mit ein paar klapprigen Schemeln möbliert. Im Kamin brannte ein Feuer.

Jeremy holte seine Salbe hervor und rieb die wund gescheuerten Hand- und Fußgelenke des Iren ein. Mit einem prüfenden Blick in sein ausgemergeltes Gesicht fragte er: »Wie lange hast du schon nichts mehr gegessen, mein Sohn?«

»Seit vier Tagen.«

»Dann lass uns in die Schenke gehen.«

Die schummrige Trinkstube wurde nur von einigen kümmerlichen Talglichtern erhellt. Die Atmosphäre war so ausgelassen, dass man nicht mehr das Gefühl hatte, sich in einem Gefängnis zu befinden. Es wurde gewürfelt und gezecht. Männer und Frauen verkehrten ungehindert miteinander. Ausgebuffte Gauner lehrten die Jüngeren die Kunst des Betrugs, des Taschendiebstahls und des Einbruchs. Andere unterwiesen Neuankömmlinge, wie man vor Gericht Zeugen ins Kreuzverhör nahm, oder vermittelten ihnen so genannte »Strohmänner«, die für ein Bestechungsgeld Falschaussagen machten. Sie hatten ihren Namen von den Strohhalmen, die sie als Zeichen ihrer Zunft in ihren Schuhschnallen trugen.

Jeremy bestellte Bier, das zwar verdünnt und überteuert war, aber wenigstens den Durst löschte, denn das ausgegebene Wasser war faulig und stank. Er hatte einen Teil des mitgebrachten Brotes zurückbehalten und gab es nun Breandán, der es gierig hinunterschlang.

»Warum bist du hier?«, fragte Jeremy schließlich.

Über das Gesicht des Iren fiel ein düsterer Schatten.

»Zum Henker, ich weiß es nicht! Vor drei Wochen waren plötzlich ein paar Männer hinter mir her. Sie tauchten in dem

Unterschlupf in Whitefriars auf, wo ich manchmal übernachte, und verfolgten mich durch die Gassen. Ich hatte keine Ahnung, was sie wollten, deshalb gab ich Fersengeld. Aber sie jagten mich regelrecht in Grund und Boden und schleiften mich vor einen Friedensrichter. Der stellte mir Fragen zu einem Streit, den ich einige Tage vorher mit drei Männern hatte.«

»Was waren das für Männer?«

»Ich weiß nicht genau, Kaufleute oder etwas Ähnliches. Auf jeden Fall hatten sie Geld und trugen feine Kleidung. Einer hatte einen Degen mit einem aufwendig dekorierten Korb.«

»Weshalb hattest du Streit mit ihnen?«

»Ich traf sie eines Abends, als sie gerade eine Schenke verließen. Sie waren betrunken. Einer rempelte mich an, und ich sagte ihm die Meinung. Als sie erkannten, dass ich Ire war, begannen sie, mich zu beschimpfen.«

»Und anstatt wegzugehen und die Sache auf sich beruhen zu lassen, hast du es ihnen mit gleicher Münze heimgezahlt.«

»Sollte ich die Beleidigungen einfach hinnehmen?«, brauste der junge Mann auf. »Als sie bemerkten, dass ich mich nicht einschüchtern ließ, wurden sie noch gereizter. Schließlich griff einer von ihnen zu seinem Degen. Ich war unbewaffnet und fürchtete, sie könnten mich in ihrem Rausch einfach abstechen. Also kam ich ihnen zuvor. Ich schlug zwei der Burschen mit Fausthieben nieder, bevor sie ihre Waffe ziehen konnten. Der Dritte – er war älter als die anderen und hatte sich bisher zurückgehalten – ging mit gezückter Klinge auf mich los. Aber ich war schneller als er, packte seinen Arm und drehte ihn herum, bis er den Degen fallen ließ. Da die anderen beiden sich aber wieder aufrappelten, nahm ich seine Waffe, um sie mir vom Leib zu halten. Dann machte ich, dass ich fortkam. Erst als ich sicher war, dass sie mir nicht folgten, warf ich den Degen weg.«

»Und die Fragen des Friedensrichters, der dich verhörte, nahmen Bezug auf diesen Vorfall?«

»Ja, er wollte wissen, ob ich den Degen genommen hätte. Ich antwortete ihm, dass ich keine andere Wahl hatte, weil ich bedroht wurde.«

»Verstehe«, meinte Jeremy nachdenklich. »Es sieht so aus, als wollten sich die Männer an dir rächen. Vermutlich haben sie dem Friedensrichter eine ganz andere Geschichte erzählt und behauptet, du hättest sie bestohlen. Gibt es irgendwelche Zeugen des Streits, die deine Aussage bestätigen können?«

»Nein, ich war mit den dreien allein auf der Straße.«

»Ich werde versuchen, Näheres über die Anklage zu erfahren. Vielleicht kann ich dir helfen.«

Die blauen Augen des jungen Mannes richteten sich verwundert auf Jeremy.

»Warum tut Ihr das, Pater? Ich werde Euch die Ausgaben nie zurückzahlen können. Ich besitze nichts.«

»Hast du keine Freunde oder Verwandten, die dich unterstützen könnten?«

»Ich bin erst seit einem halben Jahr in England. Ich habe zwar in Whitefriars gewohnt, weil ich kein Geld für eine bessere Unterkunft hatte, aber ich gehöre nicht zu den Gaunern und Strolchen, die dort leben. Sie werden mir nicht helfen.«

»Du bist erst ein halbes Jahr hier, sagst du, und trotzdem bereits einmal verurteilt worden«, bemerkte Jeremy ironisch, während er Breandáns linke Handfläche nach oben drehte, so dass das in den Daumenmuskel eingebrannte Mal sichtbar wurde. Es zeigte, welches Verbrechen der Träger begangen hatte: in diesem Fall Totschlag.

»Eine Prügelei«, erklärte Breandán. »Der andere fiel so unglücklich gegen eine Mauerkante, dass er starb. Das war vor drei Monaten.«

»Hat man dir im Gefängnis geraten, das Vorrecht des Klerus in Anspruch zu nehmen?«

»Ja, sie sagten, es würde mich vorm Galgen retten.«

Das Vorrecht des Klerus war ein gesetzlich sanktioniertes Schlupfloch für Kapitalverbrecher, das auf das alte Privileg der Kleriker zurückging, von einem kirchlichen Gericht anstatt von einem weltlichen abgeurteilt zu werden. Da die Kirche keine Blutgerichtsbarkeit ausüben durfte, wurden die Schuldigen lediglich in der Hand gebrandmarkt, um zu verhindern, dass sie das Privileg ein zweites Mal in Anspruch nahmen. Über die Jahrhunderte weitete sich dieses Vorrecht auf die kirchlichen Schreiber und schließlich auf alle diejenigen aus, die lesen konnten. Dazu wurde vor Gericht ein Lesetest verlangt.

»Kannst du lesen?«, fragte Jeremy. »Oder hat man dich den einundfünfzigsten Psalm auswendig lernen lassen?«

Um auch den Schriftunkundigen die Chance zu geben, sich vor dem Strang zu retten, wurde der Lesetest nicht streng gehandhabt. Es war sogar üblich, dass der Gefängniskaplan dem Verurteilten die Worte des so genannten »Halsverses« vorsagte. Diese scheinbar widersinnige Tradition verhinderte, dass ein Mensch wegen eines Diebstahls sein Leben verlor, wie es das unbarmherzige Gesetz eigentlich vorsah. Gefährliche Verbrecher wie Mörder und Straßenräuber waren von dem Privileg ausgenommen.

»Du kannst mir in einer anderen Sache helfen«, sagte Jeremy schließlich. »Erinnerst du dich an die Nacht vor Sankt Oswald, als du in der Little Sheer Lane unterwegs warst? Du hast kurz mit einem betrunkenen Mann gesprochen, der in einem Hauseingang lag. Er trug feine Kleidung, einen langen Mantel und eine blonde Perücke.«

Breandán brauchte nicht lange zu überlegen.

»Ja, ich erinnere mich an ihn. Er fuchtelte mit dem Degen vor meiner Nase herum. Aber er war so stockbesoffen, dass er kaum stehen konnte.«

»Erzähl mir genau, was vorher passiert ist.«

»Ich ging diese Straße entlang. Da sah ich ihn auf dem Boden liegen, mit dem Gesicht nach unten. Ein zweiter Mann stand über ihm und durchwühlte seine Kleidung. Ich dachte, er hätte den anderen überfallen und wollte ihn nun ausrauben, deshalb rief ich ihn an, um ihn von seinem Opfer zu verscheuchen. Er hob erschrocken den Kopf und suchte sofort das Weite.«

»Kanntest du ihn?«

»Ja, der Kerl heißt Jack Einauge, ein kleiner Gauner, der schon bessere Tage gesehen hat. Seine Finger sind nicht mehr schnell genug. Wenn ich zurückdenke, kam mir die Sache allerdings irgendwie komisch vor. Eigentlich sah es nicht so aus, als wollte Einauge den Mann berauben, sondern als hätte er ihn mit dem Mantel zugedeckt.

Ich beugte mich dann über den Betrunkenen, um zu sehen, ob er verletzt war. Doch er schlug plötzlich um sich und zog seinen Degen. Da habe ich mich lieber verzogen.«

»Ich bin dir zu großem Dank verpflichtet, mein Sohn«, sagte Jeremy herzlich. »Du hast mir sehr geholfen.«

»Tatsächlich?«

»Ja, der Betrunkene war kein anderer als Richter Trelawney. Der Mantel gehörte einem Fieberkranken und wurde ihm umgelegt, damit er sich ansteckte. Und jetzt weiß ich endlich, wer dafür verantwortlich ist.«

Jeremy legte spontan die Hand auf Breandáns Stirn.

»Du hast kein Fieber, wie ich sehe, obwohl du unten bei den anderen warst.«

»Ich hatte vor sechs Jahren mal ein starkes Fieber, als ich im französischen Heer diente. Aber seitdem bin ich zum Glück immer gesund gewesen.«

»Das könnte eine Erklärung sein. Ich habe schon oft gehört, wenn man dieses Fieber einmal überstanden hat, bekommt man es nicht wieder.«

Alan drängte zum Aufbruch. Bevor Jeremy ihm folgte, drückte er Breandán noch einige Münzen in die Hand.

»Damit kannst du dich über Wasser halten, mein Junge, bis ich wiederkomme.«

Elftes Kapitel

Am folgenden Nachmittag machte sich Jeremy auf den Weg zum Inner Temple, einem der vier Inns of Court, in denen das Gemeine Recht gelehrt wurde.

Der Jesuit betrat den Temple-Bezirk von der Fleet Street aus durch einen niedrigen Torbogen. In dem darüber liegenden Fachwerkhaus befand sich die Schenke »Zum Prinzenwappen«. Hier hoffte er, George Jeffreys zu finden. Der Student hatte ihm die Trinkstube als Treffpunkt genannt.

Jeremy hatte Glück. Der junge Mann vergnügte sich mit einigen Kameraden beim Würfeln. Vor ihnen auf dem Tisch standen mehrere Krüge Ale, die sie bereits geleert hatten. Doch Jeffreys war keineswegs betrunken. Er erkannte den schwarz gekleideten Mann aus den Augenwinkeln und machte ihm ein Zeichen. Seinen Gewinn einstreichend, verabschiedete er sich von den anderen Studenten und folgte Jeremy aus dem verqualmten Inneren der Schankstube ins Freie.

»Ich sehe es Eurem Gesicht an – Ihr habt eine Spur«, sagte Jeffreys grinsend.

»So ist es. Lasst uns ein wenig herumspazieren, damit ich Euch ins Bild setzen kann.«

Sie schlenderten die Middle Temple Lane entlang. Jeremy berichtete von seinem Besuch im Newgate und seinem Gespräch mit Breandán Mac Mathúna.

»Ich möchte Euch bitten, mich nach Whitefriars zu begleiten, um den Einäugigen aufzuspüren.«

»Ihr habt aber doch wohl nicht vor, waffenlos zu gehen, Sir!«, rief Jeffreys erstaunt. »Es wimmelt dort von diebischem Gesindel, das wisst Ihr doch.«

»Ich verabscheue Waffen!«

»Sehr unvernünftig. Wenn Ihr erlaubt, hole ich meinen Degen. Ich habe ihn in meinem Zimmer gelassen, weil ich heute Morgen in der Temple-Kirche war. Dort ist das Tragen von Waffen und Mänteln verboten.«

Jeremy folgte dem Studenten vorbei an der Bibliothek und der großen Halle. Überall sah man das Abzeichen des Inner Temple, den Pegasus, über den Eingangsbögen der Gebäude in den Stein gemeißelt.

In seinem Zimmer legte sich Jeffreys sein Degengehänge um und steckte noch eine Radschlosspistole ein. »Ich bin so weit. Gehen wir.«

Whitefriars grenzte unmittelbar an den Temple-Bezirk. Bei seinem ersten Besuch hatte es den jungen Studenten aus reiner Neugier hierher gezogen. Er wollte sich die Strolche, die er eines Tages von der Richterbank herunter verurteilen würde, aus der Nähe ansehen. Inzwischen kannte er ein paar von ihnen recht gut und brachte sie mit klingender Münze zum Sprechen, wenn er Auskünfte brauchte.

So war es auch diesmal. Gegen ein Bestechungsgeld erfuhren sie, wo Jack Einauge seinen Unterschlupf hatte. Das Haus gehörte einer Pfandleiherin, die hauptsächlich mit Diebesgut handelte. Da sie Jeffreys kannte, beantwortete sie bereitwillig seine Fragen.

»Einauge sucht ihr? Da kommt ihr zu spät. Der arme Teufel ist vor zwei Wochen gestorben.«

»Woran?«, fragte Jeremy sofort.

»Ein starkes Fieber hat ihn dahingerafft. Er ist regelrecht verglüht. Hat wie irre geschrien.«

»Kerkerfieber!«, bestätigte Jeremy. »Wisst Ihr, ob er in letzter Zeit Geld hatte?«

»Ja, er konnte mir endlich die rückständige Miete bezahlen. Das war zu Sankt Oswald, soweit ich mich erinnere.«

»Habt Ihr seine Sachen aufbewahrt?«

»Wollte sie schon verkaufen, aber wenn Ihr sagt, dass es das Kerkerfieber war, werde ich sie wohl besser verbrennen.«

»Dazu würde ich Euch unbedingt raten, Madam. Können wir sie sehen?«

Jeremy legte ein Sechspencestück in die Hand der Pfandleiherin.

»Dafür könnt Ihr sie sogar mitnehmen. Sind sowieso nur Lumpen! Jack war ein armer Tropf.«

Sie führte ihre Besucher in einen Raum, in dem sich aller möglicher Plunder stapelte, und zeigte auf einen Haufen Lumpen. Jeremy zog die einzelnen Kleidungsstücke mit spitzen Fingern auseinander. Sie waren verdreckt und voller Läuse.

»Besaß der Einäugige sonst noch etwas?«

»Er trug das hier um den Hals.«

Die Pfandleiherin nahm ein seltsames Amulett von einem Tisch und reichte es Jeremy. Es war eine Walnuss, die an einer Schnur hing. Die beiden Hälften der Schale ließen sich öffnen. Im Innern befand sich eine getrocknete Spinne.

»Ein alter Volksglaube«, erklärte Jeremy dem verwunderten Jeffreys. »Die Spinne trägt man um den Hals, um sich vor Ansteckung zu bewahren. Jack Einauge wusste also, dass er sich auf ein gefährliches Unternehmen einließ.«

Jeremy steckte das Amulett ein und nickte dem Studenten zu. Auf dem Weg zurück zum Temple fragte der junge Mann: »Glaubt Ihr, dass der Einäugige auf eigene Faust handelte?«

»Nein, dagegen spricht der plötzliche Geldsegen, den seine Vermieterin erwähnte. Er wurde dafür bezahlt, Richter Trelawneys Mantel mit dem eines Fieberkranken zu vertauschen. Sein Auftraggeber gab ihm das Amulett und versicherte ihm, dass es ihn schützen würde. Aber er steckte sich trotzdem an. Leider kann er uns nicht mehr sagen, wer ihn angestiftet hat.«

»Wann werdet Ihr dem Richter Eure Entdeckung mitteilen?«

»Das könnt Ihr besorgen, wenn Ihr wollt. Sagt ihm, ich hätte Euch geschickt.«

George Jeffreys musterte seinen Begleiter mit sichtlichem Erstaunen.

»Ihr besteht nicht darauf, es Seiner Lordschaft persönlich mitzuteilen?«

»Nein. Ihr wolltet eine Gelegenheit, mit ihm in Kontakt zu kommen, und ich biete sie Euch. Aber ich möchte Euch dafür um einen Gefallen bitten.«

»Nur zu!«

»Es geht um den jungen Iren. Er sagte, er wurde aus Rache hereingelegt.«

»Und Ihr wollt ihn retten!«, stellte Jeffreys ironisch fest. »Also gut, berichtet mir, was Ihr über die Anklage wisst, und ich werde Euch ein paar Ratschläge geben, wie Ihr ihm helfen könnt.«

Jeremy erzählte dem Studenten, was Breandán ihm mitgeteilt hatte.

»Bevor ich etwas dazu sagen kann, muss ich wissen, wer der Ankläger ist und wessen er den Gefangenen beschuldigt. Gebt mir ein paar Tage Zeit, es herauszufinden«, bat Jeffreys schließlich.

Alan hatte gerade den letzten Kunden verabschiedet und wollte seine Offizin schließen, als eine Gestalt in einem langen Kapuzenmantel in der Tür erschien. Ihr Gesicht war maskiert, dennoch bereitete es dem Wundarzt keine Mühe, sie zu erkennen.

»Mylady St. Clair...«, stammelte er und trat unwillkürlich ein paar Schritte zurück, um sie hereinzulassen.

Amoret warf den Mantel und die Maske, die sie an einem Knopf mit den Zähnen festgehalten hatte, nachlässig über einen Stuhl. Darunter trug sie ein schlichtes, aber elegantes Kleid aus schwarzem Samt. Der enge Schnürleib senkte sich vorn zu einer mit Fischbein abgesteiften Spitze, die die Taille noch schmaler erscheinen ließ. Der Oberrock war vorne geöffnet und über den Hüften gerafft, so dass der mit schwarzen Spitzen besetzte untere Rock sichtbar wurde.

»Seid Ihr Meister Ridgeway?«, fragte sie hochmütig.

Alan, der seine Überraschung noch nicht überwunden hatte, nickte nur, weil seine Zunge ihm nicht gehorchte.

Anders als die Bürgerinnen, die als züchtig gelten wollten, hatte Amoret darauf verzichtet, ihr Dekolleté mit einem weißen Spitzenkragen zu bedecken. Der Ausschnitt des Mieders ließ die Schultern und den Ansatz der Brüste erkennen, wie es am Hof Mode war.

Alan starrte sie voller Bewunderung an. Er fand sie hinreißend schön. Erst nach einer Weile bemerkte er den abschätzenden Blick, mit dem sie ihn musterte, und versuchte, sich zusammenzureißen.

»Was kann ich für Euch tun, Mylady?«

Sie machte eine flüchtige Bewegung in Richtung des Gesellen und des Lehrjungen, die ebenfalls in ihrer Arbeit innegehalten hatten und die Besucherin angafften.

»Ich möchte unter vier Augen mit Euch sprechen, Meister Ridgeway«, sagte Amoret in einem Ton, der keinen Widerspruch duldete.

Alan nickte wieder und gab John und Tim Anweisung, Mistress Brewster in der Küche zu helfen. Während er die Lady beobachtete, die sich interessiert in seiner Werkstatt umsah, begann er sich auf einmal unwohl zu fühlen. Er begriff, dass ihr Besuch nicht ihrem Beichtvater galt, sondern ihm.

Ohne ihn anzusehen, begann sie: »Als Pater Blackshaw mir sagte, dass er fortan unter Eurem Dach leben würde, habe ich Erkundigungen über Euch einholen lassen. Ich wollte wissen, wem er so gutgläubig seine Sicherheit und sein Leben anvertraut.«

Während sie sprach, trat sie näher und blickte ihn schließlich herausfordernd an.

»Pater Blackshaw hat mir versichert, dass Ihr der römischen Kirche angehört. Aber das stimmt nicht. Ihr habt ihn getäuscht. Ihr seid kein Katholik! Ihr besucht den protestantischen Gottesdienst. Und Ihr habt sowohl den Suprematseid als auch den Treueid abgelegt.«

Sie belauerte ihn wie eine Katze. Es fiel Alan schwer, diesem eisigen Blick standzuhalten, doch er zwang sich dazu.

»Ich besuche den Gottesdienst der Staatskirche und nehme das Sakrament nach anglikanischem Ritus, weil es das Gesetz so vorschreibt«, verteidigte er sich gereizt. »Und ich habe beide Eide geschworen, weil man es von mir verlangte. Im Herzen aber bin ich Katholik und glaube an die Lehren der römischen Kirche. Und so gedenke ich auch zu sterben ... Ja, ich bin das, was man einen Schismatiker, einen ›Kirchenpapisten‹, nennt. Aber Pater Blackshaw weiß das.«

»Ihr seid ein Heuchler!«, sagte Amoret abfällig.

»Mag sein. Aber meine Arbeit als Chirurg bedeutet mir mehr als alles andere. Ich würde jeden Eid schwören, um sie ausüben zu können. Und ich verbringe meine Zeit lieber damit, Menschen zu helfen, als um meines Glaubens willen im Kerker zu sitzen.«

Die Worte des Wundarztes klangen aufrichtig und beruhigten Amorets Misstrauen. Es ging ihr weniger um seine Glaubensfestigkeit als um seine Charakterstärke. Sie sorgte sich um Pater Blackshaws Sicherheit und wollte ihn in vertrauenswürdigen Händen wissen. Meister Ridgeway war ein Fremder für sie. Sie war gekommen, um sich eine Meinung über ihn zu bilden und gegebenenfalls dafür zu sorgen, dass er es nicht wagte, in einer Krise seinen Untermieter zu verraten. Was sie über ihn erfahren hatte, war ihr zunächst widersprüchlich erschienen. So undurchschaubar seine religiösen Überzeugungen waren, so glänzend präsentierte sich dagegen sein Ruf als Chirurg. Er erledigte seine Arbeit mit Hingabe und brachte es oft nicht übers Herz, einen Kranken abzuweisen, der nicht bezahlen konnte.

Die Erfahrungen ihrer Kindheit hatten Amoret davor bewahrt, den Standesdünkel des Adels anzunehmen, dem sie aufgrund ihrer Geburt angehörte. Nach dem Tod ihres Vaters, des Earl of Caversham, in der Schlacht von Worcester war sie Vollwaise geworden. Damals hatte sich der junge Feldscher Jeremy Blackshaw bereit erklärt, das zehnjährige Mädchen zu ihrer Familie nach Frankreich zu bringen. Er war der jüngere Sohn eines Landedelmanns, hatte aber während der Flucht zur Tarnung grobe Kleidung übergezogen. Zuerst war Amoret über den mangelnden Respekt des Bauerntölpels ihr gegenüber empört gewesen, doch bald hatte seine Intelligenz sie beeindruckt. Er hatte ihr die Arroganz und Geringschätzung ihres Standes ausgetrieben und sie gelehrt, einen Menschen nicht nach seinem Äußeren oder seiner Herkunft zu beurteilen, sondern in seine Seele zu sehen. Ihre spätere Erziehung im Kloster der Ursulinen in Poitiers während Vincent de Paul, den man das Gewissen des Königreichs nannte, dort noch wirkte, hatte diese Entwicklung schließlich vollendet. Er hatte den Adel zur Demut und Mildtätigkeit gegenüber den Armen angehalten, die er als Abbild des leidenden Christus bezeichnete. So waren auch die

Klosterschülerinnen regelmäßig ins Spital gegangen, um die Kranken zu pflegen und ihnen die Füße zu waschen.

Mit ihrem hochmütigen Auftreten hatte Amoret Meister Ridgeway aus der Reserve locken wollen. Nun war sie zufrieden. Seine Verteidigung hatte nichts Kriecherisches an sich gehabt. Er ließ sich nicht leicht einschüchtern, und das gefiel ihr. Pater Blackshaw vertraute diesem Mann nicht zu Unrecht. Sie musterte ihn mit wachsendem Interesse. Er war um einiges größer als sie und sehr schlank. Seine langen Knochen ließen seine ganze Gestalt schlaksig erscheinen. Seine Schultern fielen ein wenig nach vorne, als verspüre er ständig den Drang, sich aufgrund seiner Größe zu anderen Menschen hinunterzubeugen. Seine Hände waren schmal und beweglich, wie geschaffen für sein schwieriges Handwerk. Amoret ertappte sich dabei, dass sie ihn mit den Augen einer Frau betrachtete, und plötzlich wurde ihr bewusst, dass sie ihn sympathisch fand. Auf seinem ovalen Gesicht lag ein ernster Ausdruck. Seine tief liegenden Augen, deren ungewöhnliches Graublau an poliertes Blei erinnerte, und die schmalen Lippen verstärkten noch diese seltsame Melancholie, die Amoret in seinen Zügen las und die sie nachdenklich machte.

Innerlich wand Alan sich unter ihren taxierenden Blicken. Sie stand so nah vor ihm, dass ihr Parfüm ihn schwindelig machte und er die Augen nicht von der weichen Haut ihrer Schultern und Brüste wenden konnte. Der Tisch in seinem Rücken hinderte ihn daran, weiter vor ihr zurückzuweichen. Wenn sie nur einen Schritt näher an ihn heranträte, wäre es ihr möglich, seine steigende Erregung durch den Stoff seiner Hose zu fühlen. Ihre Gegenwart wurde ihm unerträglich.

»Madam, wenn Ihr auf Euren Beichtvater zu warten wünscht, werde ich die Haushälterin bitten, Euch in seine Kammer zu führen«, sagte Alan schließlich. »Ansonsten muss ich Euch bitten, mich zu entschuldigen. Ich habe noch zu arbeiten.« Mit diesen Worten flüchtete er aus seiner Werkstatt in die Küche.

Als Jeremy am Abend zurückkehrte, fand er seinen Freund allein auf einer Bank sitzend vor, den Kopf in die Hände gestützt, die Haare zerrauft.

»Was habe ich getan?«, jammerte Alan. »Wie konnte ich nur?«

»Was ist vorgefallen?«, fragte Jeremy mit einem Stirnrunzeln.

»Lady St. Clair war hier. Und was habe ich Hornochse getan? Ich habe ihr die Tür gewiesen. Aber sie hat mir so die Hölle heiß gemacht, hat mich völlig an die Wand gedrängt, dass ich nicht mehr wusste, wie mir geschah. Diese Frau hat den Teufel im Leib!«

»Macht Euch keine Sorgen, mein Lieber«, erwiderte Jeremy lachend. »Sie hat Euch sicher nur auf die Probe stellen wollen. Es war gut, dass Ihr Euch gewehrt habt. Nun wird sie überzeugt sein, dass Ihr Charakter besitzt und mein Vertrauen verdient.«

Alan sah seinen Freund mit unverhohlenem Neid an. »Sie muss Euch sehr lieben. Habt Ihr nie daran gedacht ...«

»Nein! Ich liebe sie wie eine Tochter, mehr nicht. Da sind wir grundverschieden, Alan.«

»Sie ist wild entschlossen, Euch zu beschützen. Mit der Leidenschaft einer Anne Vaux!«

»Sagt das lieber nicht in ihrer Gegenwart. Schließlich ist es Anne Vaux damals nicht gelungen, ihren Beichtvater, den Superior unseres Ordens, vor dem Märtyrertod zu retten. Lady St. Clair umsorgt mich sowieso schon wie eine Glucke, ohne dass Ihr sie an die Gefahr erinnert.«

»Das hört sich an, als sei Euch ihre Sorge lästig.«

»Das ist sie auch. Aber eines Tages werde ich vielleicht einmal dankbar dafür sein.« Jeremy setzte sich zu Alan auf die Bank. »Pater Robert Persons hat einmal gesagt, dass der Fortbestand des Glaubens in England auf den Mut der Frauen zurückzuführen sei. Und er hatte Recht. Es lag von jeher in der Natur unserer Missionsarbeit, dass unser Überleben von der Unterstützung der katholischen Laien abhing. Und die mutigsten und aufopferndsten unter unseren Beschützern waren Frauen. Sie haben uns in ihren Häusern Unterschlupf gewährt, oft gegen den Willen ihrer Ehemänner, und dabei weder Gefängnis noch den Tod gefürchtet. Wie Margaret Clitheroe, die sich lieber einer unmenschlichen Folter aussetzte, als die Verstecke der Priester zu verraten. Lady St. Clairs Fürsorge mag mir manchmal lästig fallen, das ist wahr, aber ich empfinde es nicht als demütigend, von dem Schutz des so genannten schwachen Geschlechts abhängig zu sein.«

Zwölftes Kapitel

»Richter Trelawneys Kutsche ist gerade vorgefahren!«, rief der Lehrjunge, der auf die Straße gelaufen war, um eine Schüssel voller Blut in die Gosse zu schütten.

Alan, der den Arm eines Kunden, den er gerade zur Ader gelassen hatte, sorgfältig verband, warf Jeremy einen vielsagenden Blick zu.

Sir Orlando betrat die chirurgische Offizin und wartete an der Tür, bis der Kunde gegangen war. Seine frische Gesichtsfarbe und die aufrechte Haltung zeigten, dass er sich vollkommen von seiner Krankheit erholt hatte. Mit ernster Miene näherte er sich Jeremy und sagte mit aufrichtigem Bedauern: »Es tut mir Leid, Pater. Ich war ein Dummkopf. Ich habe mich von kindischen Gefühlen aus der Fassung bringen lassen. Auch wenn Ihr ein gottverdammter Jesuit seid, so habe ich Euch doch als ehrenhaften, aufrichtigen Mann schätzen gelernt. Ich weiß, Ihr habt nie den Versuch gemacht, mich zu täuschen. Deshalb möchte ich meine Bitte wiederholen. Darf ich Euch bei unklaren Fällen zu Rate ziehen?«

»Es wäre mir eine Freude, Euch zu helfen, Richter, auch wenn Ihr ein Ketzer seid, der zur Hölle gehen wird«, stimmte Jeremy zu.

Sir Orlando lachte und reichte dem Priester die Hand.

Alan lud den Richter ein, zum Essen zu bleiben. Es gab Hackbratenpastete. Nachdem Mistress Brewster das Zinngeschirr abgeräumt hatte und sie unter sich waren, begannen Jeremy und Trelawney über Jack Einauge zu sprechen, während Alan eine Karaffe Wein holte.

»Der Jurastudent, den Ihr mir geschickt habt, ist ein gewitzter Bursche«, bemerkte der Richter. »Er wird es bestimmt weit bringen.«

»Kennt Ihr seine Familie, Sir?«

»Nein, ich weiß nur, dass sie in Wales ansässig ist.«

»Und dieser kleine Gauner, der Euren Umhang vertauschte? Seid Ihr ihm jemals begegnet?«

»Ich erinnere mich, dass ich ihn einmal im Old Bailey wegen Diebstahls verurteilt habe. Er berief sich auf das Vorrecht des Klerus, erhielt das Brandmal und wurde entlassen. Vielleicht wollte er sich an mir rächen.«

»Das glaube ich nicht. Er wurde für seine Tat bezahlt. Jemand hat ihn beauftragt. Ein Mann in Eurer Position hat zwangsläufig Neider und damit Feinde. Wer würde von Eurem Tod profitieren? Wer würde Euch beispielsweise auf die Richterbank folgen?«

»Vermutlich einer meiner Brüder vom Finanzgericht oder vom Hauptzivilgerichtshof. Das hängt allein vom König ab. Glaubt Ihr, ein ehrgeiziger Jurist versucht, durch Mord seine Aufstiegsmöglichkeiten zu verbessern?«

Jeremy lächelte über die Angewohnheit der Richter, einander als »Brüder« zu bezeichnen. Sie hatten diese Tradition von dem alten Orden der Serjeants übernommen, dem jeder Advokat angehören musste, um in den Richterstand aufsteigen zu können. »Solange wir keinen Anhaltspunkt haben, dürfen wir keine Möglichkeit ausschließen. Was ist mit Eurer Familie? Wer würde Euch beerben?«

»Esther würde mein Vermögen bekommen.«

»Und wäre damit unabhängig.«

»Aber ich schränke sie doch in keiner Weise ein. Ich habe sie mit einer ansehnlichen Mitgift ausgestattet, über die sie sich nicht beklagen kann. Ich wäre froh, sie endlich los zu sein, denn sie macht mir das Leben zur Hölle. Aber ich finde einfach niemanden, der sie noch will, nachdem er sie kennen gelernt hat. Sie versprüht so viel Gift und Galle, dass sie jeden vergrault. Ihr Verhalten ist sehr peinlich für mich. Wahrscheinlich war ich immer zu nachsichtig mit ihr. Nach der Sache mit Malory habe ich ihr eine anständige Tracht Prügel verabreicht. Ich glaube, das hat ihr gut getan.«

Jeremy lächelte wieder, diesmal über die Naivität des Richters, sagte jedoch nichts.

Alan, der dem Gespräch schweigend lauschte, sprach ordentlich dem französischen Wein zu. Je weiter der Abend fortschritt, desto betrunkener ... und müder wurde er. Bald verschränkte er die Arme auf der Tischplatte und ließ den Kopf darauf sinken. Beim Einnicken hörte er seinen Freund und seinen Gast, den Jesuiten und den Richter, das Thema wechseln.

»Wie kann sich ein Mann von Eurer Intelligenz und Eurem Wissen zu einer so rückständigen und von Aberglauben beherrschten Religion bekennen?«, fragte Sir Orlando fast ein wenig mitleidig. »Wie könnt Ihr, den ich als rechtschaffen und mitfühlend kennen gelernt habe, Euch mit einer niederträchtigen Bande von Verschwörern wie den Jesuiten einlassen?«

»Es war gerade diese Intelligenz, die Ihr mir so großmütig zuerkennt, und mein Verlangen nach Wissen, die mich zur Gesellschaft Jesu führten. Ich war fasziniert von ihren Entdeckungen in der Medizin, der Astronomie und vielen anderen Bereichen, von den Beschreibungen ihrer Reisen in fremde Länder ganz zu schweigen. Ich verdanke mein Wissen dem Umgang und der Korrespondenz mit meinen Ordensbrüdern und meiner Missionsarbeit in Indien. Ohne die Offenheit für den Erfahrungsschatz anderer Völker, die ich mir als Jesuit aneignete, hätte ich Euch nie erfolgreich behandeln können, als Ihr krank wart. Cromwell ist damals am Wechselfieber gestorben, weil er sich in seiner sektiererischen Engstirnigkeit geweigert hatte, Jesuitenrinde einzunehmen.

Und jetzt lasst mich den Spieß einmal umdrehen: Wie kann ein Mann von Eurer Intelligenz, der für seinen unbestechlichen Gerechtigkeitssinn bekannt ist, wilden Verleumdungen Glauben schenken, ohne sich eine eigene Meinung zu bilden?«

»Es ist verständlich, dass Ihr Euren Orden verteidigt«, räumte Trelawney ein, »aber wollt Ihr leugnen, dass Euer damaliger Superior in die Pulververschwörung verwickelt war? Deshalb wurde er des Hochverrats schuldig gesprochen und hingerichtet.«

»Pater Garnet war unschuldig. Er hatte Kenntnis von der Verschwörung, das ist wahr. Aber dieses Wissen wurde ihm unter dem Siegel des Beichtgeheimnisses anvertraut. Er konnte nicht darüber sprechen. Doch er tat alles, was in seiner Macht stand, um den Mordanschlag auf König James und die Mitglieder des Parlaments zu verhindern. Er bat sogar den Papst, er möge die englischen Katholiken auffordern, ihrem protestantischen König Treue und Gehorsam zu erweisen.«

»Die Jesuiten sind doch bekannt dafür, dass sie überall, wo sie sich aufhalten, hinterhältige Intrigen spinnen. Wollt Ihr behaupten, diese Vorstellung sei völlig aus der Luft gegriffen?«

»So ist es! Zumindest was die Jesuiten in England betrifft. Sie haben nie Verrat begangen. Es ist uns ausdrücklich verboten, uns in Regierungsangelegenheiten einzumischen. Wir sind hier, um den Katholiken den geistlichen Beistand zu bringen, den die Regierung ihnen versagt.«

Ein schmerzhaftes Kribbeln in Alans rechtem Arm weckte ihn aus seinem Schlummer. Von draußen war der Singsang des Nachtwächters zu hören, der die dritte Stunde ausrief. Mit einem ungläubigen Blick aus verschlafenen Augen streifte Alan Jeremy und Sir Orlando, die noch immer unermüdlich diskutierten. Inzwischen waren sie bei der Bartholomäusnacht von 1572 angekommen, als die katholischen Pariser Bürger ein Blutbad unter den protestantischen Hugenotten angerichtet hatten. Jeremy belehrte den Richter, dass es dabei weniger um Religion als um Geld gegangen sei und dass die Jesuiten einige Hugenotten versteckt hätten, um sie vor der Ermordung zu retten.

Alan drehte den Kopf auf die andere Seite und döste wieder ein. Als er das nächste Mal erwachte, dämmerte bereits der Morgen herauf.

»... es überrascht mich nicht, dass Ihr auf alles eine Antwort habt, Pater«, hörte Alan den Richter sagen. »Aber ich muss gestehen, Eure Argumente sind so überzeugend, dass ich nicht mehr weiß, was ich glauben soll.«

Alan streckte sich gähnend und rieb sich den schmerzenden Rücken. Ein wenig besorgt sah er in die Gesichter der beiden Männer, um festzustellen, in welcher Stimmung sie waren. Sie hatten die ganze Nacht debattiert, doch ihre entspannten Mienen zeigten, dass sie dabei offenbar Freunde geworden waren.

»Ich bin morgen Mittag bei Baron Peckhams Familie zum Essen eingeladen«, sagte Trelawney, während sie gemeinsam den Morgentrunk einnahmen. »Ich möchte Euch bitten, mich zu begleiten, Pater. Vielleicht fällt Euch etwas auf, was uns der Aufklärung seines Todes näher bringt. Ich werde Euch mit meiner Kutsche abholen.«

Als Jeremy am folgenden Tag den Vierspänner des Richters vorfahren sah, trat er gleich hinaus, um dem Laufburschen die Mühe zu ersparen, ihn zu holen. Sir Orlando war allein.

»Eigentlich galt die Einladung auch für Esther«, erklärte dieser, »aber da sie wegen ihrer bösartigen Verleumdungen immer noch unter Hausarrest steht, muss sie darauf verzichten.«

Der Laufbursche tat seinem Namen Genüge und lief der Kutsche voraus, um ihr im dichten Verkehr Platz zu machen. In der Fleet Street angekommen, verlangsamte sich die Fahrt. Jeremy, der zum Fenster hinaussah, zupfte Trelawney am Arm, um ihn auf einen Mann aufmerksam zu machen, der gerade aus dem Seiteneingang eines der Häuser trat. »Mylord, erkennt Ihr ihn wieder?«

»Ist das nicht dieser Jeffreys? Aber was macht er im Haus des Barons?«

»Offenbar hat er dort jemanden besucht. Nur wen?«

Ein Lakai trat an die Kutsche heran und öffnete den Schlag. In der mit Marmor ausgelegten Eingangshalle wurden sie von der Witwe Peckham, ihrer ältesten Tochter Mary und dem jüngsten Sohn David empfangen. Der ältere Sohn John studierte im Middle Temple und war deshalb nicht anwesend. Jeremy bemerkte, wie Marys Gesicht vor Enttäuschung regelrecht zusammenfiel, als sie die Gäste eintreten sah. Bei der Begrüßung musste sie sich zu einem höflichen Lächeln zwingen, was ihr nicht recht gelang.

Trelawney stellte Jeremy als einen befreundeten Gelehrten vor, der viel auf dem Kontinent und im Orient gereist sei.

»Davon müsst Ihr uns unbedingt berichten, Mr. Fauconer«, bat die Witwe interessiert. Seit dem Tod ihres Mannes hatte sie nur noch wenig Abwechslung. Es war offensichtlich, dass sie von ganzem Herzen um ihn trauerte. Jeremy schloss sie schnell aus dem Kreis der Verdächtigen aus. Der jüngste Sohn erschien ihm naiv und ohne Ehrgeiz. Auch wenn das Ableben seines Vaters ihn offenbar nur wenig betrübte, hatte er dadurch doch kaum Vorteile erlangt, denn der Großteil des Vermögens ging an John, den Ältesten. Es fiel Jeremy allerdings schwer, sich eine Meinung über die Tochter zu bilden. Sie war verschlossen und schüchtern. Es lag ihr ganz offensichtlich eine Last auf der Seele.

Das Abendessen war üppig. Auf eine Portion Austern folgten Kaninchenhaschee, Lamm und Rindslende, als Nachtisch eine Torte, Obst und Käse. Jeremy war es gewöhnt, mit einer Gabel zu essen, wie es in Italien seit langem üblich war, und fand es schwierig, sich der englischen Sitte entsprechend allein mit einem Messer zu behelfen. Die einzige Gabel auf dem Tisch diente der Hausherrin zum Schneiden des Bratens in kleine Stücke, die sie dann ihren Gästen auf den Teller legte. Jeremy dachte an Alan, der mehr Freude am Essen hatte als er und es sicher bedauerte, dass er an den Köstlichkeiten nicht teilhaben konnte.

Nach dem Gastmahl forderte die Hausherrin ihre Tochter auf, sich an das Spinett zu setzen und die Gäste zu unterhalten. Sie spielte und sang vorzüglich. Erst als es Zeit zum Aufbruch war, erhielt Jeremy die Gelegenheit, allein mit Mary zu sprechen. »Mistress Peckham, bei unserem Eintreffen glaubte ich zu bemerken, dass Ihr noch jemanden erwartet habt. Leider muss ich Euch mitteilen, dass Mistress Langham zurzeit unter Hausarrest steht und auch keinen Besuch empfangen darf.«

Das Mädchen wurde bleich. »Was hat sie getan, Sir?«

»Sie hat einen Diener zu Unrecht beschuldigt, Geld gestohlen zu haben.«

Mary wandte das Gesicht ab, um zu verhindern, dass er darin las. Doch Jeremy hatte das Gefühl, dass sie erleichtert war, als habe sie etwas Schlimmeres erwartet. Er ließ ihr keine Zeit, zu Atem zu kommen, sondern fragte geradeheraus: »Macht Euch Mr. Jeffreys den Hof?«

Diesmal erschrak sie merklich. »Oh, ich bitte Euch, Sir, sagt es niemandem! Wir sehen uns nur manchmal heimlich.«

»Hatte Euer Vater verboten, dass Ihr ihn seht?«

»Ja ...«, gab sie zögernd zu. »George ist ja nicht einmal Anwalt. Er könnte gar nicht um meine Hand bitten. Aber eines Tages ...«

»... wird er dazu in der Lage sein ... wenn Ihr bis dahin nicht schon verheiratet seid. Habt keine Angst. Ich werde Euch nicht verraten.« Jeremy wandte sich nachdenklich ab. Der junge Student war wirklich sehr eifrig dabei, seinen Aufstieg zu fördern.

Auf der Heimfahrt fragte Jeremy den Richter: »Wisst Ihr, ob der Baron Pläne hatte, seine Tochter zu vermählen?«

»Ja, er hatte bereits mit einem wohlhabenden Kaufmann Verbindung aufgenommen. Aber durch seinen Tod wurden die Verhandlungen unterbrochen.«

»Wie stand seine Frau zu dieser Heirat?«

»Sie war nicht sehr begeistert. Der Kaufmann ist bedeutend älter als Mary.«

»Dann besteht die Möglichkeit, dass die Hochzeit nicht stattfindet?«

»Wünscht Ihr, dass ich es herausfinde?«

»Ja, tut das, es könnte wichtig sein.«

Beim Abschied mahnte Jeremy Sir Orlando noch einmal zur Wachsamkeit. Er befürchtete einen weiteren Anschlag und war beunruhigt, dass er so lange auf sich warten ließ.

Dreizehntes Kapitel

Jeremy verließ den Stadtkern durch das Newgate und bog in eine schmale Gasse ein, die an der alten Festungsmauer entlangführte und deshalb den Namen »Old Bailey« trug. Nur ein paar Schritte vom Gefängnis entfernt befand sich das Gerichtsgebäude, das aus dem vergangenen Jahrhundert stammte. Hier wurde den Angeklagten aus London und Middlesex, die im Newgate auf ihr Verfahren warteten, der Prozess gemacht.

Obwohl es noch früh am Morgen war, hatte sich eine neugierige Menschenmenge eingefunden, um der Eröffnung des Gerichts beizuwohnen. Der Lord Mayor, der als Bürgermeister und oberster Magistrat von London nominell den Vorsitz im Old Bailey führte, kam mit den beiden Stadtrichtern, dem Recorder und dem Common Serjeant, und den anderen Friedensrichtern vom Rathaus herüber, wo sie bereits kleinere Vergehen verhandelt hatten. Die Zeremonie, die den Einzug des Lord Mayor und der anderen Beamten begleitete, war ein festliches Ereignis, an dem die reichsten Bürger Londons teilnahmen. Aber auch die Prozesse selbst lockten viele Schaulustige an, besonders wenn einige schwere Verbrechen auf der Tagesordnung standen.

Jeremy war gekommen, um Breandán Mac Mathúnas Verhandlung zu verfolgen. Es stand nicht gut um den jungen Iren. George Jeffreys hatte wie versprochen Erkundigungen eingezogen und Jeremy vor einigen Tagen seine Einschätzung des Falles in allen Einzelheiten dargelegt. »Wenn Ihr mich fragt, so hat Euer irischer Freund Euch belogen«, hatte der Jurastudent erklärt. »Er wird des Raubüberfalls beschuldigt. Und der Ankläger ist kein unbedeutender Mann, sondern der Ratsherr Sir John Deane, der sogar einmal Lord Mayor war. McMahon hat ihn eines Abends, als er aus einer Schenke kam, mit einem Messer bedroht und ihm befohlen, seine Wertsachen herauszugeben. Zum Glück kamen Sir Johns Freunde ihm zu Hilfe. Der Ire konnte ihm aber noch seinen wertvollen Degen entreißen, bevor er die Flucht ergriff. So weit die Aussage, die Deane vor einem Friedensrichter machte. Seine Freunde bestätigen den Hergang des Geschehens.«

»Wenn ich recht verstehe, droht McMahon die Todesstrafe?«

»So ist es!«

»Aber gibt es denn nichts, was man für ihn tun kann?«

»Nicht viel. Er müsste schon verteufeltes Glück haben, um seinen Kopf aus der Schlinge zu ziehen. Bei der Verhandlung eines Kapitalverbrechens befindet sich der Angeklagte dem Ankläger gegenüber entschieden im Nachteil. Dafür gibt es mehrere Gründe. Erstens gilt er nicht als unschuldig, bis seine Schuld bewiesen wird, sondern es liegt bei ihm, zu beweisen, dass die gegen ihn erhobenen Anschuldigungen nicht zutreffen. Zweitens hat er anders als bei kleineren Vergehen und zivilrechtlichen Verfahren kein Recht auf einen Anwalt. Er muss sich selbst verteidigen. Drittens erfährt er erst vor Gericht, wessen er genau angeklagt ist und welche Zeugen gegen ihn aussagen. Ich weiß, das scheint ungerecht, denn es nimmt ihm jegliche Möglichkeit, sich auf den Prozess vorzubereiten. Aber dem liegt nun einmal die Vorstellung zugrunde, dass ein Angeklagter gerade durch seine unvorbereitete Reaktion auf die Anschuldigungen die Geschworenen von seiner Unschuld überzeugen soll. Sie sollen ihm die Ehrlichkeit vom Gesicht ablesen können. Das ist auch der Grund, weshalb ihm ein Verteidiger verwehrt wird. Es gilt die Maxime, dass der Richter der Anwalt des Angeklagten ist. Er berät ihn in rechtlichen Fragen und sorgt dafür, dass der Ankläger keine unzulässigen Beweise vorbringt.

Ihr sagtet, McMahon habe keine Zeugen für seine Darstellung des Geschehens. Das heißt, er hat keine Möglichkeit, zu beweisen, dass die Anschuldigungen falsch sind. Das Einzige, was er noch tun kann, ist, Leumundszeugen beizubringen. Damit meine ich angesehene Gemeindemitglieder, die bestätigen, dass er ein hart arbeitender Mann ist und bisher ein untadeliges Leben geführt hat. Die wird er aber nicht haben, da er, wie Ihr sagt, erst ein halbes Jahr in England ist. Und selbst wenn er sie hätte, wären sie nicht verpflichtet, vor Gericht zu erscheinen, anders als die Zeugen der Anklage, die eine amtliche Vorladung erhalten und bei Nichtbefolgung eine Strafe zahlen müssen. Außerdem werden die Zeugen der Verteidigung im Gegensatz zu den Zeugen der Anklage nicht vereidigt. Dadurch hat ihre Aussage zwangsläufig weniger Gewicht.

Schließlich kommt noch dazu, dass McMahon vorbestraft ist. Er trägt ein Brandmal in der Hand, das ihn als Totschläger ausweist. Den Geschworenen wird er folglich als ein Mann erscheinen, der jähzornig und gewalttätig ist und deshalb eine Gefahr für Ruhe und Ordnung darstellt, eben als unverbesserlicher Verbrecher, der die Möglichkeit bekommen hatte, sich zu bewähren, und sie nicht nutzte, sondern wieder straffällig wurde – ein geeigneter Kandidat also, an dem man für die anderen ein Exempel statuieren könnte.«

»Ihr meint, indem man ihn als abschreckendes Beispiel hinrichtet?«

»Ja. Ich erkläre Euch auch gerne, warum. Die Unzulänglichkeit unserer Rechtsprechung zeigt sich vor allem in der Verbrechensbekämpfung. Für die meisten Eigentumsdelikte gibt es dem Gesetz nach nur eine Strafe: den Galgen. Zugleich ist es aber unmöglich und darüber hinaus auch nicht wünschenswert, jeden Dieb gleich aufzuhängen. Die wenigsten würden dann noch einen Übeltäter vor Gericht bringen. Außerdem bestände die Gefahr, dass ein Dieb weniger Hemmungen hätte, sein Opfer, das ihn wiedererkennen könnte, zu töten, wenn die Strafe für Diebstahl dieselbe wäre wie für Mord. Die Folge wäre eine völlige Verrohung der Gesellschaft.

Juristische Schlupflöcher, wie das Vorrecht des Klerus oder der königliche Gnadenerlass, mildern die Härte des Gesetzes und geben einem verurteilten Verbrecher die Chance, auf den Pfad der Tugend zurückzukehren. Der Nachteil ist jedoch, dass sich Missetäter zu sehr darauf verlassen, mit einer läppischen Strafe wie einem Brandmal in der Hand oder sogar ganz straflos davonzukommen. Aber leider bieten die Gesetze keine andere Art der Strafe an. Ihr einziges Mittel ist die Abschreckung. Doch jede Abschreckung verliert ihre Wirkung, wenn nicht von Zeit zu Zeit ihre Schärfe demonstriert wird. Also muss eine Auswahl getroffen werden. Man opfert ein paar Verurteilte, um die anderen daran zu erinnern, was sie erwartet, wenn sie wieder straffällig werden. Unglücklicherweise gibt es keine andere Möglichkeit, das Recht in einer Gesellschaft wie der unsrigen zu wahren, in der es an effektiven Ordnungshütern mangelt und die Strafverfolgung allein beim Opfer eines Verbrechens liegt.«

»Ihr wollt damit sagen, dass McMahon möglicherweise als Sündenbock herhalten muss?«, fasste Jeremy bedrückt zusammen.

»Wenn er schuldig gesprochen wird, ja«, bestätigte George Jeffreys. »Und um ehrlich zu sein, zweifle ich nicht, dass genau das eintreten wird. Die Jury kommt aus derselben Schicht wie Sir John. Es sind Kaufleute und Handwerker, denen daran liegt, ihr Eigentum vor Diebesgesindel zu schützen. Sie werden dem Schwur eines Ratsherrn mehr Glauben schenken als den Beteuerungen eines Straftäters, der darüber hinaus auch noch Ausländer ist.

Es gäbe allerdings die Möglichkeit, einen Gnadenerlass vom König zu erwirken. Zu diesem Zweck wird gewöhnlich am Ende einer Sitzung eine Liste in Frage kommender Todeskandidaten zusammengestellt. Aber auch hier werden nur Verurteilte aufgenommen, die vorher ein unbescholtenes Leben geführt haben und deren Hinrichtung den Verlust einer wertvollen Arbeitskraft bedeuten würde. Zudem glaube ich, dass Sir John seinen ganzen Einfluss geltend machen würde, um zu verhindern, dass McMahon begnadigt wird. Immerhin hat er keine Unkosten gescheut, ihn zur Strecke zu bringen. Ihr wisst ja nicht, wie teuer ein solcher Prozess für den Ankläger ist. Es fallen eine Menge Gebühren an, zuerst für die Kautionsversprechen, die er für sich und seine Zeugen eingehen muss, dann für den Gerichtsschreiber, der die Anklageschrift verfasst, und schließlich noch für die Gerichtsdiener, den Pförtner und den Ausrufer, von den Zeugen ganz zu schweigen. Da kommt gut ein Pfund zusammen. Offenbar ist Sir John davon überzeugt, dass McMahon eine Gefahr für die Allgemeinheit darstellt.« Jeffreys schüttelte seufzend den Kopf. »Nein, ich fürchte, Euer Ire ist schon so gut wie gehenkt!«

»Ihr habt mir immer noch keinen Rat gegeben, wie ich ihm helfen kann«, erinnerte ihn Jeremy hartnäckig.

»Ihr seid tatsächlich entschlossen, wie es scheint«, stellte der Student überrascht fest. »Warum? Er ist ein armseliger Strauchdieb, nichts weiter als Abschaum. Lasst ihn hängen und spart Euer Geld.«

»Er ist ein Mensch in Not, dem übel mitgespielt wurde. Ich glaube nicht, dass er getan hat, was man ihm vorwirft.«

»Also gut, wenn Ihr unbedingt wollt. Das Einzige, was Ihr tun könnt, ist, dafür zu sorgen, dass McMahon vor Gericht einen anständigen Eindruck macht. Richtet ihn ein wenig her, damit er nicht aussieht wie ein Vagabund. Das äußere Erscheinungsbild und das Auftreten eines Angeklagten haben eine starke Wirkung auf die Geschworenen. Versucht außerdem, wenigstens ein paar Leumundszeugen aufzutreiben. Derjenige, der gar keine vorweisen kann, ist unweigerlich verloren.«

Jeremy hatte dem Studenten gedankt und seine Ratschläge so weit wie möglich in die Tat umgesetzt. Es glückte ihm, zwei Zeugen zu finden, die sich bereit erklärten, gegen Begleichung ihrer Unkosten für den Arbeitsausfall und eine Vergütung für ihre Mühe vor Gericht auszusagen. Der eine war der Kapitän eines Schiffs, für den der Ire eine Weile in den Docks gearbeitet hatte, der andere der Besitzer einer Fechtschule, der Breandán aufgrund seiner außergewöhnlichen Geschicklichkeit in der Handhabung jeglicher Art von Waffen bis kurz vor seiner Verhaftung hin und wieder beschäftigt hatte. Dort unterwies der Ire so manchen tölpelhaften Kaufmannssohn im Gebrauch des Degens. Er hatte diese Kunstfertigkeit während seines Söldnerdaseins erlangt, das ihn als Sechzehnjährigen zuerst in das französische und nach dem Pyrenäenfrieden in das spanische Heer an die portugiesische Front geführt hatte, bevor er nach England gegangen war, um dort Arbeit zu suchen.

Am Tag vor der Gerichtseröffnung brachte Jeremy dem jungen Mann saubere Kleidung, die Alan ihm überlassen hatte, und Seife ins Gefängnis, damit der Ire sich notdürftig waschen konnte. Mit einem Klappmesser machte der Priester sich schließlich daran, den verfilzten Bart abzurasieren, der Breandáns Gesicht überwucherte und ihm wahrhaftig das Aussehen eines Banditen verlieh. Darunter kamen zu Jeremys angenehmer Überraschung ausgesprochen wohlgeformte Züge zum Vorschein, deren Ausgewogenheit jeden Bildhauer entzückt hätte.

»Wenn sich die Jury aus Frauen zusammensetzen würde, hättest du nichts zu befürchten, mein Junge«, sagte Jeremy ironisch. »Und nun, da du wieder aussiehst wie ein Mensch, hast du auch das Recht, respektvoll angesprochen zu werden. Also, Mr. Mac Mathúna, ich habe alles getan, um Euch zu helfen, doch vor Gericht seid Ihr auf Euch allein gestellt. Vergesst nie, dass es um Euer Leben geht! Schluckt Euren Stolz hinunter, solange Ihr den Geschworenen gegenübersteht, und fahrt nicht aus der Haut, falls Ihr Euch gedemütigt fühlt. Wenn Ihr Euer cholerisches Temperament nicht im Zaum haltet, seid Ihr verloren!« Jeremy hatte diesen dramatischen Ton angeschlagen, um Breandán Angst zu machen. Vielleicht konnte er den irischen Heißsporn auf diese Weise zu der Einsicht bringen, seine Reizbarkeit zu zügeln und sich vor Gericht zu beherrschen.

All diese Vorbereitungen für die Verhandlung und die Ausgaben für Mac Mathúnas Unterbringung und Verköstigung im Newgate, ohne die er verhungert wäre, hatten einen erheblichen Aderlass für Jeremys Geldbeutel bedeutet. Nachdem noch die üblichen Aufwendungen für die Armen unter seinen Schutzbefohlenen dazugekommen waren, blieben ihm keine Mittel mehr für seine eigenen Bedürfnisse. Doch er stellte bald fest, dass er keinen Grund hatte, sich darum Sorgen zu machen. Seit er unter Alan Ridgeways Dach wohnte, erfüllte sich jeder seiner Wünsche wie durch Zauberhand. Zuerst bemerkte der Jesuit nicht, dass das Essen erst auf den Tisch kam, wenn er von seinen Ausflügen heimkehrte. Und da er kein Feinschmecker war, fiel ihm auch nicht auf, dass alles von bester Qualität war und üppig angerichtet wurde oder dass Mistress Brewster stets ein Säckchen frischen Tee im Haus hatte, jenes kostbare chinesische Getränk, das Jeremy während seiner Missionsarbeit bei einem portugiesischen Ordensbruder kennen gelernt hatte und dessen Genuss er als sein einziges Laster betrachtete. Wenn ihm Papier und Federkiele zur Neige gingen und er sich schon zerknirscht damit abgefunden hatte, auf das Niederschreiben seiner Gedankengebäude verzichten zu müssen, fand er am nächsten Tag einen neuen Vorrat auf seinem Tisch vor. Und erst als ihm eines Tages die Haushälterin ein seltsames Lob aussprach, wurde er hellhörig.

»Eure Anwesenheit in diesem Haus ist wahrlich ein Segen, Mr. Fauconer«, sagte sie vergnügt. »Seit Ihr hier seid, lässt mich Meister Ridgeway nur noch das beste Fleisch und das frischeste Gemüse einkaufen, von den Zutaten für die Süßspeisen ganz zu schweigen. Das Geschäft muss wirklich außerordentlich gut gehen.«

Jeremy kam plötzlich ein Verdacht, der ihn zuerst ärgerte und dann amüsierte. Noch am selben Abend, als sie in seiner Kammer allein waren, stellte er Alan zur Rede. »Ich hatte schon seit längerem die Absicht, Euch zu fragen, ob Ihr Euch inzwischen mit Lady St. Clair besser versteht«, begann Jeremy, während er Alans Blick festzuhalten versuchte. »Da ich meist erst spät zurückkehre, muss sie oft auf mich warten, wenn sie zur Beichte kommt. Sicher unterhält sie sich dann mit Euch.«

»Nun ja, ich möchte schließlich nicht, dass Ihre Ladyschaft sich langweilt.«

»Alan, Ihr wisst genau, worauf ich hinauswill. Hat sie Euch Geld gegeben?«

»Ja, das hat sie. Sie sprach mir ihr Vertrauen aus und überreichte mir einen wohlgefüllten Geldbeutel mit der Bitte, für Euer Wohlergehen zu sorgen und Euch zukommen zu lassen, was immer Ihr braucht. Es bereitet ihr Sorge, dass Ihr alles, was sie Euch gibt, für Almosen aufwendet und am Ende nichts mehr für Euch selbst übrig habt. Und ich gebe ihr Recht. Wenn Ihr so weitergemacht hättet wie zuvor, hättet Ihr Eure Gesundheit ernstlich untergraben. Um anderen zu helfen, braucht Ihr Eure Kräfte, und ich werde dafür sorgen, dass sie Euch erhalten bleiben. Aber das hätte ich auch ohne Lady St. Clairs Unterstützung getan. Nun, ich gebe zu, dass ich auch meine Vorteile davon habe. Wenn sie für Euch Tee mitbringt, dann hat sie auch stets irgendeine Köstlichkeit für mich und die anderen dabei. Also lasst ihr die Freude! So habt Ihr auch den Kopf frei für Eure Arbeit.«

Jeremy konnte nicht leugnen, dass er Alans Argument überzeugend fand. Es gefiel ihm, dass er sich nicht um seine körperlichen Bedürfnisse kümmern musste, sondern sich ganz seinen geistigen Studien widmen konnte. Und so brachte er das Thema nie wieder auf.

Jeremys Gedankengang wurde durch eine bekannte Stimme unterbrochen: »Dr. Fauconer, ich dachte mir, dass Ihr kommen würdet«, begrüßte ihn George Jeffreys mit einem wissenden Lächeln. »Ihr wollt sehen, wie sich Euer Ire schlägt. Darf ich Euch Gesellschaft leisten? Ich könnte Euch den juristischen Hergang erklären.« Er nahm Jeremy am Arm, um ihn in der Menschenmenge nicht zu verlieren. »Zuerst müssen wir sehen, dass wir einen Platz finden. Nach englischem Recht finden Prozesse öffentlich statt, was oft einen großen Andrang mit sich bringt. Lasst Euer Geld stecken, ich lade Euch ein!« Der Jurastudent fischte ein paar Münzen aus seiner Tasche und bezahlte die Eintrittsgebühr, die einem alten Privileg zufolge der Schwertträger der Stadt von den Schaulustigen verlangen durfte.

Es war ein Glück, dass es nicht windig war, denn der Gerichtssaal bestand zur Hälfte aus einem kleinen, offenen Hof ohne Überdachung, der von einer Mauer eingerahmt wurde.

Die Richterbank und die Sitzplätze der Jury und der Zuschauer befanden sich auf einer Estrade innerhalb des Sitzungshauses, während die Angeklagten unter freiem Himmel den Unbilden des Wetters ausgesetzt waren.

George Jeffreys ergatterte für sich und seinen Begleiter zwei gute Plätze, von denen aus man einen ungehinderten Blick auf Richter und Geschworene hatte, dabei aber den zumeist an Krankheiten leidenden und von Ungeziefer befallenen Gefangenen nicht zu nahe kam. Die Ansteckungsgefahr war auch der Grund für die offene Bauweise des Gerichtsgebäudes. Eine weitere, wenn auch wenig wirkungsvolle Schutzmaßnahme stellte das Ausstreuen aromatischer Kräuter auf den Pulten der Richter dar.

Nachdem der Lord Mayor, der Recorder und der Common Serjeant zusammen mit den drei Richtern der Obersten Gerichtshöfe und einigen Ratsherren ihre Plätze eingenommen hatten, wurde die Sitzung eröffnet.

Jeremy sah zu Sir Orlando Trelawney hinüber, der neben dem Lord Chief Justice, dem obersten Richter des Königlichen Gerichtshofs, saß. Er war wie die anderen in seine scharlachrote, mit Hermelin besetzte Amtsrobe gekleidet. Nur einer der Richter trug keine Perücke, sondern die *Coif*, eine eng am Kopf anliegende, weiße Leinenkappe, die mit einem Band unter dem Kinn zusammengehalten wurde. Dieses Kleidungsstück war ein Überbleibsel der Tracht des Ordens der Serjeants, dem alle Richter angehörten, der aber in den letzten hundert Jahren an Bedeutung verloren hatte. Die Plätze, die der Jurastudent ihnen gesichert hatte, waren so vorteilhaft situiert, dass Trelawney Jeremy inmitten der Menge erkannte und seinen Blick erwiderte.

Als die Kommissionen verlesen worden waren, die die Richter bevollmächtigten, über die Häftlinge des Newgate zu verhandeln, wurde die Grand Jury, die mit dem Lord Mayor vom Rathaus herübergekommen war, neu vereidigt. Erst wenn eine Anklageschrift von ihr zugelassen wurde, ging der Fall vor Gericht.

Die Häftlinge wurden in kleinen Gruppen vom Newgate herübergebracht, Hände und Füße in Ketten, die über den Boden klirrten. Der erste Angeklagte, dem der Prozess gemacht wurde, war ein halbnackter, in zerrissene Lumpen gekleideter Mann, den man des Pferdediebstahls beschuldigte. Seine heruntergekommene Erscheinung legte trauriges Zeugnis seines wochenlangen Aufenthalts in den tiefen Verliesen des Newgate ab. Er war unbeschreiblich schmutzig, sein Haar grau und schmierig, seine Haut unter dem dreckverklebten Bart leichenfahl, und der Gestank, der von ihm ausging, ließ alle Anwesenden schaudernd zurückzucken. Er zitterte am ganzen Körper und klammerte sich schwankend an die Eisengitter vor ihm, die ihn von den Richtern und Geschworenen trennten, während er mit fieberglänzenden Augen um sich blickte. Es bestand kein Zweifel, dass der Gefangene an Kerkerfieber litt und nicht in der Verfassung war, sich gegen die Anschuldigungen zu verteidigen, die der Besitzer des gestohlenen Pferdes gegen ihn vorbrachte.

Neben Jeremy zerrieb George Jeffreys Pfefferminzblätter zwischen den Fingern, um den pestilenzartigen Geruch, der zu ihnen herüberwehte, zu verdrängen. Andere Zuschauer hielten sich mit Essig gefüllte Fläschchen oder Kampfer unter die Nase.

Die Verhandlung dauerte kaum länger als zwanzig Minuten. Nach Beendigung der Beweisaufnahme war der nächste Angeklagte an der Reihe. Erst als alle Prozesse der ersten Gruppe abgeschlossen waren, zogen sich die Geschworenen zur Beratung zurück, und eine neue Jury wurde für die nächste Gruppe vereidigt. Nachdem deren Verhandlungen stattgefunden hatten, kehrte die erste Jury zurück, um ihre Urteile bekannt zu geben. Der Pferdedieb war für schuldig befunden worden.

»Pferdediebstahl ist vom Vorrecht des Klerus ausgenommen«, merkte George Jeffreys an. »Ihn erwartet die Todesstrafe, es sei denn, der Richter setzt seinen Namen auf die Liste derer, die einen Gnadenerlass vom König erhalten sollen.«

Vor der Mittagspause waren auf diese Weise neun Fälle verhandelt worden.

»Die Richter werden jetzt mit dem Lord Mayor und den Sheriffs essen«, erklärte der Student. »Um drei Uhr geht es dann weiter. Die Straße runter ist eine Schenke. Wollen wir dort einen Imbiss einnehmen?«

»Ladet Ihr mich etwa ein?«, fragte Jeremy verwundert. »Was versprecht Ihr Euch davon? Ihr habt meine Unterstützung, was Euer Fortkommen angeht, doch gar nicht nötig.«

»Ihr seid sehr misstrauisch, wie ich sehe. Aber ich nehme es Euch nicht übel. Ihr seid mir sympathisch. Mag sein, dass ich, was mein Vorankommen als Advokat betrifft, nicht auf Eure Hilfe angewiesen bin. Aber Ihr seid ein guter Arzt. Vielleicht brauche ich eines Tages einmal Euren Beistand.«

Vierzehntes Kapitel

Das üppige Mahl machte Sir Orlando Trelawney schläfrig. Träge ließ er den Blick durch den prächtig ausgestatteten Saal gleiten, der im ersten Stock des Gerichtsgebäudes lag, und bemerkte, dass es seinen Brüdern und den Ratsherren ebenso erging. Sein Weinglas spielerisch zwischen den Fingern drehend, schnappte er einzelne Gesprächsfetzen auf, ohne auf den Inhalt zu achten. Doch plötzlich erregte etwas seine Aufmerksamkeit.

»Ratsherr Deane hat mich bezüglich dieses McMahon angesprochen«, hörte er den Recorder sagen. »Er meint, der Kerl sei ein Strauchdieb von der schlimmsten Sorte, ein ehemaliger Söldner, der sich nun als Räuber betätigt. Sir John will sichergehen, dass er unschädlich gemacht wird.«

»Verstehe«, antwortete der Lord Mayor. »Wann ist seine Verhandlung?«

»Heute Nachmittag, Mylord.«

Sir Orlando geriet ins Grübeln. McMahon, war das nicht der Ire, der damals mit angesehen hatte, wie Jack Einauge seinen Mantel vertauschte? Trelawney erinnerte sich noch genau an das Gesicht des Burschen, das er beim Erwachen über sich gesehen, und an den festen Griff, mit dem McMahon ihn gepackt hatte. In seinem Rauschzustand hatte ihn die Berührung dieser kräftigen Hand in Panik versetzt, denn er befürchtete instinktiv einen Raubüberfall. Und wie es nun schien, hatte er mit einer derartigen Vermutung gar nicht so Unrecht gehabt. Die kurze

Begegnung hatte einen so starken Eindruck in ihm hinterlassen, dass der Ire sogar während Trelawneys Krankheit Eingang in seine Fieberträume gefunden hatte. Es würde ihm sicherlich gut tun, seinen Quälgeist noch einmal von Angesicht zu sehen, um die starken Erinnerungen loszuwerden.

Der Lord Chief Justice Sir Robert Hyde streckte sich auf seinem Lehnstuhl und gähnte herzhaft. »Gentlemen, ich glaube, ich werde mich für heute von Euch verabschieden. Wir sehen uns morgen früh wieder.«

Sein Bruder vom Finanzgericht und zwei der Ratsherren schlossen sich ihm an. Daraufhin wandte sich der Lord Mayor an Trelawney: »Sir Orlando, wenn auch Ihr Euch zurückziehen wollt, übernehme ich gerne für den Rest des Tages den Vorsitz. Es stehen keine schwierigen Fälle mehr an. Der Recorder und der Common Serjeant können mich in Rechtsfragen beraten.« Als Trelawney zögerte, fügte er hinzu: »Ich weiß, wie pflichtbewusst Ihr seid, aber immerhin habt Ihr gerade erst eine schwere Krankheit überstanden. Niemand wird Euch einen Vorwurf machen, wenn Ihr Euch ausruhen möchtet.«

Sir Orlando hatte auf einmal das starke Gefühl, dass man ihn loswerden wollte, und entschied sich spontan, zu bleiben. »Ich danke Euch für Eure Fürsorge, Mylord, aber gerade weil ich so lange aussetzen musste, habe ich nun das Verlangen nach Arbeit. Und jetzt entschuldigt mich, ich werde noch ein wenig in den Garten gehen.«

Es war fast drei Uhr, und die Zuschauer kehrten allmählich in den Hof zurück. Auf dem Weg nach unten entdeckte Sir Orlando bei einem Blick durchs Fenster den Jesuiten in der Menge. Einem Impuls folgend, winkte er einen der Gerichtsdiener zu sich. »Seht Ihr dort den großen hageren Mann in Schwarz?«, fragte er, durch die Scheibe deutend. »Führt ihn zu mir in den Garten.«

»Sehr wohl, Mylord.«

Jeremy war überrascht, als der Gerichtsdiener ihn ansprach und ihn bat, ihm zu folgen. Sir Orlando erwartete sie vor einem mit Kräutern eingefassten Blumenbeet.

»Ich habe Euch rufen lassen, Dr. Fauconer, um Eure Ansicht in Bezug auf einen der Fälle zu hören, die heute Nachmittag verhandelt werden«, setzte Trelawney an. »Da der Lord Chief Justice sich zurückgezogen hat, übernehme ich jetzt den Vorsitz. Wie Ihr vielleicht wisst, holen wir gewöhnlich die Meinung Außenstehender, meist der Honoratioren der jeweiligen Gemeinde, ein, um uns ein Bild von den Angeklagten zu machen und dann später zu entscheiden, ob ein Gnadengesuch an den König angemessen ist oder nicht. Der Ratsherr, der diesen McMahon des Raubüberfalls anklagt, hält ihn für unverbesserlich und gefährlich. Da ich weiß, dass Ihr im Gefängnis mit dem Iren gesprochen habt, wollte ich Euch fragen, ob Ihr diese Einschätzung bestätigen könnt?«

»Sir, es mag sein, dass McMahon unbeherrscht und streitsüchtig ist, aber er ist ganz sicher kein Dieb«, erklärte Jeremy bestimmt.

»Wie wollt Ihr da so sicher sein?«

»Er besaß absolut nichts, als er in den Kerker geworfen wurde. Und er muss auch schon vor seiner Verhaftung gehungert haben. Mylord, wäre er tatsächlich ein gewohnheitsmäßiger Dieb, so hätte er sicherlich genug Geld besessen, um keine Not leiden zu müssen.«

Sir Orlando sah Jeremy zweifelnd an. Dieses Argument überzeugte ihn nicht. »Ich danke Euch für Eure Einschätzung. Aber ich glaube, dass Ihr in diesem Fall voreingenommen seid. Der Ire gehört doch mit Sicherheit der römischen Kirche an.«

»Das stimmt«, gab der Jesuit zu. »Aber das wäre kein Grund für mich, Euch in seinem Sinne beeinflussen zu wollen. Seht ihn

Euch selbst an, Sir. Er wird Euch von seiner Ehrlichkeit überzeugen.«

Da im Old Bailey Fälle aus zwei unterschiedlichen Verwaltungsbezirken – der Stadt London und der Grafschaft Middlesex – verhandelt wurden, mussten auch jeweils zwei Jurys aufgestellt werden, denn dem Gesetz nach hatte jeder Engländer das Recht, von seinesgleichen abgeurteilt zu werden. Nach der Mittagspause wurde zuerst eine Gruppe von Gefangenen aus Middlesex hereingebracht, und einer nach dem anderen erhielt sein Verfahren vor zwölf Geschworenen aus derselben Grafschaft. Während diese dann in einem separaten Raum über die Urteile berieten, wurden fünf Häftlinge aus London in den Gerichtshof geführt. Einer von ihnen war Breandán Mac Mathúna. Er trug das saubere Leinenhemd und die Kniehosen, die Jeremy ihm gegeben hatte, und sein Gesicht war im Gegensatz zu den Gesichtern der anderen männlichen Gefangenen glatt rasiert und das lange, verfilzte Haar notdürftig aus der Stirn gekämmt. Durch Ketten verbundene Eisenringe umschlossen seine Hand- und Fußgelenke, doch als er an die Schranke gerufen wurde, waren seine Bewegungen sicher und geschmeidig, als spüre er seine Fesseln kaum.

»Brendan McMahon, hebe die Hand!«, sagte der Gerichtsschreiber auffordernd.

»Mein Name ist Breandán Mac Mathúna!«, widersprach der Ire hochmütig.

Der Gerichtsschreiber warf einen verwirrten Blick auf Richter Trelawney, denn solange der Angeklagte nicht die Hand hob, um seine Identität zu bestätigen, konnte das Verfahren nicht weitergehen.

»Angeklagter, seid Ihr nun unter dem Namen Brendan McMahon bekannt oder nicht?«, fragte Sir Orlando.

»So werde ich von Euch Engländern genannt, aber mein richtiger Name lautet Breandán Mac Mathúna.«

»Ihr müsst bestätigen, dass Ihr derjenige seid, der in der Anklageschrift genannt ist.«

»Ich bestätige es, wenn auch mit dem Vorwurf, dass Ihr Engländer Euch in Eurer Arroganz weigert, einen irischen Namen richtig auszusprechen, obwohl Eure Zungen kaum so unbeweglich sein können, dass es Euch mit ein wenig Mühe nicht gelingen würde«, fügte Breandán hinzu, bevor er wie verlangt die Hand hob.

Jeremy standen bei diesen herausfordernden Worten förmlich die Haare zu Berge. Zu seinem Leidwesen musste er erkennen, dass all sein gutes Zureden umsonst gewesen war. Der stolze junge Mann würde sich um Kopf und Kragen reden.

Der Gerichtsschreiber begann nun, die auf Latein abgefasste Anklageschrift ins Englische zu übersetzen: »Du stehst hier unter dem Namen Brendan McMahon, aus London, Arbeiter, vor Gericht, weil du am vierzehnten Tag des Monats August im sechzehnten Jahr der Regierung unseres Souveräns Charles' des Zweiten, von Gottes Gnaden König von England, Schottland, Frankreich und Irland, Verteidiger des Glaubens, um etwa zehn Uhr in der Nacht des nämlichen Tages mit Waffengewalt in London, genauer in der Pfarre von St. Anne Black-Fryers, im Bezirk von Farringdon Within, London, einem Sir John Deane, Ritter, gegen den Frieden Gottes und unseres Souveräns des Königs aufgelauert und ihn unter Bedrohung seines Lebens zur Herausgabe eines versilberten Degens im Werte von fünfzehn Shilling gezwungen hast. Was sagst du, Brendan McMahon? Bist du dieses Kapitalverbrechens, wie es in der Anklageschrift niedergelegt ist, schuldig oder nicht schuldig?«

»Nicht schuldig.«

»Angeklagter, wie soll über dich gerichtet werden?«

»Ich bin Ire. Ein englisches Gericht kann nicht über mich richten!«

Wieder stockte der Gerichtsschreiber, denn das Gesetz verlangte an dieser Stelle, dass der Angeklagte eine festgesetzte Formel wiederholte, die seine Anerkennung des Gerichts symbolisierte. Ohne dieses Ritual konnte der Prozess nicht stattfinden.

»Angeklagter, hat man Euch nicht angewiesen, welche Antwort Ihr zu geben habt?«, fragte Richter Trelawney geduldig.

»Doch, aber wenn ich sie gebe, werde ich vor ein Schwurgericht gestellt, das aus Männern besteht, die mir keine Gerechtigkeit widerfahren lassen. Sie sind nicht meinesgleichen, sie sind Kaufleute wie der Ankläger. Was ich auch sage, sie werden ihm mehr glauben als mir.«

»Die Geschworenen sind angewiesen, Euch ohne Vorbehalte anzuhören«, versicherte Sir Orlando. »Das Verbrechen, dessen Ihr angeklagt seid, hat in London stattgefunden. Deshalb steht Ihr vor einem Schwurgericht, das sich aus Londoner Bürgern zusammensetzt. Ihr habt aber das Recht, zwanzig Geschworene abzulehnen, bevor sie vereidigt werden, ohne einen Grund dafür anzugeben, und weitere, wenn Ihr einen rechtmäßigen Grund gegen sie vorbringen könnt. Und nun antwortet auf die Frage mit den Worten, die das Gesetz vorschreibt, sonst werdet Ihr ins Gefängnis zurückgebracht und der Folter unterzogen, bis Ihr Euch bereit erklärt, das Gericht anzuerkennen.«

Breandáns Augen begannen wütend zu funkeln, aber er beherrschte sich.

Der Gerichtsschreiber wiederholte die Frage: »Angeklagter, wie soll über dich gerichtet werden?«

Diesmal sprach der Ire die verlangte Formel: »Durch Gott und mein Land.«

»Möge Gott dir beistehen«, schloss der Gerichtsschreiber und machte eine Eintragung in die Anklageschrift.

Nachdem auch die anderen Gefangenen der Gruppe dasselbe Ritual durchlaufen hatten, wurde die Jury aufgerufen. Der Gerichtsschreiber klärte die Angeklagten über ihr Recht auf, die Geschworenen abzulehnen, bevor sie vereidigt wurden. Jeremy befürchtete, dass Breandán von dem Recht Gebrauch machen und auf diese Weise den Prozess behindern könnte, doch zu seiner Erleichterung verhielt sich der Ire still.

Die Präliminarien waren nun beendet, und die erste Verhandlung konnte beginnen. Als Breandán an der Reihe war, musste er erneut zur Identifizierung die Hand heben. Dann wurden die Zeugen der Krone aufgerufen. Als Erster sagte Thomas Masters aus. Breandán erkannte in ihm sofort einen der drei Männer, mit denen er Streit gehabt hatte. Es war derjenige, den er durch einen Fausthieb niedergestreckt hatte. Masters erzählte, wie er eines Abends mit Sir John Deane und John Hague in einer Schenke gefeiert habe. Deane habe die Trinkstube vor den anderen verlassen, doch seine Freunde seien ihm nach Begleichung der Zeche kurz darauf gefolgt. »Da sah ich, wie der Angeklagte Sir John mit einem Messer bedrohte, vermutlich um ihn zu berauben. Mr. Hague und ich zogen unsere Degen und eilten ihm zu Hilfe. Da bekam der Angeklagte Angst, riss Sir Johns Degen an sich und floh.«

»Das ist eine Lüge!«, schrie Breandán ungehalten dazwischen. »Ihr wart es, die Streit mit mir anfingen!«

»Angeklagter, haltet Euch zurück!«, forderte Trelawney. »Ihr werdet noch Gelegenheit bekommen, Euch zu den Anschuldigungen zu äußern.«

»Aber er lügt, der verdammte Mistkerl. Ich habe niemanden überfallen!«, rief Breandán erregt.

Sir Orlandos Stimme wurde schärfer. »Ich dulde keine Flüche in meinem Gerichtshof! Wenn Ihr Euch nicht beherrscht, werde ich Euch den Mund stopfen lassen.«

Breandán senkte zähneknirschend den Kopf und verbiss sich nur mit Mühe einen weiteren Ausbruch.

»Habt Ihr gesehen, dass der Angeklagte ein Messer in der Hand hielt?«, wandte Richter Trelawney sich an den Zeugen.

»Ja, Mylord, er stand neben Sir John und hielt ihm das Messer an die Brust.«

»Würdet Ihr bitte demonstrieren, in welcher Position sich der Angeklagte zum Opfer befand. Gerichtsdiener, stellt Euch neben den Zeugen.«

Masters trat ein wenig verunsichert an den Gerichtsdiener heran, packte ihn am Arm und gab vor, ihm die Klinge eines Messers an die Rippen zu setzen.

»Hat der Angeklagte das Opfer festgehalten, so wie Ihr es jetzt tut?«, erkundigte sich Sir Orlando aufmerksam.

»Ja, Mylord.«

»Wie weit wart Ihr von beiden entfernt, als Ihr bemerktet, was vor sich ging?«

»Etwa zwanzig Schritte, Mylord. Wären Mr. Hague und ich näher dran gewesen, hätten wir den Burschen nicht entkommen lassen.«

»Ihr sagtet, es sei zehn Uhr abends gewesen«, fuhr Trelawney fort. »War es da nicht bereits dunkel?«

»Ja, aber vor der Schenke hing eine Laterne.«

»Gab es an der Stelle, an der der Angeklagte sein Opfer bedrohte, auch ein Licht?«

»Ich bin mir nicht sicher, Mylord.«

»Ich finde es erstaunlich, Mr. Masters, dass Ihr auf eine Entfernung von zwanzig Schritten in einer dunklen Gasse so genau sehen konntet, dass der Angeklagte ein Messer in der Hand hielt, obwohl er unmittelbar neben seinem Opfer stand.«

»Sir John sagte mir, dass er mit einem Messer bedroht wurde. Da glaubte ich, es auch gesehen zu haben.«

Sir Orlando ließ den Zeugen in seinem Bericht fortfahren. Als er geendet hatte, wurde der Magistrat, der die Anzeige aufgenommen hatte, aufgerufen und vereidigt. Er berichtete, der Angeklagte habe zugegeben, Sir John nach einem Kampf den Degen entrissen zu haben.

»Gestand er auch, dass er ihm aufgelauert und ihn mit einer Waffe bedroht habe, Master Ratsherr?«, fragte Sir Orlando den Zeugen.

»Das hat er nicht. Er behauptete, die drei Männer hätten einen Streit provoziert, und als sie ihre Degen zogen, habe er sich nur verteidigt.«

»Wer brachte den Angeklagten zu Euch?«

»Sir John Deane, Mylord. Er hatte einige seiner Diener beauftragt, den Angeklagten aufzuspüren und festzunehmen.«

»Hatte der Angeklagte ein Messer oder eine andere Waffe bei sich?«

»Nein, Mylord. Als er mir vorgeführt wurde, war er unbewaffnet. Vielleicht haben die Männer, die ihn verhafteten, ihm das Messer abgenommen.«

»Hat der Angeklagte sich gegen die Festnahme gewehrt?«, erkundigte Richter Trelawney sich weiter.

»Ja, Mylord, sie mussten ihn mit Gewalt zu meinem Haus schleifen. Er war übel zugerichtet, als ich ihn zu Gesicht bekam.«

»Ihr sagt, der Angeklagte habe sich gegen die Männer gewehrt. Hat er sie dabei verletzt?«

»Soweit ich sehen konnte, hatte einer ein blaues Auge und ein anderer eine blutige Nase.«

»Aber keine Wunden, die von einer Waffe herrührten?«

»Nein, Mylord, es waren die typischen Verletzungen, wie man sie nach einem Faustkampf sieht.«

»Ich danke Euch. Fahrt fort!«

Es folgte John Hague, der den Bericht von Thomas Masters bestätigte, sich aber nicht festlegen wollte, ob er in der Hand des Angeklagten wirklich ein Messer gesehen habe. Schließlich ließ der Ankläger noch den Schließer des Newgate aufmarschieren, den Breandán angegriffen hatte, und einige weitere Zeugen, die den jähzornigen Charakter des Iren bescheinigen sollten. Zuletzt sagte ein Pfandleiher aus Whitefriars aus, der Angeklagte habe ihm den Degen des Opfers zum Verkauf angeboten.

An dieser Stelle verlor Breandán erneut die Beherrschung. »Lügner, du hast mich nie gesehen!«, schrie er wütend. »Wie viel haben sie dir bezahlt, damit du mich verleumdest, du Lump!«

Und wieder rief Sir Orlando ihn scharf zur Ordnung. »Angeklagter, ich lasse Euch knebeln, wenn Ihr noch einmal die Würde des Gerichts verletzt! Verlasst Euch darauf. Ihr dürft dem Zeugen Fragen stellen, wenn Ihr wünscht, aber haltet dabei Eure Zunge im Zaum!«

Doch der Ire wusste, dass es wenig Sinn hatte, einen Lügner zu befragen, und verzichtete. Der Richter forderte ihn nun auf, sich zu verteidigen. Breandán gab seine Version des Streits mit den drei Männern wieder und leugnete entschieden, den Ratsherrn beraubt zu haben.

»Ihr behauptet, Ihr hättet drei bewaffnete kräftige Männer überwältigt, obwohl Ihr allein und unbewaffnet wart?«, fasste Trelawney zusammen. »Wie ist das möglich?«

»Mylord, ich bin mein ganzes Leben lang Söldner gewesen. Da lernt man zu kämpfen. Ich würde auch mit fünf Londoner Bürgern fertig werden, die nie etwas anderes getan haben, als ihre Wänste zu mästen. Darf ich dazu einen Zeugen aufrufen?«

»Tut das«, stimmte Sir Orlando zu.

Während er der Aussage des Besitzers der Fechtschule lauschte, der die Waffenkunst des Iren rühmte, betrachtete Trelawney den Angeklagten eingehend. McMahon war nicht sehr groß. Sein Körper wirkte abgezehrt und geschwächt von Hunger und stand in scharfem Gegensatz zu dem Bild des wohlgenährten Bürgers, das der Ire kurz vorher voller Arroganz beschworen hatte. Es schien einleuchtend, dass ein Mann, der so gut mit Waffen umzugehen verstand, nicht hungern musste, es sei denn, er war zu stolz, um auf unehrliche Weise Abhilfe zu schaffen. So weit musste Sir Orlando dem Jesuiten zustimmen. Dennoch war es möglich, dass der Ire an jenem Tag, vielleicht aus wachsender Verzweiflung, seine Hemmungen überwunden hatte und zum Dieb geworden war.

Interessiert studierte Trelawney dieses junge Gesicht mit dem harmonischen Knochenbau, das sich mit einem hochmütigen, aber aufrichtigen Ausdruck zu ihm hob. Es lag weder Verschlagenheit noch Niedertracht darin, das sah Sir Orlando mit einem Blick, und er hatte in seiner juristischen Laufbahn gelernt, in den Zügen der Menschen zu lesen. Dieser Mann war sicherlich kein gewohnheitsmäßiger Dieb, und er hatte den Ratsherrn aller Wahrscheinlichkeit nach auch nicht mit einer Waffe bedroht, sondern ihm den Degen gestohlen, als dieser gerade nicht aufpasste. Trelawney vermutete, dass McMahons Vergangenheit als Söldner für die Kaufleute Grund genug war, um ihn als ruchlosen Strolch einzustufen, der so schnell wie möglich an den Galgen gehörte ... Sie mochten also in ihren Darstellungen die Gefährlichkeit des Diebes übertrieben haben, aber sie waren angesehene Bürger und hatten unter Eid ausgesagt; ihre Anschuldigungen konnten nicht völlig aus der Luft gegriffen sein, während die Aussage des Angeklagten, in der er jegliche diebische Absicht von sich wies, wenig glaubwürdig erschien.

Trelawney sah zu dem Jesuiten hinüber, der besorgt den Verlauf der Verhandlung verfolgte. Es war dem Richter beim Erscheinen des Angeklagten sofort klar geworden, dass nur Fauconer ihn eingekleidet und herausgeputzt haben konnte, damit er einen möglichst guten Eindruck auf die Geschworenen machte. Aber hielt er den Iren wirklich für unschuldig? Oder versuchte er, der römische Priester, lediglich, einen Glaubensbruder vor der Strafe einer protestantischen Gerichtsbarkeit zu retten?

Trelawney zweifelte nicht daran, dass die Jury den Angeklagten schuldig sprechen würde. Sie konnte die Aussage des Pfandleihers und das Geständnis des Iren vor dem Friedensrichter, den Degen an sich genommen zu haben, nicht ignorieren und besaß auch keine Veranlassung, entgegen den Beweisen für einen Freispruch zu entscheiden.

Sir John Deane hatte die Anklageschrift auf eine Weise aufsetzen lassen, dass McMahon bei einem Schuldspruch der Galgen sicher war. Als ehemaliger Lord Mayor und oberster Friedensrichter besaß er die dazu nötigen juristischen Kenntnisse und hatte sie rücksichtslos angewendet. Dabei wäre es ein Leichtes für ihn gewesen, die Anklage so zu formulieren, dass der Dieb mit einer milderen Strafe davonkäme, wie es von vielen Anklägern, die kein Blut an ihren Händen haben wollten, praktiziert wurde. Diese unangemessene Härte verstärkte Trelawneys Verdacht, dass die Haltung des Ratsherrn nicht frei von Rachegefühlen war und dass es ihm nicht in erster Linie um Gerechtigkeit ging.

Sir Orlandos Blick kehrte zu dem Angeklagten zurück, der seinen zweiten Leumundszeugen aufrief. Es war kein Mitleid, das sich in ihm regte, sondern ein starker Widerwille gegen Sir Johns Manipulation des Rechts, um sich aus persönlichen Motiven Genugtuung zu verschaffen. Doch letztendlich lag das Leben des Angeklagten in der Hand des Richters, und Trelawney entschloss sich, es zu retten.

Nachdem alle Zeugen gehört worden waren, trat der Ire zu den anderen Häftlingen zurück, und der nächste Angeklagte in der Reihe wurde an die Schranke gerufen. Als das letzte Verfahren abgeschlossen war, wandte sich Sir Orlando an die Geschworenen: »Gentlemen der Jury, Ihr habt die Aussagen gehört. Nun ist es für Euch an der Zeit, Euch zurückzuziehen und über die Tatfragen zu entscheiden, die Euch vorgelegt wurden, denn Ihr allein seid dafür die rechtmäßigen Richter.« Er fuhr fort, jeden einzelnen Fall in kurzen Worten zusammenzufassen. »... Ihr habt die Anklageschrift gegen Brendan McMahon gehört, in der er des Raubüberfalls und des Diebstahls eines versilberten Degens im Wert von fünfzehn Shilling beschuldigt wird. Was den ersteren Tatbestand betrifft, so haben die Aussagen der Zeugen nicht zweifelsfrei beweisen können, dass der Angeklagte bewaffnet war, als er Sir John Deane den Degen stahl, und es scheint unglaubwürdig, dass ein unbewaffneter Mann einem bewaffneten Mann Gewalt androhen kann, um ihn zur Herausgabe seiner Wertsachen zu zwingen. Ihr habt auch die Aussage des Angeklagten gehört, der leugnet, den Diebstahl begangen zu haben, sondern in Notwehr gehandelt haben will. Ob Ihr ihm seine Geschichte glaubt, müsst Ihr entscheiden. Glaubt Ihr sie, müsst Ihr ihn nicht schuldig sprechen. Seid Ihr jedoch überzeugt, dass er schuldig ist, so möchte ich Euch daran erinnern, dass Ihr über Leben oder Tod des Angeklagten beschließt. Bevor Ihr also Euren Urteilsspruch verkündet, denkt darüber nach, ob der Wert eines Degens das Leben eines Menschen aufwiegt. Möge Gott Euch in Eurer Entscheidungsfindung lenken.«

Jeremy wandte sich mit einem fragenden Blick zu George

Jeffreys, der ein wissendes Grinsen aufgesetzt hatte. »Was hat das zu bedeuten?«, fragte er den Studenten.

»Das werdet Ihr gleich sehen«, antwortete dieser, und sein Lächeln wurde noch breiter. »Geduldet Euch noch ein wenig, bis die Geschworenen zurückkehren.«

Jeffreys hatte offensichtlich seine Freude daran, seinen Begleiter auf die Folter zu spannen, und Jeremy ahnte, dass er sich durch nichts dazu erweichen lassen würde, die nervenaufreibende Wartezeit zu verkürzen.

Der Jesuit lauschte den folgenden drei Prozessen vor einer Middlesex-Jury nur mit halbem Ohr. Es war spät geworden, und die Gerichtsdiener entzündeten Talgkerzen, die ein unruhiges, geisterhaftes Licht warfen.

Mit nervös klopfendem Herzen verfolgte Jeremy schließlich die Rückkehr der Londoner Jury. Nachdem der Gerichtsschreiber ihre Namen aufgerufen hatte, fragte er sie, ob sie zu einem einstimmigen Urteil gelangt seien.

»Ja«, war die Antwort.

»Wer soll für Euch sprechen?«

»Der Obmann.«

Der Gerichtsschreiber rief nun erneut die Angeklagten nacheinander an die Schranke und forderte sie ein weiteres Mal auf, zur Identifizierung die Hand zu heben.

»Hier steht Brendan McMahon vor Euch. Seht ihn Euch an. Wie habt Ihr entschieden? Ist er der Kapitalverbrechen des Raubüberfalls und des Diebstahls, deren er angeklagt ist, schuldig oder nicht schuldig?«

»Nicht schuldig des Raubüberfalls, schuldig des Diebstahls eines Degens im Wert von zehn Pence.«

George Jeffreys neigte sich zu Jeremys Ohr und erklärte: »Richter Trelawney hat die Geschworenen angewiesen, die Anklagepunkte in ihrem Urteilsspruch herabzusetzen, und sie sind seiner Aufforderung gefolgt. Das Gesetz trennt schweren Diebstahl von Kleindiebstahl. Auf das eine steht die Todesstrafe, auf das andere nicht. Indem die Jury den Wert des gestohlenen Degens auf zehn Pence, also unterhalb eines Shillings, der entscheidenden Grenze zum schweren Diebstahl, festsetzte, hat sie den Iren vor dem Galgen gerettet. Aber ganz straflos kommt er nicht davon.«

»Welche Strafe steht auf Kleindiebstahl?«, fragte Jeremy, der ein Gefühl der Erleichterung verspürte.

»Auspeitschen!«, antwortete Jeffreys ernst.

Der Jesuit schluckte. McMahon mochte dem Tod entronnen sein, doch die Strafe, die ihn stattdessen erwartete, war dennoch grausam und qualvoll, umso mehr für einen unschuldigen Mann, dessen einziges Vergehen darin lag, seinen Stolz verteidigt zu haben.

Da es bereits neun Uhr abends war, beschloss Sir Orlando Trelawney, die Gerichtssitzung auf den nächsten Morgen zu vertagen. Während der Lord Mayor und die Ratsherren sich zurückzogen, winkte Trelawney ebenden Gerichtsdiener zu sich, den er am Nachmittag beauftragt hatte, Jeremy zu ihm zu führen, und schickte ihn noch einmal mit derselben Anweisung unter die Zuschauer.

Trelawney erwartete den Jesuiten diesmal in einem separaten Zimmer und schloss sorgfältig die Tür hinter ihm. Er wollte sicher sein, dass sie ungestört waren.

»Ich danke Euch, dass Ihr Euch für McMahon eingesetzt habt, Mylord, selbst gegen den Willen des Ratsherrn«, sagte Jeremy.

»Ich fürchte, es gibt da noch ein Problem«, erwiderte der Richter in einem deutlichen Ton der Besorgnis. »Deshalb wollte ich mit Euch reden. Ihr wisst, dass das Strafmaß für diejenigen, die schuldig gesprochen wurden, erst am letzten Sitzungstag verkündet wird.«

»Ja, und ich bin mir im Klaren darüber, welche Strafe McMahon zu erwarten hat«, meinte Jeremy trocken.

»Leider ist das nicht alles. Da Euer irischer Freund weder einen festen Wohnsitz noch Arbeit hat, also als Dieb und Vagabund gilt, wäre es eigentlich meine Pflicht, ihn für unbestimmte Zeit ins Zuchthaus zu schicken. Das Londoner Bridewell Hospital untersteht allerdings einem unabhängigen Rat, der sich aus dem Lord Mayor und einigen Stadträten zusammensetzt. Sie allein entscheiden, wie lange die Verurteilten in Haft bleiben und welche Strafen ihnen auferlegt werden, das heißt, sie können einen Gefangenen so oft auspeitschen lassen, wie sie es für richtig halten. Und Sir John Deane ist eines der Mitglieder dieses Rats. Ihr wisst, was das bedeutet. Wenn ich McMahon nach Bridewell schicke, liefere ich ihn damit seinem Feind aus. Und ich fürchte, das könnte für beide katastrophale Konsequenzen haben.«

Jeremy war blass geworden. »Gibt es eine Möglichkeit, das zu vermeiden?«

»Nun, Bridewell ist wie alle Gefängnisse ständig überfüllt, und die Unterbringung der Ärmsten der Armen kostet Geld. Mit diesen Argumenten könnte ich wahrscheinlich verhindern, dass McMahon eingewiesen wird – vorausgesetzt, ich finde jemanden, der für ihn bürgt.«

»Ich verstehe, Mylord. Gebt mir Zeit bis morgen, dann bringe ich Euch einen Bürgen.«

»Denkt Ihr dabei an Meister Ridgeway?«

»Ja.«

Richter Trelawney zog verwundert die Augenbrauen hoch. »Ihr müsst tatsächlich davon überzeugt sein, dass McMahon unschuldig ist, denn Ihr würdet Euch wohl kaum einen Dieb ins Haus holen!« Die Zukunft würde zeigen, ob es eine kluge Entscheidung war, dem Iren zu vertrauen, sagte sich Sir Orlando, während er dem Jesuiten beim Verlassen des Zimmers nachsah. Doch wohl fühlte er sich bei dem Gedanken nicht.

Fünfzehntes Kapitel

Es war Aufgabe des Recorders, am letzten Tag der Sitzung im Old Bailey das Strafmaß zu verkünden. Für Breandán Mac Mathúna lautete es: »… dass Ihr von hier an den Ort zurückgebracht werdet, von dem Ihr kamt, und von dort an einen Karren gebunden durch die Straßen vom Newgate nach Tyburn geführt, den Körper vom Gürtel aufwärts entblößt, und dabei ausgepeitscht werdet, bis Euer Körper blutet.«

Zwei Tage später, an Sankt Cosmas und Damian, wurde das Urteil vollstreckt. Am Straßenrand hatte sich wie stets zu solchen Gelegenheiten eine neugierige Menschenmenge eingefunden, um das Schauspiel zu sehen. Auch Jeremy war gekommen, und Alan hatte ihn unaufgefordert begleitet. Der Jesuit hatte keine besondere Zungenfertigkeit aufwenden müssen, um seinen Freund zur Übernahme der Bürgschaft zu überreden. Der Wundarzt war über die Härte des Strafmaßes entsetzt und betrachtete es als einen Akt der Barmherzigkeit, dem jungen Mann weitere Misshandlungen zu ersparen.

Jeremy bemerkte zu seinem Missfallen auch Sir John Deane und Thomas Masters unter den Schaulustigen. Beide saßen zu Pferde, um dem Pöbel nicht zu nahe zu kommen. Offensichtlich wollten sie sich ihre Rache, auch wenn sie unvollkommen war, nicht entgehen lassen.

Nachdem man dem Verurteilten die Ketten abgeschlagen hatte, wurde er von einem der Schließer des Newgate dem Henker übergeben, der ihn hinten an den bereitgestellten Karren heranführte und ihn unsanft an der Schulter packte, um ihm das Hemd auszuziehen. Gereizt durch die rohe Behandlung, begann sich Breandán zu wehren, so dass Jack Ketch seinen Gehilfen, der das vor den Karren gespannte Pferd hielt, zu sich rufen musste.

»Halt endlich still, verdammter Bastard, sonst lass ich dir die Ketten wieder anlegen!«, knurrte der Henker und riss dem Gefangenen schließlich gewaltsam das Hemd herunter.

Sein Gehilfe, der mit einem Strick bereitstand, fesselte Breandáns Handgelenke rechts und links an die Holzstreben der Seitenwände des Karrens und nahm dann die Zügel des Pferdes. Während Jack Ketch die Peitsche durch die Finger gleiten ließ, um die fünf Riemen zu entwirren, die in gleichmäßigen Abständen mit Knoten versehen waren, ritt Sir John Deane zu ihm heran und warf ihm ein Geldstück zu.

»Macht Eure Arbeit gründlich, Henker! Gerbt ihm tüchtig das Fell.«

Jack Ketch nickte ihm verständnisinnig zu und befahl seinem Gehilfen: »Los, aber nicht zu schnell.«

Alan schnitt eine angewiderte Grimasse. »Bei dieser Strafe ist die Zahl der Schläge durch das Gesetz nicht vorgeschrieben«, sagte er betroffen. »Das heißt, je langsamer sich der Karren fortbewegt, desto mehr Hiebe wird er erhalten. Und es gibt nichts, was man dagegen tun kann. Der Gefangene ist dem Henker völlig ausgeliefert. Dieser Deane ist ein herzloses Schwein! Weshalb verfolgt er den armen Burschen nur mit so viel Erbarmungslosigkeit?«

»Ich denke, er verkraftet es nicht, dass ein ungebildeter, abgerissener Ire ihn und zwei seiner Freunde trotz ihrer Waffen mit bloßen Händen so mühelos überwältigen konnte, wie man einem Kind das Spielzeug wegnimmt«, antwortete Jeremy nachdenklich. »Er hat sie in ihrem Stolz gedemütigt und sie wie hilflose Narren aussehen lassen. Das werden sie nie vergessen.«

Der Karren setzte sich in Bewegung, und der Henker begann die Peitsche zu schwingen. Die Riemen wirbelten durch die Luft und trafen klatschend auf den entblößten Rücken des Iren, der jäh zusammenzuckte, aber keinen Laut von sich gab. An den Stellen, wo das Leder die Haut berührt hatte, schwoll diese fast augenblicklich an und färbte sich rot. Und als es mehr und mehr Schläge regnete und sich die Striemen überkreuzten, brach die Haut auf, und Blut trat aus den Wunden.

Breandán biss sich auf die Lippen, um nicht zu schreien, bis auch sein Gesicht blutverschmiert war. Doch irgendwann verließ ihn sein eiserner Wille, und er brüllte bei jedem Peitschenhieb seinen Schmerz und seine Wut hinaus.

Seine Schreie fuhren Jeremy durch Mark und Bein, während er mit Alan an seiner Seite dem Karren folgte. Nach einer Weile wendeten Sir John Deane und Thomas Masters ihre Pferde, um dem Gedränge zu entkommen. Offenbar hatten sie ihre Rache zur Genüge ausgekostet.

Der Henker, dem der Arm zu schmerzen begann, nutzte die Gelegenheit, seinen Gehilfen zu größerer Eile anzutreiben, denn es war ein langer Weg bis nach Tyburn, und er hatte für den folgenden Tag noch zwei Hinrichtungen vorzubereiten.

Breandáns Beine begannen zu zittern, und er konnte dem Karren nur noch mühsam folgen. Sein Körper schwankte kraftlos vorwärts, nur noch aufrecht gehalten durch die Stricke, die seine Hände an die Holzstreben fesselten. Und als endlich der Galgenbaum von Tyburn in Sicht kam, waren sein Rücken und seine Schultern nur noch eine einzige blutende Wunde. Jack Ketch befahl seinem Gehilfen zu halten und löste Breandáns Fesseln. Taumelnd wie ein Betrunkener versuchte der Ire, einen Schritt zu machen, doch im nächsten Moment brach er mit einem dumpfen Stöhnen zusammen.

Jeremy und Alan, die seine Ohnmacht vorhergesehen hatten, sprangen auf ihn zu und fingen ihn auf. Ohne zu zögern, legten sie sich Breandáns Arme um die Schultern, um ihn fortzubringen, doch der Henker hielt sie zurück. »He, Ihr könnt ihn nicht mitnehmen. Der Kerl geht zurück ins Newgate. Er hat seine Gefängnisgebühren noch nicht bezahlt.«

»Ihr würdet einen Mann, der seine Strafe längst verbüßt hat, noch monatelang im Kerker verrotten lassen, nur weil er Eure Wucherpreise nicht bezahlen kann!«, schimpfte Alan voller Abscheu. »Wie viel schuldet er Euch?«

»Dreizehn Shilling vier Pence.«

»Hier habt Ihr Euer Geld, Halsabschneider!«

»Ich danke Euch, Sir«, entgegnete Jack Ketch ironisch. »Hoffentlich habt auch Ihr Freunde, die so großzügig für Euch bezahlen, wenn Ihr einmal mein Kunde seid.«

Die Unverschämtheit des Mannes brachte Alan noch mehr in Wut, doch gleichzeitig spürte er, wie eine eisige Hand nach seinem Herzen griff und es zusammenpresste, als habe der Henker eine Prophezeiung ausgesprochen.

Nachdem Jeremy dem Iren seinen Mantel umgelegt hatte, luden die Freunde sich den Bewusstlosen wieder auf die Schultern und entfernten sich mit einem Gefühl der Erleichterung von dem dreibeinigen Galgen. Tyburn lag außerhalb von Westminster an der Landstraße nach Oxford inmitten von Wiesen und Feldern. Alan hielt ein mit Heu beladenes Fuhrwerk an, das nach London unterwegs war, und bat den Fahrer, sie mitzunehmen. Breandáns Ohnmacht war so tief, dass er sich die ganze Fahrt über nicht regte. Erst als sie die Paternoster Row erreichten und den Iren von der Ladefläche des Karrens hoben, kam er für einen Moment wieder zu sich. Doch die Schmerzen seiner Wunden schienen über seine ohnehin nicht mehr großen Kräfte zu gehen, denn als sie ihn über die Schwelle der Chirurgenstube trugen, war er bereits wieder in Besinnungslosigkeit zurückgesunken.

Beim Eintreten sahen Alan und Jeremy, dass es offenbar einer jener Tage war, an denen alles auf einmal kam. Umschwirrt von John und Tim, die ihm aufmunternd zuredeten, wartete ein wimmernder Patient mit einer geschwollenen Backe sehnsüchtig auf die Rückkehr des Wundarztes, während Mistress Brewster Jeremy diskret zuflüsterte, dass sie vor wenigen Minuten eine gewisse Dame in seine Kammer geführt habe.

»Legen wir ihn auf den Operationstisch«, entschied Alan. »Behandelt Ihr seine Wunden, während ich mich um Mr. Boones Zahn kümmere.«

Verfolgt von den betroffenen Blicken der Anwesenden, schleppten die beiden Freunde den Iren in den hinteren Bereich der Werkstatt und ließen ihn bäuchlings auf die lange Tischplatte sinken. In diesem Moment kam Lady St. Clair, die die Ankunft der Männer gehört hatte, die Treppe herunter. Alan schob eine hölzerne Trennwand zwischen den Tisch und den Patienten mit den Zahnschmerzen, um ihm den Anblick des Verletzten zu ersparen, als Amoret sich neugierig näherte.

»Was ist passiert? Hat es einen Unfall gegeben?«, fragte sie und trat zu Jeremy, während dieser mit einer vorsichtigen Bewegung den Umhang zurückschlug, der bisher Breandáns Wunden verdeckt hatte.

»Heilige Jungfrau!«, rief Amoret entsetzt. Sie fühlte, wie sich ihr der Magen umdrehte, und tastete nach einem Halt, weil sich schlagartig ein dunkler Schleier über ihre Augen legte.

Jeremy sah sie missbilligend an und erklärte streng: »Das ist kein Anblick für Euch, Madam, geht zurück in meine Kammer. Ich komme zu Euch, sobald ich kann.«

Doch sie schüttelte abwehrend den Kopf. »Nein, es geht schon. Ich habe nur noch nie so schreckliche Wunden gesehen. Welcher Teufel hat den armen Kerl so zugerichtet?«

»Der Henker«, entgegnete Jeremy düster. »Oder vielmehr eine unbarmherzige Gerichtsbarkeit.«

»Aber was hat er getan?«

»Nichts! Er war zur falschen Zeit am falschen Ort und hat ein paar feinen Herren auf die Füße getreten.« Jeremy wandte sich ab, um sich in einer bereitstehenden Schüssel die Hände zu waschen. Er versuchte auf diese Weise, ihre bestürzten Blicke zu meiden, spürte sie aber im Rücken, ohne hinsehen zu müssen. Es ärgerte ihn, dass sie nicht gehorchte und in seiner Kammer auf ihn wartete, denn er wollte sie nicht in der Nähe haben, wollte ihr den Anblick von Leid und Grausamkeit nicht zumuten. Es würde ihr, die im Luxus lebte, nur den Seelenfrieden rauben und ihr die Freude am Dasein nehmen. Als er sich wieder zu ihr umdrehte, sah er, dass sie an den Tisch herangetreten war, um den Bewusstlosen näher zu betrachten. Dabei fing sie den Geruch von Schmutz, Schweiß und Blut auf, der von ihm ausging, und rümpfte angewidert die Nase. »Puh, er stinkt wie ein Schwein!«

»Mit Verlaub, Madam, aber das würdet Ihr auch, wenn Ihr wie er einige Wochen im Newgate verbracht hättet!«, erklärte Jeremy sarkastisch, während er das Wasser wegschüttete, eine Flasche vom Regal nahm und einen Teil des Inhalts in die Schüssel goss.

»Was ist das?«, fragte Amoret neugierig.

»Branntwein. Schon die Griechen benutzten Essigwasser oder Wein, um Wunden zu waschen. Ich selbst habe bisher mit Branntwein die besten Erfahrungen gemacht.«

Amoret beobachtete interessiert, wie der Priester einen sauberen Leinenstreifen zusammenknüllte, mit Branntwein tränkte und sich dann mit äußerster Behutsamkeit daranmachte, die Peitschenstriemen abzutupfen. Zum Glück war Breandán noch immer ohnmächtig, so dass er nichts von der Behandlung spürte. Seine Verletzungen erschienen Amoret so furchtbar, dass sie sich kaum vorstellen konnte, wie sie jemals heilen sollten. Sie verspürte grenzenloses Mitleid und einen hemmungslosen Zorn, der ihr die Kehle zuschnürte, weil es Menschen gab, die einen anderen, der sich nicht wehren konnte, gnadenlos quälen und verstümmeln durften. Ihre Gefühle waren so stark, dass jeglicher Widerwille gegen Dreck und Gestank verdrängt wurde, und als Jeremy die Wunden an den Schultern des jungen Mannes behandelte, legte Amoret ohne Zögern die Hand auf Breandáns Haar und strich es zur Seite, damit der Jesuit die Striemen an seinem Nacken säubern konnte.

Die ganze Zeit über war das Jammern und Seufzen des Patienten mit den Zahnschmerzen zu ihnen herübergedrungen. Schließlich tauchte Alan mit angespanntem Gesichtsausdruck an Jeremys Seite auf und sagte leise zu ihm: »Ich brauche Eure Hilfe. Der Zahn sitzt verdammt fest, und Mr. Boone zappelt herum wie ein Aal, so dass ich den Pelikan nicht richtig ansetzen kann.«

»Ich komme«, sagte Jeremy mit einem kurzen Nicken. »Madam, würdet Ihr so lange bei ihm bleiben, falls er aufwacht.« Er legte den inzwischen mit Blut getränkten Leinenstreifen in die Schüssel und verschwand mit Alan hinter der Trennwand. Kurz darauf setzte das angstvolle Heulen des Patienten wieder ein.

Amoret verspürte das Bedürfnis nach Betätigung und leerte nach kurzem Zögern die Schüssel in einem unter dem Tisch stehenden Eimer aus, füllte sie erneut mit Branntwein und nahm einen frischen Leinenstreifen vom Stapel. An die tiefen Wunden an Rücken und Schultern des jungen Mannes traute sie sich jedoch nicht heran, und so nahm sie eine seiner über den Rand des Tisches herabbaumelnden Hände und wusch behutsam die Striemen an seinen Handgelenken, wo Ketten und Stricke die Haut abgeschält hatten. Es tat ihr wohl, einmal eine nützliche Arbeit zu tun, auch wenn beim Geruch des Blutes ihr Magen revoltierte und ihre Knie weich wurden.

Offenbar war es dem Wundarzt nun endlich gelungen, sein Instrument an dem schmerzenden Zahn anzusetzen, denn das gleichmäßige Jammern des Patienten ging plötzlich in ein markerschütterndes Brüllen über, das laut genug war, um Tote aufzuwecken.

Amoret fühlte, wie ein krampfartiges Zittern durch den Körper des jungen Mannes lief, als das Geschrei ihn jäh aus seiner Bewusstlosigkeit riss. Er hob ruckartig den Kopf, und aus seinen weit aufgerissenen, blauen Augen sprang ihr ein Blick voller Panik und Entsetzen entgegen. Sie hatte Angst, er könne aufspringen und sich dabei noch mehr verletzen, und so drückte sie unwillkürlich seine Hand, die in der ihren lag, um ihn zu beruhigen und festzuhalten. »Sch, es ist alles in Ordnung«, sagte sie sanft. »Ihr seid in Meister Ridgeways Chirurgenstube, und das Schreien, das Ihr hört, stammt von einem zimperlichen Patienten, dem gerade ein Zahn gezogen wird. Bleibt still liegen, sonst brechen Eure Wunden wieder auf.«

Die großen blauen Augen starrten sie verwirrt an. Ihre Worte hatten Breandáns Bewusstsein nicht erreicht, doch ihr Anblick allein genügte, um den Anflug von Furcht und Schrecken zu verscheuchen, der aus seiner Erinnerung aufgestiegen war. Sein jähes Aufbäumen hatte die Striemen an seinen Schultern wieder aufgerissen. Stöhnend vor Schmerzen, ließ er den Kopf sinken, bis seine rechte Wange das glatte Holz des Tisches berührte. Amoret, die noch immer seine Hand hielt, betrachtete voller Anteilnahme das Profil seines mit Schmutz, Blut und Bartstoppeln bedeckten Gesichts. »Meister Ridgeway kommt gleich, um Euch zu behandeln. Sicher kann er Euch auch etwas gegen die Schmerzen geben.«

Er verdrehte seine Augen, um sie ansehen zu können, ohne den Kopf zu heben, und murmelte: »Seid Ihr Meister Ridgeways Frau?«

»Nein«, antwortete Amoret lächelnd. »Ich bin nur ein Gast des Hauses. Man hat mich gebeten, bei Euch zu wachen.« Sie fuhr fort, seine zerschundenen Handgelenke zu waschen, und bemerkte, dass er trotz seiner Schmerzen den Kopf wandte, um sie anzusehen. Und schließlich ertappte sie sich dabei, dass auch sie die Augen nicht von seinem Gesicht abwenden konnte, sosehr sie sich auch bemühte.

Als Jeremy und Alan bei ihrer Rückkehr die junge Lady so hingebungsvoll bei der Arbeit sahen, mussten beide schmunzeln. »Madam, Ihr wollt mich wohl brotlos machen«, spöttelte der Wundarzt.

Amoret wandte sich überrascht zu ihnen um, als sei sie tief in Gedanken versunken gewesen. Nur widerwillig ließ sie die Hand des Iren los und legte den Stoffstreifen in die Schüssel zurück.

»Es tut mir Leid, dass Ihr warten musstet, Madam, aber jetzt habe ich Zeit für Euch«, sagte Jeremy und machte eine auffordernde Handbewegung in Richtung Treppe. »Meister Ridgeway wird sich derweil um den Patienten kümmern.«

In seiner Kammer bot er ihr wie stets seinen besten Stuhl an und nahm selbst auf einem Schemel Platz.

»Eigentlich bin ich nur gekommen, um Euch Geld zu bringen«, gestand Amoret mit einem kleinen Lächeln. »Meister Ridgeway ließ durchblicken, dass Ihr in der letzten Zeit mehr

Ausgaben als sonst hattet, weil Ihr einem zu Unrecht Angeklagten helfen wolltet. War das der Mann, um den es ging?«

»Ja, sein Name ist Breandán Mac Mathúna. Ich habe ihn im Zusammenhang mit dem Mordanschlag auf Richter Trelawney erwähnt, wenn Ihr Euch erinnert.«

Amoret nickte. »Erzählt mir mehr von ihm«, bat sie.

Jeremy runzelte flüchtig die Stirn, weil er sich über ihr offenkundiges Interesse wunderte. Aber sie war schon als kleines Mädchen überaus neugierig gewesen, und so berichtete er ihr in kurzen Worten, was er über die Vergangenheit des jungen Iren wusste, und erläuterte ihr, wie es zu der Gerichtsverhandlung und dem Urteil gekommen war, dessen furchtbare Spuren sie eben mit eigenen Augen gesehen hatte.

»Werdet Ihr ihn hier behalten?«, erkundigte sich Amoret.

»Meister Ridgeway hat eine Bürgschaft für ihn übernommen, sonst hätte man ihn ins Zuchthaus geschickt. Wenn seine Wunden geheilt sind, kann er sich im Haus nützlich machen. Dafür erhält er freie Kost und Logis.«

Amoret erhob sich, holte unter ihrem Kapuzenmantel, den sie bei ihrer Ankunft auf das Baldachinbett gelegt hatte, einen Lederbeutel hervor und reichte ihn Jeremy. »Ich möchte Euch bitten, einen Teil des Geldes für Mr. Mac Mathúna aufzuwenden. Er braucht doch sicher Kleidung und andere Dinge. Ich bringe Euch dann beim nächsten Mal mehr.«

»Das ist sehr großzügig von Euch, Madam. Besonders gegenüber einem Mann, den Ihr heute zum ersten Mal gesehen habt.« Jeremy nahm ihren Mantel vom Bett und legte ihn um ihre Schultern. »Ich hoffe, Ihr seid nicht allein gekommen, Madam. Es wäre mir lieber, Ihr würdet Euch von Eurer Kutsche herbringen lassen, als Euch zu Fuß auf die Straße zu wagen.«

»Ihr wisst genau, dass es zu auffällig wäre, wenn die Kutsche der Lady St. Clair allzu oft vor der Tür eines einfachen Wundarztes gesehen würde. Es ist weitaus sicherer, wenn ich als einfache Bürgersfrau verkleidet zu Euch komme. Aber ich bin nicht leichtsinnig. Der Diener, der mich begleitet, ist mit zwei Pistolen bewaffnet.«

»Wo ist er? Ich habe ihn nicht gesehen.«

»Er lässt sich in Meister Ridgeways gut bestückter Küche verköstigen.«

»Die wir, wie ich inzwischen weiß, Eurer Freigebigkeit verdanken, Madam.«

Amoret warf ihm ein unschuldiges Lächeln zu, das ihn wie stets entwaffnete.

»Ich geleite Euch zur Tür«, sagte er abschließend.

Beim Durchqueren der Werkstatt blieb Amoret noch einmal stehen, um einen Blick zu der durch den Wandschirm abgeteilten, hinteren Ecke des Raumes hinüberzuwerfen. Der Verletzte saß jetzt auf einer Holzbank, und neben ihm stieg heißer Wasserdampf aus einem Zuber auf. Sein Körper war nackt bis auf ein Handtuch, das über seinem Schoß lag. Da seine Wunden ihm kein Bad erlaubten, hatte Alan ihn von Kopf bis Fuß abgeschrubbt, um den Dreck und Gestank des Newgate abzuwaschen. Anschließend hatte er ihn rasiert und war nun dabei, ihn zu entlausen. Das lange Haar war so hoffnungslos verknotet gewesen, dass Alan es hatte abschneiden müssen. Nun reichten dem Iren die nassen Strähnen nur noch bis in den Nacken und fielen ihm zerzaust in die Stirn. Als Amoret zu ihm hinübersah, hob Breandán den Kopf, und sie begegnete dem durchdringenden Blick seiner klaren, blauen Augen. Da war keine Furcht, keine Hilflosigkeit mehr, sondern nur noch der trotzige Wille zu überleben. Sie wunderte sich, wie jung er mit einem Mal wirkte, ohne den Bartschatten, das eingetrocknete Blut auf seinen zerbissenen Lippen und den Schmutz, der seiner Haut eine kränklich graue Färbung verliehen hatte. Es fiel

Amoret schwer, sich von seinem Anblick loszureißen und ihre Beine zum Weitergehen zu zwingen. An der Tür drehte sie sich noch einmal um, konnte den jungen Mann aber nicht mehr sehen, da die Trennwand ihn nun verdeckte. Mit einem starken Gefühl der Enttäuschung trat sie, gefolgt von ihrem Diener, auf die lärmende Straße hinaus und schlug den Weg zur Anlegestelle von Blackfriars ein.

Jeremy kehrte zu Breandán zurück, der mit gesenktem Kopf auf der Bank saß und die Behandlung des Wundarztes schweigend über sich ergehen ließ.

»Ich habe ihm Mohnsaft gegen die Schmerzen gegeben«, bemerkte Alan. »Bringen wir ihn ins Bett, bevor er einschläft.«

Gemeinsam halfen sie Breandán in die Dachkammer, die John bisher allein bewohnt hatte, und legten ihn, mit dem Bauch nach unten, auf die freie Seite des breiten Baldachinbetts. Der Geselle hatte sich nicht sehr begeistert gezeigt, als sein Meister ihm ankündigte, dass er fortan seine Kammer mit einem verurteilten Sträfling teilen musste, und es hatte Alan einiges an Süßholzraspelei gekostet, sein Murren zum Schweigen zu bringen.

»Ich hoffe nur, dass ich meine Mildtätigkeit nicht eines Tages bereuen muss«, flachste Alan, bevor er wieder an die Arbeit ging.

Sechzehntes Kapitel

Breandán war in einen tiefen Erschöpfungsschlaf gefallen, aus dem er eine Nacht und einen Tag lang nicht mehr erwachte. Als Jeremy am folgenden Abend nach ihm sah, begann er sich endlich wieder zu rühren. Der Jesuit brachte ihm eine warme Mahlzeit, erlaubte ihm aber nicht, das Bett zu verlassen.

»Je weniger Ihr Euch bewegt, desto weniger Narben werdet Ihr zurückbehalten«, belehrte er den jungen Mann. »Ihr habt bereits genug an Eurem Körper. Wie oft seid Ihr in Eurem Leben schon verwundet worden?«

»Ich war fast zehn Jahre lang Söldner«, antwortete Breandán zynisch.

»Auch ich war im Krieg, mein Sohn. Ich weiß, wie schrecklich es ist. Ihr habt großes Glück, dass Ihr noch lebt und dass Ihr noch alle Gliedmaßen besitzt. Zahllose Männer verlieren Arme und Beine und werden zu Krüppeln.«

»Ja, vielen meiner irischen Kameraden ist es so ergangen. Die Spanier versprachen ihnen eine Pension, aber die meisten sahen nie etwas davon. Sie mussten betteln gehen und verhungerten auf den Straßen. Ich hatte Angst, dass es mir ebenso ergehen könnte. Deshalb entschied ich mich, das Heer zu verlassen, solange ich noch gesund genug war, um andere Arbeit zu finden. Aber es ist schwer, sich über Wasser zu halten, wenn man nur Handlangerdienste verrichtet und nicht weiß, ob man am nächsten Tag noch Lohn bekommt.«

»Solange Ihr bei Meister Ridgeway seid, braucht Ihr Euch

darum keine Sorgen zu machen«, sagte Jeremy aufmunternd, als er die Ernüchterung aus Breandáns Stimme heraushörte. »Er kann Euch keinen Lohn zahlen, aber Ihr habt ein Bett und genug zu essen, solange Ihr wollt.«

Doch seine Worte schienen den jungen Mann eher zu bedrücken als aufzuheitern. »Das ist mehr, als ich jemals hatte. Pater, ich verstehe nicht, warum Ihr mir helft. Das, was Ihr für mich getan habt, muss Euch ein Vermögen gekostet haben! Wie soll ich das je wieder gutmachen?«

»Indem Ihr ein gottesfürchtiges Leben führt und Meister Ridgeway keine Schande macht!«, erwiderte Jeremy ernst. »Haltet Euch in Zukunft aus Schwierigkeiten heraus und fangt nicht gleich mit jedem Streit an. Die meisten landen aus eigener Schuld am Galgen. Und auch Ihr wart nicht völlig unschuldig an Eurem Unglück. Richter Trelawney hat Euch vor dem Strick gerettet, aber das nächste Mal könnte es anders ausgehen.«

Breandán stimmte ihm zu, wenn auch nicht mit der Inbrunst, die Jeremy sich gewünscht hätte. Es war etwas Rätselhaftes an dem jungen Mann, etwas Undurchschaubares, das der Priester nicht deuten konnte. Hinter seinem verschlossenen Gesicht gärte eine versteckte Wut, eine tiefe Bitterkeit, die ihm jegliche Lebensfreude nahm. Breandán war dem Wundarzt dankbar, dass er ihn so großzügig aufgenommen hatte, doch das Gefühl, in seiner Schuld zu stehen, schien ihn zu verunsichern und ihn noch unzugänglicher zu machen. Er ließ es nicht zu, dass man ihm zu nahe kam. Jeremy hatte im Newgate schon mehrmals versucht, ihn zur Beichte zu bewegen, um einen Einblick in seine Seele zu erhalten, doch bisher hatte der Ire dies abgelehnt. Seine letzte Beichte sei so lange her, dass es Stunden dauern würde, all die Sünden aufzuzählen, die er seitdem begangen habe. Jeremy sah ein, dass es besser war, Breandáns Weigerung zu akzeptieren und nicht weiter in ihn zu dringen. So beschränkte er sich die nächsten Tage darauf, die sich schließenden Wunden des Iren regelmäßig mit Salbe zu bestreichen und ihm einen Absud aus verschiedenen Kräutern zu trinken zu geben, damit er schneller wieder zu Kräften kam.

Erst als das dünne Narbengewebe, das sich auf Breandáns Rücken bildete, fest und unempfindlich genug geworden war, gestattete Jeremy ihm, aufzustehen.

»Ich habe Euch Kleider besorgt, die Euch passen müssten«, sagte er und reichte ihm nacheinander ein weißes Leinenhemd, eine braune Kniehose aus Barchent, weiße Strümpfe und schwarze Schuhe.

»Wie viele Jahre wart Ihr eigentlich beim französischen Heer?«, fragte Jeremy auf Französisch, um Breandán auf die Probe zu stellen.

Der junge Mann durchschaute das Manöver und antwortete in derselben Sprache: »Lange genug, um zu lernen, wie man mit einem Franzosen über die verschiedensten Dinge plaudert.«

»Und welche Erfahrungen habt Ihr auf der Iberischen Halbinsel gemacht?«, fuhr Jeremy ins Spanische wechselnd fort.

Breandán tat es ihm nach und erwiderte: »Es ist mir immer leicht gefallen, Sprachen zu lernen, Padre. Es machte mir Freude, zuzuhören und mir die fremden Worte einzuprägen.«

»Eure Sprachbegabung ist beeindruckend, mein Sohn. Sie verdient es, gefördert zu werden. Kommt mit.«

Jeremy winkte dem Iren, ihm zu folgen, und führte ihn in seine Kammer. Breandán beobachtete verständnislos, wie der Jesuit einen zusätzlichen Hocker an den mit Papieren bedeckten Tisch rückte und ihn mit einer einladenden Geste aufforderte, neben ihm Platz zu nehmen. Mit ein paar geschickten Handgriffen, die lange Übung verrieten, schnitt Jeremy einen

Federkiel zurecht, tunkte die Spitze in ein Tintenfass und begann, auf einem leeren Blatt Papier das lateinische Alphabet aufzureihen.

»Es ist höchste Zeit, dass Ihr Lesen und Schreiben lernt«, verkündete Jeremy und streifte den jungen Mann an seiner Seite mit einem warmen Blick. »Leider kann ich Euch nicht zeigen, wie man Euren Namen schreibt, weil ich das gälische Alphabet nicht beherrsche. Aber einer meiner Ordensbrüder, der in St. Giles arbeitet, ist Ire. Ich werde es mir bei Gelegenheit von ihm beibringen lassen.«

Breandán starrte ihn nur ungläubig an. »Ihr wollt Euch tatsächlich die Mühe machen, mich im Schreiben zu unterrichten?«

»Warum nicht? Ihr sprecht vier Sprachen, da solltet Ihr auch in der Lage sein, sie zu lesen und zu schreiben. Es erfordert hartes und diszipliniertes Lernen, darüber müsst Ihr Euch im Klaren sein. Aber wenn Ihr es wirklich wollt, werdet Ihr es auch schaffen.«

»Ich dachte, ich sollte für Meister Ridgeway arbeiten«, wandte Breandán verwirrt ein.

Jeremy machte eine wegwerfende Handbewegung. »Macht Euch darum keine Sorgen. Im Augenblick ist nicht viel zu tun. Da bleibt Euch genug Zeit zum Lernen.«

»Pater, ich werde das Gefühl nicht los, dass Ihr mir etwas verschweigt.«

»Mag sein, aber Ihr braucht schließlich nicht alles zu wissen. Nutzt die Chance, die sich Euch bietet, und macht etwas daraus.«

Breandán blickte nachdenklich auf die Buchstaben, die der Jesuit eben niedergeschrieben hatte. Ja, er wünschte sich von ganzem Herzen, diese mysteriösen Schriftzeichen entziffern zu können, er wollte lernen, verstehen, sich Zugang zu dem Geheimnis des Wissens verschaffen. Und er war dem Mann neben ihm unendlich dankbar, dass er ihm dies ermöglichen wollte.

»Wenn Ihr erst schreiben könnt, werde ich Euch noch in Latein unterrichten«, schlug Jeremy eifrig vor. »Als Gegenleistung könnt Ihr mir Gälisch beibringen. Vielleicht führt mich mein Weg einmal nach Irland, wer weiß!«

Der Hof war auf dem Weg zur Königlichen Kapelle. Amoret St. Clair blieb wie stets unauffällig zurück, denn als Katholikin nahm sie am anglikanischen Gottesdienst nicht teil, sondern hörte gewöhnlich die Messe in der Kapelle der Königin im St.-James-Palast. Charles würde sie ohnehin nicht vermissen. Er hatte schon seit längerem nur noch Augen für Frances Stewart, »La Belle Stewart«, wie sie genannt wurde, eine unschuldige, etwas kindische, junge Frau aus einer guten schottischen Familie, die seine beharrliche Werbung eisern zurückwies, weil sie jungfräulich in die Ehe gehen wollte.

Amoret war sich nicht sicher, ob der König Frances tatsächlich liebte oder ob er nur glaubte, sie zu lieben, weil er sie nicht haben konnte. Sie wusste nur, dass er unter der Zurückweisung litt, und verspürte Mitleid mit ihm. Wenn er zu ihr kam, tat sie alles, um ihn zu trösten, und oftmals suchte er sie nur auf, um mit ihr zu plaudern und sich von seiner Enttäuschung ablenken zu lassen.

»Ihr seid eine bemerkenswerte Frau, meine süße Amoret«, sagte Charles einmal. »Ihr fordert nie etwas. Ihr seid die Einzige hier an meinem Hof, die mich nie um einen Gefallen gebeten hat. Ihr quält mich nie mit Eifersüchteleien, und Ihr weist mich nie ab. Eure Genügsamkeit ist geradezu beängstigend. Ihr seid entweder ein Engel oder eine Spionin meines lieben Vetters Louis. Irgendeine Schattenseite müsst doch auch Ihr besitzen!«

Amoret lachte amüsiert. »Sire, warum sagt Ihr nicht gleich, dass Ihr mich langweilig findet.«

Der König trat hinter sie und küsste ihren Nacken. »Wie ungerecht das Schicksal doch ist!«, stieß er inbrünstig hervor. »Weshalb nur bin ich nicht in Euch verliebt! Ihr seid so herrlich unkompliziert.«

»Vielleicht mache ich es Euch zu einfach, Sire. Oft will man gerade das, was unerreichbar ist.«

»Vielleicht«, stimmte Charles schwermütig zu. »Aber es gibt Momente, da ich es ehrlich bedaure, dass Ihr mir mehr Freundschaft als Leidenschaft einflößt. Ich möchte Euch glücklich sehen. Wenn es jemanden geben sollte, den Ihr zu ehelichen wünscht, so werde ich Euch keine Hindernisse in den Weg legen.«

»Es gibt niemanden, Sire.«

»Ihr wisst, es wäre mir lieber, Euch verheiratet zu sehen, besonders angesichts Eures Zustands, aber ich würde Euch nicht gegen Euren Willen zwingen, meine kleine Freundin. Ihr wart immer mein Talisman. Damals auf meiner Flucht vor Cromwells Häschern habt Ihr Euch mit Euren zehn Jahren so leidenschaftlich zu Eurem König bekannt und habt um ihn geweint, als man das Gerücht aufbrachte, ich sei tot, dass Ihr mir neuen Mut gegeben habt. Übrigens, wie geht es Eurem Jesuiten? Ich erinnere mich noch genau, wie er damals, als er noch Feldscher in meinem Heer war, meine völlig zerschundenen Füße behandelt hat ... und wie er für Euch und sich selbst einen Geleitbrief fälschte, um aus England zu fliehen. Ein interessanter Mann! Seid Ihr am Ende gar in ihn verliebt, meine Arme?«

»Nein«, lächelte Amoret. »Es ist wahr, ich liebe ihn sehr, aber auf andere Art. Er ist der beste Freund, den ich je hatte.«

Auf dem Weg in ihre Gemächer dachte Amoret an dieses Gespräch mit dem König zurück. Sie war erleichtert, dass er nicht weiter darauf bestand, sie zu verheiraten. Seine Freundschaft machte sie frei und unabhängig, denn da sie keine näheren Verwandten in England hatte, war Charles der Einzige, der über ihr Leben bestimmen konnte.

In ihren Gemächern angekommen, rief Amoret nach ihrer Zofe und trug ihr auf, ihr graues Bürgersfrauenkleid herauszulegen und ihren Schmuck wegzuschließen. Nachdem Amoret sich in ihren Mantel gehüllt und die Maske zur Hand genommen hatte, nickte sie ihrem Diener zu, der ebenso unauffällig gekleidet war, und verließ den Whitehall-Palast durch den Küchentrakt. Man würde sie für eine Dienerin halten, die für eine der Hofdamen eine Besorgung erledigte. Sie machte einen kleinen Umweg zur Anlegestelle von Westminster und nahm ein Boot nach Blackfriars – immer noch die bequemste Methode, um sich in London fortzubewegen.

Alan war gerade dabei, die bei einem Unfall gequetschte Hand eines Böttchers zu behandeln, als Lady St. Clair in seiner Tür erschien. Erstaunt, sie so bald wieder in seinem Haus zu sehen, begrüßte er sie, ohne jedoch in seiner Arbeit innezuhalten, und fügte hinzu: »Mr. Fauconer ist nicht da. Aber geht nur hinauf, Ihr kennt ja den Weg.«

Amoret dankte ihm mit einem Lächeln. Seit ihrem ersten Zusammenstoß, als sie ihn auf die Probe hatte stellen wollen, verstanden sie sich ausgesprochen gut. Sie mochte den Wundarzt, denn er war charmant und geistreich. Wenn sie auf Pater Blackshaw warten musste, unterhielt er sie stets mit witzigen Anekdoten. Es störte sie auch nicht, dass er sie zwar höflich, aber ohne jegliche Servilität behandelte. Er gehörte zu den selbstbewussten Londoner Bürgern, die dem Adel aufgrund seiner Dekadenz nur wenig Respekt entgegenbrachten, und er fürchtete sich auch nicht, dies deutlich zu zeigen.

Nachdem Amoret ihren Diener wie gewöhnlich in die Küche

geschickt hatte, stieg sie die knarrende Treppe in den zweiten Stock hinauf und betrat ohne anzuklopfen Pater Blackshaws Kammer, in dem Glauben, es sei niemand da. Überrascht blieb sie stehen, als ihr Blick den blauen Augen des jungen Iren begegnete. Er saß am Tisch und hatte sich bei ihrem Auftauchen verdutzt umgedreht.

Amoret nahm die Maske vom Gesicht und legte sie mitsamt dem Mantel auf das Bett.

»Ich bin erleichtert, Euch wieder auf den Beinen zu sehen, Mr. Mac Mathúna«, sagte sie freundlich, während sie an seine Seite trat.

Unwillkürlich drehte Breandán das Blatt Papier um, auf dem er das Alphabet geübt hatte. Er wollte seine unbeholfenen Kritzeleien vor ihr verbergen. Jeremy ließ ihn in seiner Kammer lernen, wenn er unterwegs war, und der junge Mann gab sich alle Mühe, die Schriftzeichen leserlich zu Papier zu bringen. Doch eine Feder zu führen war etwas völlig Neues für ihn und so ungewohnt für seine Finger, dass er bereits nach kurzer Zeit daran verzweifelte. Er hatte wenig Geduld mit sich und empfand es als ermüdend, stundenlang auf einem Stuhl stillzusitzen und sich auf seine Schreibübungen zu konzentrieren. Und als er nun den neugierigen Blick der jungen Frau auf sich gerichtet sah, spürte er seinen Ehrgeiz endgültig schwinden und legte entmutigt die Feder auf den Tisch.

Amoret bemerkte, dass er sich seit ihrer ersten Begegnung erstaunlich gut erholt hatte. Sein Gesicht war nicht mehr bleich und ausgemergelt, sondern hatte eine frische, rosige Tönung angenommen. Seine Wangen waren fülliger geworden, die Haut wirkte weicher und glatter, und seine Augen leuchteten noch intensiver als zuvor. Unter dem Schorf, der sich von seinen zerschundenen Lippen gelöst hatte, war ein wohlgeformter, sinnlicher Mund zum Vorschein gekommen, der sich aber nur sehr zurückhaltend zu einem Lächeln öffnete. Von Staub und Schmutz verklebt, war die Farbe seines Haares damals undefinierbar gewesen, doch jetzt sah Amoret, dass es von einem sehr dunklen Braun war, auf dem die Strahlen der Sonne, die zum Fenster hereinfielen, seidige Reflexe entzündeten. Das weit geschnittene Leinenhemd ließ Breandáns Körper noch immer mager erscheinen, doch seine Haut hatte bereits an Substanz gewonnen, so dass sich die Knochen nicht mehr so scharf abzeichneten.

Es machte Amoret Freude, ihn zu betrachten und all diese kleinen Veränderungen an ihm festzustellen, die verrieten, dass es ihm besser ging. »Ich habe mir Sorgen um Euch gemacht, Mr. Mac Mathúna«, bekannte sie ungeniert. »Aber wie ich sehe, hat man Euch gut gepflegt.«

Mit einer unwiderstehlichen Geste nahm sie seine linke Hand, um die Vernarbung der Striemen an seinem Handgelenk zu begutachten. Dabei ließ sie der in den Daumenmuskel eingebrannte Buchstabe für einen Moment stutzen. Sie hatte das seltsame Mal schon bemerkt, als sie seine Wunden gewaschen hatte, doch erst jetzt wurde ihr klar, was es bedeutete. Breandán spürte ihr kurzes Zögern und zog beschämt seine Hand zurück.

Amoret hatte ihn nicht in Verlegenheit bringen wollen und bemühte sich, rasch das Thema zu wechseln. »Was schreibt Ihr da?«, erkundigte sie sich interessiert. Doch damit traf sie erst recht einen wunden Punkt, wie der gereizte Ton in Breandáns Stimme deutlich verriet: »Nichts von Bedeutung, Madam!«

Amoret ließ sich durch seine gallige Art nicht entmutigen, sondern drehte das Papier um, das vor ihm lag. »Oh, Ihr lernt schreiben. Das ist gut. Aber es scheint Euch keinen Spaß zu machen«, fügte sie betroffen hinzu.

Wut und Enttäuschung, die in Breandáns Innern schwelten,

brachen plötzlich aus ihm hervor. Er sprang mit zornfunkelnden Augen vom Stuhl und begann, ungestüm in der Kammer auf und ab zu gehen.

»Spaß! Ihr scherzt wohl!«, rief er erbittert. »Der Pater gibt sich die erdenklichste Mühe, mir Lesen und Schreiben beizubringen, doch ich wünschte, er hätte gar nicht erst davon angefangen. Ich werde es ja doch nie lernen!«

»Warum nicht?«, fragte Amoret.

»Weil ich nicht zum Schreiberling geboren bin! Ich war mein Leben lang Soldat. Meine Hände haben nie etwas anderes berührt als Waffen. Sie taugen nur zum Kämpfen, zum Schlagen und zum Prügeln, aber nicht um etwas so Zerbrechliches wie einen Federkiel zu halten. Ich besitze weder die Geschicklichkeit noch die Ausdauer, um Stunden an diesem Tisch zuzubringen.«

Während Amoret zusah, wie der Ire einem gefangenen Tier gleich vor dem Fenster hin und her schritt, überkam sie mehr und mehr ein Gefühl der Wärme, das sich irgendwo in ihrem Bauch ausbreitete. Er gehörte zweifellos zu den Menschen, die sich das Leben unnötig schwer machten, weil sie sich selbst keine Chance gaben.

Mit ruhiger Stimme, die ihn besänftigen sollte, widersprach sie ihm: »Ihr täuscht Euch. Wie ich hörte, seid Ihr ein Meister im Umgang mit den verschiedensten Waffen. Sagt mir, Mr. Mac Mathúna, wie lange habt Ihr gebraucht, um zu solcher Kunstfertigkeit zu gelangen?«

»Jahre! Viele Jahre!«, rief er aus. »Im Grunde hört man nie auf zu üben …« Er verstummte abrupt, als er das ironische Lächeln auf ihrem Gesicht sah.

»Ihr habt also die Geduld aufgebracht, jahrelang unermüdlich die Handhabung aller möglichen Waffen zu lernen, und doch zweifelt Ihr daran, dass Ihr dieselbe Disziplin beim Schreiben aufbringen könntet?«

Amoret trat zu ihm und nahm seine Hände in die ihren. »Seht her! Eure Finger sind kräftig, ja, aber sie sind auch feingliedrig und geschmeidig. Ich weiß, dass Ihr den Degen meisterhaft zu führen versteht, und das erfordert eine leichte, geschickte Hand und bewegliche Gelenke. Wenn Ihr den Degen so vorzüglich handhabt, wie Ihr sagt, dann könnt Ihr auch mit einem Federkiel umgehen.«

Sie musterte sein Gesicht, um festzustellen, ob ihre Worte ihn erreichten, und sah, dass er nachdenklich wurde. Doch seine Hände waren noch immer verkrampft und wollten sich ihr entziehen, so dass sie den Druck ihrer Finger verstärkte, um sie festzuhalten.

»Seid nicht so störrisch!«, sagte sie eindringlich. »Kommt, setzt Euch und versucht es noch einmal.«

Widerstrebend ließ er sich von ihr zum Tisch zurückziehen und setzte sich auf den Stuhl. Amoret hob die Schreibfeder auf, tunkte sie in das Tintenfass und reichte sie Breandán, der sie zögernd entgegennahm.

»Lasst mich Euch helfen«, bat sie in sanfterem Ton. Ohne eine Antwort abzuwarten, stellte sie sich unmittelbar neben ihn und schloss ihre schmalen Finger um die seinen, in denen der Federkiel lag. Während Amoret seine Hand langsam über das Papier führte, war sie ihm so nah, dass ihre Wange seine Schläfe streifte und sie den Duft seines Haares einatmete. Das Wohlgefühl, das sie verspürte, vertiefte sich und machte sie beinahe trunken. Schließlich ließ sie seine Hand los, verharrte aber in ihrer leicht vorgebeugten Haltung.

»Das ist Euer Name«, erklärte sie. »*Brendan Mac Mahuna!* Die lateinischen Buchstaben geben zwar nur die Laute wieder, denn ich weiß leider nicht, wie man Gälisch schreibt, aber jeder, der das hier liest, wird Euren Namen richtig aussprechen.«

Breandán betrachtete fasziniert die Buchstabenreihe und

legte angestrengt die Stirn in Falten, um die einzelnen Laute den Schriftzeichen zuzuordnen. Und mit einem Mal sah Amoret ein freudiges Lächeln über sein ernstes Gesicht huschen, das seine weißen Zähne aufleuchten ließ. Einen Moment lang drehte er die Feder unschlüssig zwischen den Fingern, dann tauchte er sie in die Tinte und bemühte sich, die Buchstaben nachzuzeichnen. Als er mit dem Ergebnis zufrieden schien, legte Amoret erneut ihre Hand auf die seine und dirigierte sie ein weiteres Mal über das Papier.

»Und das ist mein Name: Amoret St. Clair. Seht Ihr, das ist ein großes A, dann ein kleines m, ein o ...«

Während sie mit ihm übte, fühlte sie, dass seine Gereiztheit verflog und sein Körper sich entspannte. Folglich wurde auch seine Hand beweglicher und seine Schriftführung lockerer. Als sie ihn darauf aufmerksam machte, wandte er sich zu ihr um und lächelte sie an. »Ich gebe zu, Ihr habt Recht, Madam. Es ist schon wahr, ich muss lernen, Geduld zu haben.«

»Ihr werdet es lernen«, prophezeite Amoret. »Aber nur, wenn Ihr Nachsicht mit Euch selbst habt und aufhört, Euch unter Druck zu setzen.«

Sie spürte seinen durchdringenden Blick über ihr Gesicht tasten, als versuche er, dahinter zu sehen. Mit ihrem schwarzen Haar und den dunklen Augen erinnerte sie ihn an die Französinnen und Spanierinnen, deren Anblick ihm von seinem Aufenthalt auf dem Kontinent vertraut war. Ihre Züge strahlten sowohl Selbstvertrauen wie auch Herzlichkeit aus, und ihre einfühlsame Art hatte zusammen mit ihrer Schönheit eine absolut entwaffnende Wirkung auf ihn.

»Ich weiß immer noch nicht, wer Ihr seid, Madam, und in welcher Beziehung Ihr zu den Bewohnern dieses Hauses steht«, bemerkte Breandán plötzlich verlegen.

»Pater Blackshaw ist mein Beichtvater«, erklärte sie. »Ich

kenne ihn, seit ich ein Kind war. Ihr könnt ihm vertrauen. Er meint es gut mit Euch.«

»Daran zweifle ich nicht ...«

Amoret fühlte, dass ihn etwas bedrückte, über das er nicht sprechen wollte. Um ihn abzulenken, nahm sie die Schreibfeder auf und legte sie ihm wieder in die Hand. »Grübelt nicht so viel«, sagte sie aufmunternd. »Lasst Eure Sorgen ruhen und widmet Euch Eurer Aufgabe. Vielleicht verschwinden sie dann von ganz allein.«

Siebzehntes Kapitel

»Alan, hättet Ihr Zeit, mich nach Westminster zu begleiten?«, fragte Jeremy mit einem bittenden Lächeln.

Der Chirurg sah von seinen Instrumenten auf, die er gerade säuberte. »Sicher, im Moment ist schließlich nicht viel los. Was wollt Ihr denn dort?«

»Die Richter ziehen heute in einer Prozession zur Westminster Hall, um die Michaelis-Sitzungsperiode zu eröffnen.«

»Sorgt Ihr Euch immer noch um Seine Lordschaft?«

»Eine große Menschenmenge birgt immer Gefahren. Und ich möchte in der Nähe sein, nur für den Fall.«

»Ich komme gerne mit«, sagte Alan, den die Aussicht auf eine Abwechslung im Grunde erfreute.

»Wann ist Lady St. Clair gestern eigentlich gekommen?«, erkundigte sich Jeremy unterwegs.

»Es war später Vormittag, wenn ich mich recht erinnere. Ihr wart noch nicht lange weg.«

»Habt Ihr sie nicht wie üblich unterhalten?«

»Ich konnte nicht. Ich behandelte gerade einen Kunden, als sie kam, deshalb schickte ich sie rauf in Eure Kammer. Warum fragt Ihr?«

»Nun, ich hatte Breandán an meinem Tisch zurückgelassen, als ich ging. Bei meiner Rückkehr fand ich Lady St. Clair bei ihm vor. Sie hatte anscheinend Stunden damit verbracht, ihn im Schreiben zu unterrichten.«

»Ich muss zugeben, ich hatte mich schon gewundert, dass

sie sich nicht sehen ließ ... und dass sie so früh gekommen war.«

»Sie kam offensichtlich nicht meinetwegen. Ich denke, sie war so betroffen von Breandáns elendem Zustand, dass sie wieder gutmachen will, was man ihm angetan hat. Ehrlich gesagt waren mir inzwischen schon Zweifel gekommen, ob es ihm gelingen würde, sich zusammenzureißen und wirklich diszipliniert zu lernen, ohne ständig aus der Haut zu fahren. Aber Lady St. Clair hat es geschafft, ihm wieder Mut zu machen. Mit bemerkenswertem Einfühlungsvermögen hat sie erkannt, wie wichtig es für unseren stolzen Iren ist, seinen Namen schreiben zu können, und sei es nur in Lautschrift. In meinem Hang zur Perfektion kam mir diese Möglichkeit gar nicht in den Sinn.«

»Sie scheint wohl einen Narren an diesem ungeschliffenen Burschen gefressen zu haben«, meinte Alan lachend. »Vielleicht hat er Glück, und sie nimmt ihn in ihre Dienste.«

»Ich glaube nicht, dass er zum Diener geschaffen ist. Er will sein eigener Herr sein. Das macht es ihm ja so schwer, sich in die Gesellschaft einzufügen. Ich frage mich nur, wie er es so lange in der strengen Hierarchie des Heeres ausgehalten hat.«

Wie jede Festlichkeit, so lockte auch die Prozession der Richter eine bunte Menge von Schaulustigen an. Wer es sich leisten konnte, mietete einen Balkon, um die Szene zu überblicken, doch die meisten drängten sich am Straßenrand. Die Garde sorgte dafür, dass eine breite Schneise frei blieb. Gegen die schnellen Finger der Taschendiebe konnte sie jedoch nichts ausrichten.

Jeremy und Alan schoben sich durch die Menge in die vorderste Reihe. Plötzlich vernahm der Wundarzt seinen Namen und wandte sich überrascht um. Neben ihm machte sich Gwyneth Bloundel mit ein paar nachdrücklichen Ellbogenstübern Platz. Sie trug ein schwarzes Mieder, das ihre üppigen Brüste nach oben presste, und einen blauen Rock mit einer weißen Zierschürze. Ihr dichtes braunes Haar quoll unter der eng anliegenden Haube hervor und kräuselte sich auf ihren Schultern zu kleinen Locken. Ihre dunklen Augen sprühten wie stets vor Unternehmungslust.

»Meister Ridgeway, Ihr seid auch hier?«, sagte Gwyneth förmlich, als sie entdeckte, dass Alan nicht allein war.

»Ja, wir wollten uns die Prozession ansehen. Und Ihr, meine Liebe? Seid Ihr allein?«

»Ja, mein Gatte ist für Vergnügungen leider nicht zu haben.«

»Ich habe mich schon immer gefragt, wie eine Frau von Eurem sanguinischen Temperament diesen langweiligen Meister Bloundel heiraten konnte.«

»Nun, ich war verwitwet und er auch. Er suchte eine Frau, die ihm das Haus führt, und ich ein sicheres Auskommen.«

Während sie warteten, schob Gwyneth ihre rundliche Hüfte herausfordernd gegen Alans Schenkel. Der Chirurg warf ihr einen warnenden Blick zu, obwohl er sah, dass Jeremy die Menge beobachtete und sich nicht um sie kümmerte.

Zwei Lausebengel von elf oder zwölf Jahren hatten die Aufmerksamkeit des Priesters erregt. Zuerst hielt er sie für Taschendiebe, die auf der Suche nach einem ahnungslosen Opfer waren. Doch nach einer Weile fand er ihr Verhalten so merkwürdig, dass er sie nicht mehr aus den Augen ließ. Die beiden wechselten ständig den Standort. Da sie klein und geschmeidig waren, bereitete es ihnen keine Mühe, zwischen den Erwachsenen hindurchzuschlüpfen. Dabei streiften sie so manchen Geldbeutel, ohne ihn zu beachten. Nein, sie waren mit Sicherheit keine Taschendiebe, auch wenn ihre zerlumpte Kleidung dies vermuten ließ. Gleichwohl sahen die Burschen sich immer wieder wachsam um. Sie schienen jemanden zu suchen oder auf etwas zu warten.

Noch während Jeremy sie beobachtete, kündigte der Lärm der Menge die Prozession an. Der Lord Chancellor, der das Große Siegel verwahrte, ritt vorneweg. Ihm folgten, ebenfalls zu Pferd, die Kronanwälte und die Richter. Einige der Betagteren hätten lieber mit der Tradition gebrochen und ihre Kutschen benutzt. Sie waren es nicht gewöhnt zu reiten, und daher besaßen auch nur einige wenige von ihnen Reitpferde. So mussten sie bei jeder Eröffnung einer neuen Sitzungsperiode ihre Stallknechte losschicken, um ihnen Pferde zu mieten. Die mangelnde Übung machte es ihnen dann oft nicht leicht, mit den Eigenheiten eines fremden Reittiers zurechtzukommen.

Auch Sir Orlando Trelawney hatte sich für den Anlass ein Pferd mieten müssen. Und obwohl er ein guter Reiter war, hatte er erhebliche Mühe, seinen Braunen ruhig zu halten. Der Hengst war Menschenmassen offenbar nicht gewöhnt und schien nur auf eine Gelegenheit zu warten, mit seinem Reiter durchzugehen. Insgeheim verfluchte der Richter seinen Stallknecht, weil dieser nichts Besseres aufgetrieben hatte. Es erforderte seine ganze Aufmerksamkeit, das nervöse Pferd zum Schritt zu zwingen. Ständig riss es erschrocken den Kopf hoch und versuchte zur Seite auszubrechen, doch Trelawneys Schenkel richteten es immer wieder gerade. Bald sammelte sich Schweiß unter der schwarzen Schabracke, die den Rücken des Braunen bedeckte, und weißer Schaum flockte von seinem Maul.

Der neben Sir Orlando reitende Richter Twisden warf wiederholt beunruhigte Blicke auf das tänzelnde Pferd. »Ich bitte Euch, Bruder, kommt mir mit Eurem Gaul nicht zu nah!«, flehte Twisden. »Ihr wisst, dass ich kein guter Reiter bin. Und ich möchte heil in der Westminster Hall ankommen.«

Jeremy streckte sich, um die sich nähernde Prozession besser ins Auge fassen zu können. In ihren langen Perücken und pelzbesetzten scharlachfarbenen Roben boten die Richter einen erhabenen Anblick. Als Jeremy Sir Orlando zwischen den anderen entdeckt hatte, hielt er nach den beiden Bengeln Ausschau, die den Reitern ebenfalls gespannt entgegensahen. Dann liefen sie der Prozession einige Yards voraus, um vor ihr auf die andere Straßenseite zu wechseln, die Seite, auf der Trelawney ritt.

Beunruhigt machte Jeremy Alan auf das Manöver aufmerksam. »Seht Ihr die beiden Jungen? Sie haben irgendetwas vor!«

Gemeinsam zwängten sich die Freunde durch die Menge, gefolgt von Gwyneth Bloundel. Doch die Menschen standen nun so dicht und weigerten sich hartnäckig, Platz zu machen, dass es ihnen nicht gelang, die Burschen zu erreichen, bevor die Prozession sich zwischen sie schob. Jeremys Blick wanderte von Trelawney zu den Jungen. Als sie mit dem Richter auf gleicher Höhe waren, hatte einer der Bengel plötzlich eine Steinschleuder in der Hand. Jeremy holte noch Luft, um Sir Orlando zu warnen, doch es war bereits zu spät.

Von dem Geschoss getroffen, bäumte sich Trelawneys Pferd mit einem schrillen Schrei auf. Geistesgegenwärtig warf sich der Richter mit seinem ganzen Gewicht nach vorn, um es wieder zu Boden zu zwingen. Doch er hatte keine Kontrolle mehr über das verängstigte Tier. Es machte einen wilden Sprung zur Seite und prallte dabei gegen das Pferd von Richter Twisden, der erschrocken die Zügel fahren ließ und sich mit beiden Händen an den Sattel klammerte. Sein Reittier drehte sich um und schlug mit den Hinterhufen nach Trelawneys Pferd aus. Sir Orlando fühlte den Stoß, der den mächtigen Körper unter ihm erschütterte ... wie ein Blitz durchzuckte ihn der Gedanke, abzuspringen, doch dazu kam er nicht mehr. Im nächsten Moment wurde er in einen wirbelnden Abgrund gerissen.

Jeremy sah den Braunen stürzen und den Richter in einem wilden Durcheinander aufwallenden Staubs und zappelnder Pferdebeine verschwinden. Ein Schreckensschrei ging durch die Menge. Noch während der Jesuit sich rücksichtslos durch die Menschen drängte, rief er: »Alan, der Junge!«

Ohne zu zögern, nahm der Wundarzt die Verfolgung des davonflitzenden Burschen auf.

Einer der Zuschauer hatte die Zügel von Richter Twisdens Pferd gepackt und hielt es fest, während sein zitternder Reiter abstieg. Trelawneys Brauner kam mit schlagenden Hufen wieder auf die Beine.

Energisch schob Jeremy die hilflos dastehenden Gardisten zur Seite und kniete sich neben den am Boden liegenden Richter. Sir Orlando hatte seine Perücke verloren. Sein Gesicht und seine Kleidung waren mit Schmutz bedeckt. Zuerst glaubte der Jesuit, er sei ohnmächtig, doch dann hörte er ihn stöhnen.

»Mylord, seid Ihr in Ordnung?«

Sir Orlando wandte überrascht den Kopf und blickte in das Gesicht des Mannes, der sich über ihn beugte. »Bei Christi Blut, was macht Ihr denn hier?«

»Eigentlich kam ich her, um Euch vor Schaden zu bewahren. Leider ist das schwieriger, als ich dachte!«

Trelawney versuchte sich auf seinen rechten Arm zu stützen, fiel aber sofort wieder mit einem schmerzvollen Ächzen zurück.

»Bleibt ruhig liegen und lasst mich sehen, ob Ihr Euch etwas gebrochen habt«, bat Jeremy. »Mistress Bloundel, ich brauche mehr Platz!«

Das ließ Gwyneth sich nicht zweimal sagen. Auf ihre resolute Art stieß sie die Gardisten an, die ihr am nächsten standen, und erinnerte sie an ihre Pflichten: »Haltet hier keine Maulaffen feil, Nichtsnutze, sondern sorgt dafür, dass die Gaffer zurückbleiben!«

Jeremy untersuchte Sir Orlandos Arm, der keine äußeren Verletzungen aufwies, und bewegte ihn schließlich behutsam in den Gelenken. Er schien nur verstaucht zu sein. Dann zog er den schweren Stoff der roten Amtsrobe zur Seite, um einen Blick auf die Beine des Richters zu werfen. Seine Kniehose war an einigen Stellen zerrissen und die Haut mit Schürfwunden bedeckt. Jeremy tastete vorsichtig über die Knochen, konnte aber keinen Hinweis für einen Bruch entdecken.

»Seid Ihr Arzt, Sir?«, fragte einer der Gardisten.

Sir Orlando antwortete ihm an Jeremys Stelle. »Ja, der Mann ist Arzt«, stieß er zwischen zusammengebissenen Zähnen hervor. »Und nun helft mir endlich auf, damit die Prozession weitergehen kann!«

Einer der Zuschauer erklärte, dass nur ein paar Schritte weiter eine Schenke sei.

»Bringen wir ihn dahin«, willigte Jeremy ein. Er selbst nahm mit Gwyneth die Beine des Richters, während zwei der Soldaten ihn unter den Schultern packten.

In der Trinkstube »Rose & Krone« setzten sie ihn auf eine Bank neben dem Kamin. Gwyneth bat den Wirt um Wein. Derweil füllte sich der Schankraum mit Neugierigen von der Straße, die die Hälse reckten und sich gegenseitig auf die Füße traten.

»Sir, habt Ihr sonst noch irgendwo Schmerzen?«, fragte Jeremy mit einem prüfenden Blick in Trelawneys wachsbleiches Gesicht.

»Ich weiß nicht ... ich habe das Gefühl, als schnüre mir etwas die Brust zusammen.«

Gwyneth brachte einen Becher mit Wein und hielt ihn an Sir Orlandos Lippen. Doch Jeremy schob ihre Hand zurück.

»Nein, noch nicht! Ich möchte erst sicher sein, dass er keine inneren Verletzungen hat.«

Gwyneth stimmte ihm zu und stellte den Zinnbecher auf einen der Tische in ihrem Rücken.

Jeremy half Trelawney aus der scharlachfarbenen Robe und öffnete das schwarze Wams, das er darunter trug. Nachdem er den Brustkorb des Richters untersucht hatte, tastete er noch sorgfältig seinen Bauch ab, doch die Schmerzen seines Patienten hatten bereits nachgelassen und behinderten seine Atmung nicht mehr. Allmählich kehrte auch ein wenig Farbe in seine Wangen zurück.

»Ich kann keine schwereren Verletzungen feststellen«, verkündete Jeremy erleichtert. »Nur Schürfwunden, eine Schwellung am Knie und ein verstauchter Arm. Ihr hattet großes Glück.«

Trelawney stieß ein sarkastisches Lachen aus, eine Unvorsichtigkeit, die er sofort bereute, denn die Erschütterung jagte ein Stechen durch seinen angeschlagenen Arm.

»Glück? Ich werde vom Pech verfolgt wie Hiob. Was habe ich getan, dass Gott mich so straft? Zu meiner Schande muss ich gestehen, dass ich nicht weiß, welche abscheuliche Sünde ich begangen haben soll.«

»Ihr seid undankbar, Sir«, tadelte ihn Jeremy. »Gott hat, ganz im Gegenteil, Seine schützende Hand über Euch gehalten und Euch vor größerem Schaden bewahrt. Ihr hättet Euch auch das Genick brechen können. Übrigens war der Auslöser Eures Sturzes höchst irdischen Ursprungs. Man hat Euer Pferd absichtlich erschreckt.« Jeremy berichtete in kurzen Worten von den beiden Jungen, die er beobachtet hatte. »Ich habe Meister Ridgeway hinter ihnen hergeschickt, um herauszufinden, wer sie angestiftet hat. Aber, ehrlich gesagt, glaube ich nicht, dass es ihm gelingen wird, sie zu erwischen.«

»Ihr hattet also Recht mit Eurer Warnung«, murmelte Trelawney betroffen. »Ich habe so gehofft, dass Ihr Euch irrt ...«

Das habe ich auch gehofft, dachte Jeremy. Aber leider hat mich mein Gefühl in diesen Dingen noch nie getrogen.

Er wandte sich ab und trat zu dem Schankwirt, um ihn um Wasser und ein sauberes Tuch zu bitten. Dabei glitt sein Blick flüchtig über die schwatzende Menge der Schaulustigen, die noch immer keine Anstalten machten, die Trinkstube zu verlassen, sehr zur Freude des Wirts. Zu Jeremys Erstaunen entdeckte er mit einem Mal Breandán unter den Leuten. Als der Ire die Augen des Priesters auf sich gerichtet sah, näherte er sich ihm.

»Was macht Ihr hier?«, fragte Jeremy.

»Ich bin auf der Suche nach Meister Ridgeway. John schickt mich, um ihn zu holen. Er hat einen Patienten, mit dem er allein nicht fertig wird.«

»Meister Ridgeway ist unterwegs. Aber er wird vermutlich hierher zurückkommen.«

»Dann warte ich.«

Als Jeremy mit einer Schüssel Wasser und einem Tuch durch den Schankraum zu der Bank des Richters zurückkehrte, sah er, wie dieser gerade den Becher Wein von Gwyneth entgegennahm, den die Apothekerfrau zuvor auf einem der Tische abgestellt hatte. Eine unheilvolle Ahnung krampfte mit einem Mal Jeremys Magen zusammen. Hastig stürzte er an Trelawneys Seite, um ihn am Trinken zu hindern, doch da hatte der Richter den Becher bereits geleert. Jeremy riss ihm das Gefäß aus der Hand und roch an dem Rest Wein, der sich noch darin befand. Da er nichts Ungewöhnliches feststellen konnte, drehte er den Zinnbecher um und ließ die verbliebenen Tropfen herausrinnen. Auf dem Boden blieb ein verdächtiger Satz zurück. Seine schlimmsten Befürchtungen bestätigten sich.

»Was ist?«, fragte Sir Orlando beunruhigt.

Jeremy sah ihn düster an. »Gift, Mylord! Wahrscheinlich Arsenik.«

Trelawneys Gesicht wurde schlagartig kreideweiß. »Aber wie ...« Ein Schauder des Entsetzens fuhr durch seine Glieder und strahlte schmerzhaft bis in seine Zehenspitzen aus.

»Ihr müsst Euch sofort übergeben!«, befahl Jeremy.

»Ich werde ein Brechmittel besorgen«, warf Gwyneth ein, die wie alle anderen Anwesenden die Geschehnisse stumm verfolgt hatte. »Schankwirt, habt Ihr Brechweinstein oder Kupfervitriol da?«

»Das dauert zu lange!«, widersprach Jeremy. Er wusste, dass er keine Zeit verlieren durfte. Ohne sich mit Erklärungen aufzuhalten, riss er einem der Speisegäste den Löffel, mit dem dieser gerade eine Suppe gegessen hatte, aus der Hand, nötigte den Richter, den Mund zu öffnen, und ließ ihm den Stiel vorsichtig in den Rachen gleiten. Jeremy wiederholte die Prozedur so oft, bis Trelawney alles erbrochen hatte, was sich in seinem Magen befand.

»Mistress Bloundel, sagt den Soldaten, sie sollen die Türen schließen und niemanden hinauslassen! Der Schurke befindet sich vielleicht noch in der Schenke.«

Die Apothekerfrau befolgte seine Anweisungen, ohne Fragen zu stellen.

»Woher wusstet Ihr, dass der Wein vergiftet war?«, keuchte Sir Orlando. Der gallige Geschmack in seinem Mund reizte ihn immer wieder zum Husten.

»Ich wusste es nicht. Aber mir war plötzlich klar geworden, dass sich die Person, die für das Attentat verantwortlich ist, vermutlich unter den Zuschauern befand, um zu sehen, ob der Anschlag gelang. Sie musste uns auch in die Schenke gefolgt sein. Und der Wein war eine ganze Weile unbeaufsichtigt, bevor Ihr ihn trankt. Jeder hätte sich unbemerkt daran zu schaffen machen können. Es tut mir Leid, Mylord. Ich werde es mir nie verzeihen, dass man Euch buchstäblich vor meinen Augen vergiften konnte.«

»Wie hättet Ihr das ahnen sollen?«, wehrte Trelawney mit einem matten Lächeln ab.

»Sir Orlando, ich hörte von Eurem Unfall«, sagte eine aufgeregte Stimme in ihrem Rücken. »Seid Ihr verletzt?«

Aus der Menge der Umstehenden war ein großer schlanker Mann aufgetaucht, dem sofort respektvoll Platz gemacht wurde. Er war in ein schwarzes Wams und Kniehosen aus feinem Tuch gekleidet, auf seine Brust fiel ein Kragen aus weißer Spitze herab, dazu trug er einen breiten Hut und einen Degen. Sein von einer langen Lockenperücke umrahmtes Gesicht faszinierte durch die Ausprägung seiner Züge: Überschattet von dichten dunklen Augenbrauen, die sich scharf von seiner überaus blassen Hautfarbe abhoben, schauten freundliche braune Augen unter schweren Lidern hervor, und eine große, übermäßig gebogene Hakennase krümmte sich über einem ernsten, schmalen Mund. Doch trotz seines markanten Gesichts und seiner vierzig Jahre war er ein gut aussehender Mann, der mit seiner stillen, melancholischen Art Würde und Vornehmheit ausstrahlte.

Trelawney begrüßte ihn mit herzlicher Ungezwungenheit. »Edmund, es tut gut, Euch zu sehen. Dr. Fauconer, das ist Edmund Berry Godfrey, ein alter Freund von mir. Er ist Friedensrichter von Westminster und Middlesex. Edmund, das ist Dr. Fauconer, ein Gelehrter, der sich seit ein paar Wochen bemüht, die Person ausfindig zu machen, die mir nach dem Leben trachtet.« Sir Orlando legte dem Friedensrichter in kurzen Worten dar, was sich seit Baron Peckhams Tod ereignet hatte.

»Man hat Euch vergiftet?«, rief Godfrey bestürzt und wandte

sich vorwurfsvoll an Jeremy. »Aber wollt Ihr ihm nicht ein Gegenmittel geben? Theriak oder Hirschhorn oder Bezoarsteinpulver?«

»Sir, ich versichere Euch, dass keines dieser Mittel eine giftaufhebende Wirkung besitzt, wie Ambroise Paré dies am Beispiel des Bezoarsteins gezeigt hat«, widersprach Jeremy. »Sofern sich noch ein Rest Arsenik im Magen Seiner Lordschaft befindet, werden sich vielleicht Übelkeit und Leibschmerzen einstellen, doch ich denke, dass er die Nachwirkungen ohne Komplikationen überstehen wird. Ansonsten gibt es nichts, was ich noch tun könnte. Weitaus wichtiger ist jetzt, dem Täter auf die Spur zu kommen, denn er hat mit dem heutigen Anschlag gezeigt, dass er es immer wieder versuchen wird, wenn wir ihn nicht unschädlich machen.«

Godfrey warf seinem Freund einen zweifelnden Blick zu, doch Sir Orlando nickte bestätigend. »Er hat Recht. Ich werde nicht mehr sicher sein, solange der Täter nicht gefasst ist.«

»Was schlagt Ihr also vor, Dr. Fauconer?«, erkundigte sich Godfrey.

»Die Leute zu fragen, ob ihnen irgendetwas Verdächtiges aufgefallen ist. Vielleicht hat einer von ihnen beobachtet, wie sich jemand an dem Becher mit dem Wein zu schaffen gemacht hat.«

Jeremy und der Magistrat teilten sich die Aufgabe, während Trelawney aus dem Hintergrund die Gesichter der einzelnen Gäste musterte. Doch es war niemand darunter, der ihm bekannt vorkam.

Das Ergebnis war enttäuschend. Keiner der Anwesenden hatte dem Zinnbecher auf dem Tisch besondere Beachtung geschenkt. Und nur einer gab eine Beobachtung an, die ihm verdächtig vorgekommen war: Kurz bevor der Richter den Wein getrunken hatte, sei ein Bäckerlehrling, der an der Tür der Trinkstube stand, von einem jungen Mann angerempelt worden. Der Lehrling habe sich empört zu dem Rüpel umgedreht, doch dieser habe den Schankraum in so überstürzter Eile verlassen, dass er sein Gesicht nicht mehr erkennen konnte. Er wisse nur, dass der Mann jung und dunkelhaarig gewesen sei.

Gegen Ende der Befragung traf Alan in der Schenke ein. Er berichtete, wie er die beiden Jungen bis nach Whitefriars verfolgt habe. Dort seien sie ihm dann aber in den verwinkelten Gässchen entkommen. Angesichts der zwielichtigen Gestalten, denen er unterwegs begegnet war, habe er es nicht für ratsam erachtet, länger in der Freistatt zu verweilen.

Jeremy knirschte ärgerlich mit den Zähnen. »Es ist zum Verzweifeln! Der Unbekannte ist uns immer einen Schritt voraus. Und das nächste Mal haben wir vielleicht nicht mehr so viel Glück. Im Augenblick verfügen wir nur über einen Vorteil: Der Täter ist sehr vorsichtig. Er geht kein Risiko ein, sondern handelt nur, wenn er sicher ist, dass er unentdeckt bleibt. Dafür könnte es zwei Gründe geben: einmal der Wunsch, sich selbst zu schützen ...«

»Welchen anderen Grund könnte es denn sonst noch geben?«, unterbrach ihn Edmund Berry Godfrey.

»Eine Möglichkeit, die mich ziemlich beunruhigt, Sir. Vielleicht hat er vor, noch weitere Morde zu begehen.«

»Wenn das so ist, werden wir wohl kaum herausfinden, wer das nächste Opfer sein könnte«, kommentierte Sir Orlando.

Einer der Gardisten hatte inzwischen eine Mietkutsche für den Richter gerufen. Alan und Breandán machten sich auf den Weg nach Hause, und Mistress Bloundel schloss sich ihnen an, während Jeremy Sir Orlando begleitete.

»Glaubt Ihr, dass diese Mordanschläge etwas mit Baron Peckhams Tod zu tun haben?«, fragte Trelawney nachdenklich, während die Kutsche in gemächlichem Tempo über die unebenen Straßen rollte.

»Ich denke, das steht außer Zweifel«, erwiderte Jeremy. »Es kann kein Zufall sein, dass in beiden Fällen Arsenik verwendet wurde. Auch wenn man dieses Gift überall als Rattenpulver kaufen kann, glaube ich doch nicht, dass es zwei Täter sind.«

»Haltet Ihr es für möglich, dass auch noch andere Richter in Gefahr sind?«

»Das kann ich nicht sagen, solange ich das Motiv des Mörders nicht kenne. Habt Ihr eigentlich mittlerweile herausgefunden, ob die Hochzeit zwischen Mistress Mary Peckham und dem Kaufmann stattfinden wird?«

»Ja, und es war gut, dass Ihr gefragt habt. Die Witwe des Barons hat sie nämlich abgesagt.«

»Das überrascht mich nicht. Ich hatte schon so etwas vermutet.«

Vor dem Haus des Richters in der Chancery Lane verließ Jeremy als Erster die Mietkutsche und half dann Trelawney beim Aussteigen. Dessen geschwollenes Knie machte jeden seiner Schritte zur Qual. In der Halle kam ihnen der Kammerdiener Malory pflichteifrig entgegen.

»Wo ist meine Nichte?«, fragte Sir Orlando sofort.

»Sie ist ausgegangen, Mylord, kurz nachdem Ihr weg wart. Ich habe sie gefragt, wohin sie gehe, aber sie hat mir nicht geantwortet.«

»Sie dachte wohl, ich käme nicht so bald wieder!«, knurrte der Richter aufgebracht.

»Wenn ich einen Vorschlag machen dürfte, Sir«, mischte Jeremy sich beschwichtigend ein. »Schickt einen Laufburschen zu Baron Peckhams Haus und lasst nachfragen, ob Eure Nichte dort ist. Malory, hilf mir, deinen Herrn ins Bett zu schaffen.«

Zusammen schleppten sie den Richter die Treppe hinauf in sein Schlafgemach und ließen ihn aufs Bett sinken.

»Ich brauche kaltes Wasser, einige Leintücher und Branntwein, falls welcher im Haus ist. Sonst tut es auch ein herber Wein«, sagte der Jesuit.

Malory machte sich gleich auf den Weg, um das Verlangte zu besorgen.

»Ich habe mein Lebtag noch nicht so viel Zeit im Bett verbracht!«, schimpfte Trelawney, während er sich beim Ausziehen helfen ließ. »Wenn ich den verdammten Hurensohn erwische, der mir all das angetan hat! Zumindest wissen wir jetzt, dass es niemand aus meinem Haushalt sein kann.«

»Das können wir nicht ausschließen, Sir«, widersprach Jeremy.

»Aber die Anschläge fanden immer auf offener Straße statt. Ein Mitglied meines Haushalts hätte mich dagegen jederzeit vergiften können.«

»Dabei wäre die Gefahr, entdeckt zu werden, ungleich größer, Sir. Nein, zum gegebenen Zeitpunkt würde ich niemanden ausschließen.«

Als Malory die Schüssel mit Wasser, das Leinzeug und die Flasche Branntwein auf einen Schemel gestellt hatte, wollte er sich entfernen, doch Jeremy hielt ihn noch einmal zurück.

»Ich benötige noch etwas aus der Apotheke. Es wird vermutlich schwer zu bekommen sein, da es so wertvoll ist. Hast du schon einmal vom Horn des Einhorns gehört, Malory?«

»Ja, es soll das Vorhandensein von Gift in Speisen und Getränken verraten.«

»So ist es. Da das Einhorn das Sinnbild von Reinheit und Tugend ist, verabscheut es jegliche Unreinheit, und sein Horn fängt an zu schwitzen, wenn es mit Gift in Berührung kommt. Man hat heute versucht, deinen Herrn zu vergiften, und ich befürchte, dass der Täter es wieder versuchen könnte. Nur das Horn des Einhorns vermag ihn sicher zu schützen.«

Sir Orlando öffnete den Mund, um einen Kommentar abzugeben, doch Jeremy drückte energisch seinen Arm, um ihn am Sprechen zu hindern.

»Ich tue mein Möglichstes, um dieses Horn aufzutreiben«, erklärte Malory gewissenhaft. »Aber wie kann ich sicher sein, dass man mir keine Fälschung unterschiebt?«

»Indem du sagst, dass es für Sir Orlando Trelawney ist. Man wird nicht wagen, einen Richter zu betrügen.«

Malory hatte kaum das Schlafgemach verlassen, als Sir Orlando sich nicht mehr beherrschen konnte: »Ihr glaubt doch wohl nicht ernsthaft an diesen Unsinn?«

»Nein, natürlich nicht. Das Einhorn ist nur ein Fabeltier, das es nicht gibt. Ich habe Jahre in Indien verbracht und dort nie eines gesehen. Und das Horn, das als Wundermittel gegen Gift verkauft wird, ist meines Erachtens absolut wirkungslos. Aber nach allem, was heute passiert ist, fürchte ich ernstlich um Euer Leben, Mylord. Gift ist eine heimtückische Waffe, vor der es keinen Schutz gibt. Sollte der Täter ein Mitglied Eures Haushalts sein, so wärt Ihr ihm hilflos ausgeliefert.«

»Ihr sagtet doch, er würde es nicht wagen, weil es ihn unweigerlich in Verdacht bringen würde.«

»Schon, aber solange ich sein Motiv nicht kenne, kann ich nicht beurteilen, wie viel er zu riskieren bereit ist. Es sind schon zwei Anschläge auf Euer Leben missglückt. Möglicherweise ist der Täter entschlossen genug, um den Versuch zu wagen, Euch auch innerhalb Eures Hauses umzubringen, egal wie gefährlich es für ihn ist. Aber wenn ich jeden hier wissen lasse, dass ich an die Kraft des Einhorns glaube, dann glaubt es der Mörder vielleicht auch. Und solange Ihr Eure Speisen mit dem Horn prüft, wird er es hoffentlich nicht wagen, Euch zu vergiften. Zum gegebenen Zeitpunkt ist mir jedes Mittel recht, um Euch zu schützen.«

Jeremy hatte inzwischen die Schürfwunden an Trelawneys Beinen mit Branntwein gewaschen und wickelte ihm nun einen kalten Umschlag um das geschwollene Knie. Den verstauchten Arm hatte er bereits durch eine um den Nacken des Richters geknüpfte Schlinge ruhig gestellt.

»Übrigens, wie macht sich Euer Ire?«, erkundigte sich Sir Orlando neugierig.

»Er fügt sich gut ein. Ich bringe ihm gerade Lesen und Schreiben bei.«

»Haltet Ihr das für klug?«

Ein spöttisches Lächeln huschte über Jeremys Lippen. »Ihr traut ihm nicht!«

»Ihr hättet die Blicke sehen sollen, die er mir in der Schenke zuwarf. Sie waren alles andere als freundlich.«

»Ich gebe zu, Mr. Mac Mathúna verspürt Euch gegenüber wenig Dankbarkeit. Ihr habt ihn zwar vor dem Galgen bewahrt, aber aus seiner Sicht wurde er dennoch unschuldig bestraft. Und um ehrlich zu sein, glaube ich, Ihr hättet mehr für ihn tun können, wenn Ihr gewollt hättet.«

»Nicht ohne die Geschworen und die Ratsherren gegen mich aufzubringen!«

»Sir, ich kenne Euch mittlerweile gut genug, um sagen zu können, dass Euch das nicht davon abgehalten hätte, einen Freispruch zu erzwingen, wäret Ihr von der Unschuld des Angeklagten überzeugt gewesen. Aber Ihr dachtet, dass Mr. Mac Mathúna zumindest des Diebstahls schuldig sei und die Strafe verdiene. Und das wird er Euch nie verzeihen!«

»Ein ziemlich gutes Motiv für einen Mord, meint Ihr nicht?«, konstatierte Sir Orlando herausfordernd.

»Ihr verdächtigt doch nicht etwa Mac Mathúna!«, rief Jeremy ungläubig.

»Findet Ihr es nicht auffällig, dass er bei beiden Anschlägen auf mein Leben zugegen war? Und dass der zweite Mordversuch nach einer so langen Pause stattfand, die sich bezeichnenderweise mit dem Zeitraum deckt, den der Ire im Gefängnis verbrachte? Ich finde das schon reichlich verdächtig.«

»Mylord, Ihr habt Mac Mathúnas ungezügelten Charakter kennen gelernt«, gab Jeremy zu bedenken. »Glaubt Ihr ernsthaft, er hätte sich die Mühe gemacht, Euch zu vergiften oder Euch auf so raffinierte Weise mit Kerkerfieber in Berührung zu bringen? Wenn er Euch hätte töten wollen, hätte er es mit seinen bloßen Händen getan!«

»Auch wieder wahr«, gestand Trelawney. »Aber wer sollte denn sonst ein Motiv haben?«

»Nun, es fällt Euch nicht gerade schwer, Euch Feinde zu machen«, bemerkte Jeremy zynisch. »Besonders unter einflussreichen Männern wie Sir John Deane.«

Das Eintreten des Kammerdieners unterbrach ihr Gespräch. Er hatte mehrere Apotheken erfolglos abgeklappert, war dann aber doch fündig geworden und überreichte Jeremy mit unsicherer Miene die Spitze eines schmalen, gewundenen Horns. »Ist es das Richtige?«

Der Jesuit gab vor, das Horn eingehend zu prüfen, bevor er zufrieden verkündete: »Sehr gut, Malory. Es ist jeden Penny wert, den du dafür bezahlt hast.«

»Mylord, der Laufbursche ist eben zurückgekommen«, sagte der Kammerdiener an Trelawney gewandt. »Eure Nichte ist tatsächlich zum Haus des Barons gegangen, um Mistress Mary Peckham zu besuchen. Doch als man nach ihnen schickte, waren sie nicht aufzufinden. Sie müssen sich heimlich davongestohlen haben.«

»Und niemand wusste, wohin sie gegangen sein könnten?«

»Nein, sie gingen offenbar allein, ohne einen Diener mitzunehmen.«

»Danke, Malory. Sag mir Bescheid, wenn meine Nichte nach Hause kommt.«

Sir Orlando fing Jeremys nachdenklichen Blick auf und brummte gereizt: »Sagt nichts! Es ist unmöglich, dass Esther ...«

Der Jesuit sah ihn eine Weile schweigend an und beschwor ihn dann eindringlich: »Versprecht mir, dass Ihr Malory mit einer geladenen Waffe neben Eurem Bett schlafen lasst, dass Ihr nicht allein auf die Straße geht und dass Ihr nie etwas zu Euch nehmt, wovon andere nicht auch essen. Wer immer es auch ist, der Euch töten will, wir dürfen ihn nicht gewinnen lassen!«

Als Malory sie von Esthers Rückkehr in Kenntnis setzte, nahm Jeremy das Horn an sich und eilte hinunter in die Halle, um die junge Frau abzufangen. Esther verhielt in der Bewegung, als sie den Mann in Schwarz auf der Treppe auftauchen sah. »Was führt Euch denn her, Doktor?«, fragte sie.

Jeremy hatte das Gefühl, als bemühe sie sich, möglichst unbeteiligt zu wirken. »Euer Onkel hatte einen schweren Unfall«, erklärte er mit ernster Miene.

»Ist er verletzt?«

Jeremy ließ eine kurze Zeitspanne verstreichen, bevor er antwortete. Doch Esthers Gesicht blieb ausdruckslos wie immer. Es gab weder Sorge noch hoffnungsvolle Erwartung preis. Wenn sie ihrem Onkel den Tod wünschte, ließ sie es sich zumindest nicht anmerken.

»Jemand hatte ein paar Kinder angestiftet, sein Pferd während der Prozession zu erschrecken. Euer Onkel hätte sich dabei leicht den Hals brechen können, doch er hatte großes Glück und kam mit ein paar oberflächlichen Verletzungen davon. Daraufhin versuchte der Täter, ihn zu vergiften.«

»Aber er ist am Leben?«, fragte Esther, die nun doch ihre Ungeduld erkennen ließ.

»Ja, und es geht ihm gut. Der Täter rechnete nicht damit, dass Seine Lordschaft Freunde hat, die über ihn wachen und nicht so leicht zu übertölpeln sind.«

»Ich nehme an, damit singt Ihr Euer eigenes Loblied!«, konterte Esther spöttisch.

»Madam, ich versichere Euch, dass ich alles tun werde, um Euren Onkel vor Schaden zu bewahren. Da der Unbekannte ein so heimtückisches Mittel wie Gift anwendet, habe ich Seiner Lordschaft geraten, künftig seine Speisen und Getränke hiermit zu prüfen.« Jeremy hob die Hand und zeigte Esther das Horn. »Es stammt vom Einhorn und besitzt, wie Ihr vielleicht wisst, die Fähigkeit, Gift zu erkennen. Sollte der Täter dumm genug sein, dennoch einen weiteren Versuch zu wagen, werden wir ihn hiermit endlich entlarven.«

Jeremy hatte so viel Überzeugung wie möglich in seine Stimme gelegt und sah, dass sie tatsächlich beeindruckt war. Das stimmte ihn ein wenig zuversichtlicher.

»Euer Onkel hat Euch vermisst, als wir kamen«, fügte er hinzu. »Wo wart Ihr?«

»Was geht Euch das an?«, gab Esther abweisend zurück.

»Ihr seid zu Mistress Mary Peckham gegangen und habt mit ihr heimlich das Haus verlassen. Habt Ihr Eurer Freundin geholfen, sich mit ihrem Verehrer zu treffen?«

»Ich weiß nicht, wovon Ihr sprecht.«

»Mistress Peckham hat mir gegenüber bereits zugegeben, dass ein Jurastudent ihr gegen den Willen ihres Vaters den Hof macht. Ich kenne den jungen Mann übrigens recht gut. Er ist sehr ehrgeizig.«

»Die Pocken über Euch!«, schrie Esther ungehalten. »Ihr seid ein Schnüffler der schlimmsten Sorte.«

»Eure Heimlichtuerei macht Euch verdächtig, Madam. Sagt mir lieber offen, wo Ihr wart, anstatt dieses Versteckspiel weiterzuführen. Wenn Ihr mir nicht antworten wollt, gut, ich kann Euch nicht zwingen, aber Euer Onkel wird Euch dieselbe Frage stellen, und ihm müsst Ihr antworten.«

»Geht zum Teufel!« Mit eisigem Blick schob sie sich an ihm vorbei und verschwand ohne ein weiteres Wort im ersten Stock.

Achtzehntes Kapitel

Breandán drehte den eisernen Griff des kleinen Dachstubenfensters und drückte den Flügel nach außen. Für einen Moment fingen sich die Sonnenstrahlen in den rautenförmigen Glasscheiben und ließen sie gleißend aufleuchten.

Es war noch früh am Morgen, doch Breandán war es gewöhnt, mit den Hühnern aufzustehen – im Gegensatz zu John, der noch immer ungestört hinter den zugezogenen Vorhängen des Baldachinbetts schnarchte. Der Geselle hatte seine ablehnende Haltung seinem unerwünschten Mitbewohner gegenüber nicht geändert, trotz aller Versuche seines Meisters, zwischen den beiden jungen Männern zu vermitteln. John war kein streitsüchtiger Mensch, aber wenn ihn der Teufel ritt, versuchte er, den Iren absichtlich zu reizen und zu Handgreiflichkeiten zu provozieren. Meister Ridgeway bliebe dann keine andere Wahl, als den Spitzbuben des Hauses zu verweisen, dachte sich John. Doch Breandán erriet Johns versteckte Absicht und gab sich alle Mühe, nicht die Beherrschung zu verlieren, wenn der Geselle ihm boshafte Bemerkungen an den Kopf warf. Er hatte Pater Blackshaws Warnung nicht vergessen und war klug genug, sein Refugium nicht leichtfertig aufs Spiel zu setzen.

Die frühen Morgenstunden, wenn das Haus noch in tiefem Schlaf lag, waren die einzige Zeit des Tages, da Breandán ungestört seinen Gedanken nachhängen konnte. Er saß auf einer grob gezimmerten Eichentruhe und blickte durch das kleine Fenster auf die Stadt London hinaus, über das Zickzack unendlich vieler Satteldächer, die sich eng aneinander reihten, manche mit blassroten Ziegeln, andere mit graugelbem Stroh gedeckt. Dazwischen ragten überall die quadratischen Glockentürme der romanischen Kirchen auf, die mit ihren Zinnenkränzen und schlanken Ecktürmchen an alte Burgen erinnerten. Sie waren Zeugen einer vergangenen Zeit. Auf den Dächern der Häuser spross ein dicht stehender Wald hoher Schornsteine. Aus ihnen würde bald der schwefelhaltige Rauch unzähliger Herdfeuer in die klare Morgenluft aufsteigen und den blauen Himmel in kürzester Zeit unter einer grauen Dunstglocke verschwinden lassen. Nur die Reichen konnten es sich leisten, mit Holz zu heizen. Die ärmeren Haushalte mussten mit der billigeren Steinkohle aus Newcastle vorlieb nehmen. Der feine Ruß, den ihr Rauch hinterließ, legte sich wie ein schwarzer Schleier über Häuser und Gassen, drang in jede Kammer und verdarb die Wäsche in den Truhen.

Unten im Garten, der hinter dem Haus lag, regte sich etwas, und Breandán beugte sich ein wenig vor, um zu sehen, wer schon so früh auf war. Tim, der Lehrjunge, eilte schnellen Schrittes an Schuppen und Kräuterbeeten vorbei zum Abort, der sich in einem kleinen separaten Verschlag befand. Darunter lag die Mistgrube, die in mehr oder weniger regelmäßigen Abständen von den Jauchekutschern geleert wurde.

Die Sonne war höher gestiegen, doch ihre Strahlen verschwanden allmählich hinter einer heranziehenden Wolkenbank. Beim Anblick des eng gedrängten Häusermeers überkam Breandán die Sehnsucht nach Irland. Obwohl er seine Heimat mit sechzehn Jahren verlassen hatte, war der Wunsch, dorthin zurückzukehren, nie geschwunden. Doch der Gedanke daran weckte auch Angst in ihm, Angst vor den unkontrollierbaren Gefühlen von Hass und Zorn, die eine Konfrontation mit den Verbrechen der Engländer gegen sein Volk in ihm wieder anfachen würde, Gefühle, die er tief in sich begraben hatte, um nicht von ihnen überwältigt zu werden. Aber sie waren immer da, lauerten in ihm und hinderten ihn daran, Meister Ridgeway oder Richter Trelawney Dankbarkeit entgegenzubringen, allein deshalb, weil sie Engländer waren.

Sein Verhältnis zu Pater Blackshaw war noch zwiespältiger. Der Priester hatte ihm uneigennützig geholfen und ihm nur Gutes getan. Breandán empfand eine echte freundschaftliche Zuneigung zu ihm, doch zugleich konnte er nicht vergessen, dass Pater Blackshaw Jesuit war und dass die Jesuiten sich damals unter Königin Elizabeth geweigert hatten, ihren Grundsatz, sich nicht in Regierungsangelegenheiten einzumischen, aufzugeben und öffentlich für die Iren in ihrem Freiheitskampf Partei zu ergreifen. Die Engländer, die sie damit von ihrem guten Willen überzeugen wollten, dankten ihnen diese Zurückhaltung ohnehin nicht.

Und schließlich war da noch Amoret St. Clair, diese schöne und gebildete junge Frau, deren herzliches und aufmerksames Verhalten einem ehemaligen Landsknecht gegenüber, der nicht einmal lesen konnte, so unerklärlich schien, dass er nicht wusste, was er von ihr halten sollte. Diese Zerrissenheit verschlimmerte sich, als ihm klar wurde, dass er sie vermisste, wenn sie nicht da war. Auch heute verspürte er eine ungeduldige Erwartung, weil er wusste, dass sie kommen würde, um ihm ein Buch in englischer Sprache zu bringen, mit dem er üben sollte. Pater Blackshaw hatte es bedauert, dass er nur französische und lateinische Bücher besaß, und deshalb entschieden, seinen Schüler zuerst in Französisch zu unterrichten.

Seit Amoret St. Clair ihm Mut zugesprochen hatte, arbeitete Breandán hart an sich selbst, um sein Temperament zu zügeln und geduldig zu lernen, auch wenn es ihn Überwindung kostete. Und als er bemerkte, dass es ihm tatsächlich gelang, fiel es ihm von Tag zu Tag leichter, sich an den Tisch zu setzen und konzentriert seine Übungen zu machen. Oftmals leistete Amoret ihm dabei Gesellschaft. Sie kam meist zu einer Zeit, wenn der Jesuit unterwegs war und Meister Ridgeway in der Werkstatt zu tun hatte, so dass sie zwangsläufig Stunden an Breandáns Seite verbrachte und ihn in die Geheimnisse der Schrift einweihte. Er begriff nicht, warum sie so viel Mühe für ihn aufwandte, aber er genoss es in vollen Zügen. Dabei machte er sich wenig Gedanken über ihren gesellschaftlichen Stand. Er hielt sie für eine wohlhabende Bürgersfrau, vielleicht eine Witwe ohne Kinder, die wenig Zerstreuung hatte, und die Tatsache, dass er Französisch mit ihr sprechen konnte, ließ ihn leicht vergessen, dass auch sie Engländerin war.

Das Rascheln der Bettvorhänge und ein herzhaftes Gähnen in seinem Rücken verrieten Breandán, dass John sich zu regen begann, doch er nahm keine Notiz von ihm, sondern sah weiterhin zum Fenster hinaus. Es folgte das Klappern des Nachtgeschirrs und schließlich ein anhaltendes Plätschern.

»Schon auf?«, rief der Geselle ihm zu. »Träumst wohl wieder von deiner Gönnerin!«

Es dauerte einige Augenblicke, bis dem Iren die Bedeutung des Wortes klar wurde. Abrupt wandte er sich um und sah John verständnislos an. »Gönnerin? Was meinst du damit?«

»Ach, sieh mal an, das weißt du nicht?«, antwortete John mit einem höhnischen Unterton. »Was glaubst du denn, warum Tim und ich weiterhin die Drecksarbeit machen müssen, während du auf deinem Arsch sitzen und büffeln darfst. Ursprünglich war es so gedacht, dass du dich nützlich machen und uns unter die Arme greifen solltest, aber da Lady St. Clair für dich bezahlt, brauchst du dir die Finger nicht mehr schmutzig zu machen.«

»*Lady* St. Clair?«, wiederholte Breandán verblüfft.

»Ja. Sag nur, das wusstest du auch nicht! Sie ist Hofdame und eine der Mätressen des Königs. Aber bilde dir bloß nichts darauf ein. Diese Höflinge wissen vor Langeweile nicht, was sie tun sollen. Sie können es sich leisten, einer Laune nachzugeben und einen streunenden Köter von der Straße zu holen, um ihn hochzupäppeln und ein bisschen zu verhätscheln. Aber wenn sie ihn satt haben, geben sie ihm einfach einen Fußtritt. Also genieße es, solange du kannst.«

John hatte es darauf angelegt, sein Gegenüber zu verletzen, und es gelang ihm auch. Gereizt sprang Breandán von der Truhe herab und stürzte zum Bett, auf dessen Rand der Geselle noch immer saß und ihn herausfordernd angrinste. Ein Rest Vernunft bremste Breandán jedoch. Wie um sich selbst zurückzuhalten, klammerte er sich mit beiden Händen an den massiven Bettpfosten, bis die Knöchel weiß unter der Haut hervortraten. »Du verdammter Bastard!«, grollte er.

Johns Gesicht nahm einen enttäuschten Ausdruck an. Er sehnte sich nicht nach einer Tracht Prügel, weiß Gott nicht, aber es war die einzige Möglichkeit, den Iren loszuwerden. Offenbar hatte dieser sich jedoch besser im Griff als erwartet. Mit einem Seufzen erhob sich der Geselle, zog seine Kleider über und verließ die Dachstube.

Noch immer bebend vor Zorn, sah Breandán ihm nach. Dann erst gelang es ihm, sich zu entspannen und seine verkrampften Hände von dem rettenden Pfosten zu lösen. Im Geiste hatte er sie um Johns dünnen Hals gelegt und mit aller Kraft zugedrückt. Die Vorstellung trat an die Stelle der Tat, und er bemerkte mit Erleichterung, dass ihm dies genügte, um seine Wut loszuwerden. Er atmete einige Male tief ein und aus, danach fühlte er sich besser.

Auf der Truhe, auf der er zuvor gesessen hatte, standen

ein Krug mit Wasser und eine Schüssel aus Zinn. Breandán schlüpfte aus dem Leinennachthemd und begann, sich Oberkörper und Gesicht zu waschen. Nach seinem wochenlangen Aufenthalt in den schmutzigen Kerkern des Newgate hatte er nun Geschmack daran gefunden, sich sauber zu fühlen. Er genoss die prickelnde Berührung des Wassers auf der Haut, die Müdigkeit und Trägheit verscheuchte und auch den Geist erfrischte. Nachdem er sich rasiert hatte, verteilte er ein wenig Salz auf einem Finger und rieb sich damit die Zähne ab, um den Belag zu entfernen. Schließlich kämmte er sich noch die Haare, bevor er seine Kleider überzog und über die knarrende Stiege ins Erdgeschoss hinabstieg.

In der Küche trank Breandán mit Meister Ridgeway, John und Tim sein Morgenbier und aß eine mit Butter bestrichene Scheibe Brot dazu. Pater Blackshaw hatte das Haus schon früh verlassen, um sich mit seinem irischen Ordensbruder in St. Giles zu treffen.

Während die anderen an die Arbeit gingen, zog Breandán sich wie gewöhnlich in die Kammer des Jesuiten zurück und machte sich ans Lernen. Doch an diesem Tag fand er das erste Mal seit langem nicht mehr die Ruhe dazu. Schließlich gab er es auf, trat ans Fenster und beobachtete das geschäftige Treiben auf der Paternoster Row. Wie bei den meisten alten Fachwerkhäusern des Stadtkerns kragte das Stockwerk, in dem Breandán sich befand, ein wenig über die Straße. In manchen der schmaleren Gässchen konnten sich die Bewohner durch die Fenster die Hände reichen, so nah neigten sich die oberen Geschosse einander zu.

Um besser sehen zu können, steckte Breandán den Kopf zum Fenster hinaus und hielt in dem Gewühl von Kutschen, Fuhrwerken und Reitern Ausschau nach einer schlanken Gestalt im Kapuzenmantel. Doch selbst wenn Amoret St. Clair schon zu so früher Stunde zu Besuch käme, was nicht wahrscheinlich war, würde es ihm kaum gelingen, sie zu entdecken, denn Fußgänger bewegten sich in den Straßen von London so nah wie möglich an den Fassaden der Häuser entlang, um einigermaßen vom aufgewirbelten Schmutz verschont zu bleiben. Ein zweiter Grund war die Gefahr, von einem warmen Schauer durchnässt zu werden, sofern man nicht geistesgegenwärtig und gelenkig genug war, auf den Warnruf: »Vorsicht, Wasser!« zu reagieren und rechtzeitig zur Seite zu springen. Und so zog auch Breandán hastig den Kopf ein, als er hörte, wie über ihm der Fensterflügel geöffnet wurde und die Magd Susan den Inhalt eines Nachttopfs auf die Straße entleerte.

Enttäuscht und voller Ungeduld setzte sich der junge Ire an den Tisch und nahm die Feder zur Hand, nur um sie kurz darauf wieder sinken zu lassen. Seine Gedanken schweiften immer wieder ab und wandten sich Lady St. Clair zu. Auf einmal hatte er ein ganz anderes Bild von ihr als zuvor. Sie war nicht mehr die tugendhafte Bürgerin, sondern eine sinnliche, verführerische Frau, die alles andere als ein sittenstrenges Leben führte, und sie war plötzlich nicht mehr unantastbar. In seiner Vorstellung sah er sie in den prächtigen Kleidern aus Seide und Brokat, mit Spitzen und Bändern besetzt und mit Juwelen geschmückt, wie sie am Hof getragen wurden und wie man sie zuweilen an den Damen bewundern konnte, die in ihren herrschaftlichen Kutschen vor den Läden der Seidenhändler vorfuhren. Er malte sich aus, wie sie sich stolz durch die Gänge des Palastes bewegte, von Gecken umschwirrt, die sie und die anderen herausgeputzten Frauen mit anzüglichen Blicken überschütteten. Und wenn es den König nach ihr verlangte, führte er sie in sein Gemach, nahm sie in seine Arme und küsste ihre nackte Haut, die die Damen am Hof so freizügig zur Schau stellten – wie es hieß.

An diesem Punkt seiner Phantasie angekommen, verspürte Breandán ein Ziehen in der Magengegend und ballte die Hände zu Fäusten. Erst nach einer Weile gereizten Hämmerns auf die Tischplatte wurde er sich seiner Wut bewusst und lehnte sich mit geschlossenen Augen zurück, um sich zu beruhigen. Als hinter ihm die Tür geöffnet wurde und Amoret eintrat, hatte Breandán sich wieder ganz in der Gewalt. Dennoch bemerkte die junge Frau, dass offenbar etwas nicht stimmte, denn der Blick, mit dem er sie streifte, war kühl und verschlossen.

»Störe ich Euch?«, fragte sie einfühlsam. »Möchtet Ihr lieber allein sein?«

»Nein, Mylady!«, antwortete er schroff.

Er hatte also herausgefunden, wer sie war. Doch warum wirkte er so enttäuscht? Amoret legte Mantel und Maske ab und trat ungeniert an seine Seite.

»Ich muss Euch bitten, mich in diesem Haus nicht so anzureden. Ich bin als einfache Bürgersfrau hier, um Pater Blackshaws Tarnung nicht zu gefährden. Vergesst einfach, wer ich bin.«

»Wie Ihr wünscht, Madam.«

»Es scheint Euch zu missfallen, was Ihr über mich erfahren habt.«

»Weshalb bezahlt Ihr für meinen Unterhalt?«, fragte Breandán herausfordernd.

»Ach, *das* ist es! Fürchtet Ihr, versklavt zu werden, wenn Ihr die Großzügigkeit eines anderen annehmt? Ich versichere Euch, dass Ihr mir nichts schuldet. Warum soll ich das Geld des Königs nicht für etwas Nützliches aufwenden?«

»Jetzt verstehe ich auch, wie Pater Blackshaw es sich leisten konnte, meine Gefängniskosten zu bezahlen.« In Breandáns Stimme schwang ein seltsames Gemisch aus Ärger und Beschämung. Er war nicht zu stolz, die Barmherzigkeit des Priesters anzunehmen, doch die Vorstellung, von ihr bemitleidet zu werden, verletzte seine ohnehin wenig gefestigte Selbstachtung.

Amoret, die seine Gefühle nachvollziehen konnte, legte ihre Hand auf seinen Arm und sagte eindringlich: »Ich wollte Euch die Möglichkeit geben, ein besseres Leben zu führen als bisher, weil ich der Meinung bin, dass mehr in Euch steckt als nur körperliche Kraft und Geschicklichkeit. Ihr solltet Gelegenheit haben, Eure geistigen Fähigkeiten zu schulen.«

Doch es gelang ihr nicht, seine düstere Miene aufzuhellen. Er blieb ernst und unzugänglich. Um das anhaltende Schweigen zu brechen, trat Amoret zum Bett, nahm das Buch, das sie neben ihren Mantel gelegt hatte, und reichte es Breandán.

»Ich hatte Euch versprochen, Euch ein englisches Buch mitzubringen. Es ist Edmund Spensers ›Feenkönigin‹. Mein Vater hat so gerne darin gelesen, dass er mich nach einer der Figuren benannte.«

Der Ire nahm das Buch nach kurzem Zögern entgegen und schlug es auf. Amoret setzte sich unaufgefordert neben ihn. Dabei spürte sie mit einem Mal, dass ihre Nähe ihn nervös machte und dass er sie immer wieder verstohlen von der Seite betrachtete, als sähe er sie heute zum ersten Mal.

Sie übte eine Weile mit ihm Lesen, doch ohne großen Erfolg, denn es gelang Breandán einfach nicht, sich zu konzentrieren. Schließlich hielt sie es für besser, sich früher als sonst zu verabschieden und den Unterricht an einem anderen Tag fortzusetzen.

Als Amoret auf dem Weg nach unten an der Tür zu Meister Ridgeways Schlafkammer im ersten Stock vorbeikam, vernahm sie ein leises Stöhnen und hielt alarmiert inne, um zu lauschen. Doch einen Moment darauf begriff sie, dass es nicht der Klagelaut eines Kranken war, sondern das lustvolle Keuchen eines

Pärchens. Neugierig näherte sie sich der Tür, die nur angelehnt war, und spähte durch den Spalt. Ein amüsiertes Lächeln kräuselte Amorets Lippen, als sie den Wundarzt erkannte, der sich halbnackt über einer fülligen, dunkelhaarigen Frau auf und ab bewegte. Beide waren so tief in Ekstase versunken, dass Amoret das Zimmer hätte betreten können, ohne von ihnen bemerkt zu werden.

Sie beobachtete das Geschehen so fasziniert, dass sie erschrak, als Breandán hinter ihr die Stiege herunterkam. Mit fragender Miene öffnete er den Mund, um etwas zu sagen, doch Amoret huschte eilig auf ihn zu und legte ihm die Finger auf die Lippen. Es gehörte zu den ersten Lektionen des Hoflebens, Liebenden gegenüber Diskretion zu üben. Man redete über sie, aber man störte sie nicht.

Breandán hatte ganz instinktiv auf ihre Aufforderung reagiert und war sofort verstummt. Sein Blick wanderte von ihr zu der angelehnten Tür, als auch er die wollüstigen Laute vernahm. Eine Weile standen sie beide unbeweglich da und lauschten. Amorets Fingerspitzen lagen noch immer auf seinen Lippen, und ihr Körper war dem seinen so nah, dass sie seinen Herzschlag durch ihre Haut dringen spürte. Sie schloss die Augen, um das erregende Gefühl auszukosten, das in ihr erwachte und ihr Blut schneller durch die Adern strömen ließ. Als sie den Kopf hob, begegnete sie Breandáns Blick, der verwundert auf ihrem Gesicht ruhte. Sie lächelte ihm zu, um ihn zu einer vertraulichen Berührung zu ermuntern. Da verhärteten sich mit einem Mal seine Züge, und er wich mit einer brüsken Bewegung vor ihr zurück. In seinen Augen lag ein Ausdruck unterdrückter Wut, gepaart mit Bitterkeit, die sich Amoret nicht erklären konnte. Im nächsten Moment hatte Breandán sich abgewandt und hastete die Treppe hinunter. Die junge Frau blieb völlig verdutzt zurück.

Neunzehntes Kapitel

»Ah, Dr. Fauconer, tretet ein. Seine Lordschaft bittet Euch, einen Moment in seinem Studierzimmer zu warten, bis sein Besuch gegangen ist«, sagte die Magd, die Jeremy die Haustür öffnete. Nachdem sie ihm den Weg gewiesen hatte, fügte sie pflichteifrig hinzu: »Ich bringe Euch eine Karaffe Rheinwein, Sir, oder möchtet Ihr lieber Holunderschnaps?«

Jeremy entschied sich für den Wein. Während er wartete, sah er sich interessiert in Sir Orlandos Studierzimmer um. Die Vertäfelung aus dunkler Eiche ließ es zu dieser herbstlichen Jahreszeit, in der die Sonne schon früh unterging, besonders düster erscheinen. Ein geschnitzter Fries lief als Schmuckband unter der ebenfalls mit Holz verkleideten Decke entlang. In den durch die Vertäfelung vorgegebenen Feldern hingen Familienporträts in aufwendig verzierten Goldrahmen und eine Reihe von einfachen Stichen, darunter auch eine Darstellung des Märtyrerkönigs Charles' I. Im Kamin prasselte ein munteres Feuer, das ein tanzendes Licht- und Schattenspiel über die dunklen Wände huschen ließ. Die brennenden Holzscheite ruhten auf mit mächtigen Kugeln gekrönten Feuerböcken aus Messing, die im Widerschein der Flammen wie Gold funkelten. Der Rauchfang war mit Schnitzereien verziert, darüber hing ein Porträt des Richters in roter Amtsrobe.

Bei ihrer Rückkehr entzündete die Magd die Wachskerzen der Wandleuchter, deren Messingschilder das Licht reflektierten und so die Leuchtkraft erhöhten. In diesem Moment erklangen Schritte auf der Treppe. Trelawney geleitete seinen Gast persönlich zur Tür.

»Ich erwarte Euch also morgen zum Mittagsmahl, Mr. Holland. Danach können wir uns noch einmal über die Mitgift unterhalten«, schloss Sir Orlando, bevor er ihn verabschiedete.

Sich zufrieden die Hände reibend, betrat der Richter daraufhin das Studierzimmer und begrüßte Jeremy mit einem Lächeln der Erleichterung.

»Ich nehme an, es ist Euch endlich gelungen, Eure Nichte unter die Haube zu bringen, Mylord«, bemerkte der Jesuit amüsiert.

Trelawney schnitt eine vielsagende Grimasse. »Zum Glück besteht Mr. Holland als Puritaner bei seiner zukünftigen Gattin weder auf Liebreiz noch auf Sanftmut. Ich bin sicher, er wird sie zur Räson bringen.«

»Und was meint Eure Nichte zu der Verbindung?«

»Ich habe sie nicht um ihre Meinung gefragt, denn sie hat es mir bei früheren Gelegenheiten auch nicht gedankt. Diesmal wird sie heiraten, ob sie will oder nicht.«

»Hat sie Euch gesagt, wo sie am Tag der Prozession war?«

Ein Anflug von Ärger huschte über Trelawneys Gesicht. »Nein, nicht einmal der Stock konnte sie zum Sprechen bringen. Ich weiß nicht, woher sie diese Sturheit hat. Von ihrer Mutter bestimmt nicht. Sie steht weiterhin unter Hausarrest, doch das wird ihre Gesinnung kaum ändern. Ich kann Euch nicht sagen, wie erleichtert ich bin, dass ich mich nicht weiter mit ihr herumplagen muss.«

»Und wer wird dann Euren Haushalt führen?«

»Eine entfernte Base von mir ist gerade Witwe geworden. Ich habe sie gebeten, in mein Haus zu ziehen. Sie hat zugestimmt.«

»Habt Ihr schon einmal daran gedacht, selbst wieder zu heiraten? Es würde Euch gut tun!«

»Ihr habt sicherlich Recht. Insbesondere, da ich immer noch den geheimen Wunsch hege, eines Tages Kinder zu haben. Aber vielleicht hat Gott entschieden, dass dieser Wunsch unerfüllt bleiben soll.«

»Solange Ihr es nicht versucht, werdet Ihr es nicht mit Sicherheit wissen. Verliert also nicht den Mut!«

Trelawney bedachte Jeremy mit einem herzlichen Lächeln. »Ich glaube, ich verstehe allmählich, weshalb Ihr Priester geworden seid. Ihr habt eine unvergleichliche Art, den Menschen Trost zu spenden.« Er nahm die Karaffe vom Tisch und füllte zwei Gläser mit Rheinwein. »Leider müssen wir zu einem ernsteren Thema zurückkehren. Ihr habt mich gebeten, eine Liste aller Juristen aufzustellen, die in den letzten zwei Jahren gestorben sind. Ich nehme an, Ihr wollt nachprüfen, ob bei einem dieser Todesfälle der Verdacht auf ein Verbrechen besteht.«

»So ist es. Unser Mörder ist bisher sehr gerissen vorgegangen. Es ist durchaus möglich, dass er früher schon einmal zugeschlagen hat, ohne Verdacht zu erregen. Gehen wir also die Liste durch, Mylord, und schließen wir zunächst diejenigen Namen aus, die in hohem Alter im Bett gestorben sind. Verdächtig sind vor allem Unfälle und plötzlich aufgetretene Krankheiten.«

Sir Orlando strich einige Namen von der Liste, bei denen er sicher war, dass sie eines friedlichen Todes gestorben waren. Übrig blieben drei Anwälte, ein Kronanwalt und ein Richter.

»Diese hier müssten wir überprüfen«, fasste Trelawney zusammen. »Sie sind alle mehr oder weniger überraschend verschieden.«

Jeremy betrachtete den letzten Namen genauer. »Sir Robert Foster. War er der Vorgänger des jetzigen Lord Chief Justice Hyde?«

»Ja, er starb letztes Jahr, während er in den westlichen Grafschaften die Assisen abhielt.«

»Habt Ihr jemanden, den Ihr dorthin schicken könnt, um Erkundigungen über die Umstände seines Todes einzuziehen?«

»Ja, ich werde das sofort veranlassen. Aber selbst wenn es Hinweise auf ein Verbrechen gibt, wie sollten wir es je beweisen?«

»Wahrscheinlich können wir das nicht. Doch jeder Anhaltspunkt könnte uns helfen, das Motiv herauszufinden. Und das wird uns letztendlich zum Mörder führen.«

»Euer Wort in Gottes Ohr!«

»Teilen wir uns die restlichen vier Todesfälle auf«, schlug Jeremy vor. »So habe ich einen Grund, wieder einmal die Dienste des jungen Jeffreys in Anspruch zu nehmen.«

»Ich glaubte zu verstehen, dass er zu den Verdächtigen zählt.«

»Gewiss, aber ihn zu beschäftigen gibt mir die Möglichkeit, Jeffreys im Auge zu behalten und ein wenig auszuhorchen.«

»Dann lasst mich Euch einen Vorschuss auf die Unkosten geben, die Euch durch die Nachforschungen entstehen werden«, erbot sich Sir Orlando und öffnete die Türen des aus Ebenholz gefertigten Kabinetts, ohne Jeremys Antwort abzuwarten.

»Habt Ihr als Richter des Königlichen Gerichtshofs keine Bedenken, einen gottverdammten Jesuiten mit Geld zu unterstützen?«, fragte Jeremy ironisch.

»Ich glaube kaum, dass der Papst mit dieser unbedeutenden Summe, so großzügig sie auch ist, ein Heer zur Invasion Englands aufstellen kann«, erwiderte Trelawney lachend, »selbst wenn ihm alle Dämonen der Hölle zur Seite stehen. Nein, mein Freund, ich vertraue Euch ohne Einschränkung. Und Ihr könnt auch mir vertrauen. Ich werde Euer Geheimnis niemandem verraten. Einerseits finde ich es zwar leichtsinnig von Euch, mit dem Feuer zu spielen, und sähe es lieber, wenn Ihr England verlassen würdet, andererseits bin ich dankbar, dass Ihr hier seid, um mich vor meinem Feind zu schützen.«

Jemand klopfte an die Tür. Auf Trelawneys Aufforderung hin trat Malory ein und teilte ihnen mit, dass ein Mann mit einer dringenden Nachricht für Dr. Fauconer gekommen sei. »Er sagt, es sei ein Notfall.«

»Dann führ ihn herein, Malory«, entschied der Richter. Während der Kammerdiener der Anweisung nachkam, nahm Sir Orlando einen kleinen Lederbeutel aus seiner Geldkassette und überreichte ihn dem Priester. »Sagt mir Bescheid, wenn Ihr mehr benötigt.«

Mit einem dankbaren Nicken steckte Jeremy die Geldbörse ein. Kurz darauf kehrte Malory mit dem Boten zurück. Es war Breandán, der dem Kammerdiener nur widerwillig und mit sichtlichem Unbehagen über die Schwelle folgte. Ohne den Richter anzusehen, grüßte er einsilbig und wandte sich sofort an Jeremy, der ihm erwartungsvoll entgegensah. »Meister Ridgeway ist auf dem Weg zu Mistress Blenkinsop und bittet Euch, so schnell wie möglich zu ihm zu stoßen. Die Hebamme hat ihn rufen lassen. Das Kind scheint gesund, aber mit der Mutter stimmt etwas nicht.«

»Dann lasst uns keine Zeit verlieren«, sagte Jeremy und verabschiedete sich von Trelawney.

Unterwegs bedachte Breandán den Jesuiten mit einem Blick, der Verwunderung und Neugierde verriet. »Ist es nicht gefährlich für Euch, so vertrauten Umgang mit einem Richter des Königs zu pflegen? Er könnte herausfinden, dass Ihr Priester seid.«

»Er weiß es bereits.«

»Fürchtet Ihr nicht, dass er Euch schaden könnte?«

»Nein. Er ist zwar ein pflichtbewusster Mann, aber auch ein

aufrichtiger Freund. Ihr wisst doch, dass die Gesetze in erster Linie zur Abschreckung geschaffen wurden und nicht, um buchstabengetreu befolgt zu werden, zumindest solange die Umstände dies zulassen.«

»Und wenn die Umstände sich ändern?«

»Dann wird sich zeigen, wie viel seine Freundschaft wert ist.«

Vor dem Haus des Schusters Blenkinsop entließ Jeremy den Iren und schickte ihn zur Paternoster Row zurück. Es herrschte eine düstere Stille, die nur von den erstickten Schluchzern eines Mannes unterbrochen wurde. Beim Eintreten sah Jeremy den Schuster auf einem Schemel sitzen, das Gesicht hinter seinen tränennassen Händen verborgen. Ein kleines Mädchen von etwa acht Jahren stand stumm an seiner Seite und streichelte tröstend seine Schulter. Betroffen sah der Jesuit sich um, und da ihn niemand beachtete, erklomm er die Stiege ins Obergeschoss. An der Tür zur Schlafkammer traf er auf Alan.

»Ich komme zu spät«, seufzte Jeremy. »Es tut mir Leid.«

Doch sein Freund schüttelte energisch den Kopf. »Nein, macht Euch keine Vorwürfe! Ihr hättet ihr nicht mehr helfen können.«

Zu beiden Seiten des Bettes saßen Frauen, Freundinnen und Verwandte der Mutter, die ihr bei der Geburt beigestanden hatten. Es herrschte eine unerträgliche Hitze, da alle Fenster geschlossen waren und ein starkes Feuer im Kamin brannte, wie es üblich war. Die Luft war stickig und roch nach Schweiß und Blut, so dass man kaum atmen konnte. In einer Ecke des Zimmers stand ein Gebärstuhl mit Armstützen und einem ausgeschnittenen Sitz. Er gehörte der Hebamme, die gerade das Kind in eine Holzwiege legte, nachdem sie es mit einem in Wein getauchten Schwamm gewaschen hatte.

Die Mutter lag unter einer schweren Decke, ihr Gesicht war eingefallen und weiß wie Schnee, als sei kein einziger Tropfen

Blut in ihrem Körper zurückgeblieben. Und so war es auch. Als Jeremy die Decke zurückschlug, sah er, dass sich eine breite Blutlache um die Tote ausgebreitet hatte. Der Jesuit wurde abwechselnd rot und blass, als Zorn und Entsetzen in ihm stritten. »Schickt die Frauen hinaus!«, befahl er Alan.

Die Anwesenden gehorchten schweigend. Nur die Hebamme blieb zurück, um ihre Utensilien einzupacken.

In einer Schüssel neben dem Bett befand sich die Nachgeburt. Ohne sich um das Blut zu kümmern, das ihm über Hände und Arme rann, untersuchte Jeremy zunächst die Plazenta und dann die tote Frau. Schließlich richtete er sich mit einem tiefen Seufzen auf, zu erschüttert, um ein Wort zu sprechen. Erst als die Hebamme neben ihn trat, um ihre Amulette und Tiegel einzusammeln, erwachte er aus seiner Betäubung. Mit einer brüsken Bewegung packte er ihren Arm und hielt ihre Hand ins Licht. »Dummes, übereifriges Weib!«, fuhr er sie an. »Anstatt der Natur ihren Lauf zu lassen, musstest du mit deinen schmutzigen Fingernägeln nachhelfen und die Plazenta mit Gewalt herauszerren! Deiner gottlosen Ungeduld wegen ist die arme Frau verblutet!«

»Aber es ist so üblich, Sir«, verteidigte sich die Hebamme. »Hätte ich die Plazenta nicht geholt, hätte sie den Körper der Mutter vergiftet. Und ich muss noch zu einer anderen Kindbetterin.«

»Die du ebenso misshandeln wirst, wenn das Kind nicht schnell genug kommt. Gott stehe ihr bei!«

Alan klopfte seinem Freund begütigend auf die Schulter. »Kommt! Wir können hier nichts mehr tun.«

Beim Verlassen des Hauses sahen sie, wie sich die Nachbarn des Schusters um den völlig verzweifelten Mann und seine Kinder bemühten. Er hatte seine Frau verloren, aber wenigstens musste er das Unglück nicht allein durchstehen.

Zwanzigstes Kapitel

Die Tür zur Chirurgenstube wurde aufgestoßen, und zwei Gestalten wankten über die Schwelle. Alan registrierte sofort das Blut auf der Stirn des Mannes, erst dann erkannte er seine Begleiterin, die ihn mit sichtlicher Mühe stützte. Betroffen eilte er ihnen entgegen.

»Mylady, was ist denn passiert?«, rief er, während er ihr den Verletzten abnahm.

»Wir gingen nicht weit von hier an einem Haus entlang, da wurde mein Diener von einem Dachziegel getroffen«, berichtete Amoret. »Der starke Wind muss ihn wohl gelockert haben.«

»Ja, dieses stürmische Wetter ist nicht nur unangenehm, sondern mitunter auch gefährlich. Aber Ihr seid hoffentlich unverletzt?« Alan warf ihr einen prüfenden Blick zu, nachdem er den Diener auf einem Stuhl abgesetzt hatte.

»Mir ist nichts geschehen«, erwiderte Amoret. Sie beobachtete den Wundarzt, der sich anschickte, die Kopfwunde mit Wein zu säubern. Dies erwies sich als schwierig, da der Verletzte wie ein Betrunkener auf dem Stuhl hin und her schwankte. Plötzlich verdrehte er die Augen und sackte in sich zusammen.

»Er ist ohnmächtig geworden. Wenn nur der Schädel nicht gebrochen ist!«, bemerkte Alan mit deutlicher Besorgnis.

Inzwischen hatten sich Jeremy und der Geselle in der chirurgischen Offizin eingefunden. Mit vereinten Kräften hoben sie den Diener auf den Operationstisch.

»Ist es schlimm?«, fragte Amoret.

»Kann ich noch nicht sagen«, antwortete Alan vorsichtig. »Der Knochen scheint nicht verletzt zu sein. Wir müssen warten, bis er wieder zu sich kommt.«

»Ihr könnt ihn Meister Ridgeway überlassen, Madam«, versicherte Jeremy.

Amoret folgte ihm in den zweiten Stock. Wie gewöhnlich saß Breandán Mac Mathúna in der Kammer des Priesters am Tisch und lernte. Als der Ire sie eintreten sah, erhob er sich unaufgefordert und verließ den Raum. Amoret warf ihm einen versonnenen Blick nach. »Er macht gute Fortschritte, nicht wahr, Pater?«

»O ja, und er ist erstaunlich fleißig. Bald wird er Englisch und Französisch fließend lesen und schreiben können.«

Amoret betrachtete neugierig die seltsamen Buchstaben, die Breandán vor ihrer Ankunft zu Papier gebracht hatte. »Ist das Gälisch?«

»Ja, ich habe mir das irische Alphabet von einem meiner Ordensbrüder beibringen lassen. Aber die Schreibweise der Wörter ist sehr schwer zu lernen.«

Nachdem Jeremy ihre Beichte angehört und ihr die Absolution erteilt hatte, musterte er sie eine Weile schweigend. Amoret meinte, einen Ausdruck von Sorge in seinen grauen Augen zu erkennen.

»Wie geht es Euch, Madam?«, fragte er schließlich.

Sie begriff, dass er auf ihre Schwangerschaft anspielte, und zuckte gleichmütig mit den Schultern. »Morgens überkommt mich zuweilen Übelkeit, aber das geht schnell vorbei. Ansonsten fühle ich mich gut.«

»Ich würde Euch gerne untersuchen, wenn Ihr erlaubt.«

Überrascht sah sie ihn an. Es war nicht üblich, dass Männer sich mit Frauenheilkunde abgaben. Allein den Hebammen kam die Aufgabe zu, einer Schwangeren vor und nach der Niederkunft mit Rat und Tat zur Seite zu stehen. Doch sie bezweifelte nicht, dass Pater Blackshaw einen guten Grund für seine Bitte hatte.

»Wenn Ihr es wünscht. Ihr wisst doch, dass ich Euch vertraue.«

Ohne Zögern begann sie, die Verschnürungen ihres Mieders zu lösen. Jeremy forderte sie auf, sich bis aufs Hemd zu entkleiden, und untersuchte sie dann sorgfältig. Während Amoret die resoluten Bewegungen seiner Finger verfolgte, fragte sie sich, woher wohl diese plötzliche Sorge um ihr Wohlbefinden kam. Irgendetwas bedrückte ihn.

Als er endlich zufrieden war, half er ihr wieder in ihr Kleid, zog die Schnürbänder aber so locker zusammen, dass sie protestierte.

»Es ist nicht gut für das Kind, wenn Ihr Euch so fest schnürt!«, sagte er streng.

»Was ist nur mit Euch, Pater? Ihr seht aus, als hättet Ihr etwas Schreckliches erlebt.«

Er zögerte einen Moment, weil er fürchtete, erneut die Fassung zu verlieren, wenn er davon sprach. Doch dann nickte er und berichtete: »Vor ein paar Tagen musste ich mit ansehen, wie die Unwissenheit einer Hebamme einer Frau den Tod brachte. Mylady, bitte versprecht mir, dass Ihr mich oder Meister Ridgeway rufen lasst, wenn Eure Zeit kommt. Auch wenn man Anstoß daran nehmen wird, dass Euch ein Mann bei der Entbindung beisteht.«

Seine Fürsorglichkeit rührte sie. »Ich verspreche es Euch.«

Unten in der Offizin war Alan gerade dabei, dem Diener, der wieder zu sich gekommen war, etwas Wein einzuflößen.

»Ich fürchte, er wird über Nacht hier bleiben müssen«, meinte der Wundarzt. »Er hat starke Kopfschmerzen und kann sich kaum aufrecht halten.«

»Wir können doch eine Mietkutsche nehmen.«

»Besser nicht. Die Erschütterungen würden seinen Zustand nur verschlimmern.«

»Macht Euch keine Sorgen, Madam«, mischte Jeremy sich ein. »Wir kümmern uns um ihn und schicken ihn dann morgen zu Euch, wenn es ihm besser geht. Allerdings könnt Ihr nicht ohne Begleitung nach Whitehall zurückkehren.«

Er wandte sich zur Treppe und rief Breandáns Namen. Als der Ire kurz darauf erschien, hielt der Jesuit ihm die beiden Steinschlosspistolen entgegen, die der Diener der Lady im Gürtel getragen hatte. »Ihr werdet die Dame nach Hause bringen. Seht zu, dass sie unterwegs nicht belästigt wird.«

Breandán nahm die mit prächtigen Messingbeschlägen verzierten Waffen wortlos entgegen und prüfte mit wenigen gewohnheitsmäßigen Handgriffen ihre Funktionstüchtigkeit.

»Ich sehe, dass Ihr mit diesen Mordwerkzeugen umzugehen wisst«, bemerkte Jeremy zufrieden.

Amoret zog sich die Kapuze ihres langen Mantels über und nahm die Maske an dem dafür vorgesehenen Knopf zwischen die Zähne. Auf der Paternoster Row wandten sie sich in Richtung Westen. Breandán schritt auf gleicher Höhe neben ihr her, um sie gegen den aufspritzenden Schmutz der Fuhrwerke und Karren abzuschirmen. Der Regen, der den ganzen Tag über gefallen war, hatte nachgelassen. Doch der Himmel blieb wolkenverhangen, und die schlecht befestigten Gassen waren völlig durchweicht. Überall versank man bis über die Schuhe im Schlamm.

Amoret hatte das Gefühl, jeden Moment auszugleiten, und legte schließlich die Hand auf den Arm ihres Begleiters, um sich abzustützen. Breandán tat so, als nehme er keine Notiz davon, passte seine Schrittlänge aber instinktiv der ihren an, so dass sie sich leichter an seiner Seite halten konnte. Und obwohl der Untergrund auf der Ludgate Street besser wurde, zog Amoret ihre Hand nicht zurück. In der Nähe des Iren verspürte sie ein seltsames Wohlgefühl, wie sie es bisher noch nie erlebt hatte. Seit ihrer ersten Begegnung fühlte sie sich von Tag zu Tag mehr zu ihm hingezogen. Es bereitete ihr Vergnügen, ihn anzusehen, seine ernsten, ebenmäßigen Züge zu studieren, den Blick seiner dunkelblauen Augen zu erhaschen, der sich dem ihren immer wieder beharrlich entzog. Doch seine Unzugänglichkeit ließ sie schließlich befürchten, er könne sie nicht leiden. Es schmerzte sie, aber es entmutigte sie nicht. Sie war entschlossen, nicht aufzugeben, bis sie Zugang zu ihm gefunden hatte.

An der Anlegestelle von Blackfriars setzte ein Fährmann gerade Passagiere ab. Breandán winkte ihm zu, um ihn zurückzuhalten.

»Wohin soll's gehen?«, fragte der Fährmann.

»Zum Landungssteg Whitehall.«

Breandán reichte Amoret, die ihre Röcke raffte, die Hand, um ihr beim Einsteigen zu helfen. Als sie sich nebeneinander auf der Rückbank niedergelassen hatten, legte das Boot ab. Die Regenwolken verdunkelten noch immer den Himmel, so dass die Dämmerung fast unbemerkt hereinbrach. Überall tanzten die Lichtertupfen der Bootslaternen auf der Wasseroberfläche der träge dahinfließenden Themse. Aus Bequemlichkeit nahm Amoret ihre Maske ab. Das Zwielicht verwischte ohnehin die Gesichtszüge. Kühle Feuchtigkeit lag in der Luft und drang durch die Kleider, die sich bald unangenehm klamm anfühlten. Obgleich Amoret nicht empfindlich war, drängte sie sich näher an den Körper des Mannes neben ihr, der eine gesunde Wärme ausstrahlte. Die Enge des Fährboots erlaubte es Breandán nicht, vor ihr zurückzuweichen. Er erstarrte innerlich, jeden einzelnen Muskel angespannt, als gelte es, einem Angriff standzuhalten. Er spürte, wie sie ihren Kopf an seine Schulter lehnte und nach kurzem Zögern ihre Hand über seine Brust gleiten ließ, als wolle sie ihn umarmen. Die streichelnde Berührung brannte sich wie ein glühender Schürhaken durch sein Wams und versengte seine Haut. Ein jäher Schmerz fuhr durch seinen ganzen Körper und stürzte ihn in tiefe Verwirrung. Grob packte er ihr Handgelenk und presste es zusammen.

»Was soll das, Madam?«, zischte er. »Warum tut Ihr das? Weshalb fordert Ihr mich ständig heraus? Ist das eines dieser krankhaften Spielchen am Hof? Einen Mann zu reizen, bis er winselnd vor Euch auf den Knien liegt, und dann …«

»Was dann?«, fragte Amoret. Sie versuchte, sich nicht anmerken zu lassen, dass sein harter Griff ihr Schmerzen bereitete, sondern hielt ganz still.

»Ich werde Euch nicht den Gefallen tun und mir wie einem Tanzbären einen Ring durch die Nase ziehen lassen.«

Der Vergleich entlockte ihr ein Lächeln.

»Macht Euch nur lustig«, grollte Breandán. »Ihr glaubt, mit Eurem Geld könnt Ihr Euch alles kaufen. Ich brauche Euch nicht. Und ich werde nicht warten, bis die edle Dame den streunenden Hund satt hat und ihm einen Fußtritt gibt.«

Amoret zog betroffen die Augenbrauen zusammen. »Glaubt Ihr, das sei meine Absicht? Wer hat Euch das eingeredet?«

»Unwichtig. Ich weiß, dass es so ist. Und ich krepiere lieber im Straßenkot, als einer gelangweilten Lady als Hofnarr zu dienen.«

»Ihr irrt Euch. Ihr bedeutet mir mehr als das.«

Er bedachte sie mit einem eisigen Blick, hinter dem er seine innere Zerrissenheit verbarg. »Warum lügt Ihr, Madam? Was könnte ich, ein armer Schlucker, mehr für Euch sein als ein Spielzeug, das eine flüchtige Laune befriedigt?«

Er verlor die Beherrschung über sein Gesicht. Amoret meinte, auf einmal so etwas wie Trauer in seinen Zügen zu lesen. Sie verspürte einen Stich ins Herz, gefolgt von einem warmen Rieseln, das sich in ihren Gliedern ausbreitete. War es möglich, dass er nur deshalb so abweisend war, weil er nicht wollte, dass sie ihm wichtig wurde? Weil er Gefahr lief, etwas für sie zu empfinden, das ihm Angst machte?

»Breandán«, sagte sie sanft. »Seht mich an! Ich benutze Euch nicht. Mir liegt wirklich etwas an Euch.«

Da er weiterhin geradeaus in die Dämmerung starrte, legte sie die Hand auf seine Wange und zwang ihn, den Kopf in ihre Richtung zu wenden. Er ließ es geschehen. Die Härte war aus seinem Blick verschwunden. Da wusste sie, dass sein Widerstand ins Wanken geraten war.

Ganz langsam näherte sie ihr Gesicht dem seinen und sagte leise: »Küsst mich!« Sie spürte sein unschlüssiges Zögern, als Begehren und Misstrauen in ihm stritten. Unbeirrt schob sie sich dichter an ihn heran und streifte mit den Lippen sanft seinen Mundwinkel. Diese sachte, kaum spürbare Berührung ließ Breandán erschauern. Seine Atemzüge wurden schneller, und die Warnrufe seines Verstandes wurden von der Heftigkeit seines Verlangens zum Schweigen gebracht. Seine Lippen pressten sich auf die ihren, öffneten sie. Er spürte ihre Zähne, ihre Zunge, die scheu vor ihm zurückwich, so ungestüm, so zwingend war sein Kuss. Seine Hand legte sich um Amorets Nacken, um sie an einer abwehrenden Bewegung zu hindern, doch sie hatte ihre Überraschung überwunden und erwiderte seine stürmische Zärtlichkeit. Er küsste sie mit der Gier des Verhungernden, der von der Angst getrieben wurde, das Gewonnene wieder zu verlieren. Amoret ließ sich mitreißen, von einem herrlichen Gefühl des Triumphes durchdrungen. Er begehrte sie also doch!

Während er sich widerwillig von ihr löste, spürte sie, wie ein krampfartiges Zittern durch seinen Körper lief. Sie begriff, dass nur die Anwesenheit des Fährmanns, der das Treiben seiner Passagiere neugierig beobachtete, Breandán daran hinderte, sie auf der Stelle zu nehmen. Erst jetzt wurde Amoret klar, dass sie mit ihrem verführerischen Verhalten das Schlimmste in ihm geweckt hatte. Sie hatte seine ohnehin geringe Selbstbeherrschung erschüttert. In seinem Verlangen nach Befriedigung war er ihr ausgeliefert ... und das hasste er! Ein Anflug von Angst stieg in ihr auf, als sie seinem zugleich lüsternen und zornigen Blick begegnete. Entschlossen kämpfte Amoret gegen ihre Verunsicherung an. Zum Glück erreichte das Boot kurz darauf die Anlegestelle des Whitehall-Palastes. Breandán besann sich auf seine Pflichten und hielt das Boot ruhig, damit Amoret gefahrlos aussteigen konnte. Als sie wieder sicheren Boden unter den Füßen hatte, sah sie den Iren auffordernd an. Breandán folgte ihr wortlos. Sie spürte seine brennenden Blicke im Rücken, während sie ihm vorausging. Bevor sie den Palast durch den Küchentrakt betraten, versteckte Amoret ihr Gesicht wieder hinter der schwarzen Samtmaske. In den düstern Gängen der alten Gebäude waren Diener damit beschäftigt, auf Konsolen stehende Kandelaber anzuzünden.

»Nehmt einen der Leuchter«, wies Amoret den Iren an. So würde man ihn auch ohne Livree für einen Diener halten und ihn nicht weiter beachten. Am Hof machte Klatsch schneller die Runde, als man bis zwei zählen konnte. Und als Mätresse des Königs musste Amoret doppelt vorsichtig sein. Doch dieser Ire war ihr das Risiko wert. Sie wünschte sich in diesem Moment nichts sehnlicher, als mit diesem ungestümen jungen Mann zusammen zu sein. Er faszinierte sie. Sie wollte ihn, sie wollte ihn jetzt, und sei es nur ein einziges Mal.

In Amorets Gemächern angekommen, stellte Breandán den

Leuchter auf einem Beistelltischchen ab und ließ überwältigt den Blick schweifen. Er hatte noch nie zuvor in seinem Leben solche Pracht gesehen: das prunkvolle Baldachinbett, den Seidendamast an den Wänden, die gewaltigen Spiegel aus venezianischem Glas, die mit Einlegearbeiten verzierten Möbel. Mehrere Wandleuchter verbreiteten ein warmes, goldenes Licht. Im Kamin brannte Feuer.

Fast geräuschlos öffnete sich eine Nebentür, und Amorets Zofe schlüpfte herein. »Guten Abend, Mylady«, sagte das Mädchen mit einem Knicks.

»Ich brauche dich heute nicht mehr, Helen. Du kannst dir bis morgen freinehmen.«

»Sehr wohl, Mylady.«

Die Zofe warf einen kurzen Blick auf den jungen Mann und verschwand mit einem weiteren Knicks durch die Seitentür.

Amoret legte Maske und Mantel auf einen Stuhl. Dann löste sie ihr Haar, warf die Nadeln auf ihren Toilettentisch und schüttelte die schweren schwarzen Locken über ihren Rücken. Als Nächstes entledigte sie sich des weißen Leinenkragens, den sie über dem Halsausschnitt ihres grauen Bürgersfrauenkleides trug.

Breandán belauerte sie aus dem Halbdunkel wie ein Wolf. Wieder verspürte Amoret angesichts seiner undurchdringlichen Miene so etwas wie Furcht. Sie war dabei, sich mit einem unberechenbaren Mann einzulassen. Ihr Herz klopfte schneller, und das Blut stieg ihr in die Wangen, während sie an den Bändern ihres Mieders zog, um den Knoten zu lösen. Im nächsten Moment trat Breandán an sie heran, griff in ihren Ausschnitt und zerrte den Stoff mit einem kraftvollen Ruck über ihre Schulter. Trotz der straffen Verschnürung gelang es ihm, eine ihrer vollen Brüste zu entblößen. Er umschloss sie mit der Hand und schmiegte sein Gesicht an die weiche, warme Haut.

Seine Liebkosungen waren wild und stürmisch, fast grob. Als Söldner hatte er gelernt, sich nicht lange mit Zärtlichkeiten aufzuhalten, sondern schnell zum Ziel zu kommen. Schon raffte er mit der anderen Hand ihre Röcke hoch, um darunter zu greifen. Und als er mit den schweren Stoffen nicht zurechtkam, fluchte er in einer Sprache, die Amoret nicht verstand und die wohl Gälisch sein musste.

In seiner Ungeduld drängte er sie rücksichtslos zum Rand des Bettes, stieß sie unsanft hinauf und warf sich mit seinem Körpergewicht auf sie, so dass sie kaum atmen konnte. Entrüstet über seine Rohheit, begann sich Amoret zu wehren, doch der Mann über ihr war es gewöhnt, seine zappelnde Beute festzuhalten, und wiederholte instinktiv die Handgriffe des Landsknechts, der nicht zum ersten Mal eine Frau vergewaltigte. Während Breandán sie mit einer Hand festhielt, öffnete er mit der anderen seine Hose und zerrte dann im Nu die Röcke über ihre Beine. Sie wand sich keuchend unter ihm, konnte aber nicht verhindern, dass er mit dem Knie ihre Schenkel spreizte und schließlich mit einem heftigen Stoß in sie eindrang. Amoret biss sich auf die Lippen, um nicht vor Schmerz aufzuschreien. Sie wäre lieber gestorben, als um Hilfe zu rufen. Sie hatte sich durch eigene Torheit in diese peinliche Situation gebracht und würde sie allein durchstehen. Ihr Widerstand erlahmte. Sie hörte auf, gegen ihn anzukämpfen, sondern versuchte, sich zu entspannen. Da lockerte sich sein Griff ein wenig, und seine Bewegungen wurden allmählich beherrschter und weniger grob. Und als er schließlich keuchend über ihr erbebte, verspürte auch sie eine flüchtige lustvolle Regung. Im nächsten Moment hatte er sich von ihr gelöst, wich auf die andere Seite des Bettes zurück und vergrub stumm den Kopf in den Händen.

Amoret schloss ein paar Sekunden lang die Augen, bis der Schrecken, der ihr in den Knochen saß, sich gelegt hatte. Dann wandte sie sich zur Seite und betrachtete den gebeugten Rücken des jungen Mannes, der wie gelähmt dasaß, noch immer schweigend, das dunkle Haar zerwühlt von seinen verkrampften Fingern.

Ihre Empörung über die Demütigung, die sie erlitten hatte, verflog. Sie hätte wissen müssen, dass man nicht leichtfertig mit einem Mann spielen durfte, der wahrscheinlich seit langem keine Frau mehr gehabt hatte. Er hatte sie mehr als einmal gewarnt, doch sie hatte nicht hören wollen. Sie traf ebenso viel Schuld wie ihn. Sie hätte ihn nicht reizen dürfen. Doch der Triumph, seine Zurückhaltung doch überwinden zu können, hatte sie leichtsinnig gemacht. Dafür hatte er sich gerächt.

Während Amoret die fahrigen Bewegungen seiner Hände beobachtete, überkam sie erneut das Verlangen, ihn in die Arme zu nehmen und an sich zu drücken. Sie richtete sich auf, rückte an seine Seite und legte sanft die Hand auf seine Schulter.

Breandán zuckte zusammen, als hätte sie mit einer Klinge auf ihn eingestochen. Mit einem verständnislosen Ausdruck im Gesicht sprang er vom Bettrand und wich einige Schritte vor ihr zurück.

»Madam, Ihr spielt mit dem Feuer! Ich kann Euch nicht die Zärtlichkeit geben, die Ihr sucht.«

Amoret sah ihn mit ruhigem Blick an. »Doch, das könnt Ihr. Ihr werdet es lernen, wie Ihr gelernt habt, eine Feder zu führen.«

»Ihr seid verrückt. Begreift Ihr denn nicht? Ich werde Euch nur wehtun. Ich verstehe mich nicht auf höfische Liebeskünste.«

»Ich werde Euch unterrichten«, erwiderte Amoret unbeirrt.

Für einen Augenblick kämpfte Breandán mit sich, doch dann wandte er sich brüsk zur Tür. »Lebt wohl, Madam.«

Amoret glitt vom Bett und eilte ihm nach. Bevor er die Tür öffnen konnte, warf sie sich davor. »Die Tore des Palastes sind um diese späte Stunde verschlossen. Ihr könnt gar nicht hinaus. Bleibt also! Ich bitte Euch.«

Wieder bedachte er sie mit einem wütenden Blick. »Das habt Ihr absichtlich so eingefädelt, nicht wahr? Ich frage mich, welche Befriedigung Euch dieses Spiel verschafft.«

»Nur das Vergnügen Eurer Gesellschaft.«

»Vergewaltigung kann man wohl kaum als Vergnügen bezeichnen.«

»Ich bin sicher, dass Ihr auch anders könnt. Was soll ich nur tun, um Euren Zorn auf mich zu besänftigen? Findet Ihr es so erniedrigend, mit der Mätresse des Königs zu schlafen?«

Wieder zuckte Breandán zusammen, als habe er einen Schmerz verspürt. »Habt Ihr keine Angst, Euer königlicher Liebhaber könnte Euch mit einem anderen im Bett erwischen? Oder macht es Euch so viel Freude, ihn zu hintergehen?«

»Sagt bloß, Ihr sorgt Euch um die Gefühle des Königs?«, fragte Amoret verblüfft.

»Ihr gehört ihm. Und doch betrügt Ihr ihn.«

Etwas in seinem Ton weckte den Eindruck in ihr, als spräche er nicht von Charles, sondern von sich selbst. Da sie nicht antwortete, fragte Breandán unwirsch: »Aus welchem Grund seid Ihr seine Mätresse geworden? Wollt Ihr an seiner Macht teilhaben?«

»Nein, ich bin nicht so ehrgeizig wie Lady Castlemaine oder Frances Stewart, die hoffen, dass die Königin eines frühen Todes stirbt.«

»Liebt Ihr ihn?«

»Ja, ich liebe ihn, weil er liebenswert ist, aber meine Zuneigung zu ihm ist mehr freundschaftlicher Natur. Ich verspüre keine Eifersucht auf die anderen Frauen, die er aufsucht, ich möchte ihn einfach nur glücklich sehen. Und wenn er zu mir kommt, dann oftmals nur, um zu plaudern und sich zerstreuen zu lassen. Urteilt also nicht zu streng über mich, Mr. Mac Mathúna, ich führe ein weniger unsittliches Leben als die meisten anderen Höflinge.«

Beeindruckt von ihrer Offenheit, schwieg Breandán eine Zeit lang. Amoret hatte sich nicht die Mühe gemacht, ihr Kleid in Ordnung zu bringen. Sie bemerkte, wie sein Blick sich erneut auf ihre entblößte Brust heftete, die ihm so verführerisch nahe war, dass er nur die Hand zu heben brauchte, um sie zu berühren. Er schluckte schwer und wandte das Gesicht ab, doch seine nachlässig geschlossene Hose verriet seine wiedererwachende Erregung.

Amoret nahm behutsam seine Hände und zog ihn mit sich zum Bett zurück. »Hört auf, Euch zu quälen, Breandán. Vergesst, wer ich bin und wer Ihr seid. Niemand wird uns stören. Wir haben die ganze Nacht für uns …«

Er widersetzte sich nicht mehr. Die sanften Bewegungen ihrer Finger, mit denen sie ihn zu entkleiden begann, weckten ein köstliches, berauschendes Gefühl in ihm, das er bis in alle Glieder spürte. Das zärtliche Streicheln fachte seine Lust an, doch er bezähmte sich, um es noch eine Weile zu genießen. Verwundert bemerkte er, dass es schöner war als die kurze, heftige Befriedigung, die er bisher beim Höhepunkt erlebt hatte und die rasch wieder abklang, ohne wirklich Erfüllung zu bringen.

Wie gebannt beobachtete er Amorets Hände, die geschickt die Verschnürung ihres Mieders lockerten und es über ihre Schultern streiften. Dann löste sie die Bänder ihrer Röcke. Bald stand sie nur noch mit einem durchscheinenden Leinenhemd und Strümpfen bekleidet vor ihm. Auf Breandáns Haut begann Schweiß zu perlen. Er hatte das Gefühl, als verbreiteten die

Flammen des Kamins und der Kerzen eine unerträgliche Hitze. Mit einem geschmeidigen Schritt trat Amoret über ihre auf dem Boden ausgebreiteten Röcke hinweg und schmiegte sich vertrauensvoll an ihn. Sie hatte keine Angst mehr. Er mochte in der Befriedigung seiner Leidenschaft unbeherrscht und hemmungslos sein, aber sie wusste mit einem Mal sicher, dass sie ihm nicht gleichgültig war. Hinter seinem Zorn steckte keine Abneigung, sondern Eifersucht, weil sie die Mätresse des Königs war. Dazu gesellte sich die Unsicherheit über ihre Absichten. Er hatte es ihr oft genug vorgeworfen. Spielte sie nur mit ihm? Wollte sie ihn um Gnade flehen sehen, um ihn dann zurückzustoßen? Um dieser Demütigung zu entgehen, hatte er den Spieß umgedreht und sich mit Gewalt genommen, was er glaubte, nicht freiwillig bekommen zu können. Sie musste ihm nur zeigen, dass sie es ehrlich mit ihm meinte, und er würde sich ihr öffnen, würde Vertrauen zu ihr fassen.

Breandáns Hände senkten sich schwer auf ihre Schultern und schoben das feine Leinenhemd über ihre Arme nach unten, und ihr nackter Körper kam zum Vorschein. Er verschlang sie mit den Augen, auf einmal voller Hemmung, sie zu berühren. Sie erschien ihm ohne die Rüstung ihres eng geschnürten Mieders und ihrer steifen Röcke plötzlich schwach und wehrlos, seiner größeren Muskelkraft ausgeliefert. Diese Verwundbarkeit besänftigte seinen Argwohn vollends. Er fühlte sich nicht mehr unterlegen, hatte nicht mehr den Drang, seinen Stolz zu verteidigen. Es verlangte ihn nur noch danach, diese glatte weiche Haut auf der seinen zu spüren, an seinem ganzen Körper, den die Strapazen seines bisherigen Daseins fast empfindungslos gemacht hatten. Er nahm sie in die Arme und zog sie zu sich. Seine Hände legten sich unter ihre warmen Schenkel und hoben sie hoch, trugen sie zwischen die Vorhänge des Bettes. Mit unerwarteter Feierlichkeit nahm er sich die Zeit, ihre Strumpfbänder zu lösen und die Seidenstrümpfe über ihre Knie nach unten zu rollen. Kein Hindernis sollte mehr zwischen ihnen sein. Ineinander verschlungen küssten sie sich lange, liebkosten einander voller Neugier, den Körper des anderen zu entdecken. Und diesmal war es Amoret, die, voller Ungeduld, ihn in sich zu spüren, ihre Hand um sein Glied schloss und es sanft zwischen ihre geöffneten Schenkel führte. Breandán stöhnte auf, seine Hände verkrampften sich auf ihren Schultern. Er gab sich alle Mühe, seine Lust zu zügeln, um ihr nicht erneut wehzutun, doch es gelang ihm nicht ganz. Erst später, als seine Erregung nachließ und er wieder klar denken konnte, sah er sie reumütig an. Im Gegensatz zu vorher, als er sie hatte strafen wollen, tat es ihm nun aufrichtig Leid, sie mit solcher Grobheit behandelt zu haben.

Amoret las ihm seine Gefühle vom Gesicht ab. Zärtlich streichelte sie seine rau gewordene Wange, um ihm zu zeigen, dass sie ihm verzieh. Sie war fest davon überzeugt, dass die Zeit ihn sanfter machen würde. Wenn die Erinnerung an die schrecklichen Dinge, die er durchgemacht hatte, verblasste, würde auch seine unkontrollierbare Wut nachlassen.

Nach einem kurzen, unsicheren Blick in ihre Augen streckte sich Breandán wieder neben ihr aus, legte die Arme um sie und presste sie besitzergreifend an sich.

Einundzwanzigstes Kapitel

Als Amoret erwachte, war das Bett neben ihr leer. Im Zimmer herrschte Halbdunkel, das nur durch den flackernden Schein des Kaminfeuers erhellt wurde. Die Kerzen waren heruntergebrannt, aber zwischen den Ritzen der Fensterläden schimmerte noch kein Tageslicht. Von einem schmerzlichen Gefühl der Enttäuschung durchdrungen, schob Amoret den Bettvorhang zur Seite. Da entdeckte sie die Silhouette eines schlanken Körpers, die sich vor dem Feuer abzeichnete. Die Arme auf den angezogenen Knien verschränkt, den Kopf darauf gebettet, hockte Breandán in regloser Haltung auf dem Teppich. Die tanzenden Flammen zeichneten goldene Arabesken auf seine nackte Haut. Amoret betrachtete ihn voller Zuneigung. Obwohl der Feuerschein sein Gesicht im Dunkeln ließ und sie seine Züge nicht erkennen konnte, fühlte sie, dass ihn etwas bedrückte. Beunruhigt verließ sie das Bett und setzte sich neben ihn auf den Boden. In seiner stummen Versunkenheit erschien er ihr fern und verloren. Um ihn zu trösten, lehnte sie ihren Kopf an seine Schulter und streichelte seinen Arm. Breandán erwachte aus seiner Erstarrung und sah sie missbilligend an.

»Tu das nicht«, bat er leise. »Das alles ist wie ein Traum. In meinem ganzen Leben war ich noch nie so glücklich wie in dieser Nacht. Aber ich mache mir keine Illusionen. Es ist zu gut, um wahr zu sein. Und ich möchte mich nicht daran gewöhnen.«

Amoret hob den Kopf zu ihm, ohne ihn loszulassen. »Aber es

ist wahr. Du bist hier bei mir. Denk nicht an morgen, genieße das Jetzt.«

In ihren schwarzen Augen lag so viel Zuneigung, dass sich eine leise Hoffnung in ihm regte, eine Hoffnung, die ihm zugleich wohltuend und närrisch erschien.

Sein Körper begann auf Amorets Nähe zu reagieren. Sie spürte sein Erschauern und ließ ihre Hand über seinen Bauch abwärts gleiten. Jäh schlossen sich seine Finger um ihr Handgelenk und hielten es fest. Seine Augen funkelten vorwurfsvoll.

»Du Teufelin!«, zischte er.

Doch schon erwachte erneut das Begehren in ihm. Seine Hand gab Amorets Arm frei, legte sich um ihren Nacken und bog ihren Kopf zurück. Während er sie küsste, kämpfte er gegen die Wut an, die er in sich aufsteigen spürte, Wut auf ihre Macht über ihn, Wut über seine Torheit, sich mit der Mätresse des Königs einzulassen. Er wollte sich von ihr losreißen und konnte es doch nicht. Mit fiebrigen Händen glitt er über ihre Brüste, ihren Bauch, presste sie roh zu Boden und legte sich auf sie. Da sie ihm keinen Widerstand entgegensetzte, verrauchte sein Zorn jedoch, und ihm wurde bewusst, was er tat. Beschämt versuchte er, seine Leidenschaft zu bezähmen. Dann nahm er das zärtliche Streicheln ihrer Hände wahr und schloss die Augen, um es auszukosten. Seine Bewegungen wurden beherrschter, behutsamer. Sein Blick richtete sich auf ihr Gesicht, durchforschte es nach einem Zeichen des Ärgers, des Überdrusses, des Abscheus. Stattdessen sah er, wie sich ihre Augen verschleierten. Zwischen ihren halb geöffneten Lippen drang ein Keuchen hervor, das ihre Erregung verriet. Breandán hatte nie viel auf die Befriedigung der Frau gegeben, mit der er gerade schlief. Doch hier entdeckte er zum ersten Mal, wie lustvoll es war, sie mit ihr zu teilen.

Gesättigt ließ er sich schließlich neben ihr auf den Boden

gleiten. Seine Finger spielten mit ihrem ausgebreiteten Haar, streichelten sanft ihre Stirn.

»Es tut mir Leid«, sagte er. »Es war töricht von dir, dich mit einem Landsknecht einzulassen, einem irischen Barbaren, der sich nicht beherrschen kann.«

»Es braucht dir nicht Leid zu tun«, erwiderte Amoret. »Verstehst du denn immer noch nicht, dass ich dich will, weil ich dich gern habe?«

Breandán verbiss sich jeden weiteren Widerspruch. Er wollte ihr gerne glauben und versuchte, seine Zweifel zu verdrängen. Nach einer Weile erhob er sich, nahm sie auf die Arme und trug sie zum Bett zurück. Unter die Laken gekuschelt, schliefen sie bald ein.

Das unbestimmte Licht der Morgendämmerung war zwischen den Flügeln der Fensterläden sichtbar, als Amoret die Augen aufschlug. Breandán schlief, auf dem Bauch liegend, regungslos an ihrer Seite, seinen Kopf an ihre Schulter gelehnt, seinen rechten Arm über ihren Körper gebreitet, als versuche er, sie selbst im Schlaf festzuhalten. Die Laken waren zerwühlt und bedeckten ihn nur bis zur Hüfte. Amorets Blick fiel auf seinen nackten Rücken, auf dem deutlich die von den Peitschenstriemen zurückgebliebenen Narben sichtbar waren. Ein plötzlicher Schmerz zog ihr den Magen zusammen. Während der Nacht hatte sie nicht weiter darauf geachtet, doch jetzt, da sie die Spuren der Züchtigung so deutlich vor Augen hatte, stiegen erneut Mitleid und Empörung in ihr auf. Spontan legte sie beschützend die Arme um ihn und drückte ihn an sich. Die Umarmung weckte Breandán. Er lächelte, als er sich bewusst wurde, wo er sich befand.

Sie küssten sich lange, bevor Amoret das Bett verließ und eine Schale mit Früchten von einer Kommode holte.

»Du musst hungrig sein«, sagte sie.

Breandán begann, seine auf dem Boden verstreute Kleidung zusammenzusuchen. »Ich muss gehen. Pater Blackshaw und Meister Ridgeway werden sich fragen, wo ich bleibe.«

Sie half ihm beim Anziehen, dann schlüpfte sie in einen Morgenrock aus dunkelblauem Satin. Breandán sah sie schweigend an. Seine Miene verdüsterte sich.

»Was ist?«, fragte Amoret besorgt.

»Ich schäme mich meiner Rücksichtslosigkeit. Die ganze Nacht habe ich nur an mich gedacht und keinen Gedanken daran verschwendet, welche Konsequenzen unser Zusammensein haben könnte. Ich hätte aufpassen müssen. Du könntest schwanger werden …«

»Das wird nicht geschehen, Breandán. Mach dir keine Sorgen. Ich bin bereits schwanger.«

Er starrte sie überrascht an. »Von wem?«

»Vom König natürlich.«

Breandáns Gesicht verwandelte sich schlagartig. Seine Züge fielen zusammen, wurden grau, dann wallte heißer Zorn in ihm auf und trieb ihm das Blut in die Wangen.

»Oh, ich vergaß, wer Ihr seid, Mylady!«, höhnte er. »Die Mätresse des Königs. Eine der Dirnen, die diesem unersättlichen Satyr einen Bastard nach dem anderen gebären.«

Für ein paar Stunden hatte er es tatsächlich vergessen und hatte sich selbst getäuscht. Er war ein Narr und würde es immer bleiben. Zitternd vor Wut, riss er die Tür auf und stürmte hinaus, ohne sich noch einmal umzudrehen. Er war so schnell fort, dass Amoret ihm nicht folgen konnte. Breandáns geschulter Orientierungssinn geleitete ihn sicher durch den weit verzweigten Palast zur Anlegestelle zurück. Niemand nahm Notiz von ihm, denn in den Gängen waren bereits unzählige Bedienstete unterwegs, um Besorgungen zu erledigen.

Da die Fahrt flussabwärts ging, gelangte Breandán in kurzer Zeit nach Blackfriars. Vor der Tür zu Meister Ridgeways Haus zögerte er einen Moment. Sicher war sein Ausbleiben nicht unbemerkt geblieben. Was sollte er sagen, wenn man ihn fragte, wo er gewesen war? Die Wahrheit konnte und wollte er nicht preisgeben, doch weder Pater Blackshaw noch Meister Ridgeway verdienten es, belogen zu werden.

Alan war damit beschäftigt, seine Chirurgenstube für die ersten Kunden herzurichten, die bald eintreffen würden. Als er Breandán eintreten sah, eilte er ihm erleichtert entgegen. »Na endlich! Wo wart Ihr? Ich habe mir schon Sorgen gemacht. Ist etwas passiert?«

»Nein. Ich habe Lady St. Clair sicher nach Whitehall gebracht«, antwortete Breandán kurz angebunden.

»Was hat Euch dann so lange aufgehalten?«

Der Ire wandte das Gesicht ab und biss sich auf die Lippen. Da ging Alan plötzlich ein Licht auf. Er erinnerte sich an das Interesse, das Lady St. Clair von Anfang an für den jungen Mann bekundet hatte. Zweifellos hatte sie die Gelegenheit genutzt, um ihm näher zu kommen. Nur mit Mühe verkniff Alan sich die neugierigen Fragen, die ihm auf der Zunge brannten.

»Schon gut, Ihr braucht mir nichts zu erklären«, sagte er verständnisvoll. »Pater Blackshaw ist gestern Abend erst spät nach Hause gekommen und bis jetzt noch nicht aufgestanden. Er wird Eure Abwesenheit kaum bemerkt haben. Und ich werde ihn nicht mit der Nase darauf stoßen.«

Breandán warf ihm einen dankbaren Blick zu, bevor er in die Küche ging. Es fiel ihm immer schwerer, Meister Ridgeway nicht zu mögen. Er war stets freundlich und hilfsbereit – das genaue Gegenteil von John, der nur auf eine Gelegenheit wartete, seinen unerwünschten Schlafgenossen mit Boshaftigkeiten aus der Reserve zu locken. Auch an diesem Morgen machte er keine Ausnahme, wie Breandán zu seinem Leidwesen feststellte, als er in der Küche auf den Gesellen traf.

»Sieh mal an!«, feixte John. »Der streunende Hund hat den Weg zum Futtertrog zurückgefunden. Wo hast du dich die ganze Nacht herumgetrieben? Wahrscheinlich hast du dich in einer verrufenen Schenke voll laufen lassen, bis sie dich auf die Straße gesetzt haben.«

Alan, der Breandán unmittelbar in die Küche gefolgt war, vernahm die höhnische Bemerkung des Gesellen und rief ihn scharf zur Ordnung: »John! Sitz hier nicht rum. Geh an die Arbeit.«

Es missfiel Alan, dass sein Geselle den Iren so verächtlich behandelte, auch wenn dieser ein verurteilter Straftäter war. Breandán Mac Mathúna war übel mitgespielt worden, und er verdiente eine Chance, sich zu bewähren. Alan wünschte ihm aufrichtig, dass es ihm gelingen würde, ein neues Leben anzufangen.

Nachdem John die Küche verlassen hatte, sagte Alan unbefangen: »Als Lehrling hatte ich es auch mit einem Gesellen zu tun, der ständig versuchte, mich zur Schnecke zu machen, doch bald hatte er keine ruhige Nacht mehr. Einmal tauchte ich seine Hand in warmes Wasser, während er schlief, ein anderes Mal steckte ich ihm Regenwürmer in die Schuhe oder nähte sein Nachthemd an die Bettvorhänge. Irgendwann ließ er mich dann in Ruhe.«

Breandán wandte verwundert den Kopf und blickte Alan nach, der, ein sanftes Lächeln auf den Lippen, hinausging.

Zweiundzwanzigstes Kapitel

Mit geschickter Hand ließ George Jeffreys die Würfel über das polierte Holz des Schanktischs rollen.

»Ihr gewinnt wieder«, knirschte sein Gegenüber missmutig. »Irgendwann muss Eure Glückssträhne doch ein Ende haben.«

»Tut mir Leid, mein Freund«, lachte Jeffreys. »Ihr schuldet mir sechs Shilling.« Er nahm einen kräftigen Schluck Ale. Über den Rand des Kruges hinweg fiel sein Blick auf den in Schwarz gekleideten Mann, der eben die Schenke »Zum Prinzenwappen« betrat. »Ich hoffe, Ihr nehmt es mir nicht übel, wenn ich unser Spiel abbreche«, sagte George Jeffreys zu seinem Kommilitonen. »Ich kann es mit meinem Gewissen nicht vereinbaren, Euch weiter auszunehmen.«

»Ihr wollt doch nicht etwa gehen«, beschwerte sich der andere. »Ihr schuldet mir Revanche.«

»Ein andermal, wenn's recht ist. Ich komme darauf zurück, ich verspreche es.«

Jeffreys leerte den Humpen in einem Zug und stellte ihn auf den Tisch zurück. Er war bekannt dafür, dass er nichts verkommen ließ. Als er den tadelnden Blick des Ankömmlings sah, lächelte er entwaffnend. »Ihr missbilligt meine Gewohnheiten, Dr. Fauconer, hab ich Recht?«

»Auf die Dauer sind sie gesundheitsschädlich«, warnte Jeremy. »In einigen Jahren werdet Ihr die Konsequenzen zu spüren bekommen.«

»Übertreibt Ihr da nicht ein wenig?«

»Keineswegs. Unmäßiges Trinken ist oftmals der Auslöser gefährlicher und schmerzhafter Krankheiten wie des Steinleidens oder der Gicht.«

»Ihr nehmt mich auf den Arm.«

»Warum sollte ich das tun?«

»Ja, warum solltet Ihr?«, räumte Jeffreys ein. »Ich glaube fast, Euch liegt wirklich etwas an meiner Gesundheit.«

»Nur Ihr selbst könnt sie Euch erhalten.«

»Ich werde mir Euren Rat zu Herzen nehmen, Doktor.«

»Das bezweifle ich«, widersprach Jeremy mit sichtlichem Bedauern.

Sie verließen gemeinsam die Schenke und schlenderten die Middle Temple Lane entlang in Richtung der Gärten des Inner Temple.

»Ihr kommt zur rechten Zeit, Dr. Fauconer«, wechselte George Jeffreys schließlich das Thema. »Ich habe die beiden Namen überprüft, die Ihr mir nanntet. Der Anwalt Richard Conway starb völlig unvermutet letztes Jahr. Alle, die ihn kannten, sagten, er sei stets gesund und munter gewesen und habe nie über irgendwelche Gebrechen geklagt. Nach einem Festmahl zu Ehren der Benchers vom Gray's Inn, zu denen er gehörte, brach er plötzlich zusammen. Eine Woche siechte er dahin, dann starb er.«

»Konntet Ihr irgendetwas über seine Krankheit in Erfahrung bringen?«

»Sein ganzer Körper war in Mitleidenschaft gezogen. Er konnte das Bett nicht mehr verlassen. Seine ganze rechte Seite war gelähmt.«

»Beschreibt mir Mr. Conway näher.«

»Er war ein untersetzter Mann, der in den letzten Jahren ziemlich fett geworden war. Alle, die ihn kannten, bescheinigten ihm eine cholerische Ader. Er musste regelmäßig geschröpft werden.«

»Nun, ich glaube, dass Mr. Conways Tod auf natürliche Ursachen zurückzuführen ist. Alles spricht dafür, dass er an einem Schlagfluss starb.«

»Auch ein Opfer übler Gewohnheiten, nehme ich an«, meinte Jeffreys selbstironisch.

»So ist es. Was ist mit dem Kronanwalt Sir Michael Rogers?«

»Im Mai dieses Jahres verbrachte er mit einigen Freunden den Abend in einer Schenke. Einen Teil des Heimweges legten sie gemeinsam zurück, dann trennten sie sich, und Sir Michael ritt allein weiter. Am nächsten Morgen fand man ihn tot im Fleet-Fluss. Bei der Leichenschau stellte die Jury Tod durch Ertrinken infolge eines Unfalls fest. Man nahm an, Sir Michael sei so betrunken gewesen, dass er sich nicht auf seinem Pferd halten konnte.«

»Haben seine Freunde diese Annahme bestätigt?«, fragte Jeremy.

»Sie sagten aus, Sir Michael habe nur mäßig getrunken. Aber da sie selbst an diesem Abend sternhagelvoll waren, nahm man ihre Behauptung nicht ernst.«

»Habt Ihr mit seiner Witwe gesprochen?«

»Ja. Ich erklärte ihr, dass ich in Sir Orlando Trelawneys Auftrag Nachforschungen über den Tod ihres Gatten anstellte, so wie Ihr es mir aufgetragen habt«, berichtete der Student. »Zunächst reagierte sie zurückhaltend, doch nach einer Weile wurde sie gesprächiger.«

»Zweifellos aufgrund Eures Charmes, Mr. Jeffreys.«

»Ich versuche nur, den Menschen, mit denen ich zu tun habe, gefällig zu sein. Dann kommen sie auch mir entgegen.«

»Hat seine Witwe irgendetwas gesagt, das uns weiterhilft?«

»Sie bestätigte die Aussage von Sir Michaels Freunden. Ihr

Gatte habe zwar früher übermäßig getrunken, seine Gewohnheiten aber bereits einige Jahre vor seinem Tod grundlegend geändert.«

»Er hat aufgehört zu trinken?«, fragte Jeremy verwundert. »Sagte sie, warum?«

»Anscheinend hatte er starke Magenschmerzen, die sich verschlimmerten, wenn er trank.«

»Wurde seine Leiche seziert?«

»Nein. Da es sich um einen Unfall handelte, hielt der Leichenbeschauer dies nicht für nötig.«

»Bedauerlich. Eine Untersuchung des Magens hätte Aufschluss darüber geben können, ob Sir Michael an einem Geschwür litt, wie ich vermute«, erklärte Jeremy nachdenklich. »Wenn er also nicht betrunken war, als er allein nach Hause ritt, wie kam es dann zu dem Unfall? Scheute sein Pferd und warf ihn ab? Dann hätte man ihn sicherlich auf der Straße gefunden.«

»Er könnte gerade über eine der Brücken geritten sein, die über den Fleet führen, als er abgeworfen wurde.«

»Möglich – aber ich halte das nicht für wahrscheinlich. Nein, Sir Michaels Tod ist sehr verdächtig. Er war allein unterwegs und wurde scheinbar das Opfer eines Unfalls. Die Umstände erinnern mich doch stark an die Vorgehensweise unseres geheimnisvollen Mörders, meint Ihr nicht auch, Mr. Jeffreys?«

»Aber wie wollt Ihr das beweisen?«, warf der Student ein.

»Im Moment geht es mir in erster Linie darum, eine Verbindung zwischen den Opfern herzustellen, denn das Motiv des Täters ist mir nach wie vor ein Rätsel.«

»Es scheint, als hege jemand einen Groll gegen Juristen.«

»Mehr als einen Groll, würde ich sagen. Man muss einen Menschen schon sehr hassen, um ihn kaltblütig umzubringen. Ich verstehe nur nicht, wie er seine Opfer auswählt. Anfangs dachte ich, er habe es allein auf die Richter des Königreichs abgesehen. Doch nun kommt anscheinend noch ein Kronanwalt dazu. Wo wird er aufhören?«

»Nun, ich kann nur hoffen, dass er wenigstens vor Jurastudenten Halt macht«, bemerkte George Jeffreys zynisch.

»Ihr werdet nicht immer Student bleiben, sondern früher oder später in die höheren Ränge der Justiz aufsteigen. Aber das könnt Ihr nur, wenn diejenigen, die über Euch stehen, ihre Plätze freigeben.«

»Wollt Ihr damit sagen, dass es in meinem Interesse läge, wenn hochrangige Juristen eines frühen Todes stürben?«

»Ist es denn nicht so?«

»Bei der großen Zahl brotloser junger Advokaten wären sie mir lebendig viel nützlicher als tot, das könnt Ihr mir glauben, Sir«, widersprach Jeffreys gelassen. »Man kommt vor allem durch Beziehungen an die Spitze. Ohne diese ist man nur einer unter vielen.«

Jeremy wusste, dass der Student Recht hatte. Nur ein Jurist, der sich bereits einen Namen gemacht hatte, konnte beim Ausscheiden eines Richters hoffen, seinen Platz einzunehmen. Dieses Motiv fiel in Bezug auf den jungen Jeffreys weg.

»Ihr habt also noch keine Idee, was das Motiv des Mörders sein könnte?«, rekapitulierte der Student.

»Nein, leider nicht. Ich werde weiterforschen müssen. Haltet Augen und Ohren offen, Mr. Jeffreys, vielleicht stoßt Ihr auf irgendetwas, das uns weiterbringt.«

»In diesem Fall werde ich Euch umgehend benachrichtigen. Übrigens, der Wundarzt in der Paternoster Row, bei dem Ihr lebt – Meister Ridgeway –, arbeitet er nicht hin und wieder für den Leichenbeschauer?«

Jeremy verspürte ein ungutes Gefühl, ließ sich aber nichts anmerken. »Woher wisst Ihr, dass ich dort wohne?«, fragte er. »Habt Ihr mir nachspioniert?«

»Ihr macht mich eben neugierig. Man trifft nicht oft einen studierten Arzt, der sich für das Handwerk der Chirurgie interessiert.«

»Ich bin der Meinung, dass sich innere Medizin und Chirurgie nicht trennen lassen, auch wenn die Königliche Ärztekammer das anders sieht.«

»Ihr beeindruckt mich immer mehr, Dr. Fauconer. Weder die gelehrten Medici noch die groben Knochenschuster haben mir bisher viel Vertrauen eingeflößt. Ihr dagegen habt den Mut, Euren Verstand zu gebrauchen und einige der althergebrachten Lehren in Frage zu stellen. Ich werde mich bemühen, in Zukunft Eurem Beispiel zu folgen. Und nun entschuldigt mich. Ich schätze, ich sollte mich noch eine Weile meinem Studium widmen. Wer nach oben kommen will, muss büffeln.«

Die zwölf Richter des Königreichs hatten sich im »Serjeants' Inn« auf der Fleet Street versammelt. Sir Orlando Trelawney, der die Zusammenkunft einberufen hatte, ergriff das Wort: »Brüder, ich habe um diese Besprechung gebeten, um Euch mit einigen beunruhigenden Vorkommnissen bekannt zu machen. Die meisten von Euch sind darüber im Bilde, dass ich vor einigen Monaten auf Bitten der Witwe unseres Bruders Baron Thomas Peckham dessen Tod untersucht habe. Bei der Leichenschau stellte sich heraus, dass er vergiftet wurde. Noch am selben Tag wurde ich selbst das Opfer eines Mordanschlags, den ich nur dank Gottes Fügung überlebte. Seitdem haben weitere Nachforschungen Hinweise ans Licht gebracht, dass Sir Thomas und ich nicht die Einzigen waren, auf die es der Mörder abgesehen hatte. Ich bin auf zwei Todesfälle in unseren Reihen gestoßen, bei denen der Verdacht nahe liegt, es könnte sich um Mord handeln. Lord Chief Justice Sir Robert Foster hielt in den westlichen Grafschaften die Assisen ab, als er nach einem

Festmahl plötzlich schwer erkrankte. Die Art seines Leidens ähnelte den Beschwerden, die auch Sir Thomas befielen. Zwar habe ich keine Beweise, doch ich bin sicher, dass Sir Robert vergiftet wurde, vermutlich mit Arsenik. Nach meinem Sturz bei der Michaelis-Prozession versuchte man, mich mit dem gleichen Gift umzubringen. Auch diesem Anschlag entging ich nur durch Gottes Eingreifen.«

Betroffenes Murmeln hatte eingesetzt. Die Richter wandten sich ungläubig ihrem jeweiligen Nachbarn zu und begannen, erregt zu diskutieren. Lord Chief Justice Hyde erhob sich von seinem Stuhl, um für Ruhe zu sorgen.

»Gibt es Hinweise auf den Täter?«, fragte Richter Kelyng vom Königlichen Gerichtshof.

»Bisher nicht«, antwortete Sir Orlando. »Ich weiß nur, dass er Gift bevorzugt, weil es am unauffälligsten ist. Aber es ist ihm mindestens ein Mal gelungen, einen Anschlag wie einen Unfall aussehen zu lassen. Ich glaube, dass Sir Michael Rogers das Opfer eines Hinterhalts wurde. Der Mörder lauerte ihm auf, schlug ihn vermutlich nieder und warf ihn in den Fleet-Fluss, so dass er ertrank. Hätte man damals auf die Beteuerungen seiner Witwe gehört, dass Sir Michael nüchtern gewesen sei, und seinen Tod genauer untersucht, hätte man vielleicht Spuren am Tatort gefunden, die uns dem Täter näher bringen könnten.«

Sir Orlando erwähnte nicht, wem er seine Kenntnisse verdankte. Seine Brüder brauchten nicht zu wissen, dass er mit einem Jesuiten zusammenarbeitete. Sie würden es nicht gutheißen, auch wenn dieser ihnen die entscheidenden Hinweise lieferte, um den Mörder dingfest machen zu können.

Chief Baron Sir Matthew Hale vom Finanzgericht fasste die Befürchtungen seiner Brüder in Worte: »Haltet Ihr es für möglich, dass es der Täter auch auf uns abgesehen haben könnte?«

»Durchaus«, bestätigte Sir Orlando. »Wir müssen es in Betracht ziehen. Seit Sir Robert Fosters Tod ist bereits ein Jahr vergangen. Der Täter handelt vorsichtig und wohl überlegt. Er scheint alle Zeit der Welt zu haben. Wir dürfen uns nicht in Sicherheit wiegen, solange er nicht gefasst ist.«

»Heißt das, wir müssen fortan in ständiger Angst leben?«, rief Richter Twisden entsetzt.

»Es bedeutet vor allem, dass wir kein unnötiges Risiko eingehen sollten«, beschwichtigte Trelawney. »Geht also nicht unbewaffnet auf die Straße. Lasst Euch immer von einem Diener begleiten. Esst nicht etwas, dessen Herkunft Ihr nicht kennt. Und seid aufmerksam! Meldet mir alles, was Euch irgendwie verdächtig erscheint.«

»Vielleicht handelt es sich um eine Verschwörung!«, warf Richter Twisden ein. »Anhänger der gerichteten Königsmörder wollen sich womöglich an denen rächen, die sie verurteilten.«

»Ich glaube eher, es sind Katholiken, die die etablierte Kirche erschüttern wollen, indem sie diejenigen aus dem Weg räumen, die sie verteidigen«, widersprach Sir Matthew Hale. »Seine Majestät ist zu nachsichtig mit den Papisten. Am Hof wird ihr Einfluss immer größer und damit auch die Gefahr, die von ihnen ausgeht.«

Die Diskussion zog sich über Stunden hin. Sir Orlando atmete auf, als der Hunger seine Brüder endlich auseinander trieb. Es überraschte ihn nicht, dass sie sich zu den wildesten Mutmaßungen hatten hinreißen lassen. Das war ihre Reaktion auf die Angst, die sie so unvermutet ergriffen hatte – die Angst vor einer unbekannten, tödlichen Gefahr. Ihr bequemes, sicheres Leben war ins Wanken geraten, und sie wussten nicht, wie sie damit fertig werden sollten.

Dreiundzwanzigstes Kapitel

Alan verstand die Welt nicht mehr. Als Breandán Mac Mathúna erst am folgenden Morgen von seinem Auftrag aus Whitehall zurückgekehrt war, hatte der Wundarzt daraus den Schluss gezogen, dass der Ire die Nacht in den Armen der Lady verbracht haben musste – eine Vorstellung, die bei Alan sofort ein lustvolles Ziehen in den Lenden zur Folge hatte. Er selbst hätte eine derartige Erfahrung zutiefst genossen und noch tagelang davon gezehrt. Und so erschien es ihm unbegreiflich, dass Breandán seit seiner Rückkehr noch verschlossener und trübsinniger wirkte als an dem Tag, da er nach seiner Auspeitschung zu ihnen gekommen war. Was war zwischen ihm und Lady St. Clair vorgefallen? Was nahm er sich nur so zu Herzen? Breandáns Verhalten erschien Alan dermaßen widersinnig, dass ihm diese Fragen ständig durch den Kopf gingen. Und als am dritten Tag die maskierte Frauengestalt wieder in seiner Chirurgenstube erschien, überließ er ohne Zögern seinem Gesellen die Zubereitung der Salbe, der er sich gerade hatte widmen wollen, und geleitete Amoret in Jeremys Kammer.

»Ihr kommt zu einem ungünstigen Zeitpunkt, Madam«, klärte er sie auf. »Pater Blackshaw stellt Nachforschungen in der Mordsache an, und Breandán erledigt eine Besorgung für mich. Es tut mir Leid, wenn ich gewusst hätte, dass Ihr kommen würdet, hätte ich John an seiner Stelle geschickt.«

Amoret warf dem Wundarzt einen verunsicherten Blick zu. »Ihr wisst es«, stellte sie fest.

»Ja, aber nicht von Breandán. Ich habe es mir selbst zusammengereimt.«

»Weiß Pater Blackshaw auch Bescheid?«

»Ich bin mir nicht sicher. Er hat nichts gesagt, aber Ihr wisst ja selbst, dass es sehr schwierig ist, etwas vor ihm zu verbergen.«

»Ja, ich weiß«, antwortete Amoret seufzend und ließ sich auf einen Stuhl sinken.

Alan beobachtete sie aufmerksam. Sie erschien ihm ebenso bekümmert wie Breandán.

»Vergebt mir meine Neugier, Madam. Es geht mich nichts an, aber es ist so offensichtlich, dass ich es nicht übersehen konnte. Seit Breandán mit Euch in Whitehall war, ist er völlig verändert. Irgendetwas liegt ihm auf der Seele. Ich bin sicher, es hat mit Euch zu tun. Ich würde ihm gerne helfen, aber er redet nicht mit mir. Wollt Ihr mir vielleicht sagen, was geschehen ist?«

Amoret betrachtete zögernd das Gesicht des Wundarztes, um herauszufinden, wie er über die Angelegenheit dachte. Doch der Blick seiner graublauen Augen war sanft und verständnisvoll. Er genoss seine eigene lasterhafte Lebensart zu sehr, um anderen Vorhaltungen zu machen. Amoret entschloss sich, ihm zu vertrauen. Sie nickte ihm zu und wartete, bis er sich auf einen Hocker gesetzt hatte, dann berichtete sie ihm in kurzen Worten von Breandáns Reaktion auf ihr Geständnis, dass sie schwanger sei. »Er riss die Tür auf und rannte davon. Ich konnte ihn nicht zurückhalten.«

Alan legte betroffen die Stirn in Falten. »Er ist eifersüchtig auf den König. Dann hat es ihn schlimmer erwischt, als ich befürchtet hatte. Herzloses Frauenzimmer! Was habt Ihr Euch nur dabei gedacht? Ihr habt ihn so lange belagert, dass er gar nicht anders konnte, als Euch zu verfallen.«

»Ich hatte nie vor, ihn zu verletzen«, verteidigte sich Amoret verärgert.

»Ihr habt es nicht mit einem abgestumpften Höfling zu tun, dessen Herz von zahllosen Affären ausgebrannt ist. Nach allem, was er erlebt hat, ist Breandán für die Zärtlichkeit einer Frau besonders empfänglich.«

Amoret lächelte gerührt. »Ihr sprecht wie ein wahrer Freund. Ich bin froh, dass Ihr ihn aufgenommen habt. Er hätte es nicht besser treffen können. Aber auch mir bedeutet er sehr viel, glaubt mir. Ich habe für einen anderen Menschen noch nie so gefühlt wie für ihn. Dass ich das Kind des Königs in mir trage, kann ich nicht ungeschehen machen. Ich wünschte nur, er könnte es vergessen und mir vergeben.«

»Ich glaube, Ihr meint es tatsächlich ehrlich«, sagte Alan. »Ihr solltet mit ihm reden.«

»Deshalb bin ich gekommen.«

»Gut, ich schicke ihn zu Euch, sobald er zurückkommt. Wartet in meiner Schlafkammer, dort könnt Ihr Euch unbehelligt unterhalten.«

Als Breandán eine halbe Stunde später auf Meister Ridgeways Geheiß die Schlafkammer betrat, ließ der Anblick der wartenden Amoret ihn überrascht innehalten. Er hörte noch, wie der Wundarzt die Tür schloss, so dass sie ungestört waren, vergaß aber, sich darüber zu wundern.

Das Gesicht der jungen Frau offenbarte hoffnungsvolle Freude und ängstliche Unsicherheit anstelle von Arroganz und Spott, wie er befürchtet hatte. Ein tiefes Glücksgefühl stieg in ihm auf und ließ seine Zähne in einem breiten Lächeln aufleuchten. Er hatte seinen Groll vergessen. Mit langen Schritten trat er zu ihr und riss sie stürmisch in seine Arme. Seine Lippen fanden die ihren, seine Hände ihre Schenkel unter den Röcken.

Sie an die Wand in ihrem Rücken pressend, nahm er sie im Stehen, zu ungeduldig, um sie zum Bett hinüberzutragen.

Alan, der vor der Tür stehen geblieben war, um sicherzugehen, dass kein anderer der Hausbewohner seiner Schlafkammer zu nahe kam, hörte ihr lustvolles Keuchen und grinste über das ganze Gesicht. Erst als es wieder still geworden war, verließ er seinen Wachposten und ging in die Offizin zurück.

Jeremy kam schnell dahinter, dass sein Freund mit den Liebenden unter einer Decke steckte. Die Tatsache, dass Amoret das Haus des Chirurgen aufsuchte, ohne die Beichte abzulegen, wie sie es sonst tat, verriet schon, dass sie heimliche Sünden beging, die sie vor ihrem Beichtvater zu verbergen versuchte. Und für einen geübten Beobachter wie Jeremy war es zudem nicht besonders schwierig, zwei Menschen anzusehen, dass sie verliebt waren. Noch zögerte er, Lady St. Clair darauf anzusprechen. Er zweifelte nicht daran, dass die Schuld ganz und gar bei ihr lag. Breandán konnte und wollte er keine Vorwürfe machen. Wie hätte der arme Bursche einer solchen Versuchung auch widerstehen sollen? Allerdings hätte es wenig Sinn, diese sündige, wenn nicht gar gefährliche Liaison zu verbieten. Die beiden fänden dennoch einen Weg, sich zu treffen, ohne dass er es verhindern könnte. Da war es ihm schon lieber, sie sahen sich in Alans Haus, wo sie vor fremden Augen sicher waren, als in einer öffentlichen Herberge, wo man Lady St. Clair erkennen könnte. Auch musste Jeremy zu seinem Leidwesen feststellen, dass die Gefühle, die sie zusammenhielten, offenbar sehr stark waren, und das hatte er bei Amoret bisher noch nicht erlebt. Es beunruhigte ihn zutiefst, denn dass diese Beziehung keine Zukunft hatte, lag für ihn auf der Hand.

Vierundzwanzigstes Kapitel

Ein kalter Luftzug durchwehte die Chirurgenstube, als die Haustür geöffnet wurde. Alan blickte von seinen Instrumenten auf, die er mit Johns Hilfe säuberte, und hielt in der Arbeit inne, als er die füllige Gestalt Gwyneth Bloundels im Türrahmen auftauchen sah. Sofort zuckte ein jähes Lustgefühl in ihm auf, vermischt mit einer Spur Missmut, denn die Apothekerfrau hatte sich seit über zwei Wochen nicht mehr bei ihm blicken lassen. Und das ausgerechnet jetzt, da seine Gedanken durch Breandáns und Lady St. Clairs Anwesenheit noch öfter als sonst um leidenschaftliche Liebesspiele kreisten und der heraufziehende Winter es mit sich brachte, dass die Frauen in der Nachbarschaft hinter einem Bollwerk verhüllender Stoffe verschwanden. Alan hatte bereits in Erwägung gezogen, sich mit einem der meist willigen Schankmädchen einzulassen, fürchtete jedoch, sich dabei eine Krankheit einzufangen.

Gwyneth winkte ihn zu sich, und er folgte erwartungsvoll ihrer Aufforderung. Ihr Gesichtsausdruck verhieß ihm allerdings keine baldige Erlösung von seinem Leiden.

»Ist etwas passiert?«, fragte Alan ungeduldig.

»Wir können uns eine Weile nicht mehr sehen«, antwortete Gwyneth ernst.

»Hat Meister Bloundel Verdacht geschöpft?«

»Ja. Einer der Nachbarn muss ihm gegenüber eine Bemerkung gemacht haben, denn er lässt mich kaum noch aus den

Augen. Es war sehr gefährlich für mich, herzukommen, aber ich musste es dir sagen.«

»Ein Jammer«, brummte Alan. »Bist du sicher, dass es notwendig ist? Wir könnten doch vorsichtig sein.«

»Ich fürchte, wir haben keine Wahl, als uns fortan aus dem Weg zu gehen. Mein Gatte ist ein schwerfälliger Mann, doch wenn sein Argwohn erst einmal geweckt ist, lässt er nicht mehr locker. Es tut mir Leid, Alan. Ich muss jetzt gehen. Ich bin schon zu lange geblieben.«

Enttäuscht sah er ihr nach, wie sie zur Tür ging und sie öffnete, ohne sich noch einmal umzudrehen. Im Türrahmen hielt sie inne, und für einen Moment schöpfte Alan Hoffnung, sie könnte ihre Meinung geändert haben. Doch dann hörte er sie sagen: »Meister Ridgeway? Ja, das ist seine Werkstatt.«

Jemand von der Straße hatte sie angesprochen, Alan konnte aber nicht erkennen, wer es war.

»Ich werde sie ihm geben«, antwortete Gwyneth dem Unbekannten und trat noch einmal in die Chirurgenstube zurück. »Hier, eine Nachricht für dich.«

Verwundert nahm Alan das gefaltete Stück Papier entgegen, das sie ihm hinhielt. Die Nachricht war in Jeremys Handschrift geschrieben: »Kommt sofort her. Ich brauche Eure Hilfe.«

»Wer hat das gebracht?«, fragte Alan.

»Ein Diener in einer Livree«, erwiderte Gwyneth mit einem Schulterzucken. »Er nannte keinen Namen.«

»Anscheinend ein Notfall. Ich werde sofort hingehen.« Alan legte die Hände auf Gwyneths Arme, um ihr einen Abschiedskuss zu geben, doch sie entzog sich ihm energisch.

»Mach es mir doch nicht noch schwerer«, rief sie fast ärgerlich und hastete zur Tür hinaus.

Alan versuchte, seine Ernüchterung zu verdrängen, während er einige Instrumente einpackte und dem Gesellen Anweisungen gab. Dann eilte er zu Jeremys Kammer hinauf, klopfte an die Tür und trat ein.

Am Tisch über ein Buch gebeugt saß Lady St. Clair, die vor einer halben Stunde gekommen war. Sie war gezwungen, sich die Wartezeit mit Lesen zu verkürzen, denn da sie ihre Besuche nicht ankündigte, kam es zuweilen, wie an diesem Tag, vor, dass weder Jeremy noch Breandán im Haus waren.

»Ich bin untröstlich, Madam, aber ich muss Euch allein lassen«, erklärte Alan. »Ich habe gerade eine Nachricht von Pater Blackshaw bekommen, der sich bei Richter Trelawney aufhält. Er wünscht, dass ich sofort zu ihm komme.«

»Hat es einen neuen Anschlag gegeben?«

»Ich denke nicht. Dann hätte er es sicher erwähnt. Vielleicht ist ein Dienstbote erkrankt. Auf jeden Fall muss ich hin. Breandán wird in Kürze von der Besorgung zurückkehren, zu der ich ihn geschickt habe. Ihr müsst bestimmt nicht mehr lange warten.«

Alan wandte sich zum Gehen, doch Amoret rief ihn noch einmal zurück. Mit einem Lächeln trat sie auf ihn zu, nahm ihn in die Arme und küsste ihn auf die Wange. »Ich danke Euch für Euer Verständnis und Eure Hilfe«, sagte sie herzlich. »Ihr seid ein Schatz.«

Alan verließ das Haus mit einem Hochgefühl, das seine Enttäuschung über die erlittene Abweisung erträglicher machte. Während er in seinen dicken Mantel gehüllt die geschäftige Paternoster Row entlangging, träumte er lächelnd von einer intimen Stunde mit Lady St. Clair und malte sich alles genüsslich bis in die kleinste Einzelheit aus.

Es war der Tag der heiligen Luzia, ein trüber Dezembernachmittag. Dunkle graue Wolken türmten sich am Himmel übereinander und bildeten für die Strahlen der schwachen Wintersonne eine undurchdringliche Barriere. Immer wieder sprühte den Passanten ein leichter, nichtsdestotrotz unangenehmer Nieselregen ins Gesicht. Noch hatte die Dämmerung nicht eingesetzt, doch von der nahen Themse stiegen feuchte Nebelschleier auf und hüllten alles ein. Sie vermischten sich mit dem Rauch der Feuer unter den Kesseln der Seifensieder und Färber zu einem dichten Kohlendunst, so dass man an manchen Tagen kaum mehr sehen konnte, wohin man den Fuß setzte. Alan bemerkte plötzlich, dass er in seiner Eile vergessen hatte, eine Laterne mitzunehmen. Die Straßen waren im Allgemeinen nicht beleuchtet, da nur wenige Bürger ihrer Pflicht nachkamen, vor ihren Häusern ein Licht anzubringen. Bisher war der Nebel noch nicht so dicht, dass Alan sich verlaufen hätte, aber die Dämmerung würde nicht mehr lange auf sich warten lassen. Und für einen einzelnen, unbewaffneten Fußgänger war es nicht ungefährlich, des Nachts durch die Londoner Gassen zu wandern.

Ohne dass er sich den Grund erklären konnte, überkam Alan mit einem Mal ein Gefühl des Unbehagens und verdrängte seine süßen Träume. Ein Frösteln wanderte trotz des dicken Wollmantels über seine Haut. Die zärtliche Umarmung, in der er sich in seiner Phantasie gesehen hatte, verblasste vor der unangenehmen Wirklichkeit und ließ ihn enttäuscht zurück.

Vor ihm ragte das steinerne Bollwerk des Ludgate-Bogens auf. Beim Durchqueren des Torgewölbes hatte Alan das Gefühl, von einem düsteren Abgrund verschlungen zu werden. Auch als er das Tor hinter sich gelassen hatte und die Fleet-Brücke überquerte, gelang es ihm nicht, den Eindruck der Beklemmung abzuschütteln. Unwillkürlich beschleunigte er seine Schritte, um sein Ziel, das Haus des Richters auf der Chancery Lane, so schnell wie möglich zu erreichen.

Auf der Fleet Street herrschte ein maßloses Gedränge. Jeder versuchte, zügig nach Hause in die warme Stube zu kommen, bevor die Dämmerung hereinbrach. Rücksichtslos erzwangen sich schwer beladene Karren Platz und drängten auch schon mal die Kutsche eines Adeligen an den Straßenrand. Das Gezeter der aufgebrachten Parteien konnte sich endlos hinziehen und den gesamten Verkehr für eine halbe Stunde zum Stillstand bringen. Offenbar hatte ein derartiger Streit um die Vorfahrt auf der Straße vor Alan gerade begonnen, denn inmitten einer fluchenden und brüllenden Menge ging es weder vorwärts noch rückwärts. Alan entschied sich, nach rechts in die Shoe Lane einzubiegen, um so das Hindernis zu umgehen. Gemeinhin war ihm der Aufenthalt in einer Menschenmenge nicht allzu unangenehm, da er aufgrund seiner Größe einen gewissen Überblick behielt, aber an diesem Tag drängte ihn ein undefinierbares Gefühl, zu den anderen Passanten Abstand zu halten.

In der Shoe Lane herrschte kaum Verkehr. Die Handwerker und Händler hatten die Läden zugeklappt und die Türen verschlossen. Ab und zu eilte ein Lehrling vorbei, der noch eine letzte Besorgung erledigt hatte. Alan orientierte sich an den erleuchteten Fenstern der Häuser, an denen er entlangging, erleichtert, endlich zügiger voranzukommen.

Was mochte nur der Grund für Jeremys Nachricht sein? Er hoffte inständig, dass dem Richter nichts zugestoßen war und dass es sich nur um eine Lappalie handelte. Doch in diesem Fall hätte sein Freund es sicher nicht nötig gehabt, nach ihm zu schicken, sondern wäre allein mit der Angelegenheit fertig geworden.

Mit einem Mal hielt Alan im Schritt inne und wandte sich um. Trotz des feinen Nebels erkannte er etwa hundert Yards hinter sich die Umrisse einer Gestalt, die in einen weiten Kapuzenmantel gehüllt war und sich in dieselbe Richtung bewegte wie er. Es gab keinen Grund zu der Annahme, dass es sich bei dem Passanten um etwas anderes handelte als einen unbescholtenen Bürger auf dem Heimweg, und doch verspürte Alan einen unangenehmen Schauer. Unschlüssig blieb er stehen und beobachtete den unförmigen Schatten, der sich ihm durch die zunehmende Dunkelheit näherte. Alan wollte sich gerade wieder in Bewegung setzen, als der Unbekannte seine Schritte verlangsamte und schließlich anhielt.

Alan biss die Zähne zusammen. Die Situation war ihm nicht geheuer. Man hörte zu oft von abendlichen Spaziergängern, die von Straßenräubern überfallen und zusammengeschlagen worden waren, und er befürchtete, dass ihm an diesem Tag dasselbe Schicksal drohte, wenn es ihm nicht gelang, seinen Verfolger abzuschütteln. Denn inzwischen war er sicher, dass der Fremde es auf ihn abgesehen hatte.

Alan ließ aufmerksam den Blick schweifen, auf der Suche nach der Laterne eines Nachtwächters oder der Fackel eines Lichtträgers, die gewöhnlich an jeder Straßenecke ihre Dienste anboten. Doch die Gasse vor ihm war menschenleer. Er hatte keine andere Wahl, als weiterzugehen und zu hoffen, dass die nächste Kreuzung belebter sein würde. Während Alan zügig ausschritt, tastete er nach dem Lederfutteral, in dem seine Chirurgeninstrumente untergebracht waren, und zog ein schmales Messer mit einer scharfen Klinge heraus. Wenn es zum Schlimmsten kam, konnte er zumindest den Versuch machen, sich zu verteidigen.

Der Nebel wurde dichter und dichter. Als Alan sich das nächste Mal umwandte, konnte er die Gestalt zwischen den milchigen Schwaden nicht mehr erkennen. Wieder hielt er inne und versuchte, die Gefahr abzuschätzen, in der er sich befand. Vielleicht war sein Verfolger nicht allein. Straßenräuber arbeiteten oft in Banden oder doch zumindest zu zweit. Je mehr Zeit verstrich, umso unwohler begann sich Alan zu fühlen. Angestrengt lauschte er hinter sich, doch der Nebel verschluckte jegliches Geräusch. Es war zum Verzweifeln. Der Unbekannte konnte sich ihm bis auf wenige Schritte nähern, ohne dass er ihn bemerken würde. Alans anfängliche Unruhe wich mehr und mehr bohrender Angst. Zögernd ging er weiter, wandte sich dabei aber ständig um. Schließlich fasste er den Entschluss, die nächste Straßenecke als Deckung zu benutzen und dort abzuwarten, bis der Fremde ihn überholte. Die Finger der rechten Hand um den Messergriff gekrampft, drückte sich Alan gegen die Hauswand und starrte in die von undurchdringlichem Nebel erfüllte Shoe Lane. Angestrengt versuchte er, seine schnelle Atmung zu beruhigen, um seine Anwesenheit nicht zu verraten, doch es gelang ihm nicht.

Im Grunde bin ich ein Feigling, dachte Alan. In diesem Moment hätte er alles dafür gegeben, Breandán bei sich zu haben.

Sein Haar fiel ihm in feuchten Strähnen ins Gesicht. Er wusste nicht, ob es der Nebel oder sein Angstschweiß war, der es an seiner Stirn kleben ließ, und versuchte, nicht darüber nachzudenken.

Die Wartezeit zerrte an Alans Nerven. Warum brauchte sein Verfolger so lange, um die Seitenstraße zu erreichen? Zögerte er, weil er sein Opfer aus den Augen verloren hatte? War er vielleicht sogar umgekehrt?

Alan legte mit einem unterdrückten Stöhnen den Kopf in den Nacken. Was sollte er tun? Weitergehen? Er konnte nicht ewig an seinem Platz verharren. Bald würde es dunkel sein. Außerdem erwartete man ihn im Haus des Richters.

Alan entschied sich, den Versuch zu wagen und seinen Weg fortzusetzen. Er hatte sich gerade von der Hauswand gelöst, als ein Geräusch in seinem Rücken ihn herumfahren ließ. Schnelle huschende Schritte! Sein Verfolger hatte seine List durchschaut und sich vom anderen Ende der Seitenstraße her unbemerkt an ihn herangeschlichen. Er war ihm bereits so nahe, dass Alan nur noch den dunklen Kapuzenmantel und das Messer wahrnahm, mit dem der andere auf seinen Oberkörper zielte. Alan machte einen reflexartigen Ausfall nach links, um dem Stoß auszuweichen, und riss dabei die Hand hoch, in der er seine eigene Waffe hielt. Im nächsten Moment spürte er einen scharfen Schmerz im rechten Arm und ließ sein Messer fallen. Obwohl er nun unbewaffnet war, verlor sein Angreifer offenbar die Nerven, denn er wandte sich ruckartig um und entschwand mit wehendem Mantel im Nebel.

Vor Schmerz und Entsetzen wie gelähmt, starrte Alan ihm nach. Es fiel ihm schwer, zu begreifen, was ihm gerade passiert war. Dies war kein Raubüberfall gewesen, sondern ein kaltblütiger Mordanschlag. Fassungslos ließ er sich gegen die Hauswand sinken, unfähig zu einer Bewegung oder einem klaren Gedanken, bis der stechende Schmerz in seinem rechten Unterarm in sein Bewusstsein drang. Instinktiv legte er die Hand auf die Wunde und biss stöhnend die Zähne zusammen. Hätte er nicht so schnell reagiert, hätte die Messerklinge mit Sicherheit sein Herz durchbohrt. Bei diesem Gedanken wallte Panik in ihm auf und schwemmte seine Benommenheit fort. Er durfte nicht hier bleiben. Er musste so schnell wie möglich in eine belebte Straße und von dort zum Haus des Richters. Allmählich wurde ihm klar, dass er in eine Falle gelaufen war. Die Nachricht, die ihn zu so später Stunde auf die Straße gelockt hatte, stammte wahrscheinlich gar nicht von Jeremy. Vielleicht hatte dieser Anschlag sogar etwas mit dem Juristenmörder zu tun.

Alan bewegte sich so schnell durch die leeren Gassen, wie es das spärliche Licht der Laternen und Fenster zuließ. Erst als er die Chancery Lane erreichte, fühlte er sich ein wenig sicherer und verlangsamte seine Schritte. Vor Trelawneys Haus angekommen, klopfte Alan ungeduldig mit der Linken an die massive Eichentür. Er musste nicht lange warten, bis ihm Malory öffnete.

»Meister Ridgeway!«, rief der Kammerdiener nach einem Blick auf Alans abgehetztes Gesicht. »Was ist denn passiert?«

Der Chirurg stolperte keuchend über die Schwelle, die Hand noch immer auf seinem blutenden Unterarm.

»Ihr seid ja verwundet«, entfuhr es Malory, dessen Augen immer größer wurden. »Kommt mit, ich werde Euch verbinden.«

Doch Alan machte eine abwehrende Handbewegung. »Ich muss sofort mit Dr. Fauconer sprechen!«

»Er ist nicht mehr hier. Seine Lordschaft bringt ihn mit der Kutsche nach Hause. Unterwegs wollen sie noch bei Meister Bloundel, dem Apotheker, vorbeifahren und Kräuter besorgen, die gegen Sir Orlandos Rückenschmerzen helfen sollen.«

»Verdammt!«, grollte Alan, der sich sonst nicht so leicht zu Flüchen hinreißen ließ. »Wisst Ihr, ob Dr. Fauconer mir eine Nachricht geschickt hat?«

»Nein, ich denke nicht.«

Verwirrt und unruhig knirschte Alan mit den Zähnen. »Ich muss Seine Lordschaft und Dr. Fauconer so schnell wie möglich erreichen. Vielleicht sind sie in Gefahr.«

»Ich werde Euch eine Mietkutsche anhalten«, erklärte Malory und trat ohne zu zögern auf die Straße hinaus.

Sie hatten Glück. Auf der anderen Seite stiegen gerade die Passagiere eines Hackney aus. Der Kammerdiener machte dem Kutscher ein Zeichen, das dieser mit einem Nicken beantwortete. Auf ein Zungenschnalzen hin setzte sich sein Pferd in Bewegung. Das Gefährt wendete und blieb vor Alan stehen.

»Paternoster Row. Rasch!«, rief der Wundarzt und stieg ein.

Sein Arm schmerzte noch immer, hatte aber aufgehört, zu bluten. Die Messerklinge, die die Wunde verursacht hatte, war sehr schmal und nicht sonderlich lang gewesen. So war ihm eine schlimmere Verletzung erspart geblieben. Hätte die Klinge jedoch wie beabsichtigt seine Brust getroffen, wäre sie ebenso tödlich gewesen wie ein Fleischermesser. Alan fühlte kalten Schweiß auf der Stirn. Die Sinnlosigkeit der Attacke ließ ihn nicht zur Ruhe kommen. Warum hatte man versucht, ihn, einen bescheidenen Wundarzt, umzubringen? Es bestand wohl kein Zweifel, dass der Anschlag ihm persönlich gegolten hatte, denn die fingierte Nachricht war eindeutig an ihn und keinen anderen gerichtet gewesen. Für einen flüchtigen Moment streifte ihn der Gedanke, dass es sich um die Rache eines betrogenen Ehegatten handeln könnte. Außer Meister Bloundel gab es immerhin noch eine ganze Reihe, die einen Grund hatten, ihm zu schaden. Doch kurz darauf verwarf Alan diese Vermutung wieder. Keiner dieser braven Bürger war ein kaltblütiger Mörder. Man hätte ihn zur Rede gestellt oder ihn bei der Zunft angezeigt, aber ihm nicht bei Nacht und Nebel mit einem gezückten Messer aufgelauert. Nein, dahinter musste mehr stecken. Alan dachte an den Juristenmörder, der in London sein Unwesen trieb, und fragte sich, ob dieser Anschlag etwas mit ihm zu tun haben könnte. Auch wenn er nicht verstand, weshalb dieser Kerl es auf ihn abgesehen haben sollte, ging Alan der Gedanke nicht aus dem Kopf. Ein Überfall aus dem Hinterhalt, das passte zu diesem niederträchtigen Mordbuben. Obgleich er Alan entwaffnet hatte, war der Feigling geflohen. Offenbar konnte er seinen Opfern nicht in die Augen sehen, besonders, wenn diese größer waren als er selbst. Der Größenunterschied war der einzige Anhaltspunkt, der Alan von dem Zusammentreffen im Gedächtnis geblieben war. Verärgert biss sich Alan auf die Lippen. Er hatte Glück gehabt und den Anschlag überlebt, er hatte dem Mörder gegenübergestanden, und doch konnte er nichts dazu beitragen, ihn zu entlarven. Auf jeden Fall war es besser, Richter Trelawney und Jeremy schnellstens zu warnen.

Trotz des Nebels kam der Hackney zügig voran. Der Stau auf der Fleet Street hatte sich aufgelöst, und es waren nur noch wenige Fuhrwerke unterwegs. Als die Kutsche das Ludgate hinter sich gelassen hatte und endlich in die Paternoster Row einbog, steckte Alan den Kopf aus dem Fenster, um nach Trelawneys Vierspänner Ausschau zu halten. Er atmete auf, als er vor dem Haus des Apothekers tatsächlich eine Kutsche stehen sah, die das Wappen des Richters trug. Alan rief dem Fahrer des Hackney zu, er solle anhalten. Eilig stieg er aus, bezahlte und wartete, bis die Mietkutsche wieder anfuhr und ihm den Weg auf die andere Straßenseite freigab.

Alan wollte sich gerade in Bewegung setzen, als er fluchend innehielt. Ein von zwei Pferden gezogener Hackney näherte sich in eiligem Tempo. Es blieb Alan nichts anderes übrig, als ihn vorbeizulassen. Nervös sah er zur gegenüberliegenden Apotheke hinüber, auf der Suche nach Jeremy oder dem Richter, konnte jedoch keinen von beiden erkennen. Sicher befanden sie sich noch im Innern des Ladens.

Plötzlich verspürte er einen heftigen Stoß zwischen die Schulterblätter. Er verlor das Gleichgewicht und fiel nach vorne, geradewegs vor die heranrollende Mietkutsche. Ein schriller Schrei hallte in seinen Ohren wider, vermischt mit dem Schnauben und Stampfen der Pferde. Dann erlosch alles.

Fünfundzwanzigstes Kapitel

Amoret sah von dem Buch auf, in dem sie seit einer Stunde las, und rieb sich die schmerzenden Augen. Durch das Fenster fiel nur wenig Tageslicht in die Kammer, und die einzelne Unschlittkerze auf dem Tisch vor ihr nährte nur eine kümmerliche Flamme.

Ein Wunder, dass Pater Blackshaw sich nicht schon längst die Augen verdorben hat, dachte sie sorgenvoll. Ich muss ihm unbedingt einen Bund Bienenwachskerzen mitbringen.

Sie richtete sich auf und ließ ihre steif gewordenen Schultern kreisen, so weit es das Mieder erlaubte. Sie konnte unmöglich auch nur einen Moment länger an diesem Tisch sitzen und lesen. Welch ein Pech aber auch, dass ausgerechnet heute alle Welt unterwegs war, und dann auch noch bei diesem ungemütlichen Wetter.

Amoret trat ans Fenster und sah auf die Paternoster Row hinaus. Durch den milchigen Dunst konnte sie gerade noch die Häuser auf der anderen Straßenseite erkennen. Gelangweilt verließ sie Jeremys Kammer und stieg die schmale Treppe in die Offizin hinab. Der Geselle und der Lehrjunge waren mit Putzen und Aufräumen beschäftigt. Amoret vermutete, dass Breandán oder der Jesuit nun bald zurückkehren würden, und entschloss sich, in der Werkstatt zu warten. Bisher hatte sie noch nie die Gelegenheit gehabt, sich in Ruhe umzusehen. Neugierig las sie die Beschriftung auf den Salbentiegeln und betrachtete mit einem leichten Schaudern die verschiedenen chirurgischen Instrumente, die fein säuberlich auf einem Tisch aufgereiht lagen. Ihre Griffe hatten eine glatte Oberfläche und wiesen entgegen dem Geschmack der Zeit keinerlei Verzierungen auf, in denen sich Schmutzrückstände sammeln konnten. Diese bemerkenswerte Umsicht in Bezug auf die Reinlichkeit seiner Werkstatt war sicherlich ein Grund für Meister Ridgeways Erfolg als Chirurg insbesondere bei riskanten Operationen wie dem Steinschnitt, die andere Wundärzte nicht gerne ausführten, weil dabei zu viele Patienten starben.

Neben einer Rolle Leinenbinden lag ein entfaltetes Blatt Papier. Amoret hob es auf und las die wenigen Worte, die darauf geschrieben waren: »Kommt sofort her! Ich brauche Eure Hilfe.«

Dies musste die Nachricht von Pater Blackshaw sein, die Meister Ridgeway erwähnt hatte, bevor er ging. Amoret konnte die Augen nicht von den scheinbar nachlässig hingeworfenen Zeilen wenden. Sie las sie wieder und wieder durch, bis ihr endlich klar wurde, was der Grund für das seltsame Gefühl der Unruhe war, das sie auf einmal überkommen hatte. Dies war nicht Pater Blackshaws Handschrift. Meister Ridgeway musste das Blatt nur flüchtig überflogen haben, oder er war mit der Schrift des Priesters nicht genügend vertraut, um eine Fälschung zu entdecken. Und diese Nachricht war unzweifelhaft eine raffinierte Fälschung. Sogar sie, die Pater Blackshaws Handschrift so gut kannte, wäre beinahe darauf hereingefallen.

Aber welches Interesse sollte jemand daran haben, Meister Ridgeway aus seiner Werkstatt zu locken? Der Unbekannte musste doch wissen, dass sich der Geselle, der Lehrjunge und die Haushälterin immer noch im Haus befanden. Ein geplanter Einbruch schied also als Erklärung aus.

Amoret versuchte, sich an die genauen Worte des Wundarztes zu erinnern. Er hatte gesagt, der Jesuit befinde sich im Haus des Richters. Also hatte sich Meister Ridgeway dorthin begeben. Nachdenklich wandte Amoret sich dem Fenster zu, das auf die Straße hinausging. Die Dämmerung hatte eingesetzt und ließ die vorbeieilenden Passanten wie körperlose Schatten erscheinen, um die die blassen Lichttupfen ihrer Laternen schwebten. Der perfekte Schauplatz für einen heimlichen Überfall! Selbst in Begleitung eines bewaffneten Dieners war es gefährlich, sich bei diesem Wetter auf die Straße zu wagen. Der Wundarzt aber war allein gegangen. Und er trug keine Waffe bei sich.

Amorets Hände wurden eiskalt. Sie wusste nicht, woher sie die Gewissheit nahm, doch mit einem Mal war sie überzeugt, dass diese gefälschte Botschaft Gefahr bedeutete, Gefahr für Meister Ridgeway, Gefahr für Pater Blackshaw ... vielleicht auch für den Richter. Sie wünschte sich, der Chirurg hätte ihr das Papier gezeigt, bevor er sich auf den Weg machte. Sie hätte die Fälschung erkannt und ihn zurückgehalten. Nun war es zu spät. Er war bereits zu lange fort. Dennoch entschloss sie sich, zu handeln. Energisch rief sie nach ihrem Diener und trug ihm auf, sich so schnell wie möglich zu Richter Trelawneys Haus zu begeben und nachzufragen, ob Meister Ridgeway dort angekommen sei. Falls nicht, solle er den Richter und Dr. Fauconer von der fingierten Nachricht in Kenntnis setzen.

Als der Diener gegangen war, verspürte Amoret dennoch keine Erleichterung. Sie machte sich ernstlich Sorgen um den Wundarzt. Sie hatte ihn lieb gewonnen und wollte ihn in Sicherheit wissen. Ihre Unruhe wurde so stark, dass sie schließlich vor die Tür der Chirurgenstube trat und vor dem Haus nervös auf und ab ging, in der Hoffnung, ihn unversehrt zurückkehren zu sehen.

Nach einer Weile wurde Amoret auf einen Vierspänner aufmerksam, der ein Stück die Straße hinunter vor einer Apotheke stand. Beim Nähertreten konnte sie auf dem Wagenschlag ein Wappen ausmachen, das ihr bekannt vorkam. Sie beschleunigte ihre Schritte, um den Lakaien anzusprechen, der die Pferde hielt, als sie bei einem flüchtigen Blick zur gegenüberliegenden Straßenseite Meister Ridgeway erkannte. Sie blieb stehen und hob die Hand, um ihn auf sich aufmerksam zu machen. Im nächsten Moment entfuhr ihr ein Schrei. Sie sah ihn vorwärts taumeln, vor die herantrabenden Pferde eines Hackney – dann war er verschwunden. Der Kutscher griff geistesgegenwärtig in die Zügel und bemühte sich, sein scheuendes Gespann zum Stehen zu bringen. Dann sprang er hektisch vom Bock und packte seine tänzelnden Pferde am Zaumzeug, um sie zu beruhigen.

Mit rasendem Herzen hastete Amoret über die Straße und erreichte das Unglücksgefährt vor den anderen Schaulustigen. Zwischen den Hinterhufen der Zugtiere und den Vorderrädern entdeckte sie einen reglos auf dem Boden zusammengekrümmten Körper. Er ist tot!, dachte sie entsetzt. Er muss tot sein! Heilige Jungfrau, wie konntest du etwas so Schreckliches geschehen lassen?

Im Fallen hatte Alan offenbar instinktiv versucht, seinen Kopf zu schützen, denn sein linker Arm bedeckte noch immer sein Gesicht. Etwas Spitzes, Blutiges hatte sich durch den Ärmelstoff gebohrt. Es war der Splitter eines gebrochenen Knochens. Sein Genick lag fast unmittelbar vor dem schweren Rad der Kutsche. Machten die Pferde auch nur einen kleinen Schritt vorwärts, würde ihm die eisenummantelte Felge unweigerlich die Halswirbel zermalmen.

Ohne an die Gefahr zu denken, kniete Amoret sich auf das Pflaster und versuchte, ihre Hände unter seine Achseln zu schieben, um ihn von dem Rad wegzuziehen. Aber er war zu schwer für sie.

»So helft mir doch!«, rief sie den Umstehenden zu, die endlich ihre Erstarrung überwanden und ihr zu Hilfe kamen. Als sie ihn bewegten, begann Alan zu röcheln und öffnete die Augen. Er musste unerträgliche Schmerzen haben. Die Zugpferde stampften mit ihren beschlagenen Hufen nervös auf den Boden. Noch bevor die Helfer den Verletzten außer Reichweite ziehen konnten, streifte ihn einer der Gäule am Bein. Wieder röchelte er nur, als habe er keine Kraft, zu schreien. Amoret bat die Leute, ihn so wenig wie möglich zu berühren.

Kurz darauf entdeckte sie zu ihrer Erleichterung Pater Blackshaw und Sir Orlando Trelawney zwischen den Menschen. Jeremy sagte kein Wort. Entsetzen breitete sich auf seinem Gesicht aus, während er an der Seite seines Freundes auf die Knie fiel und seine Verletzungen zu untersuchen begann. Amoret sah, dass seine Hände zitterten. Sie saß hinter Alan auf dem Boden und hielt ihm mit beiden Händen den Kopf, um ihn an unkontrollierten Bewegungen zu hindern. Dabei bemerkte sie, dass Blut aus seinem Mund quoll und über seine Wangen rann. Kurz darauf lief ein krampfartiges Beben durch seinen Körper. Er fing an zu husten und spie noch mehr Blut aus.

Für einen Moment hielt der Priester zögernd inne. Amoret, die ihn angstvoll beobachtete, sah seine Hand wie in einem Reflex an seine Seite zucken, zu der Tasche, in der er die Utensilien zum Spenden der Sakramente verwahrte. Er trug sie immer bei sich, wenn er unterwegs war. Die junge Frau begriff, was diese Geste bedeutete, und das Herz wurde ihr schwer.

Doch plötzlich besann sich Jeremy, riss sich seinen Leinenkragen vom Hals und wand ihn um Alans linken Arm, oberhalb des offenen Bruchs, um die Blutung einzudämmen.

»Ich brauche eine Trage!«, rief er wild, ohne den Blick von seinem Freund zu nehmen. »Eine Tür, irgendetwas, womit man ihn transportieren kann!« In seiner Stimme schwang ein Ton der Verzweiflung, den Amoret noch nie bei ihm gehört hatte, aber auch eine verbissene Entschlossenheit, die ihr gut tat.

»Ich kümmere mich darum«, rief Breandán, der sich gerade hinter Amoret durch die Menge gedrängt hatte. Während der Ire zur Chirurgenstube eilte, wandte sich Sir Orlando an die Umstehenden: »Weiß jemand, was passiert ist?«

Noch immer bleich vor Schreck trat der Kutscher des Hackney vor. »Es war nicht meine Schuld!«, beteuerte er. »Der Mann lief mir direkt vor mein Gespann. Ich konnte nichts tun, um das Unglück zu verhindern.«

»Er sagt die Wahrheit«, bezeugte ein Mann mit einem hohen Puritanerhut. »Keiner von beiden war schuld. Ich habe deutlich gesehen, dass Meister Ridgeway gestoßen wurde.«

»Er wurde absichtlich vor die Kutsche gestoßen?«, wiederholte Trelawney ungläubig. »Habt Ihr gesehen, von wem?«

»Ich konnte nicht erkennen, wer es war. Er hatte die Kapuze seines Mantels über das Gesicht gezogen.«

»Wisst Ihr, ob es ein Mann oder eine Frau war?«

Der Zeuge legte nachdenklich die Stirn in Falten. »Um ehrlich zu sein, nein.«

»Habt Ihr vielleicht beobachtet, wohin die Person gegangen ist?«, fragte der Richter weiter.

»Es tut mir Leid, Sir. Der Unbekannte war so schnell verschwunden, dass ich nicht einmal sagen könnte, in welche Richtung er sich gewandt hat.«

»Ich danke Euch trotzdem. Hat sonst noch irgendjemand etwas gesehen?«

Inzwischen hatten Breandán und John eine Tür gebracht und legten sie neben Alan auf den Boden. Mit Jeremys Hilfe hoben sie ihn sodann vorsichtig darauf und trugen ihn ins Haus. Der Jesuit sprach unablässig beruhigend auf seinen Freund ein. Amoret, die ihnen folgte, versuchte von seinem Gesicht abzulesen, wie es um den Verletzten stand, doch seine Züge waren hart und undurchdringlich geworden. Sie gaben nichts mehr von seinen Gefühlen preis.

In der Chirurgenstube angekommen, legten sie die Holztür auf dem Operationstisch ab. Während sich Jeremy über Alan beugte, goss John Branntwein in eine Zinnschüssel, damit der Jesuit sich die Hände waschen konnte.

»Licht! Ich brauche Licht!«, rief Jeremy ungeduldig.

Mit einem Holzspan entzündete Breandán eine tragbare Öllampe und hielt sie über den Körper des Wundarztes. Die Flamme tauchte Alans schmerzverzerrte Züge in ein unheimliches Licht, das seine Blässe verbarg. Er atmete nur noch schwach, kaum hörbar in der eintretenden Stille. Bis auf Jeremy waren alle Anwesenden vor Grauen erstarrt.

Der Jesuit hatte damit begonnen, die Kleidung des Verletzten rücksichtslos mit einer großen Schere aufzuschneiden. Als er Brust und Bauch entblößt hatte, drückte er dem untätig dastehenden Gesellen die Schere in die Hand und fuhr ihn gereizt an: »Halt keine Maulaffen feil. Entkleide ihn weiter.«

John zuckte zusammen und machte sich schuldbewusst an die Arbeit. Es fiel ihm offenbar schwer, sich von dem Schrecken zu erholen, den der Anblick seines Meisters ihm eingeflößt hatte. Es war etwas völlig anderes, statt eines Fremden einen Menschen vor sich zu haben, den man so gut kannte.

Alans Brustkorb war auf der rechten Seite blutunterlaufen. Jeremy tastete behutsam die Rippen ab und stellte fest, dass mehrere von ihnen gebrochen waren. Mit einem Mal gab Alan ein ersticktes Gurgeln von sich und hustete erneut Blut. Der Jesuit drehte den Kopf seines Freundes zur Seite, damit das Blut besser abfließen konnte, öffnete seine Kiefer und zog seine Zunge heraus. Wieder musste Alan krampfhaft husten, doch kurz darauf atmete er leichter.

»Er hat sich auf die Zunge gebissen«, murmelte Jeremy wie zu sich selbst. »Daher das Blut.« In seiner Stimme lag eine Spur von Hoffnung, obwohl er wusste, wie gering die Wahrscheinlichkeit war, dass Alan von schwereren Verletzungen verschont geblieben sein könnte. In diesem Moment wünschte er sich nichts sehnlicher als die Gabe, durch das Fleisch des Körpers hindurch in das Innere sehen zu können.

Derweil hatte John seinen Meister vollständig entkleidet. Jeremy tastete zuerst die Bauchdecke nach Anzeichen für eine innere Blutung ab, fand zu seiner Erleichterung jedoch keine. An den Beinen zeigten sich mehrere Blutergüsse, aber die Knochen schienen unversehrt. Als der Jesuit sicher war, dass sein Freund sonst keine lebensbedrohlichen Verletzungen hatte, wandte er sich wieder den gebrochenen Rippen zu. Die mittlere Rippe war, offenbar durch die harte Kante eines Hufeisens, an der Bruchstelle nach innen gedrückt worden. Mit einem schmalen Messer machte Jeremy einen seitlichen Einschnitt und spülte dann die Wunde aus, um zu sehen, ob Knochensplitter das Brustfell verletzt hatten. Dies schien aber nicht der Fall zu sein. Während er die gebrochene Rippe mit einem Instrument, das er darunter geschoben hatte, emporzog, verlor Alan das Bewusstsein.

Beunruhigt fühlte Jeremy seinen Puls und legte dann die Hand auf seine Stirn, die feucht von Schweiß war.

»Seine Beine müssen hochgelagert werden«, befahl er. John und Tim bemühten sich, der Anweisung unverzüglich nachzukommen.

Nachdem Jeremy einen Verband rund um Alans Brustkorb angelegt hatte, nahm er sich den gebrochenen Oberarm vor. Der geborstene Knochen hatte die Haut durchbohrt und eine Arterie zerrissen. Der Jesuit unterband das Gefäß mit einem Seidenfaden, dann löste er den zusammengedrehten Leinenkragen, den er noch auf der Straße zur Blutstillung um Alans Arm geschlungen hatte. Als er die Wunde von gequetschtem Gewebe und Knochensplittern gesäubert hatte, hob Jeremy das erste Mal seit Beginn der Untersuchung den Blick und sah in die Gesichter derer, die stumm um den Operationstisch herumstanden. Er war so in seine Arbeit vertieft gewesen, dass er ihre Anwesenheit völlig vergessen hatte. Blind hatte er den namenlosen Schatten um sich herum Anweisungen erteilt, ohne sie eines Blickes zu würdigen. Und erst jetzt bemerkte er Amoret, die tapfer am Kopfende des Tisches stand und Alans Gesicht mit einem feuchten Leintuch abtupfte, um es von Blut, Schweiß und Straßenschlamm zu reinigen.

Jeremy widerstand dem Impuls, sie wegzuschicken, obwohl er ihr den Anblick der schrecklichen Verletzungen in ihrem Zustand lieber erspart hätte. Er brauchte ihre Hilfe und war dankbar, dass sie da war.

»Madam, haltet für einen Moment die Lampe«, bat er. »Breandán, John, Ihr müsst mir helfen, den Bruch einzurichten.«

Er zeigte ihnen, wie sie den Arm strecken mussten, damit er die beiden Enden des Knochens wieder zusammenfügen konnte. Inzwischen hatte Tim damit begonnen, Leinenbinden mit einer Klebemischung aus Eiweiß, Öl, Mehlstaub und anderen Zutaten zu tränken. Diese würden nach kurzer Zeit erhärten und so den Knochen stützen.

Nachdem Jeremy die Wunde genäht hatte, fixierte er Alans Oberarm mit dem Eiweißverband in angewinkelter Stellung an dessen Rumpf, wobei er die Naht zunächst frei ließ und sie dann mit einer separaten Binde abdeckte, damit sie leicht zugänglich blieb.

Mit einem tiefen Seufzer streckte der Priester schließlich seinen verspannten Rücken. Mehr konnte er im Moment nicht für seinen Freund tun. Er spürte den Schweiß über seine Schläfen rinnen und nahm mechanisch das Tuch entgegen, das Amoret ihm reichte.

»Wie steht es um ihn, Dr. Fauconer?«, fragte Sir Orlando. Er trat aus dem unbeleuchteten Bereich der Chirurgenstube nahe der Tür, wo er schweigend auf das Ende der Behandlung gewartet hatte, an den Operationstisch heran und warf einen mitfühlenden Blick auf den bewusstlosen Wundarzt.

Jeremys Gesicht blieb düster. »Ich habe alles für ihn getan, was ich konnte. Jetzt liegt sein Leben allein in Gottes Hand«, sagte er ausweichend.

Der Richter nickte, um zu zeigen, dass er verstand. »Ich habe einen Konstabler angewiesen, die Aussagen der Passanten aufzunehmen. Sie stimmen darin überein, dass es sich nicht um einen Unfall handelte. Eine unbekannte Person hat Meister Ridgeway vor die heranfahrende Kutsche gestoßen. Ein gemeiner Mordanschlag.«

Jeremy ließ keine Überraschung erkennen. »Mir war gleich klar, dass mehr hinter diesem mysteriösen Unglück steckt, als ich *das hier* sah.« Er wandte sich Alan zu, nahm seine rechte Hand und drehte sie, bis eine schmale, bereits mit Schorf bedeckte Wunde an seinem Unterarm sichtbar wurde. »Dies kann unmöglich bei dem Zusammenstoß entstanden sein. Es ist ein glatter Einstich. Jemand hat ihm die Wunde mit einem Messer beigebracht, einige Zeit bevor er überfahren wurde.«

»Aber weshalb war er bei diesem Wetter noch so spät unterwegs? Hat er einen Patienten besucht?«, fragte Trelawney.

In diesem Moment trat Amoret aus dem Hintergrund vor und reichte Jeremy ein Blatt Papier. »Bevor er aufbrach, teilte mir Meister Ridgeway mit, dass er diese Nachricht erhalten habe. Er glaubte, sie stamme von Euch.«

Während der Jesuit die Nachricht sorgfältig prüfte, betrachtete der Richter die junge Frau mit wachsendem Interesse. Anfangs hatte er nicht weiter auf sie geachtet, doch jetzt, da sie ihm gegenüberstand, erkannte er sie. Er hatte sie am Hof gesehen, in prächtigen Kleidern, mit kostbarem Schmuck behängt, als Mätresse des Königs, und er war in diesem Moment von ihrer schlichten Eleganz ebenso beeindruckt wie von ihrer spontanen Hilfsbereitschaft. Es fiel Sir Orlando nicht schwer, zu erraten, dass Fauconer ihr Beichtvater war und dass sie ihm vermutlich des Öfteren heimlich Besuche abstattete.

»Diese Nachricht war eine heimtückische Falle«, stieß Jeremy schockiert hervor. »Jemand hat versucht, meine Handschrift zu fälschen.«

Der Richter nahm das Papier an sich und betrachtete es stirnrunzelnd. »Sollte es etwas mit unserem Mörder zu tun haben?«, spekulierte er. »Vielleicht weiß er, dass Ihr ihm auf der Spur seid.«

»Das glaube ich auch«, stimmte Jeremy zu. Er warf einen nachdenklichen und betroffenen Blick auf Alan, der sich nicht gerührt hatte. »Aber aus welchem Grund hat man es auf ihn abgesehen? Denn dass er das beabsichtigte Opfer war, beweist die gefälschte Nachricht. Er weiß doch überhaupt nichts! Warum also? Warum *er*, und nicht *ich?*«

Sir Orlando wusste nicht, was er antworten sollte. Ihm war dieser Anschlag auf den Wundarzt ebenso unverständlich. »Wenn Ihr erlaubt, werde ich morgen wiederkommen, um zu fragen, wie es ihm geht«, sagte er stattdessen, bevor er sich verabschiedete.

Jeremy entschied, den Verletzten vorsichtig ins Bett zu bringen, wo er es bequemer haben würde. Seine Helfer trugen den Patienten wie ein rohes Ei die Stufen in den ersten Stock hinauf. Der Priester deckte Alan sorgfältig zu, um ihn warm zu halten.

Dabei streifte sein Blick Amorets bleiches Gesicht. Mit einem müden Lächeln wandte er sich an den jungen Mann an ihrer Seite: »Breandán, sorgt dafür, dass sich unser Gast in meiner Kammer ein wenig ausruht. Bleibt bei ihr, bis sie sich von dem Schrecken erholt hat.«

Sechsundzwanzigstes Kapitel

Breandán geleitete sie fürsorglich die schmale Treppe in den zweiten Stock hinauf. Jetzt, da die Anspannung nachgelassen hatte, spürte Amoret, dass ihre Beine weich wie Butter waren. Das viele Blut, die Wunden, das gequälte Atmen des Verletzten hatten sie tief erschüttert, umso mehr, da sie den Mann, der dort unten in der Kammer im Sterben lag, wenige Stunden zuvor noch freundschaftlich umarmt hatte. Plötzlich begann sie zu weinen und schmiegte sich an Breandáns Brust.

»Wer tut so etwas Schreckliches? Wer kann einem Menschen, der nie jemandem etwas Böses zugefügt hat, etwas derartig Grausames antun?«

»Wie willst du das wissen?«, entgegnete Breandán leise.

Es dauerte eine Weile, bis die Bedeutung der Worte Amorets Bewusstsein erreichte. »Was meinst du?«, fragte sie verwirrt.

»Woher willst du wissen, ob Meister Ridgeway nie einem anderen Unrecht getan hat? Man hat sicherlich nicht ohne Grund versucht, ihn zu töten.«

»Du hältst alle Menschen für schlecht, Breandán. Aber du irrst dich. Meister Ridgeway ist gut und anständig. Immerhin hat er dich aufgenommen, ohne eine Gegenleistung zu verlangen.«

Seine Arme, die sie umfingen, verkrampften sich. Bitterkeit und Misstrauen saßen tief in ihm, beeinflussten seine Gefühle und Gedanken und hinderten ihn daran, anderen Menschen unvoreingenommen entgegenzutreten. »Du hast ihn gern, nicht wahr?«, fragte Breandán mit einer Spur von Eifersucht.

»Ja, denn er ist ein treuer Freund. Er hat uns immer geholfen, einander zu sehen, auch gegen den Willen Pater Blackshaws. Ich wünsche von ganzem Herzen, dass er am Leben bleibt.«

Sie lehnte den Kopf an seine Schulter und spürte, wie er sich allmählich entspannte. Sie bedauerte es, dass es ihr nicht gelang, seine tiefe innere Unsicherheit aufzulösen, die ihn nach wie vor unzugänglich und argwöhnisch machte. Er musste die Fähigkeit, anderen zu vertrauen, schon früh in seinem Leben verloren haben. Sie konnte die schmerzlichen Erfahrungen, die ihn geprägt hatten, nicht ungeschehen machen, aber sie würde versuchen, sie durch glücklichere Momente auszugleichen.

»Komm«, sagte Breandán schließlich. »Du musst dich ausruhen. Der Pater hat Recht. In deinem Zustand solltest du zu viel Aufregung vermeiden.«

Er half ihr aus Mieder und Röcken, entkleidete sich dann selbst bis aufs Hemd und legte sich neben sie auf das Bett. Aneinander geschmiegt schliefen sie bis zum frühen Morgen. Der Nachtwächter unten auf der Straße rief die fünfte Stunde aus, als Amoret sich unruhig erhob.

»Ich werde nachsehen, ob Pater Blackshaw etwas braucht«, sagte sie.

Breandán übernahm erneut die Pflichten einer Zofe und begleitete sie dann in die Küche. Nachdem er auf Amorets Bitten hin die Glut in der Feuerstelle geschürt und Wasser zum Kochen gebracht hatte, beobachtete er verblüfft, wie sie mit geschickter Hand in einer glasierten Steinguttasse Tee aufbrühte.

»Die Königin trinkt gerne Tee. Ich habe daher oft gesehen, wie man dieses Getränk zubereitet«, erklärte Amoret. »Nicht alle adeligen Damen sind ohne Dienerschaft hilflos, wie du siehst.«

Sich die klammen Hände an der warmen Tasse wärmend, stieg sie in den ersten Stock hinauf und kratzte leise an der Tür zu Meister Ridgeways Kammer, wie es am Hof üblich war. Kein Laut war zu hören. Das Schlimmste befürchtend, trat sie ein und versuchte, das Halbdunkel mit den Augen zu durchdringen. Nur das Feuer im Kamin warf ein unruhiges geisterhaftes Licht auf den Patienten im Bett und die ebenso statuenhaft daneben auf dem Boden kniende Gestalt. Pater Blackshaws Hände waren vor der Brust gefaltet, seine Augen halb geschlossen. Die Kerze auf dem Tisch vor ihm musste schon seit langem erloschen sein, ohne dass er Notiz davon genommen hatte. Zweifellos hatte er die ganze Nacht in tiefem Gebet verbracht.

Amoret trat an seine Seite und sprach ihn mit furchtsamer Stimme an: »Pater, wie geht es ihm? Er ist doch nicht …?«

Jeremy hob den Blick zu ihr und schüttelte den Kopf. »Nein, er lebt. Sein Zustand hat sich nicht verändert.«

Mit schwerfälligen Bewegungen, die seine Erschöpfung und Niedergeschlagenheit verrieten, kam er auf die Beine. Er wirkte wie um Jahre gealtert. Amoret reichte ihm mit einer ermunternden Geste die Tasse Tee. Da zuckte ein gerührtes Lächeln über Jeremys schmale Lippen.

»Ich danke Euch. Ihr kennt wahrlich meine geheimsten Schwächen und wisst, dass es für mich nichts Aufbauenderes gibt als chinesischen Tee. Was würde ich nur ohne Euch tun?«

Amoret wandte sich dem Bett zu und betrachtete das eingefallene Gesicht des Kranken. Seine Reglosigkeit war gespenstisch. Es schien, als sei kein Leben mehr in ihm.

Jeremy, der ihre Gedanken erriet, sagte schmerzlich: »Er ist in tiefe Bewusstlosigkeit gefallen, aus der er vielleicht nie wieder erwacht.«

Die Mutlosigkeit in seiner Stimme weckte ihren Widerspruch. »Aber es besteht doch Hoffnung!«

»Hoffnung besteht immer, solange der Patient atmet und sein Herz noch schlägt. Aber ich kann nichts tun, um ihn in seinem Kampf gegen den Tod zu unterstützen.«

Müde ließ sich Jeremy auf eine Kleidertruhe sinken und rieb sich die brennenden Augen. Auf seinen Schultern lastete ein unerträgliches Gewicht. Die Vertrautheit zwischen ihnen war so tief, dass Amoret seine innere Qual mit jeder Faser ihres Leibes empfand. Und sie kannte auch den Grund dafür.

Betroffen sah sie auf seinen gebeugten Nacken hinab. Es verlangte sie danach, ihn in die Arme zu nehmen und an sich zu drücken, um ihn zu trösten, doch sie wusste, dass er von niemandem Zärtlichkeiten dieser Art duldete, nicht einmal von ihr. Stattdessen sagte sie sanft: »Wollt Ihr Euch mir nicht anvertrauen? Ich sehe doch, dass Ihr Euch quält.«

»Nein, Madam, damit muss ich allein fertig werden.«

»Das müsst Ihr nicht!«, widersprach sie. »Auch wenn ich kein Priester bin, weiß ich doch, was in Euch vorgeht. Ich habe gesehen, wie Ihr Euch auf der Straße anschicktet, Meister Ridgeway die Beichte abzunehmen und ihn wieder in den Schoß der Kirche zurückzuführen. Doch dann habt Ihr plötzlich Eure Meinung geändert und stattdessen versucht, sein Leben zu retten.«

Er wandte ihr erstaunt das Gesicht zu. »Ich vergaß, dass Ihr es schon immer verstanden habt, meine Gedanken zu lesen, Madam. Ja, ich hatte den Entschluss gefasst, ihn nicht aufzugeben. Aber ich musste schnell handeln, bevor er zu viel Blut verlor. Ich hoffte, er würde lange genug bei Bewusstsein bleiben, um seine Sünden bereuen und zum Glauben zurückkehren zu können. Aber ich habe mich geirrt. Wenn er jetzt stirbt, stirbt er als Ketzer. Und es ist meine Schuld! Ich habe sein Vertrauen enttäuscht. Ich habe ihn verraten.«

»Ihr habt versucht, sein Leben zu retten.«

»Es wäre meine Pflicht gewesen, seine Seele vor der Verdammnis zu bewahren!«, sagte Jeremy bitter. »Ich habe meine Pflicht als Priester dem Ehrgeiz des Arztes geopfert. Ich war so überzeugt von meiner Kunst, dass ich glaubte, Gottes Plan durchkreuzen und Alans Leben erhalten zu können, selbst gegen *Seinen* Willen. Und das war unverzeihlich.«

Die Selbstanklagen ihres Freundes schnitten Amoret tief ins Herz. Leidenschaftlich versuchte sie, ihn gegen sich selbst zu verteidigen. »Woher wollt Ihr wissen, welche Pläne Gott mit Euch hatte? Meister Ridgeway wurde durch einen Handlanger des Teufels verletzt, nicht durch die Hand des Herrn. Ich werde niemals glauben, dass Gott seinen Willen durch die Taten eines Verbrechers kundtut. Vielleicht wart Ihr das Werkzeug, das Gott dazu ausersehen hatte, größeres Unrecht zu verhindern und das Opfer vor dem Tod zu bewahren.«

»Madam, Eure Argumentation wäre eines theologischen Gelehrten würdig. In einem habt Ihr Recht: Die Wege des Herrn sind unergründlich. Doch die Tatsache bleibt, dass ich die Erhaltung des Körpers der Rettung der Seele vorangestellt habe, aus Hochmut und Selbstüberschätzung. Die ganze Nacht hindurch habe ich Gott angefleht, mir zu vergeben und Alans Leben zu schonen.«

Amoret ließ sich neben ihn auf den Rand der Truhe sinken und legte die Hand auf die seine, die kalt wie Eis war.

»Pater, Gott ist barmherzig. Er wird ihn nicht sterben lassen, nur um Euch zu strafen.«

Entgegen ihrer Erwartung zog er seine Hand nicht zurück. Eine Weile saßen sie stumm beieinander, umgeben vom Halbdunkel der nur durch das Kaminfeuer erhellten Nacht. Nichts außer dem Knistern der Flammen und dem gleichmäßigen Atemzug des Verletzten durchbrach die Stille.

»Warum versucht Ihr nicht, ein wenig zu schlafen«, schlug Amoret vor. »Ich werde bei ihm wachen und Euch sofort wecken, wenn sich sein Zustand verändern sollte.«

Jeremy zögerte, doch dann gab er nach. Mit einem der überzähligen Kissen unter dem Kopf rollte er sich neben dem Bett auf der Binsenmatte zusammen. Aber es dauerte lange, bevor ihn seine quälenden Sorgen schlafen ließen.

Kurz vor Morgengrauen war der Priester bereits wieder auf. Amoret bemerkte auf dem Weg zur Küche, dass das ganze Haus wie in einer albtraumhaften Lähmung gefangen war. Die Bewohner schienen sich vor der Anwesenheit des Todes in ihre Kammern verkrochen zu haben, denn die Glut in der Feuerstelle war erloschen, und von Mistress Brewster, der Haushälterin, war keine Spur zu sehen.

Amoret wusste, wo sich die Kammer der Witwe befand, und stieg ohne Zögern die Treppe wieder hinauf. Im zweiten Stock sah sie die Gesuchte mit dem Gesellen und der Magd Susan zusammenstehen und tuscheln. Alle drei machten betrübte Gesichter.

»… Was soll denn aus mir werden? Zu dieser Jahreszeit finde ich doch keine neue Anstellung …«, flüsterte die junge Magd, verstummte aber sofort, als sie Amoret bemerkte.

»Meister Ridgeway ist noch nicht tot«, sagte die Lady vorwurfsvoll. »Es besteht also kein Grund, eure Arbeit zu vernachlässigen.«

Mit gesenkten Köpfen schoben sich die drei an ihr vorbei und eilten die Treppe hinunter, um ihre Pflichten zu erfüllen.

Am frühen Vormittag meldete John dem Jesuiten, dass Mistress Bloundel ihn unbedingt zu sprechen wünsche. Jeremy ließ Amoret allein am Krankenlager zurück. Sie hatte darauf bestanden, noch zu bleiben und ihm zu helfen. Dafür war er ihr dankbar, denn sie war die Einzige, der er ohne Einschränkung vertraute.

Gwyneth erwartete Jeremy in der Werkstatt. Auf ihrem Gesicht spiegelte sich tiefe Betroffenheit. »Ich wollte fragen, wie es Alan geht. Wird er wieder gesund?«

Jeremy zögerte, bevor er antwortete. Er sah, wie sich ihre Hände nervös ineinander verkrampften. Der Blick ihrer dunklen Augen durchbohrte ihn, als versuche sie, seine Gedanken zu lesen. Selbst wenn er die Absicht gehabt hätte, wäre es ihm unmöglich gewesen, der Waliserin etwas vorzumachen. »Er wurde sehr schwer verletzt. Ich fürchte, ich kann im Moment noch nicht sagen, ob er überleben wird.«

»Ist er bei Bewusstsein?«

»Nein, er nimmt nichts von dem wahr, was um ihn herum geschieht.«

»Ich habe ihn gestern noch gesehen, bevor er das Haus verließ. Wir hatten Streit. Und nun mache ich mir Vorwürfe. Vielleicht hätte er besser aufgepasst, wenn ich ihm nicht so wehgetan hätte ...«

»Ihr sagtet, Ihr wart hier, bevor er ging«, unterbrach Jeremy sie rücksichtslos. »Wisst Ihr etwas von einer Botschaft, die ihn zum Aufbruch veranlasste?«

»Eine Botschaft? Ja, jemand brachte ein Papier, als ich hier war.«

»Habt Ihr den Überbringer gesehen?«

»Ja, ich nahm es doch entgegen.«

»Beschreibt ihn mir!«

»Es war ein Lakai in einer blauen Livree mit gelbem Besatz. Er nannte aber keinen Absender.«

»Erinnert Ihr Euch an sein Gesicht?«

»Nun, es war ein recht gut aussehender junger Mann mit

schulterlangen dunkelbraunen Haaren. Ich habe ihn noch nie zuvor gesehen.«

»Würdet Ihr ihn wiedererkennen?«

»Gewiss.«

»Danke, Madam. Ich komme zu gegebener Zeit darauf zurück.«

»Dankt mir nicht, Sir. Ich würde alles tun, um den Halunken ausfindig zu machen, der Alan das angetan hat!«, versicherte Gwyneth. »Wenn sein Zustand so kritisch ist, braucht er doch bestimmt ständige Aufsicht. Ich werde gern eine Weile bei ihm wachen, falls Ihr Euch ausruhen möchtet.«

Unter anderen Umständen wäre Jeremy das Angebot der Apothekerfrau willkommen gewesen. Dank Amorets Hilfe konnte er jedoch darauf verzichten. Es war besser so. Wenn möglich vermied er es, Fremde im Haus zu haben, die zwangsläufig sein Geheimnis entdecken und vielleicht seine Arbeit erschweren würden.

»Euer Angebot ist sehr großzügig, zumal Ihr dadurch Gefahr lauft, Euch bloßzustellen, Madam«, sagte Jeremy daher freundlich. »Aber ich habe genug Hilfe. Meister Ridgeway ist in guten Händen, verlasst Euch darauf.«

»Kann ich ihn sehen?«

Wieder schüttelte Jeremy bedauernd den Kopf. Er wollte nicht, dass sie von Amorets Anwesenheit erfuhr. »Er braucht vor allem Ruhe und sollte nicht gestört werden. Aber wenn er wieder zu sich kommt, könnt Ihr ihn gerne besuchen.«

Durch die Bleirauten des Fensters bemerkte der Priester die Ankunft einer Kutsche. Schnell winkte er Mistress Bloundel zu sich und deutete auf den Lakaien, der vom hinteren Trittbrett sprang und an den Wagenschlag trat, um ihn zu öffnen.

»Ist das die Livree, die der Bote trug?«, fragte Jeremy erwartungsvoll.

»Ja, das ist sie«, bestätigte Gwyneth. »Aber es ist nicht derselbe Mann.«

»Immerhin haben wir einen Anhaltspunkt«, bemerkte der Jesuit befriedigt.

Er verabschiedete die Apothekerfrau und öffnete dem Ankömmling die Tür. »Kommt herein, Sir Orlando. Wir müssen uns unterhalten.«

Auf dem Weg zu Jeremys Kammer begegneten sie Breandán, der ihnen auf der Treppe Platz machte. Als Trelawney sich an ihm vorbeischob, überkam ihn wie jedes Mal in der Nähe des Iren ein Frösteln. Der Richter war überzeugt, dass dieser junge Bursche ihn hasste, und es beunruhigte ihn ein wenig, ihm ständig über den Weg zu laufen. Auch wenn er das Urteilsvermögen des Jesuiten schätzte, war er doch nicht sicher, ob dieser dem Iren nicht zu leichtfertig vertraute.

»Hat die Vernehmung der Zeugen noch etwas ergeben, Sir?«, fragte Jeremy, nachdem er seinem Gast einen Sitzplatz angeboten hatte.

»Nichts Nennenswertes. Eine Magd bestätigte die Beobachtung, dass eine Person, deren Gesicht unter der Kapuze eines Mantels verborgen war, Meister Ridgeway einen Stoß gab, der ihn vor die Kutsche warf. Aber das ist schon alles.«

»Ich habe inzwischen erfahren, dass der Überbringer der gefälschten Botschaft die Livree Eurer Dienerschaft trug.«

Trelawney fuhr erstaunt hoch. »Ein Lakai meines Hauses? Aber das ist doch unmöglich!«

»Eine Zeugin, die die Nachricht entgegennahm, hat die Livree wiedererkannt. Mit Eurem Einverständnis werde ich sie Euren Dienern gegenüberstellen, sobald Meister Ridgeways Zustand mir erlaubt, ihn eine Weile allein zu lassen.«

»Natürlich. Aber glaubt Ihr wirklich, dass der Mörder einer meiner Diener ist?«

»Ich weiß nicht. Vielleicht ist er nur ein Helfershelfer. Andererseits könnte er völlig unschuldig sein. Er muss ja nicht gewusst haben, dass die Botschaft eine Fälschung war. Auf jeden Fall müssen wir ihn finden und verhören.«

»Ich verstehe immer noch nicht, warum man es auf Ridgeway abgesehen hatte«, beharrte der Richter. »Die bisherigen Opfer waren allesamt Juristen. Weshalb nun auf einmal ein Chirurg? Ist der Schurke denn völlig wahnsinnig?«

»Ich muss zugeben, dass auch ich vor einem Rätsel stehe. Möglicherweise wollte man ihn dafür strafen, dass er den Anschlag auf Euch vereitelte.«

»Aber Ihr wart es doch, der mich während meiner Krankheit pflegte.«

»Das weiß der Mörder vielleicht nicht, und es ist auch nur eine gewagte Vermutung. Eine andere Möglichkeit wäre, dass Alan etwas gesehen hat, was dem Täter gefährlich werden könnte. Etwas, das er für unwichtig hält und dem er bisher keine Bedeutung beimaß. Aber das können wir erst klären, wenn er wieder zu sich kommt.«

»Ich mache mir Vorwürfe, Euch in die Angelegenheit hineingezogen zu haben«, sagte Trelawney zerknirscht. »Ihr könntet ebenfalls in Gefahr sein.«

»Ich bin es gewöhnt, mit der Gefahr zu leben«, winkte Jeremy ab. »Aber ich habe nicht damit gerechnet, dass ein Freund unter meinen Nachforschungen zu leiden haben würde. Wenn er stirbt, werde ich mir das nie verzeihen. Wir müssen den Täter ausfindig machen, Sir, bevor er noch jemanden umbringt!«

»Aber wie, wenn wir nicht einmal sein Motiv kennen?«

»Ihr habt mir doch von Richter Twisdens Vermutung bezüglich der Königsmörder erzählt.«

»Glaubt Ihr, da könnte etwas dran sein?«

»Auf jeden Fall ist es eine Möglichkeit, die wir überprüfen

sollten. Baron Peckham hat doch an den Prozessen gegen die Königsmörder teilgenommen, ebenso wie Ihr. Zwölf von ihnen wurden für schuldig befunden und hingerichtet. Ein überzeugendes Rachemotiv für die Familien der Verurteilten, wenn Ihr mich fragt. Was ist mit den anderen Opfern, zum Beispiel Sir Robert Foster? Hatte er mit den Prozessen zu tun?«

»Ja, er war ein Mitglied der Kommission, die vom König ernannt wurde.«

»Und Sir Michael Rogers?«

»Er war einer der Anklagevertreter.«

»Da habt Ihr die Gemeinsamkeit, nach der wir suchten. Ich würde Euch raten, die Familien der Königsmörder zu überprüfen. Vielleicht befindet sich darunter jemand, dem der Rachedurst zu Kopf gestiegen ist.«

Siebenundzwanzigstes Kapitel

»Mr. Wiseman ist hier, um sich nach Meister Ridgeways Zustand zu erkundigen«, unterrichtete die Haushälterin Jeremy, der an Alans Bett wachte.

»Richard Wiseman?«, erkundigte sich der Jesuit überrascht. »Führt ihn herein, Mistress Brewster.«

Richard Wiseman war der diesjährige Zunftmeister der Barbiere und Wundärzte. In der Not unterstützte die Zunft ihre Mitglieder und sorgte für ihre Familien, wenn es zum Schlimmsten kam. Aber Wiseman war auch Leibchirurg des Königs, dem er bereits im Bürgerkrieg gedient hatte.

Neugierig musterte Jeremy den Mann, der kurz darauf die Kammer betrat. Er war immer noch attraktiv, denn sein ovales Gesicht mit der hohen Stirn, den intelligenten dunklen Augen und der geraden, vorspringenden Nase gab sein Alter nicht preis. Wiseman trug eine schulterlange Perücke und schwarze Kleidung mit einem schmucklosen weißen Leinenkragen. Angesichts seiner jugendlichen Erscheinung rechnete Jeremy unwillkürlich zurück. Nein, es bestand kein Zweifel. Der Zunftmeister musste die vierzig bereits überschritten haben. Und doch hatte er sich kaum verändert.

»Ich bin erfreut, Euch wiederzusehen, Sir«, begrüßte der Jesuit seinen Gast. »Auch wenn es unter so traurigen Umständen ist.«

Wiseman zog erstaunt die Augenbrauen hoch. »Kennen wir uns? Oh, wartet, Euer Gesicht kommt mir tatsächlich bekannt vor. Es ist ziemlich lange her, hab ich Recht? Während des Bürgerkriegs? Ja, Ihr habt als Feldscher im königlichen Heer gedient. Ich erinnere mich, wie eifrig Ihr von mir gelernt habt. Euer Name ist Blackshaw, nicht wahr?«

»Ja, Sir. Ich bedauerte es sehr, dass Ihr nach der Schlacht von Worcester gefangen genommen wurdet.«

»Ihr hattet demnach mehr Glück.«

»Ich konnte aus England fliehen. Auf dem Kontinent habe ich dann Medizin studiert und später noch einige Jahre in Indien verbracht, um die dortige Kunst der Chirurgie kennen zu lernen.«

»Wie interessant, Doktor. Ihr gehört also zu den seltenen Medici, die die Chirurgie nicht verachten?«

»Ich halte es für töricht und geradezu gefährlich, beide Künste zu trennen. Ist nicht der menschliche Körper eine unteilbare Einheit?«

»Da stimme ich Euch zu«, lächelte der Zunftmeister. »Aber es ist noch zu früh, bestehende Strukturen und Traditionen zu verändern.«

Er wandte sich dem Bett zu und beugte sich über den immer noch bewusstlosen Alan. »Jetzt verstehe ich auch, weshalb nach dem Unfall keiner unserer Zunftgenossen gerufen wurde. Ihr habt seine Wunden versorgt, nicht wahr, Dr. Blackshaw?«

Richard Wiseman legte die Hand auf die Stirn des Kranken. »Er hat kein Fieber«, bemerkte er. Dann begutachtete er die Wunde am Oberarm. »Keine Rötung, kein Eiter, auch die Schwellung ist bereits zurückgegangen. Ihr habt gute Arbeit geleistet. Aber das überrascht mich nicht. Ich wusste damals schon, dass Ihr begabt seid. Habt Ihr ihn zur Ader gelassen, um die Säfte von der Wunde wegzuleiten?«

»Nein«, erwiderte Jeremy. »Er hatte schon genug Blut verloren. Ich wollte ihn nicht noch mehr schwächen.«

»Auch das wundert mich nicht. Ihr habt Euch früher schon energisch gegen den Aderlass ausgesprochen. Ihr hattet Glück, dass sich die Wunde nicht entzündet hat.«

»Ich will mich nicht mit Euch streiten, Sir, aber meine Erfahrungen haben nun einmal gezeigt, dass es bei schweren Verletzungen wichtiger ist, die Kräfte des Kranken zu erhalten, und daher besser, auf Blutentzug und Abführmittel zu verzichten.«

Wiseman tastete über Alans Unterarm und seine Hand. Die Haut war warm und gut durchblutet. »In diesem Fall zumindest habt Ihr recht getan, wie es scheint«, gestand er. »Ihr wisst, dass es Euch nicht erlaubt ist, Wundarzneikunst auszuüben, weil Ihr unserer Zunft nicht angehört. Aber da ich Euch kenne und Ihr einen Freund und Zunftgenossen behandelt habt, ohne Euch bereichern zu wollen, werde ich dafür sorgen, dass man Euch in Ruhe lässt. Es ist bedauerlich, dass Ihr so wenig Aufhebens um Eure Kunstfertigkeit macht. Da Ihr ein studierter Arzt seid, könntet Ihr doch um Aufnahme in die Königliche Ärztekammer ersuchen und Euch bei den reichen Bürgern der Stadt einen Namen machen. Nun, ich nehme an, Ihr habt Eure Gründe. Ich werde in den nächsten Tagen noch einmal nach Meister Ridgeway sehen. Je nachdem, wie es ihm geht, wird die Zunft verschiedene Dinge regeln müssen.«

Wiseman wollte die Möglichkeit nicht aussprechen, aber Jeremy wusste, was er meinte. Im Fall von Alans Tod musste eine neue Anstellung für seinen Gesellen und den Lehrjungen gefunden werden. Und falls er nicht genug Geld hinterließ, würde die Zunft auch seine Beisetzung bezahlen. Blieb er am Leben, so würde man ihn während der Genesung unterstützen, bis er wieder arbeitsfähig war.

»Ich danke Euch in seinem Namen, Sir«, sagte Jeremy. »Aber eine wohlhabende Dame hat sich bereits angeboten, alle Kosten zu übernehmen, die Meister Ridgeways Mittel übersteigen.«

John hatte den Jesuiten darauf hingewiesen, dass nicht genug Geld vorhanden sei, um die Halbjahresmiete für das Haus zu bezahlen, die am Jahresanfang fällig wurde. Auch wenn Alan sich von seinen Verletzungen erholte, würde er mehrere Monate lang nicht mehr in der Lage sein, Geld zu verdienen. Doch Amoret, die das Gespräch mit angehört hatte, beruhigte sie sogleich. Sie erbot sich, für alle Ausgaben aufzukommen, bis Alan wieder gesund war, denn sie glaubte nach wie vor daran, dass er überleben würde.

Richard Wiseman nahm Jeremys Eröffnung mit einem verstehenden Lächeln zur Kenntnis. »Eine wohlhabende Dame, sagt Ihr? Nun, Meister Ridgeway war schon immer für seine Weibergeschichten berüchtigt, aber dass sie ihm einmal zugute kommen würden, erstaunt mich doch ein wenig. Pflegt ihn gut, Dr. Blackshaw. Auf bald, und möge Gott ihn beschützen.«

Amoret hatte den Nachmittag über in Jeremys Kammer geruht und fand sich nach der Abendmahlzeit wieder am Krankenlager ein. Sie hatte überlegt, ihren Diener, der am Morgen vom Haus des Richters zurückgekehrt war, nach Whitehall zu schicken, entschied dann aber, ihn hier bei sich zu behalten. Es konnte nichts schaden, einen bewaffneten Mann im Haus zu haben, wenn ein Mörder in der Nachbarschaft umging. Denn Meister Ridgeway war mit Sicherheit noch immer in Gefahr.

»Wie geht es ihm?«, fragte Amoret voller Anteilnahme, als sie sich neben den Jesuiten auf die Kleidertruhe setzte.

»Ich mache mir Sorgen, weil er so lange bewusstlos ist«, antwortete Jeremy gepresst. »Vielleicht hat er innere Blutungen, die ich nicht entdecken kann.«

Amoret musterte sorgenvoll das übernächtigte Gesicht des

Priesters. »Ihr müsst ein wenig schlafen. Wenn Ihr vor Müdigkeit zusammenbrecht, seid Ihr für niemanden eine Hilfe.«

Er gehorchte ihr fast widerstandslos und zog sich in seine Kammer zurück. Amoret schob sich ein Kissen in den Rücken und lehnte sich gegen die Wand, um es bequemer zu haben. Nach einer Weile wurde leise die Tür geöffnet, und Breandán erschien auf der Schwelle. Zögernd blieb er im Türrahmen stehen, als scheue er davor zurück, die Krankenstube zu betreten.

Amoret streckte auffordernd die Hände aus. »Warum so zurückhaltend, mein Liebster? Komm zu mir.«

Als er neben ihr stehen blieb, ergriff sie seine Hand und zog ihn zu sich auf die Truhe. Sie ahnte, dass er eifersüchtig auf Alan war, weil sie so viel Zeit an seinem Bett verbrachte. Er verstand nicht, dass sie diese Mühe aus reiner Freundschaft auf sich nahm, aus Freundschaft zu Pater Blackshaw ebenso wie zu Meister Ridgeway.

»Warum hast du so wenig Vertrauen zu mir?«, fragte sie leise.

»Weil ich niemandem vertraue«, gab Breandán bitter zurück. Doch im nächsten Moment lehnte er sich gegen sie und schmiegte seinen Kopf an ihre Schulter. Amorets Finger glitten liebkosend durch seinen dichten Haarschopf. So blieben sie lange fast unbeweglich sitzen, bis ein kaum hörbares Geräusch vom Bett her sie zusammenzucken ließ. Amoret wandte den Kopf und sah Alans Augen auf sich gerichtet. Auf seinen Lippen lag ein schwaches Lächeln.

»Schnell, hol Pater Blackshaw«, rief sie Breandán zu.

Während der Ire die Kammer verließ, trat sie ans Bett und nahm erfreut Alans Hand. »Wie schön, Euch wieder unter den Lebenden willkommen heißen zu können.«

Sie sah, dass er etwas sagen wollte, doch bei dem Versuch verzerrte sich sein Gesicht vor Schmerz.

»Nein, sprecht nicht«, bat sie ihn rasch. »Ihr habt Euch auf die Zunge gebissen, und die Wunde ist noch nicht verheilt.«

Kurz darauf erschien Jeremy in der Kammer und beugte sich über seinen Freund. »Der Heiligen Jungfrau sei Dank. Wir hatten schon das Schlimmste befürchtet. Wie fühlt Ihr Euch? Es ist wichtig, dass Ihr mir sagt, ob Ihr Schmerzen habt.«

»Das Atmen ... tut weh«, lallte Alan, dem die Zunge nicht gehorchen wollte.

»Ihr habt ein paar gebrochene Rippen und einen gebrochenen Arm. Verspürt Ihr sonst noch Schmerzen?« Jeremy tastete noch einmal über Alans Leib und die unversehrte Seite seiner Brust. Dabei beobachtete er das Gesicht seines Patienten, doch dieser schüttelte leicht den Kopf.

»Was ist ... geschehen?«, fragte Alan mühsam.

»Ihr seid von einem Hackney angefahren worden. Aber denkt nicht mehr daran. Ihr braucht nur ein wenig Pflege, dann seid Ihr bald wieder auf den Beinen.«

Jeremy hatte ein Glas aus einer bereitstehenden Karaffe mit Wein gefüllt und hielt es an Alans Lippen, während er mit der anderen Hand seinen Nacken stützte.

Amoret, die in die Küche hinuntergelaufen war, kehrte mit einer Tasse angewärmter Milch zurück. Jeremy nahm sie dankbar entgegen und flößte sie seinem Patienten mit viel Geduld ein. Die Wärme machte Alan schläfrig. Bald schloss er die Augen, und sein Kopf sank langsam zur Seite.

»Geht wieder ins Bett«, bat Amoret den Jesuiten. »Ich werde die Nacht über bei ihm bleiben.«

Am nächsten Tag fiel Alan das Sprechen leichter. Jeremy hatte ihm eine Tinktur gegeben, mit der er sich mehrmals den Mund spülte. Sie ließ die Schwellung abklingen und betäubte den Schmerz.

»Es gibt da etwas, das ich Euch fragen muss, Alan«, sagte der Priester ernst. »Bekennt Ihr Euch zum katholischen Glauben, und wollt Ihr die Beichte ablegen?«

Über die Lippen des Wundarztes huschte ein Lächeln. »Ja! Ihr habt Euch Sorgen gemacht, nicht wahr, dass ich zur Hölle gehen könnte.«

»Ihr müsst zugeben, meine Sorge war nicht ganz unberechtigt«, erwiderte Jeremy.

Alans Beichte nahm einige Zeit in Anspruch. Nachdem der Jesuit ihm die Absolution erteilt hatte, fragte er ihn, ob er das heilige Sakrament empfangen wolle.

»Wenn ich dessen würdig bin«, erklärte der Chirurg demütig. Er war dem Tod so nahe gewesen, dass er sich vornahm, sich zu bessern und in Zukunft ein weniger sündhaftes Leben zu führen.

Danach ließ der Priester ihn ruhen. Erst am Nachmittag kam Jeremy auf den Anschlag zu sprechen. Er berichtete, was er von Mistress Bloundel, Malory und anderen Augenzeugen über die Geschehnisse vor dem Unglück erfahren hatte, und bat seinen Freund, das Fehlende zu ergänzen. Dieser erzählte ihm von dem Unbekannten, der ihn durch den Nebel verfolgt und schließlich mit einem Messer auf ihn eingestochen hatte.

»Daher also die Wunde an Eurem Unterarm«, bemerkte Jeremy nachdenklich.

»Aber warum?«, stöhnte Alan. »Wer hasst mich so sehr, dass er mich töten will?« Seine Stimme zitterte, und seine Augen glänzten feucht. Er hatte die Angst und das Entsetzen noch nicht überwunden und erlebte erneut und mit der gleichen Heftigkeit die Gefühle jenes Abends. Jeremy legte ihm beruhigend die Hand auf die Schulter.

»Ihr irrt Euch, mein Freund. Der Täter hat Euch nicht umzubringen versucht, weil er Euch hasst. Dass er Euch dabei nicht in die Augen sehen konnte, beweist es. Ich vermute, er hält Euch einfach nur für gefährlich, weil Ihr etwas wisst oder gesehen habt, was ihn entlarven könnte.«

»Er hat alles so raffiniert geplant.«

»Allerdings. Aber wir werden ihn finden. Morgen werde ich mit Mistress Bloundel zu Sir Orlandos Haus fahren und sie der Dienerschaft gegenüberstellen. Währenddessen lasse ich Euch in der Obhut Lady St. Clairs zurück. Ich nehme an, dagegen habt Ihr nichts einzuwenden.«

Achtundzwanzigstes Kapitel

Am Vormittag fand sich die Apothekerfrau wie verabredet in der Chirurgenstube ein. Jeremy hatte es eilig, die Gegenüberstellung durchzuführen, doch Gwyneth bat ihn, sie vor ihrem Aufbruch noch zu Alan zu lassen. Schließlich gab er widerstrebend nach und begleitete sie nach oben.

Amoret saß am Bett des Wundarztes und versuchte, ihn aufzumuntern. Jeremy stellte sie der Apothekerfrau als eine alte Freundin vor, die sich bereit erklärt hatte, ihm während Alans Genesung zur Hand zu gehen. Dieser reagierte auf Gwyneths Besuch mit gemischten Gefühlen. Ihre Anteilnahme rührte ihn, doch zugleich verspürte er einen hartnäckigen Widerwillen, sie in seiner Nähe zu haben. Obwohl er wusste, dass sie, um das Verhältnis zu ihrem Gatten nicht völlig zu zerrütten, nicht anders hatte handeln können, verzieh er ihr nicht, dass sie ihn zurückgewiesen hatte, als er sie brauchte.

Bevor sich Gwyneth von Alan verabschiedete, schien sie einen Moment zu zögern, als wolle sie ihm noch etwas sagen. Nach einem unsicheren Blick auf Jeremy, der am Fuße des Bettes wartete, unterließ sie es jedoch und folgte ihm schließlich, ohne sich noch einmal umzudrehen.

In dicke Wollmäntel gehüllt, die Kapuzen über die Köpfe gezogen, wagten sie sich in die winterliche Kälte hinaus und machten sich auf den Weg zur Chancery Lane. Es hatte geschneit. Die gewöhnlich schlammigen Straßen waren hart gefroren, eine weiße puderige Schicht bedeckte den Schmutz.

Doch die Reinheit würde nicht von langer Dauer sein. Unzählige Hufe und Räder pflügten durch den Schnee und zertrampelten ihn zu grauem Matsch. Selbst die Schneehauben auf den Dächern verfärbten sich rasch unter dem Rauch der Kohlenfeuer und verloren ihr Leuchten.

Bei ihrem Eintreffen herrschte im Haus des Richters deutliche Aufregung. Malory öffnete ihnen die Tür und führte sie in das Studierzimmer. Der Kammerdiener wirkte verstört, und im Vorbeigehen sah Jeremy einige der anderen Dienstboten, in eine erregte Diskussion vertieft, beieinander stehen.

»Was ist passiert?«, fragte er verwundert.

»Seine Lordschaft wird es Euch erklären, Sir. Würdet Ihr bitte hier warten. Ihr auch, Madam.«

Wenig später erschien Sir Orlando und schloss sorgfältig die Tür hinter sich. Auch er war sichtlich betroffen. »Gut, dass Ihr da seid, Doktor«, sagte er. »Ich habe langsam das Gefühl, als habe in dieser Sache der Teufel die Hand im Spiel. Einer der Lakaien ist letzte Nacht gestorben.«

Über Jeremys Gesicht fiel ein Schatten. »Berichtet mir in allen Einzelheiten, was vorgefallen ist, Sir.«

»Johnson, der Laufbursche, der sich mit dem toten Walker eine Dachkammer teilte, wachte mitten in der Nacht auf, weil sich sein Schlafgenosse vor Schmerzen wand. Er weckte Malory, der wiederum mich aus dem Bett holte. Walker erbrach sich und klagte über unerträgliche Leibschmerzen. Ich wollte nach Euch schicken, Dr. Fauconer, doch der Mann war tot, noch bevor der Knecht das Pferd gesattelt hatte.«

»Hat er noch irgendetwas gesagt, bevor er starb?«, fragte Jeremy hoffnungsvoll.

»Seine Schmerzen waren so stark, dass er kaum sprechen konnte«, entgegnete Trelawney. »Er bat verzweifelt um einen Arzt, doch dann wurde ihm wohl klar, dass er im Sterben lag, und er flehte Gott um Vergebung an. Kurz vor seinem Tod murmelte er noch etwas wie: Der Wein ... es war der Wein! und schließlich einen Namen: Geoffrey oder Jeffrey.«

»Könnte es auch Jeffreys gewesen sein?«, erkundigte sich Jeremy.

»Nun ja, der arme Kerl sprach sehr undeutlich. Er war zu diesem Zeitpunkt schon halb bewusstlos. Ich dachte zuerst, es sei der Name eines Verwandten oder Freundes, von dem er sich verabschieden wollte. Leider starb er kurz darauf, ohne uns sagen zu können, wen er meinte. Aber ich glaube, ich weiß, an wen Ihr denkt. Wenn Ihr die Leiche jetzt sehen wollt, sie befindet sich noch in der Dachkammer«, fügte Trelawney hinzu.

Jeremy wandte sich an Gwyneth: »Kann ich Euch den Anblick zumuten, Madam?«

»Natürlich. Ich weiß doch, wie wichtig es für Euch ist.«

Der Richter geleitete seine Besucher persönlich nach oben. Die Dachstube war nur spärlich möbliert: ein Baldachinbett, jeweils eine Truhe für die Kleider, zwei Schemel, ein Krug und eine Schüssel aus Zinn zum Waschen, Nachtgeschirr und einige persönliche Gegenstände.

Die Bettvorhänge waren aus Achtung vor dem Toten zugezogen. Jeremy murmelte ein kurzes Gebet, bevor er sie öffnete. Dann entfernte er das Laken, das den Leichnam bedeckte. Ansonsten hatte man den Körper nicht verändert. Er trug noch immer das mit Erbrochenem beschmutzte Nachthemd. Die Gesichtszüge wirkten entstellt, die Finger und Zehen waren krampfartig verkrümmt.

»Mistress Bloundel, seht Euch den Mann an. Erkennt Ihr ihn wieder?«

Die Apothekerfrau trat ungerührt ans Bett und sah in das verwüstete Gesicht. »Es ist schwer zu sagen. Ich habe den Boten ja nur kurz gesehen. Aber ich denke, dass er es ist.«

»Betrachtet ihn genau. Seid Ihr sicher?«

»Je länger ich darüber nachdenke – ja, ich bin sicher.«

»Nun, ich hatte es vermutet«, seufzte Jeremy. »Mylord, es wäre ratsam, die Leiche zu sezieren.«

»Ich werde dem amtlichen Leichenbeschauer Anweisung geben und dafür sorgen, dass Ihr bei der Sektion anwesend sein könnt.«

»Danke, Mylord. Wie es scheint, starb er an einer Vergiftung. Aber ich möchte sichergehen.«

»Vielleicht Selbstmord? Aus Angst vor Entdeckung?«, schlug Sir Orlando vor.

»Wusste er denn von der geplanten Gegenüberstellung?«

»Es tut mir Leid, Doktor. Es ist sehr schwer, etwas vor Dienstboten geheim zu halten. Sie wussten nichts Genaues, aber es hatte sich wohl herumgesprochen, dass einer der Diener verdächtigt wurde und dass eine Untersuchung anstand.«

»Nun, das ist bedauerlich, lässt sich aber nicht mehr ändern«, kommentierte Jeremy. »Doch auch wenn er tatsächlich etwas so Schreckliches zu verbergen hatte, dass er meinte, mit den Folgen nicht leben zu können, so hätte er wohl kaum einen so schmerzhaften Tod gewählt. Es wäre doch ein Leichtes für ihn gewesen, sich eine Pistole zu besorgen und sich zu erschießen. Nein, wenn er selbst das Gift besaß, das ihn wahrscheinlich umbrachte, dann wusste er sicher auch, wie es wirkte, und dann hätte er es nicht bei sich selbst angewandt. Sofern die Leichenöffnung keine andere, natürliche Todesursache ergibt, würde ich sagen, der Mann wurde ermordet. Die Frage ist nun, warum.« Jeremy sah Trelawney scharf an. »Mylord, Ihr seid Euch hoffentlich im Klaren, dass auch Ihr das Opfer hättet sein können. Habt Ihr Euch genauestens an meine Ratschläge gehalten?«

»Aber ja, ich schwöre es Euch. Malory schläft nach wie vor

mit einer geladenen Pistole neben meinem Bett, und er hat einen leichten Schlaf. Alles, was ich zu mir nehme, stammt aus demselben Topf, Fass oder Korb, aus dem auch alle anderen Hausbewohner essen, und wird vor dem Verzehr mit dem Einhorn auf Gift geprüft. Malory beaufsichtigt die Köchin, wenn sie auf dem Markt einkaufen geht, einer der Laufburschen schläft vor der Vorratskammer, und wenn ich irgendwo eingeladen werde, schiebe ich stets einen nervösen Magen als Entschuldigung vor, um nichts essen zu müssen, obwohl es mir manchmal ziemlich schwer fällt. Außerdem gehe ich nie unbewaffnet und ohne Begleitung eines Dieners aus dem Haus. Ihr seht also, ich befolge Euren Rat, und das mit Erfolg. Der Mörder hat keine Chance, mich aus dem Hinterhalt zu erledigen. Nicht einmal einer meiner Dienstboten.«

Gwyneth hatte erstaunt der Aufzählung gelauscht und musterte Jeremy mit anerkennenden Blicken.

»Ihr habt wirklich an alles gedacht, Sir!«, stellte sie fest. »An diesen Vorkehrungen kommt niemand vorbei.«

»Leider war Walker nicht so vorsichtig. Es gibt zwei Möglichkeiten, wie er mit dem Gift in Berührung gekommen sein könnte. Entweder hier im Haus oder außerhalb. Mylord, mit Eurer Erlaubnis möchte ich nun die Bediensteten verhören«, bat Jeremy schließlich.

Da Gwyneths Anwesenheit nun nicht länger vonnöten war, wollte er sie nach Hause schicken, doch sie bestand darauf, zu bleiben. Sir Orlando ließ zuerst den Laufburschen holen, der mit dem Toten zusammengewohnt hatte. Johnson war kaum älter als zwanzig, ein stämmiger Bauernbursche mit strohgelbem Haar und himmelblauen Augen, die noch immer seine tiefe Erschütterung verrieten.

»Fühlst du dich in der Lage, ein paar Fragen zu beantworten, mein Junge?«, fragte Jeremy rücksichtsvoll.

»Ja, Sir.«

»Du hast mit Walker die Kammer geteilt?«

»Ja, Sir. Seit einem halben Jahr etwa.«

»Habt ihr auch zusammen gearbeitet?«

»Nicht immer, Sir. Ich habe die meiste Zeit Besorgungen erledigt.«

»Weißt du, ob Walker gestern irgendwann das Haus verlassen hat?«

»Ja, ich glaube, er war abends eine Zeit lang weg.«

»Weißt du, ob er einen Auftrag erledigte oder aus eigenem Antrieb das Haus verließ?«

»Ich bin nicht sicher. Seine Lordschaft war gestern Abend nicht im Haus, und so dachte ich, er nutzte die Gelegenheit, um sich davonzustehlen. Doch kurz bevor er ging, sah ich ihn mit Mistress Langham sprechen.«

»Aber du hast nicht gehört, was sie zu ihm sagte?«

»Nein, ich hatte eine Besorgung für die Köchin zu machen.«

»Wann kam Walker zurück?«

»Nach einer ganzen Weile. Er fragte mich, ob ihn jemand vermisst hätte.«

»Wie wirkte er?«, fragte Jeremy weiter.

»Ich hatte den Eindruck, als hätte er was auf der Seele. Aber er sagte nicht, was es war. In der Nacht begann er dann, zu stöhnen und zu jammern. Es war schrecklich.«

Jeremy trommelte nachdenklich mit den Fingerspitzen auf die Armlehne des Stuhls, auf dem er saß. »Hat Walker in den letzten Wochen von einer neuen Bekanntschaft erzählt, von jemandem, der ihn angesprochen hatte, in einer Schenke vielleicht?«

»Ich kann mich nicht erinnern. Er gab sich viel mit Frauen ab, aber er nannte nie Namen.«

»Hatte er Freunde?«

»Er kam vom Land wie ich, aus Kent. Da ist es nicht so leicht, außerhalb des Haushalts, in dem man arbeitet, Freunde zu finden.«

»Wie stand Walker zu Seiner Lordschaft? Hat er sich darüber geäußert?«

»Ich hatte immer das Gefühl, er war zufrieden hier«, antwortete Johnson mit einem unsicheren Seitenblick auf Richter Trelawney.

Jeremy bemerkte es und sagte beschwichtigend: »Niemand wird dir Vorwürfe machen, wenn du die Wahrheit sagst. Also, hat Walker jemals schlecht über Seine Lordschaft gesprochen?«

»Nun ja, er fragte mich einmal, ob ich Seine Lordschaft für einen guten und gottesfürchtigen Menschen halten würde. Ich antwortete ihm, dass ich bisher nichts Gegenteiliges gehört hatte. Da sagte er: Aber Seine Lordschaft ist Richter und entscheidet über Leben und Tod der Menschen, die ihm vorgeführt werden. Darauf ich: Ja, doch diejenigen, die gehängt werden, sind meistens Mörder und Straßenräuber, die es nicht besser verdienen.«

»Was hat er darauf geantwortet?«, fragte Jeremy gespannt.

»Er sagte: Aber was, wenn es einen Unschuldigen trifft, der gar kein Verbrechen begangen hat? Ich wurde die Sache allmählich leid, denn was verstehe ich schon von diesem juristischen Kram? Ich sagte zu ihm: Seine Lordschaft ist gütig und gerecht und würde sicher nicht leichtfertig oder aus Bosheit einen Unschuldigen an den Galgen bringen. Da wurde Walker sehr nachdenklich und stimmte mir zu.«

»Wann fand das Gespräch statt?«, erkundigte sich Jeremy.

»Vor einer Woche etwa.«

»Fällt dir sonst noch etwas ein, das Walker gesagt hat? Irgendetwas, das dir seltsam vorkam.«

»Vor ein paar Tagen, als er gerade von einer Besorgung zurückkehrte und wir alleine waren, sagte er plötzlich zu mir: Ich habe nicht gewusst, was für eine starke Leidenschaft das Verlangen nach Rache sein kann. Es ist erschreckend. Ich fragte ihn, was er meinte, doch er sagte, er könnte nicht darüber reden. Er erwähnte noch, dass ein Unrecht passiert war, aber dass Rache es nicht ungeschehen machen würde.«

»Er hatte sich also gegen das Böse und für das Gute entschieden, der arme Junge. Und das hat ihn das Leben gekostet«, bemerkte Jeremy betroffen. »Du kannst gehen, Johnson.«

»Was haltet Ihr davon?«, fragte Sir Orlando.

»Es ist offensichtlich. Walker kannte den Mörder und sein Motiv.«

»Aber wie?«

»Ganz einfach. Der Mörder vertraute sich ihm an«, erklärte Jeremy. »Er brauchte seine Hilfe, um an Euch heranzukommen, denn er hatte begriffen, dass Ihr Euch außerhalb Eures Hauses keine Blöße mehr geben würdet. Also wählte er einen Eurer Diener und versuchte, ihn zu überreden, ihm zu helfen. Ich weiß nicht, was er ihm anbot, aber es kann keine große Summe Geld gewesen sein, sonst wäre es nicht nötig gewesen, sein Motiv aufzudecken. Da er den Diener nicht bestechen konnte, beschuldigte er Euch, Mylord, ein Unrecht begangen zu haben, das gerächt werden müsse. Diese Anschuldigung muss so überzeugend gewesen sein, dass sie Walker in eine regelrechte Gewissenskrise stürzte. Doch am Ende entschied er sich, an Eure Güte und Euren Gerechtigkeitssinn zu glauben. Vermutlich hatte der Mörder ihn gebeten, Euch Gift ins Essen zu mischen. Als er am Abend vor seinem Tod ablehnte, vergiftete ihn der Mörder, um sein Geheimnis zu wahren. Wäre Walker zu Euch gekommen und hätte er Euch alles erzählt, dann wüssten wir jetzt, wer es ist.«

Sir Orlando war blass geworden. »Der Kerl schreckt wahrlich vor nichts zurück.«

»Ja, er ist äußerst gefährlich«, pflichtete Jeremy ihm bei. »Ich möchte nun mit den anderen Dienstboten sprechen – und mit Eurer Nichte.«

Trelawney widersprach ihm nicht. Er verfolgte schweigend die Befragung der Bediensteten, die jedoch nichts Neues ergab. Schließlich schickte er Malory los, um Esther zu holen.

»Da fällt mir ein, dass Ihr noch nichts von Mary Peckhams Verlobung wisst«, erinnerte sich der Richter plötzlich. »Ihre Mutter hat entdeckt, dass sie sich heimlich mit einem mittellosen Studenten traf, und ihr verboten, ihn je wiederzusehen. Dann handelte sie die Verlobung mit dem Sohn eines angesehenen Anwalts aus. Die Trauung wird im März stattfinden, eine Woche nach Esthers Hochzeit mit Mr. Holland.«

»Hm, wie hat Mary die Entscheidung aufgenommen?«, fragte Jeremy mit einer Spur Mitleid.

»Sie scheint nicht besonders glücklich, denn offenbar war sie sehr in den jungen Jeffreys vernarrt. Aber Mr. Fenners Sohn ist eine gute Partie. Sie hätte es nicht besser treffen können.«

Jeremy zweifelte daran, dass Mary zu derselben Einsicht kommen würde. Die Gefühle des Studenten waren dagegen viel schwerer einzuschätzen. War George Jeffreys in das Mädchen verliebt, oder sollte ihn die Verbindung auf der Leiter des Erfolgs nur eine Sprosse höher bringen?

Malory kehrte mit ratlosem Gesicht zurück. »Ich kann Mistress Langham nicht finden. Als Ihr kamt, Dr. Fauconer, war sie noch da, doch nun ist sie verschwunden.«

»Dann hat sie unser Gespräch mit angehört«, konstatierte Jeremy. »Malory, du musst sofort etwas erledigen.« Unter Sir Orlandos und Gwyneths verständnislosen Blicken nannte er dem Kammerdiener ein Haus im Temple. »Beeil dich. Mistress

Langham hat einen Vorsprung, und sie wird sich nicht lange dort aufhalten. Sieh unauffällig nach, ob sie da ist. Wenn ja, warte, bis sie wieder geht, und bring den jungen Mann dann hierher.«

»Und wenn er Widerstand leistet?«

»Das wird er nicht tun, weil er sich dadurch verdächtig machen würde. Führ ihn in das Studierzimmer und bleib bei ihm, bis wir zu euch kommen.«

»Ja, Sir.«

An den Richter gewandt, erklärte Jeremy: »Ich möchte als Erstes mit Eurer Nichte sprechen, wenn sie zurückkehrt.«

Sie warteten. Wieder versuchte der Priester, die Apothekerfrau nach Hause zu schicken, doch sie war inzwischen so gespannt auf die weitere Entwicklung, dass sie bat, noch bleiben zu dürfen.

Als Esthers Stimme in der Eingangshalle zu hören war, empfing Trelawney sie auf der Treppe und führte sie in den Empfangsraum im ersten Stock.

»Ich würde Euch gerne ein paar Fragen stellen, Madam«, bat Jeremy höflich.

»Mit Euch rede ich nicht«, erwiderte die junge Frau abweisend.

»Du wirst ihm antworten, Esther«, befahl Sir Orlando.

»Nein! Er hat sein Wort gebrochen. Er hat Marys Mutter gesagt, dass sie sich heimlich mit Mr. Jeffreys traf, obwohl er ihr versprach, es keinem zu verraten.«

»Das ist nicht wahr, Madam«, gab Jeremy zurück. »Von mir hat niemand etwas erfahren.«

Wütend wandte sich Esther daraufhin an ihren Onkel: »Dann wart Ihr es. Ihr seid schuld, dass Mary in eine unglückliche Ehe getrieben wird.«

»Ich versichere dir, dass ich Mr. Jeffreys' Namen Marys Mutter gegenüber nie erwähnt habe. Sie wird es selbst herausgefunden haben, vielleicht mit Hilfe eines Dienstboten.«

Esther verstummte und senkte zerknirscht den Kopf. Ihr Verstand sagte ihr, dass ihre Anschuldigungen unzutreffend waren, doch ihr Herz brauchte länger, um sich von der sinnlosen Wut zu befreien, die es beherrschte.

»Madam, wir haben Euch gesucht«, nahm Jeremy das Gespräch wieder auf. »Wo wart Ihr?«

»Das geht Euch nichts an!«

»Esther, wenn du weiterhin so verstockt bist, werde ich dir eine Tracht Prügel verabreichen«, wetterte Trelawney, doch der Jesuit machte eine beschwichtigende Handbewegung.

»Schon gut. Eine andere Frage. Habt Ihr Walker gestern eine Besorgung aufgetragen? Man sah Euch am Abend mit ihm sprechen.«

»Nein, ich habe ihn nur zurechtgewiesen, weil er mit schmutzigen Schuhen durch die Halle ging. Er war ein ungeschickter Bauerntölpel.«

»Aber ein anständiger Bursche. Und deshalb ist er jetzt tot. Ihr solltet ihm wenigstens ein bisschen Achtung entgegenbringen.« Jeremy überlegte kurz, dann fragte er: »Habt Ihr Walker zu irgendeiner Zeit Wein zu trinken gegeben?«

»Sehe ich aus wie eine Dienstmagd?«, entgegnete Esther abfällig. »Aus welchem Grund sollte ich einem Lakaien Wein bringen?«

»Vergebt mir. Wie konnte ich nur eine so törichte Frage stellen. Ihr könnt gehen.« Jeremy winkte sie hinaus, ohne sie anzusehen, wie eine Bedienstete, die nicht mehr gebraucht wurde.

»Ich denke, inzwischen dürfte Malory mit dem jungen Jeffreys zurück sein«, verkündete er, als Esther den Raum verlassen hatte. »Gehen wir hinunter.«

Der Richter und die Apothekerfrau folgten Jeremy wie zwei

gut dressierte Hunde. Trelawney war wie stets fasziniert von dessen klarem, logischem Denken, und Gwyneth verspürte fast so etwas wie Ehrfurcht, wenn nicht gar Furcht vor seinem Jagdinstinkt.

Malory hatte dem Studenten Rheinwein eingeschenkt und das Feuer im Kamin geschürt, doch trotz dieser Gesten der Gastfreundschaft fühlte sich George Jeffreys nicht besonders wohl in seiner Haut.

Als er Jeremy vor dem Richter die Studierstube betreten sah, rief er mit einem spöttischen Lächeln: »Ah, ich hätte mir denken können, dass Ihr dahinter steckt, Dr. Fauconer. Was ist geschehen, dass Ihr mich so eilig herbestellt?«

»Ich bin überzeugt, dass Ihr genauestens im Bilde seid, Mr. Jeffreys. Mistress Langham hat Euch doch sicher alles erzählt.«

Der Student musterte prüfend die Gesichter der beiden Männer, die ihn herausfordernd ansahen, und versuchte einzuschätzen, wie viel sie wussten.

»Aus welchem Grund suchte Mistress Langham Euch auf?«, fragte Jeremy.

Einen Moment lang zögerte George Jeffreys noch, dann gab er sich geschlagen. »Also gut, ich sage Euch die Wahrheit. Sie kam zu mir, um mir vom Tod eines Lakaien zu berichten, der offenbar in der Nacht vergiftet worden war. Bevor er starb, nannte er meinen Namen. Esther wollte mich warnen, dass man mich wahrscheinlich wegen des Mordes befragen würde.«

»Aber weshalb sollte ihr etwas daran liegen, Euch zu warnen?«

»Eine Weile hat sie einer Freundin und mir geholfen, uns heimlich zu treffen.«

»Mary Peckham.«

»Ja. Ihr wisst wie immer gut Bescheid. Doch vor einigen Tagen kam alles heraus, und man hat uns verboten, einander wiederzusehen. Ich denke, Esther versuchte, mich um Marys willen vorzuwarnen.«

»Hatte sie denn Grund zu glauben, dass Ihr etwas mit dem Tod des Dieners zu tun haben könntet?«, bohrte Jeremy weiter.

»Nein. Ich weiß nicht, warum sie dachte, der Lakai habe mich gemeint. Aber Ihr kennt ja die Frauen. Sie handeln, ohne nachzudenken. Wahrscheinlich sagte der arme Kerl nur etwas, das wie mein Name klang. Sie hörte es und lief gleich los, um es mir zu erzählen. Doch ich schwöre Euch, dass ich diesen Walker nicht kannte und nichts mit seinem Tod zu tun habe.«

»Nun, warum solltet Ihr auch?«, bemerkte Jeremy mit einem spöttischen Unterton. »Trotzdem möchte ich Euch bitten, uns zu sagen, wo Ihr gestern Abend wart.«

George Jeffreys betrachtete ihn abschätzend, bevor er gelassen antwortete: »Ich war mit einigen anderen Studenten in einer Schenke, so wie fast jeden Abend. Ich kann Euch ihre Namen nennen. Sie werden bestätigen, dass ich dort war. Wir haben gewürfelt, Karten gespielt, etwas gegessen ...«

»Und Wein getrunken?«

»Ich ziehe Bier vor, wie Ihr wisst«, erwiderte Jeffreys lächelnd.

»Was ist mit dem Abend vor Sankt Luzia?«

»Auch da war ich mit meinen Freunden in einer Bierschenke und habe sie beim Würfeln um einige Shilling erleichtert. Ich habe nämlich meistens Glück im Spiel.«

»Zumindest seid Ihr davon überzeugt«, entgegnete Jeremy.

»Macht eine Liste der Personen, die bezeugen können, wo Ihr an den beiden Abenden wart«, schaltete sich Richter Trelawney ein.

Der Student nickte. »Wenn Ihr mir Tinte und Feder zur Verfügung stellt, kann ich es gleich jetzt tun.«

Als Jeffreys die Liste erstellt hatte, wandte sich Sir Orlando an Jeremy. »Habt Ihr noch Fragen an ihn?«

»Nein. Lasst ihn gehen.«

Der Richter zögerte, dann gab er seinem Kammerdiener ein Zeichen. George Jeffreys verabschiedete sich höflich und sichtlich erleichtert.

»Glaubt Ihr, dass er etwas mit Walkers Tod zu tun hat?«, fragte Trelawney.

»Ich weiß nicht«, erwiderte Jeremy nachdenklich. »Es könnte ein Zufall sein. Jeffreys ist ein häufiger Name, und wir wissen nicht einmal, ob Walker einen Taufnamen oder einen Familiennamen meinte.«

»Auf jeden Fall war es klug von ihm, uns gleich mehrere Zeugen zu nennen. Sicher gehen sie oft mit ihm trinken und werden behaupten, dass sie dies auch an den bezeichneten Abenden taten, wenn er es ihnen geschickt einredet. Und doch halte ich Aussagen, die sich auf einen Zeitraum beziehen, in dem die Zeugen betrunken waren, für ziemlich unzuverlässig. Das Problem ist, sie zu widerlegen.«

»Überprüft seine Familie. Findet heraus, ob es eine Verbindung zu den Königsmördern gibt«, schlug Jeremy schließlich vor.

»Das werde ich tun. Ich gebe Euch Bescheid, wenn ich Ergebnisse habe.«

Neunundzwanzigstes Kapitel

Trotz Jeremys sorgfältiger Pflege verzögerte ein Fieber Alans Genesung. Als Patient war der Wundarzt unerträglich. Es fiel ihm schwer, untätig im Bett zu liegen, obwohl er sich elend fühlte und sich ohnehin kaum auf den Beinen hätte halten können. Doch der Jesuit blieb unerbittlich. Er befürchtete, Alan könne einen Rückfall erleiden, falls er zu früh aufstände, und verordnete seinem Patienten absolute Ruhe. Dieser gehorchte schließlich nur, weil er sich dank Lady St. Clairs Großzügigkeit keine Sorgen um sein Auskommen zu machen brauchte.

Gwyneth hatte ihn nur noch ein Mal besucht. In dem Verlangen, seinen guten Vorsätzen treu zu bleiben – wenigstens für eine Weile –, bat Alan Jeremy, ihn nicht mit ihr allein zu lassen, und so wurde es nur eine recht unpersönliche Unterhaltung, an deren Ende die Apothekerfrau ihm alles Gute wünschte. Alan war erleichtert, als sie wieder ging. Er schämte sich ein wenig für sein abweisendes Verhalten, hatte aber zugleich das Gefühl, als könne er nicht anders. Es war besser, die missliche Liebschaft schnellstens zu vergessen.

Amorets mehrtägige Abwesenheit vom Hof war nicht unbemerkt geblieben. Zum ersten Mal seit Monaten zeigte der König eine gewisse Verstimmung, weil er sich von seiner Mätresse vernachlässigt fühlte, so dass sie ihm den Grund für ihr Verschwinden erklären musste. Amorets Schwangerschaft ließ sich inzwischen nicht mehr verbergen, und da sie Jeremy versprochen hatte, sich nicht mehr so eng zu schnüren, bat sie Charles, sich noch vor Weihnachten vom Hof zurückziehen zu dürfen. Wie viele Adelige unterhielt sie ein Stadthaus am Strand, einer Verbindungsstraße zwischen Westminster und dem Londoner Stadtkern. Ein wenig enttäuscht stimmte er zu. Er sah ein, dass es angesichts des zunehmenden boshaften Geredes über den königlichen Bastard das Klügste war.

Amoret bedauerte es sehr, dass sie fortan auf ihre Besuche in der Paternoster Row verzichten musste. Stattdessen kam Jeremy regelmäßig bei ihr vorbei, um nach ihr zu sehen. Alan, der wusste, wie sehr der Priester sich um Lady St. Clair sorgte, schlug schließlich vor, jemanden zu ihr zu schicken, der über sie wachen und ihn im Notfall unverzüglich benachrichtigen solle. Niemand sei dafür besser geeignet als Breandán, fügte der Wundarzt unschuldig hinzu. Außerdem könnten auf diese Weise die Streitereien zwischen dem Iren und dem Gesellen vermieden werden, die immer wieder aufflammten. Jeremy widersprach nicht, obwohl er Alans Hintergedanken durchschaute. Zu seiner Beunruhigung war ihm bisher keine Lösung des Problems eingefallen. Amoret und Breandán hingen so sehr aneinander, dass es grausam gewesen wäre, eine Trennung zu erzwingen. Doch es bestand keine Hoffnung für sie, jemals heiraten zu können. Der König würde einer derart unstandesgemäßen Verbindung nie zustimmen. Und so schob Jeremy die Angelegenheit unschlüssig vor sich her, in der Hoffnung, dass sie sich früher oder später von selbst erledigen würde. Fortan machte sich Breandán also jeden Nachmittag auf den Weg zu Lady St. Clairs Stadthaus, verbrachte dort die Nacht und kehrte morgens wieder zurück, denn tagsüber wurde seine Hilfe in der Chirurgenstube gebraucht.

Eines Morgens, als Breandán gerade damit beschäftigt war, ein Regal zu reparieren, betrat ein blonder Mann mit kirschrotem Mondgesicht und wippendem Schmerbauch die Offizin und rief ihm in jovialem Ton zu: »He, Bursche, ist Dr. Fauconer im Haus?«

Der unverkennbare irische Akzent des Besuchers ließ Breandán augenblicklich aufschauen. Ein erfreutes Lächeln breitete sich über sein Gesicht. »Dia duit, a chara«, begrüßte er ihn auf Gälisch.

»Dia's Muire duit. Ich nehme an, Ihr seid der junge Ire, dem Fauconer Lesen und Schreiben beigebracht hat. Ich bin Pater Ó Murchú. Ich kümmere mich um die Katholiken in St. Giles-in-the-Fields.«

»Ich weiß. Es ist schön, einen Landsmann zu treffen, Pater. Kommt mit, ich bringe Euch nach oben.«

Wie ein Blasebalg schnaufend, kletterte Ó Murchú hinter Breandán die Treppe in den zweiten Stock hinauf. »Ich denke, bevor ich gehe, könnte ich einen kleinen Aderlass vertragen«, bemerkte er mit einer Grimasse.

Jeremy war über den unerwarteten Besuch ebenso erfreut wie Breandán, der sich taktvoll zurückzog und sie allein ließ.

»Pádraig, was führt Euch her?«

»Nun, ich wollte sehen, wie es Euch geht. Bei unserem letzten Gespräch hatte ich nicht das Gefühl, als wenn Ihr wieder mit Euch im Reinen wärt.«

»Das ist richtig«, gestand Jeremy. »Ich fühle mich nach wie vor hin und her gerissen zwischen meiner Berufung zum Priester und dem Verlangen, als Arzt tätig zu sein.«

»Zweifelt Ihr an Eurer Berufung?«

»Nein, meine seelsorgerische Arbeit erfüllt mich. Aber wenn ich körperliches Leiden sehe, dann möchte ich es erleichtern.«

»Auch wenn Ihr dabei die Seele vernachlässigt?«, fragte Ó Murchú. »Wie hättet Ihr gehandelt, wenn kein Zweifel daran bestanden hätte, dass Meister Ridgeway im Sterben lag und Eure chirurgischen Bemühungen sinnlos gewesen wären? Wem hättet Ihr dann den Vorzug gegeben, dem Arzt oder dem Priester?«

»Dem Priester. In diesem Fall wäre es mir in erster Linie darum gegangen, seine Seele zu retten.«

»Also bestand Eure Sünde einzig in Eurer Überzeugung, das Leben des Verletzten bewahren zu können«, stellte der irische Jesuit fest.

»Sie bestand in meinem Hochmut, in meinem Stolz als Arzt. Ich hätte mich auch irren können«, berichtigte Jeremy.

»Aber Ihr habt Euch nicht geirrt. Ihr seid ein begnadeter Arzt, und Ihr habt ein Gespür dafür, ob ein Mensch die Aussicht hat, zu überleben oder nicht. Deswegen seid Ihr kein schlechter Priester. Ich bin der festen Überzeugung, dass Ihr Eure Entscheidung nicht leichtfertig gefällt habt und dass Ihr auch das nächste Mal richtig handeln werdet.«

Jeremy hatte etwas Wein eingeschenkt und bot seinem Gast einen Becher an.

»Danke«, sagte Ó Murchú, »das ist wesentlich besser als das chinesische Gesöff, das Ihr so gerne trinkt. Aber nichts für ungut, jeder hat so seine Vorlieben.« Er wechselte das Thema. »Was meint Ihr, wie lange wird der Krieg mit den Holländern wohl dauern?«

Ende Februar war der bereits Jahre währende Streit mit dem Handelsrivalen in eine offene Auseinandersetzung umgeschlagen. Die Vorbereitungen für die Ausrüstung der Flotte waren fast abgeschlossen.

»Ich weiß nicht«, meinte Jeremy besorgt. »Die Holländer haben es leichter, die nötigen Gelder für einen Seekrieg aufzubringen. Ich fürchte, er wird sich lange hinziehen.«

Pater Ó Murchú stellte den Zinnbecher ab, nachdem er ihn in einem Schluck geleert hatte, und faltete die Hände. »Ich muss gestehen, dass ich nicht allein aus Sorge um Euren Gemütszustand herkam. Mein Besuch gilt weniger dem Ordensbruder als dem Arzt. Eine meiner Schutzbefohlenen ist an einem schweren Fieber erkrankt. Ich habe die Befürchtung ... aber Ihr solltet Euch lieber selbst eine Meinung bilden.«

»Ich verstehe. Geht es ihr sehr schlecht?«

Ó Murchú nickte ernst.

»Dann komme ich besser gleich mit.«

Jeremy packte einige Arzneimittel ein, die er vielleicht brauchen würde, und verließ dann mit seinem Ordensbruder das Haus, nachdem er Alan Bescheid gegeben hatte. Der starke Andrang, der wie stets am Ludgate herrschte, hielt sie als Fußgänger nicht lange auf. Sie folgten der Fleet Street, an deren Ende sie ein weiteres Tor, das Temple Bar, durchqueren mussten, das die westliche Grenze der Stadt London markierte. Dann ging es die Wich Street und die vornehme Drury Lane entlang, zu deren Linken sich die Felder erstreckten, die dem Pfarrsprengel St. Giles-in-the-Fields seinen Namen gegeben hatten. Es war eine arme Gegend mit heruntergekommenen, halb verfallenen Holzhäusern, in denen sich die Menschen auf engstem Raum zusammendrängten, und schmalen verwinkelten Gassen, in die kaum ein Sonnenstrahl drang.

Auf den ungepflasterten Gassen versank man bis zu den Knöcheln in Morast und Abfall, in dem die herumlaufenden Schweine nach Futter wühlten. Ihr Quieken mischte sich mit dem Bellen der unzähligen streunenden Hunde und den Rufen der Straßenhändler, die ihre Waren anpriesen. Hier war der Rauch, der alles mit Ruß bedeckte, noch dichter als in den anderen Teilen der Stadt, denn unterhalb des Straßenniveaus brannten die Öfen der Kalkbrenner, Färber, Salz- und Seifensieder, und der Qualm gelangte in schwefligen Wolken durch Abzugslöcher an die Oberfläche.

Vor einem windschiefen Eckhaus, dessen Außenwand man

mit ein paar Balken abgestützt hatte, um zu verhindern, dass sie zusammenbrach, blieb Ó Murchú stehen und klopfte an die grob gezimmerte Tür. Diese wurde kurz darauf wie von unsichtbarer Hand geöffnet. Erst beim Eintreten gewahrte Jeremy ein kleines Mädchen, dessen mageres Gesicht von einer schmutzigen Leinenhaube umrahmt wurde. Das Kind sah die Ankömmlinge mit großen ernsten Augen an, sagte aber kein Wort.

»Ich habe einen Freund mitgebracht, der sich deine Mutter ansehen wird, Marie«, erklärte der irische Pater.

Das Mädchen führte sie in die einzige Wohnstube, in der eine ganze Familie lebte. Jeremy zählte fünf Kinder, zwei erwachsene Männer und eine Greisin. Im Kamin brannte ein kümmerliches Feuer, das weder Licht noch Wärme spendete. Das Flechtwerk der Wände war so morsch und durchlöchert, dass die Kälte überall eindringen konnte. Fensterscheiben gab es nicht, man hatte die Öffnungen mit fadenscheinigen Tüchern verhängt.

Jeremy folgte seinem Ordensbruder in eine dunkle Ecke der Wohnstube, aus der ihm ein abstoßender Gestank entgegenschlug. Auf einem einfachen Bettgestell mit einem Strohsack als Matratze lag in einem Durcheinander aus schmutzigen Decken die kranke Frau.

»Es begann mit Kopfschmerzen, Schwindel und Übelkeit«, begann Ó Murchú aufzuzählen. »Bald erbrach sie sich heftig und hatte übel riechenden Durchfall. Dazu kam ein steigendes Fieber.«

Jeremy nickte nur und beugte sich über die Kranke, dabei unwillkürlich den Atem anhaltend. Sie rollte stöhnend den Kopf hin und her, als leide sie Schmerzen. Zwischen den halb geöffneten, rissigen Lippen wurde die von einer dunklen Kruste überzogene Zunge sichtbar. Mundwinkel und Nasenlöcher waren von einem schwärzlichen Schleim und getrocknetem Blut bedeckt.

Obwohl Jeremy schon viele Kranke behandelt hatte, kostete es ihn Überwindung, die Bettdecke zurückzuziehen. Der Verdacht, der in ihm keimte, war zu erschreckend. In ihren Fieberdelirien hatte die Frau das gelblich verfärbte Leinenhemd, das sie trug, fast gänzlich abgestreift, so dass ihr schweißfeuchter Oberkörper sichtbar wurde. Auf der bleichen Haut zeigten sich purpurne Pusteln, die wie Brandbläschen wirkten, und schwarzviolette Blutergüsse, als sei die Unglückliche geprügelt worden.

Jeremy nahm ihre Hand und fühlte den Puls, der schwach und unregelmäßig war. Schließlich hob er ihren Arm ein wenig an, um die Schwellung unter der Achsel genauer zu betrachten. Sie hatte die Größe eines Hühnereis. Jeremy spürte, wie Kälte seine Glieder befiel und in seinen Magen wanderte.

»Ist meine Befürchtung zutreffend?«, fragte Ó Murchú ungeduldig, als Jeremy stumm blieb. Dieser schloss für einen Moment die Augen, als versuche er, einen schrecklichen Albtraum zu verscheuchen. »Ja«, antwortete er düster, »da gibt es keinen Zweifel. Es ist die Pest.«

Obgleich er es geahnt hatte, zuckte Ó Murchú unwillkürlich zusammen. Die Pest, die schrecklichste aller Krankheiten, die Geißel Gottes …!

»Könnt Ihr noch irgendetwas für sie tun?«, fragte er mit einer Stimme, die auf einmal heiser und belegt klang.

»Nein, gegen die Pest gibt es kein Heilmittel.«

Ó Murchú wandte sich ab, um den anderen Familienmitgliedern, die wie gelähmt im Hintergrund warteten, die Nachricht zu überbringen. Sie kam einem Todesurteil gleich. Kurz darauf hörte Jeremy, der am Krankenlager stehen geblieben war, ein verzweifeltes Klagegeheul und bekreuzigte sich mehrmals.

Ó Murchú versuchte, die Familie zu beruhigen, doch es dauerte eine Weile, bis das laute Wehklagen zu einem erstickten Jammern abgeebbt war.

»Ist das der erste Fall in St. Giles?«, fragte Jeremy, in dem Bemühen, die Möglichkeit einer Ausbreitung abzuschätzen.

»Soviel ich weiß, ja«, erwiderte der Ire. »Aber im Dezember soll es in Long Acre, also nicht weit von hier, zwei Pestfälle gegeben haben.«

»Dann bleibt uns nur zu hoffen, dass keine weiteren auftreten werden.«

»Aber Ihr befürchtet es, nicht wahr?«

»Die letzte Heimsuchung Londons durch die Pest war im Jahre 1636. Die Erfahrung hat gezeigt, dass sie gewöhnlich alle zwanzig bis dreißig Jahre wiederkehrt. Und wie Ihr wisst, hat die Seuche vor zwei Jahren in Holland gewütet, und davor in Italien und der Levante.«

Ó Murchú bekreuzigte sich erschrocken. »Was können wir tun?«

»Nichts, Pádraig, nichts außer beten«, sagte Jeremy schicksalsergeben.

Sein Ordensbruder blieb bei der Kranken zurück, um ihr die Sterbesakramente zu erteilen. Jeremy verabschiedete sich von ihm und machte sich auf den Heimweg. In der Paternoster Row angekommen, sprach er mit niemandem. Nachdem er sich ausgiebig gewaschen hatte, zog er sich in seine Kammer zurück und vertiefte sich in düsterer Stimmung in seine medizinischen Bücher.

Dreißigstes Kapitel

An Philippus und Jacobus erschien Malory abends in der Chirurgenstube und fragte atemringend nach Dr. Fauconer.

»Seine Lordschaft schickt mich. Er bittet Euch, sofort zum ›Serjeants' Inn‹ zu kommen. Lord Chief Justice Hyde ist tot!«

Jeremy folgte dem Kammerdiener ohne Zögern. Eine bereitstehende Mietskutsche brachte sie schnell zum »Serjeants' Inn«, wo jeder Richter eigene Gemächer unterhielt. Sir Orlando erwartete sie in Sir Robert Hydes Studierstube.

»Danke, dass Ihr so schnell gekommen seid«, rief er erleichtert. »Die Angelegenheit gerät völlig außer Kontrolle.«

Jeremy sah ihn ruhig an, in der Hoffnung, dass wenigstens ein Teil seiner Besonnenheit auf den aufgeregten Richter abfärben möge. »Wo ist er?«

»Sein Kammerdiener hat ihn nebenan ins Bett gelegt.« Sir Orlando deutete auf die offen stehende Verbindungstür, durch die ein Baldachinbett zu sehen war. Die dunkelroten Vorhänge waren zugezogen. Daneben saß regungslos auf einem Hocker ein junger Mann mit blassem Gesicht – vermutlich der Kammerdiener.

Jeremy öffnete die Bettvorhänge und begann, den Leichnam des Lord Chief Justice zu begutachten. Als er weder äußere Wunden noch offenkundige Anzeichen einer Vergiftung fand, wiederholte er die Untersuchung noch einmal sorgfältig und richtete sich dann mit unbefriedigter Miene auf.

»Schwer zu sagen. Ich würde eine natürliche Todesursache nicht ausschließen. Unter welchen Umständen starb er?«

Trelawney wandte sich an den jungen Mann, der unbehaglich auf seinem Hocker hin und her rutschte. »Powell, berichte Dr. Fauconer, was du mir erzählt hast.«

Der Kammerdiener sah von einem zum anderen und begann dann mit betroffener Stimme: »Seine Lordschaft hatte den ganzen Tag zu Gericht gesessen. Nach dem Abendessen zog er sich in seine Schreibstube zurück, um noch ein paar Akten durchzusehen, ließ aber die Tür offen, so dass er mich rufen konnte, wenn er mich brauchte. Nach einer Weile hörte ich plötzlich ein ersticktes, schmerzvolles Stöhnen und einen schweren Fall. Ich eilte sofort zu ihm. Er lag bewusstlos am Boden. Da ich ihn allein nicht hochheben konnte, holte ich Richter Trelawneys Kammerdiener zu Hilfe. Gemeinsam schafften wir ihn dann ins Bett. Malory informierte Seine Lordschaft, der nach einem Arzt schickte. Doch Sir Robert starb, bevor der Doktor eintraf.«

»Klagte er über Schmerzen, bevor er sich in sein Arbeitszimmer zurückzog?«, fragte Jeremy.

»Sir Robert bat mich, ihm Wein zu bringen. Dabei erwähnte er, dass er Kopfschmerzen und Ohrensausen habe und dass seine Hände sich taub anfühlten.«

»Wie viel Zeit verging, bis er zusammenbrach?«

»Nicht viel. Ich hatte ihm gerade den Wein gebracht.«

»Vielleicht war der Wein vergiftet«, mischte sich Sir Orlando ein.

Powell sah ihn erschrocken an. »Das ist unmöglich, Sir. Ich hatte die Karaffe gerade frisch gefüllt, und sie war keinen Augenblick unbeaufsichtigt. Niemand hätte den Wein vergiften können.«

»Außer dir!«, gab Trelawney herausfordernd zurück. Der

Verrat seines Laufburschen hatte ihn Dienstboten gegenüber misstrauisch gemacht. Auch wenn Walker sich im letzten Moment eines Besseren besonnen hatte, war doch klar geworden, wie gefährlich es sein konnte, einem Diener zu vertrauen.

»Ich schwöre Euch, Mylord, der Wein war nicht vergiftet!«, protestierte Powell.

»Wo befindet sich die Karaffe?«, erkundigte sich Jeremy schließlich, um die fruchtlose Diskussion zu beenden.

»Sie steht noch immer auf dem Tisch in der Schreibstube.«

Gefolgt von Trelawney, verließ Jeremy die Schlafkammer und sah sich in der Studierstube um. Auf dem Tisch aus dunklem Walnussholz, den Sir Robert Hyde zum Arbeiten benutzt hatte, standen eine Weinkaraffe und ein Becher aus Zinn. Beide Gefäße waren fast voll. Der Lord Chief Justice konnte vor seinem Zusammenbruch also nicht viel getrunken haben. Jeremy schüttete den Inhalt des Bechers vorsichtig in die Karaffe und begutachtete den Boden. Doch es war kein verdächtiger Satz zurückgeblieben.

»Ich werde Euch beweisen, dass der Wein in Ordnung ist«, sagte Powell, als er sich zu ihnen gesellt hatte. Ungerührt nahm er die Karaffe und füllte den Becher wieder mit Wein. Sir Orlando und Jeremy beobachteten überrascht, wie der Kammerdiener das Gefäß an die Lippen hob und es mit mehreren Schlucken leerte.

»Glaubt Ihr mir jetzt, Mylord?«, fragte er. In seiner Stimme schwang eine Spur von Arroganz.

Jeremy lächelte. »Ich denke, er sagt die Wahrheit. Nun zurück zu dem Moment, als Sir Robert zusammenbrach. Beschreib mir genau, wie er aussah. Wie war seine Gesichtsfarbe, wie atmete er, wie wirkten seine Züge?«

Powell dachte sorgfältig nach, bevor er antwortete. »Seine Atemzüge kamen röchelnd und mühsam, sein Gesicht war blaurot, seine Züge waren auf einer Seite verzerrt, auf der anderen schlaff, wie gelähmt. Seine Wange schlotterte, und das Augenlid hing herab, der Mund war schief nach abwärts gezogen.«

»Wie fühlte sich sein Körper an, als du und Malory Seine Lordschaft zu Bett brachten?«

»Seltsam. Sein rechter Arm und sein rechtes Bein waren völlig kraftlos, als habe er keine Gewalt mehr über sie.«

Trelawney warf Jeremy einen verblüfften Blick zu. »Das klingt tatsächlich nicht nach einer Vergiftung, was meint Ihr, Doktor?«

»Nein. Die offensichtliche Hemiplegie seines Körpers deutet eher auf einen Schlagfluss hin.«

»Aber das ist nur eine Vermutung, die sich nicht überprüfen lässt.«

»O doch, Mylord«, widersprach Jeremy unbeirrt. »Ihr braucht nur dem Leichenbeschauer Anweisung zu geben, den Toten zu sezieren. Bei der Öffnung des Schädels wird er vermutlich eine Blutung in der linken Gehirnhälfte feststellen.«

Trelawney sah sein Gegenüber verständnislos an. »Das müsst Ihr mir erklären, Doktor. Wie könnt Ihr wissen, ob Sir Robert eine Hirnblutung hatte? Ihr wisst, ich verstehe nicht viel von Medizin, aber immerhin ist mir doch bekannt, dass der Auslöser des Schlagflusses eine Verstopfung der Hirnkammern durch zähflüssigen Schleim ist.«

»So dachte man früher, Mylord«, belehrte Jeremy den Richter. »Vor wenigen Jahren hat jedoch der Schaffhauser Stadtarzt Johann Jakob Wepfer in einer Monographie überzeugend dargelegt, dass auch für das Gehirn die neue, von William Harvey aufgestellte Lehre vom Blutkreislauf Gültigkeit besitzt. Wepfer hat bei der Sektion von Schlagflüssigen starke Blutungen im Bereich des Gehirns festgestellt, die durch Bersten der Gehirnarterien verursacht wurden. Die Folge sind Lähmungen und Bewusstseinsverlust.«

»Aber woher wollt Ihr wissen, dass sich die Blutung auf der linken Seite des Gehirns befindet?«, fragte Sir Orlando zweifelnd.

»Weil Sir Roberts rechte Körperhälfte gelähmt war«, erklärte der Jesuit geduldig. »Schon in den Schriften des Aretäus von Kappadozien, der vor über tausendfünfhundert Jahren lebte, findet Ihr beschrieben, dass die Nerven einer Gehirnhälfte nicht in dieselbe Körperseite übergehen, sondern sich mit den Nerven der anderen Seite kreuzen. Weist also den Leichenbeschauer an, das Hirn des Toten zu untersuchen. Dann werden wir sehen, ob Sir Robert an Apoplexie gestorben ist, wie ich vermute.«

Trelawney ließ sich in einen Sessel sinken und fuhr sich mit der Hand über die Stirn. Jeremy war sich nicht sicher, ob ihn die Vorstellung, noch einen seiner Brüder seziert zu sehen, krank machte, oder ob er erleichtert war, dass sie es nicht mit einem weiteren Mord zu tun hatten.

»Tut mir Leid, ich habe vorschnelle Schlüsse gezogen«, sagte Sir Orlando mit einem tiefen Seufzen.

»Ganz und gar nicht, Mylord«, widersprach der Priester. »Ihr seid nur wachsam, und das ist gut so. Jeder unerwartete Tod eines Richters ist verdächtig.«

»Ich verstehe das nicht. Seit dem Anschlag auf Meister Ridgeway und dem Mord an Walker sind doch bereits Monate vergangen. Weshalb lässt der Täter nichts mehr von sich hören? Hat er seine Mission erfüllt, oder hat er aufgegeben?«

»Ich glaube eher, dass er sich ruhig verhält, bis sich ihm wieder eine Gelegenheit bietet, unerkannt zuzuschlagen.«

»Es missfällt mir, Eure Schwarzmalerei zu teilen, Doktor«, gestand Sir Orlando mit einer Grimasse. »Ich wünschte, es wäre endlich vorbei. Ich habe es satt, mit diesem Damoklesschwert über meinem Kopf umherzulaufen.«

»Ich weiß, Mylord. Aber Ihr dürft nicht in Eurer Wachsamkeit nachlassen«, beschwor Jeremy den Richter eindringlich. »Ich bin sicher, dass der Mörder nicht aufgeben wird, solange er sein Werk nicht vollendet hat oder er geschnappt wird. Das heißt, Ihr seid immer noch in Gefahr. Versprecht mir, dass Ihr auch weiterhin auf Euch aufpassen werdet.«

Wie so oft war Trelawney erstaunt über die aufrichtige Sorge dieses Mannes, der als Katholik und Priester sein Feind hätte sein können. In Sir Orlandos Kreisen waren echte Freundschaften selten, denn die meisten Juristen waren nur darauf aus, sich zu bereichern und ihren Einfluss zu vergrößern. Aus diesem Grund war ihm die Freundschaft des Jesuiten so teuer.

»Ich verspreche Euch, nicht nachlässig zu werden«, sagte er schließlich lächelnd.

Jeremy nahm auffordernd seinen Arm. »Gehen wir in Eure Kammer hinüber. Dort können wir ungestört reden.«

Sir Orlando nickte und zeigte seinem Begleiter den Weg in seine Gemächer. In der Studierstube, die mit dunkler Eiche getäfelt war, setzten sie sich zusammen.

»Hat sich bei der Überprüfung der Königsmörder etwas ergeben?«, fragte der Jesuit.

»Leider nicht. Natürlich gibt es in jeder der Familien den ein oder anderen, der Rache geschworen hat, doch die meisten von ihnen leben auf dem Land und befanden sich zu der Zeit, als der Mord an Baron Peckham oder die Anschläge auf mich stattfanden, nicht in London.«

»Ist das sicher?«

»Ich habe unabhängige Zeugen, die dies beschwören. Allerdings schließt diese Tatsache nicht aus, dass vielleicht ein Komplize die Verbrechen beging. Auf jeden Fall habe ich alle in Frage kommenden Personen unter Beobachtung gestellt. Wenn unser Mörder wieder zuschlägt, werde ich hoffentlich davon erfahren.«

»Was ist mit der Familie von George Jeffreys?«, erkundigte sich Jeremy.

»Sein Vater, John Jeffreys von Acton, war und ist ein ergebener Royalist. Im Bürgerkrieg unterstützte er Charles I. mit Geld und musste dafür hohe Strafen während des Commonwealth zahlen. Ich konnte keinerlei Verbindung zu den Familien der Königsmörder feststellen. George Jeffreys hat nicht das geringste Motiv für einen Rachefeldzug in ihrem Namen.«

»Ich verstehe«, seufzte Jeremy. »Also wieder eine Sackgasse. Ich beginne mich zu fragen, ob wir mit den Königsmördern nicht völlig auf dem Holzweg sind.«

»Es ist der einzige Schatten eines Motivs, den wir haben.«

»Ja, leider, aber vielleicht verstellt uns gerade dieser Verdacht die Sicht auf die Wahrheit.«

»Was nun?«, fragte Trelawney verwirrt.

»Wir müssen weitersuchen, Mylord, und warten, bis der Täter seinen nächsten Zug macht.«

Einunddreißigstes Kapitel

Breandán balancierte auf den Sprossen einer Leiter und bemühte sich, einen bauchigen Salbentopf wieder an seinen Platz auf dem obersten Bord eines Regals zu bugsieren. Es war keine leichte Aufgabe und erforderte eine gewisse Konzentration, mit dem schweren Gefäß im Arm auf der wackligen Leiter das Gleichgewicht zu halten. Breandán löste gerade beide Hände von den Sprossen, um den Salbentopf auf das Bord zu heben, als eine plötzliche Erschütterung die Leiter ins Wanken brachte. Wie ein Blitz fuhr ihm der Schreck bis in die Nervenenden seiner Fingerspitzen. Wieder ruckte es an der Leiter, und ein halb ersticktes Kichern erklang. Ohne hinabzusehen, wusste Breandán, dass John für diesen bösen Scherz verantwortlich war. Ein gesalzener Fluch blieb ihm in der Kehle stecken, als der Salbentopf seinen Händen entglitt und mit einem lauten Knall auf dem Holzfußboden in unzählige Scherben zerbarst. Breandán tastete instinktiv nach einem Halt, doch es war zu spät, die Leiter kippte und riss ihn mit. Er versuchte, seinen Sturz abzufangen, indem er sich beim Aufprall über die Schulter abrollte, schlug dabei aber schmerzhaft gegen die Kante des Operationstischs. Rasend vor Wut sprang er auf die Beine und ging auf den schadenfroh grinsenden Gesellen los.

»Verdammter Bastard!«, schrie er, schlug John zu Boden, warf sich dann auf ihn und schmetterte seinen Schädel in blindem Zorn gegen die Holzbohlen.

»Breandán, das reicht! Lasst ihn los!« Alan packte den Iren

energisch an der Schulter und bemühte sich, ihn von John wegzuziehen, was ihm aber erst beim zweiten Versuch gelang.

Mit schreckverzerrtem Gesicht rutschte John aus Breandáns Reichweite. »Er wollte mich umbringen! Der Mistkerl wollte mir den Schädel einschlagen.«

»Nicht ohne Grund«, rief Alan aufgebracht. »Bist du eigentlich völlig verrückt geworden, John? Er hätte sich bei dem Sturz das Genick brechen können.«

Die Miene des Gesellen sagte deutlich, dass ihm dies nicht im geringsten Leid getan hätte.

Alan wandte sich mit prüfendem Blick an Breandán, der sich den Arm hielt. »Seid Ihr verletzt?«

Der Ire schüttelte den Kopf. »Nicht schlimm. Das vergeht von selbst.«

»Wenn Ihr wollt, könnt Ihr heute früher Schluss machen«, schlug Alan vor. »Ich brauche Eure Hilfe nicht mehr. Wir sehen uns dann morgen.«

Breandán verließ wortlos die Werkstatt und stieg zur Mansarde hinauf, um die Pistole zu holen, die Amoret ihm geschenkt hatte und die er immer mit sich führte, wenn er das Haus verließ. Während er den Ludgate Hill entlangging, brannten Ärger und verletzter Stolz in seinen Eingeweiden. Hätte Meister Ridgeway ihn nicht zurückgehalten, hätte er Johns Schädel geknackt wie eine reife Nuss. Es erschreckte ihn, dass es ihm immer noch nicht gelang, seine Wut zu beherrschen. Er fühlte sich seiner Verwundbarkeit und seinem Jähzorn hilflos ausgeliefert wie einer unberechenbaren Macht, die sein Handeln bestimmte.

Obwohl es bereits Mitte Mai war, konnte es an manchen Tagen noch recht kühl werden. Breandán bemerkte plötzlich, dass er fröstelte, denn er trug kein Wams, nur ein dünnes Leinenhemd. Seit er mit Amoret regelmäßig das Lager teilte und durch sie ein ungekanntes Glück gefunden hatte, stellte er immer wieder fest, dass er sich zu verändern begann. Er sah seine Umgebung mit anderen Augen, erfreute sich an hübschen Kleinigkeiten, die er früher einfach übersehen hätte, und er erlebte vor allem seinen Körper anders als zuvor. Während seiner Zeit beim Heer hatten die täglichen Entbehrungen und Strapazen jede Empfindung von Schwäche abgetötet, bis sein Körper zu einem gehorsamen Werkzeug geworden war, das Schmerz, Hunger und Kälte ertragen konnte. Amorets Zärtlichkeiten, das üppige Essen und die weichen Betten hatten Breandáns abgestumpfte Nerven wieder mit Leben erfüllt. Er hatte gelernt, die Berührung streichelnder Hände wahrzunehmen und das wohlige Gefühl eines warmen, bequemen Lagers und eines satten Magens zu genießen. Doch diese Veränderungen brachten auch Nachteile mit sich. Früher hatte Breandán Kälte und Hunger nicht einmal gespürt, nun bemerkte er immer öfter, dass er fror, dass ihm der Magen knurrte oder sich seine Kehle vor Durst zusammenzog. Er wurde empfindlicher gegenüber Entbehrungen, und das beunruhigte ihn. Durch das süße Leben wurde er völlig verweichlicht. Und wenn ihn eines Tages die harte Wirklichkeit wieder einholte, würde er ihr nicht mehr gewachsen sein und elendig zugrunde gehen.

Seine Oberarme mit den Händen reibend, um sich ein wenig zu wärmen, bog Brendán in den Strand ein und ging an den Stadtpalästen des Adels entlang, die sich mit ihren Gärten bis ans Themseufer erstreckten. Vor dem großen prachtvollen schwarz-weißen Fachwerkhaus angekommen, das der König seiner Mätresse überschrieben hatte, blieb der Ire stehen und verharrte einen Moment nachdenklich, bevor er seine Schritte in Richtung des Dienstboteneingangs lenkte. Lady St. Clair bemühte sich nicht allein um des Königs willen, die unstandesgemäße Liebschaft geheim zu halten. Sie fürchtete den Skandal am Hof, der einer Entdeckung unwillkürlich folgen würde und der sie Charles' Gunst kosten konnte.

Während Breandán das Haus durch die Hintertür betrat, um kein Aufsehen zu erregen, spürte er leichten Ärger in sich aufsteigen. Er nahm die Heimlichtuerei hin, doch zugleich verletzte sie seinen Stolz. Er mochte mit der Tochter eines Earl schlafen, aber er blieb ein Lakai, der von dem Wohlwollen anderer abhängig war. Er würde ihr nie auf gleicher Ebene begegnen können.

Die Bediensteten, die im Haus ihren Verpflichtungen nachgingen, nahmen keine Notiz von dem schweigsamen Eindringling, doch während der Ire ins Obergeschoss hinaufstieg, hörte er sie hinter seinem Rücken tuscheln. Natürlich wussten sie Bescheid. Gewissermaßen war die Herrschaft auch immer ihrem Gesinde ausgeliefert, denn sie konnte nichts vor den neugierigen Augen der Dienstboten verbergen.

Breandán zögerte einen Moment, bevor er das Kabinett betrat, das neben Amorets Schlafgemach lag. Sie saß vor dem Feuer des Kamins und bürstete ihr Haar. Ein mit Spitzen und duftigen Rüschen besetztes Hemd und der Morgenrock, den sie darüber trug, verbargen ihren unförmig gewordenen Leib und machten vergessen, dass ihre Niederkunft nun nicht mehr fern war. Als Amorets Blick auf den unerwarteten Besucher fiel, breitete sich ein freudiges Strahlen über ihr Gesicht.

»Du bist schon da?«, rief sie aus und kam ihm entgegen, aufgrund ihrer Last allerdings nicht so leichtfüßig, wie sie wollte.

Breandán betrachtete sie stumm, immer wieder erstaunt, wie glücklich es sie machte, ihn zu sehen. Er hatte nie verstanden, weshalb. Was hatte er ihr schon zu bieten? Er war weder ein besonders begabter Liebhaber, noch besaß er das Talent, geistreich zu plaudern. Er verstand nichts von Literatur oder Kunst, er wusste nicht, welche Stücke am Theater gespielt wurden, und kannte sich auch in der Musik nicht aus. Amoret ermunterte ihn, von seiner Heimat zu erzählen, und stellte ihm Fragen über sein früheres Leben. Doch die Erinnerungen an seine Vergangenheit waren oft so schmerzhaft, dass er nur Bruchstücke preisgab und sich zuweilen weigerte, überhaupt zu antworten. Irgendwann gab es Amoret auf, tiefer in ihn zu dringen, und akzeptierte fortan sein Schweigen. Doch bei Breandán blieb das Gefühl zurück, sie enttäuscht zu haben.

Zur Begrüßung legte Amoret ihm die Hände auf die Arme. Und obwohl sie ihn nur sanft an sich drückte, zuckte er vor Schmerz zusammen.

»Was ist mit dir?«, fragte sie besorgt, während sie ihn prüfend von Kopf bis Fuß musterte.

»Nichts. Ich habe mir bei der Arbeit den Arm verstaucht.«

»Lass mich sehen. Bitte!«

Sie redete so lange auf ihn ein, bis er aufhörte, sich zu sträuben, und sie ihm das Hemd ausziehen konnte. Die Haut seines linken Arms war mit Abschürfungen bedeckt, Ellbogen und Handgelenk waren geschwollen.

Mit einem vorwurfsvollen Seufzen zog Amoret ihn ins Schlafgemach und machte ihm kalte Umschläge. »Wie ist das passiert?«, fragte sie.

Breandán wandte das Gesicht ab. »Ich bin von einer Leiter gefallen.«

»Da hat doch jemand nachgeholfen. War es dieser nichtsnutzige Geselle, mit dem du die Kammer teilst?«

Breandáns Blick wurde hart. »Ich habe dafür gesorgt, dass er es nie wieder wagen wird, mir zu nahe zu kommen.« Mehr wollte er nicht sagen, und Amoret drang nicht weiter in ihn.

»Du musst hungrig sein«, vermutete sie. »Ich werde uns etwas zu essen kommen lassen.«

Sie wollte sich vom Bettrand erheben und ihre Zofe rufen,

doch Breandán hielt sie zurück. »Nein, bleib. Ich habe jetzt keinen Hunger. Ich will nur mit dir allein sein.«

Er neigte sich über sie und küsste sie gierig. Seit ihre Schwangerschaft so offensichtlich geworden war, traute er sich nicht mehr, mit ihr zu schlafen, aus Angst, ihr oder dem Kind wehzutun. Doch Amoret hatte während ihres Aufenthalts an zwei der berüchtigtsten Höfe der Christenheit einige Praktiken des Liebesspiels gelernt, die es ihr ermöglichten, einem Mann auch auf andere Weise Freude zu bereiten.

Als sie im Bett beieinander lagen, der eine an den anderen geschmiegt, wurde ein leises Kratzen an der Tür vernehmbar. Kurz darauf trat Amorets Zofe ein und vergaß in ihrer Aufregung sogar ihren Knicks. »Mylady, verzeiht die Störung. Der König ist gerade vorgefahren.«

Amoret fuhr erschrocken auf. »Bitte geh ins Nebenzimmer«, bat sie Breandán. »Er kommt nur, um sich nach meinem Befinden zu erkundigen, und wird sicher nicht lange bleiben.«

Der junge Mann gehorchte schweigend, sammelte seine Kleidungsstücke auf und verschwand im anliegenden Kabinett. Doch er zog die Tür nicht zu, sondern ließ sie einen Spaltbreit offen, um zu hören, was gesprochen wurde.

Die Zofe hatte mit wenigen Handgriffen das zerwühlte Bett in Ordnung gebracht und ihrer Herrin die Kissen aufgeschüttelt. Amoret würde Charles im Liegen empfangen. In ihrem Zustand würde er daran keinen Anstoß nehmen.

Der Haushofmeister führte Seine Majestät herein, ohne ihn anzukündigen. Immerhin war es ein inoffizieller Besuch.

Neugierig spähte Breandán durch den Türspalt und betrachtete gespannt den hoch gewachsenen Mann, der seine Mätresse herzlich begrüßte. Trotz seines schlichten dunklen Rocks, der gleichwohl das feine Leinen und die Spitze seines Hemdes sehen ließ, wirkte er imposant. Lange schwarze Locken umrahmten sein dunkles Gesicht mit den ausgeprägten Zügen, die sofort sympathisch wirkten.

»Wie geht es Euch, meine liebe Freundin?«, fragte Charles, nachdem er in einem Lehnstuhl neben dem Bett Platz genommen hatte.

»Ich kann mich nicht beklagen. Man hat mir versichert, dass alles normal abläuft«, erwiderte Amoret.

»Mit ›man‹ meint Ihr Euren Jesuiten, vermute ich. Ich weiß, er ist ein studierter Arzt, aber versteht er sich etwa auch auf Frauenheilkunde?«

»Ich glaube, es gibt kaum etwas, worauf er sich nicht versteht, Sire. Und er nimmt es sich sehr zu Herzen, wenn er ein Rätsel einmal nicht lösen kann. Wie diese Morde an den führenden Juristen Eures Königreichs.«

»Ja, die Angelegenheit ist sehr beunruhigend«, erwiderte Charles seufzend. »Die Richter sind besorgt, und wer kann es ihnen verdenken? Sie begeben sich inzwischen mit einer stärkeren Leibwache auf die Straße als ihr König. Ein weiterer Mord würde die Sicherheit und Ordnung des Landes erheblich gefährden, besonders jetzt, da wir uns im Krieg mit den Holländern befinden und immer mehr Pestfälle in der Stadt auftreten.«

»Gebt Pater Blackshaw noch ein wenig Zeit, Sire. Er wird es bestimmt schaffen, den Mörder zu entlarven.«

Der König schwieg eine Weile, bevor er das Thema wechselte. In seiner Stimme schwang Enttäuschung mit. »Madam, ich habe Euch immer vertraut. Und ich glaubte, dass auch Ihr mir vertraut, zumal ich Euch stets jegliche Freiheit gelassen habe. Weshalb muss ich erst von Buckingham erfahren, dass Ihr Euch einen Liebhaber genommen habt?«

Amoret erbleichte. Natürlich, sie hätte wissen müssen, dass es illusorisch war, ein solches Geheimnis lange zu bewahren. Sie wusste nicht, was sie sagen sollte. Der König wirkte so verletzt wie ein enttäuschter kleiner Junge. Jedes Wort ihrerseits würde ihm nur noch mehr wehtun. Und so blieb sie stumm.

Gereizt erhob sich Charles und ging erregt vor dem Bett auf und ab. In diesem Moment erinnerte er sie an Breandán.

»Habe ich Euch nicht vor wenigen Monaten erst gestattet, zu ehelichen, wen immer Ihr wünscht?«, rief er aus. »Weshalb habt Ihr Euch mir damals nicht anvertraut?«

»Weil ich zu jener Zeit noch keinen Liebhaber hatte«, verteidigte sich Amoret.

»Wer ist es? Welcher meiner Höflinge hat mich hintergangen?«

»Sire, es ist niemand vom Hof. Er ist nur ein einfacher Mann ohne Titel oder Besitz. Ich habe diese Liebschaft geheim gehalten, um ihn vor den bösartigen Intrigen am Hof zu schützen und weil ich Euch nicht verletzen wollte.«

Charles hielt inne und sah sie prüfend an. »Ihr wisst, was man sagen wird: dass das Kind, das Ihr tragt, nicht von mir, sondern von ihm ist, und dass ich mich zum Narren machen werde, wenn ich es anerkenne.«

»Sire, ich schwöre, dass es Euer Kind ist!«

»Nun, ich zweifle nicht daran, aber andere werden es. Ihr bringt mich in eine peinliche Lage, meine süße Amoret.«

Doch sein Ärger hatte sich gelegt. Nun, da Charles wusste, dass es kein Höfling war, mit dem sie ihn betrog, niemand, der ihn tagsüber schadenfroh anlächelte und sich insgeheim darüber freute, Seine Majestät zum Hahnrei gemacht zu haben, fand er den Gedanken erträglicher. Im Grunde verstand er sogar, dass sich seine Mätresse, Tag für Tag umgeben von lasterhaften Adeligen, zur Abwechslung einmal nach der Gesellschaft eines unverdorbenen Mannes aus dem Volk sehnte. Nun, es war seine eigene Schuld, er hatte sie vernachlässigt, weil er monatelang nur Augen für Frances Stewart gehabt hatte. Ein wenig versöhnt ließ sich Charles wieder auf dem Lehnstuhl an der Seite des Bettes nieder. Gerade wollte er das Wort an Amoret richten, als ein leises Geräusch ihn bewog, sich umzudrehen. Sein Blick fiel auf die Tür zum anliegenden Kabinett, die ein wenig offen stand, und mit einem Mal begriff er. Sie waren nicht allein. Sein Rivale war hier, hinter dieser Tür. Der unangekündigte königliche Besuch hatte sie überrascht. Unwillkürlich stieg ein Gemisch aus Ärger und Eifersucht in Charles auf, zu dem sich alsbald ein Anflug von Boshaftigkeit gesellte. Er erhob sich, nahm Amorets Hand und küsste sie galant.

»Ich vergebe Euch die Täuschung, Madam, sofern Ihr Eurem Souverän versprecht, dass Ihr an den Hof zurückkehrt, sobald das Kind geboren ist«, sagte er in einem Ton, der keinen Widerspruch duldete. Und dann ritt ihn mit einem Mal der Teufel. Da er wusste, dass sein Rivale sie beobachtete, beugte sich der König über seine Mätresse, küsste sie gebieterisch auf den Mund und ließ seine Hand zwischen die Rüschen ihres Hemdes zu ihren schwellenden Brüsten gleiten.

Hinter der Tür zum Kabinett wandte sich Breandán ruckartig ab und schloss die Augen. Zorn und Schmerz raubten ihm den Atem, und er musste sich mit aller Macht beherrschen, um nicht in das Schlafgemach zu stürmen und sich zwischen den König und Amoret zu werfen. Er war ein Narr, weil er eine Frau besitzen wollte, die niemandem gehörte und die niemand halten konnte. Sie war nur ein Trugbild, ein Irrlicht, dem man in den Sumpf folgte, um es irgendwann verschwinden zu sehen und festzustellen, dass man allein war.

Breandán bemerkte nicht, dass der König ging. Er saß hinter der Tür auf dem Boden und vergrub das Gesicht in den Händen, von dem unwiderstehlichen Verlangen gequält, sich aus der Falle zu befreien, in der er saß.

Zweiunddreißigstes Kapitel

Für den Rest des Abends war Breandán noch schweigsamer als sonst. Amoret bemühte sich vergeblich, ihn aufzuheitern. Am folgenden Morgen war er schon früh wach und betrachtete die neben ihm schlafende Frau. Die Schwangerschaft gab ihr etwas Häusliches, Bürgerliches und weckte in ihm den törichten Wunsch, eine Familie mit ihr zu gründen. Doch der Schein trog. Wenn das Kind erst auf der Welt war, würde sie sich wieder in das zurückverwandeln, was sie war: eine Hofdame, eine der Mätressen des Königs, eine Dirne ... Die Liebschaft mit ihm, einem ungehobelten Landsknecht, war nur ein Abenteuer für sie. Der König hatte verlangt, dass sie an den Hof zurückkehrte, und sie würde gehorchen. Aber am Hof war kein Platz für ihn.

Bemüht, kein Geräusch zu verursachen, erhob sich Breandán aus dem Bett und zog sich leise an. Doch Amoret spürte, dass er nicht mehr neben ihr lag, und schlug die Augen auf.

»Ist es schon Zeit?«, fragte sie verwirrt.

»Ja, die Stadttore werden gleich geöffnet.«

»Warum musst du nur immer so früh gehen?«

»Meister Ridgeway braucht mich in der Werkstatt.«

Mühsam setzte Amoret sich im Bett auf und sah ihn forschend an. »Weshalb sagst du mir nicht, was dich bedrückt?«

»Es ist nichts«, log er. »Schlaf weiter. Du brauchst Ruhe.« Er küsste sie zum Abschied auf die Stirn, wie er es noch nie getan hatte, und ging davon.

Draußen vor dem Haus war alles ruhig. Die Dämmerung hatte gerade erst eingesetzt. Ohne sich umzublicken, ging Breandán schnellen Schrittes den Strand entlang, tief in Gedanken versunken und das Herz erfüllt von Bitterkeit. In seinem Rücken näherte sich der Hufschlag eines einzelnen Pferdes, doch er nahm keine Notiz davon, nicht einmal, als es neben ihm gezügelt wurde. Breandán sah erst auf, als eine zynische Stimme sagte: »Sieh an, der irische Galgenvogel. So begegnet man sich also wieder. Bist ja richtig aufgestiegen in der Welt. Ein gemeiner Strauchdieb wie du setzt dem König von England Hörner auf, welch eine Schande.«

Der Reiter war niemand anders als Sir John Deane.

Der rasende Zorn, der Breandán blind gemacht hatte, verebbte allmählich und ließ ihn wieder klar denken. Er ging den Strand entlang, instinktiv dem Weg folgend, den er jeden Morgen nahm. Ein stechender Schmerz in seinem linken Oberarm drang mit einem Mal in sein Bewusstsein. Als er den Kopf wandte, sah er, dass Blut den Ärmel seines Hemdes färbte. Zähneknirschend legte er die rechte Hand auf die Wunde, ohne im Schritt innezuhalten. Dabei wäre er beinahe mit einem Nachtwächter zusammengestoßen, der dösend auf seine Hellebarde gestützt auf der Straße stand.

»He Sir, alles in Ordnung? Ihr seid verletzt, scheint's«, rief der Nachtwächter ihm nach.

»Es ist nichts. Ich kümmere mich schon selbst darum«, antwortete Breandán im Vorbeigehen. Er wollte nur noch so schnell wie möglich weg aus dieser Gegend.

Die Pforten des Ludgate wurden gerade von den Wachen geöffnet, als der Ire an der Stadtmauer eintraf. Unauffällig schlüpfte er unter dem Torbogen hindurch und rannte den Rest der Strecke zur Chirurgenstube. Es war noch niemand aufgestanden. Leise ging Breandán in die Küche und füllte an der

Pumpe, die von einer Zisterne gespeist wurde, einen Eimer mit Wasser. Dann zog er sich das blutbeschmierte Leinenhemd aus, säuberte die Stichwunde an seinem Arm und wusch das Hemd, so gut es ging. Nachdem er es im Garten hinter dem Haus zum Trocknen auf eine Wäscheleine gehängt und seinen Arm notdürftig verbunden hatte, schlich der Ire in die Dachkammer hinauf und zog sich ein frisches Hemd über. John schlief noch tief und fest und bemerkte ihn nicht. Auf dem Weg nach unten traf Breandán auf den Jesuiten, der sich gerade Wasser zum Waschen holen wollte.

»Ah, Ihr seid schon da, mein Sohn. Geht es Euch gut?«, fragte Jeremy. »Ich hörte, Ihr habt Euch gestern bei einem Sturz den Arm verletzt. Ich würde mir das gerne mal ansehen.«

Doch der junge Mann wich wie vor einer drohenden Gefahr zurück und schüttelte abweisend den Kopf. »Nicht nötig, Pater. Es ist alles in Ordnung.«

Jeremy sah ihm an, dass er log.

»Mylord, es hat einen weiteren Mord gegeben«, rief Malory atemlos, als er Trelawneys Studierzimmer betrat. Dann musste er erst einmal nach Luft ringen, bevor er weitersprechen konnte, denn er war die ganze Chancery Lane entlanggerannt, als er die Neuigkeit erfahren hatte.

»Wer ist es diesmal?«, fragte Sir Orlando alarmiert.

»Ratsherr Deane.«

»Sir John Deane?«

»Ja, man hat seine Leiche in einem Hinterhof am Strand gefunden, mit seinem eigenen Degen aufgespießt. Ein Diener des anliegenden Hauses hatte kurz vorher einen Streit gehört. Und ein Nachtwächter, der in der Nähe Dienst tat, erinnerte sich, zu dieser Zeit einen dunkelhaarigen jungen Mann gesehen zu haben, der eine blutende Wunde am Arm hatte. Er schwört, dass es ein Ire war.«

»Ein Ire? Bei Christi Blut! Sag dem Kutscher, er soll sofort anspannen. Schnell, Malory, ich darf keine Zeit verlieren.«

Jeremy hatte vor einiger Zeit damit begonnen, Breandán auch in Latein zu unterrichten, wann immer er Gelegenheit dazu hatte. Und da er an diesem Vormittag keine Besorgung erledigen musste, bot er dem Iren an, den Unterricht fortzuführen. Doch er fand schnell bestätigt, was er schon den ganzen Morgen geahnt hatte. Breandán war nicht bei der Sache. Etwas Furchtbares schien ihn zu quälen, doch als der Priester danach fragte, weigerte er sich zu antworten. Zuerst vermutete Jeremy, dass es zwischen den Liebenden Streit gegeben hatte, doch dann bemerkte er die Abschürfungen an den Knöcheln von Breandáns rechter Hand. Kein Zweifel, er hatte sich geprügelt.

Der Jesuit seufzte tief. Er hatte sich solche Mühe gegeben, den Heißsporn zur Räson zu bringen und sein Selbstvertrauen zu stärken, damit er sich nicht mehr so leicht reizen ließ. Und dennoch konnte er es offenbar nicht lassen, seine Probleme mit den Fäusten zu lösen.

Jeremy hatte sich gerade entschlossen, den fruchtlosen Unterricht frühzeitig zu beenden, als unten in der Werkstatt ein Aufruhr entstand. Es gab ein lautes Poltern, gefolgt von Holzsplittern und dem Klirren von Glas. Jemand musste gewaltsam ins Haus eingedrungen sein und dabei fast die Tür aus den Angeln gerissen haben. Noch während Jeremy erschrocken lauschte, sprang Breandán mit einem Satz auf die Beine und flüchtete aus der Kammer. Er wusste sofort, dass der Überfall ihm galt.

Von einer bösen Ahnung getrieben, hastete der Jesuit ihm nach und versuchte, ihn zurückzurufen. Doch er hatte kaum die Tür erreicht, als auch schon drei kräftige Männer mit grimmigen Mienen die Treppe heraufstürmten und sogleich die Verfolgung aufnahmen. Breandán floh in die Mansarde, um von dort aufs Dach zu entkommen, doch sie holten ihn ein, bevor er das Fenster erreichte, und zerrten ihn roh zurück. Der Ire bot all seine Kraft und Geschicklichkeit auf, um sich den Fäusten seiner Angreifer zu entwinden, doch die Kammer war zu eng, als dass er alle drei abschütteln konnte. Noch immer im Griff von einem der Männer, machte er einen Ausfall in Richtung Tür und versuchte, zur Stiege zu kommen, aber sein Gegner krallte sich entschlossen an seinen Kleidern fest, bis es ihm gelang, sein flüchtendes Opfer zu Fall zu bringen. Beide Männer stürzten die Holzstiege hinab. Im Fallen konnte sich Breandán losreißen. Stöhnend rappelte er sich auf und jagte weiter die Treppe hinab, die anderen beiden Verfolger unmittelbar auf den Fersen.

Jeremy, der ihnen folgte, sah mit Entsetzen, wie sie den Iren einholten und ihm einen brutalen Stoß versetzten, der ihn die restlichen Stufen hinunterwarf. Diesmal kam Breandán nicht mehr schnell genug auf die Beine. Im Nu waren die Angreifer über ihm, packten ihn an den Armen und schleiften ihn ins Erdgeschoss. Doch ihr Opfer war noch nicht bereit, kampflos aufzugeben. In der Offizin begann der Ire erneut, sich erbittert zu wehren. Fluchend fielen die Eindringlinge über ihn her und schlugen ihn erbarmungslos zusammen.

Ohne an seine eigene Sicherheit zu denken, warf sich Jeremy zwischen sie. »Hört auf! Ihr bringt ihn um.« Er versuchte, einen der Rohlinge von Breandán zu trennen, doch der Mann stieß ihm mit aller Kraft seinen Ellbogen ins Gesicht, ohne sich auch nur umzudrehen. Der Schlag schleuderte Jeremy zu Boden, und für einen Moment wurde ihm schwarz vor Augen. Wie durch einen Nebel sah er auf einmal mehrere Gestalten eintreten. Eine herrische, dunkel dröhnende Stimme brüllte: »Lasst sofort den Mann los! Sonst werdet Ihr alle verhaftet!« Doch die Angesprochenen ließen erst von ihrem Opfer ab, als zwei weitere Männer sich ihnen drohend näherten.

Allmählich lichtete sich der dunkle Schleier vor Jeremys Augen, und er erkannte in einem der Ankömmlinge Sir Orlando Trelawney. Der Richter trat zu ihm und half ihm auf die Beine. »Seid Ihr verletzt?«

Der Jesuit fuhr sich mit der Hand über das schmerzende Gesicht. Er schmeckte Blut im Mund. »Es ist nicht so schlimm«, sagte er. »Ich danke Euch, dass Ihr gekommen seid, Sir. Sie hätten ihn sonst mit Sicherheit erschlagen.«

»Ich kam, um Euch zu schützen, nicht ihn«, bemerkte Sir Orlando ungerührt. »Euer Schützling ist ein Mörder.«

»Das Schwein hat Sir John umgebracht«, mischte sich ein weiterer Mann ein, den Jeremy bisher nicht bemerkt hatte, in dem er jedoch sofort Thomas Masters erkannte, einen von Deanes Freunden. »Ich habe mir nur das Recht eines jeden anständigen Bürgers herausgenommen, einen Strolch zu verhaften und dafür zu sorgen, dass er für seine Untat gehenkt wird.«

»Eure Diener hätten den Beschuldigten beinahe massakriert«, fuhr Trelawney den aufgeregten Kaufmann an. »Außerdem habt Ihr Euch des Hausfriedensbruchs schuldig gemacht, da Ihr es versäumtet, Euch von einem Magistrat einen Verhaftbefehl ausstellen zu lassen.«

Jeremy beugte sich betroffen über Breandán, der noch immer am Boden lag. Aus einer Wunde an seiner Schläfe floss Blut. Der Jesuit wandte sich Hilfe suchend zur Tür, doch Alan, der in Johns Begleitung einen Krankenbesuch machte, war noch nicht zurückgekehrt, und Tim hatte sich vermutlich aus Angst irgendwo versteckt. Ohne sich um die Anwesenden zu kümmern, legte Jeremy den Arm um Breandáns Schultern und half ihm auf. Noch hatte er das Gehörte nicht verdaut. Der Ire sollte einen Mord begangen haben? Und das Opfer war Sir John Deane, der Ratsherr, der dafür verantwortlich war, dass man ihn unschuldig ausgepeitscht hatte. Das alles klang so einleuchtend, dass Jeremy spürte, wie ihm übel wurde.

Während er Breandán, der so benommen war, dass der Jesuit ihn stützen musste, in den hinteren Bereich der Chirurgenstube führte, um seine Wunde zu verbinden, stritt sich Sir Orlando weiter mit Masters herum. »Ich habe Sir Henry Crowder mitgebracht, der als Friedensrichter für diesen Bezirk die Amtsbefugnis besitzt, den Beschuldigten zu verhaften«, donnerte Trelawney. »Und wenn Ihr nicht augenblicklich dieses Haus verlasst, werde ich dafür sorgen, dass der Konstabler und seine Büttel Euch wegen Hausfriedensbruchs in Haft nehmen.« Er deutete auf die drei Männer, die ihn und Sir Henry Crowder begleiteten. Daraufhin zogen sich Thomas Masters und seine Diener murrend zurück.

Sir Orlando trat zu dem Priester, der dem Iren sorgfältig einen Verband anlegte. »Es tut mir Leid, Doktor, aber der Konstabler muss ihn mitnehmen.«

»Wohin wird er gebracht?«

»Ins Newgate, wo er bis zur nächsten Gerichtssitzung bleiben wird.«

Jeremy betrachtete prüfend Breandáns Gesicht. Seine Benommenheit ließ nach, und sein Blick klärte sich. Doch als er die Augen des Jesuiten auf sich gerichtet sah, senkte er den Kopf. Jeremys Kehle zog sich schmerzhaft zusammen. An den Richter gewandt, fragte er mühsam: »Woher wollt Ihr wissen, dass er der Täter ist?«

»Ein Nachtwächter sah, wie sich ein junger Ire mit einer Armverletzung vom Ort des Verbrechens entfernte.«

Jeremys Blick kehrte zu Breandán zurück, der nur stumm

dasaß und nichts sagte. Obwohl er bereits wusste, was er finden würde, streifte er dem Iren das Hemd über die linke Schulter und seufzte, als der Verband am Oberarm zum Vorschein kam. Er wusste nicht, was er glauben sollte. Der Fall schien schlüssig zu sein. Breandán war am Morgen auf dem Heimweg auf den Ratsherrn getroffen, den zu hassen er allen Grund besaß, und hatte ihn in einem Wutanfall getötet. Auch wenn das Verbrechen nicht geplant war, stand darauf der Galgen. Warum sagte dieser Narr nichts? Warum verteidigte er sich nicht? Weshalb saß er nur da wie ein schuldiger Mann, dem es egal war, dass man ihn hängen würde?

Einer der Büttel näherte sich mit einem Strick, um dem Gefangenen die Hände zu fesseln.

»Wartet noch einen Moment«, bat Jeremy und kehrte kurz darauf mit einem Geldbeutel zurück, den er Breandán gab. »Das wird reichen, bis ich Euch mehr bringen kann. Ich komme, sobald es geht, ins Gefängnis. Verliert nicht den Mut, mein Sohn. Ich werde alles tun, um Euch zu helfen.«

Doch in dem Blick, mit dem Breandán ihn bedachte, las der Priester nur absolute Hoffnungslosigkeit. Er hatte einen gebrochenen Mann vor sich. Und was ihn am meisten erschreckte, war die Tatsache, dass er nicht wusste, warum.

Dreiunddreißigstes Kapitel

»Versprecht nicht zu viel«, mahnte Sir Orlando. »Der Fall ist eindeutig.«

»Ist er das wirklich?«, fragte Jeremy herausfordernd.

»Es besteht kein Zweifel daran, dass der Ire Deane getötet hat. Er wurde nahe der Stelle gesehen, wo man die Leiche fand.«

»Dass er dort war, beweist nicht, dass er den Mord begangen hat. Ihr habt selbst zugegeben, dass das Offensichtliche nicht immer die Wahrheit ist. Erinnert Ihr Euch?«

»Ja, als ich Euch bat, mich bei schwierigen Fällen zu beraten. Aber bei dem Verbrechen, das ich Euch nannte, lagen die Umstände anders. Die Beweise waren dürftig. Der Beschuldigte war zwar als Letzter mit dem Opfer gesehen worden, aber es gab keine persönliche Verbindung. Sie kannten sich vorher nicht. McMahon hatte dagegen ein überzeugendes Motiv, Deane den Tod zu wünschen.«

Jeremy goss ein wenig Wasser in eine Schüssel und wusch sich vorsuchtig das Blut vom Gesicht. Seine Oberlippe war eingerissen, und seine rechte Wange begann langsam anzuschwellen, doch er schätzte sich glücklich, dass seine Nase nicht gebrochen war.

»Tut mir Leid, dass ich nicht früher gekommen bin«, bemerkte Sir Orlando mit offenkundiger Zerknirschung. »Aber ich ahnte, dass es Ärger geben würde, und fand es klüger, den zuständigen Friedensrichter mitzubringen.«

»Ihr kamt tatsächlich meinetwegen?«, fragte Jeremy lächelnd.

»Ich wollte nur sichergehen, dass Ihr keine Schwierigkeiten bekommt, Pater. Ich habe Euch von Anfang an davor gewarnt, Euch einen Strolch wie diesen Iren ins Haus zu holen.«

»Ihr seid Mac Mathúna gegenüber voreingenommen.«

»Mag sein. Aber das seid Ihr auch, wie mir scheint. Nur weil der Bursche Eurer Religion angehört.«

»Mylord, Ihr habt Euch stets lobend über meinen Scharfsinn geäußert. Verzeiht mir daher, wenn ich mir meine eigene Meinung über den Fall bilden will. Doch dazu benötige ich Eure Hilfe. Ich brauche Zugang zum Ort des Verbrechens und zur Leiche.«

»Nun ja ...« Trelawney zögerte.

»Habt Ihr jetzt Zeit? Dann können wir gleich hinfahren. Berichtet mir unterwegs, was Ihr über den Mord wisst.«

Der Richter war zu überrumpelt, um zu widersprechen. Kurz darauf schaukelten sie in seiner Kutsche durch das Ludgate und bogen in die Fleet Street und dann in den Strand ein. Vor einer schmalen Durchfahrt zwischen zwei Häusern hielten sie an. Eine schwatzende Menge schaulustiger Bürger hatte sich auf der Straße versammelt und versuchte, an den Büttéln vorbei in den Hinterhof zu gelangen. Jeremy und Sir Orlando schoben sich energisch zwischen den Leuten hindurch. Einer der Büttel erkannte den Richter und rief seinen Vorgesetzten, den Konstabler des Bezirks, herbei.

»Ah, Mylord, Ihr wollt wohl sehen, wo es passiert ist«, sagte der Mann und machte eine einladende Bewegung mit seinem langen Amtsstab. »Kommt, ich zeige Euch die Stelle.«

Der Hinterhof wirkte heruntergekommen. Ein paar verwahrloste Fachwerkhäuser umrahmten ein ungepflastertes Viereck, das hier und da mit spärlichem Gras bewachsen war.

»Hier hat er gelegen«, erklärte der Konstabler und deutete auf den Untergrund zu seinen Füßen.

»In welcher Stellung?«, fragte Jeremy, während er in die Knie ging und die große eingetrocknete Blutlache begutachtete.

»Auf dem Bauch. Sein Degen nagelte seinen Körper förmlich am Boden fest.«

Jeremy hob begierig den Kopf. »Er wurde von hinten durchbohrt?«

»Ja, der Degen drang in den Rücken ein und kam vorne wieder heraus. Wir mussten ihn entfernen, bevor wir die Leiche umdrehen konnten.«

»Sehr interessant«, murmelte Jeremy zu sich selbst. Der Albdruck, der auf ihm gelastet hatte, wich allmählich einem Hoffnungsschimmer. Von neuer Energie erfüllt, sprang er auf die Füße. »Ihr habt Zeugen, die einen Streit mit angehört haben?«, wandte er sich an den Konstabler.

»Ja, ein Diener des Hauses auf der linken Seite. Konnte nicht schlafen, sagt er. Als das Gebrüll losging, sah er aus dem Fenster.«

»Ist es möglich, ihn zu sprechen?«

»Ich schicke einen meiner Leute, um ihn herzuholen.«

Während sie auf den Lakaien warteten, schritt der Jesuit mit angespannter Miene durch den Hof, betrachtete den Boden und die Außenwände der Häuser, die ihn umgaben. Nichts schien seinem forschenden Blick zu entgehen. Trelawney beobachtete ihn fasziniert. Er hatte die Veränderung in der Haltung des Priesters bemerkt und war neugierig, was sie wohl ausgelöst haben mochte. Sein Widerwille gegen die Untersuchung eines in seinen Augen eindeutigen Falles wandelte sich zu gespanntem Interesse.

Als der Diener erschien, forderte Jeremy ihn auf, alles zu

berichten, was er gesehen und gehört hatte, und nichts auszulassen.

»Meine Kammer geht hier auf den Hof raus«, begann der Lakai. »Ich war schon früh wach, einer meiner Zähne macht mir Schwierigkeiten. Zuerst hörte ich nur ein paar erregte Stimmen. Ich sah zum Fenster hinaus und bemerkte zwei Männer in der Einfahrt. Einer saß zu Pferd. Sie diskutierten, dann schrie der andere, der zu Fuß war, wütend auf, packte den Reiter am Arm und zerrte ihn vom Pferd. Dann stieß er ihn hier in den Hof und forderte ihn zum Kampf. Der Reiter zog seinen Degen, der andere war, soweit ich es sehen konnte, unbewaffnet. Während sie sich schlugen, entfernten sie sich in eine Ecke des Hofes, die ich von meiner Kammer aus nicht überblicken kann. Kurze Zeit später war auf einmal alles still. Der unbewaffnete Mann verließ den Hof und verschwand. Das war alles.«

»Hast du etwas von dem aufgeschnappt, was gesprochen wurde?«, fragte Jeremy.

»Nicht viel. Der ältere Mann, der auf dem Pferd saß, sprach zu leise. Aber er musste den anderen wohl sehr beleidigt haben, denn dieser verlor plötzlich die Beherrschung und begann den Reiter mit furchtbaren Schmähungen zu überschütten. Nachdem er ihn vom Pferd gezogen hatte, verlangte er von ihm, er solle sich zum Kampf stellen.«

»Fällt dir noch irgendetwas ein, was dir ungewöhnlich vorkam?«

»Nun ja, wenn Ihr mich so fragt«, überlegte der Diener. »Ich fand es seltsam, dass der junge Mann nicht zu seiner Pistole griff, als der andere seinen Degen zog.«

»Der Jüngere trug eine Pistole?«, fragte Trelawney verwundert. »Hast du nicht eben gesagt, er sei unbewaffnet gewesen?«

»Ich meinte damit, er hielt keine Waffe in der Hand.«

»Und du konntest aus der Entfernung erkennen, dass er eine Pistole dabeihatte?«

»Ja, er trug sie im Gürtel. Aber er benutzte sie nicht, auch nicht später, als ich den Streit nicht mehr beobachten konnte, sonst hätte ich ja einen Schuss gehört.«

Jeremy bedankte sich für die Auskunft und wandte sich mit dem Eifer eines Jagdhundes, der eine Fährte aufgenommen hatte, an den Konstabler. »Wo ist die Leiche? Ich würde sie gerne sehen.«

»Auf der anderen Seite der Straße ist eine Schenke. Dort haben wir sie aufgebahrt, bis der Leichenbeschauer kommt, um die Todesursache festzustellen.«

Trelawney blieb nichts anderes übrig, als dem Priester, der sich energisch in Bewegung setzte, in die bezeichnete Wirtsstube zu folgen. Dort trafen sie auf Edmund Berry Godfrey, der als Friedensrichter für Westminster zum Ort des Verbrechens gerufen worden war.

»Sir Orlando, Ihr interessiert Euch auch für den Mord?«, fragte Godfrey überrascht.

»Rein privat«, wehrte Trelawney ab. »Ich habe Euch meinen gelehrten Freund hier bereits vorgestellt. Er würde gerne einen Blick auf die Leiche werfen.«

»Ja, ich erinnere mich. Dr. Fauconer, nicht wahr? Der Leichnam befindet sich hier im Nebenraum. Wir warten noch auf den Leichenbeschauer. Aber geht nur und seht ihn Euch an.«

Die Neugierde trieb Godfrey hinter den beiden Männern her. Während der Richter und der Magistrat aufmerksam zuschauten, beugte sich der Arzt mit scharfem Blick über den Toten, der noch seine staubbedeckte Kleidung trug. Jeremy widmete sich zuerst dem Gesicht, an dem ebenfalls Erde haftete, ein Zeichen, dass der Ratsherr tatsächlich auf dem Bauch gelegen hatte. Mit den Fingerspitzen entfernte der Jesuit vorsichtig den Schmutz und begutachtete den dunklen Bluterguss, der am Unterkiefer zum Vorschein gekommen war. Dann drehte er den Kopf des Toten hin und her, untersuchte die Hände und öffnete schließlich Wams und Hemd, um sich die Stichwunde näher anzusehen.

Nach einer Weile wandte Jeremy sich an seine beiden Begleiter, die ihn schweigend beobachtet hatten: »Würdet Ihr mir bitte zur Hand gehen, meine Herren.«

Gemeinsam drehten sie den Leichnam auf den Bauch. Der Jesuit streifte ihm die Kleider ab und unterzog auch die Rückenwunde einer genauen Begutachtung.

»Nun, es besteht kein Zweifel, dass er tatsächlich von hinten durchbohrt wurde«, erklärte Jeremy. »Wenn Ihr genau hinseht, könnt Ihr erkennen, dass sich in der Brustwunde ein wenig Erde befindet, in der Rückenwunde aber nicht. Als die Büttel den Degen aus dem Körper herauszogen, wurde der Schmutz, der an der Klinge haftete, am Wundrand abgestreift und gelangte so ins Fleisch. Übrigens durchbohrte der Todesstoß das Herz. Der interessanteste Punkt ist freilich der Bluterguss am Kinn.«

»Inwiefern?«, fragte Trelawney.

»Weil er es mir ermöglicht, zu beschreiben, was sich in jenem Hinterhof abgespielt hat, als wäre ich selbst dabei gewesen.«

Sir Orlandos Miene blieb skeptisch, doch er konnte seine wachsende Neugier nicht verbergen.

»Ihr habt gehört, was der Diener aussagte«, begann Jeremy zu erläutern. »Sir John Deane traf auf der Straße auf Mr. Mac Mathúna. Die beiden gerieten in Streit. Der Ire ließ sich reizen, zerrte Deane vom Pferd und stieß ihn in den Hof. Er wollte Genugtuung. Daraufhin zog der Ratsherr seinen Degen, um sich zu verteidigen. Mac Mathúna trat ihm mit bloßen Händen gegenüber, obwohl er eine Pistole dabeihatte und seinen Gegner ohne weiteres hätte erschießen können.«

»Ich gebe zu, das ist merkwürdig«, sagte Trelawney.

»Umso mehr, da der Ire durch einen Sturz vom Vortag verletzt war und Degenstöße nicht so geschickt parieren konnte wie sonst. Es gelang Deane, Mac Mathúna am Arm zu verwunden. Nichtsdestotrotz wurde er kurz darauf von dem Iren entwaffnet. Dieser warf den Degen fort und gebrauchte weiterhin seine Fäuste.«

Hier unterbrach ihn der Richter: »Woher wollt Ihr das wissen?«

»Der Bluterguss an Deanes Unterkiefer! Heute Morgen bemerkte ich Abschürfungen an Mac Mathúnas Handknöcheln und wusste sofort, dass er sich geprügelt hatte. Als der Ratsherr entwaffnet war, schlug er ihm die Faust ins Gesicht. Ihr habt die Prellung gesehen, Mylord. Ein solcher Schlag hätte jeden Mann zu Boden gehen lassen. Deane wurde mit Sicherheit bewusstlos. Wäre er noch fähig gewesen, sich zu wehren, hätte Mac Mathúna ihm weitere Schläge versetzt. Das war aber nicht der Fall, denn ich habe nur diesen einen Bluterguss an seinem Körper gefunden.«

»Stattdessen nahm McMahon den Degen und erstach ihn«, ergänzte Sir Orlando überzeugt.

»Warum sollte er das tun? Sein Gegner war besiegt. Einen ohnmächtigen und damit wehrlosen Mann umzubringen wäre kaltblütiger Mord gewesen. Und das traue ich Mac Mathúna nicht zu. Nein, ich bin ganz sicher, er ging weg und ließ den Ratsherrn unversehrt liegen. Der wahre Mörder wartete, bis er außer Sichtweite war, schlich in den Hof und tötete Deane.«

»Ihr glaubt also, dass eine weitere Person anwesend war?«

»Ja. Jemand, der die Gelegenheit erkannte und sie ohne Zögern ergriff.«

»Aber der Diener erwähnte keine dritte Person.«

»Deshalb möchte ich ihn noch einmal befragen.«

Doch das Ergebnis war enttäuschend. Nachdem alles still geworden sei und der jüngere Mann den Hof verlassen habe, sei er wieder ins Bett gegangen, sagte der Lakai bedauernd. Jeremy dankte ihm und schickte ihn fort.

»Ich verstehe, dass Ihr nach einer Erklärung sucht, die Euren Iren retten könnte«, sagte Trelawney, als sie zu seiner Kutsche zurückkehrten. »Aber ist Eure Theorie von einer dritten Person nicht ein wenig weit hergeholt? Weshalb sollte McMahon Skrupel gehabt haben, einen Mann zu töten, der ihm so übel mitgespielt hatte?«

»Weil er kein gemeiner Mörder ist«, gab Jeremy zurück. »Wenn er gewalttätig reagiert, dann aus Wut. Nein, ich fürchte, jemand anders hat sich die Situation zunutze gemacht. Mac Mathúna soll als Sündenbock herhalten.«

»Es wird Euch kaum gelingen, die Jury von Eurer Theorie zu überzeugen, wenn Ihr keine Beweise vorlegen könnt.«

»Ich weiß. Und das macht mir Angst.«

Gedankenvoll blickte Jeremy an den Fassaden der Häuser entlang, die den Strand säumten.

»Soll ich Euch nach Hause bringen?«, fragte Trelawney.

»Nein danke, Mylord. Ich habe hier in der Nähe noch eine traurige Pflicht zu erfüllen.«

Es fiel ihm nicht leicht, Lady St. Clair aufzusuchen, aber er musste es ihr sagen. Sie war überrascht, ihn zu sehen, denn gewöhnlich kam er nur einmal die Woche, um sie zu untersuchen. Sein angeschlagenes Äußeres bestürzte sie zutiefst, und sie drängte ihn ungeduldig zu einer Erklärung. Jeremy forderte sie auf, ein wenig in den Garten zu gehen, um vor den neugierigen

Ohren des Gesindes sicher zu sein. Der Garten zog sich von der Rückseite des Hauses bis ans Themseufer und konnte über einen Landungssteg auch vom Wasser aus betreten werden. Von Kräutern und Buchsbaumhecken umsäumte Blumenbeete verwandelten die kleine Idylle in eine farbenprächtige Stickerei. Auf einer zierlichen, mit Schnitzereien verzierten Holzbank ließen sie sich nieder.

»Was ist passiert, Pater?«, fragte Amoret besorgt.

»Ich fürchte, ich habe schlechte Nachrichten, Madam. Breandán wurde verhaftet.«

Amorets Augen weiteten sich erschrocken. »Verhaftet? Aber weshalb?«

»Man verdächtigt ihn des Mordes.« Jeremy erzählte ihr, was vorgefallen war.

»Aber das ist unmöglich«, protestierte Amoret aufgebracht. »Breandán würde so etwas nie tun. Auch wenn er diesen Mann gehasst hat.«

»Ich muss gestehen, dass ich mir anfangs nicht sicher war. Als man ihn festnahm, machte er keinen Versuch, sich zu verteidigen. Er wirkte so niedergeschlagen. Ist etwas zwischen Euch und ihm vorgefallen?«

Amoret zog eine Grimasse. »Der König suchte mich auf, während Breandán bei mir war. Er weiß von meiner Liebschaft und nahm mir das Versprechen ab, nach der Geburt des Kindes an den Hof zurückzukehren. Dann küsste er mich demonstrativ. Ich vermute, Breandán hat alles beobachtet. Er ist sehr eifersüchtig – und verletzbar.«

»Ihr wisst, dass ich Eure Liaison immer missbilligt habe, Mylady. Sie ist dem Burschen förmlich zu Kopf gestiegen.«

»Aber Ihr werdet ihm doch helfen, Pater«, flehte Amoret. »Wenn jemand seine Unschuld beweisen kann, dann Ihr.«

»Ich tue mein Bestes. Aber es wird nicht leicht sein. Ich brauche entweder einen untadeligen Zeugen, der Breandán entlastet, oder den wahren Mörder. Und ich habe nicht viel Zeit. Die nächste Gerichtssitzung findet bereits in zwei Wochen statt.«

Amoret barg das Gesicht in den Händen. Sie war den Tränen nah. »Ich hätte ihn nicht gehen lassen dürfen. Ich hätte ihn zurückhalten müssen.«

»Mylady, noch ist nicht alles verloren. Ich werde Breandán morgen früh im Kerker aufsuchen. Vielleicht kann er mir etwas sagen, was mir weiterhilft.«

»Ich werde mitkommen«, stieß die junge Frau hervor.

Jeremy erhob sich ruckartig und schüttelte den Kopf. »Nein, Mylady, das erlaube ich nicht. In Eurem Zustand wäre das viel zu gefährlich.«

»Das ist mir egal. Ich will ihn sehen.«

Jeremys Stimme wurde streng. »Auf keinen Fall. Ihr habt keine Vorstellung, was für ein Ort das Newgate ist. Ihr könntet gestoßen werden und stürzen oder Euch eine schwere Krankheit holen. Ich verlange, dass Ihr schwört, das Gefängnis nicht zu betreten. Zumindest bis das Kind geboren ist.«

»Also gut, ich schwöre es Euch. Aber Ihr müsst morgen gleich zu mir kommen, wenn Ihr Breandán gesehen habt.«

Sie übergab Jeremy noch eine prall gefüllte Geldbörse, damit der unglückliche Gefangene im Newgate keine Not leiden musste.

Vierunddreißigstes Kapitel

Bevor Jeremy am nächsten Morgen das befestigte Torhaus betrat, gab er in einer der Garküchen auf der Newgate Street den Auftrag, dem Häftling Mac Mathúna täglich eine warme Mahlzeit ins Gefängnis zu schicken, und bezahlte eine Woche im Voraus. Dann mietete er beim Kerkermeister ein Bett in einem der besseren Zimmer auf der herrschaftlichen Seite und brachte Breandán dort unter. So würde er es einigermaßen bequem haben und brauchte nicht zu hungern.

Die anderen wohlhabenden Gefangenen, mit denen der Ire das spärlich möblierte Zimmer mit den nackten Steinwänden und dem vergitterten Fenster teilen musste, vergnügten sich in der Schankstube, und so waren sie allein. Wortlos machte sich Jeremy daran, Breandáns Kopfwunde neu zu verbinden. Er wartete darauf, dass der junge Mann sprechen würde, doch dieser blieb stumm und in sich gekehrt wie am Tag seiner Verhaftung. Seufzend ließ sich der Priester neben ihm auf das mit Stroh gefüllte und mit einer Wolldecke und Laken versehene Bett nieder und sah ihm forschend ins Gesicht. Breandáns Wangen und Kinn waren von einem dunklen Bartschatten bedeckt, der seine erloschenen Augen noch düsterer erscheinen ließ. Nun, da Jeremy wusste, dass der Ire unschuldig war, verstand er dessen Verschlossenheit noch weniger.

»Ich glaubte, ich hätte Euch mehr Demut gelehrt, mein Sohn«, sagte er streng.

Die dumpfen blauen Augen seines Gegenübers streiften ihn

flüchtig, nur um sofort wieder hinter schweren, abweisenden Lidern zu verschwinden.

»Warum seid Ihr so verstockt? Warum schweigt Ihr?«, versuchte es Jeremy weiter, und als keine Antwort kam: »Ich weiß ohnehin, was sich zwischen Euch und Sir John Deane abgespielt hat. Soll ich es Euch beschreiben? Ihr seid beim Verlassen von Lady St. Clairs Haus auf den Ratsherrn getroffen. Er reizte Euch, und Ihr fordertet Genugtuung. Beim anschließenden Kampf verwundete Euch Deane am Arm, aber es gelang Euch, ihn zu entwaffnen und niederzuschlagen. Da er bewusstlos war, ließet Ihr ihn liegen und machtet Euch auf den Weg nach Hause. Dabei traft Ihr auf einen Nachtwächter, der später die Häscher auf Eure Spur brachte. Ihr seht also, ich weiß, dass Ihr Deane nicht getötet habt.«

Während Jeremy seine Schlussfolgerungen darlegte, wandte sich ihm Breandán erstaunt zu. Ein Funken von Leben kehrte in seine blauen Augen zurück.

»Es ist wahr, ich habe ihn nicht umgebracht.«

»Es muss ein Schock für Euch gewesen sein, als Ihr hörtet, er sei tot.«

»Ja.«

»Aber Ihr wart nicht sicher, ob es nicht vielleicht doch Euer Schlag war, der ihn tötete. Nun, ich kann Euch beruhigen. Sir John Deane wurde mit seinem eigenen Degen durchbohrt – von hinten.«

Breandán legte verwirrt die Stirn in Falten. »Aber wie ist das möglich?«

»Was habt Ihr mit dem Degen gemacht, mein Sohn?«

»Als ich Deane entwaffnet hatte, schleuderte ich den Degen außer Reichweite.«

»Er lag also irgendwo im Hof auf der Erde. Der Mörder bemerkte ihn, hob ihn auf und rammte ihn dem bewusstlosen

Deane in den Rücken«, schlussfolgerte Jeremy. »Breandán, es ist wichtig, dass Ihr Euch erinnert. War da irgendwo eine Person in der Nähe, die die Auseinandersetzung beobachtet haben könnte?«

»Nein«, antwortete der Ire kopfschüttelnd.

»Denkt nach! Es könnte über Euer Leben entscheiden. Versucht, Euch in Gedanken zurückzuversetzen, und schaut Euch auf der Straße um. Erinnert Ihr Euch an eine Bewegung, einen Schatten, ein Geräusch, irgendetwas …?«

Breandán schloss die Augen und konzentrierte sich. Doch nach einer Weile schüttelte er wieder den Kopf. »Nein, ich bin sicher, da war niemand.«

Jeremy versuchte, sich seine Mutlosigkeit nicht anmerken zu lassen. »Nun, da kann man nichts machen. Ich werde eben nach anderen Zeugen suchen müssen. Der Mörder war dort. Irgendjemand muss ihn gesehen haben.«

Er bemerkte, dass Breandán an ihm vorbei durch die Eisengitter des Fensters starrte, ohne jedoch irgendetwas zu sehen, und auf einmal überkam ihn Ärger und der gereizte Impuls, ihn an den Schultern zu packen und kräftig zu schütteln, um ihn aus seiner unerklärlichen Lethargie zu reißen. Was war nur in ihn gefahren? Wo war sein kämpferischer Stolz, sein wilder Trotz geblieben, der ihn auf erschöpfenden Heerzügen, in wütendem Schlachtgetümmel und im finstersten Kerker des Newgate am Leben gehalten hatte? Jeremy bemühte sich, Breandáns Reaktion zu verstehen, doch es gelang ihm nicht. Konnte denn ein wenig Eifersucht einem Mann den gesamten Lebensmut nehmen? Wäre das nicht außerordentlich dumm und töricht, fern jeglicher Logik? Aber der Priester wusste auch, dass er hier vor einem Problem stand, das ihm selbst immer fremd gewesen war, und dass es ihm deshalb anderen gegenüber, die tiefer empfanden als er, an Einfühlsamkeit mangelte. Er gestand es nur ungern, aber seine kühle Überlegung, die Richter Trelawney so schätzte, war für einen Geistlichen, dem die Seelsorge schwacher, oft verzweifelter Menschen anvertraut war, ein beklagenswerter Makel. Also entschloss sich Jeremy zu einem weiteren Versuch, jenes Bollwerk des Starrsinns zu durchdringen, das der junge Ire um sich errichtet hatte.

»Weshalb habt Ihr mir gestern Morgen nicht gleich erzählt, was vorgefallen war, mein Sohn?«

Breandán zuckte zusammen, als erwache er aus einem Zustand der Betäubung. Die Ketten, die von den Ringen an seinen Hand- und Fußgelenken herabhingen, gaben ein Klirren von sich, das bei beiden Männern unwillkürlich eine Gänsehaut auslöste. Doch Breandán sah den Jesuiten an seiner Seite nicht an.

»Verzeiht mir, Pater«, sagte er nur.

»Aber was soll ich Euch verzeihen?«

»Dass ich Euch enttäuscht habe.«

Plötzlich meinte der Jesuit zu verstehen. Als der Ire im Herbst vorigen Jahres zu ihnen gekommen war, hatte Jeremy ihn dazu angehalten, seine Streitsucht in Zukunft zu zügeln und keine Scherereien zu machen. Und nun glaubte Breandán, die Erwartungen seiner Wohltäter enttäuscht zu haben – nicht ganz zu Unrecht. Jeremy erinnerte sich, dass er tatsächlich auf diese Weise reagiert hatte, aber nun, da er wusste, was passiert war, wandelte sich seine anfängliche Ernüchterung in Verständnis.

»Ich denke, ein Mann mit größerer Selbstbeherrschung als Ihr hätte bei einem Zusammentreffen mit seinem schlimmsten Peiniger nicht anders gehandelt«, sagte er sanft. »Es war ein unglücklicher Zufall, dass der Ratsherr ausgerechnet zu jener Stunde am Strand war, als Ihr Euch auf den Heimweg machtet ...« Jeremy hielt auf einmal irritiert inne. Ein unglücklicher Zufall ... ein Zufall? War es wirklich ein Zufall?

»Breandán, habt Ihr Lady St. Clairs Stadthaus morgens immer um die gleiche Zeit verlassen?«

Der Ire wandte verwundert den Kopf. »Ja, immer. Ich wollte das Stadttor erreichen, wenn es geöffnet wurde, so dass ich rechtzeitig in Meister Ridgeways Chirurgenstube sein und ihm zur Hand gehen konnte, bevor die ersten Kunden kamen.«

»Nun, ich weiß nicht, ob es von Bedeutung ist«, rief Jeremy, und seine Stimme klang erregt. »Aber ich finde es schon merkwürdig, dass sich ein ehrbarer Bürger wie Ratsherr Deane zu so früher Stunde allein am Strand aufhielt. Was tat er dort? Besuchte er jemanden? Weshalb war er ohne Begleitung unterwegs? Wusste er am Ende vielleicht sogar, dass er Euch dort treffen würde? So viele Fragen und so wenige Antworten. Ich fürchte, ich habe noch viel Arbeit vor mir, bis ich das Rätsel lösen kann. Betet zu Gott, mein Sohn, und zur Heiligen Jungfrau, dass sie mir bei meinen Nachforschungen helfen mögen.«

In den folgenden Tagen schränkte der Priester seine seelsorgerischen Tätigkeiten auf ein gerade noch vertretbares Maß ein und verwandte jeden freien Moment auf seine Suche nach einem Zeugen, der den Mörder des Ratsherrn gesehen haben könnte. Sicherlich würde sein Superior ihm für die Vernachlässigung seiner Pflichten einen Tadel erteilen, denn immerhin waren die Seelen seiner Schutzbefohlenen wichtiger als die Not eines einzelnen Mannes, dem Gott schon Gerechtigkeit widerfahren lassen würde, wenn er dessen würdig war. Doch Jeremy nahm die Aussicht auf einen Verweis ergeben in Kauf. Er war sich bewusst, dass das Leben eines Unschuldigen allein in seiner Hand lag – und er hasste diesen Gedanken. Versagte er, würde man Breandán Mac Mathúna mit Sicherheit hängen.

Und diesmal würde auch Sir Orlando Trelawney ihn nicht retten, nicht einmal, wenn er es könnte, denn der Richter glaubte nach wie vor an die Schuld des Iren. Sosehr ihm die Gerechtigkeit auch am Herzen lag, die phantastische Theorie von einer unbekannten dritten Person ging über seinen beschränkten Horizont hinaus. Er würde erst zweifeln, wenn er eindeutige Beweise vor sich hatte. Seine vorgefasste Meinung hinderte Trelawney allerdings nicht daran, den Jesuiten aus Freundschaft bei seinen Nachforschungen zu unterstützen, wenn er darum ersuchte.

Jeremy befragte die Dienerschaft der Häuser nahe des Hofes, in dem das Verbrechen begangen worden war, sprach mit dem Nachtwächter und horchte sogar die Flussschiffer aus. Doch niemandem war an jenem Morgen eine verdächtige Person aufgefallen. Der Mörder blieb tatsächlich gestaltlos, ein geisterhafter Schatten, ein Phantom …

Die nächste Gerichtstagung am Old Bailey rückte näher, und Jeremy hatte noch immer nichts in der Hand, was dem Beschuldigten helfen konnte. Ihm blieb keine andere Wahl, als seine Taktik zu ändern. Wenn er keinen Entlastungszeugen fand, musste er nach anderen Verdächtigen suchen. Wer außer Breandán hatte ein Motiv, Sir John Deane zu ermorden? Jemand aus seiner Familie, einer seiner Freunde, ein Kaufmann, mit dem er Geschäfte gemacht hatte? Jeremy bediente sich der besten Methode seiner Zeit, um an Auskünfte zu kommen: Er horchte die Dienstboten aus. In jedem Haushalt fand sich ein gieriger Lakai oder eine Magd, die gegen klingende Münze die bestgehüteten Geheimnisse ihrer Herrschaft ausplauderten. Bald wusste der Jesuit über die Geschäfte des ehemaligen Ratsherrn und Kaufmanns umfassend Bescheid. Doch er entdeckte nur ein paar harmlose Betrügereien, nichts, was einen Mord rechtfertigen würde.

Deanes ältester Sohn beerbte seinen Vater, doch da der Junge nie besonderes Interesse an Handelsgeschäften gezeigt hatte, konnte sich Jeremy nicht vorstellen, dass er dafür getötet hätte. Es war zum Verzweifeln! Niemand hatte einen überzeugenden Grund, Sir John Deane umzubringen, und doch hatte es jemand getan. Aber wer? Und warum? Jeremy wusste es nicht. Schweren Herzens musste er sich eingestehen, dass er versagt hatte.

»Wie kommt Ihr mit Euren Untersuchungen voran, Pater?«, erkundigte sich Sir Orlando neugierig, als Jeremy ihn drei Tage vor der Gerichtssitzung aufsuchte.

»Nicht so gut, wie ich hoffte«, gab er zähneknirschend zu. »Niemand hat den Mörder gesehen, weder vor noch nach der Tat. Ich denke, das Ganze war sorgfältig geplant.«

»Wie kommt Ihr darauf?«, fragte Trelawney, während er seinem Gast Wein in eines der neuen venezianischen Gläser einschenkte, die er sich vor kurzem in einem Anflug von Extravaganz zugelegt hatte. Doch er war nicht überrascht, dass der Jesuit die geschliffenen Kelche überhaupt nicht wahrnahm.

»Wundert es Euch nicht, was Sir John Deane so früh am Morgen am Strand zu suchen hatte? Sein Haus befindet sich doch innerhalb der Stadtmauern. Er muss den Stadtkern vor dem Öffnen der Tore verlassen und die Torwächter mit einem Trinkgeld überredet haben, ihn durchzulassen. Es kann also kaum ein morgendlicher Spazierritt gewesen sein.«

»Vielleicht hatte er eine Verabredung.«

»Möglich. Wenn es so war, hat er allerdings ein ziemliches Geheimnis daraus gemacht. Ich habe mit einem seiner Diener gesprochen, und der wusste nur, dass Deane früh das Haus verließ, aber nicht, wohin er ritt oder ob er sich mit jemandem treffen wollte.«

»Und das lässt Euch nun keine Ruhe.«

»Nein, denn ich spüre genau, dass in dem Grund für seinen frühen Aufbruch des Rätsels Lösung liegt.«

»Und Ihr glaubt, ich kann Euch helfen, es herauszufinden.«

»Wenigstens hoffe ich das. Deanes Witwe könnte es wissen. Doch mit einem Fremden wie mir wird sie kaum reden.«

»Nun, ich kenne sie auch nicht persönlich.«

»Aber sie kennt Euch, zumindest dem Namen nach, und wird sich nicht weigern, Euch zu empfangen. Ich bitte Euch, es zu versuchen.«

»Also gut«, lenkte Sir Orlando ein. »Wenn Ihr Euch etwas davon versprecht, werde ich Lady Deane gleich morgen befragen.«

»Ich würde Euch gerne begleiten, Mylord.«

Der Richter lächelte ironisch. »Ihr traut mir nicht zu, die richtigen Fragen zu stellen.«

»Das ist es nicht. Ich möchte nur gerne sehen, wie die Witwe reagiert.«

Am nächsten Morgen holte Trelawney den Priester mit seiner Kutsche ab.

»Es wäre mir lieber, Ihr kämt nicht mit«, gestand Sir Orlando mit ernster Miene. »Deane war in der Stadt sehr bekannt und wurde hoch geschätzt. Seine Ermordung hat beträchtliches Aufsehen erregt. Die Londoner Bürgerschaft verlangt, dass der Täter so bald wie möglich bestraft wird. Mit anderen Worten: Die braven Leute haben Blut gerochen und wollen ihn hängen sehen. Und sie werden jeden als Feind betrachten, der ihnen ihr Opfer entreißen will. Wenn man erst auf Eure Nachforschungen aufmerksam geworden ist, wird man anfangen, Fragen über Euch zu stellen. Und dann dauert es gewiss nicht lange, bis man herausfindet, dass Ihr römischer Priester seid.«

»Dessen bin ich mir bewusst, Mylord«, versicherte Jeremy. »Aber es geht hier um das Leben eines Menschen. Da muss ich das Risiko eingehen und mein eigenes Wohl hintanstellen.«

»Ihr seid närrisch, Euch für diesen Strauchdieb in Gefahr zu bringen.«

»Er ist kein Strauchdieb, und das werde ich Euch beweisen.«

»Euch ist nicht zu helfen.«

»Mylord, ich halte Breandán Mac Mathúna für unschuldig. Deshalb werde ich alles tun, um ihn vor dem Galgen zu bewahren.«

»Muss ich Euch als Priester daran erinnern, dass unser aller Leben allein in Gottes Hand liegt?«, tadelte der Richter den Jesuiten.

»Nun, der Gründer unseres Ordens, Ignatius von Loyola, hat einmal gesagt: ›Wir müssen so rückhaltlos auf Gottes Gnade vertrauen, als ob alle menschlichen Mittel nichts vermöchten; gleichzeitig aber alle menschlichen Mittel mit solcher Umsicht und Tatkraft anwenden, als ob aller Erfolg einzig davon abhinge‹«, zitierte Jeremy mit einem verschmitzten Lächeln.

Trelawney zog beeindruckt die Brauen hoch. »Ein kluger Mann, Euer Ignatius. Ich muss zugeben, ich verstehe immer besser, warum Ihr Euch der Gesellschaft Jesu angeschlossen habt.«

Sie waren inzwischen vor dem prächtigen Fachwerkhaus des toten Ratsherrn auf der Broad Street angekommen und warteten nun, bis der Laufbursche sie angemeldet hatte. Kurz darauf kehrte der Lakai zurück und teilte seinem Herrn mit, dass Lady Deane sich bereit erklärt hatte, sie zu empfangen.

Eine Magd führte sie in einen Empfangsraum mit getäfelten Wänden, in dem sie eine in Schwarz gekleidete, ältere Frau erwartete. Sie saß starr aufgerichtet in einem Armlehnstuhl und wies ihren Besuchern zwei Stühle an.

»Mylord, Ihr seht mich überrascht über Euren unangekündigten Besuch. Ich vermute, es geht um das Verbrechen, dem mein seliger Gatte zum Opfer gefallen ist.«

»Bitte erlaubt mir zuvor, Euch mein aufrichtiges Beileid zu bekunden, Madam«, setzte Sir Orlando in höflichem Ton an. »Niemand kann den Verlust ermessen, den Ihr erlitten habt.«

Das strenge Gesicht der Kaufmannsfrau wandte sich mit einem misstrauischen Ausdruck Trelawneys Begleiter zu. Ihr aus der Stirn gekämmtes, graues Haar verschwand fast vollständig unter einer schwarzen Spitzenhaube, und ihr schmuckloses Kleid war bis zum Hals geschlossen, nicht allein als sichtbare Attribute der Trauer, sondern auch als Zeugnis der puritanischen Neigung der Familie.

Jeremy sprach der Witwe ebenfalls sein Beileid aus, während diese ihn mit unverhohlenem Argwohn musterte. Der Instinkt der Frauen?, überlegte Jeremy. Sie ahnt, dass wir gekommen sind, um sie auszuhorchen.

»Es gibt da noch eine Frage, die bei den Untersuchungen bezüglich des Todes Eures Gatten offen geblieben ist, Madam«, erklärte Sir Orlando. »Für das Gericht ist es wichtig, sich ein umfassendes Bild der Umstände zu machen, unter denen das Verbrechen stattfand. Dazu gehört auch der Anlass, der Euren Gatten zu so früher Stunde nach Westminster führte. Wisst Ihr etwas darüber?«

Lady Deane wirkte sichtlich konsterniert. Sie sah den Richter eine Weile stumm an, als müsse sie sich erst klar werden, was er eigentlich von ihr wollte. Dann verschränkte sie die Finger ineinander und erwiderte steif: »Mein Gemahl hat mit mir nie über seine Geschäfte gesprochen.«

»War es denn eine geschäftliche Verabredung, zu der er an jenem Morgen unterwegs war?«, mischte sich nun Jeremy ein.

Die Witwe streifte ihn mit einem abweisenden Blick, der deutlich zeigte, dass sie die Befragung als ungehörig empfand. »Ich weiß nicht, wohin mein Gatte an jenem Tage ging. Er hat es mir nicht gesagt.«

»Und Ihr habt ihn auch nicht danach gefragt?«, hakte Jeremy nach.

»Er war mir keine Rechenschaft schuldig.«

Der gereizte Unterton, der in ihrer Stimme schwang, war für den Jesuiten leicht zu deuten. Natürlich hatte sie ihren Mann an jenem Morgen gefragt, wohin er sich in aller Herrgottsfrühe aufmachte. Und er hatte ihr mit der Arroganz des Patriarchen geantwortet, sie solle sich nicht in seine Angelegenheiten mischen.

»Hatte Euer Gatte Freunde, die in der Nähe des Strand wohnen? Oder suchte er dort vielleicht manchmal jemanden auf, mit dem er Geschäfte machte?«, erkundigte sich Sir Orlando in gleich bleibend höflichem Ton.

»Nicht dass ich wüsste. Alle Kaufleute, mit denen mein Gemahl Umgang hatte, besitzen Häuser innerhalb der Stadtmauern.«

Jeremy überlegte kurz, bevor er einen Schuss ins Blaue wagte: »Ist am Tag vor seinem Tod irgendetwas Außergewöhnliches vorgefallen? Hatte er Besuch von einem Fremden, oder erhielt er eine Nachricht?«

»Mir gegenüber erwähnte er nichts dergleichen«, war die enttäuschende Antwort.

Jeremy spürte, wie ihn allmählich Verzweiflung überkam. Seine Ahnung, dass der frühe Aufbruch des Ratsherrn am Tag seines Todes in direktem Zusammenhang mit dem Mörder stand, bestätigte sich mehr und mehr. Doch die Lösung des Rätsels entzog sich ihm wie ein schlüpfriges Tier.

»Dass Euer Gemahl Euch nichts von einer Nachricht erzählte, heißt nicht, dass es nicht vielleicht doch eine gab«, beharrte Jeremy. »Unter seinen Papieren könnte sich möglicherweise ein Anhaltspunkt finden.«

Im nächsten Moment musste der Jesuit erkennen, dass er zu weit gegangen war. Lady Deanes Gesicht verhärtete sich und wurde noch abweisender, falls dies überhaupt möglich war. Mit einem Ruck erhob sie sich vom Stuhl und rief empört: »Sir, ich weiß nicht, worauf Ihr hinauswollt. Aber Eure Worte klingen, als sei mein Gatte an seinem Tod mit schuld gewesen. Eure Andeutungen grenzen an Unverschämtheit. Mein Gemahl wurde von einem berüchtigten Strolch aus Rache umgebracht, den übrigens Ihr, Mylord, vor gar nicht langer Zeit mit einer milden Strafe habt davonkommen lassen, anstatt ihn zu hängen, wie er es verdiente. Und nun geht! Ihr seid in diesem Haus nicht länger willkommen.«

Sir Orlando warf dem Priester einen bedauernden Blick zu. Sie hatten keine andere Wahl, als sich zurückzuziehen.

Während sie in Trelawneys Kutsche in Richtung Paternoster Row fuhren, brütete Jeremy niedergeschlagen vor sich hin.

»Es tut mir Leid, dass wir keinen Erfolg hatten, Pater«, sagte der Richter mitfühlend, »für Euch mehr als für den Iren, denn Ihr scheint es Euch über jedes vernünftige Maß hinaus zu Herzen zu nehmen. Ihr habt alles Menschenmögliche getan, um McMahon zu entlasten, mehr könnt auch Ihr Euch nicht abverlangen. Es gäbe für ihn noch die Möglichkeit, auf Totschlag zu plädieren und dann das Vorrecht des Klerus in Anspruch zu nehmen, aber, um ehrlich zu sein, habe ich keine Hoffnung, dass die Geschworenen ihm diese Gnade erweisen werden.«

»Werdet Ihr an der Gerichtssitzung teilnehmen, Mylord?«

»Da der König bisher keinen Nachfolger für Lord Chief Justice Hyde ernannt hat, werde ich den Vorsitz führen. Ich verspreche Euch, dass McMahon während des Prozesses in keiner Weise benachteiligt wird. Aber mehr kann ich nicht für ihn tun.«

Fünfunddreißigstes Kapitel

Als Jeremy den Iren am folgenden Tag im Newgate aufsuchte, fand er ihn unverändert in einem Zustand der Resignation vor. Er schien vor den Augen des Jesuiten zu altern, seine Gesichtszüge erschlafften, seine Haut wurde grau und blutleer, und sein Blick wirkte starr und leblos, fast schon entseelt. Als Jeremy den jungen Mann so sah, überkam ihn das erste Mal in seinem Leben das spontane Verlangen, einen anderen Menschen herzlich in die Arme zu nehmen und ihn tröstend an sich zu pressen, eine Geste, deren Vorstellung bei Jeremy gewöhnlich ein abwehrendes Zurückweichen auslöste. Doch in diesem Moment empfand er so tiefes Mitgefühl für Breandán, dass der Wunsch, ihm zu helfen, stärker war als alle Scheu vor menschlicher Nähe.

Der Ire war sichtlich erstaunt, sich so unvermutet in einer väterlichen Umarmung wiederzufinden, die ihm trotz allem wohl tat, doch es dauerte nur einen Moment, bis er begriff, was sie bedeutete. »Ihr habt nichts herausfinden können«, konstatierte er. Es war nur die simple Feststellung einer Tatsache, kein Aufbegehren, kein Verzweiflungsausbruch, nur widerstandslose Resignation und grenzenlose Ernüchterung.

Jeremy fand keine Worte, um sein Scheitern auszudrücken. Linkisch setzte er an: »Es sind noch ein paar Tage ... ich werde weiter suchen ...«

Ohne den Priester anzusehen, entgegnete Breandán: »Ihr habt getan, was in Eurer Macht stand, Pater. Ich danke Euch dafür. Aber es scheint wohl, dass ich geboren wurde, um gehängt zu werden.«

»Das dürft Ihr nicht sagen. Niemand weiß, welche Pläne Gott mit Euch hat.«

»Ich habe für ein paar Monate erleben dürfen, dass das Leben auch schön sein kann. Ihr habt mir diese Erfahrung ermöglicht. Nun, ich wusste von Anfang an, dass es nicht von Dauer sein würde.« Breandán legte den Kopf in den Nacken, und Jeremy hatte auf einmal das Gefühl, als wolle er sein Gegenüber daran hindern, in seine Augen zu sehen und darin womöglich ein Zeichen von Schwäche zu entdecken.

»Es ist noch zu früh, um alle Hoffnung aufzugeben, mein Sohn«, tadelte ihn Jeremy. »Noch seid Ihr am Leben. Und auch wenn es Euch so scheinen mag, das Ergebnis des Prozesses steht nicht von vornherein fest. Die Jury wird sich Eure Version des Geschehens anhören und erst dann entscheiden, ob Ihr des Mordes schuldig seid oder nicht. Wenn Ihr sie überzeugen könntet, dass Ihr nicht geplant hattet, Deane zu töten, dass er Euch aber so sehr provozierte, dass Ihr ihn zum Duell gefordert und Euch dann nur gegen ihn verteidigt habt ... Legt den Geschworenen dar, dass er Eure Ehre beleidigt hatte ...«

»Pater, ein Mann wie ich hat in den Augen dieser Bürgersleute keine Ehre.«

»Erklärt der Jury trotzdem, was Deane zu Euch sagte. Dann wird sie verstehen, weshalb es zu dieser Auseinandersetzung kam.«

»Nein!«, sagte Breandán schroff.

Jeremy sah ihn überrascht an. »Warum nicht?«

Der junge Mann wandte sich ab und starrte die Steinquader der Wand an.

»Warum wollt Ihr nicht wiederholen, womit Deane Euch reizte?«, fragte Jeremy verwirrt. »Was war so schlimm daran?«

»Ich will nicht darüber sprechen«, wehrte Breandán eigensinnig ab.

»Mein Sohn, dies ist nicht der richtige Zeitpunkt, um Euren gekränkten Stolz zu pflegen. Euer Leben steht auf dem Spiel«, mahnte Jeremy eindringlich.

Da sprang Breandán vom Bett, auf dem er mit dem Priester gesessen hatte, auf einmal völlig verwandelt, nicht mehr schwermütig und niedergeschlagen, sondern von einer Wut und Bitterkeit erfüllt, die ihn am ganzen Körper zittern ließ.

»Ich weiß!«, schrie er. »Ich weiß, dass man mich hinrichten wird, egal, was ich tue oder sage. Ich habe nicht die geringste Chance. Gebt es doch zu! Oder seid Ihr ein Heuchler wie die anderen?«

Jeremy zuckte zusammen, weil er zugeben musste, dass der Ire Recht hatte, zumindest zum Teil. Die Lage des Angeklagten war hoffnungslos, solange er keinen Entlastungszeugen oder den wirklichen Mörder beibringen konnte. Aber Jeremy weigerte sich, aufzugeben, und er wollte verhindern, dass Breandán es tat. Sonst würde er noch vor dem Prozess alle Kraft einbüßen, die er doch für seine Verteidigung nötig brauchte.

»Ich will nicht, dass Ihr den Mut verliert«, erklärte der Jesuit schließlich. »Dazu habt Ihr noch genug Zeit, wenn sich die Schlinge um Euren Hals zusammenzieht. Erst dann dürft Ihr verzweifeln und mich verfluchen, weil ich versagt habe. Aber bis dahin müsst Ihr um Euer Leben kämpfen und mich in meinem Bemühen, Euch zu helfen, mit allen Kräften unterstützen.«

Breandán ließ sich wieder auf das Bett sinken. Der unkontrollierte Zornesausbruch war verraucht und das Lodern in seinen Augen erloschen. Jeremy war sich nicht sicher, ob seine Worte ihn erreicht hatten, seinen Kampfgeist schienen sie jedenfalls nicht geweckt zu haben.

»Ich schwöre, dass ich auch weiterhin alles tun werde, um

Eure Unschuld zu beweisen. Versprecht mir einfach nur, durchzuhalten!«, bat der Priester sanft.

Er wandte sich zum Aufbruch, doch bevor er die Tür des Kerkers erreichte, rief Breandán ihn noch einmal zurück. »Wartet. Ich habe noch eine Bitte. Wäre es Euch möglich, Pater Ó Murchú zu mir zu schicken? Ich würde gerne bei einem Landsmann die Beichte ablegen. Bitte nehmt mir das nicht übel.«

Jeremy versuchte, sich nicht verletzt zu fühlen, aber er war es trotzdem. Auch wenn Breandáns Bitte verständlich war, bewies sie doch, dass der junge Mann ihm, trotz allem, was er für ihn getan hatte, noch immer nicht völlig vertraute. Er verheimlichte etwas vor ihm, etwas, das in seinen Augen so schrecklich war, dass er es lieber mit ins Grab nehmen, als darüber sprechen wollte.

Amoret erwachte aus unruhigem Schlaf, überwältigt von dem Gefühl eines unermesslichen Verlustes, von grenzenloser Leere und Einsamkeit. Unwillkürlich tastete ihre Hand neben ihr über die Bettlaken, auf der Suche nach dem warmen schlanken Körper, an dessen Nähe sie sich gewöhnt hatte. Doch er war nicht mehr da, sie war allein. Erschrocken riss sie die Augen auf und drehte sich zur Seite, als die Erinnerung in ihr Bewusstsein drang und sie mit Angst erfüllte. Ausgelöst durch die ruckartige Bewegung, durchfuhr ein schneidender Schmerz Amorets Leib, und sie musste sich zurücklehnen, um nach Luft zu schnappen. Das Kind, das sie trug, war zu einer kaum erträglichen Last geworden. In ihrer Sorge um Breandán hatte sie die Veränderungen, die in ihrem Körper vorgingen, so weit wie möglich auszublenden versucht, und wenn das heranwachsende Wesen in ihrem Bauch sie schmerzhaft an seine Existenz erinnerte, geriet sie darüber in Wut, weil sie sich bewusst wurde, dass sie seine Gefangene war. Das Kind hinderte sie daran, Breandán im Kerker aufzusuchen und ihm in seiner Not beizustehen, wie sie es sich wünschte. Unablässig dachte sie an ihn, stellte sich vor, wie er in Ketten auf der bescheidenen Bettstatt lag, von undurchdringlichen Mauern und eisernen Gitterstäben umgeben, abgeschnitten von Sonne und Luft, der Hoffnungslosigkeit nahe. Und sie gab sich die Schuld an seiner misslichen Lage, weil sie es zugelassen hatte, dass er, um bei ihr zu sein, sich zu so unchristlicher Stunde durch die Straßen von London hatte begeben müssen. Vielleicht hätte sie darauf bestehen sollen, dass er später aufbrach, oder sie hätte ihm einen ihrer Diener mitgeben können. Sie wusste, es war zu spät, um sich mit derlei Selbstanklagen zu quälen, aber sie konnte ihre Gedanken keiner anderen Sache zuwenden.

Schwerfällig mühte sich Amoret aus dem Bett und rief nach ihrer Zofe. Es war der Tag, an dem die Gerichtssitzung eröffnet wurde. In wenigen Stunden würde Breandán vor der Jury stehen, deren Aufgabe es war, über sein Leben zu entscheiden. Und Amoret hatte sich geschworen, dabei zu sein. Es hatte sie einen erbitterten Kampf mit Pater Blackshaw gekostet, der sich – nicht gerade zu ihrer Überraschung – entschieden geweigert hatte, eine Hochschwangere mit zu Gericht zu nehmen. Er gab erst zähneknirschend nach, als sie ihm ebenso entschlossen drohte, auch allein dorthin zu gehen, wenn es sein müsse. Nichts würde sie abhalten, Breandán zu sehen und ihm – wenn auch nur aus der Ferne – bei seiner schwersten Prüfung beizustehen, auch nicht ihr Beichtvater, nicht einmal der Teufel persönlich, versicherte sie starrsinnig. Dem Jesuiten blieb keine Wahl, als ihr zu versprechen, dass er sie abholen und mit ihr zum Old Bailey fahren würde. Nur so konnte er ein wachsames Auge auf sie haben.

Amoret war fertig angekleidet, und ihre Kutsche stand bereit, als Jeremy in Hartford House eintraf.

»Wollt Ihr es Euch nicht noch einmal überlegen, Mylady?«, bat er inständig. »Allein die Fahrt in der Kutsche ist für eine Frau in Eurem Zustand gefährlich.«

»Pater, versteht doch, ich muss ihn sehen! Ich muss wissen, was mit ihm geschieht. Ich könnte es unmöglich ertragen, zu Hause zu sitzen und zu warten, während Breandán um sein Leben kämpft.«

»Also gut, Unverbesserliche. Dann lasst uns aufbrechen, damit wir nicht in das Gewühl von Schaulustigen geraten, das bei einem so aufsehenerregenden Fall zu erwarten sein wird.«

Amoret versuchte, sich nicht anmerken zu lassen, dass sie sich an diesem Morgen noch schwerfälliger fühlte als in den vergangenen Tagen. Das Kind lag schwer wie ein Fels in ihr, als suche es bereits einen Ausgang aus seinem paradiesischen, aber zu engen Gefängnis. Obwohl es ihre erste Schwangerschaft war, ahnte Amoret, dass der Zeitpunkt der Geburt nahe bevorstand, doch sie redete sich ein, dass es gewiss noch ein paar Tage dauern würde. Wenn der Prozess vorbei ist, dachte sie immer wieder, wenn ich erst Gewissheit habe, was mit Breandán geschieht, dann kann ich mich meinem Kind widmen …

Jeremy stützte sie auf dem Weg zum Hof, wo Lady St. Clairs Kutsche bereitstand, und half ihr beim Einsteigen. Dann nahm er auf dem schmalen Vordersitz Platz, damit sie die hintere Bank für sich hatte. Die Kutsche verließ den Hof und bog auf den Strand ein. Amoret legte instinktiv den rechten Arm in den Rücken, um sich zu stützen, doch das Ruckeln des Kutschkastens in seiner primitiven Aufhängung trieb ihr unwillkürlich den Schweiß auf die Stirn. Trotzig biss sie die Zähne zusammen, unterdrückte ein Stöhnen und bemühte sich hartnäckig, ihre Gesichtszüge zu entspannen, als sie Jeremys misstrauischen Blick auf sich gerichtet sah. Das erste Schlagloch auf der unebenen

Straße brachte Amorets Fassade schließlich zum Einsturz. Die Erschütterung löste einen stechenden Schmerz in ihrem Bauch aus und ließ sie aufschreien. Im Nu war Jeremy an ihrer Seite und nahm ihre Hand.

»Das müssen die Vorboten sein«, stellte er alarmiert fest. »Warum habt Ihr nichts gesagt, bevor wir losgefahren sind, törichtes Ding?« Er lehnte sich aus dem Fenster und rief dem Kutscher zu, sofort umzukehren.

Amoret klammerte sich mit einer Kraft an seinen Arm, dass es ihm wehtat. »Nein!«, keuchte sie. »Es darf nicht sein. Nicht jetzt!«

»Mylady, seid vernünftig. Das Kind bestimmt den Zeitpunkt. Und es hat diese Stunde gewählt.«

Amoret stieß einen Schrei aus, der Jeremy durch Mark und Bein ging. Zuerst glaubte er, eine besonders schmerzhafte Wehe habe eingesetzt. Doch es war kein Ausdruck körperlicher Qual, sondern ein Wutschrei, der in ein wildes Schluchzen überging.

»Nicht jetzt«, klagte Amoret immer wieder. »Nicht jetzt. Verflucht sei dieses Kind. Ich hasse es. Ich hasse es.«

Entsetzt über ihre Worte, drückte Jeremy ihre Hand. »Mylady, nehmt Euch zusammen. Ihr wisst nicht, was Ihr sagt.« Er redete beruhigend auf sie ein, doch sie schien ihn nicht zu hören, sondern brach in Tränen aus.

Im Hof von Hartford House angekommen, half er ihr aus der Kutsche und nahm sie dann auf die Arme. »Sagt Myladys Zofe Bescheid. Sie soll alles für die Entbindung vorbereiten«, befahl Jeremy dem Kutscher, der ihnen hastig voranlief, um den Auftrag auszuführen.

In Amorets Schlafgemach setzte Jeremy sie auf dem Bett ab, während die herbeieilenden Bediensteten die Utensilien zusammentrugen, die er schon vor Tagen vorsorglich ins Haus hatte bringen lassen, darunter den üblichen Gebärstuhl mit dem ausgeschnittenen Sitz. Man schickte nach einer Hebamme, die Jeremy aber nur zur Hand gehen und sich nach seinen Anweisungen richten sollte. Nachdem Helen, Lady St. Clairs Zofe, ihre Herrin bis aufs Hemd entkleidet hatte, tastete der Priester die Schwangere gründlich ab, um festzustellen, ob das Kind richtig lag. Amoret hatte sich noch immer nicht beruhigt und begann, sich gegen Jeremy zu wehren.

»Geht!«, flehte sie. »Ihr dürft Breandán nicht im Stich lassen. Wenn ich schon nicht bei ihm sein kann, müsst Ihr es zumindest.«

Der Jesuit schüttelte energisch den Kopf. »Ihr braucht mich jetzt nötiger als er. Während des Prozesses kann ich ohnehin nichts für ihn tun. Meister Ridgeway wird da sein und uns dann berichten, wie das Verfahren gelaufen ist.«

Doch keines seiner Worte vermochte Amoret zu besänftigen. Sie weinte und schluchzte wie ein Mensch, der alle Hoffnung verloren hatte. »Ich werde ihn nie wiedersehen. Sie werden ihn umbringen, und ich werde ihn nie wiedersehen.«

Jeremy sah verstört und hilflos auf sie hinab. Sicher, er hatte gewusst, dass sie einen Narren an dem jungen Iren gefressen hatte, auch wenn er nicht recht verstand, warum, so wenig umgänglich und in sich verschlossen, wie Breandán nun mal war. Aber jetzt musste er erkennen, dass Amoret offenbar nicht nur Zuneigung für ihn empfand, sondern tiefe leidenschaftliche Liebe, ein Gefühl, das in Jeremys Augen völlig unvernünftig und unverständlich, ja geradezu gefährlich war. Vielleicht war es nur die Reaktion auf den Beginn der Geburt, bei der viele Frauen unter starken Gemütsschwankungen litten, die nach einigen Tagen wieder abklangen, redete der Jesuit sich ein. Doch sein Verstand sagte ihm, dass er sich selbst etwas vormachte und sich damit abfinden musste, dass Amorets Gefühle, so verrückt und schädlich sie sein mochten, tatsächlich echt waren und dass der Verlust des Mannes, den sie liebte, ihr das Herz brechen würde.

Nun, er musste sie, zumindest für den Moment, zur Vernunft bringen und sie daran hindern, sich zu verausgaben, sonst würde sie die Strapazen der Geburt kaum durchstehen. Er sank neben ihr auf die Bettkante und packte sie energisch bei den Schultern.

»Mylady, Ihr müsst Eure Kräfte schonen. Es ist keine leichte Aufgabe, ein Kind zur Welt zu bringen. Ihr wisst nicht, was auf Euch zukommt.« Beschwörend fügte er hinzu: »Bitte, Amoret, wenn du schon nicht an dein Wohl denkst, dann denk an Breandán. Du kannst ihm nicht helfen, wenn du durch eine schwere Geburt Schaden nimmst und das Fieber bekommst.«

Er hatte sie nicht mehr geduzt, seit sie ein Kind gewesen war, und diese vertrauliche Anrede, die seine zunehmende Sorge verriet, durchdrang endlich die Nebel der Verzweiflung, die sie der Wirklichkeit entfremdet hatten. Sie starrte ihn mit tränenerfüllten Augen an und bemerkte die Blässe und Anspannung in seinem Gesicht. Er hatte Angst um sie. Diese Erkenntnis brachte sie allmählich wieder zur Vernunft. Sie liebte ihren alten Freund zu sehr, um ihm Kummer zu machen.

»Es tut mir Leid, Pater«, flüsterte sie schuldbewusst. »Aber ich habe solche Angst, dass ich ihn verliere ...«

»Vertraut mir«, bat Jeremy. »Ich werde schon einen Weg finden, um das Schlimmste zu verhindern. Und nun denkt nicht mehr daran. Ihr müsst Euch ganz auf die Aufgabe konzentrieren, die vor Euch liegt.«

Sechsunddreißigstes Kapitel

Vor dem Sitzungshaus am Old Bailey hielt Alan nervös Ausschau nach Jeremy und Lady St. Clair. Immer wieder wurde er von vorbeiströmenden Schaulustigen, die dem Gerichtshof zustrebten, zur Seite gedrückt und musste sich energisch gegen die nicht versiegende Menschenflut stemmen, um nicht einfach mitgerissen zu werden. Einen derartigen Andrang hatte die Old-Bailey-Sitzung schon lange nicht mehr erlebt. Sicher wurde neben Eigentumsdelikten auch häufiger mal ein Mord verhandelt, doch ein derart stadtbekanntes Opfer wie Sir John Deane hatte es seit den Prozessen der Königsmörder nicht mehr gegeben.

Alan reckte immer wieder ungeduldig den Hals, wenn er ein Gefährt herankommen sah, und wandte sich enttäuscht wieder ab, wenn er feststellte, dass es nicht Lady St. Clairs Kutsche war. Wo, zum Teufel, blieben die beiden nur? Jeremy war an diesem Morgen früh genug aufgebrochen, um die Lady abzuholen, er hätte längst mit ihr hier sein müssen. Ihm lag so viel daran, Breandán beizustehen, dass er den Prozess auf keinen Fall versäumen würde. Es sei denn … Alan war sich nicht sicher, wie weit Amorets Schwangerschaft fortgeschritten war, doch er ahnte, dass das Ausbleiben seines Freundes mit der bevorstehenden Niederkunft zu tun hatte. In diesem Fall würde er allerdings vergeblich warten.

»Meister Ridgeway?«, erkundigte sich eine höfliche Stimme in Alans Rücken. Verwundert drehte er sich um und stand einem schlanken, gut aussehenden jungen Mann gegenüber.

»Meister Ridgeway«, wiederholte dieser, »ich bin George Jeffreys. Ich nehme an, Dr. Fauconer hat meinen Namen schon einmal erwähnt.«

»O ja«, versicherte Alan. »Das hat er.«

»Eigentlich bin ich davon ausgegangen, dass Dr. Fauconer der heutigen Gerichtssitzung beiwohnen würde. Immerhin wird sein Schützling McMahon wegen Mordes angeklagt.«

»Nun, das hatte er auch vor. Irgendein Notfall muss ihn aufgehalten haben.«

»Ein Jammer. Einen solch aufsehenerregenden Prozess werden wir so bald nicht wieder erleben. Aber vielleicht wollt Ihr mir statt seiner Gesellschaft leisten. Ich habe zwei ausgezeichnete Plätze, von denen aus Ihr alles aus nächster Nähe beobachten könnt.«

Alan sah sich genötigt, das Angebot anzunehmen, denn mittlerweile war es im Gerichtshof so voll geworden, dass er keinen Platz mehr gefunden hätte. Es war höchste Zeit. Die Richter hatten sich bereits an ihrem erhöht stehenden Pult niedergelassen, und der Ausrufer bat mit sonorer Stimme um Ruhe. Sir Orlando Trelawney erklärte die Sitzung für eröffnet. Während die Formalitäten erledigt wurden, sah Alan sich in der Menge um, in der Hoffnung, dass Jeremy doch noch eingetroffen war, doch sosehr er auch um sich spähte, das hagere Gesicht seines Freundes war nirgendwo zu entdecken. Stattdessen bemerkte er zu seinem Erstaunen Gwyneth Bloundel unter den Zuschauern, wandte aber sogleich den Blick ab, als sie in seine Richtung sah. Einen Moment lang wunderte sich Alan über ihre Anwesenheit, dann sagte er sich, dass sie vermutlich wie viele Londoner eine gewisse Faszination für Verbrechen empfand, und versuchte schließlich zu vergessen, dass sie da war.

Es dauerte nicht lange, bis die Kommissionen verlesen worden waren. Der Gerichtshof summte vor gespannter Aufmerksamkeit und zunehmender Ungeduld, und die Atmosphäre unter den Zuschauern heizte sich mehr und mehr auf, ein Umstand, der Richter Trelawney missfiel und ihn auch ein wenig beunruhigte. Er wollte eine Sitzung ohne Zwischenfälle und ohne geräuschvolle Beteiligung der Menge. Um Ruhe und Ordnung zu gewährleisten, hatte er zusätzliche Gerichtsdiener angefordert. Und um die Geduld der Leute nicht über die Maßen zu strapazieren, hatten die Gerichtsschreiber bei der Erstellung der Prozessliste das Verfahren der Krone gegen Brendan McMahon wegen Mordes an Sir John Deane, Ratsherr und ehemaliger Lord Mayor der Stadt London, an die oberste Stelle gesetzt.

Als nun endlich die erste Gruppe von Gefangenen in Ketten in den Gerichtshof geführt wurde, ging ein Raunen durch die Menge. Man steckte die Köpfe zusammen und versuchte zu erraten, welcher von ihnen wohl der berüchtigte Mordbube war ... der hässliche Kerl mit dem verfilzten Bart ... oder der Hüne mit den blonden Haaren ... oder vielleicht der Bucklige mit der großen Narbe im Gesicht? Und als ein eher schmächtiger junger Mann mit edlen, aber fahl gewordenen Zügen und den Augen eines Toten der Aufforderung des Gerichtsschreibers folgte und an die Schranke trat, verfielen die Anwesenden unwillkürlich in Schweigen. Dieser abgehärmte Bursche sah tatsächlich nicht besonders gefährlich aus. Alan hörte neben sich sogar ein paar mitfühlende Bemerkungen. Doch die meisten schienen eher enttäuscht, dass sich der schreckliche Raubvogel als sanftes Täubchen entpuppte.

Alan war betroffen über die Veränderung, die der Ire in den zwei Wochen seit seiner Verhaftung durchgemacht hatte. Jetzt verstand er auch Jeremys Sorge und sein immer verzweifelteres Bemühen, Breandán zu helfen. Etwas nagte an dem jungen Mann, etwas, von dem ihn nur der Strick erlösen konnte.

Breandán hatte wie verlangt die Hand gehoben, als man seinen Namen aufrief. Daraufhin trug der Gerichtsschreiber die Anklageschrift vor, doch Alan, der das Gesicht des Iren sehen konnte, hatte den Eindruck, als höre er nicht einmal zu.

»... dass du, ohne die Furcht vor Gott vor Augen zu haben, sondern angetrieben und verführt durch die Anstiftung des Teufels, am fünfzehnten Tag des Monats Mai im siebzehnten Jahr der Herrschaft unseres Souveräns Charles' des Zweiten, von Gottes Gnaden König von England, Schottland, Frankreich und Irland, Verteidiger des Glaubens, um etwa halb sechs Uhr am Morgen des nämlichen Tages in der Pfarre von St. Martin-in-the-Fields in der Grafschaft Middlesex, Sir John Deane, Ritter, gegen den Frieden Gottes und unseres Souveräns des Königs, dort und zu jener Stunde in verbrecherischer Absicht, aus freiem Entschluss und mit böswilligem Vorsatz angegriffen hast; und dass du, der oben genannte Brendan McMahon, den besagten Sir John Deane von seinem Pferd gezerrt und in einem Hof dort und zu jener Stunde in verbrecherischer Absicht, aus freiem Entschluss und mit böswilligem Vorsatz den besagten Sir John Deane geschlagen und dann mit dem Degen des besagten Sir John Deane im Werte von fünfzehn Shilling den besagten Sir John Deane durchbohrtest, wodurch der besagte Sir John Deane auf die oben genannte Weise dort und zu jener Stunde augenblicklich zu Tode kam. Was sagst du, Brendan McMahon, bist du dieses Kapitalverbrechens des Mordes, wie es in der Anklageschrift niedergelegt ist, schuldig oder nicht schuldig?«

»Nicht schuldig«, antwortete Breandán, doch seine Stimme war so leise, dass der Gerichtsschreiber ein zweites und schließlich ein drittes Mal nachfragen musste.

Das juristische Ritual nahm seinen Fortgang mit der Aufforderung an den Beschuldigten, die Autorität des Gerichts anzuerkennen. »Angeklagter, wie soll über dich gerichtet werden?«

Man wartete auf die vorgeschriebene formelhafte Antwort, doch die Zeit verging, und sie kam nicht. Der Gerichtsschreiber spitzte angestrengt die Ohren, in dem Glauben, dass der Angeklagte noch leiser sprach als zuvor und er die Worte einfach überhört hatte.

Unruhe entstand, die Zuschauer begannen zu tuscheln, man stieß einander an und fragte, ob der Beschuldigte etwas gesagt oder ob er geschwiegen habe. Das Gemurmel wurde lauter und lauter, bis Trelawney schließlich die Geduld verlor und mit der Faust auf den Tisch schlug. »Ausrufer, sorgt dafür, dass Ruhe einkehrt!«

Da jeder wissen wollte, wie es weiterging, brachte die Neugier die Leute unverzüglich zum Schweigen.

Sir Orlando wandte sich an den Iren, der wie unbeteiligt dastand und zu Boden starrte. »Angeklagter, antwortet laut und vernehmlich auf die Frage, die der Gerichtsschreiber Euch stellt.«

Dieser wiederholte noch einmal die Formel: »Wie soll über dich gerichtet werden?«

Doch wieder wartete er vergeblich auf eine Antwort. Der Beschuldigte blieb stumm. Sir Orlando begann, sich unwohl zu fühlen.

Der zu seiner Linken sitzende Richter Tyrrell vom Zivilgericht bemerkte: »Vielleicht kann er nicht sprechen, oder er ist taub und kann den Gerichtsschreiber nicht verstehen.«

»Dann sollten wir die Jury entscheiden lassen, ob der Angeklagte an einem derartigen Gebrechen leidet«, fügte der Recorder, einer der Stadtrichter von London, hinzu.

Daraufhin wandte der Lord Mayor ein, dass die Jury ja noch gar nicht vereidigt sei und ob man wohl die Grand Jury für diese Aufgabe bemühen könne.

Sir Orlando hörte der Diskussion, die unter seinen Brüdern und den Ratsherren ausbrach, nicht zu. Sein Blick heftete sich auf den jungen Mann, der reglos vor der Schranke stand, als ginge ihn die ganze Angelegenheit nichts an. Er hoffte, dass dies nur eine weitere Demonstration seines kapriziösen irischen Stolzes darstellte, wie er sie schon bei seinem ersten Prozess erlebt hatte. Dieser Starrkopf würde es seinen Richtern nicht leicht machen. Ohne sich um die Debatte zu kümmern, in die sich seine Beisitzer ergingen, wandte sich Sir Orlando an Breandán:»Angeklagter, habt Ihr die Frage des Gerichtsschreibers gehört?«

Der Ire hob den Kopf und sah ihm direkt in die Augen, als seien sie beide allein. »Ja«, antwortete er tonlos.

»Habt Ihr auch ihren Sinn verstanden?«

»Ja.«

»Dann kennt Ihr die einzig mögliche Antwort auf die Frage, wie sie das Gesetz verlangt?«

»Ja.«

»Nun, werdet Ihr sie geben?«

»Nein.«

Trelawney hielt irritiert inne. In den Augen des Iren blitzte auf einmal ein herausfordernder Funke auf, und das gefiel ihm nicht. Was hatte dieser Narr vor? Es geschah häufiger, dass an dieser Stelle des Verfahrens die Verstocktheit eines Angeklagten den Prozess vorübergehend aufhielt. Meist waren es Dissenters, besonders Quäker, die eine generelle Abneigung gegen Schwüre und Formeln hegten und als Ausdruck ihres Trotzes vor Gericht immer wieder versuchten, die Richter in spitzfindige juristische Streitgespräche zu verwickeln. Es kostete stets Zeit und Mühe, die Aufsässigen zur Vernunft zu bringen. Blieben sie starrsinnig, war es zuweilen unumgänglich, sie in den Kerker zurückzuschicken. Doch diese Querköpfe waren zumeist geringerer Vergehen angeklagt. Bei einem Kapitalverbrechen wie in diesem Fall hatte die Weigerung des Angeklagten, mit dem Gericht zu kooperieren, schwerwiegende Konsequenzen.

In geduldigem Ton wandte sich Trelawney erneut an den Iren: »Wenn Ihr die verlangten Worte nicht sprecht, verliert Ihr das Recht auf einen Prozess und damit die Möglichkeit, Euch zu verteidigen.«

Breandán schwieg.

Nun schaltete sich Richter Tyrrell ein: »Angeklagter, Ihr müsst sagen, dass Ihr Euch Gott und Eurem Land unterstellt, sonst kann Euch nicht der Prozess gemacht werden.«

Sir Orlandos Blick bohrte sich in den des Iren, der auf einmal alles andere als leblos wirkte. Eine ungeheure Provokation flammte darin auf.

Trelawney spürte Ärger in sich aufsteigen. Das ist es also, was du beabsichtigst, dachte er. Narr, verdammter Narr, welch ein Preis für einen so wertlosen, flüchtigen Triumph. Wie stark muss dein Hass sein, dass du ein solches Opfer bringen willst, nur um dich zu rächen, an diesem Land, an den Privilegien seines Volkes, die es mit Stolz erfüllen und für die einst viele Menschen gestorben sind – und an mir, vor allem an mir willst du dich rächen, indem du mich zwingst, ein unrühmliches Gesetz unserer Justiz anzuwenden, einer Justiz, die die gerechteste der Welt ist. Ja, in deiner Schwäche besitzt du doch die Macht, mich zu zwingen. Es erfüllt dich mit Genugtuung, zu sehen, wie ich etwas tun muss, das ich verabscheue und das mir Nacht für Nacht den Schlaf rauben wird. Alles nur aufgrund eines tragischen Irrtums, eines Missverständnisses in der Anwendung eines längst ausgedienten Gesetzes, eines unsinnigen Gesetzes, das schon längst hätte geändert werden müssen. Es ist der Buchstabe, der unserem Recht zur Schande gereicht. Wahrlich eine bittersüße Rache; indem du unser Recht verhöhnst, verhöhnst du auch mich und alles, woran ich glaube. Mehr noch, am Ende wirst du es sein, der gewinnt, mag es dich auch das Leben kosten. Ich aber muss mit der Schuld leben, dich zum Märtyrer gemacht zu haben.

Sir Orlando starrte den jungen Iren so intensiv an, dass er die verwunderten Blicke seiner Beisitzer nicht bemerkte. Schließlich räusperte sich Richter Tyrrell und ergriff das Wort. »Angeklagter, man hat Euch unterwiesen, welche Worte Ihr zu sprechen habt. Seid vernünftig, sonst stürzt Ihr Euch selbst ins Verderben.«

Als keine Reaktion erfolgte, fuhr er mahnend fort: »Solltet Ihr Euch auch weiterhin weigern, dieses Gericht anzuerkennen, werdet Ihr dem Henker übergeben, und dieser wird Euch der Folter unterziehen, bis Ihr entweder nachgebt oder Euer Leben aushaucht.«

Das Gesicht des Gefangenen zeigte auch angesichts dieser fürchterlichen Drohung keinerlei Gemütsregung. Sir Orlando spürte seine Kiefermuskeln zucken, als er grimmig die Zähne aufeinander presste. Er hatte sich nicht getäuscht. McMahon meinte es ernst. Er wusste, was ihn erwartete, und er war entschlossen, diese Wahnsinnstat bis ans bittere Ende zu treiben.

»Angeklagter«, beharrte Richter Tyrrell, »Ihr wisst nicht, worauf Ihr Euch einlasst. Ihr werdet eines schrecklichen Todes sterben, wenn Ihr weiterhin so verstockt seid. Und Ihr verscherzt Euch jegliche Möglichkeit, Eure Unschuld zu beweisen.«

Doch seine Argumente prallten wirkungslos an dem jungen

Mann ab, der stumm vor ihnen stand und sie herausfordernd ansah.

»Es hat keinen Sinn«, entschied Trelawney. »Er wird nicht nachgeben.«

Alan, der den Wortwechsel gespannt verfolgt hatte, wandte sich beunruhigt an seinen Nachbarn. »Was hat das zu bedeuten?«

George Jeffreys lächelte sarkastisch. »Es bedeutet, dass Euer Ire die englische Justiz zum Stillstand gebracht hat wie einen alten Karren, der im Dreck steckt.«

»Und was geschieht jetzt?«

»Euer Freund wird der *peine forte et dure* unterzogen. Kein angenehmer Tod.«

Verwirrt über Trelawneys ungewohnte Zögerlichkeit an diesem Morgen, erinnerte Richter Tyrrell ihn schließlich mit gesenkter Stimme: »Ihr müsst die Folter anordnen, Bruder.«

Sir Orlando seufzte ergeben. »Ihr habt Recht. Ich *muss*.« Sein Blick streifte erneut den des Iren, dann senkte er die Augen und verkündete die Entscheidung des Gerichts: »Angeklagter, das Gericht verfügt, dass Ihr in den Kerker zurückgeführt werdet, von dem Ihr kamt, in ein dunkles Verlies; dass man Euch mit dem Rücken auf den Boden legt und dass Eure Arme mit einem Seil festgebunden werden und Eure Beine ebenso und dass man auf Euren Leib mehr und mehr Eisengewichte legt. Am ersten Tag erhaltet Ihr drei Bissen Gerstenbrot, und am nächsten dürft Ihr Wasser trinken; und dies wird Eure Strafe sein, bis der Tod Euch erlöst.«

Im Gerichtshof trat geisterhafte Stille ein. Die *peine forte et dure* war in London seit Jahren nicht mehr angewendet worden. Ihr letztes Opfer war Major Strangeways gewesen, der wegen Mordes an seinem zukünftigen Schwager vor Gericht gestanden hatte, und sein Tod unter der Folter war den meisten noch gut im Gedächtnis.

Richter Trelawney gab einem der Gefängnisschließer, die die Häftlinge in den Hof geführt hatten, einen Wink. Der Mann trat vor, packte Breandán, der sich nicht gerührt hatte, am Arm und brachte ihn weg.

»Heilige Mutter Gottes!«, stieß Alan hervor. »Das können sie doch nicht tun. Das ist unmenschlich.«

»Er hat es so gewollt, mein Freund«, belehrte ihn George Jeffreys. »Aber vielleicht ist es besser so. Das Gericht erlaubt Freunden oder Verwandten des Angeklagten gewöhnlich, seine Leiden zu verkürzen.«

»Wie?«

»Im Fall Strangeways haben sich seine Freunde zusätzlich zu den Gewichten auf seine Brust gestellt. Er starb sehr schnell.«

Alan starrte seinen Nachbarn entsetzt an. Es dauerte eine Weile, bevor er sich gefangen hatte, doch dann hielt ihn nichts mehr an seinem Platz. Er sprang auf und schob sich energisch zwischen den Zuschauern hindurch, bis er die Tür nach draußen erreicht hatte. Jeremy musste schnellstens von der unerwarteten Wendung in Kenntnis gesetzt werden. Vielleicht gelang es ihm, den Iren zur Vernunft zu bringen, bevor dieser sich freiwillig unter zentnerschweren Gewichten zu Tode quetschen ließ.

Ohne anzuhalten, hastete Alan den Old Bailey entlang, bog in den Ludgate Hill ein und lief zur Anlegestelle von Blackfriars hinunter. Ungeduldig wartete er auf ein Boot, obwohl er wusste, dass es sinnlos war, sich abzuhetzen, denn das Urteil des Gerichts wurde erst am nächsten Morgen vollstreckt. Da Alan aber nicht sicher war, ob Jeremy sich tatsächlich im Haus von Lady St. Clair aufhielt, wollte er keine Zeit verlieren.

Ein Flussschiffer nahm ihn schließlich auf und setzte ihn kurze Zeit später am Landungssteg von Hartford House ab. Nachdem Alan seinen Namen genannt hatte, führte ein Lakai ihn durch den Garten ins Haus bis vor eine Tür im Obergeschoss. Es herrschte ein reges Kommen und Gehen. Dienstmädchen trugen schmutzige Laken und mit Wasser gefüllte Schüsseln aus dem Raum, in dem Alan ein großes Baldachinbett stehen sah. Vorsichtig trat er näher. An der Seite des Bettes saß Jeremy auf einem Stuhl, die Hemdsärmel bis zu den Ellbogen hochgekrempelt, und rieb sich die Stirn. Er wirkte müde und erschöpft. Als er plötzlich Alan neben sich auftauchen sah, zuckte er zusammen.

»Was macht Ihr denn hier?«, zischte er. »Ihr solltet doch den Prozess verfolgen.«

Alan beugte sich vor, um einen Blick auf die Frau im Bett zu erhaschen. »Ist sie wohlauf?«

»Ja, sie schläft.«

»Und das Kind?«

»Es liegt dort in der Wiege. Ein prächtiger Junge«, verkündete Jeremy stolz, als sei er selbst der Vater. »Und nun erklärt mir endlich, was passiert ist.«

»Der Prozess findet nicht statt. Breandán hat sich geweigert, das Gericht anzuerkennen. Morgen wird man ihn foltern.«

»Was? Das kann nicht Euer Ernst sein.«

»Leider doch.«

»Und Richter Trelawney hat nichts getan, um das zu verhindern?«

»Glaubt mir, er hat es versucht. Er hat auf Breandán eingeredet, wie übrigens die anderen Richter auch. Sie haben kein Interesse daran, einen Mann ohne Prozess zum Tode zu verurteilen. Das wirft ein schlechtes Licht auf unsere Justiz.«

»Ich fange an, den Glauben an die englische Justiz zu verlieren«, sagte Jeremy zähneknirschend. »Alan, bleibt hier und achtet gut auf Lady St. Clair. Ich vertraue sie Euch an. Wenn sie aufwacht, sagt ihr nicht, was passiert ist. Das würde sie nur aufregen. Erklärt ihr, dass der Prozess verschoben wurde. Derweil spreche ich mit Seiner Lordschaft.«

Siebenunddreißigstes Kapitel

»Wie könnt Ihr das zulassen?«, rief Jeremy lauter und anklagender, als er es eigentlich beabsichtigt hatte. »Wie könnt Ihr es mit Eurem Ehrgefühl vereinbaren, einen Menschen zu einem so qualvollen Tod zu verurteilen?« Die Hände zu Fäusten geballt, schritt der Priester aufgebracht in Trelawneys Studierstube im »Serjeants' Inn« auf und ab, verblüfft über seine Unbeherrschtheit, die er an sich nicht kannte.

Der Richter stand an seinem Schreibtisch und verfolgte die gereizten Gesten seines Besuchers mit verständnisvoller Nachsicht. »Es liegt nicht in meiner Macht, es zu verhindern«, entgegnete er ruhig.

»Auf dem Kontinent preist man das englische Recht als das menschlichste und gerechteste von allen, weil der Freiheitsbrief des englischen Volkes, die Magna Charta, die Anwendung der Folter verbietet. Welch ein Hohn! Wie viele meiner Glaubensgenossen sind allein unter Königin Elizabeth gefoltert worden.«

»Dies geschah auf ausdrücklichen Befehl des Monarchen«, widersprach Sir Orlando geduldig. »Dem Gemeinen Recht nach galt die Folter damals ebenso wenig als legal wie heute. Ich weiß, dass auch einige Eurer Brüder der Tortur unterzogen wurden, und es tut mir Leid, das müsst Ihr mir glauben. Aber die ständige Bedrohung unseres Königreichs durch die römisch-katholischen Mächte rief damals große Angst hervor und führte bedauerlicherweise zu einer unangemessenen Grausamkeit. Ich versichere Euch jedoch, dass die Folter heutzutage hier in England nicht mehr angewendet wird.«

»Mit Ausnahme der *peine forte et dure!*«, gab Jeremy empört zurück.

»Ja, mein Freund, so schwer es mir fällt, es zuzugeben, so ist es. Und was diese beklagenswerte Tatsache umso tragischer macht, ist der Umstand, dass die bloße Existenz dieser Art der Folter auf einem unerklärlichen juristischen Missverständnis beruht. Das Statut, auf das sie zurückgeht, spricht eigentlich von *prison forte et dure*, von verschärften Haftbedingungen, unter denen der Gefangene untergebracht werden sollte. Niemand weiß, wann und warum aus *prison peine* wurde. Es ist eine Schande für unsere Justiz.«

»Dann tut etwas dagegen!«, beschwor ihn Jeremy.

»Das kann ich nicht. Das Gesetz will es so.«

Gereizt warf der Jesuit den Kopf in den Nacken und ließ ihn dann langsam nach vorne sinken. Nach kurzem Schweigen sagte er herausfordernd: »Wenn man mich eines Tages vor Gericht stellt, werdet Ihr mich dann auch zu der Strafe verurteilen, die das Gesetz für meinesgleichen vorsieht?«

Sir Orlando wurde schlagartig blass. Vor seinem inneren Auge entstand jäh eine grausige Vision. Er sah sein Gegenüber, den Mann, der ihm zum Freund geworden war, nackt auf den Brettern des Schafotts liegen, unter dem Messer des Henkers, bei lebendigem Leib zerstückelt ... die vom Gesetz dieses Königreichs bestimmte Strafe für katholische Priester, die innerhalb seiner Grenzen aufgegriffen wurden ... und für einen Moment spürte Trelawney, wie sich ihm der Magen umdrehte und die Knie unter ihm nachgaben. Mit einem Stöhnen tastete er hinter sich nach einem Halt und ließ sich kraftlos auf den Stuhl sinken, der in Reichweite stand. Seine zitternden Hände klammerten sich an die Armlehnen. »Nein!«, entfuhr es ihm. »Nein, das würde ich nicht zulassen, und Ihr wisst es. Aber es wäre müßig, darüber zu diskutieren, denn auch wenn dieses barbarische Gesetz noch existiert, wird es doch nicht mehr angewandt.« Ein wenig verärgert, weil der Priester ihn dermaßen in die Enge getrieben hatte, fuhr Trelawney fort: »Ich versichere Euch, dass auch die *peine forte et dure* nicht leichtfertig eingesetzt wird. Der Scharfrichter wird zuerst auf andere, weniger schmerzhafte Mittel zurückgreifen, um den Gefangenen umzustimmen. Erst wenn dieser sich weiterhin weigert, das Gericht anzuerkennen, wird man ihm Gewichte auflegen.«

»Und seinen Körper darunter zerquetschen. Das ist grausam und unchristlich.«

»Darf ich Euch daran erinnern, dass die meisten christlichen Länder auf dem Kontinent die Folter als legales Mittel der Wahrheitsfindung ansehen! Wäre Euer Ire dort wegen Mordes verhaftet worden, hätte man ihn von vornherein gefoltert, um ihm ein Geständnis abzupressen, ohne ihm zuvor die Gelegenheit zu geben, sich vor Gericht zu verteidigen. Er hätte nicht einmal das Recht auf einen Prozess, sondern könnte ohne Verfahren inhaftiert und gefangen gehalten werden. Das ist hier in England dank der Magna Charta nicht möglich.« Sir Orlando beugte sich, die Ellbogen auf dem Tisch, ein wenig vor. »Ihr habt Recht, wenn Ihr die *peine forte et dure* als unmenschlich bezeichnet. Aber niemand wird gezwungen, sich ihr zu unterziehen. McMahon hat seine Wahl selbst getroffen. Er trägt ganz allein die Verantwortung für sein Schicksal. Bringt ihn zur Vernunft, Pater, und ich verspreche Euch, der Befehl wird sofort aufgehoben.«

Jeremy wandte den Blick ab und fuhr sich mit bebender Hand durchs Haar. Er gab sich geschlagen. »Verzeiht mir, Mylord. Ich weiß selbst nicht, was mit mir los ist. Ich fühle mich so hilflos. Und ich zweifle an meinen Fähigkeiten als Seelsorger, weil es mir nicht gelingt, Zugang zu diesem irischen Dickkopf zu finden. Warum tut er das? Weshalb entscheidet er sich für einen so schrecklichen Tod? Ich verstehe es nicht ... und darin liegt mein Versagen.«

Sir Orlando betrachtete den Jesuiten nachdenklich und entgegnete dann überzeugt: »Habt Ihr schon einmal die Möglichkeit in Erwägung gezogen, dass McMahons Verhalten ein Schuldbekenntnis darstellt?«

Jeremy schüttelte abwehrend den Kopf. »Nein, ich glaube nach wie vor, dass er unschuldig ist. Es muss einen anderen Grund geben.«

Seufzend lehnte Trelawney sich in seinem Stuhl zurück. »Nun gut, dann versucht, diesen herauszufinden. Ihr habt freien Zugang zu dem Gefangenen. Redet mit ihm. Überzeugt ihn, dass es besser für ihn ist, mit dem Gericht zusammenzuarbeiten.« Sein Gesicht nahm einen ernsten Ausdruck an. »Aber falls es Euch nicht gelingt, ihn umzustimmen, möchte ich Euch noch sagen, dass es von jeher üblich war, den Verwandten oder Freunden des Häftlings zu erlauben, seinem Leiden ein schnelles Ende zu bereiten. Die meisten nehmen diese Gnade in Anspruch.«

In Jeremys Blick trat Entrüstung. »Das wäre Mord.«

»Nun, ich weiß, dass es für Euch als Priester nicht in Frage kommt, aber vielleicht gibt es jemand anders, der diese Aufgabe übernehmen will.«

»Nein! Das werde ich nicht zulassen.«

»Überlegt es Euch. Es ist ein langsamer und schmerzhafter Tod. Manche Gefangene haben tagelang gelitten.«

In Jeremys Innern stieg Wut auf. Jetzt war er es, der sich in die Enge getrieben fühlte. War er tatsächlich gezwungen, eine so gottlose Entscheidung zu fällen? Zu bestimmen, ob ein

Mann unter furchtbaren Schmerzen starb, oder dabei mitzuhelfen, ihn zu töten? Er könnte weder das eine noch das andere ertragen.

Man hatte Breandán in eine Einzelzelle gesperrt, damit ihm niemand Nahrung zustecken konnte. Jeremy wurde erst zu ihm hineingelassen, als er den von Richter Trelawney unterschriebenen Passierschein vorzeigte. Man hatte ihn jedoch nicht durchsucht, und so wartete er geduldig, bis der Wächter die Tür hinter ihm wieder verschlossen hatte, holte dann ein Stück Brot und eine Flasche Ale unter seinem Mantel hervor und drückte sie Breandán in die Hand. Wortlos verschlang dieser das Brot und löschte seinen quälenden Durst.

Jeremy setzte sich zu ihm auf das hölzerne Bettgestell. Das Stroh, mit dem die Unterlage gefüllt war, roch muffig. Durch die schmale, vergitterte Fensteröffnung drang kaum frische Luft und noch weniger Licht. Eine einzelne Talgkerze brannte in einer verbogenen Halterung aus Zinn. Die unruhig flackernde Flamme ließ geisterhafte Schatten auf Breandáns Gesicht tanzen, das dadurch maskenhaft und leblos wirkte.

Jeremy wollte gerade zum Sprechen ansetzen, als der Ire ihm zuvorkam. »Sagt nichts, Pater. Ich habe mich entschieden und werde meine Meinung nicht ändern.«

Seufzend ließ Jeremy die Luft, mit der er seine Lungen gefüllt hatte, wieder entweichen und blieb eine Weile stumm. Er wusste, dass dieser verrückte Bursche es ihm nicht leicht machen würde, und entschied, es mit Geduld zu versuchen.

»Gut, wie Ihr wollt, mein Sohn. Aber denkt Ihr nicht, dass Ihr mir eine Erklärung schuldig seid, weshalb Ihr so leichtfertig Euer Leben wegwerft?«

Breandán saß vornübergebeugt auf dem Rand der Bettstatt, die Ellbogen auf die Knie gestützt, und knetete krampfhaft seine Hände. »Weil es keinen Penny mehr wert ist«, entgegnete er abfällig. »Ich sterbe sowieso. Ihr wisst, dass es so ist. Aber ich will nicht wie ein Schaf zum Schlachter geführt werden, mit der Schlinge um den Hals, umgeben von einer grölenden Menge, die mich verhöhnt, mich bespuckt und mich mit Kot bewirft; die sich an dem Schauspiel des Todes ergötzt und nur sehen will, wie ich am Ende eines Strickes baumele und ihnen die Zunge herausstrecke. Nein, Pater, das will ich nicht erleben. Lieber sterbe ich hier in einem dunklen Loch, aber allein, und nicht umgeben von Hass und Verachtung.«

»Das ist nicht der einzige Grund, nicht wahr? Ihr wollt nicht, dass *sie* Euch am Galgen sieht«, ergänzte Jeremy sanft.

Breandán nickte schwach.

»Sie hat übrigens heute Morgen einen gesunden Jungen zur Welt gebracht«, fügte der Jesuit hinzu.

Der junge Mann wandte jäh den Kopf und sah ihn mit einem seltsam enttäuschten Ausdruck in den Augen an. »Wie geht es ihr?«

»Sie hat die Entbindung gut überstanden. Aber sie macht sich große Sorgen um Euch. Ich habe ihr noch nicht gesagt, was Ihr vorhabt, aber sie ...«

Breandán fiel ihm unwirsch ins Wort. »Ihr dürft es ihr nicht sagen. Sie würde es genauso wenig verstehen wie Ihr.«

»Da habt Ihr zweifellos Recht«, stimmte Jeremy sarkastisch zu. »Aber lasst mich eins absolut klarstellen. Falls Ihr erwartet, dass ich Euch beim Sterben behilflich bin, so habt Ihr Euch getäuscht. Wenn der Scharfrichter Euch morgen früh auf dem Boden ausstreckt und Euch die Gewichte auflegt, werde ich Euch keinen Stein unterlegen, der Euch das Rückgrat bricht, und mich auch nicht auf Eure Brust stellen, damit Euer Herz schneller versagt, auch wenn es so üblich ist. Habt Ihr das verstanden?«

Breandán starrte den Jesuiten erst entsetzt und dann feindselig an. In seine Augen trat ein zorniges Lodern. »Verfluchter Priester!«, knurrte er. »Ihr wollt lieber meinen Willen gebrochen sehen, als mir die Gnade eines raschen Todes zu gewähren.«

»Ich will, dass Ihr vor Gericht geht und um Euer Leben kämpft!«

»Wozu, zum Teufel? Für ein paar Tage mehr, die schlimmsten meines elenden Daseins? Um am Ende doch gehenkt zu werden? Nein, ich will nicht mehr.«

»Ihr wollt davonlaufen. Seid Ihr jemals aus einer Schlacht davongelaufen, als Ihr noch Soldat wart?«

Breandán senkte den Kopf und verknotete wieder seine Hände ineinander. »Nein«, sagte er leise. »Aber das ist nicht dasselbe.«

»Wovor lauft Ihr wirklich weg, mein Sohn? Weshalb wollt Ihr vor Gericht nicht offen legen, was an jenem Morgen passiert ist, als Ihr auf Deane traft?«, beharrte Jeremy.

Doch wie so viele Male zuvor verbarrikadierte sich Breandán hinter der undurchdringlichen Bastion seines Schweigens.

Jeremy hatte dem Schließer ein Schmiergeld zugesteckt, damit er die Nacht über in der Zelle bleiben konnte. Er bemühte sich noch einige Male, Breandáns Gesinnung zu ändern, bemerkte aber, dass er immer nur wie gegen eine Mauer sprach. Schließlich betete er eine Weile mit ihm und überredete ihn dann, wenigstens den Versuch zu machen und ein wenig zu schlafen.

Als bei Morgengrauen der Höllenlärm des Schlüssels in den Türschlössern erklang, waren sie beide bereits wach. Jeremy spürte, wie sein Magen knurrte, und nahm an, dass es Breandán ebenso erging. Der Ire würde in den nächsten Tagen jedoch kaum genug zu essen bekommen, um ihn am Leben zu erhalten. Ihn hungern und dursten zu lassen war Teil der Strafe.

»Seid Ihr bereit?«, fragte der Schließer. Man sah ihm an, dass auch ihm nicht wohl bei der Sache war.

»Ja«, antwortete Breandán und erhob sich vom Bett. Der Wächter ließ sie vorangehen und dirigierte sie durch ein Labyrinth von Gängen, die von dem Bereich, in dem sich die Einzelzellen befanden, bis zum Presshof führte, an dem die besten Zimmer für wohlhabende Gefangene lagen. Beim Gehen schleiften Breandáns Fußketten klirrend über den Steinboden. Es war das einzige Geräusch in dem noch ruhigen Gefängnis. Sie durchquerten den kleinen Hof, in den auch zur Mittagszeit nur wenig Sonnenlicht drang, stiegen in den zweiten Stock hinauf und betraten einen kleinen Raum, die Presskammer. Ihr Name gab unmissverständlich über ihre Funktion Auskunft. Im Innern warteten bereits Jack Ketch mit einem seiner Gehilfen und ein Gerichtsschreiber, der das Protokoll führen sollte. Der Henkersknecht nahm Breandáns Arm und stieß ihn zu einem an der Wand stehenden Schemel. »Setzt Euch dahin!«

Der Gerichtsschreiber trat zu ihm. »Ihr seid Brendan McMahon?«, fragte er, eine Formalität, um sicherzugehen, dass man nicht den Falschen der Folter unterzog.

Breandán nickte bestätigend.

»Nun, weigert Ihr Euch immer noch, Euch vor Gericht stellen zu lassen, oder habt Ihr Vernunft angenommen?«

Der Ire sah ungerührt zu dem Mann auf und schüttelte den Kopf.

Daraufhin machte der Gerichtsschreiber Ketch ein Zeichen. »Scharfrichter, waltet Eures Amtes.«

Jeremy sah, wie der Henkersknecht seinem Meister eine zusammengerollte Schnur reichte, bevor dieser an den Gefangenen herantrat. »Eure Hände«, forderte Ketch.

Breandán streckte sie ihm widerstandslos entgegen. Der Henker drehte sie so, dass die Handflächen gegeneinander lagen, und begann nun, die feine Schnur um beide Daumen zu wickeln. Dabei zog er sie so fest hin und her, dass sie Haut und Fleisch durchsägte, so mühelos, wie ein Messer durch Butter glitt. Breandán biss vor Schmerz die Zähne aufeinander und schloss die Augen, doch er gab keinen Ton von sich. Dunkles Blut quoll aus den Wunden und rann über seine verschlungenen Finger. Es war eine milde Form der Folter, verglichen mit der Quälerei, die noch folgen sollte, und zeugte trotz allem von der Scheu der englischen Justiz, sie überhaupt anzuwenden. Die meisten Aufrührer wurden durch die Schnur eines Besseren belehrt und gaben nach, doch Breandán ließ alles willenlos über sich ergehen.

Wieder wandte sich der Gerichtsschreiber an ihn: »Angeklagter, erkennt Ihr das Gericht an? Werdet Ihr die verlangte Formel sprechen?«

»Nein«, war die sture Antwort.

Jack Ketch warf dem Gerichtsschreiber einen fragenden Blick zu. Dieser nickte. Sein Gesicht wirkte blass. »Also gut, wir haben alles versucht. Fangt an!«

Der Henkersknecht holte sein Werkzeug und begann nun, die Ketten des Gefangenen abzuschlagen, indem er die Eisenringe um seine Gelenke in eine Form hämmerte, die es Breandán erlaubte, sie über seine Hände und Füße zu streifen.

»Zieht Euch aus!«, befahl Ketch.

Nach kurzem Zögern gehorchte der Ire, zog sich zuerst das Leinenhemd über den Kopf und dann die Schuhe und Strümpfe aus. Jeremy nahm die Kleidungsstücke entgegen.

»Die Beinkleider könnt Ihr anbehalten«, sagte der Scharfrichter. »Und nun legt Euch hier auf den Boden.«

Der Henkersknecht führte Breandán in die Mitte des Raumes, zwischen vier in gleichmäßigen Abständen in den Steinboden eingelassene Eisenringe. Er wartete, bis er sich auf den Rücken gelegt hatte, und hockte sich dann neben ihn, wand einen kurzen Strick um Breandáns rechtes Handgelenk, zerrte seinen Arm in ausgestreckter Haltung in Richtung des Eisenrings und knotete das andere Ende des Seils daran fest. Danach verfuhr er auf dieselbe Weise mit dem linken Arm und den Beinen, so dass der Gefangene wehrlos gefesselt vor ihnen auf dem Boden lag.

Jeremy bemerkte, dass trotz der Kälte, die in der düsteren Presskammer herrschte, Breandáns Körper feucht glänzte. Das feine schwarze Haar, das seine Brust bedeckte, klebte an seiner Haut, und auf seine Stirn traten winzige Schweißtropfen. Jeremy musste sich zwingen, die Augen nicht abzuwenden, so schmerzhaft wurde ihm dieser Anblick der Hilflosigkeit, der körperlichen Ohnmacht. Entschlossen trat er plötzlich vor und beugte sich über den Iren.

»Breandán, bitte seid vernünftig«, flehte er. »Das ist Wahnsinn. Gebt endlich nach.«

Der junge Mann reagierte nicht, aber das hatte Jeremy auch nicht erwartet. Er hoffte immer noch, dass die Schmerzen der Folter ihn letztendlich doch noch zum Nachgeben bewegen würden. Wenn Breandán erst begriff, wie qualvoll der Tod sein würde, den er sich erwählt hatte, geriet seine Entschlossenheit vielleicht doch noch ins Wanken. Jeremy betete inbrünstig darum.

Inzwischen hatte der Henkersknecht ein schweres Holzbrett herbeigetragen. Es war etwa so breit und hoch wie der Oberkörper eines Mannes. Dieses Brett wurde auf Breandáns Brust und Bauch platziert. Nacheinander schleppte der Gehilfe nun aus Eisen gegossene Gewichte herbei, die man an einem eigens dafür vorgesehenen Ring tragen konnte. Jedes einzelne wog in etwa einen halben Zentner. Breandán spannte instinktiv die Muskeln seines Oberkörpers an, als sich die ersten beiden Gewichte auf das Brett senkten. Jeremy, der an seiner Seite stehen geblieben war, hörte, wie er die Atemluft, die ihm aus den Lungen gepresst wurde, durch die zusammengebissenen Zähne entweichen ließ. Von nun an konnte er nur noch flach atmen. Der Henkersknecht legte ihm nach einer Weile noch ein zusätzliches Gewicht auf und dann schließlich noch eines. Die Last, die Breandáns Brustkorb zusammenpresste, war jetzt größer als sein eigenes Körpergewicht. Es fiel ihm schwerer und schwerer, seine Lungen mit Luft zu füllen, weil diese sich in seiner Brust nicht mehr ausdehnen konnten. Sein Rücken und seine Schultern, die auf den harten Steinboden niedergedrückt wurden, begannen zu schmerzen. Der Drang, sich zu bewegen und sich damit Erleichterung zu verschaffen, wurde übermächtig, doch die Stricke, die ihn an die Eisenringe fesselten, gaben ihm keinerlei Spielraum. Er musste in der peinigenden Lage verharren, in die sie ihn zwangen.

Die Zeit verging, und die Schmerzen breiteten sich schleichend in seinem Körper aus, strahlten in die Muskeln entlang seines Rückgrats und lähmten seine Atmung noch mehr. Krampfhaft spannte er seine Arme und Beine an, um seinen Rücken zu stützen, doch jede Bewegung schickte neue Wogen von Schmerz durch seine Nerven.

Jeremy beobachtete aufmerksam Breandáns Gesicht, in der Hoffnung, ein Zeichen des Nachgebens darin zu erkennen. Breandáns Züge verzerrten sich vor Anstrengung und zunehmender Qual, während er immer mühsamer Luft in die Lungen sog.

Er kämpft wie ein Löwe um sein Leben, dachte Jeremy unwillkürlich. Nein, dieser zähe Bursche will nicht sterben, egal, was er auch sagt. Wäre er so lebensmüde, wie er mich und sich selbst glauben machen will, würde er einfach aufgeben und sich unter dieser mörderischen Last zermalmen lassen.

Mit einem Mal verlor Breandán den Atemrhythmus und begann, keuchend nach Luft zu ringen. Seine Kräfte ließen nach. Sein Gesicht war dunkel geworden von dem Blut, das aus dem Körperinnern nach außen in die Glieder gepresst wurde, und an seinen Schläfen schwollen die Adern zu dicken Strängen, als wollten sie bersten. Und plötzlich quoll Blut aus seiner Nase, rann in seinen Rachen und brachte ihn an den Rand des Erstickens.

Jeremy kniete sich neben ihn und rief dem Henker zu: »Das reicht! Hört auf! Er hat genug.«

»Er hat noch nicht nachgegeben«, widersprach der Gerichtsschreiber.

»Seht Ihr denn nicht, dass er erstickt. Wie soll er da reden?«, fuhr Jeremy ihn wutentbrannt an.

»Er muss ein eindeutiges Zeichen geben, dass er sich dem Gericht fügen wird.«

»Bei Christi Blut, ich bitte Euch, gebt mir noch ein paar Stunden. Ich schwöre, ich werde ihn überzeugen. Aber nehmt diese verdammten Gewichte von seiner Brust, sonst wird es keinen Prozess geben.«

Jack Ketch sah den Gerichtsschreiber unschlüssig an, der nach kurzem Zögern nickte. »Also gut, Seine Lordschaft gab die Anweisung, aufzuhören, wenn der Gefolterte zu sterben droht. Befreit ihn also, Scharfrichter.«

Auf Anweisung seines Meisters entfernte der Henkersknecht die Eisengewichte und das Brett und löste schließlich auch die Hand- und Fußfesseln. Voller Sorge beugte sich Jeremy über Breandán, der von einem gurgelnden Husten geschüttelt wurde und Blut spuckte. Als er versuchte, Luft zu schöpfen, fuhr ein stechender Schmerz durch seinen Rücken und ließ ihn aufstöhnen. Sein ganzer Körper war wie gelähmt, und seine Muskeln gehorchten ihm nicht mehr. Jeremy sah, dass er aus eigener Kraft nicht aufstehen konnte, und legte ihm den Arm um die Schultern, um ihn zu stützen. Doch als Breandán sich mit der Hilfe des Priesters aufsetzte, rasten so qualvolle Schmerzen durch Rücken und Brust, dass er ohnmächtig wurde.

Jeremy ließ ihn wieder zu Boden sinken und rief beunruhigt nach Wasser. Der Henkersknecht brachte einen Krug und spritzte dem Bewusstlosen einen Schwall ins Gesicht. Das brachte ihn wieder zu sich.

»Lasst ihn trinken«, bat Jeremy. »Er ist ganz ausgetrocknet.«

»Nein«, protestierte Jack Ketch. »Er wird nichts trinken. Sonst muss ich später wieder von vorne anfangen.«

Der Gerichtsdiener stimmte ihm zu. »So sieht es das Gesetz vor. Kein Wasser, nur drei Bissen Gerstenbrot. Bringt ihn wieder in seine Zelle. Ihr habt bis heute Abend Zeit, ihn zum Nachgeben zu bewegen. Gelingt es Euch nicht, wird man ihn wieder herbringen und ihn noch einmal pressen.«

Jeremy nickte düster. Dann schlang er sich Breandáns Arm um den Nacken und stützte ihn auf dem Weg zurück in seine Zelle. Der Schließer bestand darauf, dem Gefangenen die Ketten wieder anzulegen, obwohl er nicht einmal in der Lage war, aufzustehen.

»Ich muss Euch für eine kurze Zeit verlassen, Breandán«, erklärte Jeremy bedauernd. »Aber ich komme bald zurück. Bleibt ruhig liegen und bewegt Euch so wenig wie möglich.«

Ihm war mit einem Mal ein Gedanke gekommen. Auf dem Weg zur Anlegestelle von Blackfriars war er so tief in seine Überlegungen versunken, dass er mehrmals andere Passanten anrempelte und dafür mit Verwünschungen überschüttet wurde.

»Dieser Narr, dieser verfluchte Wirrkopf!«, murmelte Jeremy vor sich hin, so dass der Flussschiffer, der ihn aufgenommen hatte, seinen Fahrgast argwöhnisch musterte. »Aber was rede ich, ich bin selbst ein Trottel, dass ich nicht früher darauf gekommen bin.«

Ohne abzuwarten, dass man seinen Besuch ankündigte, platzte er in Lady St. Clairs Schlafgemach. Amoret lag unter der Decke ausgestreckt und nahm gerade ein kleines Frühstück ein. Es war Sitte, dass eine Wöchnerin die ersten vierzehn Tage nach der Niederkunft im Bett blieb und sich wie eine Kranke pflegen ließ.

»Pater, ist etwas passiert?«, fragte Amoret nach einem Blick in sein verschwitztes Gesicht.

»Madam, wie geht es Euch?«, gab er ungeduldig zurück, den Stuhl ignorierend, den sie ihm mit einer Handbewegung anbot.

»Ich versichere Euch, es geht mir gut.«

»Fühlt Ihr Euch stark genug, um das Bett zu verlassen und mich ins Gefängnis zu begleiten?«

»Ins Gefängnis? Ja, natürlich, aber was ist denn los? Ist Breandán etwas zugestoßen?«

»So könnte man es ausdrücken. Ihr müsst ihn daran hindern, sein Leben für Euch zu opfern.«

Einen Moment lang starrte sie ihn voller Entsetzen an. Dann schlug sie die Decke zurück, stieg aus dem Bett und rief energisch nach ihrer Zofe. »Helen, bring mir das graue Bürgersfrauenkleid«, befahl sie dem Mädchen, das verwirrt zu protestieren begann.

»Aber, Mylady, Ihr dürft noch nicht aufstehen.«

»Bring mir das Kleid, sofort!«

Während Helen ihre Herrin mit deutlichem Unbehagen ankleidete, durchbohrte Amoret den Priester mit anklagenden Blicken. »Was habt Ihr mir verschwiegen? Der Prozess wurde nicht einfach so verschoben, nicht wahr? Ihr habt Meister Ridgeway angewiesen, mich zu belügen. Wie konntet Ihr nur?«

»Ich dachte, in Eurem Zustand hättet Ihr die Wahrheit nicht ertragen«, erklärte er ihr. »Ich wollte Euch beschützen. Das war ein Fehler, wie ich jetzt weiß. Derselbe Fehler, den auch Breandán begeht.«

»Nun drückt Euch endlich klarer aus!«

Jeremy erzählte ihr alles, was sich in den vergangenen zwei Tagen ereignet hatte. »Die ganze Zeit über habe ich mich gefragt, weshalb er mir nicht sagen wollte, was sich zwischen ihm und Sir John Deane abgespielt hatte. Ich nahm an, Deane hätte ihn beschimpft und seinen empfindlichen irischen Stolz verletzt. Und ich verstand einfach nicht, weshalb es Breandán so schwer fiel, darüber zu reden. Doch inzwischen glaube ich, dass ich ihn unterschätzt habe. Deane beleidigte nicht ihn, sondern Euch! Breandán ging auf ihn los, nicht weil er *seine* Ehre verteidigen wollte, sondern *Eure*.«

»Aber warum schweigt er darüber?«, warf Amoret ein.

»Vielleicht, weil er weiß, wie nahe wir beide uns stehen. Er wollte mir gegenüber die schmutzigen Worte nicht wiederholen, die ihm der Ratsherr an den Kopf geworfen hatte. Deshalb legte er auch bei Pater Ó Murchú die Beichte ab und nicht bei mir. Und ich Dummkopf war gekränkt, weil ich ihn für undankbar hielt.«

»Macht Euch deshalb keine Vorwürfe, Pater. Breandáns Schweigsamkeit kann den geduldigsten Menschen zum Wahnsinn treiben«, seufzte Amoret. Sie ließ sich gerade die Schuhe überstreifen, als ihr Blick auf das Tablett fiel, auf dem man ihr ein Glas Milch und ein wenig Gebäck als Frühmahl serviert hatte. »Lässt man ihn wirklich hungern?«

»Ich fürchte, ja. Jedenfalls solange er sich weigert, nachzugeben.«

Amoret gab der Zofe die Anweisung, in die Küche zu laufen und etwas zu essen und zu trinken einzupacken.

Jeremy runzelte skeptisch die Stirn. »Die Wache wird nicht erlauben, dass Ihr ihm etwas mitbringt. Ihr müsstet es schon gut in Euren Kleidern verstecken.«

»Das werden wir ja sehen«, verkündete Amoret trotzig. »Ich schwöre Euch, wenn man mich hindert, einem armen Gefangenen etwas Verpflegung zuzustecken, werde ich ihn wie ein Kind an meiner Brust nähren!«

Angesichts ihres Kampfgeistes musste Jeremy lächeln. Er zweifelte nicht, dass sie meinte, was sie sagte. Ihr weiblicher Erfindungsgeist hatte ihn schon immer beeindruckt.

Bevor sie aufbrachen, steckte Amoret noch einen Geldbeutel ein. Ein Boot brachte sie flussabwärts nach Blackfriars, und als das mächtige Torhaus vor ihnen auftauchte, überkam die junge Frau ein Gefühl der Beklemmung. Sie hatte das Newgate schon oft mit der Kutsche durchquert, doch es war das erste Mal, dass sie einen Fuß ins Innere setzte.

Jeremy warnte sie vor den abscheulichen Zuständen, die sie dort erwarteten, und riet ihr, sich ein Taschentuch vor Mund und Nase zu halten. Amoret begriff sofort, warum. Sie war zwar üble Gerüche gewöhnt, denn die Straßen von Westminster dufteten auch nicht gerade nach Rosen, aber der bestialische Gestank, der dem Kerker entströmte, übertraf ihre schlimmsten Erwartungen. Bleich vor Übelkeit folgte sie Jeremy durch die große Halle, in der sich unzählige Besucher drängten und in der es folglich zuging wie auf einem Jahrmarkt. Dirnen boten sich den Häftlingen an, Taschendiebe huschten zwischen den Menschen hindurch und griffen immer wieder unauffällig zu. Man sah Kinder, die von ihren Müttern ins Gefängnis gebracht wurden, um ihre dort einsitzenden Väter zu begrüßen. Amoret war völlig fassungslos. »Ist das der Vorhof zur Hölle?«, murmelte sie zynisch.

Als sie zu den Einzelzellen gelangten, in denen gewöhnlich die zum Tode Verurteilten untergebracht waren, ließ der ohrenbetäubende Lärm nach. Jeremy winkte den Schließer, der ihn schon kannte, zu sich.

»Wollt Ihr dem Gefangenen die letzten Stunden versüßen?«, fragte der Mann mit einem unverschämten Blick auf Amoret. »Das ist eigentlich gegen die Regeln. Ihr dürft ihm auch nichts zu essen geben«, fügte er hinzu, als er die Flasche und das Bündel bemerkte, die sie im Arm trug.

Amoret griff mit abfälliger Miene in ihre Geldbörse und holte eine Münze hervor. »Es wird Euer Schaden nicht sein, wenn Ihr ein Auge zudrückt.«

Der Wächter machte ein verblüfftes Gesicht, als er das Gold im Licht der Fackeln aufglänzen sah. »Eine Guinee! Richtet ihm meinetwegen ein Festmahl her. Ich habe nichts gesehen.« Mit geradezu glasigen Augen wendete er die Goldmünze zwischen den Fingern, bevor er sie einsteckte und ihnen die Zellentür aufsperrte.

Breandán, der ausgestreckt auf dem Bett lag, hob bei ihrem Eintreten den Kopf. »O nein!«, stöhnte er. »Wie konntet Ihr sie herbringen?«

Amoret warf Jeremy einen beschwichtigenden Blick zu. »Lasst mich nur machen.«

Daraufhin zog sich der Jesuit in eine Ecke der Zelle zurück und setzte sich mit angezogenen Knien auf den Steinboden.

Amoret versuchte, sich ihre Bestürzung über Breandáns Zustand nicht anmerken zu lassen. Sie hatte ihn seit dem Tag seiner Verhaftung nicht mehr gesehen und bemerkte mit einem Blick, dass er abgemagert war, obwohl er bis vor seinem Erscheinen vor Gericht nicht hatte hungern müssen. Sein Gesicht und seine Hände waren blutverschmiert, seine Daumen völlig zerschunden und mit Schorf bedeckt. Auch das Weiße seiner Augen war infolge des Pressens blutunterlaufen. Es gelang ihm nur mühsam und unter Schmerzen, sich aufzusetzen.

Amoret ließ sich neben ihn auf den Rand der Bettstatt nieder und reichte ihm die Flasche Dünnbier und das mit Brot und kaltem Hühnchen gefüllte Bündel. Breandán fiel darüber her, gedemütigt von seinem quälenden Hunger.

»Warum bist du gekommen?«, fragte er unbehaglich, dabei ihren Blick vermeidend.

»Ich wollte sehen, ob es dir wirklich ernst ist, ob du tatsächlich so wenig von mir hältst, dass du mich einfach ohne eine Erklärung verlassen wolltest. Denn das hattest du vor, als du an jenem Morgen weggingst, nicht wahr?«

»Ja, ich wollte gehen, bevor ich dir lästig gefallen wäre«, entgegnete er mit einem bitteren Unterton.

»Es ist immer noch dasselbe Misstrauen wie am ersten Tag. Du glaubst, dass ich dich nur einer Laune wegen bei mir behalten habe. Du bist so blind in deinem arroganten Argwohn, dass du nicht siehst, wie sehr ich dich liebe.«

Sie hatte es ihm nie gesagt, weil sie geglaubt hatte, er wüsste es. Doch jetzt wurde ihr klar, dass er es nicht wissen wollte.

»Ich würde dir so gerne glauben«, sagte er leise. »Aber wie kann ich das? Ich habe dir nichts zu bieten.«

»Doch, das hast du«, widersprach sie sanft. »In meinem ganzen Leben war ich noch nie so glücklich wie in der Zeit mit dir. Ich kann dir nicht erklären, warum. Auf diese Frage gibt es keine Antwort. Du musst mir einfach glauben. Es ist eine Sache des Vertrauens. Aber es erfordert Mut, einem anderen Menschen zu vertrauen.«

Der unterschwellige Vorwurf verletzte Breandáns Stolz, obwohl er wusste, dass er zutraf. Ja, er war aus Feigheit weggelaufen, weil er das Wagnis scheute, sich auf sie einzulassen. Doch nun, da er sie vor sich sah, so nah, dass er nur eine mühelose Bewegung machen brauchte, um ihre Hand zu ergreifen und sie an sich zu ziehen, wünschte er sich nichts sehnlicher, als für immer bei ihr zu bleiben. Die Aussicht, noch an diesem Abend oder am Tag darauf sterben zu müssen, erfüllte ihn plötzlich mit panischem Schrecken. Nein, er wollte nicht sterben, er wollte leben … und wenn nötig dafür kämpfen.

Sie sah die Zerrissenheit in seinem Blick und sagte aufmunternd: »Du bist nicht mehr allein. Es gibt Menschen, die sich um dich sorgen und denen dein Wohl am Herzen liegt. Weißt du das denn immer noch nicht?«

Breandán wandte den Kopf in Jeremys Richtung und nickte schließlich. »Doch, ich weiß es.«

»Dann hab Vertrauen. Lass dir helfen. Ich will dich nicht verlieren!«

Breandán senkte die Lider. »Aber ich kann nicht vor Gericht gehen. Alles würde bekannt werden …«

Amoret nahm beschwörend seine Hand. »Es ist doch längst alles bekannt. Überall spricht man über uns, über die Mätresse des Königs und den ehemaligen Landsknecht. Am Hof zerreißt man sich ebenso die Mäuler wie in der Stadt. Dein Opfer wäre völlig sinnlos.«

»Man wird dich in den Schmutz ziehen.«

»Auch das tun sie doch schon seit langem. Jede Geliebte des Königs wird von den bigotten Bürgern als Dirne verachtet. Mich nennen sie die französische Hure, weil meine Mutter Französin war. Aber ich habe gelernt, damit zu leben.«

Breandán war bei ihren offenen Worten zusammengezuckt. Mit einem Mal meinte er wieder Sir John Deanes Stimme zu hören, als er ihm auf dem Strand begegnet war: »… Jeder weiß, dass diese Französin eine verkommene Hure ist, eine läufige Hündin, die zu jedem ins Bett steigt, sei es König oder Stallknecht ...« Schmerz und Wut waren so übermächtig geworden, dass Breandán sich nicht mehr hatte beherrschen können. Er hatte den Ratsherrn gepackt und vom Pferd gezerrt, er hatte ihn angeschrien, er solle die Beleidigungen zurücknehmen, sonst würde er ihn zum Duell fordern. Doch Deane hatte nur gelacht und weitere Schmähungen von sich gegeben, die Macht auskostend, seinen alten Feind verletzen und demütigen zu können. Und so war es zum Kampf gekommen.

»Ich kann vor Gericht nicht wiederholen, was er gesagt hat«, wehrte Breandán ab.

»Du musst! Nimm keine Rücksicht auf mich. Es ist unbedeutend, wie er mich beleidigt hat. Nur du bist wichtig.«

Krampfhaft schloss er die Augen, während er innerlich mit sich kämpfte, doch Amoret wusste, wie er sich entscheiden würde. Sie zog ihn sanft in ihre Arme und drückte ihn fest an sich, während sie zugleich Jeremy ein zuversichtliches Zeichen machte. Der Priester wartete noch eine Weile, bevor er sich erhob und zu ihnen trat. »Breandán, werdet Ihr vor Gericht gehen?«

Der Ire löste sich aus Amorets Umarmung, hielt aber weiterhin ihre Hand umklammert, als suche er Halt. »Ja, Pater, ich werde es tun.«

»Ihr werdet es nicht bereuen, das verspreche ich Euch«, versicherte Jeremy und klopfte ihm freundschaftlich auf die Schulter. Dann rief er den Schließer, um ihn mit der Nachricht, dass der Angeklagte McMahon nachgegeben hatte, zum Gericht zu schicken.

Achtunddreißigstes Kapitel

Auf Drängen der Ratsherren wurde der Prozess gegen Deanes Mörder für den letzten Tag der Gerichtssitzung angesetzt. Jeremy hätte es lieber gesehen, wenn er auf die nächste Tagung in ein paar Monaten verschoben worden wäre, denn das hätte ihm Zeit gegeben, weiter nach dem wahren Täter zu forschen. Doch die Stadträte forderten die unverzügliche Verurteilung des gemeingefährlichen Schurken, der einen der ihren so kaltblütig abgeschlachtet hatte.

Als Breandán an diesem Freitagmorgen erneut an die Schranke trat und sich auf die Frage des Gerichtsschreibers hin nicht schuldig bekannte, war außer Jeremy und Alan auch Amoret unter den Schaulustigen. Es war nicht leicht für sie, denn auf den für vornehmere Zuschauer reservierten Galerien hatten sich noch andere neugierige Höflinge eingefunden, die Lady St. Clair ohne weiteres erkannten und jedes Wort, das während des Prozesses gesprochen wurde, unweigerlich dem König zutragen würden. Auch die Gattinnen der Ratsherren, die auf den Galerien Platz genommen hatten, errieten schnell, wer da in ihrer Nähe saß, und steckten tuschelnd die Köpfe zusammen.

Sir Orlando Trelawney atmete erleichtert auf, als Breandán die Frage »Angeklagter, wie soll über dich gerichtet werden?« mit der Formel: »Durch Gott und mein Land« beantwortet hatte. Er wusste nicht, wie es dem Jesuiten letztendlich gelungen war, den Starrsinn des Iren zu brechen, aber er war froh darüber. Nun konnte die Gerechtigkeit ihren Lauf nehmen.

Als die Geschworenen vereidigt waren, wurde Breandán nach vorne gerufen. Als erster Zeuge der Krone trat der Leichenbeschauer John Turner auf. Er beschrieb die Wunde, die Sir John Deanes Tod verursacht hatte, und bestätigte, dass der Degen des Opfers die Mordwaffe war.

»Mr. Turner, konntet Ihr noch weitere Verletzungen an der Leiche feststellen?«, fragte Richter Trelawney, nachdem der Leichenbeschauer seinen Bericht beendet hatte.

»Nun, da war noch ein starker Bluterguss am Kinn des Opfers, Mylord.«

»Und was schließt Ihr daraus?«

»Sir John muss vor seinem Tod geschlagen worden sein.«

»Gab es sonst noch Spuren von Schlägen an seinem Körper?«

»Nein, Mylord, nur den Bluterguss am Kinn. Aber es war die Wunde in der Brust, die ihn tötete.«

»Ich danke Euch, Mr. Turner.« Sir Orlando wandte sich an den Angeklagten, der die Aussage des Leichenbeschauers aufmerksam verfolgt hatte. »Wünscht Ihr den Zeugen zu befragen? So habt Ihr jetzt die Gelegenheit dazu.«

»Nein, Mylord«, lehnte Breandán mit der gebotenen Höflichkeit ab. Jeremy hatte bei den Vorbereitungen für den Prozess mit Engelszungen auf ihn eingeredet, um ihn von der Notwendigkeit zu überzeugen, einen möglichst guten Eindruck auf die Geschworenen zu machen. Dazu gehörte vor allem ein friedliches Betragen.

Als nächster Zeuge wurde ein Wundarzt aufgerufen, der den Toten im Auftrag des Leichenbeschauers untersucht hatte und dessen Aussage bestätigte. Dann folgte der Konstabler, der als Erster am Fundort der Leiche eingetroffen war.

»Der Tote lag auf dem Bauch«, berichtete er. »Der Griff eines Degens ragte aus seinem Rücken hervor. Die Klinge hatte den ganzen Körper durchbohrt und steckte im Untergrund. Es gab eine große Blutlache.«

»Das Opfer war also von hinten erstochen worden, während es wehrlos auf dem Bauch lag?«, fragte der Lord Mayor in einem deutlichen Ton des Entsetzens.

»Ja, Mylord, zweifellos«, bestätigte der Konstabler.

Ein Raunen ging durch die Zuschauer. Ein Stich in den Rücken war so ziemlich das Feigste, was sie sich vorstellen konnten. Doch wenn das Opfer dabei noch hilflos auf dem Boden lag und wie ein Tier abgestochen wurde, konnte der Täter nur unter dem Einfluss des Teufels handeln. Mit einem Mal änderte sich die Stimmung unter den Anwesenden und wurde spürbar feindselig.

Breandán verzichtete darauf, den Konstabler zu befragen. Keines seiner Worte konnte die Abscheu mildern, die die Heimtücke des Todesstoßes in den Menschen auslöste. An dieser Stelle war es klüger, zu schweigen und abzuwarten.

Nun wurde der Diener, der den Streit mit angehört hatte, vereidigt. Sir Orlando geleitete ihn mit zielgerichteten Fragen durch seine Aussage, damit er nicht abschweifte oder etwas Wichtiges vergaß. »Ihr habt also nicht verstehen können, worum der Streit ging.«

»Nein, Mylord, der Ermordete sprach zu leise. Ich hörte nur, wie der Angeklagte schrie, er solle die Schmähungen zurücknehmen.«

»Und tat er das?«

»Nein, Mylord, Sir John Deane lachte nur.«

»Wie reagierte der Angeklagte?«

»Er forderte Deane zum Kampf.«

»Und Sir John ging darauf ein?«

»Er zog sofort seinen Degen.«

»Was tat der Angeklagte? Zog er ebenfalls eine Waffe?«

»Nein, Mylord, er trat Deane mit leeren Händen entgegen.«

»Konntet Ihr sehen, ob der Angeklagte eine Waffe bei sich trug?«

»Ja, Mylord, er hatte eine Pistole im Gürtel.«

»Aber er benutzte sie nicht.«

»Nein, Mylord.«

»Woher wisst Ihr das so genau? Hattet Ihr die beiden Männer die ganze Zeit im Blick?«

»Nein, nicht die ganze Zeit. Aber ich bin sicher, dass der Angeklagte seine Pistole nicht benutzte, denn ich habe keinen Schuss gehört.«

»Berichtet, was Ihr von dem Kampf beobachtet habt«, forderte Trelawney den Diener auf.

»Sir John Deane ging mit dem Degen auf den Angeklagten los und versuchte, ihn zu treffen. Der wich ihm immer wieder aus. Einmal war er nicht schnell genug und wurde am Arm verletzt. Von da ab habe ich sie nicht mehr sehen können, da sie sich in eine andere Ecke des Hofs entfernten.«

»Was geschah dann?«

»Kurz darauf wurde es still. Der Angeklagte durchquerte den Hof und ging weg.«

»Ihr saht nur einen der beiden weggehen und habt Euch nicht gefragt, was aus dem anderen geworden war?«

»Ich dachte, sie hätten sich geeinigt. Es war ja der Unbewaffnete, der wegging. Wie sollte ich ahnen, dass er den anderen mit seiner eigenen Waffe erstochen hatte?«

»Habt Ihr zu jener Zeit noch irgendeine andere Person im Hof gesehen?«

»Nein, Mylord.«

Diesmal machte Breandán von seinem Recht Gebrauch und stellte dem Zeugen Fragen. »Ihr sagt, Ihr habt niemanden in den Hof kommen sehen?«

»So ist es.«

»Habt Ihr denn noch am Fenster gestanden und den Hof beobachtet, nachdem Ihr mich weggehen saht?«

»Nein, ich legte mich wieder ins Bett.«

»Ihr hättet es also gar nicht sehen können, wenn ein anderer den Hof betreten hätte, als ich schon fort war?«

»Nein, unmöglich.«

»Ich danke Euch.«

Trelawney zog anerkennend die Brauen hoch. Zweifellos hatte der Jesuit seinen Schützling bestens auf die Zeugenbefragung vorbereitet. Ob ihm dies bei dem nächsten Zeugen allerdings helfen würde, war fraglich. Deanes langjähriger Freund Thomas Masters trat vor und schwor auf die Heilige Schrift, dass er nichts anderes als die Wahrheit, die ganze Wahrheit und nichts als die Wahrheit aussagen würde, so wahr ihm Gott helfe.

»Was wisst Ihr über den Mord an Sir John Deane?«, fragte Richter Trelawney.

»Ich weiß nichts über die Tat selbst, denn ich war nicht dabei«, begann Masters mit erregter Stimme. »Gott ist mein Zeuge, wäre ich dort gewesen, wäre Sir John jetzt nicht tot, sondern dieser gemeine Schurke da.«

»Ihr seid nicht hier, um den Angeklagten zu beschimpfen, Sir«, ermahnte ihn Sir Orlando. »Wenn Ihr Hinweise zu dem Mord habt, so teilt sie dem Gericht mit.«

»Dieser Mann hatte als Einziger ein Motiv, Sir John zu töten. Er hasste ihn. Wie jeder hier weiß, hatte Sir John ihn vor einem halben Jahr wegen Diebstahls vor Gericht gebracht. Dafür wollte er sich rächen. Sein Zusammentreffen mit Sir John an jenem Morgen gab ihm die Gelegenheit dazu.«

»Habt Ihr gehört, wie der Angeklagte dem Opfer Rache schwor?«

»Ja, das habe ich. Mehr als einmal.«

»Wann war das?«

»An dem Tag, als man den Strolch auspeitschte, wie er es verdiente.«

»Gibt es dafür noch andere Zeugen?«

»Natürlich. Es waren viele Leute anwesend.«

»Befindet sich einer dieser Zeugen auf der Liste derer, die vor diesem Gericht aussagen sollen?«

»Ich weiß nicht, nein ... aber es genügt doch wohl, dass ich die Drohungen des Angeklagten bezeugen kann.«

Sir Orlando überging die Bemerkung und fuhr ungerührt fort. »Habt Ihr den Angeklagten noch zu anderer Zeit Drohungen gegen Sir John aussprechen hören?«

Thomas Masters zögerte sichtlich verunsichert. Offenbar hatte er es versäumt, sich seine Aussage vorher genau zu überlegen.

»Habt Ihr den Angeklagten nach seiner Bestrafung überhaupt wiedergesehen?«, hakte Trelawney nach.

»N... nein.«

»Aber Ihr wusstet, wo er sich aufhielt?«

»Ja, Sir John hatte Erkundigungen eingezogen. Er wollte den Burschen im Auge behalten.«

»Als Ihr von Sir Johns Tod erfuhrt, habt Ihr Euch sofort zu dem Haus begeben, in dem der Angeklagte wohnte. Warum tatet Ihr das? Hattet Ihr Hinweise darauf, dass er der Täter war?«

»Als ich hörte, dass ein Ire in der Nähe gesehen worden war, wusste ich sofort, dass nur er Sir John ermordet haben konnte. Ich sagte bereits, dass er ihm Rache geschworen hatte.«

»Und Ihr nahmt das Gesetz selbst in die Hand, anstatt Euren Verdacht einem Friedensrichter anzuvertrauen?«

»Es ist nicht ungesetzlich, einen Verdächtigen selbst zu verhaften, Mylord.«

»Nein, aber in das Haus eines unbescholtenen Bürgers einzudringen, einen Unbeteiligten zu verletzen und den Verdächtigen beinahe totzuschlagen ist ungesetzlich. Habt Ihr sonst noch etwas vorzutragen, Sir?«

»Nein, Mylord«, erwiderte Masters ergrimmt. Er wollte sich entfernen, doch Breandán protestierte. »Mylord, ich habe Fragen an den Zeugen.«

»Stellt Eure Fragen, Angeklagter.«

Mit einem deutlichen Ausdruck des Trotzes wandte sich der Ire an den Kaufmann. »Ihr wusstet also, wo ich wohnte?«

»Ja, von Anfang an.«

»Wusstet Ihr auch, wo ich mich an jenem Morgen aufhalten würde, als ich auf Sir John Deane traf?«

»Ihr meint, ob ich wusste, dass Ihr die Nächte im Bett dieser französischen Dirne verbringt? Nein, ich wusste es nicht.«

»Und Deane? Wusste er es?«

»Nein, ich glaube nicht. Er hätte es mir gegenüber erwähnt.«

»Habt Ihr eine Ahnung, was er zu so früher Stunde auf dem Strand tat?«

In Masters' Gesicht zuckte es. Er sah verwirrt aus. Jeremy, der ihn mit Adleraugen beobachtete, erkannte, dass auch er es nicht wusste. »Nein«, gestand er. »Es ist mir ein Rätsel.«

»War Sir John immer ohne Begleitung unterwegs?«, fragte Breandán.

»Nein, niemals. Er hatte immer einen Diener oder seine Freunde bei sich. Niemand hätte ihm etwas anhaben können.«

»Warum war er dann an jenem Morgen allein?«

»Ich weiß es nicht!«, rief Thomas Masters, die Beherrschung verlierend, aus. Es war offensichtlich, dass ihn Deanes Versäumnis, ihn einzuweihen, zutiefst gekränkt hatte. »Aber wenn er wusste, dass er Euch dort treffen würde, war es heller Wahnsinn, allein zu gehen.«

Jeremy neigte den Kopf zu Alan hinüber, der neben ihm saß.

»Breandán schlägt sich hervorragend. Aber leider wissen wir immer noch nicht, weshalb Deane dort war.«

Der Gerichtsschreiber rief jetzt den Nachtwächter auf, der erzählte, wie er in der Nähe des Verbrechens auf den Angeklagten getroffen war. Ihm folgte Sir Henry Crowder, der Magistrat, der Breandán verhaftet und verhört hatte. Sein Protokoll zu Rate ziehend, gab er die Aussage des Beschuldigten wieder, die sich mit dem Bericht des Dieners deckte.

»Hat der Angeklagte Euch mitgeteilt, weshalb er auf Sir John Deane losging, Master Ratsherr?«, fragte Richter Tyrrell.

»Nein, er weigerte sich, dazu eine Erklärung abzugeben.«

»Aber er gab zu, Sir John entwaffnet und geschlagen zu haben?«

»Ja. Er schwor jedoch, dass er ihn nicht mit dem Degen erstochen habe.«

Als Breandán an der Reihe war, fragte er den Friedensrichter: »Master Ratsherr, habe ich während des Verhörs zu irgendeiner Zeit gestanden, Deane ermordet zu haben?«

»Nein, das habt Ihr nicht.«

»Und bin ich jemals von dem Bericht meiner Auseinandersetzung mit ihm abgewichen?«

»Nein, in keiner Einzelheit.«

»Würdet Ihr nach Euren Erfahrungen als Magistrat nicht erwarten, dass ein Schuldiger sich durch Widersprüchlichkeiten in seiner Geschichte verrät?«

»Meistens ist das so. Aber wenn jemand an seiner Aussage festhält, beweist das unter Umständen nur seine Durchtriebenheit, aber nicht unbedingt seine Unschuld.«

Die Zuschauer brachen in Gelächter aus, und Sir Orlando sah sich gezwungen, den Ausrufer anzuweisen, für Ruhe zu sorgen. Als er sich wieder verständlich machen konnte, forderte Trelawney den Gefangenen auf, seine Verteidigung zu beginnen. Breandán erzählte, wie er auf dem Strand dem Ratsherrn begegnet war.

Da unterbrach ihn der Recorder und fragte ironisch: »Ihr habt eben Eure Verwunderung darüber zum Ausdruck gebracht, dass Sir John zu so früher Stunde unterwegs war. Was aber tatet Ihr zu dieser unchristlichen Zeit auf der Straße?«

»Ich war auf dem Weg zu Meister Ridgeways Chirurgenstube auf der Paternoster Row, wo ich arbeite, Sir«, erklärte der Ire bereitwillig.

»Und woher kamt Ihr?«

»Von Hartford House, Sir.«

»Das Lady St. Clair gehört?«

»Ja.«

»Und was tatet Ihr da?«

Breandán starrte den Recorder mit versteinertem Gesicht an, ohne etwas zu erwidern.

»Angeklagter, beantwortet die Frage!«, forderte ihn der Recorder auf.

»Das geht Euch nichts an, Mylord!«, entgegnete Breandán gereizt.

»Ach, das geht mich nichts an! Ihr steht hier vor Gericht, Kerl. Alles, was mit dem Mord an dem ehrenwerten Sir John Deane zu tun hat, geht uns etwas an. Habt Ihr also bei dieser Lady gelegen, wie man es sich überall erzählt?«

»Mylord, das kann ich Euch nicht sagen. Seine Majestät würde nicht dulden, dass diese Sache in der Öffentlichkeit ausgebreitet wird.«

Der Recorder verstummte. Breandán hatte das einzige Mittel benutzt, das den Stadtrichter zum Schweigen bringen konnte. All diese Männer vor ihm waren immer noch die Richter des Königs. Er setzte sie ein, und er konnte sie auch wieder des Amtes entheben. Es war nicht klug, das Missfallen Seiner Majestät zu erregen.

Sir Orlando bemühte sich, die peinliche Situation zu retten, und wies den Angeklagten an, in seinem Bericht fortzufahren. Doch kurz darauf wurde der Ire erneut unterbrochen, diesmal vom Lord Mayor. »Ihr sagt, Ratsherr Deane habe Euch provoziert. Aber Ihr versäumt es, zu erläutern, wie er das tat.«

»Mylord, er gab verletzende Schimpfworte von sich«, erklärte Breandán.

»Nun, welcher Art? Wie sollen die Gentlemen der Jury beurteilen, ob die Beleidigung ausreichend war, um Eure Forderung nach Genugtuung zu rechtfertigen, wenn Ihr Sir Johns Worte nicht wiederholt?«

»Er verletzte die Ehre einer Dame und weigerte sich, die Beleidigungen zurückzunehmen. Es war mein gutes Recht, in ihrem Namen Genugtuung zu fordern.«

»Um welche Dame ging es? Etwa um Lady St. Clair?«

»Ja.«

»Wie kann man die Ehre einer Frau verletzen, die gar keine besitzt …«

Bevor der Lord Mayor weitersprechen konnte, fuhr ihm Richter Trelawney über den Mund: »Mylord, in Anbetracht der Tatsache, dass die besagte Dame hier anwesend ist und Eure Worte an Majestätsbeleidigung grenzen, ersuche ich Euch, diesen Punkt der Befragung fallen zu lassen.« Der Lord Mayor lief rot an, sah aber ein, dass der Vorsitzende Recht hatte.

»Fahrt fort, Angeklagter«, sagte Trelawney.

Breandán berichtete, wie er mit Sir John Deane gekämpft hatte. »Ich wollte nichts anderes, als dass er die Schmähungen zurücknimmt. Hätte ich die Absicht gehabt, ihn zu ermorden, hätte ich ihn mit meiner Pistole vom Pferd schießen können.

Warum sollte ich ihm waffenlos gegenübertreten, wenn ich ihn töten wollte?«

»Ihr habt Sir John schon einmal entwaffnet«, warf der Recorder ein. »Zumindest habt Ihr dies bei Eurer letzten Verhandlung behauptet.«

»Damals besaß ich keine Waffe und musste mich meiner Haut wehren. Dieses Mal hatte ich eine Pistole. Dass ich sie nicht benutzte, beweist, dass ich nicht beabsichtigte, den Ratsherrn umzubringen.«

»Vielleicht nicht zu Anfang. Aber während Ihr mit ihm kämpftet, könnte Eure Wut so groß geworden sein, dass Ihr jegliche Hemmung verlort und ihn erstacht, als er schon am Boden lag«, wandte Sir Orlando ein.

»Nein, Mylord, ich schwöre Euch, ich bin unschuldig«, beteuerte Breandán. »Ich habe Deane nicht ermordet. Die einzige Schuld, die ich gestehe, ist die, dass ich ihn in seiner Hilflosigkeit liegen ließ und davonging. Ich habe ihn seinem Mörder ausgeliefert. Aber ich hätte ihn nicht allein gelassen, wenn ich gewusst hätte, dass er in Gefahr war.«

»Ihr behauptet also, ein anderer habe Sir John umgebracht?«, fragte Trelawney. »Könnt Ihr uns sagen, wer?«

»Ich wünschte, ich könnte es, Mylord. Aber ich habe ihn nicht gesehen.«

»Habt Ihr Zeugen, die ihn gesehen haben?«

»Nein, Mylord.«

»Wisst Ihr sonst irgendetwas über diesen Unbekannten?«

Breandán schüttelte niedergeschlagen den Kopf. »Nein, Mylord.«

Wieder entstand Getuschel unter den Schaulustigen. Sir Orlando ließ einen Moment verstreichen, bevor er fragte: »Wünscht Ihr, Zeugen zu Eurer Verteidigung aufzurufen, Angeklagter?«

Der Ire bejahte und bat Meister Ridgeway, vorzutreten. Alan bestätigte, dass er damals nach Breandáns Verurteilung eine Bürgschaft für ihn übernommen und ihn als Gehilfe in sein Haus aufgenommen habe. Er lobte seinen Fleiß und seine Ehrlichkeit und versicherte, dass McMahon ihm nie Anlass zu Ermahnungen gegeben habe. Er sei immer friedlich und umgänglich gewesen.

»Wusstet Ihr, dass Euer Gehilfe die Nächte in Lady St. Clairs Haus verbrachte?«, erkundigte sich der Recorder.

»Gewiss«, erwiderte Alan ungerührt. »Ich habe ihn ja selbst dorthin geschickt.«

»Tatsächlich? Aus welchem Grund?«

»Lady St. Clair stand kurz vor der Niederkunft. Sie wollte sich nicht allein auf eine Hebamme verlassen, sondern für den Notfall einen Wundarzt dabeihaben. Ich schickte Mr. McMahon zu ihr, damit er mich sofort holen konnte, wenn die Zeit gekommen war.«

»Wusstet Ihr, dass der Angeklagte und Mylady St. Clair eine Liebschaft eingegangen waren?«

»Ich ahnte es. Aber er hat nie ein Wort darüber verlauten lassen. Er achtet sie zu sehr, um sie in Verruf zu bringen.«

»Ihr haltet es also für denkbar, dass er den Ratsherrn nur deshalb angriff, weil dieser Lady St. Clair beleidigt hatte?«

»Ja, Mylord, würdet Ihr es zulassen, dass man Eure Wohltäterin schmäht, ohne ihre Ehre zu verteidigen? Ich bin sicher, es war ein ehrlicher Kampf, bei dem Mr. McMahon zudem noch im Nachteil war, aber bestimmt kein vorsätzlicher Mord.«

»Ich wäre geneigt, Euch zuzustimmen, Sir«, sagte Trelawney ernst, »wäre das Opfer nicht von hinten erstochen worden, in einer Position, in der es wehrlos war und keine Gefahr mehr darstellte.«

Bei diesen Worten des Richters verspürte Jeremy ein jähes

Stechen in der Brust. Voller Enttäuschung musste er erkennen, dass Trelawney sich seine endgültige Meinung über den Fall gebildet hatte und dass er nichts tun würde, um den Angeklagten vor dem Galgen zu bewahren. Er hatte versprochen, ihm Gerechtigkeit widerfahren zu lassen, und dieses Versprechen gehalten – Breandán hatte während des Prozesses jede Gelegenheit bekommen, sich zu verteidigen. Das Urteil würde gerecht ausfallen, so wie Trelawney es sich wünschte. Er hatte keinen Grund, die Jury anzuweisen, einem Mörder gegenüber gnädig zu sein. Mit seiner letzten Bemerkung hatte er Jeremys winzige Hoffnung auf das mildere Urteil des Totschlags zunichte gemacht, indem er die Geschworenen daran erinnert hatte, dass das Opfer durch einen Angriff von hinten starb – demnach konnte es nur kaltblütiger Mord gewesen sein.

Die Jury zog sich zur Beratung zurück. Sie brauchte nur kurze Zeit, um ein Urteil zu fällen. Als sie zurückkehrte, war es im Gerichtshof totenstill. Jeder der Anwesenden hielt vor Spannung den Atem an. Der Gerichtsschreiber zählte die Geschworenen namentlich durch, bevor er sie fragte: »Seid Ihr zu einem einstimmigen Urteil gekommen?«

»Ja.«

»Wer soll für Euch sprechen?«

»Unser Obmann.«

»Brendan McMahon, hebe deine Hand. Seht Euch den Gefangenen an. Wie habt Ihr entschieden? Ist er des Kapitalverbrechens des Mordes, dessen er angeklagt ist, schuldig oder nicht schuldig?«

»Schuldig.«

Amoret, die sich während der Wartezeit mit den Fingernägeln die Handflächen zerkratzt hatte, biss sich auf die Lippen, um nicht aufzuschreien. Eisige Kälte breitete sich in ihr aus und lähmte sie. Sie sah Breandáns Gesicht schlagartig erbleichen. Seine Hände schlossen sich krampfhaft um die Gitterstäbe, die ihn von den Richtern und der Jury trennten, als versuche er, sich daran aufrecht zu halten.

Da der letzte Prozess dieser Sitzung nun verhandelt war, ging man sogleich zur Verkündung des Strafmaßes über. Alle Gefangenen, die eines Verbrechens für schuldig befunden worden waren, wurden vom Newgate herübergebracht und nacheinander an die Schranke gerufen. Breandán war einer der Letzten, der an die Reihe kam. Der Gerichtsschreiber forderte ihn ein weiteres Mal auf, die Hand zu heben, und gab dann das Urteil der Geschworenen wieder: »Du bist des Kapitalverbrechens des Mordes angeklagt und daraufhin vor Gericht gestellt worden, du hast dich dazu nicht schuldig bekannt, und für das Verfahren hast du dich Gott und deinem Land unterstellt, welches Land dich für schuldig befunden hat. Kannst du irgendeinen Grund angeben, weshalb das Gericht nicht die Todesstrafe über dich verhängen und die Hinrichtung anordnen soll, wie es das Gesetz vorsieht?«

Breandán, der gesenkten Kopfes zugehört hatte, hob langsam den Blick. Doch es war nicht der Gerichtsschreiber, den er ansah, sondern Richter Trelawney. »Ich schwöre, dass ich unschuldig bin«, wiederholte er. Das war alles, was er sagen konnte.

»Ausrufer, sorgt für Ruhe«, befahl der Schreiber würdevoll. Und das juristische Ritual nahm seinen Lauf.

»Hört, o hört, o hört«, rief der Ausrufer mit sonorer Stimme, »unser Souverän der König befiehlt und gebietet allen Anwesenden Ruhe, während die Todesstrafe über die Gefangenen, die schuldig gesprochen wurden, verhängt wird. Gott schütze den König!«

Daraufhin begann der Recorder eine ausführliche Predigt

über die Verwerflichkeit des Verbrechens und schloss mit den Worten:

»Und die Strafe, die das Gesetz für Übeltäter wie Euch vorsieht, ist folgende: Dass Ihr von hier dahin zurückgebracht werdet, woher Ihr kamt, und von dort zum Ort der Hinrichtung, wo Ihr am Hals aufgehängt werdet, bis Ihr tot seid, und möge Gott Eurer Seele gnädig sein.«

Während der Stadtrichter diese Worte sprach, ließ der Gefängnisschließer eine zu einer Schlinge geknüpfte Schnur über Breandáns bandagierte Daumen gleiten, um ihm vorzuführen, welches Schicksal ihn erwartete. Außer dem Iren wurden noch zwei andere Gefangene, ein Einbrecher und ein Straßenräuber, zum Tode verurteilt.

»Mr. Ashley, macht eine Eintragung, dass ihre Exekution für den nächsten Montag angeordnet ist«, wies Richter Trelawney den Gerichtsschreiber an.

Daraufhin ketteten die Schließer die Gefangenen zusammen, um sie in den Kerker zurückzubringen. Breandán wandte sich noch einmal um und suchte Amorets Gesicht zwischen den Zuschauern auf der Galerie. Sie sah die Verstörtheit und den Schmerz in seinem Blick und begriff, dass er bis zur Urteilsverkündung die Hoffnung gehabt hatte, mit dem Leben davonzukommen. Doch diese Hoffnung war nun zerstört.

Die Gerichtssitzung wurde geschlossen, und die Menge zerstreute sich. Amoret bemerkte es nicht. Sie erwachte erst aus ihrer Betäubung, als Jeremy an ihrer Seite auftauchte.

»Madam, geht zum König. Er ist der Einzige, der Breandán jetzt noch retten kann. Ich versuche inzwischen noch etwas anderes.«

Neununddreißigstes Kapitel

Mit klopfendem Herzen wartete Amoret im Kabinett des Königs. Sie war nervös, denn sie wusste nicht, in welcher Stimmung sie Charles antreffen würde. Offiziell hatte sie nach ihrer Niederkunft noch keine Aufforderung erhalten, an den Hof zurückzukehren. Zudem waren sie bei ihrem letzten Zusammentreffen in ihrem Haus nicht gerade herzlich auseinander gegangen. Sie war sich nicht einmal sicher, ob er ihre Liebschaft verziehen hatte.

Die Erinnerung an Breandáns letzten Blick, bevor er weggeführt worden war, verursachte ihr Qualen. Bisher hatte sie die Möglichkeit, dass man ihn hinrichten könnte, nicht wirklich in Betracht gezogen, auch wenn sie sie in ihren Albträumen durchlebt hatte. Die Verlesung der Todesstrafe hatte diese Aussicht jedoch plötzlich in greifbare Nähe gerückt. Aber der König verfügte schließlich über die Macht, jeden Verurteilten zu begnadigen. Sicher würde er ihre Bitte nicht abschlagen, selbst wenn er ihr noch ein wenig böse war.

Als die Tür zum Kabinett geöffnet wurde und Charles' hoch gewachsene Gestalt im Rahmen erschien, versank Amoret in einer tiefen Reverenz. Sie hörte das Klappern seiner hölzernen Absätze auf dem Parkett und hob erst den Kopf, als er vor ihr stehen blieb. Zuerst sagte er nichts, und sein Gesichtsausdruck blieb verschlossen. Schließlich nahm er ihre Hand, und sie konnte sich erheben.

»Ich ahnte, dass Ihr kommen würdet, Madam«, sagte er ernst.

»Ihr wisst …?«, entfuhr es Amoret, doch sie brach ab, weil ihr die Worte fehlten.

»… dass Euer Liebhaber heute Mittag zum Tode verurteilt wurde?«, vollendete der König den angefangenen Satz. »Natürlich weiß ich davon. Wäre ich nicht über alles im Bilde, was sich in meinem Reich und besonders in dieser Stadt ereignet, wäre ich längst nicht mehr König.«

»Euer Majestät«, begann Amoret demütig, »ich bin gekommen, um Euch zu bitten, Mr. Mac Mathúna einen Gnadenerlass zu gewähren und ihn so vor der Hinrichtung zu bewahren.«

Das Gesicht des Königs verdüsterte sich. Amoret las deutliches Unbehagen in seinen braunen Augen. Seine vollen Lippen pressten sich aufeinander, bevor er ablehnend den Kopf schüttelte. »Das ist unmöglich, Madam.«

Diese kurze, unmissverständliche Antwort traf Amoret wie ein Schlag. Im ersten Moment war sie wie erstarrt. All die Worte, die sie sich zurechtgelegt hatte, entglitten ihr.

Charles sah die Fassungslosigkeit auf ihrem Gesicht und verspürte auf einmal Mitleid mit ihr und das Verlangen, seine Unnachgiebigkeit zu rechtfertigen, auch wenn es einem König nicht angemessen war, sein Handeln zu erklären. »Madam, Ihr wisst, wie teuer mir Eure Freundschaft ist. Ihr habt gerade erst meinen Sohn zur Welt gebracht. Ich würde Euch gerne jeden Wunsch erfüllen, um Euch glücklich zu sehen. Ginge es um einen Dieb oder gar um jemanden, der den König beleidigt hat, würde ich Euch den Gefallen tun und ihn sofort begnadigen. Aber dieser Bursche wurde des Mordes für schuldig befunden. Vergebt meine harten Worte, Madam, aber ein solcher Mann ist meiner Gnade nicht würdig – ebenso wenig wie Eurer Fürsprache.«

»Ich versichere Euch, Sire, er ist unschuldig. Er hat diesen Mord nicht begangen.«

»Wäre das der Fall, so hätte ihn die Jury nicht schuldig gesprochen«, widersprach der König.

»Er wurde auf raffinierte Weise hereingelegt. Der wahre Mörder ist noch immer frei.«

»Das erscheint mir höchst unglaubwürdig«, meinte Charles skeptisch.

Amoret spürte, wie sie Verzweiflung überkam. Ohne nachzudenken, warf sie sich dem König zu Füßen. »Ich flehe Euch an, Sire, schickt nicht einen unschuldigen Mann in den Tod. Er hatte nie die Absicht, Euch zu beleidigen. *Ich* habe ihn mir zum Liebhaber genommen. Er trägt keine Schuld.«

Charles beugte sich über sie und ergriff unsanft ihr Handgelenk, um sie wieder auf die Beine zu ziehen. »Steht auf, Madam«, gebot er, und seine Stimme klang verärgert, »schätzt Ihr Euren König so gering, dass Ihr glaubt, ich würde einem Mann aus Eifersucht meine Gnade verweigern? Ich wünschte, es wäre mir möglich, sein Leben zu retten, denn ich will nicht, dass man sagt, ich hätte skrupellos einen Rivalen aus dem Weg geräumt. Ich hege keinen Groll gegen ihn oder gegen Euch.«

»Dann gewährt ihm Gnade.«

»Ich kann einen verurteilten Mörder nicht begnadigen!«, donnerte Charles, doch im nächsten Moment tat es ihm Leid, sie so grob behandelt zu haben. »Begreift doch. Es ist nicht allein die Tatsache, dass er einen Mord begangen hat. Er hat einen Ratsherrn der Stadt London getötet, einen der einflussreichen Kaufleute, die mir das Leben schwer machen. Habt Ihr vergessen, dass wir uns im Krieg befinden? Die Flotte verschlingt Unsummen. Und die Staatskasse ist leer. Ich bin diesen machthungrigen Krämern ausgeliefert, denn sie sind es, die mir das Geld bewilligen, ohne das ich nicht regieren kann. Ich kann es mir nicht leisten, sie gegen mich aufzubringen, indem ich meiner Mätresse zuliebe einen Mörder begnadige, der einen aus ihren Reihen umgebracht hat.«

»Aber Ihr seid der König!«, wandte Amoret ein. »Was können diese Bürgersleute Euch anhaben?«

»Meine Liebe, ich habe nicht die Macht des Königs von Frankreich, der alles durchsetzen kann, was er will. Ich war lange Zeit ein König ohne Königreich und bin heute nur hier, weil man mir gestattete, zurückzukehren. Aber mein Thron steht auf tönernen Füßen. Ein falscher Schritt kann mich nicht nur die Krone, sondern vielleicht sogar mein Leben kosten. Sie haben sich nicht gescheut, meinem Vater den Kopf abzuschlagen, und ich hege nicht das geringste Verlangen, dasselbe Schicksal zu erleiden.«

Amoret war verstummt. Was konnte sie jetzt noch sagen? Plötzlich spürte sie Tränen in ihren Augen aufsteigen und versuchte, dagegen anzukämpfen.

Nun, da er seinem Ärger Luft gemacht hatte, trat Charles mit nachsichtiger Miene zu ihr und strich mit dem Finger über ihre Wange, um die feuchte Spur wegzuwischen, die auf ihrer Haut glänzte.

»Ich verstehe Euch gut, meine süße Amoret«, sagte er in sanfterem Ton. »Ihr scheint diesen Burschen wirklich zu lieben. Es ist bedauerlich, dass Ihr Euch den falschen Mann ausgesucht habt.«

»Er ist nicht der Falsche«, widersprach sie trotzig. »Er ist der Einzige. Und er ist unschuldig. Euer Majestät, wollt Ihr einen Unschuldigen opfern, nur um der Bürgerschaft von London zu gefallen? Ihr habt einmal gesagt, dass Ihr mich schätzt, weil ich nie etwas von Euch verlange. Heute aber bitte ich Euch um das Leben eines Mannes, der nichts Unrechtes getan hat. Ich flehe Euch an, im Namen Eures Sohnes, den ich monatelang unter dem Herzen getragen habe.«

»Ihr seid aufreibend«, grollte Charles. »Ihr behauptet, der Bursche sei unschuldig. Dann bringt mir Beweise, die eine Begnadigung rechtfertigen würden.«

»Sire, wenn es Beweise gäbe, hätten wir sie schon beim Prozess vorgelegt«, entgegnete Amoret entmutigt.

»Versucht, mich zu verstehen«, erklärte der König mit einem Seufzen. »Ich kann Eurem Freund nicht helfen, solange es keinen Zweifel an seiner Schuld gibt. Aber wenn es Euch gelingt, mir einen eindeutigen Beweis seiner Unschuld vorzulegen, so verspreche ich Euch, dass ich ihm einen Gnadenerlass gewähren werde. Mehr kann ich nicht tun. Und nun erzählt mir von meinem Sohn, Madam.«

Der Himmel hatte sich mit grauen Wolken bezogen, und es begann zu nieseln. Jeremy wich unter das vorkragende obere Stockwerk eines Fachwerkhauses zurück und wippte auf den Fußballen hin und her, die vom langen Stehen schmerzten. Er wartete nun schon eine geraume Weile in der Broad Street, in einiger Entfernung vom Haus des ermordeten Ratsherrn, und ließ es dabei keinen Moment aus den Augen. Endlich entdeckte er den Lakaien, den er vor dem Prozess schon einmal ausgehorcht hatte und von dem er wusste, dass er bestechlich war. Das geduldige Ausharren hatte sich gelohnt.

Rasch folgte Jeremy dem Diener die Gasse hinunter, und da dieser sich nicht sonderlich beeilte, holte er ihn mühelos ein.

»Oh, Ihr seid das«, rief der Lakai überrascht. »Ich habe Euch schon alles gesagt, was ich weiß«, fügte er bedauernd hinzu.

»Du kannst etwas anderes für mich tun, Henry. Lass mich heute Nacht in das Haus deines ehemaligen Herrn.«

»Was wollt Ihr da?«

»Nur keine Sorge. Ich will nichts stehlen«, beruhigte Jeremy den misstrauisch dreinblickenden Diener. »Ich muss mich in

Sir Johns Schreibstube umsehen. Es ist sehr wichtig. Das Leben eines Menschen könnte davon abhängen.«

»Ich weiß nicht. Wenn man mich dabei erwischt, bin ich meine Anstellung los.«

Jeremy holte eine Guinee aus seinem Geldbeutel hervor und hielt sie Henry vor die Nase. »Du bekommst noch einmal zehn davon, wenn du mir heute Nacht die Tür öffnest.«

Der Lakai griff nach der Goldmünze und bestaunte sie von beiden Seiten. Guineen wurden erst seit zwei Jahren geprägt. Sicher hatte er noch keine zu Gesicht bekommen. »Zehn, sagt Ihr?«

»Ja.«

»Also gut, aber heute Nacht geht es nicht. Es ist Waschtag. Die Mägde werden bis in die frühen Morgenstunden arbeiten.«

»Dann morgen Nacht!«, drängte Jeremy. »Später darf es nicht sein.«

»Morgen also«, stimmte Henry schließlich zu. »Seid um Mitternacht an der Gesindetür. Ich lasse Euch ein.«

Jeremy war frühzeitig zur Stelle. Bevor er leise an der Eichentür kratzte, um sein Eintreffen anzuzeigen, sah er sich noch einmal aufmerksam um, ob auch kein Nachtwächter in der Nähe war. So unfähig diese Ordnungshüter auch waren, so kam es doch vor, dass sie nächtliche Passanten anhielten und nach Werkzeug oder Diebesgut durchsuchten. Und Jeremy hatte keine Lust, einem neugierigen Hellebardenträger erklären zu müssen, weshalb er mit einem Beutel voller Goldmünzen durch die dunklen Londoner Gassen wanderte. Amoret hatte ihm das Geld ohne Zögern zugesteckt, als er sie am Morgen aufgesucht hatte. Der erfolglose Ausgang ihrer Unterredung mit dem König überraschte ihn nicht besonders. Freilich hätte er es vorgezogen, wenn Charles sich seiner Mätresse zuliebe gnädig erwiesen hätte, aber es sollte eben nicht sein. Als Jeremy ihr erzählte, wozu er das Geld brauchte, beschwor sie ihn voller Sorge, vorsichtig zu sein, obwohl sie gerührt war, wie viel er für Breandán wagen wollte. Alan hatte ähnlich reagiert. Jeremy konnte ihn nur mit Mühe daran hindern, ihn zu begleiten. Es genüge, wenn sich einer von ihnen in Gefahr begebe, hatte er abgewehrt.

Als Henry ihm mit einer Kerze in der Hand leise die Tür öffnete, verdrängte Jeremy alle Gedanken an das Risiko und konzentrierte sich auf seine Aufgabe. Er übergab dem Lakaien die Goldmünzen und folgte ihm in den ersten Stock hinauf.

»Hier ist die Studierstube meines Herrn«, flüsterte der Diener, während er auf eine Tür zu ihrer Rechten wies.

Leise traten sie ein. Jeremy nahm Henry die Kerze aus der Hand und stellte sie auf die Schreibkommode. Dann setzte er sich auf den Stuhl, der davor stand, öffnete den schrägen Scharnierdeckel und sah die in dem darunter liegenden Fach befindlichen Papiere durch. Es waren hauptsächlich Notizen und einige Aufstellungen verschiedener Ausgaben, die sorgfältig zusammengerechnet worden waren, aber nichts, was mit dem Mord zu tun haben könnte.

Als Nächstes wandte sich Jeremy dem Schubladenkasten zu. Das obere Fach war verschlossen. »Weißt du, wo der Schlüssel ist?«, fragte der Priester den nervös an der Tür verharrenden Diener.

»Ich glaube, Sir John trug ihn immer bei sich.«

»Hm, bedauerlich. Er könnte jetzt weiß Gott wo sein.«

Nach kurzer Überlegung nahm Jeremy einen der gerahmten Stiche von der Wand und zog mit einem kräftigen Ruck den Nagel heraus.

»Nicht doch!«, protestierte Henry erschrocken. »Man wird merken, dass jemand hier war.«

»Ich stecke ihn zurück, wenn ich fertig bin«, erwiderte Jeremy beschwichtigend. Dann machte er sich daran, die Spitze des Nagels ein wenig zurechtzubiegen, und führte sie in das Schloss der Schublade ein.

»Und Ihr wollt kein abgefeimter Dieb sein, Sir?«, wunderte sich der Lakai. »Wo habt Ihr gelernt, Schlösser aufzubrechen?«

»Nun, um ehrlich zu sein, mache ich so etwas zum ersten Mal. Aber ich habe gehört, dass Einbrecher auf diese Weise vorgehen. Na, wer sagt's denn. So schwierig ist das gar nicht.«

Jeremy öffnete die Schublade und begann sie zu durchsuchen. In seiner Angst, entdeckt zu werden, wurde der Diener bereits ungeduldig, als Jeremy ein gefaltetes Stück Papier auffiel. Sofort musste er an die Nachricht denken, die damals Alan in eine Falle gelockt hatte. Mit einem Gefühl der Erregung nahm er das Papier aus der Schublade und entfaltete es. Eine kurze Nachricht stand darauf geschrieben:

»Wenn Ihr wissen wollt, wie weit es der irische Spitzbube gebracht hat, der Euch vor einiger Zeit um Euren Degen erleichterte, findet Euch morgen früh um halb sechs Uhr gegenüber von Hartford House am Strand ein. Kommt allein, oder Ihr erfahrt nichts.«

Es gab keine Unterschrift.

»Ich wusste es!«, stieß Jeremy triumphierend hervor. »Ich wusste, dass es eine Botschaft gab. So lockte der Mörder den Ratsherrn dorthin.«

»Verflucht! Ich glaube, man hat uns entdeckt«, flüsterte Henry plötzlich, als Schritte auf der Treppe erklangen.

»Wer ist da?«, rief eine Stimme. »Henry, bist du das? Was tust du mitten in der Nacht in der Schreibstube?«

»Das ist Master William, der älteste Sohn«, zischte der Diener panisch. »Was soll ich ihm sagen? Oh, zum Henker, er wird uns verhaften lassen, wenn er Euch hier sieht.«

Jeremy sprang hastig neben ihn an die Tür. »Schnell, dreh den Schlüssel um. Und nun komm! Wir klettern zum Fenster hinaus in den Garten. Von dort kannst du durch die Küche zurück ins Haus und den Unschuldigen spielen.«

Ohne eine Antwort abzuwarten, öffnete Jeremy einen Fensterflügel und blickte nach unten. Es war nicht sehr tief. Man konnte gefahrlos hinunterspringen. Während der Jesuit sich durch das Fenster schob, wurde von außen an die Tür gehämmert. »Macht sofort auf! Oder wir holen euch mit Gewalt, Diebesgesindel!«

Jeremy landete in ein paar Blumentöpfen, die unter dem Fenster standen. »Komm schon!«, rief er ungeduldig nach oben.

Kurz darauf erschien Henrys rechtes Bein und schließlich der Rest seines Körpers. Auch er wagte nach kurzem Zögern den Sprung, stolperte und wäre beinahe gefallen, doch der Priester fing ihn geistesgegenwärtig auf. Sie wandten sich zur Hintertür, die in die Küche führte, doch auch von dort drangen bereits Stimmen an ihre Ohren.

»Ich bin verdammt! Durch Eure Schuld!«, klagte Henry und warf Jeremy einen wütenden Blick zu.

»Komm mit mir«, entschied dieser spontan. »Ich werde dir eine neue Anstellung vermitteln.«

Der kleine Kräutergarten war von einer mannshohen Mauer umgeben. Dahinter lag eine Gasse, ihr einziger Fluchtweg. Jeremy stieß sich mit aller Kraft vom Boden ab und wuchtete sich auf den Rand der Mauer. Als er die Beine auf die andere Seite gezogen hatte, streckte er die Hand aus und rief: »Greif zu! Ich helfe dir rauf.«

Nur mit Mühe gelang es dem Priester, den ungelenken Lakaien zu sich auf den Mauerrand zu ziehen. Inzwischen waren Master William und zwei weitere Diener aus der Küche in den Garten gestürmt und hatten sie entdeckt. »Bleibt stehen, Halunken!«

Jeremy ließ sich auf der anderen Seite hinabgleiten und zog Henry mit sich. Er konnte nicht riskieren, dass der Lakai zurückblieb und seinen Namen ausplauderte. Man würde ihn sofort wegen Einbruchs verhaften und in den Kerker werfen.

Bei der Landung auf dem unebenen Pflaster der Gasse stöhnte Henry auf und griff sich an die rechte Fessel. »Ich habe mir den Fuß verstaucht«, jammerte er. Jeremy kehrte zu ihm zurück und stützte ihn. »Wir müssen hier weg«, drängte er. Die Verfolger würden sich von der Mauer ebenso wenig aufhalten lassen wie sie. Schwerfällig humpelte der Lakai neben ihm her. Von einer schnellen Flucht konnte keine Rede mehr sein. Es blieb ihnen nur eine Wahl: Sie mussten sich verstecken. Jeremy bog in die erstbeste Seitenstraße ein und kurz darauf in die nächste, um ihre Verfolger zu verwirren. Sobald sich die Gelegenheit ergab, zerrte er Henry schließlich in den dunklen Winkel eines Hauseingangs und gebot ihm Schweigen. Bald hörten sie schnelle Schritte auf dem Kopfsteinpflaster widerhallen und hielten nervös den Atem an.

Erst als es ganz ruhig war, verließen sie ihr Versteck und machten sich auf den mühsamen Weg quer durch die Stadt zur Paternoster Row.

Am nächsten Morgen machte sich Jeremy schon früh zur Chancery Lane auf, um Sir Orlando von seinem Fund in Kenntnis zu setzen. Zu seiner Enttäuschung erklärte ihm jedoch die Magd, die ihm geöffnet hatte, dass Seine Lordschaft aufs Land gefahren sei, um einen Streit zwischen seiner Nichte und deren Ehegatten zu schlichten. Er würde erst am Abend zurückkehren.

Jeremy entfuhr ein Fluch, für den er sogleich der Heiligen Jungfrau demütig Abbitte tat. Einen Moment spielte er mit dem Gedanken, allein zum König zu gehen, doch dann entschied er sich, auf Sir Orlandos Rückkehr zu warten. Die Nachricht allein würde Seiner Majestät als Beweis für Breandáns Unschuld nicht genügen. Sie war nur ein Hinweis auf die mögliche Anwesenheit einer dritten Person.

In der Zwischenzeit musste sich Jeremy seinen Pflichten widmen. Es war Sonntag. Nachdem er für die ihm anvertrauten Katholiken in Alans Haus die Messe zelebriert hatte, begab er sich ins Newgate, um dort wie üblich dasselbe zu tun. Da die Wächter Breandán nicht erlaubten, seine Zelle zur Teilnahme an der Messe zu verlassen, suchte Jeremy ihn danach noch einmal auf und reichte ihm das heilige Sakrament. Um ihm Mut zu machen, erzählte er ihm von seinem nächtlichen Abenteuer.

»Verzagt nicht, mein Sohn. Habt nur noch ein wenig Geduld. Ich hole Euch hier heraus, das verspreche ich.«

Breandán bemühte sich, ihm zu glauben. Doch es war nicht leicht, sich an dem Ort, an dem er sich befand, auch nur eine Spur von Hoffnung zu bewahren. Seit seiner Verurteilung erhielt er immer wieder Besuche von dem Gefängniskaplan, dem so genannten Ordinarius des Newgate, dem die Seelen der unglücklichen Häftlinge anvertraut waren. Hartnäckig versuchte der anglikanische Geistliche, den Iren von seinem römischen Irrglauben abzubringen und ihn zu einem Geständnis seines Verbrechens zu bewegen. Breandán stellte sich taub, doch dies schien den Ordinarius nicht zu entmutigen. Obgleich er von der Stadt bezahlt wurde, verdiente er nebenbei ein hübsches Sümmchen mit der Veröffentlichung von Geständnissen, die er drucken und am Tag der Hinrichtung der Verurteilten verkaufen ließ. So nahm er es übel, wenn ein Todgeweihter sich weigerte, ihm seine Lebensgeschichte zu offenbaren, und ihn damit um seinen Zusatzverdienst brachte.

Als Breandán den Ordinarius schließlich gereizt anschrie, er solle ihn endlich in Ruhe lassen, drohte ihm dieser mit der ewigen Verdammnis. Wieder allein, zitterte der Ire noch eine ganze Weile vor grenzenloser Wut und verfluchte den Kaplan. Dank Jeremys Zuwendung fühlte sich Breandán in seinem Glauben gestärkt, doch er dachte mitleidig an die verurteilten Protestanten, die in ihrer schwersten Stunde einem Geistlichen ausgeliefert waren, der ihnen aus Geldgier Geständnisse abpresste, anstatt ihnen beizustehen.

Die Todgeweihten hofften an diesem letzten Tag vor ihrer Hinrichtung vergeblich auf ein wenig Ruhe und Frieden, um ihre Ängste zu meistern. Sie waren der Glanzpunkt der traditionellen Sonntagspredigt. Obgleich er sich heftig sträubte, schleppte man auch Breandán mit Gewalt in die Gefängniskapelle. Und wie er bald mit Abscheu feststellte, geschah dies nicht in der Sorge um sein Seelenheil, sondern um die Taschen der Schließer zu füllen, die Neugierigen von der Straße gegen ein Eintrittsgeld gestatteten, sich am Anblick der Verurteilten zu ergötzen wie an wilden Tieren, die man im Käfig vorführte. Unzählige Schaulustige drängten sich in der kleinen Kapelle, so dass diejenigen Gefangenen, die aus Frömmigkeit dem Gottesdienst beiwohnen wollten, keinen Einlass fanden. In ihrer Gier, einen unverstellten Blick auf die Unglücklichen zu erhaschen, stießen die Gaffer sich einander die Ellbogen zwischen die Rippen, überschütteten den einen oder anderen, der nicht Platz machen wollte, mit Beschimpfungen und trampelten sich auch ab und zu gegenseitig nieder. »Da, das ist der Kerl, der den Ratsherrn aufgeschlitzt hat …«, »… der Straßenräuber hat ganz Hampstead Heath unsicher gemacht …«, »… ich schicke einen meiner Diener frühzeitig nach Tyburn, um mir einen guten Platz für die Hinrichtung zu sichern ...« So summte und brummte es in der Kapelle, während die zum Tode Verurteilten vor ihren Särgen saßen und die Predigt des Ordinarius im Lärm unterging.

Einer der beiden Männer, die am nächsten Morgen mit Breandán zusammen gehängt werden sollten, brach in Tränen aus und konnte sich bis zum Ende des Gottesdienstes nicht mehr beruhigen. Der Ordinarius lächelte gerührt, da er den Gefühlsausbruch des Gefangenen auf seine bewegende Predigt zurückführte.

Vierzigstes Kapitel

Alan hob die beiden Botschaften ins Licht und hielt sie nebeneinander. »Unfassbar«, murmelte er. »Es sieht tatsächlich so aus, als wären sie von derselben Person geschrieben worden.« Er ließ die Zettel wieder sinken. »Aber was hat das zu bedeuten?«

»Das ist doch offensichtlich«, gab Jeremy ungeduldig zurück. »Derjenige, der damals versuchte, Euch zu töten, ist identisch mit der Person, die Deane ermordet hat.«

»Aber aus welchem Grund will jemand drei Richter, einen Kronanwalt, einen Wundarzt und einen Kaufmann umbringen? Wo ist der Zusammenhang?«, warf Alan die alles entscheidende Frage in den Raum.

»Wenn ich das wüsste!«, seufzte Jeremy zerknirscht.

»Nun, ich kann mir denken, dass die Richter nicht bei jedermann beliebt waren«, führte Alan aus. »Und Sir John hat sich während seiner Amtszeit als Lord Mayor auch nicht gerade Freunde gemacht …«

Jeremy zuckte zusammen und wandte seinem Freund ruckartig das Gesicht zu. »Heilige Jungfrau, ich bin so blind gewesen. Wie konnte ich das nur übersehen?«

Der Wundarzt starrte ihn entgeistert an, wagte jedoch nicht, seinen Gedankengang zu unterbrechen.

»Alan, habt Ihr damals auch schon für den Leichenbeschauer gearbeitet?«, fragte Jeremy ohne Überleitung.

»Wann?«

»Als Deane Lord Mayor war.«

»Ja.«

»Und hat man Euch als Zeuge der Krone bei Prozessen vorgeladen?«

»Ja, oft sogar. Aber worauf wollt Ihr hinaus?«

»Ich weiß jetzt, was hinter den Morden steckt. Ich muss nur noch einige Akten überprüfen. Am besten gehe ich sofort zu Richter Trelawney. Vielleicht kommt er ja doch früher als erwartet nach Hause.«

Als Sir Orlando bei seinem Eintreffen erfuhr, dass Dr. Fauconer bereits seit Stunden auf ihn wartete, zögerte er einen Moment, ihn zu empfangen. Es war das erste Mal, dass er sich nicht freute, den Priester zu sehen. Doch er besann sich schnell auf seine freundschaftlichen Pflichten und begab sich in sein Studierzimmer, wo er seinen Gast auf einem Stuhl sitzend vorfand. Jeremys Augen glänzten aufgeregt, fast fiebrig.

»Pater, ich verstehe Eure Bestürzung über das Urteil, aber ...«, setzte Trelawney voller Unbehagen an, verstummte aber, als er den Priester quecksilbrig wie einen kleinen Jungen von seinem Stuhl springen und ihm entgegeneilen sah.

»Mylord, ich möchte Euch bitten, Euch das hier anzusehen.«

Verwundert nahm Sir Orlando die beiden Blättchen Papier entgegen und studierte sie. Seine Stirn legte sich in tiefe Falten. »Wo habt Ihr das her?«, fragte er, auf die zweite Nachricht deutend.

»Aus Sir John Deanes Schreibstube.«

Trelawneys Augen wurden groß. »Wie seid Ihr daran gekommen? Ihr seid doch nicht etwa ... Nein, sagt nichts, ich will es gar nicht wissen. Habt Ihr denn völlig den Verstand verloren?« Es dauerte einige Augenblicke, bis sich der Richter beruhigt hatte. Dann ließ er sich betroffen auf einen Stuhl sinken. »Bei

Christi Blut, ich habe einen furchtbaren Fehler gemacht. Ihr hattet Recht. Es gab eine dritte Person. Euer Ire ist tatsächlich unschuldig.«

Jeremy ließ ihm keine Zeit, diese schwerwiegende Erkenntnis zu verdauen. »Sir, ich weiß jetzt, wie wir den Mörder entlarven können«, verkündete er siegessicher. »Aber dazu müsst Ihr mir Zugang zu den Prozessakten des Jahres verschaffen, in dem Deane Lord Mayor war, und zwar noch heute.«

»Wie stellt Ihr Euch das vor? Es ist der Tag des Herrn. Da wird sich keiner der Gerichtsschreiber stören lassen.«

»Es muss sein!«, drängte Jeremy. »Mr. Mac Mathúna wird morgen früh gehenkt werden. Wir dürfen keine Zeit verlieren.«

»Sicher, verzeiht mir, Pater. Wie spät ist es jetzt? Sechs Uhr? Ich lasse meine Kutsche sofort wieder anspannen.«

Der Gerichtsschreiber, dem die Prozessakten der Old-Bailey-Sitzungen anvertraut waren, zeigte sich tatsächlich nicht besonders erfreut über die Störung des Sabbat. Murrend ließ er den Richter und seinen Begleiter ein und brachte ihnen dann gnädigerweise auch eine Kerze.

»Wie lange werdet Ihr brauchen?«, knurrte der Amtmann unfreundlich.

»Ich fürchte, schlimmstenfalls die ganze Nacht«, erwiderte Trelawney mit entschuldigender, aber unnachgiebiger Miene.

Als sich der Gerichtsschreiber brummend entfernt hatte, nahmen sich Sir Orlando und Jeremy die Akten vor.

»Wonach suchen wir?«, fragte der Richter.

»Nach allen Prozessen, an denen Ihr, Lord Chief Justice Foster, Sir Thomas Peckham, Sir Michael Rogers, Sir John Deane und Meister Ridgeway teilgenommen haben. Ich glaube, dass der Mörder ein Unrecht rächen will, für das er Euch alle verantwortlich hält.«

Sie verbrachten Stunden damit, dicke Stapel von Gerichtsprotokollen und Anklageschriften durchzusehen. Draußen sank die Dämmerung herab, und die beiden Männer mussten die Köpfe zusammenstecken, um das dürftige Licht der einzelnen Kerze auszunutzen. Sir Orlando lehnte sich gerade zurück, um seine brennenden Augen zu massieren, als ein Ausruf des Jesuiten ihn zusammenfahren ließ.

»Heureka! Das muss es sein.«

»Was?«

»Seht her, Mylord. Es ist ganz einfach. Wir hätten schon viel früher darauf kommen können. Ihr erinnert Euch doch an den Fall, von dem Ihr mir damals erzählt habt, als Ihr mich um meine Mitarbeit batet.«

»Das Mädchen, das vergewaltigt und so schlimm zugerichtet worden war, dass sie an ihren Wunden starb. Der Verdächtige war der Letzte gewesen, den man mit ihr gesehen hatte. Die Jury befand ihn für schuldig, und er wurde gehenkt. Doch er war unschuldig, wie sich später herausstellte. Ich habe noch heute schwere Schuldgefühle, weil ich nichts tat, um seine Hinrichtung zu verhindern.«

»Ihr sagtet selbst, dass Ihr Euch alle des Justizmordes schuldig gemacht hättet. Nun, ich denke, unser Mörder ist derselben Ansicht. Und er will, dass Ihr dafür bezahlt.«

Trelawney las sich die Aufstellung der am Prozess beteiligten Richter durch. »Ich erinnere mich noch, dass Sir Robert Foster den Vorsitz führte. Sir John Deane saß in seiner Funktion als Lord Mayor ebenfalls auf der Richterbank. Sir Michael Rogers vertrat als Kronanwalt die Anklage, wie es bei manchen Aufsehen erregenden Prozessen gehandhabt wird.«

»Und Meister Ridgeway sagte im Auftrag des Leichenbeschauers aus«, ergänzte Jeremy. »Seine Beschreibung der schweren Verletzungen des Opfers beeindruckte die Jury so stark, dass sie den Angeklagten schuldig sprach, obwohl es keine stichhaltigen Beweise gegen ihn gab. Deshalb wollte man auch an Alan Rache nehmen.«

»Ist das der einzige Fall, der in Frage kommt, oder sollen wir weitersuchen?«

»Nicht nötig. Entsinnt Ihr Euch der letzten Worte Eures Dieners Walker, der von dem Mörder vergiftet wurde, weil er sich weigerte, zum Komplizen zu werden? Er wollte Euch vor seinem Tod noch etwas mitteilen, was Euch auf die Spur des Täters bringen sollte. Er sagte einen Namen, der wie ›Jeffrey‹ klang.«

»Und der unschuldig Verurteilte hieß Jeffrey Edwards!«, rief Sir Orlando aus und schlug mit der Faust auf den Tisch.

»So ist es! Wir haben also endlich das Motiv.«

»Aber noch immer nicht den Mörder.«

»Es muss ein Verwandter oder Freund von Edwards sein. Das wird sich herausfinden lassen. Jetzt ist es nur noch eine Frage der Zeit, bis wir ihn haben.«

Trelawney warf einen Blick aus dem Fenster, hinter dem tiefe Nacht herrschte. »Es ist zu spät, um heute noch zum König zu gehen. Wir müssen bis morgen warten. Kommt mit zu mir, Pater. Dann können wir ohne Verzögerung in aller Frühe nach Whitehall fahren.«

Seit Stunden stand Breandán am Fenster seiner Zelle, die Hände um die schwarzen Gitter geschlossen, und nahm das leuchtende Blau des wolkenlosen Himmels in sich auf. Das Wetter war warm und trocken geworden, und an manchen Stellen, wo die Hitze sich sammelte, flimmerte die Luft wie über einem Feuer. Die Eisenstäbe standen gerade weit genug auseinander, um eine Hand hindurchschieben zu können. Breandán streckte seine Rechte so weit wie möglich hinaus und versuchte, einen

Hauch der leichten Brise einzufangen, die draußen vorbeiwehte, ohne Eingang in das verpestete Innere des Gefängnisses zu finden. Die Sehnsucht nach frischer Luft, nach Sonne und Himmel quälte ihn, seit er vor drei Wochen zwischen den unüberwindlichen Mauern des Newgate eingekerkert worden war. Er, der die meiste Zeit seines Lebens kein festes Dach über dem Kopf gekannt hatte, litt unsäglich unter diesem Eingesperrtsein. Immer wieder befiel ihn eine quälende Unruhe, wenn die Muskeln seines Körpers gegen die erzwungene Untätigkeit rebellierten und er sich Bewegung verschaffen musste, bis ihn Erschöpfung überkam. Von einem animalischen Instinkt getrieben, hatte er jeden Zoll seiner Zelle nach einem Fluchtweg untersucht. Besondere Aufmerksamkeit hatte er dabei dem offenen Kamin gewidmet, der so gewaltig war, dass ein Mann aufrecht darin stehen konnte. Vielleicht gelang es ihm, durch den Abzugsschacht hinauf aufs Dach zu klettern. Von dort wäre es dann ein Leichtes, auf das Dach des Nachbarhauses zu springen und sich davonzumachen. Das einzige Hindernis waren zwei in einiger Höhe angebrachte Gitterstäbe, die zu eng beieinander lagen, als dass sich auch nur ein Kind hätte hindurchpressen können. Doch das Torhaus war alt, und sein Mörtel mochte gerade an dieser Stelle morsch sein. Breandán verbrachte den ganzen Nachmittag damit, in den Kaminabzug hinaufzuklettern und mit einem Glied seiner Ketten rund um die Eisenstäbe den Mörtel aus den Fugen zu kratzen, um sie so weit zu lockern, dass er sie herausreißen konnte. Doch schließlich musste er unverrichteter Dinge aufgeben. Offenbar hatten schon andere Gefangene versucht, auf diesem Wege zu entkommen, denn der Mörtel zeigte deutliche Spuren einer gründlichen Ausbesserung und war ohne schweres Werkzeug nicht aufzubrechen. Zu Tode erschöpft, mit zerschundenen Händen, Ellbogen und Knien, ließ sich Breandán auf das Bett sinken und schloss besiegt die Augen. Es blieb ihm keine andere Wahl, als zu warten, bis er am nächsten Morgen den Kerker für immer verlassen würde, um entweder begnadigt oder aber gehängt zu werden.

Er ruhte nicht lange. Schon bald trieb ihn seine Rastlosigkeit wieder auf die Füße. Seine blutverkrusteten Hände rüttelten grimmig an den Gittern des Fensters, die ihn von der Freiheit trennten. Die Freiheit! Wie sehr hatte er sich stets danach gesehnt. In seinem ruhelosen Leben war sie das einzige Gut gewesen, das er je besessen hatte. Und nun hatte man ihm auch das genommen.

Ein paar Mal schlug er die Stirn gegen die Eisenstäbe, um seine Verzweiflung zu betäuben. Sosehr es ihn auch danach verlangte, den Kerker im Morgengrauen endlich verlassen zu können, selbst wenn es bedeutete, den Weg nach Tyburn einzuschlagen, so sehr fürchtete er sich vor dem Einbruch der Dämmerung, die seine letzte Nacht auf dieser Erde einläuten würde. Er wünschte sich, dass endlich alles vorbei und er erlöst wäre, doch zugleich verspürte er eine kopflose Panik bei dem Gedanken, wie schnell seine Zeit ablief.

Als die Schlüssel in den Schlössern seiner Zellentür knirschten, fuhr Breandán kampflustig herum. Wenn dieser Kaplan des Teufels es noch einmal wagen sollte, ihn anzusprechen, würde er ihn mit einem kräftigen Tritt in den Arsch hinauswerfen! Doch im nächsten Moment krampfte sich ihm vor Freude der Magen zusammen, als er Amoret hinter dem Schließer eintreten sah.

»Wenn Ihr versprecht, keinen Ärger zu machen, lasse ich Euch für heute Nacht die Ketten abnehmen«, bot ihm der Wächter an.

»Ich verspreche es«, antwortete Breandán ohne Zögern.

Ein Gehilfe schlug ihm die Hand- und Fußketten ab. Bevor

der Schließer die Tür zuzog, sagte er zu Amoret: »Ich werde Euch bei Morgengrauen wieder herauslassen.«

Kaum waren sie allein, als sie sich stumm in die Arme fielen. Breandán hatte nicht zu hoffen gewagt, dass er sie vor seiner Hinrichtung noch einmal wiedersehen würde. Sie hätte nicht herkommen, hätte sich nicht noch einmal diesem schrecklichen Ort aussetzen sollen, aber er war überglücklich, dass sie da war und dass er diese furchtbarste aller Nächte seines Lebens nicht allein verbringen musste.

Nach einer Weile fragte er hoffnungsvoll: »Hast du Neuigkeiten von Pater Blackshaw?«

Doch Amoret schüttelte niedergeschlagen den Kopf. »Ich habe ihn seit seinem Aufbruch in Deanes Haus gestern Abend nicht mehr gesehen.«

»Er war heute Morgen hier und erzählte mir, er hätte einen Hinweis gefunden, der mir vielleicht helfen könnte. Ich dachte, er hätte dir inzwischen Näheres gesagt ...« Der Priester hatte ihm versprochen, ihn zu retten, doch Breandán konnte seine Zuversicht nicht teilen. Ein Hinweis war nicht genug, um ein gerichtliches Urteil aufzuheben. Und es blieb nicht mehr viel Zeit.

Amoret versuchte, ihm Mut zu machen, obwohl sie am liebsten selbst in Tränen ausgebrochen wäre. Sie sagte sich immer wieder, dass sie stark sein müsse, um ihn aufrecht zu halten, und ihn ihren Schmerz nicht spüren lassen dürfe, sonst würde sie es ihm nur noch schwerer machen.

Um Mitternacht erklang vor den Türen der Verliese, in denen die Verurteilten auf ihre Hinrichtung warteten, die Handglocke des Küsters von St. Sepulchre, der Kirche, die dem Newgate am nächsten lag. Um die Unglücklichen auf das Schicksal vorzubereiten, das sie erwartete, sang er dazu die Verse:

»Ihr Todgeweihten,
seid stark, denn morgen dämmert euer letzter Tag.
Geht in euch und bereut eure Sünden,
denn morgen müsst ihr euch vor eurem Schöpfer rechtfertigen.
Schwört eurem sündhaften Leben ab
und liefert euch der Gnade Gottes aus.
Wenn morgen eure Stunde schlägt,
dann sei der Herr euren Seelen gnädig.«

Amoret, die neben Breandán auf dem bescheidenen Bett lag, spürte ihn erzittern, und wenig später wurde ihr klar, dass er lautlos weinte. Die ganze Nacht über hielt sie ihn in den Armen und presste ihn an sich, als wollte sie ihn nie mehr loslassen. Doch als sich die Morgendämmerung ankündigte, war er es, der sich sanft von ihr löste.

Die jähe Erkenntnis, dass jeden Moment der Wächter erscheinen und sie trennen würde, nahm ihr schließlich die letzte Kraft, und trotz aller guten Vorsätze, nicht schwach zu werden, solange sie bei ihm war, fühlte sie heiße Tränen über ihre Wangen rinnen. Zu ihrer Überraschung lächelte Breandán und streichelte zärtlich ihr Gesicht.

»Du liebst mich wirklich!«, sagte er, und in seiner Stimme mischten sich Freude und Traurigkeit. »Es tut mir Leid, dass ich es erst jetzt erkenne ... wo es zu spät ist.«

»Aber es ist noch nicht zu spät«, widersprach Amoret schluchzend. »Es bleiben noch ein paar Stunden.«

»Bitte versprich mir, dass du nicht nach Tyburn kommst. Ich will nicht, dass du mich hängen siehst.«

»Aber ...«

»Versprich es mir!«

»Ich verspreche es.«

Der Schließer öffnete die Tür und führte Amoret hinaus, während der Gehilfe, der ihn begleitete, Breandán die Ketten wieder anlegte. Er tat dies nur, um den Schein zu wahren, denn man würde den Verurteilten vor ihrer letzten Fahrt ohnehin die Ketten abnehmen.

Draußen vor der Zelle streckte sich Amorets ergebener Diener William die steifen Glieder, denn er hatte die Nacht vor der Tür auf dem Boden zugebracht. Nun, während sie die Gänge entlanggingen, die durch das Gefängnis zur Eingangspforte führten, wachte er aufmerksam darüber, dass kein Gauner seiner Herrin zu nahe kam.

Wenig später wurde Breandán mit den beiden anderen Todgeweihten in den Presshof geführt und endgültig von den Ketten befreit. Die Wächter trieben sie auf die Ladefläche zweier Karren und hießen sie, auf den Särgen Platz zu nehmen, die später ihre Leichen aufnehmen sollten. Der zu einer Schlinge geknüpfte Strick, mit dem man sie hängen würde, wurde ihnen locker um den Hals gelegt und das andere Ende um die Hüfte gewunden. Zu Breandáns Unwillen kletterte nach dem Henker auch der Ordinarius des Newgate zu ihm in den Karren, sein mageres Gesicht unter der Perücke, unter der es beinahe verschwand, ernst und feierlich, bereit, die Gefangenen zum Hymnensingen zu ermuntern.

Die Tore des Newgate öffneten sich und gaben den Blick auf die gewaltige Menschenmenge frei, die sich in den Straßen um das Gefängnis versammelt hatte. Auf jedem Dach, an jedem Fenster drängten sich die Leute. Es herrschte eine festliche Stimmung wie auf einem Markt. Der Lärm war ohrenbetäubend. Nach einem alten Brauch waren Hinrichtungstage zugleich Feiertage, an denen man dem Gesinde freigab, denn sie dienten schließlich der Ermahnung des Volkes. Jeder, vor allem die Gesellen, von denen man glaubte, dass sie eine besondere Neigung besaßen, vom rechten Weg abzukommen, sollte Zeuge der unerbittlichen Strafe werden, die die Obrigkeit für Übeltäter bereithielt. Das grausige Schauspiel verfehlte jedoch seine beabsichtigte Wirkung. Zu keiner anderen Gelegenheit waren die Taschendiebe fleißiger als an einem Hinrichtungstag, der Unmengen von Menschen anzog und diese auch noch so sehr fesselte, dass man ihnen die Beinkleider hätte stehlen können, ohne dass sie es bemerkten.

Breandán rieb sich die Handgelenke, um sie geschmeidig zu machen, während er sich aufmerksam umsah. Doch an Flucht war nicht zu denken. Die feierliche Prozession wurde von einer stattlichen Reitertruppe angeführt, an deren Spitze der Stadtmarschall und der Untersheriff ritten. Dahinter folgten mit Stäben bewaffnete Konstabler. Den Schluss des Aufmarschs bildete schließlich ein Trupp Lanzenträger. Der letzte Akt des fast religiös anmutenden Rituals der Rechtsprechung hatte begonnen.

Beim Erscheinen der Verurteilten brandete ein Jubel aus Tausenden von Kehlen auf. Wie ein riesiger aufgewühlter Ozean geriet die Menge der Schaulustigen in Bewegung. Ein wahrer Blumenregen ergoss sich über die beiden Karren, und man rief den Gefangenen ermunternde Worte zu. Das unberechenbare gemeine Volk von London hatte wie so oft die Verbrecher zu seinen Helden erkoren. Denn waren diese drei Männer nicht ihresgleichen ... so arm und machtlos wie sie! Hatten sie nicht gegen die Obrigkeit rebelliert, die mit gnadenlosen Gesetzen das Gut der Reichen schützte! Selbst den Iren, den Ausländer und Papisten, hatte die Menge ins Herz geschlossen. Die Tatsache, dass er jung und schön war und aus Liebe getötet hatte, rührte die einfachen Menschen. Anders als die gehobene Bürgerschaft von London empfand das selbstbewusste englische

Volk, das an diesem Morgen die Straßen füllte, keinerlei Trauer um den gut betuchten Ratsherrn.

Neben Breandán schlug der Ordinarius sein Gebetbuch auf und begann laut zu rezitieren. Doch seine Stimme wurde vom Tumult der Menge verschluckt, als sich die Prozession nun langsam in Bewegung setzte. Die Reiter, die sie anführten, spornten ihre Pferde an, um die Wand aus Menschen zu zerteilen, die ihnen den Weg versperrte. Die Schaulustigen begannen zurückzuweichen und ließen die Pferde passieren. Doch nach wenigen Yards kam der ganze Aufmarsch schon wieder zum Stehen, denn sie hatten die Kirche St. Sepulchre erreicht, den ersten traditionellen Halt auf dem Weg nach Tyburn. Ihre Glocken hatten bereits die ganze Zeit geläutet und wurden nun unterstützt von der Handglocke des Küsters, die dieser auf der Mauer des Kirchhofs schwang.

Den Verurteilten wurde ein Becher Wein gereicht, den die Männer mit einem Schluck leerten. Sie würden unterwegs noch so manche Gelegenheit erhalten, ihre trockenen Kehlen zu befeuchten. So war es seit jeher Sitte. Doch dieser großzügigen Bewirtung lag weniger Barmherzigkeit zugrunde, als die Absicht, ihre Angst vor dem Strang zu betäuben – damit sie sich brav hängen ließen und dem Scharfrichter keinen Widerstand leisteten, der zu dem Zeitpunkt, da sie den Galgen erreichten, gewöhnlich ebenso berauscht war wie die Verurteilten.

Der makabere Aufmarsch bewegte sich nun den Snow Hill hinunter, überquerte die Holborn Bridge, die über den Fleet-Fluss führte, und zog dann den High Holborn hinauf. Immer wieder legte man eine kurze Rast ein, um den Gefangenen Gelegenheit zu geben, mit Freunden zu sprechen und einen Becher Wein oder Ale zu trinken. Breandán bemerkte, dass seine beiden Leidensgenossen bereits sturzbetrunken waren. Der Straßenräuber, dem der besondere Jubel der

Menge galt, trug ein eigens für seine Hinrichtung angefertigtes Wams und eine Hose aus feinstem Tuch, während der Einbrecher sich in sein Leichenhemd gekleidet hatte, um dem Scharfrichter, dem die Kleider der Gehängten zustanden, ein Schnippchen zu schlagen.

Der nächste Halt fand im Sprengel St. Giles-in-the-Fields statt. An der Gemeindekirche, deren Glocken läuteten, erhielten die Gefangenen den traditionellen Gnadenbecher, den einst Mathilde, die Gattin von König Henry I., gestiftet hatte. Aber auch der Henker, die Konstabler und die Lanzenträger begannen, kräftig zu bechern. Breandán bemühte sich, einen klaren Kopf zu bewahren, doch auch er geriet allmählich unter den Einfluss des Weins. Er dachte an Amoret und spürte, dass seine Augen feucht wurden. Unwillig wischte er sich mit der Handfläche über das Gesicht, um die Tränen zu vertreiben. Eine Stimme rief seinen Namen … eine Stimme mit einem starken irischen Akzent. Kurz darauf sah Breandán Pater Ó Murchú an der Seite des Karrens auftauchen. Er hatte sich mühsam durch die Menschenmenge nach vorne gedrängt und ergriff nun mit bewegter Miene die Hand des jungen Mannes.

»Seid stark, mein Sohn«, sagte der Jesuit auf Gälisch. »Ich werde für Euch beten.«

»Habt Ihr von Pater Blackshaw gehört?«, fragte Breandán voller Hoffnung.

»Nein, es tut mir Leid, mein Sohn. Ich habe ihn seit Tagen nicht gesehen.« Ó Murchú machte ein verlegenes Gesicht. Es war ihm unbegreiflich, dass sein Ordensbruder so offensichtlich seine priesterlichen Pflichten vernachlässigte. Es wäre seine Aufgabe gewesen, diese arme Seele zum Ort der Hinrichtung zu begleiten und ihr Trost zu spenden. Bevor die Prozession ihren Weg fortsetzte, ergriff der irische Jesuit noch einmal die Hand seines Landsmannes und schob etwas zwischen dessen Finger. Ohne hinzusehen, erkannte Breandán, dass es ein Rosenkranz war. Die verbotene Perlenschnur sorgfältig in seinen Händen verbergend, damit der Ordinarius sie nicht sah, ließ er die Kügelchen vorsichtig durch die Finger gleiten und versuchte zu beten.

Sie hatten jetzt die Straße nach Oxford erreicht. Hier gab es kaum noch Häuser, nur noch Wiesen und Felder. Die Menge begann sich zu zerstreuen und eilte dem Tyburnhügel zu, um einen guten Platz für die Hinrichtung zu ergattern. Der Ordinarius stimmte eine Hymne an. Bald zeichnete sich in der Ferne der Galgen gegen den Himmel ab. Die Verurteilten sahen ihn nicht, denn sie fuhren rückwärts, damit sie beim Anblick des Dreibeins nicht in Panik gerieten. Breandán schloss beschämt die Augen, weil es ihm nicht gelang, seinen Frieden mit Gott zu machen. Er fühlte nichts anderes als Zorn und Hass auf Pater Blackshaw, der ihn im Stich gelassen hatte.

Einundvierzigstes Kapitel

In ihren Gemächern im Whitehall-Palast angekommen, schickte Amoret ihren Diener fort und warf sich schluchzend aufs Bett. Sie war nicht fähig zu beten, wie sie es hätte tun sollen, sie konnte nur noch weinen.

Als sich unvermutet eine warme Hand auf ihre Schulter legte, ohne dass sie jemanden hatte eintreten hören, fuhr sie mit einem erschrockenen Schrei hoch.

»Mylady, jetzt ist nicht der richtige Moment für Tränen«, sagte Pater Blackshaw mahnend. »Wir haben nicht viel Zeit.«

Amoret starrte den Priester, der so überraschend an ihrem Bett aufgetaucht war, entgeistert an. Für einen Moment glaubte sie, er sei nur ein Trugbild.

»Mylady, wir müssen schnellstens mit dem König sprechen«, fuhr Jeremy ungeduldig fort. »Wisst Ihr, wo er sich aufhält?«

Ihre Tränen mit der Hand trocknend, antwortete Amoret: »Er wird gerade den Gottesdienst in der Kapelle hören.«

»Dann sollten wir sofort hingehen, um ihn abzufangen, wenn er herauskommt. Zieht Euch um, Mylady.«

Während sich Amoret eilig vom Bett gleiten ließ, bemerkte sie in der Nähe der Tür Richter Trelawney, der sich verlegen im Hintergrund hielt. Neue Hoffnung stieg in ihr auf. Offenbar war es Jeremy doch noch gelungen, den Richter von Breandáns Unschuld zu überzeugen. Vielleicht gelang es mit seiner Hilfe, auch den König umzustimmen.

Während sie an der reich geschnitzten Eichentür zur Kapelle

warteten, wurde ihre Geduld auf eine harte Probe gestellt. Der Gottesdienst hatte erst kurz vorher begonnen, und die Predigt des Kaplans, die Charles ohnehin stets verschlief, zog sich unerträglich in die Länge. Als sich endlich die Tür öffnete und der König, gefolgt von den Höflingen, in den Vorraum hinaustrat, fiel sein Blick zwangsläufig auf seine Mätresse, den Richter und den Jesuiten, und er runzelte erstaunt die Stirn. Amoret versank in einer Reverenz, als Charles neben ihr stehen blieb und sie fragend ansah.

»Euer Majestät, ich wäre Euch überaus dankbar, wenn Ihr mir und meinen Begleitern eine kurze Unterredung gewähren würdet. Es ist sehr dringend«, bat Amoret.

Der König streifte die drei mit einem Blick, der deutlich verriet, dass er wusste, worum es ging. »Wartet in meinem Kabinett«, antwortete er knapp und setzte seinen Weg fort.

Es dauerte nicht lange, bis Charles erschien. Ein wenig belustigt über den Aufmarsch, sah er in die Runde und wandte sich dann an Trelawney. »Mylord, ich nehme an, es geht um den Fall des ermordeten Ratsherrn. Habt Ihr inzwischen neue Erkenntnisse gewonnen?«

»Ja, Sire«, bestätigte der Richter. »Es sind Beweise ans Licht gekommen, die keinen Zweifel daran lassen, dass der für diesen Mord verurteilte Mann unschuldig ist. Ich bitte Euch daher, ihn zu begnadigen, bevor er zu Unrecht gehenkt wird.«

»Was sind das für Beweise, Mylord?«

Sir Orlando legte Charles die beiden Botschaften und die Prozessakten vor und erklärte ihm, wie die Mordfälle zusammenhingen. »Man hat Mr. McMahon als Sündenbock benutzt«, führte er aus. »Er diente dem wahren Mörder als Köder, um Sir John Deane ohne Begleitung und damit schutzlos auf die Straße zu locken.«

Charles studierte interessiert die Nachricht, die man dem

Ratsherrn zugesteckt hatte. »Bedeutet dies nicht, der Mörder wusste, dass Sir John einen Groll gegen Mr. McMahon hegte?«

»Zweifellos«, stimmte Jeremy zu. »Aber das wusste jeder, der damals dem Prozess beigewohnt hatte, als Sir John Mr. McMahon wegen Diebstahls vor Gericht brachte.«

»Aber findet Ihr es nicht merkwürdig, dass der Mörder angeblich einen zu Unrecht zum Tode Verurteilten rächen will und dabei in Kauf nimmt, einem anderen dasselbe anzutun?«, fragte der König verwirrt.

»Ich denke, er will damit allen zeigen, dass die königliche Justiz grausam und ungerecht sei«, erklärte Jeremy überzeugt. »Damit rechtfertigt er seine Schandtaten und erhebt sich zum von Gott gesandten Rächer. Ich bitte Euch daher, Euer Majestät, lasst ihn nicht gewinnen. Rettet das Leben eines Unschuldigen, bevor es zu spät ist.«

Charles warf einen prüfenden Blick auf die kunstvoll verzierte Uhr, die auf einer Wandkonsole stand. »Sie müssten bereits auf dem Weg nach Tyburn sein«, bemerkte er nachdenklich. »Es bleibt nicht viel Zeit. Also gut, ich will Euch glauben.« Ohne noch länger zu zögern, trat der König an die Tür des Kabinetts, öffnete sie und trug dem draußen bereitstehenden Pagen auf, den Lord Chancellor unverzüglich herzubitten. Kurz darauf erschien Edward Hyde, Earl of Clarendon, der alte, treue Berater des Königs, der den jungen Charles Stuart damals ins Exil begleitet hatte und ihm seitdem diente. Doch inzwischen hatten ihn die Jahre und die Arbeit gezeichnet. Die Gicht plagte ihn. Vergeblich warf er dem König immer wieder vor, sich nicht genug um Regierungsangelegenheiten zu kümmern und sich stattdessen mit seinen Mätressen abzugeben.

Charles trug dem Lord Chancellor auf, einen Gnadenerlass unter dem Großen Siegel auszustellen und ihm dann zur Unterschrift vorzulegen. Als das geschehen war, übergab der König das zusammengerollte Pergament einem Offizier der Garde, der vor der Tür Wache stand, und befahl ihm, so schnell wie möglich mit einer Eskorte nach Tyburn zu reiten.

»Seid Ihr nun zufrieden, Madam?«, wandte Charles sich daraufhin mit einem leicht spöttischen Lächeln an Amoret. »Ich gebe Euch Euren Geliebten zurück. Aber dafür verlange ich, dass Ihr mir statt Eurer Tränen wieder ein glückliches Lächeln schenkt. Es betrübt mich, Euch traurig zu sehen. Ich brauche fröhliche Gesichter um mich, das wisst Ihr doch, Madam. Und Ihr, Mylord«, sagte der König zu Trelawney, »gebt dem Stadtrat gegenüber so bald wie möglich eine Erklärung ab, damit mir die ehrenwerten Ratsherren nicht die Türen meines Palastes einrennen, weil ich sie ihres Schlachtopfers beraubt habe.«

»Das werde ich, Sire«, versprach Sir Orlando und küsste Charles' Hand, die dieser ihm reichte.

Schließlich trat der König auf Jeremy zu, zögerte aber, ihn anzusprechen, weil er in Anwesenheit des Richters seinen wahren Namen nicht nennen wollte, sich aber seines Decknamens nicht mehr entsinnen konnte. »Nun, Mr. …«

Trelawney, der annahm, dass Charles dem Jesuiten heute das erste Mal begegnete, beeilte sich, ihn vorzustellen: »Dr. Fauconer, Euer Majestät. Er ist Arzt und Gelehrter und hilft mir bei der Suche nach dem Mörder.«

»Dr. Fauconer. Nun, ich hoffe, dass Ihr dem Täter bald auf die Spur kommen werdet. Die Bewohner dieser Stadt haben schon genug Unheil zu erdulden. Befreit sie wenigstens von der Angst vor einem skrupellosen Rächer.«

Damit entließ sie der König. Draußen auf dem Korridor sprach Sir Orlando einen Gedanken aus, der auch seinen Begleitern durch den Kopf ging: »Wir sollten nach Tyburn fahren und nachsehen, ob alles in Ordnung ist. Madam, ich biete Euch gerne die Bequemlichkeit meiner Kutsche an, wenn Ihr mitkommen wollt.«

»Natürlich komme ich mit!«, rief Amoret entschlossen.

Sie hatte immer noch Angst um Breandán. Wenn der Gnadenerlass ihn nicht rechtzeitig erreichte ... wenn man ihn schon gehängt hatte ... Sie würde erst aufatmen, wenn sie ihn wohlbehalten in die Arme schließen konnte.

Während der Fahrt beobachtete Trelawney die junge Frau mit anhaltender Neugier. Ihr blasses Gesicht und ihr unruhiger Blick sprachen Bände. Ein seltsames Geschöpf, diese Lady St. Clair, eine Dame von edler Herkunft, zumindest väterlicherseits – über die französische Familie der Mutter wusste er nichts. Der Earl of Caversham war eng mit den Villiers verwandt und damit sowohl mit dem Herzog von Buckingham als auch mit jener anderen Mätresse des Königs, Lady Castlemaine. Dass sich eine Dame ihres Standes regelmäßig in das Haus eines Handwerkers begab, war schon ungewöhnlich genug, aber dass sie sich so offensichtlich um einen irischen Herumtreiber und Tagelöhner, einen ehemaligen Söldner, dem Niedrigsten vom Niedrigen, sorgte, war ihm ein unlösbares Rätsel.

Die Kutsche verlor an Geschwindigkeit, ein Zeichen, dass sie sich dem Tyburnhügel näherten. Die Schaulustigen machten den Ankömmlingen nur widerwillig Platz, und bald bewegte sich das Gefährt nur noch im Schritttempo vorwärts. Mit klopfendem Herzen sah Amoret aus dem Fenster, konnte aber nicht einmal den Galgen ausmachen, so dicht drängten sich die Menschen um die Hinrichtungsstätte. Endlich gelangten sie so weit nach vorne, dass sie die königliche Garde erkennen konnten, die Charles mit dem Gnadenerlass vorausgeschickt hatte. Und dann war auch der gefürchtete dreibeinige Galgen zu sehen. Seine Querbalken waren leer. Darunter stand einer der Karren, auf dem die Verurteilten hergebracht worden waren und auf dessen Ladefläche sie nun mit dem Strick um den Hals warteten, dass das Zugpferd unter der Peitsche des Henkers mit einem Ruck anziehen und sie in der Luft baumeln lassen würde.

Jeremy legte beruhigend die Hand auf Amorets Arm. »Die Garde ist noch rechtzeitig gekommen. Sicher haben die Verurteilten eine lange Rede gehalten, um die Hinrichtung hinauszuzögern. Wartet hier! Ich werde ihn holen.«

»Einen Moment, Doktor«, rief Trelawney und drückte Jeremy einige Münzen in die Hand. »Das werdet Ihr brauchen«, erklärte er mit einem warmen Lächeln.

Der Jesuit dankte ihm und drängte sich dann durch die Menge zum Galgen vor. Die Garde wendete gerade ihre Pferde, da ihr Auftrag erledigt war, und entfernte sich. Jeremy trat an den Karren und sah zu Breandán auf, der zwischen seinen Leidensgenossen stand, reglos, die Augen geschlossen, als habe er noch nicht wirklich begriffen, dass er begnadigt war. Jack Ketch kletterte auf die Ladefläche, zerschnitt seine Handfesseln und streifte ihm die Schlinge über den Kopf, deren Ende schon am Querbalken des Galgens befestigt war. »Hast verdammtes Schwein gehabt, Lumpenkerl«, spottete der Scharfrichter, dessen Stimme vom ausgiebigen Alkoholgenuss unsicher geworden war. Und als sich Breandán daraufhin noch immer nicht rührte, ergriff Jeremy seine Hand und zog ihn vom Karren herunter.

»Komm, mein Junge, es ist vorbei«, sagte er sanft.

»Seine Kleider gehören mir!«, brummte Ketch und zupfte Breandán am Ärmel. Angewidert riss sich der Ire von ihm los.

»Hier, nehmt das stattdessen.« Jeremy gab dem Henker das Geld des Richters und führte Breandán fort. Die Menge um sie herum jubelte. Sie gönnte dem jungen Mann die Begnadigung und überschüttete ihn mit Glückwünschen.

Breandán wandte dem Priester beschämt das Gesicht zu und gestand: »Ich habe Euch verflucht. Ich dachte, Ihr hättet mich im Stich gelassen.«

»Das kann ich Euch nicht verdenken. Ihr habt das Schlimmste durchgemacht, was ein Mensch erleben kann.«

Sie hatten Mühe, zwischen den Leuten hindurch, die die Hände nach dem Iren ausstreckten, um ihn zu berühren, zur Kutsche des Richters zu gelangen. Amoret öffnete ihnen den Schlag und zog Breandán in ihre Arme. Keiner von ihnen brachte ein Wort heraus. Für einen langen Moment waren sie ganz allein auf der Welt. Nichts kümmerte sie mehr, auch nicht die peinlich berührten Blicke Trelawneys, den dieses unerwartete Schauspiel in höchste Verlegenheit stürzte. In seinen Kreisen verkniff man sich derartige Gefühlsausbrüche und tadelte schon die Kinder, wenn sie sich dazu hinreißen ließen. Schließlich geziemte es sich nicht, sich wie das gemeine Volk aufzuführen, das weder Sitte noch Anstand kannte. Sir Orlando versuchte, den Blick von der leidenschaftlichen Umarmung abzuwenden, konnte es aber nicht. Er hatte noch nie zwei Menschen so glücklich gesehen. Und plötzlich wurde er sich schmerzhaft seiner eigenen Einsamkeit bewusst, in der er seit dem Tod seiner Frau lebte. Er gestand es nicht gerne, aber beim Anblick dieser beiden, die ihre Zuneigung füreinander nicht verbergen konnten, empfand er mit einem Mal – wenn auch nur für einen flüchtigen Moment – so etwas wie Neid.

Die Kutsche hatte die Hinrichtungsstätte hinter sich gelassen und bog in die Landstraße nach London ein. Breandán wurde sich unversehens bewusst, wo er sich befand, und löste sich von Amoret. Sein Blick richtete sich abfällig auf Trelawney, der ihm gegenübersaß.

»Ihr habt nur widerwillig eingesehen, dass ich unschuldig bin, nicht wahr?«, bemerkte Breandán herausfordernd. »Von dem Tag an, als wir uns das erste Mal begegneten, habt Ihr mich für einen Strolch gehalten. Warum? Weil ich Ire bin? Ich habe nie etwas Unrechtes getan. Aber Ihr glaubtet, dass ich Euch berauben wollte, obwohl ich nur versuchte, Euch zu helfen, als Ihr betrunken in der Gosse lagt. Ihr habt mich auspeitschen lassen für ein Verbrechen, das ich nicht begangen hatte, und Ihr wolltet mich ohne viel Federlesen an den Galgen bringen für einen Mord, den ein anderer verübt hat, ohne auch nur einen Augenblick an meiner Schuld zu zweifeln. Verlangt Ihr jetzt, dass ich Euch danke, weil Ihr Euch im letzten Moment eines Besseren besonnen habt?«

»Nein«, antwortete Sir Orlando trocken. »Ich verlange nichts anderes, als dass ich Euch nie wieder in meinem Gerichtshof sehen muss. Haltet Euch in Zukunft aus Schwierigkeiten heraus.«

Der Hass, der in den Augen des Iren glühte, ließ Trelawney erschaudern. Ihm wurde klar, dass er mitgeholfen hatte, das Leben eines Mannes zu retten, der sein persönlicher Feind war. Aber er leugnete auch nicht, dass er selbst ihn dazu gemacht hatte. McMahon hatte es treffend in Worte gefasst: Sir Orlando hatte ihn von Anfang an für einen schlechten Menschen gehalten, weil er Ire war und weil die Iren in England als Barbaren, Rebellen und Diebesgesindel galten. Trelawney hatte schon so manchen von ihnen wegen Raubs oder Diebstahls zum Galgen verurteilt und McMahon kurzerhand mit diesen Gaunern über einen Kamm geschoren. Wie an dem Tag, als er erfahren hatte, dass Fauconer Jesuit war, hatte er sich auch in diesem Fall von Vorurteilen leiten lassen und die Persönlichkeit des Menschen, mit dem er es zu tun hatte, außer Acht gelassen.

Ja, er gab es ohne Widerstreben zu: Er hatte McMahon unrecht getan. Aber er konnte es nicht mehr ungeschehen machen. Bei dem Gedanken, fortan stets diesen hasserfüllten

Burschen im Rücken zu haben, befiel Trelawney große Sorge, ja beinahe Furcht. McMahon war unberechenbar genug, um sich eines Tages an ihm zu rächen, wenn er es vielleicht am wenigsten erwartete. Er musste sich vor ihm in Acht nehmen.

Sir Orlando dachte kurz nach und wandte sich dann an den Priester, der neben ihm saß: »Ich würde Euch raten, ihn aus der Stadt oder besser noch außer Landes zu bringen. Die Ratsherren werden mit der Erklärung zufrieden sein, die ich ihnen geben werde, aber bei Sir John Deanes Freunden bin ich da nicht so sicher. Sie könnten versuchen, Selbstjustiz zu üben. Es gibt viele Möglichkeiten, einen Mann unter einem Vorwand ins Gefängnis zu bringen und ihm dort das Leben unerträglich zu machen.«

»Da muss ich Euch zustimmen, Mylord«, erwiderte Jeremy mit sorgenvoller Miene. »Es wäre tatsächlich sicherer für ihn, eine Weile unterzutauchen.«

Die Kutsche des Richters hatte den Strand erreicht und hielt vor Hartford House. Jeremy drückte Trelawney zum Abschied dankbar die Hand, und auch Amoret schenkte ihm ein herzliches Lächeln. Nur Breandán würdigte seinen Retter keines Blickes mehr, als er die Kutsche verließ und mit Jeremy und Amoret das Haus betrat.

Der Jesuit war nur mitgekommen, um die vielen Schürfwunden des Iren zu begutachten und seine zerschundenen Daumen noch einmal daraufhin zu untersuchen, ob sie ohne Entzündung heilten. Schließlich ließ er Amoret einen Tiegel seiner Wundsalbe da, die er stets mit sich herumtrug.

»Er muss London so schnell wie möglich verlassen«, betonte Jeremy noch einmal.

»Ich werde mich darum kümmern, Pater«, versicherte Amoret, die bereits einen Plan hatte.

»Viel Glück, mein Sohn«, wünschte der Priester dem jungen Mann, der ihn dankbar umarmte.

»Ich werde nicht vergessen, was Ihr für mich getan habt, Pater. Und ich werde mir Eure Ermahnungen zu Herzen nehmen, das verspreche ich.«

Als Jeremy gegangen war, nahm Breandán in einem im Schlafgemach aufgestellten Holzbottich ein Bad, um sich vom Schmutz des Newgate zu befreien. Amoret entwirrte liebevoll sein frisch gewaschenes, verfilztes Haar und kämmte es dann mit einem Läusekamm durch.

Ein Diener brachte ihnen etwas zu essen. Als Breandán gesättigt war, begann er seine körperliche Erschöpfung zu spüren. Noch während Amoret seine Wunden mit Salbe einrieb, schlief er von einem Moment zum anderen ein.

Sie blieb noch eine Weile am Rand des Bettes sitzen und betrachtete ihn, überglücklich, ihn lebend und unverletzt bei sich zu haben. Für sie gab es keinen anderen Mann mehr als ihn. Aber sie hatte gelernt, dass er nicht leicht zu handhaben war. Sein kapriziöser Stolz ertrug keine Demütigungen. An jenem verhängnisvollen Tag vor drei Wochen hatte er sie ohne Erklärung verlassen wollen, obwohl sie sicher war, dass er sie liebte, und das nur, weil er sich wertlos gefühlt hatte, da er in allem von ihr abhängig war. Auch wenn sie jetzt wieder zusammengefunden hatten, blieb ihr Verhältnis zueinander unverändert. Es würde nicht lange dauern, bis Breandán erneut unter seiner Ohnmacht leiden würde, und dann würde sie ihn vielleicht endgültig verlieren – eine Vorstellung, die Amoret tief ins Herz schnitt. Sie musste etwas tun, um das zu verhindern, und sie wusste auch schon, was.

Entschlossen erhob sie sich vom Bett, setzte sich an einen mit Einlegearbeiten verzierten Tisch und schrieb einen kurzen Brief an den französischen Gesandten, in dem sie ihn von der

Geburt ihres Sohnes in Kenntnis setzte. Zweifellos war dies für Monsieur de Cominges keine Neuigkeit mehr, doch Amoret war sich sicher, dass er den Wink verstehen und sie aufsuchen würde. Nachdem sie den Brief versiegelt hatte, übergab sie ihn William mit der Anweisung, ihn dem Comte persönlich auszuhändigen. Dann sah sie kurz nach ihrem Sohn und seiner Amme, bevor sie zu Breandán zurückkehrte und sich wieder zu ihm aufs Bett setzte.

Zweiundvierzigstes Kapitel

Die nächsten Tage verbrachten Jeremy und Sir Orlando damit, die Akten und Protokolle des Prozesses gegen Jeffrey Edwards durchzuarbeiten, um so viel wie möglich über den Mann zu erfahren, für den ein anderer Mensch zum Mörder geworden war. Trelawney hatte den Priester davor gewarnt, zu große Hoffnungen zu hegen, denn die amtlichen Dokumente gaben gemeinhin nicht viel über den Angeklagten her. Die Gerichtsschreiber, die die Anklageschriften verfassten, verzichteten, soweit es ging, auf Einzelheiten, um Fehler zu vermeiden, die zur Einstellung eines Verfahrens führen konnten. Es wurde nicht einmal angegeben, welchem Handwerk der Beschuldigte nachging. Man bezeichnete einfach jeden, der kein Gentleman war, als »Arbeiter«. Als Herkunftsort galt stets der Pfarrsprengel, in dem der Angeklagte zur Zeit seiner Verhaftung gerade lebte. Aus diesem Grund erwies es sich als Schwierigkeit, überhaupt den Geburtsort von Jeffrey Edwards zu ermitteln. Sir Orlando wurde schließlich im Protokoll des Magistrats fündig, der Edwards bei seiner Festnahme verhört hatte.

»Unser Bursche stammt aus Wales, aus einem Ort namens Machynlleth in Montgomeryshire. Das ist fast schon an der Westküste«, verkündete Trelawney. »Ich werde sofort einen Brief an den dortigen Sheriff schicken und ihn anweisen, Erkundigungen über Edwards' Familie einzuziehen.«

»Es kann Wochen oder Monate dauern, bis Ihr eine Antwort erhaltet«, gab Jeremy zu bedenken.

Sir Orlando warf ihm einen betretenen Blick zu. »Da muss ich Euch allerdings Recht geben. Es wäre vielleicht besser, von hier aus jemanden nach Wales zu schicken, der sich der Sache annimmt. Ich werde das in die Wege leiten.«

»Tut das, Mylord. Allerdings sollten wir unsere Entdeckung geheim halten, bis wir eine Antwort haben«, schlug Jeremy mit ernster Miene vor.

»Es missfällt mir, untätig dazusitzen und abzuwarten«, wehrte der Richter ab. »Unser Student George Jeffreys ist Waliser. Ich werde ihn mir am besten einmal vornehmen.«

»Natürlich ist Jeffreys verdächtig. Aber er ist bei weitem nicht der Einzige. Ihr erinnert Euch doch sicherlich an Mistress Bloundel?«

»Die Apothekerfrau?«

»Ja, auch sie stammt aus Wales. Und sie war damals bei uns, als man versuchte, Euch während der Prozession in der Schenke zu vergiften. Außerdem gibt es vielleicht noch andere Verdächtige, von deren verwandtschaftlicher Beziehung zu walisischen Familien wir nichts wissen.«

Sir Orlando war nachdenklich geworden. Schließlich sah er den Priester betroffen an. »Ihr habt Recht. Auch in meinem Haushalt gibt es jemanden, dessen Großmutter mütterlicherseits aus Wales stammt.«

»Wer ist es?«

»Malory.«

Jeremy presste beunruhigt die Lippen aufeinander, bis sie nur noch zwei blutleere Striche bildeten. »Schläft er immer noch neben Eurem Bett?«

»Ja, mit einer geladenen Pistole.«

»Nur um sicherzugehen, solltet Ihr ihm sagen, dass dies in Zukunft nicht mehr nötig ist. Lasst Euch nichts anmerken. Aber behaltet ihn im Auge.«

»Pater, Malory kann es nicht sein! Er ist mir zutiefst ergeben.«

»So scheint es zumindest. Seid trotzdem auf der Hut. Und vertraut ihm nicht an, was wir über Jeffrey Edwards herausgefunden haben.«

»Meint Ihr nicht, dass George Jeffreys unser Hauptverdächtiger ist?«, wandte Trelawney ein. »Ich werde ihn noch einmal verhören. Vielleicht verrät er sich.«

»Davon würde ich abraten, Mylord«, warnte der Jesuit energisch. »Solange wir keine Beweise haben, könnt Ihr ihn ohnehin nicht festnehmen lassen. Wenn Ihr ihn jetzt verhört, und er ist tatsächlich der Mörder, könnte er in Panik geraten und entweder flüchten oder aber ohne Rücksicht auf seine eigene Sicherheit versuchen, seine Rache zu vollenden. Es ist besser, zu warten und nicht preiszugeben, dass wir jemanden aus Wales verdächtigen. Wir brauchen Zeit.«

»Die haben wir aber nicht«, widersprach Trelawney. »Während wir auf Nachricht warten, plant der Kerl vielleicht seinen nächsten Mord.«

»Mag sein«, gab Jeremy zu. »Aber er ist uns jetzt nicht mehr einen Schritt voraus wie bisher. Wir kennen sein Motiv und wissen, wer als mögliches Opfer in Frage kommt. Es sollte genügen, die restlichen Richter zu warnen, die an dem Prozess beteiligt waren, sowie die zwölf Geschworenen, die Zeugen der Krone und vielleicht noch den Henker, der Edwards hingerichtet hat. Wenn sie die Augen offen halten und kein unnötiges Risiko eingehen, sind sie hoffentlich nicht gefährdet. Aber das geht nur, solange der Mörder sich in Sicherheit wiegt und geduldig auf die nächste Gelegenheit wartet, seinen Rachefeldzug fortzuführen.«

»Also gut, wenn Ihr meint. Warten wir, bis wir Nachricht aus Wales haben.«

Als Jeremy in die Paternoster Row zurückkehrte, erwartete ihn Pater Ó Murchú in der Chirurgenstube. Der Ire hatte Alan gebeten, ihn vorbeugend gegen die Pest zur Ader zu lassen. Doch die Sorge um seine Gesundheit war nicht der eigentliche Grund seines Besuchs. Er kam, um seinem Ordensbruder auszurichten, dass ihr Superior ihn zu sprechen wünsche. Diese Vorladung kam für Jeremy nicht überraschend, er hatte damit gerechnet. Mit einem ergebenen Seufzen verabschiedete er sich von Alan, der ihm noch die Frage nachrief, wann er denn zurückkehren werde. Doch sein Freund konnte nur mit den Schultern zucken. »Vielleicht überhaupt nicht«, erwiderte er unsicher.

Wie er es befürchtet hatte, musste Jeremy eine lange Strafrede über sich ergehen lassen. Es sei nicht zulässig, dass ein Priester die Seelsorge seiner Schutzbefohlenen vernachlässige, um sich mit einem Richter des Königs auf Verbrecherjagd zu begeben oder sich ausschließlich der Rettung eines Verurteilten zu widmen, während viele ihrer Glaubensgenossen an der Pest erkrankt seien und geistlichen Beistand benötigten. Ein derartiges Verhalten schädige den Ruf ihres Ordens. Die Weltgeistlichen bezichtigten die Jesuiten ohnehin der Zurschaustellung ihrer Gelehrsamkeit und warfen ihnen Überheblichkeit und Arroganz vor. Es sei auch so schwer genug, mit den Feinden ihres Ordens innerhalb ihrer eigenen Religion zusammenzuarbeiten, ohne dass sich ein Ordensbruder auch noch in die Rechtsprechung der Protestanten einmische. Schließlich sei es für sie alle gefährlich, zu viel Aufmerksamkeit auf sich zu ziehen.

Jeremy machte keinen Versuch, sich zu verteidigen. Er wusste, dass er seine Pflichten vernachlässigt hatte. Natürlich wäre es ihm lieber gewesen, Breandáns Verteidigung einem anderen zu überlassen, aber es hatte nun einmal niemanden gegeben, der dem zu Unrecht Verurteilten hätte helfen können. Ergeben erwartete er seine Buße, deren Milde ihn schließlich überraschte. Da aufgrund der steigenden Zahl der Pesterkrankungen die katholischen Ärzte mit Arbeit überlastet seien, solle er die beiden Priester begleiten, die von allen Pflichten entbunden worden waren, um allein den Kranken beizustehen und sie mit Almosen zu versorgen, denn als Katholiken erhielten diese kein Armengeld. Obwohl sein Superior es nicht ausdrücklich aussprach, war Jeremy doch klar, dass er weniger die Aufgaben eines Priesters als vielmehr diejenigen eines Arztes erfüllen sollte. Zuvor solle er sich in ein Haus zurückziehen, das die Jesuiten in einem Dorf in Surrey unterhielten, um dort in sich zu gehen und sich auf seine Aufgabe vorzubereiten. Bevor er nach London zurückkehrte, erneuerte Jeremy seine Gelübde und lieferte sich ganz Gottes Gnade aus. Er war sich bewusst, dass ihn die Arbeit, die er übernahm, das Leben kosten konnte.

Nachdem im Mai die Krankheitsfälle leicht zugenommen hatten, griff die Pest im Laufe des Monats Juni immer weiter um sich. Der Sprengel St. Giles-in-the-Fields, in dem zum Großteil Arme wohnten, darunter viele Katholiken, war besonders schwer betroffen. Jeden Donnerstagmorgen schickte Alan Tim auf die Straße, um für einen Penny ein Blatt der wöchentlich erscheinenden Sterberegister zu kaufen. Darin wurden alle Todesfälle der Stadt aufgelistet und die entsprechende Todesursache aufgeführt. Den Opfern der Pest war ein gesonderter Abschnitt gewidmet, so gefürchtet war die Seuche, von der niemand wusste, woher sie kam, was sie auslöste oder wie man sie behandeln sollte. Der Schrecken, den sie verbreitete, war so groß, dass die Angehörigen eines an der Pest Verstorbenen versuchten, die alten Weiber zu bestechen, deren Aufgabe es war, dem Sprengelschreiber die Todesursache zu melden, damit sie statt der Pest Fleckfieber oder gar die französischen Pocken angaben. Eine Familie, in deren Mitte jemand an der Pest erkrankte, wurde von Nachbarn und Freunden gemieden, denn schon seit langer Zeit war bekannt, dass die Seuche von einem Menschen zum anderen übertragbar war, auch wenn man nicht wusste, wie das geschah.

Eines Morgens, kurz nach Jeremys Rückkehr in die Paternoster Row, begab sich Alan wie stets in die Offizin, um alles für die ersten Kunden herzurichten, während Mistress Brewster in der Küche das Frühmahl vorbereitete. Widerwillig saugte er dabei an seiner Tonpfeife, denn er verabscheute den Geschmack des Tabaks, hatte aber wie viele andere angefangen zu rauchen, weil das exotische Kraut als vorbeugendes Mittel gegen Ansteckung galt. Als er seine Werkstatt durchquerte, um die Tür aufzusperren, sah er einen Haufen Leinenbinden auf dem Boden unter dem Fenster liegen.

»Dieser Rotzjunge wird auch von Tag zu Tag nachlässiger«, murmelte Alan vor sich hin und rief dann laut in die Küche hinüber: »Tim, du hast gestern vergessen aufzuräumen! Sieh dir bloß dieses Durcheinander an.«

Kopfschüttelnd beugte sich Alan über den Stoffhaufen und wollte ihn gerade aufheben, als eine schneidende Stimme in seinem Rücken ihn zusammenfahren ließ: »Nein! Nicht anfassen!«

Mit vor Schreck klopfendem Herzen wandte sich Alan um und sah Jeremy mit einem wilden Gesichtsausdruck die Treppe herunterhasten.

»Aber was ist denn?«, fragte Alan verdutzt, der die Aufregung seines Freundes nicht verstand.

Im nächsten Moment hatte Jeremy ihn am Arm gepackt und zog ihn von dem Häufchen Binden fort. Gleichzeitig deutete er mit ausgestrecktem Zeigefinger auf das Fenster. »Der linke Flügel!«, stieß er warnend hervor.

»Was ist damit?«

»Seid Ihr mit Blindheit geschlagen! Seht Ihr nicht, dass der Fensterladen aufgebrochen und der Flügel geöffnet worden ist?«

Allmählich begann Alan zu begreifen. Mit steigendem Entsetzen heftete sich sein Blick auf den Stoffhaufen. »Nein, das kann nicht sein«, murmelte er abwehrend.

»Steht nicht da, als hätte Euch der Blitz getroffen. Schnell, macht Feuer im Kamin!«, befahl Jeremy ärgerlich.

Alan gehorchte ihm schließlich, lief in die Küche hinüber und holte einen glimmenden Holzscheit. Während er sich bemühte, das Feuer anzufachen, kehrte sein Blick immer wieder zu den Binden zurück. »Meint Ihr wirklich, es ist Zunder, an dem der Pestfunke klebt?«, fragte er mit gepresster Stimme.

Jeremy nickte düster, während er sich eine lange, mit einem Haken versehene Stange griff, die dazu diente, in einiger Höhe aufgehängte Gerätschaften zu erreichen. Als endlich Flammen im Kamin hochschlugen, hob der Jesuit die verschmutzten Binden mit dem Haken an und schleuderte sie ins Feuer, wo sie schnell verbrannten und einen unangenehmen Gestank verbreiteten. Dann machte er sich ohne ein weiteres Wort der Erklärung daran, die Riegel des Fensters und des Eichenholzladens zu untersuchen. »Sie wurden eindeutig mit Gewalt aufgebrochen«, verkündete Jeremy. »Ich denke, es steht außer Zweifel, dass dies das Werk unseres Mörders ist. Er wollte Euch mit einer tödlichen Krankheit infizieren. Bei Richter Trelawney hat er sich damals derselben Methode bedient. Die Pest bietet ihm nun Gelegenheit, gefahrlos weitere Anschläge durchzuführen. Ihr seht ja selbst, wie einfach es ist, das Pestgift zu verbreiten. Alan, Ihr müsst so bald wie möglich die Stadt verlassen.«

»Aber …«, protestierte der Wundarzt. »Wie könnte ich jetzt einfach davonlaufen, wo ich hier gebraucht werde?«

»Bisher habt Ihr Glück gehabt. Aber es ist absehbar, dass in

London bald ein völliges Chaos ausbrechen wird. Die Wohlhabenden fliehen bereits aus der Stadt. Der Stadtrat und die Gemeinden sind jetzt schon überlastet, und wenn sie erst anfangen, befallene Häuser zu schließen, wird die Ordnung in kurzer Zeit zusammenbrechen. Unser Mörder wird sich das zu erwartende Durcheinander zunutze machen. Ihr müsst fort!«

»Ich werde schon auf mich aufpassen.«

Jeremy überlegte kurz, bevor er weitersprach. »Ihr könntet Richter Trelawney und mir einen großen Dienst erweisen. Ihr wisst ja, wie weit unsere Nachforschungen gediehen sind. Wir können den Mörder aber nur entlarven, wenn wir Näheres über Jeffrey Edwards' Familie herausfinden. Nun, Sir Orlando hat zwar dem Sheriff der Grafschaft geschrieben und ihm aufgetragen, Erkundigungen einzuziehen, aber wer weiß, wie lange das dauern wird. Außerdem könnten wichtige Hinweise übersehen werden. Es wäre mir lieber, wenn eine zuverlässige Person nach Wales reiste und die Untersuchung übernähme – wie Ihr.«

Alan war im ersten Moment zu verblüfft, um zu antworten. Als er sich wieder gefangen hatte, fragte er zweifelnd: »Hat denn der Richter niemanden, den er schicken kann?«

»Niemand, der genug Verstand besitzt, um die richtigen Antworten zu erhalten.«

Jeremy redete fast eine Stunde lang unermüdlich auf seinen Freund ein, bis dieser nachgab. »Ich werde Lady St. Clair eine Nachricht zukommen lassen«, erklärte der Jesuit erleichtert, »damit sie Euch einige Diener stellt, die Euch auf der Reise begleiten sollen. Sie wird Euch auch mit einem Pferd ausstatten. Ich habe gehört, dass in der ganzen Stadt keines mehr zu bekommen ist, weil so viele Menschen die Flucht ergreifen. Ihr werdet zudem vor Eurer Abreise beim Lord Mayor vorsprechen und um eine Gesundheitsbescheinigung ersuchen müssen, sonst lässt man Euch nicht aus der Stadt. Da es aber innerhalb der Stadtmauern bisher nur wenige Pestfälle gegeben hat, werdet Ihr keine Schwierigkeiten haben, ein Zeugnis zu bekommen.«

»Aber was wird aus meiner Offizin?«, warf Alan halbherzig ein.

»Macht Euch keine Sorgen. Ich werde mich um alles kümmern«, versicherte Jeremy und versuchte, gelassen zu erscheinen. »Ich würde Euch gerne noch um einen Gefallen bitten«, fügte er nach kurzem Zögern hinzu. »Stoke Lacy, der Familiensitz der Blackshaws, liegt auf dem Weg nach Wales, in Shropshire. Ich habe nicht oft Gelegenheit, meinem Bruder einen vertraulichen Brief zukommen zu lassen, und möchte Euch daher bitten, kurz in Stoke Lacy Halt zu machen und ihm ein Schreiben auszuhändigen, das mir sehr wichtig ist.«

Alan erklärte sich gerne bereit. Noch am selben Tag schrieb Jeremy spätabends an seinen Bruder und versiegelte den Brief sorgfältig. Dann kniete er sich vor das Kruzifix, das an der Wand hing, und bat um Vergebung, weil er seinen besten Freund belogen hatte.

Dreiundvierzigstes Kapitel

Auf Jeremys Drängen hin reiste Alan bereits am nächsten Tag ab. Der Priester blieb mit dem Gesellen, dem Lehrjungen, der Haushälterin und der Magd in einer Atmosphäre tiefer Missstimmung zurück. John nahm es seinem Meister übel, dass dieser sich aufs Land in Sicherheit begab, während sie im verseuchten London zurückbleiben mussten. Der Geselle wusste, dass der Priester, der mit ihnen unter einem Dach wohnte, die Kranken in ihren Behausungen besuchte und sie sogar pflegte. Sicher war es nur eine Frage der Zeit, bis er an der Pest erkranken und die Seuche zu ihnen ins Haus tragen würde. Und dann würde man sie mit ihm zusammen einsperren, wie es der Stadtrat bereits angedroht hatte, bis sie alle tot waren. Oft, wenn der Priester unterwegs war, setzten sie sich zusammen – John, Tim, Susan und Mistress Brewster – und berieten, was sie tun sollten. Keiner von ihnen wusste, wohin er sich wenden sollte, denn viele Bedienstete waren bereits von ihren Herren, die ihre Läden schlossen und aufs Land flohen, auf die Straße gesetzt worden und in Not geraten. Sie entschieden sich also, zu bleiben und das Beste zu hoffen. Doch bis auf Mistress Brewster, die ein starkes Pflichtbewusstsein besaß, machten sie alle einen großen Bogen um den Priester und betraten auch seine Kammer nicht mehr.

Sir Orlando Trelawney war nicht minder entsetzt, als er bei seinem nächsten Besuch hörte, dass der Jesuit Pestkranke pflegte. Er war gekommen, um Jeremy von seiner bevorstehenden Abreise in Kenntnis zu setzen.

»Die Gerichte machen Ferien, und die Inns of Court sind gestern geschlossen worden. Ich kann meiner Dienerschaft nicht zumuten, länger in London zu bleiben. Morgen werde ich daher auf meinen Landsitz in der Nähe von Sevenoaks in Kent fahren. Der Hof wird nur noch warten, bis die Flotte zurückgekehrt ist, die bei der Schlacht von Lowestoft vor zwei Wochen einen großen Sieg über die Holländer errungen hat. Aber wenn man dem Herzog von York und den anderen Befehlshabern der Flotte die gebührende Ehre erwiesen hat, wird der König Whitehall verlassen und nach Hampton Court übersiedeln. Da Ihr Lady St. Clairs Beichtvater seid, werdet Ihr sie doch sicher begleiten, Pater.«

Doch Jeremy schüttelte den Kopf. »Lady St. Clair ist mein Beichtkind, das ist wahr, aber meine eigentliche Aufgabe ist die Betreuung der hier in London lebenden Katholiken, besonders jener, die zu arm sind, um sich in Sicherheit zu bringen. Es gibt zu wenig Ärzte. Ich werde hier nötiger gebraucht als am Hof.«

»Ihr besucht die Kranken also tatsächlich in ihren Häusern?«, fragte Sir Orlando ungläubig.

»Natürlich. Sie brauchen Pflege und müssen mit Nahrung versorgt werden.«

»Könnt Ihr sie denn heilen?«, wandte der Richter zweifelnd ein.

Jeremy schloss für einen Moment die Augen, bevor er antwortete: »Nein, ich wünschte, es wäre anders, aber auch ich kenne kein Heilmittel gegen die Pest. Sie ist unberechenbar. Das eine Mal tötet sie einen Menschen in wenigen Tagen, das andere Mal verschont sie ihn. Die Arzneien, die ich ausprobiert habe, scheinen den einen zu helfen, bei den anderen bleiben sie wirkungslos.«

»Warum setzt Ihr Euch dann einer solchen Gefahr aus, Pater?«, fragte Trelawney, und in seiner Stimme schwang ein deutlicher Ton der Missbilligung.

»Mylord, ich bin Priester. Es ist meine Aufgabe, den Menschen, die in Not sind, beizustehen, und ich werde sie nicht vernachlässigen.«

»Aber Ihr könntet Euch anstecken und sterben! Das ist sogar sehr wahrscheinlich, wenn Ihr Euch ständig in der Nähe von Pestkranken aufhaltet.«

Jeremy antwortete dem Richter mit der ernsten Ruhe eines Menschen, der sein Schicksal akzeptierte, egal, was es für ihn bereithält. »Mein Leben gehört Gott. Wenn Er mich zu sich rufen will, wird Er es tun, wo immer ich mich aufhalte. Die Kranken brauchen mich. Ich kann sie nicht im Stich lassen.«

Für einen Moment starrte Sir Orlando den Jesuiten wortlos an, und sein Gesicht gab, ohne dass er sich dessen bewusst war, so deutlich seine Gefühle und Gedanken preis, als hätte er sie laut ausgesprochen: Und was ist mit mir? Ich brauche Euch auch! Und Ihr wollt Euer Leben einfach so fortwerfen!

Es fiel Jeremy nicht schwer, in den Zügen des Richters zu lesen und seinen betroffenen, zugleich aber vorwurfsvollen Blick zu deuten. Auch ihm war Trelawneys Freundschaft teuer, umso mehr, da er in diesem Moment einen Beweis dafür erhielt, dass sie aufrichtig war.

»Versprecht mir, auf Euch Acht zu geben«, bat Sir Orlando mit gepresster Stimme. »Ich möchte Euch wohlbehalten wiedersehen.«

»Ich versichere Euch, dass ich meine Gesundheit nicht leichtfertig aufs Spiel setzen werde«, erklärte Jeremy in einem Ton der Zuversicht, der, wie er selbst bemerkte, unecht klang. »Wann werdet Ihr nach London zurückkehren?«, fügte er hastig hinzu, um sein Unbehagen zu überspielen.

»Zur Eröffnung der Michaelis-Sitzungsperiode. Es sei denn, die Seuche wütet zu dieser Zeit noch immer in der Stadt. In diesem Fall ist es möglich, dass die Gerichtssitzungen außerhalb Londons stattfinden, wahrscheinlich in Windsor. Ich fürchte, unser Mörder hat durch die Heimsuchung einen bedeutenden Vorteil gewonnen. Wer weiß, wann meine Leute aus Wales zurückkehren und uns die nötigen Einzelheiten über Edwards' Familie bringen werden. Aber sobald ich etwas erfahre, lasse ich es Euch wissen.«

»Ihr sagtet eben, dass die Inns of Court geschlossen seien«, erinnerte sich Jeremy. »Wisst Ihr, ob George Jeffreys die Stadt verlassen hat?«

»Nun ja, das ist allerdings eine ärgerliche Sache. Gestern schickte ich einen Diener zum Inner Temple und ließ ihn nach Jeffreys fragen, aber er kam unverrichteter Dinge zurück. Niemand weiß, wo sich der Student aufhält.«

Trelawney erhob sich und drückte dem Priester zum Abschied herzlich die Hand. »Es tut mir Leid, dass ich Euch gerade jetzt, da der Fall sich so unbefriedigend entwickelt, verlassen muss. Wenn Ihr Hilfe brauchen solltet, schickt mir Nachricht. Möge Gott Euch schützen, Pater.«

Am Hof feierte man die Sieger von Lowestoft, besonders den Herzog von York, den jüngeren Bruder des Königs, der als Großadmiral Oberbefehlshaber der Flotte war. Doch man sprach auch mit Besorgnis über die Ausbreitung der Seuche und schmiedete Pläne für eine baldige Abreise.

Amoret hatte wie die anderen Höflinge mit den Reisevorbereitungen begonnen, obwohl sie noch immer hoffte, dass sich das Blatt wenden und der Hof in Whitehall bleiben würde. Doch auch in Westminster stieg die Zahl der Pestfälle unaufhaltsam an, und allmählich stellte sich Angst unter den Höflingen ein.

Man entschloss sich, an Peter und Paul nach Hampton Court überzusiedeln.

Charles hatte Amorets Sohn, der inzwischen auf den Namen Charles Fitzjames getauft worden war, anerkannt und erkundigte sich häufig nach seinem Wohlergehen. Dabei fiel dem König eines Nachmittags auf, dass Amoret bedrückt wirkte. Mit einem Einfühlungsvermögen, für das sie ihm dankbar war, fragte er: »Sorgt Ihr Euch um Euren Jesuiten, Madam?«

»Ja, Sire«, bestätigte sie. »Man sagt doch, dass in Seuchenzeiten Ärzte und Priester am meisten gefährdet seien. Für ihn bedeutet dies doppelte Gefahr.«

»Dann überredet ihn doch, Euch und den Hof zu begleiten«, schlug Charles vor. »Es kann nur von Vorteil sein, einen so begnadeten Arzt in der Nähe zu haben.«

»Ich werde versuchen, mit ihm darüber zu sprechen. Aber ich fürchte, es wird nicht einfach sein, ihn zu überzeugen.«

Am nächsten Morgen fuhr Amoret in ihrer Kutsche in die Paternoster Row. Als sie die Chirurgenstube betrat, fiel ihr sofort die Veränderung auf, die das ganze Haus ergriffen hatte. Die vorbildliche Ordnung und Sauberkeit, auf die Meister Ridgeway stets so großen Wert gelegt hatte, war einer unübersehbaren Vernachlässigung gewichen. Salbentiegel, Instrumente und andere Utensilien standen und lagen überall herum, wo sie nicht hingehörten, das Metall der Aderlassbecken, die an der Wand und unter der Decke hingen, war stumpf geworden, weil man sie in letzter Zeit nicht mehr poliert hatte, die sauberen Leinenbinden waren zu unordentlichen Knäueln zusammengerollt worden. Mit einem Naserümpfen durchquerte Amoret die Werkstatt und murmelte angewidert: »Wenn die Katze aus dem Haus ist, tanzen die Mäuse.«

Die Tür zu Pater Blackshaws Kammer stand einen Spaltbreit offen. Amoret kratzte mit dem Fingernagel am Holz, aber es kam keine Antwort. Nach kurzem Zögern schob sie die Tür ganz auf und trat ein. Jeremy saß mit dem Rücken zu ihr auf einem Stuhl. Sein Oberkörper war nach vorne auf die Tischplatte gesunken, und sein Kopf ruhte auf den verschränkten Armen. Er rührte sich nicht. Besorgt sah Amoret auf ihn hinab. Am helllichten Tag zu schlafen, das war nicht seine Art. Er musste bis weit in die Nacht hinein gearbeitet haben. Amoret legte die Hand auf seine Schulter und drückte sie leicht, um ihn zu wecken, doch er reagierte nicht. Erst als sie ihn kräftig schüttelte, fuhr er mit einem Ächzen aus dem Schlaf.

»Mylady«, murmelte Jeremy, sich die geröteten Augen reibend, »was macht Ihr hier? Ich dachte, Ihr hättet längst mit dem Hof die Stadt verlassen.«

»Der König bricht erst in drei Tagen nach Hampton Court auf. Aber sagt mir endlich, was mit Euch los ist. Seid Ihr krank?«

Der Jesuit schüttelte schwach den Kopf. »Nur müde. Ich bin fast jede Nacht unterwegs.«

»Und inzwischen geht Meister Ridgeways Werkstatt vor die Hunde«, meinte Amoret vorwurfsvoll.

»Ich weiß, ich sollte ein Auge auf John und Tim haben, aber mir fehlt einfach die Zeit. Sie sitzen nur noch faul herum und rauchen Tabak. Wenn ich sie zur Ordnung rufe, gehorchen sie zwar, aber sobald ich außer Haus bin, fallen sie in ihre Nachlässigkeit zurück.«

»Müsst Ihr denn so viel arbeiten, dass Ihr keinen Schlaf mehr findet?«

»Madam, Ihr habt ja keine Vorstellung von dem Leid, das diese Stadt befallen hat. Hunderte sind an der Pest erkrankt, und es werden täglich mehr. Viele Ärzte und Kleriker haben London verlassen. Irgendjemand muss sie doch ersetzen.«

Amoret ließ sich mit betroffener Miene auf einen Schemel sinken. »Aber woher kommt diese furchtbare Seuche?«

»Das weiß leider niemand«, seufzte Jeremy. »Die Geistlichen sind der Meinung, dass Gott die Pest als wohlverdiente Strafe über die Menschen gebracht hat, um sie für ihre Sünden zu geißeln.«

»Und was denkt Ihr? Ihr zweifelt an einer solchen Erklärung, nicht wahr? Ich lese es in Eurem Gesicht.«

Jeremy zuckte leicht mit den Schultern. »So steht es in der Bibel«, sagte er abwehrend. »Wie Ihr wisst, heißt es im Ersten Buch Samuel: ›Die Hand Jahwes aber lag schwer auf den Leuten von Aschdod, und er brachte Verderben über sie und schlug sie mit bösen Beulen, Aschdod und sein Gebiet.‹ Die Philister wurden mit der Pest gestraft, weil sie die Bundeslade geraubt hatten.« Er hob den Blick und sah sie mit einem weisen Lächeln an. »Andererseits lehnt Hippokrates den Zorn der Götter als Krankheitsursache ab.«

»Ihr seid also wieder hin und her gerissen zwischen Theologie und Medizin«, spottete Amoret.

»Nun, es scheint mir einfach schwierig, zu glauben, dass Gott, wenn Er die Sündhaftigkeit am königlichen Hof strafen will, wie die Prediger sagen, ein Strafgericht über die Stadt hereinbrechen lässt, das in erster Linie die unschuldigen Armen trifft, da doch die sündigen Höflinge die Ersten sind, die sich in Sicherheit bringen können. Ihr werdet sehen, Mylady, dass sie alle von der Seuche verschont bleiben und genauso weiterleben werden wie bisher.«

»Aber wenn die Krankheit nicht von Gott kommt, woher dann? Glaubt Ihr auch, dass die Ursache in der Konstellation der Planeten zu finden ist, wie die Astrologen sagen, oder in einer Korrumpierung der Luft, die zu einer Fäulnis der Säfte führt?«

»Ich habe meine Zweifel«, entgegnete Jeremy. »Aber es ist nicht leicht, alte Vorstellungen umzustoßen und neue anzunehmen, besonders wenn dabei ein ganzes Theoriengebäude in Frage gestellt wird.«

»Gibt es denn neue Theorien?«, fragte Amoret neugierig.

»So ganz neu ist die Theorie, von der ich spreche, nicht«, erwiderte Jeremy. »Schon vor mehr als hundert Jahren führte der Arzt und Physiker Girolamo Fracastoro die Entstehung und Verbreitung ansteckender Krankheiten auf Samen oder Keime zurück, die sich selbstständig vermehren und durch Kontakt von einem Menschen zum anderen übertragen werden können. Einer meiner Ordensbrüder, der Gelehrte Athanasius Kircher, mit dem ich einen regen Briefwechsel unterhalte, geht sogar noch einen Schritt weiter. Er hat beim letzten Ausbruch der Seuche in Rom das Blut von Pestkranken unter dem Mikroskop untersucht und dabei *vermiculi pestis* entdeckt.«

»Pestwürmlein?«

»Ja, kleine Tierchen, die sich, wie er meint, im menschlichen Körper vermehren und so die Pest auslösen. Ein *contagium vivum* sozusagen.«

»Ein grausiger Gedanke.«

»Nicht nur das«, ergänzte Jeremy düster. »Wenn diese Theorie zutrifft, bedeutet das unweigerlich, dass die Heilverfahren der Viersäftelehre völlig sinnlos sind. Ein Aderlass oder die Verabreichung eines Brechmittels würde die Vermehrung dieses winzigen Ungeziefers nicht beeinträchtigen. Wie sollte man ihm zu Leibe rücken? Sollte man versuchen, es durch Gift zu töten? Aber dann vergiftet man auch den Patienten! Ach, ich fühle mich so hilflos«, seufzte Jeremy.

Amoret betrachtete nachdenklich sein schmales, übernächtigtes Gesicht. Dann fragte sie plötzlich ohne Überleitung: »Warum habt Ihr Meister Ridgeway nach Wales geschickt? Ich erinnere mich genau, dass Ihr sagtet, Richter Trelawney habe bereits jemand anderem den Auftrag gegeben, dort

Nachforschungen anzustellen. Ihr wolltet ihn aus der Stadt haben, nicht wahr? Um ihn vor der Pest zu schützen.«

Der Jesuit begegnete ihrem Blick, der eine Antwort forderte, und breitete ergeben die Hände aus. »Ich gestehe es, ich war um Alan besorgt. Der Mörder hat versucht, ihn mit Pestzunder zu infizieren. Leider macht es ihm die Seuche leicht, unerkannt zuzuschlagen. Ich musste dafür sorgen, dass er sich in Sicherheit bringt.«

»Aber wird der Mörder es nicht wieder versuchen, wenn Meister Ridgeway zurückkehrt? Wie wollt Ihr sicher sein, dass die Pest bis dahin erloschen ist?«, fragte Amoret. »Ich weiß, Wales ist weit, aber die Seuche kann doch noch Monate andauern.«

Jeremy sah sie mit einem listigen Ausdruck im Gesicht an. »Das befürchte ich auch. Aus diesem Grund habe ich Alan einen versiegelten Brief an meinen Bruder John mitgegeben. Darin habe ich ihm die Situation dargelegt und ihn gebeten, Alan unter einem Vorwand auf unserem Familiensitz festzuhalten. Mein Bruder ist sehr erfindungsreich. Er wird sich etwas einfallen lassen, ohne Alans Verdacht zu erregen.«

Für einen Moment war Amoret sprachlos. Schließlich lächelte sie herausfordernd. »Versucht Ihr damit nicht ein weiteres Mal, Gott zu zwingen, Pater?«

»Vielleicht. Aber ich wollte einfach nichts unversucht lassen, um Alan zu schützen«, erwiderte Jeremy ohne eine Spur von Reue. Hier in London wäre ihm der Tod sicher gewesen, fügte er in Gedanken hinzu. Kaum ein Chirurg oder Arzt, sofern er nicht das Weite suchte oder sich weigerte, Kranke zu behandeln, konnte hoffen, einen Pestausbruch zu überleben. Doch Jeremy hütete sich, seine Überlegungen laut auszusprechen. Das war allerdings auch nicht nötig, wie er bald einsehen musste.

Über Amorets Gesicht war ein Schatten gefallen. »Und was ist mit Euch, Pater? Auch Ihr seid in Gefahr, wenn Ihr in der Stadt bleibt. Der König hat mir die Erlaubnis gegeben, Euch mitzunehmen, wenn der Hof nach Hampton Court übersiedelt. Ich bitte Euch, kommt mit mir!«

Jeremys Blick zeigte Verständnis für ihre Sorge, aber auch eine unwiderrufliche Absage. »Mylady, ich bin Euch sehr dankbar für dieses Angebot«, entgegnete er sanft. »Aber ich kann nicht mit Euch gehen.«

»Weshalb nicht?«

»Wie könnte ich die verzweifelten Menschen verlassen, die darauf angewiesen sind, dass ich ihnen Almosen und Trost bringe? Außerdem würde ich gegen einen direkten Befehl meines Superiors verstoßen, wenn ich London verließe.«

»Ich werde mit ihm sprechen. Er wird Euch von Euren Pflichten entbinden.«

Mit einem Anflug von Ärger erwiderte Jeremy: »Ja, das traue ich Euch zu. Aber ich will das nicht. Ich würde es mir nie vergeben, wenn ich diese armen Menschen im Stich ließe.«

»Pater, Ihr spielt mit Eurem Leben!«

»Es geht nicht um mein Leben, Madam, es geht darum, das Richtige zu tun.«

»Wie kann es richtig sein, das Leben leichtfertig wegzuwerfen?«

»In diesen Zeiten liegen Leben und Tod so nahe beieinander, dass das eine manchmal innerhalb eines Tages dem anderen weichen muss. Ich habe mich entschieden und werde meine Meinung nicht ändern. Bitte akzeptiert das, Mylady.«

Vierundvierzigstes Kapitel

In der dritten Juniwoche stieg die Zahl der Pesttoten auf 168, in der darauf folgenden starben 267 Menschen in London an der Seuche. Der Lord Mayor und der Stadtrat erließen strenge Verordnungen, die eine weitere Ausbreitung verhindern sollten. Anfang Juni waren bereits alle Theater geschlossen worden. Häuser, in denen jemand an der Pest erkrankt war, sollten fortan mit allen Personen, die darin wohnten, für einen Monat versperrt, mit einem Kreuz gekennzeichnet und von einem Wächter bewacht werden, damit niemand das Haus verlassen konnte. Die Teilnahme an Begräbnissen wurde untersagt, ebenso alle Vergnügungen wie Bärenhatzen und Glücksspiele, jegliche Art von Menschenansammlungen galt als gefährlich, da auf diese Weise die Kranken die Gesunden anstecken konnten. Die an der Pest Verstorbenen sollten nur noch während der Nacht begraben werden.

Jeremy war Tag und Nacht unterwegs und besuchte mit den beiden anderen Priestern, mit denen er zusammenarbeitete, die Kranken in ihren Häusern. Seit die umliegenden Sprengel Posten aufgestellt hatten, um den Bewohnern von St. Giles den Durchgang zu verwehren – eine Maßnahme, die aufgrund ihrer verspäteten Einführung sinnlos geworden war –, hatte Jeremy zuweilen Schwierigkeiten, von seinen Ausflügen in die Paternoster Row zurückzukehren. Oft musste er sich an den Posten vorbeischleichen oder abwarten, bis sie nachlässig wurden und einnickten oder zum Essen gingen. Meist blieb er jedoch nur kurz in Alans Haus, um nach dem Rechten zu sehen, denn er wusste, wie unerwünscht er dort war. Als Jeremy am Morgen nach seinem Gespräch mit Amoret die Küche betrat, sprangen John und Tim auch sofort von ihren Schemeln auf und begaben sich, Geschäftigkeit vortäuschend, in die Offizin. Nur Mistress Brewster blieb zurück, grüßte ihn und schnitt ihm pflichteifrig eine Scheibe Brot ab. Während sie ihm Tee zubereitete, versuchte sie ein Gespräch in Gang zu bringen.

»Bisher haben wir ja nur vierzehn Fälle hier im Stadtkern. Aber in St. Giles müssen es wohl Hunderte sein, jedenfalls steht es so in den Totenlisten.« Dieser Tage war es schwer, ein anderes Gesprächsthema zu finden als die Pest, wie sich die Haushälterin eingestehen musste. Sie zerbrach sich den Kopf, worüber man sonst noch reden könnte, bis ihr eine flüchtige Erinnerung in den Sinn kam. Ohne darüber nachzudenken, fragte sie: »Wenn Meister Ridgeway zurückkehrt, wird ihn Mr. Mac Mathúna begleiten?«

Jeremy, der an seinem Brot kaute, sah sie verwirrt an. »Meister Ridgeway ist nach Wales gereist, wisst Ihr das nicht mehr, Mistress Brewster?«, berichtigte er sie, als er den Bissen hinuntergeschluckt hatte.

»O ja, freilich«, entgegnete die Haushälterin lebhaft, »ich dachte nur, Mr. Mac Mathúna ist auch nach Wales gegangen, um seine Familie zu besuchen.«

Noch verwirrter und allmählich auch leicht beunruhigt runzelte Jeremy die Stirn. »Aber Mr. Mac Mathúna ist Ire. Wie kommt Ihr darauf, dass er Familie in Wales habe?«

»Sein Vater ist Ire, und er ist in Irland aufgewachsen, aber seine Mutter ist Waliserin, soweit ich mich erinnere. Ja, ich glaube, sie stammt aus einem Ort namens Machyn… Machynll… oder so ähnlich. Ich konnte diese walisischen Namen noch nie aussprechen.«

»Machynlleth?«

»Ja, ich glaube, das war es.«

Jeremy war schlagartig bleich geworden. Vor seinen Augen begann alles zu verschwimmen, und sein Herz schlug auf einmal wie wild in seiner Brust. »Wo ... woher wisst Ihr das?«, brachte er mühsam hervor.

Mistress Brewster kniff überlegend die Augen zusammen. »Ich weiß es nicht mehr. Irgendjemand muss es mir erzählt haben. Vielleicht war es Mr. Mac Mathúna selbst ... oder jemand anders. Ich kann mich nicht mehr erinnern.« Sie schüttelte bedauernd den Kopf.

Jeremy saß immer noch wie vom Donner gerührt da und starrte sie ungläubig an. Er wusste auf einmal nicht mehr, was er glauben sollte. Es war verführerisch, zu vermuten, dass sie etwas falsch verstanden hatte, denn sie war kein großes Licht. Aber sie hatte sehr überzeugt geklungen. Und woher sonst hätte sie den Namen des walisischen Ortes gewusst, auch wenn sie ihn nicht aussprechen konnte? Und doch schien es völlig unmöglich ... Breandáns Mutter eine Waliserin? Nein, das konnte nicht wahr sein! Der Ire hatte nie eine diesbezügliche Andeutung gemacht, zumindest nicht ihm gegenüber. Wie konnte also Mistress Brewster davon wissen? Vielleicht von John, der ja mit Breandán in einer Kammer gewohnt hatte? Allerdings wäre der Geselle so ziemlich der letzte Mensch gewesen, dem Breandán etwas Persönliches anvertraut hätte. Nein, es gab nur eine Person, die wissen konnte, ob diese ungeheuerliche Behauptung der Wahrheit entsprach: Amoret! Der Ire hatte ihr vertraut und in den letzten Monaten viel Zeit mit ihr verbracht. Er musste ihr das ein oder andere über seine Familie erzählt haben.

Im nächsten Moment hielt Jeremy nichts mehr an seinem Platz. Ohne ein Wort der Erklärung stürzte er aus dem Haus und eilte zur Anlegestelle von Blackfriars. Es dauerte eine Weile, bis er ein Boot fand, denn die Fährleute hatten wie alle Londoner Angst, anderen Menschen zu nahe zu kommen, die vielleicht schon die Pest in sich trugen, auch wenn man es ihnen nicht ansah. Und so beäugte der Fährmann, der Jeremy schließlich aufnahm, seinen Fahrgast mit misstrauischen Blicken, immer nach einem Anzeichen der Krankheit suchend. Jeremy verkniff sich vorsichtshalber ein Husten, das ihm im Rachen kratzte. Der Flussschiffer würde ihn vermutlich ohne viel Federlesen in die Themse befördern, sollte er zu der Überzeugung kommen, einen von der Pest Befallenen in seinem Boot zu haben. Die Angst machte die Menschen herzlos.

Auf der Themse herrschte nicht viel Verkehr. Die Leute vermieden es entweder, ihre Häuser zu verlassen, oder sie waren bereits aufs Land gezogen. Nur in Whitehall war noch ein reges Treiben zu beobachten. Der königliche Hof machte sich zu einem gesünderen Ort auf. Die meisten Höflinge waren bereits in den letzten Tagen aufgebrochen, und bei seinem Eintreffen am Whitehall-Palast sah Jeremy auf dem Großen Hof weitere Kutschen zur Abfahrt bereitstehen. Er schlängelte sich an geschäftig umhereilenden Lakaien vorbei, die schweres Gepäck schleppten. Er war so tief in Gedanken versunken, dass er beinahe mit dem Herzog von Buckingham zusammengestoßen wäre, der gerade seine Kutsche bestieg. Der Kammerdiener Seiner Gnaden rief Jeremy noch einige Schimpfworte nach, die dieser jedoch kaum registrierte.

Der Jesuit eilte die verwinkelten Gänge entlang bis zu Amorets Gemächern. Zu seiner Enttäuschung musste er feststellen, dass sie nicht da war. Helen klärte ihn auf, dass Ihre Ladyschaft sich zur Kapelle der Königin im St.-James-Palast begeben hatte, um die Messe zu hören. Jeremy hatte keine andere Wahl, als zu warten, bis sie zurückkehrte.

Seine Gedanken kamen nicht zur Ruhe. Sie drehten sich unablässig um die ungeheuerliche Eröffnung, die ihn hergeführt hatte. Wenn Breandáns Mutter tatsächlich Waliserin war und aus demselben Ort stammte wie Jeffrey Edwards, dann ließ sich daraus nur eines folgern: *Breandán* war die Person, die sie so verzweifelt suchten. Er musste Jeffrey Edwards gekannt haben, und er musste derjenige sein, der geschworen hatte, seinen ungerechten Tod zu rächen. Er musste für all jene Todesfälle verantwortlich sein, für die Anschläge auf Richter Trelawney, für den Mordversuch an Alan, für Sir John Deanes Tod ...

Doch alles in Jeremys Innern sträubte sich dagegen, das Ungeheuerliche zu glauben. Wie unter Zwang ging er die einzelnen Vorkommnisse in Gedanken durch, auf der Suche nach einem Hinweis, der Breandán von jedem Verdacht befreite und seine beängstigende Vermutung ad absurdum führte. Doch je intensiver er darüber nachdachte, desto mehr sprach für die Schuld des Iren.

Bei ihrer Rückkehr fand Amoret zu ihrer Überraschung Pater Blackshaw in ihrem Schlafgemach vor. Er hörte sie nicht eintreten. Er saß auf einem Stuhl, die Ellbogen auf die Knie gestützt, das Gesicht in den Händen vergraben. Für einen Moment hatte Amoret den Eindruck, als weinte er. Besorgt eilte sie an seine Seite und sank neben ihm auf die Knie. »Was ist mit Euch, Pater? Seid Ihr krank?«

Er schrak auf und sah sie mit verstörten Augen an. »Nein ... mir geht es gut ... Mylady, bitte sagt mir, wo ist Breandán?«

»Breandán? Ich habe ihn nach Frankreich geschickt. Nach Paris.«

»Seid Ihr sicher, dass er abgereist ist? Ist es möglich, dass er nur vorgegeben hat, das Land zu verlassen?«

»Aber warum sollte er das tun?«

»Mylady, es ist sehr wichtig, dass Ihr Euch erinnert«, drängte er, ohne ihre Frage zu beantworten. »Hat Breandán Euch jemals von seiner Mutter erzählt?«

»Nun ja«, antwortete Amoret zögernd. »Wenn Ihr mich so fragt, hat er eigentlich nichts von ihr erzählt. Ich kenne nicht einmal ihren Namen. Er war immer sehr verschlossen, was seine Familie anging.«

»Denkt nach, Mylady! Hat er jemals eine Andeutung gemacht, dass sie Waliserin war? Oder hat er einen Ort namens Machynlleth erwähnt?«

»Nein, ich kann mich nicht erinnern. Er hat einige Male von Irland gesprochen. Aber nie über seine Familie. Ich könnte nicht einmal sagen, ob seine Mutter noch lebt. Ich hatte nur immer den Eindruck, dass er sie sehr geliebt haben muss. Aber warum all diese Fragen, Pater? Was ist mit Breandán?«

Jeremy wich ihrem Blick aus und fuhr sich mit fahriger Hand durchs Haar. »Ich glaube, ich habe einen furchtbaren Fehler gemacht ...«

Amoret beobachtete ihn besorgt. Sie hatte ihn noch nie so verstört gesehen, wusste aber, dass es keinen Sinn hatte, ihn zu drängen, und so wartete sie ungeduldig, dass er sich ihr erklären würde.

»Ihr wisst doch, dass ich zu dem Schluss gekommen bin, dass der Mörder sich an denjenigen rächen will, die für Jeffrey Edwards' Verurteilung verantwortlich sind«, erläuterte Jeremy schließlich. »Ich halte ihn für einen Freund oder Verwandten von Edwards. Nun habe ich heute erfahren, dass Breandáns Mutter aus demselben Ort stammt wie er.«

»Und jetzt glaubt Ihr, dass Breandán der Rächer ist!«, konstatierte Amoret betroffen.

»Es wäre die logische Folgerung.«

»Wer hat denn gesagt, dass Breandáns Mutter Waliserin sei?«

»Mistress Brewster.«

»Die Haushälterin?«, stieß Amoret überrascht hervor. »Warum sollte sie eine derartige Behauptung aufstellen?«

»Ja, warum sollte sie, wenn es nicht wahr ist? Sie hat keinen Grund, zu lügen.«

»Aber das ist absurd!«, protestierte Amoret, die auf einmal begriff, dass er Breandáns Schuld ernsthaft in Betracht zog.

»Das dachte ich zuerst auch, aber ...« Seine Kiefer begannen angestrengt zu mahlen. »So vieles, was ich vorher als Zufall abgetan habe, erscheint plötzlich in einem anderen Licht. Es lässt sich nicht abstreiten, dass Breandán die Gelegenheit hatte, all diese Verbrechen zu begehen. Er hätte damals Richter Trelawney den infizierten Umhang umlegen können, als dieser betrunken auf der Straße lag. Sir Orlando hat nur ihn gesehen, als er erwachte. Und wir haben nur Breandáns Wort, dass Jack Einauge dort war. Vielleicht hat Einauge ihm nur den Mantel besorgt.«

»Aber dann hätte sich Breandán doch auch angesteckt«, warf Amoret ein.

»Nicht unbedingt. Er hatte dieses Fieber schon einmal überstanden und vertraute vermutlich darauf, dass er nicht ein zweites Mal erkranken würde. Außerdem hat er nie einen Hehl daraus gemacht, dass er Trelawney hasste. Dieser Hass konnte sich durchaus darauf gründen, dass Sir Orlando einer der Richter war, die Jeffrey Edwards zu Unrecht verurteilt hatten. Dazu kommt noch, dass der zweite Anschlag auf Trelawneys Leben während der Prozession erst stattfand, als Breandán wieder auf freiem Fuß war. Der Richter selbst hat mich damals darauf hingewiesen. Und Breandán war auch in der Schenke, als Sir Orlandos Wein vergiftet wurde.«

»Ich kann das nicht glauben«, widersprach Amoret überzeugt. »Breandán hätte sich doch nie an Meister Ridgeway vergriffen, dem er so viel verdankte.«

»Es spricht aber auch nichts dagegen, dass er derjenige war, der Alan aus dem Haus lockte und vor die Kutsche stieß«, belehrte sie Jeremy. »Er war dort. Ich habe ihn kurz nach dem Anschlag aus der Menge auftauchen sehen, als sei er gerade erst von einer Besorgung zurückgekehrt. Und er kennt meine Handschrift.«

»Nein!«, rief Amoret energisch. »Das kann nicht wahr sein. Breandán ist kein Mörder.«

Doch mit einem Mal wurde sogar sie unsicher. Sie erinnerte sich an etwas, das Breandán nach dem Anschlag über Meister Ridgeway gesagt hatte: dass der Chirurg nicht so unschuldig sei, wie sie glaube. Hatte er damit auf dessen Beteiligung an Jeffrey Edwards' Prozess angespielt? Es stimmte schon, Breandán hatte Meister Ridgeway keine Freundschaft entgegengebracht, obwohl dieser ihn großzügig in sein Haus aufgenommen hatte. Aber hatte er tatsächlich versucht, den Wundarzt aus Rache zu ermorden?

Jeremys Gesichtsausdruck hatte sich mehr und mehr verdüstert. »Jetzt ergibt auch Breandáns seltsames Verhalten nach Sir John Deanes Ermordung einen Sinn. Er hat keinen Versuch gemacht, sich zu verteidigen oder den Mord zu leugnen. Er hat sich benommen wie ein schuldiger Mann, der geschnappt worden ist. Ja, das würde auch erklären, warum er so verstockt geschwiegen hat und weshalb er den Tod unter der Folter vorzog. Er hatte nichts mehr zu verlieren ... Und ich habe ihn vor der gerechten Strafe gerettet und damit meine Freunde in tödliche Gefahr gebracht!«

Amoret starrte ihn schaudernd an. Seine gedrückte Stimmung war auf sie übergegangen und hatte sie verunsichert, doch allmählich gewann ihre ruhige Überlegung wieder die Oberhand.

»Pater, es mag einiges gegen Breandán sprechen, das gebe ich zu, aber dafür muss es eine einleuchtende Erklärung geben! Ich kenne ihn besser als jeder andere. Und ich sage Euch, er ist kein gemeiner Mörder.«

»Ich wünschte, ich könnte so sicher sein wie Ihr.«

»Mistress Brewster muss sich geirrt haben. Sicher hat sie etwas verwechselt. Sie ist eine dumme alte Frau.«

»Mag sein. Aber woher sollte sie den Namen des walisischen Ortes kennen?«

»Ich weiß es nicht. Doch ich bin sicher, es wird sich alles aufklären.« Amoret suchte seinen unruhig umherschweifenden Blick und bemühte sich, ihn festzuhalten. »Pater, Ihr seid erschöpft. Bestimmt habt Ihr die ganze Nacht wieder kein Auge zugetan. In diesem Zustand könnt Ihr ohnehin nicht mehr klar denken. Ihr müsst Euch ausruhen.«

Sie nahm auffordernd seinen Arm. »Bleibt eine Weile hier und versucht zu schlafen. Niemand wird Euch stören.«

»Nein«, widersprach Jeremy schwach. »Ich muss zurück.«

»Ihr müsst ein wenig schlafen. Ich bitte Euch, um unserer Freundschaft willen, tut einmal, was ich Euch sage. Ihr könnt Euch doch kaum mehr aufrecht halten.«

Zu ihrer Verwunderung gab er nach. Sie bot ihm ihr Bett an, doch er bestand darauf, das Rollbett zu benutzen, auf dem des Nachts die Kammerfrau schlief. Kurz darauf hörte Amoret an seinen tiefen Atemzügen, dass er eingeschlafen war. Leise holte sie eine Decke und breitete sie über ihn. Eine Weile betrachtete sie schweigend sein ausgezehrtes Gesicht mit der fahlen Haut und den dunklen Schatten unter den Augen. Er war dabei, sich zugrunde zu richten, weil er sich angesichts der furchtbaren Seuche machtlos fühlte und den sterbenden Menschen nicht helfen konnte. Und auf einmal verspürte sie Angst, eine tiefe, vernichtende Angst, ihn zu verlieren, den einzigen Menschen, der für sie so etwas wie eine Familie verkörperte. Nach dem Tod ihres Vaters, wodurch sie eine Waise geworden war, hatte Jeremy Blackshaw einen besonderen Platz in ihrem Herzen eingenommen. Auch wenn keine Blutsverwandtschaft zwischen ihnen bestand, hatte ihn doch keiner ihrer französischen Verwandten, zu denen er sie damals gebracht hatte, jemals von diesem Platz verdrängen können. Die schreckliche Ahnung, dass ihm der Tod sicher war, wenn er hier in London blieb, begann immer schmerzhafter an ihr zu nagen. Sie musste ihn zur Vernunft bringen, ihn überzeugen, sie und den Hof in die Sicherheit eines Ortes zu begleiten, der frei von der Seuche war.

Während sich Amoret in Gedanken Argumente zurechtlegte, die seine Meinung ändern könnten, gab sie Helen die Anweisung, in die Palastküche zu gehen und etwas zu essen zusammenzustellen. Wenn Pater Blackshaw aufwachte, würde er sicher hungrig sein. Um ihn nicht zu stören, setzte sich Amoret mit einem Buch in einem Armlehnstuhl zurecht und begann zu lesen.

Als Jeremy zwei Stunden später erwachte, wartete bereits eine kleine Mahlzeit auf ihn. Mit einem amüsierten Lächeln setzte er sich zu Amoret an den Tisch und nahm zuerst einen kräftigen Schluck von dem Tee, der auf einer Wärmepfanne aus Messing bereitstand.

»Gebt zu, Ihr fühlt Euch besser«, neckte sie ihn.

Er war nicht zu stolz, es einzugestehen. »Oft spüre ich nicht einmal, wie müde oder hungrig ich bin, Madam. Der Anblick des Leidens und des Todes überlagert alles.«

»Pater, ich bitte Euch noch einmal, mit mir die Stadt zu verlassen. Hier erwartet Euch der sichere Tod! Nein, es hat keinen

Zweck, mir etwas vorzumachen. Auch hier in Whitehall werden die Totenlisten gelesen. Die Seuche springt wie ein Lauffeuer von einem Menschen zum anderen. Es ist ein Wunder, dass Ihr Euch noch nicht angesteckt habt. Aber sicher ist es nur eine Frage der Zeit.«

»Mylady, macht Euch nicht so viele Gedanken um einen alten Asketen«, wehrte Jeremy mit einem spöttischen Lächeln ab, in dem Bemühen, ihre Sorge zu zerstreuen.

»Ich will Euch nicht verlieren!«, rief sie plötzlich schrill. Ihre Hände ballten sich zu Fäusten. »Ich bin Euch nicht nach England gefolgt, um untätig zuzusehen, wie Ihr Euer Leben sinnlos opfert.«

Jeremy sah sie mit einer Mischung aus Erstaunen und Unglauben an. »Was meint Ihr damit, Ihr seid mir nach England gefolgt?«

Amorets Erregung erlaubte ihr nicht, länger stillzusitzen. Ruckartig erhob sie sich und begann vor ihm auf und ab zu gehen.

»Ihr wart stets mehr für mich als ein verlässlicher Freund«, bekannte sie. »Ihr wart ein Ersatz für die Familie, die ich nie hatte, Vater und älterer Bruder zugleich. Wie sehr vermisste ich Euch, als Ihr mich bei meinen französischen Verwandten abgeliefert hattet. Für sie war ich nur eine Bürde, ein Mädchen ohne Besitz, die Tochter einer unehelichen Cousine, die man an einen Engländer verheiratet hatte. Man ließ mich nur an den französischen Hof gehen, weil ich schön war und man hoffte, ich würde trotz der bescheidenen Mitgift, mit der man mich ausgestattet hatte, eine gute Partie machen. Als ich Euch dort wiedersah, war ich überglücklich. Doch als Ihr mir erzähltet, dass Ihr auf dem Weg nach England seid, um dort als Missionar zu arbeiten, verwünschte ich Euren Leichtsinn. Ihr wolltet Euch in ein Land begeben, in dem Ihr allein aufgrund Eures Priesterstandes hingerichtet werden konntet. Ich hatte Angst um Euch. Und als die Königin-Mutter Henrietta Maria ihren nächsten Besuch in England plante, bat ich König Louis um Erlaubnis, sie begleiten zu dürfen. Ich wollte in Eurer Nähe sein und über Euch wachen. Und jetzt setzt Ihr Euch einer Gefahr aus, vor der ich Euch nicht schützen kann.«

Jeremy hatte diesem leidenschaftlichen Ausbruch schweigend gelauscht. Sicher, er hatte gewusst, dass sie ihm eine besondere Freundschaft entgegenbrachte, aber eine so tiefe Zuneigung hatte er hinter ihrer ein wenig despotischen Aufmerksamkeit nicht vermutet. Die Erkenntnis, wie wichtig er ihr war, rührte ihn, denn er hatte selbst kein enges Verhältnis zu seiner Familie. Schon früh hatte er das elterliche Gut verlassen, zuerst, um als Feldscher über die Schlachtfelder zu ziehen, und später, um auf dem Kontinent zu studieren und als Missionar zu arbeiten. Auch wenn er seine Unabhängigkeit schätzte, tat es ihm wohl, sich geliebt zu fühlen, besonders jetzt, da er sich wie ein Versager vorkam.

»Versteht Ihr nun, warum ich Euch nicht hier zurücklassen kann, Pater!«, sagte Amoret flehentlich. »Ich habe mir geschworen, Euch zu beschützen.«

»Ja, ich verstehe. Und das Letzte, was ich will, ist, Euch Leid zuzufügen. Aber Ihr müsst auch mich verstehen. Ich habe geschworen, mich um die armen Menschen hier zu kümmern. Ich muss bleiben!«

Amorets Gesicht verzog sich zu einer Grimasse. Verzweifelt suchte sie nach weiteren Argumenten, die ihn umstimmen könnten, und als sie keine fand, griff sie zum letzten Mittel, das ihr noch blieb.

»Ihr seid also entschlossen, in der Stadt zu bleiben?«
»Ja.«

»Dann bleibe ich auch!«

Jeremy spürte, wie ihm das Blut aus dem Gesicht wich. »Das könnt Ihr nicht tun, Madam. Das ist viel zu gefährlich.«

»Weniger gefährlich als Euer Entschluss, weiterhin Pestkranke in ihren Häusern zu besuchen.«

»Madam, Ihr müsst in der Nähe des Königs bleiben. Nur dort seid Ihr sicher. Ich bitte Euch, hört auf mich!«

Amorets Augen begannen zu funkeln. Leise sagte sie, und ihre Stimme zitterte dabei: »Ich weiß genau: Wenn ich jetzt gehe, werde ich Euch nie wiedersehen!«

Jedes weitere Wort blieb Jeremy im Hals stecken. Er konnte sie nicht länger täuschen, und er wollte es auch nicht. Es gab nichts mehr zu sagen. Er kannte ihre Starrköpfigkeit zu gut, um sich länger mit ihr zu streiten. Widerspruch würde sie nur noch verstockter machen.

»Lebt wohl, Mylady«, sagte er und ging.

Den Rest des Tages fiel es Jeremy schwer, sich auf seine Arbeit zu konzentrieren. Er hatte seine Vorräte an Arzneipflanzen kontrolliert und festgestellt, dass ihm fast alles ausging. Also begab er sich am nächsten Morgen zum Apotheker. Zu seiner Enttäuschung klärte Meister Bloundel ihn jedoch auf, dass infolge der Pest die Arzneivorräte in ganz London knapp geworden seien. Erst vor drei Tagen habe der Ratsherr Sir Henry Crowder eine große Bestellung aufgegeben.

»Der Lord Mayor und der Stadtrat haben verfügt, dass kein Ratsherr oder Magistrat London verlassen darf. Daraufhin hat sich Sir Henry dermaßen eingedeckt, dass meine Frau dem Gesellen bei der Auslieferung helfen musste«, berichtete Meister Bloundel. »Es tut mir Leid, Doktor, aber ich habe keinen Krümel Chinarinde mehr. Und ich weiß nicht, wann ich wieder welche bekomme.«

»Wie steht's mit Weidenrinde?«, erkundigte sich Jeremy bedrückt.

»Zwei Unzen kann ich Euch noch geben, aber das ist alles.«

Jeremy ließ sich die kostbare Arznei einpacken und legte das passende Geld in die Essigschale, die für diesen Zweck auf dem Ladentisch bereitstand. Er selbst glaubte nicht an die Möglichkeit, sich durch die Berührung von Münzen anzustecken, weil Metall keine Poren besaß, in denen sich der Pestzunder einnisten konnte, aber die Kaufleute ergriffen jede erdenkliche Vorsichtsmaßnahme, um sich vor der Seuche zu schützen. Selbst Briefe wurden zuerst über kochendem Essig geräuchert oder tagelang an die Wäscheleine gehängt und gelüftet, bevor man sie öffnete.

Die bescheidene Menge der Arznei würde nicht lange vorhalten, und so war Jeremy gezwungen, stundenlang durch London zu marschieren und einen Apotheker nach dem anderen abzuklappern. Die Ausbeute blieb dürftig. Ohne auszuruhen, machte er seine alltägliche Runde bei den erkrankten Familien in St. Giles. Am Morgen kehrte Jeremy zutiefst niedergeschlagen in die Paternoster Row zurück und wusch sich und seine Kleider ausgiebig, wie er es immer tat, wenn er Kontakt mit Pestkranken gehabt hatte. Diese Maßnahme hatte ihn bisher vor der Seuche bewahrt. Allerdings waren die Häuser der Armen, die er in St. Giles aufsuchte, so verdreckt und voller Ungeziefer, dass selbst gründliches Waschen ihn nicht vor den Bissen hungriger Flöhe und Läuse schützte. Es war, als habe sich die Zahl dieser lästigen Plagegeister seit Ausbruch der Pest um einiges vervielfacht. Auch an diesem Morgen fing Jeremy mehrere Flöhe und Kleiderläuse, die er mit den Fingernägeln zerquetschte. An seinen Beinen, wo er arg gebissen worden war, juckte die Haut entsetzlich. Erst als er sich mit einer beruhigenden Salbe eingerieben hatte, ließ der Juckreiz allmählich nach.

Um die Flöhe zu vertreiben, spritzte er überall im Haus Wasser mit Koriander über den Boden und die Möbel. Wenig später war die Unannehmlichkeit vergessen. Jeremys Gedanken wanderten wieder zu Amoret. Inbrünstig betete er zu Gott und flehte, dass diese dumme Törin zur Vernunft kommen und sich in Sicherheit bringen möge, bevor es zu spät war.

Fünfundvierzigstes Kapitel

Das schmerzerfüllte Stöhnen des Kranken erfüllte den Raum, begleitet vom unermüdlichen Murmeln des Priesters, der an seiner Seite saß. Der Betende hielt erst inne, als die Tür geöffnet wurde und Jeremy auf der Schwelle erschien.

»Gut, dass Ihr kommt, Bruder«, sagte der andere. »Es geht ihm schlechter.«

Jeremy legte seine Tasche ab, in der er Arzneien und chirurgische Instrumente mit sich trug, und trat neben seinen Ordensbruder. Pater Edward Lusher hatte sich beim Ausbruch der Pest sofort freiwillig für die Aufgabe gemeldet, die Armen zu pflegen, obwohl er bereits weit über siebzig war. Jeremy konnte nicht umhin, die Energie und das Durchhaltevermögen des Greises zu bewundern. Er war zäh und unverwüstlich, auch wenn sein Gesicht von tiefen Falten zerfurcht und sein Körper gebeugt war wie ein knorriger alter Baum.

Der Kranke auf der bescheidenen Bettstatt stieß ein Röcheln aus, das in ein trockenes Husten überging. Aus seinen Nasenlöchern rann dunkles Blut, und sein Atem roch faulig. Jeremy zog das fleckige Laken zurück, unter dem der schmerzverkrümmte Körper lag, und musterte ihn von oben bis unten. Überall bedeckten schwärzliche Pusteln die Haut, und an einigen Stellen hatten sich Karbunkel gebildet, die brandig waren. In der rechten Leiste schließlich saß ein Bubo von der Größe eines Hühnereis. Jeremy berührte vorsichtig die Beule, die sich hart anfühlte. Sofort schrie der Patient gellend auf, als habe man ihn mit einem glühenden Eisen verbrannt. Jeremy und Pater Lusher mussten seine Arme und Beine festhalten, um zu verhindern, dass er, wahnsinnig vor Schmerzen, vom Bett sprang.

»Wie steht es um ihn, Bruder?«, fragte Lusher, als der Kranke sich beruhigt hatte.

»Seht Ihr die schwarzen Flecken, die sich unter der Haut auszubreiten beginnen?«, flüsterte Jeremy, denn niemand wusste, wie viel ein Mensch im Delirium von dem verstand, was um ihn herum geschah.

Sein Ordensbruder nickte. Bisher waren ihm die dunklen Flecken nicht aufgefallen, doch jetzt sah er sie auch. Es waren die Zeichen des nahen Todes, die ihm in den letzten Wochen nur allzu vertraut geworden waren.

»Ich verstehe«, murmelte er. »Setzt Eure Runde fort, Bruder. Ich bleibe noch hier. Vielleicht kommt er noch einmal zu Bewusstsein.«

Jeremy hängte sich seine Tasche über die Schulter und nahm den weißen Stab, den er bei seiner Ankunft an die Wand gelehnt hatte, wieder in die Hand. Alle Personen, die mit Pestkranken Kontakt hatten, waren verpflichtet, sich auf diese Weise zu kennzeichnen, wenn sie auf die Straße gingen, damit andere Passanten gewarnt wurden und ihnen aus dem Weg gehen konnten. Als er vor zwei Tagen nach Whitehall gestürmt war, um mit Amoret über Breandán zu sprechen, hatte er in seiner Aufregung diese Pflicht völlig vergessen. Freilich hätten ihm die Wachen keinesfalls den Eintritt in den Palast gestattet, hätte er den Stab mitgeführt. Und im Nachhinein schalt sich Jeremy, überhaupt in Amorets Nähe gewesen zu sein und sie in Gefahr gebracht zu haben, denn er wusste schließlich noch immer nicht, wie die Krankheit tatsächlich übertragen wurde. Jedenfalls hatte er nicht die Absicht, Amoret noch einmal aufzusuchen.

Jeremy klopfte von innen an die Tür und wartete, bis der Wächter, der draußen stand, das Schloss öffnete und ihn hinausließ. Niemand außer den Ärzten und den Beschauern, die dem Sprengelschreiber die Todesursache zu melden hatten, durfte ein befallenes Haus betreten, doch die Wachleute erlaubten zumeist auch Priestern den Zutritt.

»Soll ich den Totenkarren anhalten, Doktor?«, fragte der mit einer Hellebarde bewaffnete Wächter.

»Noch ist es nicht so weit«, widersprach Jeremy. »Gegen Morgen, denke ich.«

Ohne noch einmal zurückzublicken, machte sich der Jesuit auf den Weg zu seinem nächsten Patienten. Wie viele hatte er bereits unter Qualen sterben sehen! Nur wenige überlebten die Seuche, und noch weniger blieben ganz verschont. Nur Gott wusste, warum. Die engen Gassen, durch die er ging, waren düster und gespenstisch still. Nur vereinzelt brannte eine Funzel, an der er sich orientieren konnte. Abgesehen von den vor den versperrten Häusern postierten Wachen, war keine Menschenseele unterwegs, kein Hund, keine Katze gab Laut oder kreuzte seinen Weg. Sie waren auf Anordnung des Stadtrats zu Tausenden abgeschlachtet worden. Kaum ein Streuner war den Hundeschlägern entkommen. In den schmutzigen Gassen begegnete man nur noch Ratten. Zwar bemühte man sich, der Nagetiere mit Rattenpulver Herr zu werden, aber es waren einfach zu viele. In ganz London sei kein Arsenik mehr zu bekommen, hieß es. Ihrer natürlichen Feinde beraubt, schienen die Ratten zuweilen wie von Übermut gepackt am helllichten Tag auf den Misthaufen zu tanzen, torkelnd und ohne Anzeichen von Scheu, wie berauscht von einer seltsamen Trunkenheit, nur um schließlich grausig zu verenden. Vielleicht starben auch sie an der Pest wie ihre leidenden menschlichen Nachbarn.

Die lähmende Stille der Nacht wurde plötzlich von dem Geräusch knarrender Wagenräder unterbrochen. Eisenummantelte Felgen knirschten über den trockenen Boden und wirbelten dichte Staubwolken auf, denn es hatte seit Wochen nicht mehr geregnet, und die Stadt lag dürstend in der sommerlichen Hitze. Der Lärm des sich nähernden Gefährts verursachte Jeremy eine Gänsehaut. Schaudernd blieb er stehen und wandte sich um. Es war einer der Leichenkarren, die allnächtlich durch London fuhren, um die Pesttoten einzusammeln und zu den Massengräbern außerhalb der Stadt zu bringen. Der Ruf der Pestknechte schallte eintönig zu Jeremy herüber: »Bringt Eure Toten heraus!« Er sah den von einer mitgeführten Fackel erhellten, zweirädrigen Karren, der von einem einzelnen Pferd gezogen wurde, vor einem Haus halten, das mit einem roten Kreuz markiert war. Die Köpfe der beiden Siechknechte waren von dichtem Tabakrauch aus ihren Tonpfeifen umhüllt, in der Hand hielten sie rote Stäbe, ähnlich dem weißen, den Jeremy trug. Wie gebannt beobachtete der Priester, wie die Männer das befallene Haus betraten und eine Leiche heraustrugen. Ohne Zeremoniell warfen sie den toten Körper auf die Ladefläche des Karrens zu den anderen, die sich bereits hoch übereinander stapelten. Der Leichnam landete oben auf dem Haufen und rollte auf der anderen Seite gleich wieder hinunter. Unter den Flüchen der Pestknechte prallte er mit einem dumpfen Laut auf dem Boden auf. Im Hauseingang schrie eine Frau und begann kurz darauf zu schluchzen. Jeremy konnte sich nicht von dem Schauspiel losreißen, obgleich er fast jede Nacht Zeuge ähnlicher Szenen war. Es brach ihm das Herz.

Der Totenkarren setzte sich wieder in Bewegung und ratterte kurz darauf an Jeremy vorüber. Flüchtig sah er, wie die Pestknechte die Kleider des Leichnams durchsuchten und sich schließlich daranmachten, sie ihm auszuziehen. Für sie, die aus den Reihen der Ärmsten stammten, bedeutete der Verkauf der

Kleidungsstücke, ja selbst der Leichentücher, einen erklecklichen Nebenverdienst.

In stummem Grauen blickte Jeremy dem Leichenkarren hinterher, bis dieser um eine Ecke bog und aus seinem Blickfeld verschwand. Wie jeder Londoner, der das Pech hatte, dem unglückseligen Gefährt des Nachts über den Weg zu laufen, fragte sich auch der Jesuit mit einem flauen Gefühl im Magen, wann die Reihe an ihm sein würde, seinen Platz auf der Ladefläche einzunehmen. Der Gedanke presste ihm die Brust zusammen und ließ Übelkeit in seinem Innern aufsteigen. Nach Atem ringend, musste er sich einige Minuten mit der Hand an der Hauswand abstützen, bis das Schwächegefühl nachließ und er wieder Luft bekam. Er wusste, es war ein Anfall von Angst, nicht Erschöpfung, der ihn gelähmt hatte, eine tiefe, stetig wachsende Angst, nicht vor dem Tod an sich, sondern vor den furchtbaren Qualen, die das Sterben eines Pestkranken begleiteten, das Delirium, die Schmerzen, der Verfall des Körpers, wie er sie unzählige Male mit angesehen hatte. Es war ein grauenhafter Tod!

Mühsam einen Fuß vor den anderen setzend, auf den weißen Stab gestützt, ging Jeremy weiter. Doch das Gefühl der Beklemmung ließ nicht nach. Irgendetwas trieb sein Herz zu schnelleren unregelmäßigen Schlägen.

Plötzlich alarmiert fuhr Jeremy herum, doch da war es bereits zu spät. Ein unbarmherziger Schlag, der ihn hatte töten sollen, glitt von seinem Hinterkopf ab und traf sein Genick. Seine Beine knickten kraftlos unter ihm weg, doch er blieb bei Bewusstsein. Während er fiel, riss er in einem Reflex den rechten Arm hoch, um seinen Kopf zu schützen. Der zweite Hieb erschütterte seinen Unterarm und sandte einen rasenden Schmerz bis in seine Schulter hinauf. Ohne es zu sehen, wusste Jeremy, dass der Angreifer erneut ausholte und dass er nicht einhalten würde, bis er ihn totgeprügelt hatte. Unfähig, sich zu wehren, versuchte er, sich zur Seite zu rollen. Der nächste Schlag traf ihn mit grausamer Wucht zwischen den Schulterblättern. Vor seinen Augen glühten blendende Lichter auf. Er hörte nur noch das Rattern von Rädern und eine eintönige Stimme, die rief: »Bringt Eure Toten heraus! Bringt Eure Toten heraus!« Dann verlor er die Besinnung.

Das Erste, was er wahrnahm, als er erwachte, war ein lähmender Schmerz, der irgendwo in seinem Körper nagte, ohne dass er hätte sagen können, wo. Er versuchte, sich zu bewegen, doch es ging nicht. Irgendetwas beschwerte seine Arme und Beine, hielt sie fest, wie eingekeilt, so dass er sie nicht einmal drehen konnte. Instinktiv wollte er Atem schöpfen, und als ihm auch das nicht gelang, wallte wilde Panik in ihm auf. Wie von Sinnen begann er, gegen das Gewicht anzukämpfen, das ihn niederhielt und ihm die Luft abdrückte. Vor seinen Augen sanken schwarze Schleier herab, Vorboten einer erneuten Ohnmacht, als es ihm mit einer heftigen Drehung seines Körpers endlich gelang, das Gewicht von seiner Brust abzuschütteln. Röchelnd sog er die Luft ein, füllte gierig seine Lungen, doch im nächsten Moment musste er krampfhaft husten. Der Gestank, den er eingeatmet hatte, war so abscheulich, dass sich ihm augenblicklich der Magen umdrehte. Er erbrach sich, hustete, spuckte und rang erbärmlich nach Luft. Seine wilden Bewegungen verursachten ihm furchtbare Schmerzen, so dass er schließlich ein weiteres Mal an den Rand einer Ohnmacht glitt.

Irgendwann begann sich sein Geist wieder zu regen. Bilder aus seiner Erinnerung trieben an die Oberfläche, umkreisten ihn, bis einige von ihnen einen Sinn ergaben. Der Leichengeruch, der Rauch, der in der Kehle kratzte und Tränen in die Augen trieb ... Es war der Abend nach der Schlacht von Worcester, verbranntes Schießpulver lag noch immer schwer in der Luft. Ja, er erinnerte sich. Er war während des Kampfes niedergeschlagen worden, deshalb die unerträglichen Schmerzen in seinem Genick. Um sich herum fühlte er das kalte Fleisch der Gefallenen, zwischen denen er lag, die Leichen seiner Kameraden und seiner Feinde. Als er die Augen öffnete, sah er über sich den von unzähligen Sternen übersäten Nachthimmel. Ja, derselbe Himmel, den er damals gesehen hatte, als er in den Gassen von Worcester wieder zu sich gekommen war. Noch immer zu schwach, um sich zu bewegen, blickte er zur Seite. Ein schwaches Licht flackerte in der Dunkelheit. Neben ihm stieg eine steile Wand auf, und mit einem Mal nahm er zwischen dem Leichengestank den Geruch frisch aufgeworfener Erde wahr. Er lag nicht in einer von Häusern gesäumten Gasse, sondern in einer Grube.

Sein gelähmtes Gehirn versuchte die neue Wahrnehmung zu verarbeiten, konnte ihr aber keinen Sinn geben. Wieder irrte sein Blick umher, auf der Suche nach einer Erklärung, einem Anhaltspunkt, der ihm sagen konnte, wo er sich befand und was mit ihm geschehen war. Oben am Rand der Grube neben einer Laterne, in der eine Kerze brannte, regte sich etwas. Da waren zwei Gestalten, ein Mädchen oder eine junge Frau, in ein weißes Tuch gehüllt, und ein Mann, der sich über sie beugte. Das Tuch fiel zur Seite und entblößte ihren nackten Körper. Im nächsten Moment ließ der Mann seine Hosen fallen, kniete sich zwischen die Schenkel der Frau und verging sich an ihr. Doch da war kein Schrei, keine Gegenwehr, nur das lüsterne Grunzen des Mannes. Es war ein Leichnam, an dem sich der Satyr befriedigte.

Unfähig, den Blick von der grausigen Szene zu wenden, spürte Jeremy, wie ihn erneut Übelkeit überkam. Doch die Abscheu, die er empfand, brachte allmählich wieder Klarheit in seine Gedanken. Und dann endlich begriff er, wo er war. Er lag inmitten von Pestleichen in einem frisch ausgehobenen Grab.

Grenzenlose Panik flutete in ihm hoch und krampfte sein Herz zusammen. Er musste hier raus! Er musste aufstehen!

Über ihm erschallte ein Ruf. Der Siechknecht ließ erschrocken von der Mädchenleiche ab und wollte die Flucht ergreifen, doch schon war er eingekreist. Ein Konstabler stieß ihm das Ende seines Stabes in den Bauch, und der Mann ging zu Boden.

»Nehmt ihn fest!«, befahl eine Stimme, die Jeremy vertraut vorkam.

Er sah, wie der Konstabler den Gefangenen am Kragen packte und ihn mit sich zog. Bald konnte er sie nicht mehr sehen, hörte aber noch ihre Stimmen, die sich von der Pestgrube entfernten. Die Männer gingen fort! Verzweifelt nahm Jeremy all seine Kräfte zusammen und öffnete den Mund, um zu schreien. Doch seine Stimme versagte, und er brachte nur ein Röcheln zustande. Erst beim zweiten Versuch bekam er einen Ton heraus. Wieder und wieder rief er um Hilfe, doch als sich nichts rührte, ließ er erschöpft den Kopf zurücksinken. Sie hatten ihn nicht gehört.

»Konstabler, was war das für ein Geräusch?«, sagte plötzlich die vertraute Stimme aus einiger Entfernung.

»Sir, lasst uns lieber gehen. Es ist unheimlich hier«, antwortete der Angesprochene.

»Nein, ich habe etwas gehört.«

Von neuer Hoffnung erfüllt, schrie Jeremy so laut er konnte: »Hilfe! Helft mir!«

»Da ruft jemand, Konstabler. Wir müssen nachsehen.«

»Das sind die Geister der Toten, Sir.«

»Abergläubischer Trottel! Soll ich Euch erst Beine machen?«

Zu seiner Erleichterung sah Jeremy kurz darauf eine Gestalt

am Rande der Pestgrube auftauchen. »Ist da jemand?«, fragte der Mann und sank schließlich in die Hocke, um besser sehen zu können.

»Hier bin ich. Bitte helft mir heraus«, flehte Jeremy verzweifelt.

»Konstabler, kommt her mit Eurer Laterne und leuchtet mir. Ich kann nichts erkennen. Wird's bald, du Feigling!«

Nur widerwillig näherte sich der bebende Ordnungshüter der Pestgrube und leuchtete vorsichtig in die Tiefe. Jeremy war es gelungen, sich aufzusetzen und den Arm in Richtung des flackernden Lichts zu heben.

»Eine der Leichen lebt noch«, sagte die vertraute Stimme. »Armer Teufel!« Der Mann trat so nah wie möglich an den Rand der Grube und streckte Jeremy die Hand entgegen. »Greift zu. Ich ziehe Euch rauf.«

Der Jesuit befreite seine Beine, die sich mit den steifen Gliedern eines Leichnams verkeilt hatten, und kroch auf allen vieren über die anderen hinweg, ein ständiges Würgen in der Kehle. Mühsam erreichte er die rettende Hand, die sich mit einem kräftigen wohltuenden Griff um die seine schloss und ihn mit einem Ruck auf den Rand der Grube zog. Taumelnd, am ganzen Körper zitternd, kam Jeremy auf die Füße. Ein glühender Schmerz raste sein Rückgrat entlang bis in seinen Kopf und schnitt wie eine Messerklinge durch sein Gehirn.

»Bei Christi Blut, Dr. Fauconer, was ist denn mit Euch geschehen?«, rief der Mann, der ihm die Hand gereicht hatte, betroffen.

Verwundert, seinen Decknamen zu hören, sah Jeremy in sein Gesicht. Es gehörte dem Friedensrichter Edmund Berry Godfrey. Die Erleichterung, die er verspürte, ließ gleichwohl seine Beine unter ihm nachgeben. Kraftlos fiel er auf die Knie und stützte sich mit beiden Händen im Gras ab, um nicht umzukippen. Erst jetzt, als er benommen an sich herabsah, stellte er fest, dass er völlig nackt war. Man hatte ihm während seiner Bewusstlosigkeit die Kleider gestohlen. Im nächsten Moment fühlte er, wie sich der Stoff eines leichten Umhangs um seine Schultern legte. Godfrey hockte sich neben ihn und betrachtete ihn mit einer Mischung aus Entrüstung und Mitleid. »Wer hat Euch so zugerichtet, Doktor?«

»Derselbe, der die Anschläge auf Richter Trelawney verübt und der Baron Peckham, Sir John Deane und die anderen ermordet hat«, entgegnete Jeremy schwach. »Er hat mich hinterrücks in einer Gasse überfallen und wollte mich erschlagen. Bevor ich ohnmächtig wurde, hörte ich den Totenkarren kommen. Vermutlich hat dieser den Mörder verscheucht.«

»Und die Siechknechte haben Euch eingesammelt, weil sie Euch für tot hielten«, ergänzte Edmund Godfrey. »Sie werden Euch auch um Eure Kleider erleichtert haben. Seid Ihr schwer verletzt?«

Jeremy tastete über sein Genick, fand aber keine Wunde, nur eine Schwellung. Die Schmerzen hatten ein wenig nachgelassen. Auch sein Arm, mit dem er einen der Schläge abgewehrt hatte, war blaurot angelaufen und geschwollen, aber, soweit er feststellen konnte, nicht gebrochen. Er hatte Glück im Unglück gehabt. Er war noch am Leben, doch er wusste nur zu gut, welche Folgen sein Aufenthalt zwischen den Pestleichen haben konnte.

»Nein, es geht schon. Sir, Ihr hättet mir Euren Umhang nicht geben sollen«, wandte Jeremy mit einem traurigen Lächeln ein. »Ihr habt gesehen, wo ich gelegen habe. Ich könnte ihn Euch nicht guten Gewissens zurückgeben.«

»Behaltet ihn«, erwiderte Godfrey mitfühlend. »Ihr seid der Freund eines guten Freundes. Ich helfe Euch gerne, soweit ich kann. Was ist mit dem Attentäter? Habt Ihr ihn gesehen?«

»Nein, ich habe ihn weder gehört noch gesehen. Er hat mich völlig überrascht. Aber er muss fürchten, dass ich ihm auf der Spur bin, sonst hätte er nicht versucht, mich aus dem Weg zu räumen.«

»In diesem Fall wird er es wieder versuchen.«

»Vermutlich. Aber jetzt bin ich gewarnt. Ich werde besser aufpassen.«

»Was habt Ihr eigentlich mitten in der Nacht auf der Straße gemacht?«, fragte der Magistrat neugierig.

»Ich habe Kranke besucht«, antwortete Jeremy wahrheitsgemäß. Er brauchte nicht zu lügen, denn er hatte in dieser Nacht nur die Tätigkeit eines Arztes ausgeübt, nicht die eines katholischen Priesters.

»Könnt Ihr aufstehen?«

Jeremy nickte. Er fühlte sich etwas kräftiger, nachdem die Schmerzen erträglicher geworden waren.

Der Friedensrichter deutete in die Richtung des gefesselten Pestknechts, der von dem Konstabler bewacht wurde. »Dieser Lump treibt schon seit längerem sein Unwesen. Er hat unzählige Gräber geplündert und den unglücklichen Opfern der Seuche Kleider und Leichentücher gestohlen. Ich war entschlossen, ihn endlich zu verhaften, deshalb habe ich ihm mit einem meiner Konstabler aufgelauert. Es war Euer Glück. Wo wohnt Ihr, Doktor?«

»Auf der Paternoster Row.«

»Also innerhalb der Stadtmauern. Die Tore sind um diese Zeit geschlossen. Und so wie Ihr ausseht, werden Euch die Torwächter bestimmt nicht durchlassen. Ich begleite Euch lieber. Auf mich werden sie hören. Leider habe ich weder ein Pferd noch eine Kutsche da. Ich liebe es, zu Fuß zu gehen, auch wenn ich meine Runden drehe, um nach dem Rechten zu sehen. Glaubt Ihr, dass Ihr den Weg schafft?«

»Ich werde schon durchhalten, Sir, danke für Eure Hilfe«, erwiderte Jeremy, den das freundschaftliche Angebot beschämte. Der Magistrat nahm sich seiner an, weil sie beide Freunde von Richter Trelawney waren. Doch wie würde Godfrey reagieren, wenn er Dr. Fauconers Geheimnis entdeckte? Als Friedensrichter gehörte es zu seinen Aufgaben, verdächtigen Katholiken oder Dissenters den Suprematseid und den Treueid abzunehmen und Strafen zu verhängen, wenn sie dies verweigerten. Gleichwohl lag es im Ermessen eines Magistrats, wie eifrig er sich um die Durchsetzung der Gesetze bemühte, solange er von der Regierung nicht aufgefordert wurde, strenger durchzugreifen.

Godfrey schickte den Konstabler mit seinem Gefangenen zum Gatehouse-Gefängnis, bevor er sich mit Jeremy auf den Weg machte. Sie hatten eine gute Strecke zu Fuß zurückzulegen, denn des Nachts gab es weder Mietkutschen noch Fährboote.

»Ihr sagtet, Ihr seid dem Juristenmörder auf der Spur«, erinnerte sich Godfrey. »Glaubt Ihr, es wird Euch letztendlich gelingen, ihn zu entlarven?«

»Ich werde auf keinen Fall eher ruhen«, versicherte Jeremy. »Er ist sehr gefährlich und skrupellos. Man muss ihn unschädlich machen.«

Der Magistrat betrachtete den Mann, der auf bloßen Füßen, den Mantel vor seiner nackten Brust zusammengerafft, neben ihm herging. »Ich bewundere Euren Mut, Sir«, sagte er anerkennend. »Nicht nur fürchtet Ihr Euch nicht, Pestkranke zu pflegen, Ihr bietet sogar einem gefährlichen Verbrecher die Stirn, der eben erst versucht hat, Euch heimtückisch umzubringen. Und das, obwohl es keineswegs zu Eurer Bürgerpflicht gehört.«

»Dann lasst mich diese Anerkennung zurückgeben«, entgegnete Jeremy bescheiden. »Immerhin seid Ihr einer der wenigen

Wohlhabenden, die nicht aufs Land geflohen sind und so ihre Pflicht versäumen.«

Godfrey antwortete ihm mit einem etwas unbehaglichen Blick. »Es wäre nicht recht von mir, mich dessen zu rühmen.«

»Aber Ihr seid doch im Gegensatz zu vielen anderen auf Eurem Posten geblieben.«

»Ja, und ich verurteile diese anderen dafür, denn so entziehen sie sich ihrer Pflicht, einen Beitrag zum Armengeld zu leisten, gerade jetzt, wo so viele Menschen durch die Pest ruiniert wurden und dem Elend anheim gefallen sind. Allerdings bin ich nicht aus reiner Selbstlosigkeit geblieben, wie ich zugeben muss. Ich bin Kohlenhändler und gehöre damit zu den wenigen Kaufleuten, die auch in diesen unglückseligen Zeiten noch Gewinn machen können.« In Godfreys Stimme lag sowohl leichte Beschämung als auch das Bedürfnis, sich zu rechtfertigen.

Jeremy sah ihn neugierig an. Trotz Godfreys Bekenntnis war ihm der Mann sympathisch. »Kennt Ihr Sir Orlando schon lange?«

»Einige Jahre, seit der Thronbesteigung unseres Königs, als ich als Friedensrichter eingeschworen wurde«, berichtete Godfrey. »Ursprünglich wollte ich als Advokat mein Brot verdienen, doch nach ein paar Jahren Studium am Gray's Inn wurde ich mit einem Gebrechen geschlagen, das es mir unmöglich machte, als Jurist zu arbeiten.« Auf Jeremys fragenden Blick hin fügte er hinzu: »Ich bin schwerhörig. Die Folge eines Fiebers. Ihr hattet Glück, dass ich mich noch nicht weit von der Pestgrube entfernt hatte, sonst hätte ich Euch nicht gehört.« Er sagte dies mit einer gewissen Schicksalsergebenheit, die deutlich verriet, dass er sich mit der Tatsache abgefunden hatte. Jeremy hätte nicht sagen können, ob er den Verzicht auf eine juristische Laufbahn bedauerte oder ob ihn sein Dasein als wohlhabender Kaufmann nicht ebenso befriedigte.

Sie hatten inzwischen Charing Cross erreicht und bogen in den Strand ein. Jeremy warf einen verstohlenen Blick auf die dunklen Fenster von Hartford House, als sie daran vorübergingen. Für einen Moment brachten ihn seine Schmerzen und seine körperliche Schwäche in Versuchung, um Einlass zu bitten und sich von Amoret ein wenig umsorgen zu lassen, doch es war nur eine flüchtige Regung, die er sogleich unterdrückte. Er wusste nicht einmal, wo sich die Lady aufhielt, hoffte aber, dass sie inzwischen mit dem Hof die Stadt verlassen hatte. Doch selbst wenn sie zu Hause gewesen wäre, hätte er sie um nichts in der Welt in seinem jetzigen Zustand aufgesucht. Der Geruch der Pestleichen klebte wie ein Gift an ihm und hatte seinen Körper wahrscheinlich bereits infiziert. Er musste sich von gesunden Menschen fern halten, ganz besonders von Amoret.

Die Straßen waren wie ausgestorben. Auf dem Strand war ihnen nur vereinzelt ein Wachposten begegnet, der, sobald er des Friedensrichters ansichtig wurde, diesen sofort freundlich grüßte. Es war offensichtlich, dass Godfrey in Westminster sehr beliebt war.

An der Ecke zur Fleet Street hielt der Magistrat plötzlich inne. Aus einer Seitenstraße, der Middle Temple Lane, tauchten zwei düstere Gestalten auf und stellten sich ihnen in den Weg. Sie trugen schmutzige, abgerissene Kleidung und waren mit Knüppeln bewaffnet. Sicher stammten sie aus dem nahen Whitefriars-Bezirk, dem Refugium von Gaunern und Dieben.

»Bleibt hinter mir«, wies der Magistrat Jeremy an, während er seinen Degen zog.

Die beiden Kerle ließen sich durch den Anblick der Klinge nicht abschrecken, sondern wogen selbstbewusst ihre Knüttel in der Hand. Ihre Gesichter waren im Halbdunkel kaum zu sehen, doch Jeremy zweifelte nicht daran, dass sie Zeichen des

Hungers und der Entbehrung aufwiesen, wie die aller Armen. Die Pest hielt auch in Whitefriars reiche Ernte.

»Aus dem Weg, Lumpengesindel!«, befahl Edmund Godfrey und richtete die Spitze seines Degens auf einen der sich nähernden Männer.

»Sobald Ihr Eure Wertsachen herausgegeben habt!«, drohte dieser unbeeindruckt.

»Ich warne euch zum letzten Mal!«, gab der Friedensrichter ebenso kaltblütig zurück.

Da sein Gegenüber jedoch keine Anstalten machte, sich zurückzuziehen, ging Godfrey ohne weitere Vorwarnung zum Angriff über. Ehe sich der Räuber versah, hatte der Magistrat ihm mit seinem Degen eine Wunde an der Hand beigebracht, in der er den Knüppel hielt. Er stieß einen Schmerzensschrei aus und begann zu fluchen.

»Will, mach sie fertig, die verdammten Hunde.«

Das ließ sich sein Kumpan nicht zweimal sagen. Mit Gebrüll hob er seinen Prügel und stürzte sich auf den Magistrat. Godfrey wich ihm flink aus und stieß gleichzeitig den hinter ihm stehenden Jeremy zur Seite. Der Räuber verfehlte sie beide, und bevor er seinen wilden Ansturm bremsen konnte, hatte der Friedensrichter seine ungeschützte Flanke mit der Degenspitze geritzt. Fluchend und zähneknirschend wandte sich der Angreifer um und blieb einen Moment unschlüssig stehen, doch als er sah, dass sein Komplize sich wieder gefangen hatte, hob er seinen Knüppel erneut und ging auf Godfrey los. Der andere folgte seinem Beispiel. Von zwei Seiten bedrängt, wehrte sich der Magistrat verbissen, parierte die Hiebe der Räuber und brachte ihnen oberflächliche Wunden bei. Doch er wusste, dass ein kräftiger Schlag mit dem schweren Prügel genügte, um ihn zu entwaffnen und außer Gefecht zu setzen. Ohne den Blick von dem Kampf zu wenden, trat Jeremy unter dem vorspringenden

Giebel hervor, unter dem er Schutz gesucht hatte, und schrie lauthals um Hilfe. Inzwischen drängten die Straßenräuber Godfrey immer weiter gegen die Hauswand in seinem Rücken. Doch der Magistrat schien entschlossen, nicht nachzugeben. Grimmig setzte er sich gegen die Übermacht zur Wehr. Da gelang es einem der Angreifer schließlich, ihm mit einem Hieb den Degen aus der Hand zu schlagen. Die Waffe fiel klirrend zu Boden. Ein zweiter Schlag zielte auf seinen Kopf, doch Godfrey duckte sich geistesgegenwärtig und glitt zur Seite. Der Hieb riss ihm lediglich den Hut herunter. Noch ehe die Männer ihm nachsetzen konnten, erschallte ein Ruf, und schnelle Schritte wurden hörbar. Jeremy wandte den Kopf und atmete auf, als er zwei der Hauswächter mit ihren Hellebarden heransprinten sah. Im nächsten Moment waren es die Räuber, die sich, in die Enge getrieben, gegen die Häuserwand pressten, die wütenden Blicke auf die mörderischen Stahlspitzen geheftet, die sich drohend auf ihre Brust richteten.

Edmund Godfrey wischte sich erleichtert mit dem Handrücken den Schweiß von der Stirn und hob seinen Degen auf.

»Ich danke Euch, Männer«, sagte er keuchend. »Ihr kamt zur rechten Zeit.«

»Immer zu Diensten, Master Godfrey«, antworteten die Wachleute wie aus einem Mund.

»Bringt die beiden Übeltäter ins Gatehouse. Ich werde mich morgen mit ihnen befassen.« Godfrey musterte Jeremy mit besorgtem Blick. »Seid Ihr in Ordnung, Doktor?«

»Ja, es tut mir Leid, Sir. Ich war Euch keine große Hilfe.«

Der Magistrat machte eine wegwerfende Handbewegung. »Ihr wart unbewaffnet. Dafür war Eure Stimme umso hilfreicher.«

Nachdem Godfrey seinen Degen wieder in die Scheide gesteckt hatte, setzten sie ihren Weg fort. Bald tauchte der massige Schatten des Ludgate vor ihnen auf. Godfrey rief die Wachposten an und gebot ihnen, sie passieren zu lassen. Obwohl Jeremy versicherte, dass er den Rest des Weges ohne Schwierigkeiten allein zurücklegen könne, bestand der Magistrat darauf, ihn bis zur Paternoster Row zu begleiten. Bevor er ihn verließ, sagte er noch: »Wenn Ihr neue Hinweise über den Juristenmörder habt, lasst es mich wissen. Ich möchte diesen Kerl nur allzu gerne selbst verhaften und in den Kerker schaffen.«

Jeremy dankte ihm noch einmal für seinen Beistand und schleppte sich zu Tode erschöpft über die Schwelle. Es verlangte ihn nur noch danach, sich ins Bett fallen zu lassen und zu schlafen, doch da gab es noch etwas, das er vorher unbedingt tun musste. Mit letzter Kraft zwang er seine Füße in die Küche, in der ein Waschbottich stand, den er regelmäßig zum Baden benutzte, und begann, ihn mühsam mit Wasser aus der Pumpe zu füllen. Dann machte er Feuer, warf Godfreys Umhang hinein und kletterte in den Zuber. Eine halbe Stunde lang verbrachte Jeremy nun damit, seinen Körper von Kopf bis Fuß mit einer groben Seife abzuschrubben, um das Pestgift zu entfernen, das an seiner Haut klebte. Insgeheim befürchtete er jedoch, dass es bereits zu spät war.

Sechsundvierzigstes Kapitel

»Mylady, wann werden wir endlich die Stadt verlassen? Seine Majestät und die anderen Höflinge sind doch bereits seit drei Tagen fort!«, klagte die Kammerzofe. »Diese Woche sind es schon vierhundertsiebzig Pesttote. Wenn wir nicht bald aufbrechen, werden wir alle sterben!«

»Helen, hör auf, mir ständig in den Ohren zu liegen. Wir werden bald abreisen«, erklärte Amoret gereizt.

Die unablässige Jammerei der Kammerfrau war nicht gerade dazu angetan, Amorets Laune zu bessern. Sie machte sich Sorgen um Pater Blackshaw. Am Tag seiner Abreise hatte der König sie gedrängt, ihn zu begleiten, und sie hatte beschlossen, einen letzten Versuch zu unternehmen, den Jesuiten umzustimmen. Doch sie hatte ihn nicht in der Paternoster Row angetroffen, und der verstockte Geselle hatte ihr nicht sagen können oder wollen, wann er zurückkehren würde. Schließlich hatte sie entschieden, zumindest noch so lange in London zu bleiben, bis sie mit Jeremy gesprochen hatte. Charles gegenüber versicherte Amoret, dass sie ihm innerhalb weniger Tage folgen würde, und vertraute ihm ihren Sohn mitsamt dessen Amme und einem Teil ihrer Dienerschaft an. Morgen für Morgen schickte sie nun einen ihrer Lakaien zur Paternoster Row, um sich nach Dr. Fauconer zu erkundigen, doch ohne Erfolg. Der Jesuit schien wie vom Erdboden verschluckt.

Ungeduldig wartete sie auch an diesem Tag auf die Rückkehr des Dieners. Sie hatte ihn angewiesen, bis zum Abend in der Chirurgenstube zu warten. Als der Bursche endlich erschien, ahnte Amoret bereits, welche Nachricht er ihr brachte.

»Es tut mir Leid, Mylady«, berichtete der Lakai. »Dr. Fauconer ist den ganzen Tag nicht gekommen. Und er hat auch keine Nachricht geschickt.«

»Danke, Stewart«, antwortete Amoret nachdenklich. Dann fasste sie einen Entschluss. »Sag dem Kutscher, er soll anspannen lassen. Ich fahre aus.«

»Sehr wohl, Mylady.«

Amoret ließ sich von Helen beim Umkleiden helfen, ohne sich um die missbilligenden Blicke des Mädchens zu kümmern. Ihre Kutsche kam schnell voran, denn es waren kaum noch Fuhrwerke auf den Straßen. Die wenigen Fußgänger, die unterwegs waren, versuchten, den Kontakt mit anderen Passanten zu vermeiden, indem sie sofort auf die andere Straßenseite wechselten, wenn sie bemerkten, dass ihnen jemand entgegenkam. Dabei hielten sie sich zumeist von der Häuserfront fern, um nicht zufällig auf jemanden zu treffen, der gerade aus einer Tür kam. Jede Besorgung wurde so zu einem Spießrutenlauf, bei dem die Gefahr überall zu lauern schien. Man versuchte, sich gegen die pestilenzschwangeren Ausdünstungen zu schützen, indem man sich magische Amulette um den Hals hängte wie die Arsenikkampfertalismane des Paracelsus, Bezoare oder Täfelchen, auf denen Tierkreiszeichen oder die Buchstaben »Abrakadabra« eingeritzt waren. Goldmünzen aus der Zeit der Königin Elizabeth, die man sich in den Mund steckte, oder mit Arsenik oder Quecksilber gefüllte Säckchen waren ebenfalls sehr beliebt. Amoret sah einige Leute, die sich mit Kräutern gefüllte Pomanderkugeln oder Taschentücher, vermutlich getränkt mit Pestessig, unter die Nase hielten. Andere rauchten Tabak. Amoret hatte sich angewöhnt, Angelikawurzeln zu kauen, wenn sie ausfuhr.

Viele Häuser standen leer, weil ihre Bewohner aufs Land geflohen waren. Ganze Straßenzüge wirkten wie ausgestorben. Und immer öfter sah man das unheilverkündende rote Kreuz an den Türen befallener Häuser und darunter den Spruch: »Gott, habe Erbarmen mit uns«. Der Anblick dieser im Sterben liegenden Stadt wurde noch gespenstischer durch das unablässige Läuten der Totenglocke, das die Luft erfüllte. Inzwischen starben täglich so viele Menschen an der Pest, dass die Glocken nur noch selten schwiegen.

Die Machtlosigkeit der Amtsvertreter und der Geistlichen war unübersehbar. Man hatte Fast- und Bettage festgesetzt, die den Zorn Gottes besänftigen sollten. Die verzweifelten Menschen strömten in die Kirchen zu den Gottesdiensten und Andachten und standen dort so eng gedrängt, dass sie einander zwangsläufig ansteckten. Doch die Obrigkeit wagte es nicht, Kirchenbesuche zu verbieten, denn eine Vernachlässigung des Gottesdienstes hätte erst recht den göttlichen Unwillen auf die Stadt gelenkt und zudem den Menschen in ihrer Hilflosigkeit den letzten Trost geraubt. Um den Ausbruch von Chaos und Gesetzlosigkeit zu vermeiden, blieben der Lord Mayor und die Stadträte auf ihrem Posten und versuchten, so weit wie möglich für Ordnung zu sorgen. Die Pestverordnungen mussten durchgesetzt, die Eingeschlossenen mit dem Lebensnotwendigsten versorgt, und das Armengeld, womit diese Ausgaben beglichen wurden, musste eingefordert werden. Sir John Lawrence, der Lord Mayor, der täglich Besucher empfangen musste, hatte sich zu seinem Schutz einen großen Glaskasten bauen lassen, der ihn vor den krankhaften Ausdünstungen der Menschen abschirmte, und darin saß er nun wie eine exotische Pflanze in einem Winterhaus.

An der Ecke zur Fetter Lane ließ Amoret den Kutscher anhalten, um die seltsame Szene zu beobachten, die sich am Straßenrand abspielte. Zwei zerlumpte Männer hatten eine offensichtlich schwer kranke Frau vom Boden hochgehoben und trugen sie etwa sechzig Yards die Straße entlang, bevor sie sie wieder absetzten und davongingen, ohne sich noch einmal umzusehen.

»Was hat das zu bedeuten, Robert?«, fragte Amoret verwundert.

»Die arme Frau hat vermutlich die Pest, Mylady«, erklärte der Kutscher bereitwillig. »Sicher hat der Kirchenvorsteher des Pfarrsprengels diesen beiden armen Teufeln einen Shilling bezahlt, damit sie die Kranke in den anliegenden Sprengel schaffen. Denn sollte sie in seiner Gemeinde sterben, muss er bis zu sieben Shilling für ihre Beerdigung bezahlen. Und der Kirchenpfleger des Nachbarsprengels wird ebenso verfahren, um Kosten zu sparen.«

»Das ist ja grauenvoll!«, stieß Amoret schockiert hervor.

»Die Gemeinden sind verarmt, Mylady. Die Reichen, die für das Armengeld aufkommen müssen, sind fast alle geflohen.«

Den Rest der Fahrt über lehnte sich Amoret in ihrer Kutsche zurück. Sie konnte es nicht länger ertragen, zum Fenster hinauszuschauen. Auf der Paternoster Row angekommen, stieg sie so schnell wie möglich aus und betrat die Chirurgenstube. In einer hinteren Ecke saß der Geselle und saugte an seiner Tonpfeife.

Amoret ließ sich nicht dazu herab, ihn zu grüßen. »Ist Dr. Fauconer da, Bursche?«

»Nein«, war die knappe Antwort.

»Weißt du, wann er zurückkommt?«

»Nein.«

»Er war den ganzen Tag nicht hier?«

»Nein.«

»Wann war er das letzte Mal hier? Rede endlich, zum Teufel!«

»Vorgestern oder am Tag davor. Ich kann mich nicht mehr erinnern.«

»Wo ist Mistress Brewster?«

»Einkaufen.«

Amoret verkniff sich einen Fluch. Pater Blackshaw war also schon seit mehreren Tagen nicht mehr zu Hause gewesen, wenn man dem unverschämten Burschen glauben konnte. Aber wo konnte er sein? Sorge übermannte sie. Wenn ihm nun etwas zugestoßen war! Sie musste ihn suchen!

Ohne ein weiteres Wort eilte Amoret aus dem Haus und bestieg wieder ihre Kutsche.

»Nach St. Giles, Robert!«

Der Kutscher murmelte etwas Unverständliches vor sich hin. Er hätte gerne protestiert, fürchtete sich aber davor, wie so viele andere Dienstboten entlassen zu werden, wenn er einen Befehl verweigerte.

Amoret hatte die Armenviertel von St. Giles-in-the-Fields noch nie betreten, doch was sie sah, übertraf ihre schlimmsten Vorstellungen. Die Häuser befanden sich in einem erbärmlichen Zustand, bei manchen fragte man sich unwillkürlich, was sie überhaupt noch aufrecht hielt, so baufällig wirkten sie. Die meisten Gassen, die die Elendsquartiere verbanden, waren so schmal, dass zwei Menschen kaum aneinander vorbeikamen, und folglich für eine Kutsche unpassierbar. Allerdings verspürte Amoret bei genauerem Hinsehen kein großes Verlangen, die heruntergekommenen düsteren Gassen zu betreten. Eine Weile ließ sie den Kutscher die breiteren Straßen abfahren und hielt dabei Ausschau nach Pater Blackshaw. Doch bald sah sie ein, dass es sinnlos war und sie eine Nadel im Heuhaufen suchte. Dieser Irrgarten an Gässchen und Durchgängen war eine Welt für sich. Und sie war nicht einmal sicher, dass er sich überhaupt hier befand.

Als sich der Tag dem Ende neigte, musste sich Amoret eingestehen, dass sie keine andere Wahl hatte, als aufzugeben. Sie gab dem Kutscher die Anweisung, nach Hartford House zurückzukehren, und dieser ließ erleichtert die Zügel auf die Rücken der Pferde fallen.

Als die Kutsche in die Drury Lane einbog, fiel Amorets Blick auf einen in Schwarz gekleideten Mann, der an einer Hauswand lehnte. Ihr Herz machte einen Sprung. Obwohl sie sein Gesicht nicht sehen konnte, wusste sie instinktiv, dass es Jeremy war.

»Halt an, Robert!«, rief sie, sprang aus der Kutsche, kaum dass sie stand, und eilte zu ihm.

Er stand mit geschlossenen Augen da, einen Arm an der Hauswand abgestützt, den anderen um den weißen Stab gekrampft. Amoret rief ihn leise an, doch er schien sie nicht zu hören. Erst als sie seinen Oberarm berührte, öffnete er die Augen und starrte sie mit leerem Blick an. Es dauerte eine Weile, bis sein Gesicht verriet, dass er sie erkannte.

»Mylady, Ihr seid immer noch hier?«, murmelte er mit müder Stimme.

»Ja. Ich sagte Euch doch, dass ich nicht ohne Euch gehe. Kommt mit mir! Ihr habt genug für die armen Menschen getan«, beschwor sie ihn.

Er sah sie wehmütig an, und sie bemerkte, dass seine Augen blutunterlaufen waren. Sein Gesicht wirkte noch hohlwangiger und elender als vor ein paar Tagen, und auf seinen Lidern lagen bläuliche Schatten.

»Amoret, meine süße Amoret«, sagte er, und seine Stimme klang geborsten. »Es ist zu spät! Ich habe die Pest!«

Sie starrte ihn wortlos an, unfähig, zu begreifen. Dabei registrierte sie, dass sein dunkles Haar feucht von Schweiß war und an seinen Schläfen klebte. Ein schmerzvolles Zucken lief über seine Züge, und die Hand, die den Stab hielt, zitterte. Und da wurde ihr klar, dass er Recht hatte. Ihr Blut gerann zu Eis und formte einen Klumpen in ihrem Magen.

»Nein«, rief sie kopfschüttelnd. »Das kann nicht sein!«

»Doch, es ist so. Ich habe alle Krankheitszeichen. Quälende Kopfschmerzen, Schwindel, Schmerzen in Rücken und Gliedern. Ich fühle mich schwach wie ein Greis, und mein linkes Bein tut so weh, dass ich kaum laufen kann.«

Amoret war noch immer zu fassungslos, um auch nur ein klares Wort zu äußern. In einem Reflex ergriff sie seinen Arm, wie um ihn zu stützen. Doch er zuckte unwillkürlich zurück und hob abwehrend die Hand.

»Nein! Fasst mich nicht an!«, stieß er hervor. »Ihr müsst gehen! Verlasst die Stadt. Ihr könnt nichts mehr für mich tun.«

»Ich kann Euch nicht hier lassen!«

»Ihr werdet Euch anstecken. Geht jetzt. Ich komme schon zurecht!« Er machte einen Schritt an ihr vorbei, doch als er mit dem linken Fuß auftrat, verzerrte sich sein Gesicht vor Schmerz, und er musste erneut an der Hauswand Halt suchen.

»Ihr kommt zurecht?«, wiederholte Amoret vorwurfsvoll. »Ihr könnt Euch ja kaum aufrecht halten. In diesem Zustand werdet Ihr keine zehn Schritte weit kommen.«

Sich an die Wand klammernd, wandte ihr Jeremy ärgerlich das Gesicht zu. »Geht endlich!«, befahl er scharf. »Lasst mich allein. Ich will nicht, dass Ihr Euch in Gefahr bringt.«

»Und ich will nicht, dass man Euch von einem Pfarrsprengel zum nächsten abschiebt, bis Ihr irgendwo in der Gosse elendig zugrunde geht. Wollt Ihr, dass ich den Rest meines Lebens mit dieser grauenhaften Vision vor Augen verbringen muss, mit der Gewissheit, Euch im Stich gelassen zu haben? Das könnt Ihr mir nicht wünschen. Wie Ihr seht, bin ich mit meiner Kutsche hier. Also lasst mich Euch wenigstens nach Hause bringen.«

Jeremy griff sich mit der Hand an die Stirn und schloss erschöpft die Augen. Auf einmal schien ihn jegliche Kraft verlassen zu haben.

»Also gut«, gab er nach. »Bringt mich ins Pesthaus.«

»Ins Pesthaus? Aber das ist doch nur für die Armen. Warum nicht nach Hause?«

»Dort würde ich die anderen nur anstecken. Im Pesthaus besteht diese Gefahr nicht. Dort wird man mich pflegen. Bringt mich ins Pesthaus, und mein Gewissen ist beruhigt.«

Amoret fügte sich widerwillig. Sie wollte seinen Arm ergreifen, um ihm in die Kutsche zu helfen, doch wieder wich er abwehrend zurück. »Nein! Rührt mich nicht an.«

Jeremy ließ sich mit einem Stöhnen auf die vordere Sitzbank nieder, um Amoret nicht zu nahe zu kommen. Während der Fahrt musterte sie ihn besorgt. Sie hatte noch keinen Pestkranken gesehen und wusste nichts über die Erscheinungen der Krankheit. Noch konnte sie an dem Zustand des Jesuiten nichts Außergewöhnliches feststellen, und deshalb empfand sie auch keinerlei Scheu vor seiner Nähe. Er hielt die Augen geschlossen, als bereite ihm selbst das trübe Licht der Straßenfunzeln Schmerzen. Immer wieder verzerrten sich seine Züge vor Qual, und einige Male durchlief ein Frösteln seinen ganzen Körper. Die Haut seines Gesichts war schlaff und sehr bleich.

Die Sonne war inzwischen untergegangen, und die Abenddämmerung brach herein. Als die Kutsche vor dem Pesthaus in Marylebone anhielt, öffnete Jeremy halb die Augen, machte aber keinerlei Anstalten, sich zu erheben. Amoret war es lieber so.

»Wartet hier, ich hole jemanden her«, sagte sie und verließ die Kutsche.

Das Pesthaus war ein eher kleines Holzgebäude und mit den

aus Stein errichteten großen Lazaretten, wie sie auf dem Kontinent üblich waren, nicht zu vergleichen. Als Amoret das Innere betrat, schlug ihr ein bestialischer Gestank entgegen, der noch ekelerregender war als der, den sie im Newgate erlebt hatte. Sie machte nur ein paar Schritte in den einzigen Raum hinein, den es hier gab, und ließ bestürzt den Blick umherschweifen. Das Pesthaus war hoffnungslos überfüllt. Die Kranken lagen eng nebeneinander auf erbärmlichen Lagern, die man beim besten Willen nicht als Betten bezeichnen konnte. Bei näherem Hinsehen bemerkte Amoret, dass die Lebenden in ihrem eigenen Unrat lagen, neben Toten, die bereits in Verwesung übergingen. Niemand pflegte sie, brachte ihnen Nahrung oder gar Arzneien. Man ließ sie elendig sterben. In ihren Kleidern nistete der Pestzunder und infizierte auch diejenigen, die vielleicht an einer anderen Krankheit litten, die man fälschlicherweise für die Pest gehalten hatte. Der Raum war erfüllt vom Stöhnen und Wimmern der Kranken. Mit einem Mal ertönte ein gellender Schrei aus einer der hinteren Ecken, wie von einem Wahnsinnigen ausgestoßen. Zu ihrer Rechten sah Amoret einen Wundarzt, der mit einer Zange etwas Glühendes auf eine Beule unter der Achsel eines Patienten presste, der vor Schmerz brüllte und sich in seiner Qual hin und her warf. Dem Erbrechen nahe, presste sich Amoret ein Taschentuch auf Mund und Nase und wandte sich ab. Da erblickte sie Jeremy, der ihr gefolgt war und hinter ihr an der Tür stand. Auf seinem Gesicht spiegelten sich Abscheu und Entsetzen. Sie begriff, dass auch er sich die Zustände in den Pesthäusern nicht so grausig vorgestellt hatte.

Entschlossen packte Amoret seinen Arm und zog ihn mit sich zu ihrer Kutsche zurück. »Ich denke nicht daran, Euch in diesem Höllenloch zurückzulassen. Da könnte ich Euch ebenso gut eine Kugel durch den Kopf schießen. Und das wäre noch ein gnädigerer Tod, als unter diesen grauenhaften Umständen zu verrecken!«

Schrecken und Todesangst saßen so tief in ihm, dass er sich nicht mehr gegen sie wehrte. Widerstandslos ließ er sich ins Innere der Kutsche schieben und sank auf der Sitzbank zusammen. Sein Körper zitterte vor Kälte, obwohl die Julihitze drückend über der Stadt lag.

Amoret hatte dem Kutscher Anweisung gegeben, zur Paternoster Row zu fahren. Als sie vor der Chirurgenstube hielten, nahm Jeremy sich noch einmal zusammen und zwang sich zu einem schwachen Lächeln.

»Ihr müsst jetzt wirklich die Stadt verlassen, Madam. Bleibt keinen Tag länger hier, bitte, versprecht mir das!«

»Ich helfe Euch ins Haus«, antwortete Amoret ausweichend.

»Nein, das schaffe ich schon. Es sind ja nur ein paar Schritte. In der Offizin habe ich Arzneien, die mir sicher helfen werden.«

Voller Sorge sah sie ihm nach, wie er die Kutsche verließ und sich schwerfällig zur Tür der Chirurgenstube schleppte. Jeremy blickte nicht zurück, obwohl ihm das Herz wehtat, sie mit einer Lüge gehen lassen zu müssen. Vielleicht hätten ihm die Arzneien, die er ihr gegenüber erwähnt hatte, tatsächlich geholfen, doch er hatte ihr wohlweislich verschwiegen, dass sie ihm schon vor Tagen ausgegangen waren. Er konnte nichts anderes tun, als sich der Gnade Gottes auszuliefern.

Die Werkstatt war verlassen. Jeremy nahm es kaum wahr. Sein Kopf zersprang ihm vor Schmerzen, vor seinen Augen verwischte alles, und die Muskeln seines Körpers waren fast unbrauchbar und wollten ihm kaum noch gehorchen. Ein Frösteln ließ ihn erbeben. Er wusste nicht, wie es ihm gelang, die Treppe zu erreichen und in den ersten Stock hinaufzusteigen. Die Anstrengung ließ sein Herz wild in seiner Brust schlagen. Auf halbem Weg in den zweiten Stock versagten ihm seine Beine den

Dienst. Alles begann sich um ihn zu drehen, schneller und schneller, ein höllisches Karussell, das ihn in die Tiefe zog. Verzweifelt tastete er nach einem Halt, klammerte sich an die Treppenstufen. Über sich sah er die erschrockenen Gesichter des Gesellen und der Magd, die ihn mit weit aufgerissenen Augen anstarrten. Dann fiel er in einen schwarzen Abgrund.

Siebenundvierzigstes Kapitel

Jeremy durchlebte einen grässlichen Albtraum, der nicht enden wollte. Der rote Drache, den Johannes in der »*Offenbarung*« beschrieben hatte, hielt ihn in seinen Krallen und hüllte ihn in seinen feurigen Atem. Wie von Sinnen wehrte er sich gegen das Ungetüm, lechzte nach Erlösung von dem Flammenregen, der auf ihn niederging. Unstillbarer Durst verzehrte ihn, verbrannte ihm die Kehle. Da berührte etwas Kühles, Feuchtes seinen erhitzten Körper, erstickte das Feuer und brachte ihm Erleichterung. Der Drache verschwand, zog sich zurück in eine Ecke, in der er auf den nächsten Angriff lauerte.

Das Gesicht eines grauhaarigen Mannes erschien vor ihm. Ein Gesicht, das ihm flüchtig bekannt vorkam, das er aber nicht einordnen konnte. Irgendwo hatte er ihn schon einmal gesehen, aber wo? Der Mann blickte ihn fragend an und sagte: »Weshalb habt Ihr mich rufen lassen?« Jeremy schüttelte wild den Kopf. Da war etwas, an das er sich erinnern musste, etwas sehr Wichtiges! Angestrengt versuchte er nachzudenken, doch alles entglitt ihm, und dann war der Drache wieder da und ließ seinen brennenden Atem über seinen Körper fauchen. Von Entsetzen ergriffen, warf sich Jeremy aus dem Bett und versuchte zu fliehen. Die Bestie setzte ihm nach, riss ihm die Beine weg und brachte ihn zu Fall. Wieder wehrte er sich mit aller Kraft, versuchte, das Gewicht abzuschütteln, das sich auf ihn warf. Jemand zerrte an seinen Armen und Beinen. Er konnte sie nicht mehr bewegen, sosehr er sich auch bemühte. Nun war er den Angriffen des Untieres hilflos ausgeliefert.

Zischend und geifernd fiel es über ihn her, riss sein riesiges Maul auf und grub seine fürchterlichen Fänge in seine Leiste, zerfleischte ihm das Bein. Er schrie, schrie vor unerträglicher Qual. Etwas berührte seine Lippen, rieselte seine Kehle hinab und breitete sich wohltuend in seinem Körper aus. Die Schmerzen ließen nach, Wellen der Betäubung fluteten über ihn hinweg, trugen ihn mit sich ... und der Drache verwandelte sich in ein gackerndes Huhn.

Ein Geräusch drang an seine Ohren, ein eintöniges dunkles Läuten, das nur kurz verstummte, um dann erneut zu erklingen. Er lauschte eine ganze Weile, und dann wurde ihm plötzlich klar, dass die Töne nicht Teil seiner Albträume waren, sondern Wirklichkeit. Und er erkannte auch, was es war: die Totenglocke von St. Paul's, die für die Opfer der Pest schlug.

Eine Hand streichelte seine Stirn. Auch diese Berührung empfand er als Realität, die sein erwachender Geist verarbeiten konnte. Er bemühte sich, die Augen zu öffnen. Zuerst sah er nur verschwommene Umrisse, doch bald klärte sich das Bild. Ein Fenster, durch das die Sonne schien, mit dunklem Holz getäfelte Wände, über ihm ein Baldachin, halb zugezogene Vorhänge ... er lag in einem Bett. Neben ihm eine Frau, die ihm mit leuchtenden Augen zulächelte. Er starrte sie an und versuchte, die schwarzen Augen, die gleichmäßigen Züge, den geschwungenen Mund zu einem Ganzen zusammenzusetzen. Ein Name fand Eingang in seine Gedanken. »Amoret«, hauchte er, als er sie erkannte.

»Ihr habt das Schlimmste überstanden, Pater«, sagte sie leise. »Jetzt müsst Ihr schlafen, um Eure Kräfte zurückzugewinnen.«

Eine Hand legte sich unter seinen Nacken und hob seinen Kopf an. Etwas Warmes, Wohlriechendes näherte sich seinen Lippen, und er trank gierig, auf einmal seinen Hunger spürend. Tiefe Müdigkeit überkam ihn, und er schlief beruhigt ein.

Wieder tauchte das Gesicht des Mannes vor seinen Augen auf. Er betrachtete es eingehend, um herauszufinden, wem es gehörte. »Ihr habt mich kommen lassen«, sagte der Grauhaarige. »Was wollt Ihr mir mitteilen?« Jeremy versuchte, sich zu erinnern. Es war wichtig, ungeheuer wichtig! Es ging um Leben oder Tod. Seine Gedanken irrten durch das Labyrinth seines Gedächtnisses, kamen aber nirgendwo an. Er verlor den Faden, fiel zurück in ein wildes Chaos, in dem er sich nicht zurechtfand.

Immer wieder wechselten sich einzelne Momente der Klarheit mit langen Phasen tiefen Erschöpfungsschlafes ab. Irgendwann gelang es Jeremy, seinen vor Schwäche wie gelähmten Körper wieder zu bewegen, den Arm zu heben, den Kopf zu drehen und sich umzusehen. Erst jetzt erkannte er, dass er in seinem eigenen Bett in der Paternoster Row lag. Alles war unverändert ... bis auf die Leinenbinden, die um die Pfosten des Baldachinbettes geknotet waren. Unwillkürlich betrachtete Jeremy seine Handgelenke, deren Haut wund gescheuert war.

»Ihr hattet hohes Fieber und wolltet nicht im Bett liegen bleiben. Ich hatte keine andere Wahl, als Euch zu fesseln«, sagte eine sanfte Frauenstimme.

»Amoret ... Ihr wart die ganze Zeit hier?«

Sie setzte sich zu ihm aufs Bett und strahlte ihn erleichtert an. »Habt Ihr wirklich geglaubt, ich würde Euch im Stich lassen? Ich habe gesehen, was diese Krankheit den Menschen antut, dass sie sie um den Verstand bringt, sie aus dem Fenster springen oder sich den Schädel an einer Mauer einschlagen lässt. Als ich einen Tag, nachdem ich Euch zu Hause abgesetzt hatte, nach Euch sah, lagt Ihr bewusstlos in Eurer Kammer. Der Amtswundarzt hatte Euch zur Ader gelassen, bis Ihr ohnmächtig wurdet. Der Geselle, der Lehrling und die Magd waren geflohen. Es war niemand da, um Euch zu pflegen. Also bin ich bei Euch geblieben.«

»Wie lang ist das her?«

»Fast drei Wochen.«

»Und Ihr habt Euch nicht angesteckt?«

»Nein, mir geht es gut.«

»Dann müsst Ihr jetzt gehen. Die Gefahr ist für Euch noch nicht vorüber.«

»Das könnte ich gar nicht, selbst wenn ich wollte«, widersprach Amoret. »Der Konstabler hat mich mit Euch eingeschlossen. Die Tür ist durch ein Vorhängeschloss gesichert, die Fenster im Erdgeschoss sind vernagelt, und draußen steht ein Wächter.«

Jeremy sah sie schuldbewusst an. »Verzeiht mir, ich bin undankbar. Ich weiß nicht, warum ich noch am Leben bin, doch zweifellos verdanke ich dieses Wunder Euch. Ihr seid kein Arzt, und doch habt Ihr anscheinend das Richtige getan.«

»Ich habe nur angewendet, was ich von Euch gelernt habe. Ihr habt mir damals eine so anschauliche Beschreibung Eurer Behandlung von Richter Trelawneys Krankheit gegeben, dass ich mich danach richten konnte. Ich bemühte mich, das Fieber zu senken, indem ich Euch in feuchte Tücher wickelte und Euch einen Trank aus Weidenrinde verabreichte. Allerdings war es schwierig, welche aufzutreiben. Mein Kutscher musste unzählige Apotheker aufsuchen.«

Jeremy drehte sich zur Seite, um es bequemer zu haben, als ein scharfer Schmerz durch seine linke Leiste raste und ihn aufstöhnen ließ.

»Ihr habt eine tiefe Wunde, dort, wo sich die Pestbeule bildete«, erklärte Amoret. »Sie bereitete Euch furchtbare Schmerzen. Ihr habt geschrien, wenn man sie nur leicht berührte. Ich wusste nicht, was ich tun sollte, doch zum Glück kam Pater Lusher, um nach Euch zu sehen. Er sagte, die Beule müsse aufgeschnitten werden, wenn sie sich nicht von selbst leerte. Er gab Euch Theriak, ein altbekanntes Pestmittel, an dessen Wirkung Ihr nicht glaubt, wie er zugab. Aber da Theriak Mohnsaft enthält, befreite er Euch zumindest von den Schmerzen.«

»Ich erinnere mich, ein Huhn gackern gehört zu haben.«

»Ja, das war auch eins seiner Heilmittel. Er band eine lebende Henne mit dem Hinterteil auf dem Geschwür fest. Ich hatte ein wenig Angst, es könnte Euch schaden, aber er schwor, dass Ihr diese Behandlung auch einmal angewendet hättet und dass sie wirkte.«

Jeremy lächelte schwach.

»Bevor Pater Lusher die Beule aufschnitt, gab er Euch das Sakrament und die Letzte Ölung, denn er hatte Angst, Ihr könntet daran sterben«, fuhr Amoret fort. »Ihr habt auch viel Blut verloren, aber danach wart Ihr ruhiger. Von da an habt Ihr nur noch geschlafen. Es war der siebte Tag Eurer Krankheit, und Pater Lusher sagte, das sei ein gutes Zeichen, weil die meisten vorher sterben. Ich habe für Euch gebetet, und meine Gebete sind erhört worden.«

Sie verließ den Raum, um ihm etwas zu essen zu holen. Jeremys Gedanken begannen wieder um den grauhaarigen Mann zu kreisen, den er in seinem Traum gesehen hatte. Als Amoret mit einer Schale warmer Fleischbrühe zurückkehrte und sie ihm an die Lippen hielt, verblasste das Gesicht des Mannes, und er vergaß, sich weiter über dessen Namen den Kopf zu zerbrechen. Kurz darauf fiel er wieder in einen betäubungsähnlichen Schlaf.

Als er das nächste Mal erwachte, begann erneut das Gefühl, etwas Wichtiges tun zu müssen, in ihm zu nagen. Eine ganze Weile lag er da und grübelte, und plötzlich gelang es ihm, einen Gedankenfetzen zu fassen und festzuhalten. Er wandte den Kopf zu Amoret, die bei ihm wachte, und bat ohne Überleitung:

»Holt mir Mistress Brewster, ich muss sie fragen, wer ihr gesagt hat, dass Breandáns Mutter aus Wales stammt.«

In den Blick, mit dem sie ihn streifte, trat ein Ausdruck der Bestürzung. »Mistress Brewster ist tot, Pater. Eines Tages klagte sie über Kopfschmerzen und Übelkeit. Zwei Tage später starb sie. Es ging so schnell, dass es einem Angst machte.« Jeremy sah, wie sich ihre Augen unter dem Eindruck einer schrecklichen Erinnerung weiteten. »Die Pflegerin, die der Kirchenvorsteher geschickt hatte, benachrichtigte den Wächter, und bald kamen die Beschauer, die feststellen sollten, woran sie gestorben war. Sie zerrissen ihre Kleider und suchten nach den Pestzeichen. Dann riefen sie die Siechknechte, die den Totenkarren fuhren. Sie kamen ins Haus und bohrten ihre langen Haken in die zerfetzten Kleider, weil sie sich fürchteten, die Leiche mit den Händen zu berühren. Sie schleiften sie hinter sich her die Treppe hinunter ... ihr Kopf schlug auf jeder Treppenstufe auf ... mit einem schrecklichen dumpfen Laut ... und dann warfen sie sie auf den Karren zu den anderen wie ein Stück Vieh ...«

Amoret versagte die Stimme. Jeremy ergriff energisch ihre Hände und drückte sie mit aller Kraft, die er aufbringen konnte, um sie den grauenhaften Erinnerungen zu entreißen, die in ihr aufgestiegen waren. Er hatte sie immer nur als starke, fröhliche Frau gekannt, die nichts erschüttern konnte, doch jetzt sah er zu seinem Kummer, dass die schrecklichen Dinge, die sie in den letzten Wochen erlebt haben musste, sie unwiderruflich gezeichnet hatten. Nie wieder würde sie völlig unbeschwert leben können – und das war seine Schuld. Er hatte nicht begriffen, wie viel er ihr bedeutete. Er hätte wissen müssen, dass sie ihn unter keinen Umständen im Stich lassen würde. Es war töricht und selbstsüchtig von ihm gewesen, zu glauben, dass es genügte, sie wegzuschicken. Manch anderer wäre der Aufforderung vermutlich erleichtert gefolgt, sie aber war geblieben. Er hatte ihren Mut und die Tiefe ihrer Freundschaft gründlich unterschätzt.

Bald erlangte Amoret ihre Fassung zurück und begab sich in die Küche, um Jeremy einen Kräutertrank zuzubereiten. Es beeindruckte ihn, wie wenig es ihr ausmachte, die unangenehme Arbeit zu erledigen, die die Versorgung eines Schwerkranken mit sich brachte und die sie ohne weiteres der Pflegerin hätte überlassen können. Doch die in abgerissene Lumpen gekleidete alte Frau stammte aus den Rängen der Ärmsten der Armen, die keine andere Arbeit fanden und die die wenigen Pence, die ihnen von der Gemeinde dafür gezahlt wurden, zum Überleben brauchten. Weigerten sie sich, Pestkranke zu versorgen, verloren sie auch den Anspruch auf Armengeld. Amoret ließ sie nur die gröberen Arbeiten erledigen und erlaubte ihr nicht, Jeremy mit ihren schmutzigen Händen anzufassen. Um ihn kümmerte sie sich lieber selbst. Die ganze Zeit über war sie kaum von seiner Seite gewichen. Sie hatte sich das Rollbett aus der Werkstatt geholt, auf dem der Lehrling zu schlafen pflegte, und es in Jeremys Kammer aufgeschlagen. Und obwohl er ihr versicherte, dass er keine Aufsicht mehr benötigte, bestand sie auch weiterhin darauf, die Nächte auf diesem unbequemen Lager zu verbringen. Da Pater Lusher nicht mehr kam, seit sein Ordensbruder außer Gefahr war, wechselte Amoret auch den Verband um die Wunde in Jeremys Leiste, die die aufgebrochene Pestbeule zurückgelassen hatte.

Die schwere Krankheit hatte seine Körperkräfte restlos aufgezehrt, und so lag er nun, da der Kampf mit dem Tod vorüber war, die meiste Zeit über in tiefem Schlaf. Doch nach einigen Tagen wurde sein Geist wacher, und so setzte er sich immer wieder im Bett auf und las in einem seiner Bücher. Als er sich kräftig genug fühlte, bat er Amoret, ihm die Krücken zu holen, die in Alans Werkstatt standen, damit er erste Gehversuche unternehmen konnte. Sie versuchte, es ihm auszureden, da sie ihn noch für zu schwach hielt und fürchtete, dass ihn die körperliche Anstrengung umbringen könnte. Aber er versprach ihr, vorsichtig zu sein und sich nicht zu viel zuzumuten. Die Wunde in seiner Leiste bereitete ihm beim Gehen große Schmerzen, und selbst nach Tagen schaffte er es nur mit Mühe, auf die Krücken gestützt von einer Seite der Kammer auf die andere zu humpeln. Danach war er stets in Schweiß gebadet und völlig erschöpft. So schwer es ihm auch fiel, musste er doch einsehen, dass sich seine Genesung noch lange hinziehen würde.

Wieder erschien Jeremy der grauhaarige Mann im Traum, aber diesmal sah er sein Gesicht klarer. »Ihr wolltet mir etwas Wichtiges mitteilen, Dr. Fauconer«, erinnerte er ihn. »Worum geht es?«

»Ihr seid in Gefahr.«

»Durch wen?«

»Ich weiß es nicht.«

Jeremy fuhr aus dem Schlaf und starrte an die Decke des Baldachins, seine ganze Gedankenkraft auf die Lösung des Rätsels gerichtet. Er musste sich erinnern! Wo hatte er den Mann gesehen? Zwei weitere Gesichter traten vor sein geistiges Auge: Breandán … am Boden … mit blutiger Schläfe … und Sir Orlando Trelawney, der mit Löwenstimme brüllte: »Lasst sofort den Mann los!« Jeremys Wange tat noch weh von dem Schlag, den er erhalten hatte. »Es tut mir Leid, dass ich nicht eher hier sein konnte«, sagte Trelawney. »Ich hielt es für sicherer, den zuständigen Friedensrichter mitzubringen: *Sir Henry Crowder.*«

Jeremy zog scharf die Luft ein, als er endlich begriff, was ihn die ganze Zeit gequält hatte. Er sah sich um und rief nach Amoret, doch sie war nicht in seiner Kammer. Vermutlich kümmerte sie sich unten in der Küche um das Essen. Zähneknirschend rollte er sich an den Rand des Bettes und ließ seine Füße auf den Boden gleiten, dann griff er nach den Krücken, die an der Wand lehnten, und schob sie sich unter die Achseln. Er hatte diese Bewegungsabläufe oft genug geübt, aber aufgrund der Schwäche seiner Muskeln bereiteten sie ihm noch immer Schwierigkeiten. Entschlossen wuchtete er sich in eine aufrechte Position, machte vorsichtig einen Schritt und dann noch einen. Sein Atem ging keuchend, und seine Arme schmerzten, als er endlich das Fenster erreichte und sich an das Sims klammerte. Der Flügel stand ein wenig offen. Es bereitete Jeremy keine weitere Mühe, ihn ganz aufzudrücken und sich hinauszubeugen. Da er sich im zweiten Geschoss befand und das Stockwerk über die Straße vorsprang, konnte er von dem Wächter, der vor der Tür hockte, nur einen abgetragenen Filzhut und die blinkende Stahlspitze seiner Hellebarde erkennen.

»He, Wachmann!«, rief Jeremy hinab, um den Mann auf sich aufmerksam zu machen.

Dieser erhob sich nicht eben eifrig, sah dann aber doch neugierig zu dem geöffneten Fenster hinauf.

»Ah, es geht Euch also besser!«, rief er sichtlich erfreut. »Es tut gut, zu sehen, dass wenigstens ab und zu mal einer dem Tod von der Schippe springt. Das kommt nicht oft vor, so könnt Ihr mir glauben.«

»Wie ist Euer Name, guter Mann?«

»Daniel Cooper, Sir.«

»Ich muss Euch bitten, einen Botengang für mich zu erledigen, Mr. Cooper«, sagte Jeremy, der spürte, wie sein Körper wegen der anstrengenden Stellung zu zittern begann. »Kennt Ihr das Haus des Ratsherrn Sir Henry Crowder?«

»Ja, Sir, es ist nicht weit von hier.«

»Geht unverzüglich dorthin und fragt nach, ob es in Sir Henrys Haushalt in den letzten Wochen einen Krankheitsfall gegeben hat, ganz gleich, welcher Art. Wendet Euch an die Dienstboten und horcht sie aus. Es ist sehr wichtig. Beeilt Euch! Ich gebe Euch einen Shilling dafür.«

Der Wächter machte sich sofort auf den Weg. Auch er gehörte zu den Armen des Kirchspiels, die jeden zusätzlichen Penny zu schätzen wussten. Den Schlüssel für das Vorhängeschloss, das die Tür sicherte, nahm er mit sich, wie es seine Aufgabe war.

Mit Hilfe der Krücken richtete sich Jeremy wieder auf, schloss den Fensterflügel und schleppte sich mit zusammengebissenen Zähnen zum Bett zurück. Am Ende seiner Kräfte erreichte er es, lehnte die Krücken an die Wand und ließ sich in die Kissen sinken. Von seiner Stirn floss kalter Schweiß. Diese geringe Anstrengung hatte ihn so erschöpft, dass er sich nicht mehr rühren konnte. Aber seine Gedanken waren noch immer klar. Ärgerlich verwünschte er die Pest, die seinen Geist so lange außer Gefecht gesetzt hatte. Im selben Atemzug flehte er Gott an, dass es während seiner Krankheit nicht ein weiteres Mordopfer gegeben hatte. Sobald der Wachmann zurückkehrte, würde er es wissen. Verbissen kämpfte Jeremy gegen die Müdigkeit an, die in Wellen über ihn hinwegströmte. Er musste wach bleiben! Er musste ... doch sein geschwächter Körper ließ sich nicht zwingen ...

Achtundvierzigstes Kapitel

Amoret holte gerade einige Kräuter aus der Offizin, als jemand leise an die vernagelten Fenster klopfte. Verwundert schlug sie die inneren Läden zurück, öffnete den Fensterflügel, soweit es die von außen befestigten Bretter zuließen, und spähte durch einen Spalt zwischen den Latten.

»Wer ist da?«, fragte sie.

»Eure Nachbarin, Gwyneth Bloundel. Ich wollte mich erkundigen, wie es um Dr. Fauconer steht.«

»Ach ja, Ihr seid die Frau des Apothekers. Als Ihr das letzte Mal nachgefragt habt, war er noch sehr schwach. Doch jetzt geht es ihm besser. Er kann schon wieder aufstehen.«

»Das freut mich, Madam«, versicherte die Waliserin. »Ich war heute Morgen am Stadttor, wo die Landleute ihre Waren feilbieten, und habe Milch gekauft. In letzter Zeit bekommt man nur noch selten welche, seit die Milchmägde sich nicht mehr trauen, die Stadt zu betreten. Ich dachte, ein wenig frische Milch würde Dr. Fauconer gut tun, deshalb habe ich Euch einen Krug mitgebracht. Der Wächter ist gerade weg. Wenn Ihr das Fenster noch ein wenig weiter öffnet, kann ich Euch den Krug an diesem losen Brett vorbei reinreichen.«

»Vielen Dank!«, rief Amoret erfreut. »Ich weiß gar nicht mehr, wann ich zum letzten Mal frische Milch gesehen habe.«

Sie nahm den Krug entgegen und stellte ihn auf dem Fenstersims ab.

»Nehmt das auch noch«, fügte Gwyneth mit einem Lächeln

hinzu. »Mischt dieses Pulver in die Milch. Es ist ein Stärkungsmittel, das Dr. Fauconer schneller wieder auf die Beine bringen wird.«

Amoret dankte ihr noch einmal und brachte die Milch und das Säckchen mit dem Pulver in die Küche. Im Nebenraum war die Pflegerin gerade dabei, Laken zu waschen. Während Pater Blackshaws Krankheit hatte sie die Laken, auf denen er gelegen hatte, verbrannt, doch inzwischen waren nur noch zwei übrig, die nun zwangsläufig gewaschen werden mussten. Bevor Amoret die Milch in einen Topf goss, um sie auf der Feuerstelle zu erwärmen, trank sie selbst einen Schluck. Sie war tatsächlich frisch und schmeckte gut. Während die Milch auf dem Feuer stand, öffnete Amoret das Säckchen und schüttete das Pulver in eine Schale. Es roch stark nach Zimt. Vermutlich hatte die Apothekerfrau verschiedene Gewürze und Zucker zusammengemischt. Als die Milch gekocht hatte, rührte Amoret das Pulver hinein, füllte einen Zinnbecher und stellte den Topf mit dem Rest in die Nähe des Feuers. Jeremy würde sich über die Abwechslung sicher freuen, deshalb ging sie sofort in seine Kammer hinauf, um ihm die Milch zu bringen. Zu ihrer Enttäuschung sah sie jedoch beim Eintreten, dass er tief und fest schlief. Einen Moment lang stand sie unschlüssig an seiner Seite, entschied dann aber, dass er seinen Schlaf bitter nötig hatte und es besser war, ihn nicht zu stören. Und da sie nicht wusste, wann er aufwachen würde, wollte sie die Milch nicht am Bett stehen lassen. Sie würde nur kalt werden. Sie konnte ihm später immer noch etwas davon aus dem Topf in der Küche holen. Der Zimtgeruch machte ihr schon die ganze Zeit Appetit, und so trank sie schließlich einen kräftigen Schluck. Ein seltsamer unangenehmer Geschmack blieb in ihrem Mund zurück und nahm ihr die Lust auf mehr. Die Gewürzmischung der Apothekerfrau war nicht gerade jedermanns Sache.

Amoret stieg wieder in die Werkstatt hinunter und holte die Kräuter, die sie eben, durch Mistress Bloundels Klopfen gestört, auf dem Operationstisch zurückgelassen hatte. In der Mitte des Raumes stand ein Becken mit glühenden Kohlen, auf die sie regelmäßig Alantwurzeln, Weinraute, Wacholder, Rote Myrrhe, Rosmarin und Lorbeer warf. Dies sollte die verseuchte Luft reinigen. Nachdem sie noch ein wenig Ordnung gemacht hatte, ging sie in die Küche zurück. Ihr erster Blick galt der Milch, doch zu ihrer Überraschung musste sie feststellen, dass der Topf leer war.

»Gevatterin Barton, wer hat dir erlaubt, von der Milch zu trinken!«, rief sie empört.

Die alte Frau trat mit unschuldiger Miene aus der Waschküche. »Ich hatte Durst«, meinte sie mit einem Schulterzucken.

»Die Milch war für den Patienten bestimmt, nichtsnutziges Weib. Wie konntest du es wagen, dich daran gütlich zu tun. Geh wieder an deine Arbeit, bevor ich mich vergesse!«

Wütend ging Amoret in den Garten hinaus, um frische Kräuter zu pflücken. Es hatte keinen Sinn, sich aufzuregen, das wusste sie. Aber die Enttäuschung über die verschwendete Milch machte ihr dennoch zu schaffen. Als sie ihre Röcke raffte und sich neben das Kräuterbeet hockte, verspürte sie plötzlich einen dumpfen Schmerz im Magen. Sie wurde sich bewusst, dass sie lange nichts gegessen hatte. Speichel floss in ihrem Mund zusammen, obwohl sich ihre Kehle trocken anfühlte und sie Durst bekam. Noch während sie sich erhob, wandelte sich das bohrende Hungergefühl zu Übelkeit, und Schwindel erfasste sie. Der Brechreiz wurde schließlich so stark, dass sie sich über einen der ausgewaschenen Unrateimer beugen und erbrechen musste.

Ein Anflug von Panik ergriff sie. Es war so lange gut gegangen. Die ganze Zeit, als sie Pater Blackshaw gepflegt hatte,

hatte sie sich nicht angesteckt. Und jetzt, da es ihm besser ging, hatte sie sich außer Gefahr gewähnt. Nun war es doch geschehen! Sie hatte die Pest.

Jeremy rieb sich die Augen und setzte sich verärgert auf. Trotz seiner Bemühungen, wach zu bleiben, war er eingeschlafen. Er wusste nicht, wie viel Zeit vergangen war. Ohne Zögern angelte er nach den Krücken und zwang seinen Körper zum Fenster. Er lehnte sich hinaus und hielt Ausschau nach dem Wächter. Tatsächlich, da unten stand er.

Jeremy rief: »Daniel Cooper! Habt Ihr bei Sir Henry Crowder etwas erfahren?«

»Ja, Sir. Vor etwa einer Woche war eine der Mägde erkrankt. Sir Henry ließ ihr eine Arznei verabreichen, die er im Haus hatte, und traf Vorkehrungen, sie ins Pesthaus zu bringen, wenn es ihr nicht besser ging. Sie starb aber innerhalb eines Tages unter großen Schmerzen, wie man mir sagte. Die Beschauer fanden allerdings keinerlei Anzeichen dafür, dass sie die Pest hatte.«

»Ich danke Euch.«

Erschüttert klammerte sich Jeremy an das Fenstersims, um nicht zu fallen. Die letzten Teile des Mosaiks lagen an ihrem Platz und ergaben endlich ein erkennbares Bild.

Jeremy schleppte sich wieder zum Bett und ließ sich auf den Rand sinken. Seine Gedanken überschlugen sich. Zorn über seine Dummheit, seine unverzeihliche Beschränktheit raubte ihm den Atem. Er hatte den entscheidenden Hinweis in Händen gehabt und ihn nicht wahrgenommen. Als Entschuldigung konnte er nur seine Erschöpfung infolge von Überarbeitung und mangelndem Schlaf vorbringen. Vielleicht war er zu jenem Zeitpunkt auch schon krank gewesen. Doch sein Versäumnis hatte eine unschuldige Magd und beinahe auch ihn selbst das Leben gekostet. An dem Tag, als Meister Bloundel ihm seinen letzten Vorrat an Weidenrinde verkauft hatte, hatte er erwähnt, dass der Ratsherr Sir Henry Crowder sich bei ihm mit Medikamenten eingedeckt und dass Gwyneth sie ausgeliefert hatte. Jeremy hätte die Gefahr sofort erkennen und den Ratsherrn warnen müssen — denn auch Sir Henry hatte an dem Prozess gegen Jeffrey Edwards teilgenommen und gehörte deshalb zu den möglichen Opfern des Juristenmörders ... der *Mörderin*, wie er jetzt wusste. Die Apothekerfrau hatte die Medizin vergiftet, in der Hoffnung, den Ratsherrn treffen zu können. Dieser verdankte es offenbar nur seiner guten Gesundheit, dass er die Arzneien bisher nicht angerührt hatte. Die Magd hatte weniger Glück gehabt.

Als Richter Trelawney und er das Motiv des Mörders entdeckt hatten, waren sie sich einig darin, die Tatsache geheim zu halten, dass sie einen Verwandten von Jeffrey Edwards oder zumindest jemanden aus seiner Heimat suchten, um den Schuldigen in Sicherheit zu wiegen. Nur bei den verbliebenen Ratsherren und den Geschworenen von Edwards' Gerichtsverhandlung hatte Sir Orlando eine Ausnahme gemacht, als er sie vor der Gefahr, in der sie schwebten, gewarnt hatte. Zweifellos hatte Sir Henry daraufhin auch seine Dienerschaft in Kenntnis gesetzt. Vermutlich hatte also Gwyneth von einem der Dienstboten das Geheimnis erfahren. Sie hatte erkannt, dass sie als Waliserin fortan zu den Verdächtigen zählte und sich vorsehen musste. Es musste ein Schock für sie gewesen sein, als sie von dem Gespräch zwischen ihrem Gatten und Dr. Fauconer erfuhr. Wenn jemand aus Sir Henrys Haushalt nach der Einnahme der von ihr ausgelieferten Arzneien starb, würde dieser sofort wissen, dass sie die Mörderin war. Und so entschloss sie sich, auch ihn zu töten, bevor er sie entlarven konnte. *Sie* hatte ihn in jener Nacht überfallen und auf ihn eingeschlagen. Nur das Auftauchen des Totenkarrens hatte ihn gerettet. Sicher hoffte sie nun darauf, dass er an der Pest sterben würde. Aber sobald sie erfuhr, dass er überlebt hatte, würde sie es gewiss wieder versuchen, denn er war der Einzige, der zwischen ihr und den Menschen stand, die zu töten sie geschworen hatte.

Auf der Treppe erklangen Schritte und unterbrachen Jeremys Gedankengang. Zuerst glaubte er, es sei die Pflegerin, so schleppend und schwerfällig hörten sich die Bewegungen an, doch dann sah er Amoret auf der Schwelle auftauchen. Ein Blick in ihr Gesicht verriet ihm, dass etwas nicht stimmte. Sie sah bleich und krank aus, und es schien ihr Mühe zu bereiten, sich auf den Beinen zu halten. Ohne ihn anzusehen, stellte sie einen Krug Rheinwein auf den Tisch neben seinem Bett und wollte wieder gehen, doch er hielt sie zurück.

»Amoret, was ist mit Euch?«, fragte Jeremy besorgt.

Sie zwang sich zu einem schwachen Lächeln, das ihr gründlich misslang. »Ich bin nur müde, Pater.«

»Nein, Ihr seid krank!«, stöhnte er. »Ich habe dich angesteckt. Amoret, nein, das darf einfach nicht sein.« Verzweiflung überflutete ihn und schnürte ihm die Kehle zusammen. »Es ist meine Schuld ... es tut mir so Leid. Amoret ...« Er hatte ihre Hände ergriffen und zog sie zu sich, weil ihm die Worte fehlten. Völlig fassungslos ließ er seine zitternden Finger über ihre Arme, ihre Wangen, ihre Stirn gleiten. Es dauerte eine Weile, bis ihm auffiel, dass etwas fehlte.

»Du hast kein Fieber«, stellte Jeremy verwirrt fest. »Hast du Schmerzen?«

»Entsetzliche Magenschmerzen. Ich musste mich übergeben, aber mir ist immer noch übel.«

»Seit wann fühlst du dich schlecht?«

»Noch nicht lange ... ich glaube, seit ich von der Milch getrunken habe.«

Jeremy zuckte alarmiert zusammen. »Welche Milch?«

»Mistress Bloundel war hier und brachte sie. Sie sagte, sie sei für Euch. Dazu gab sie mir ein Pulver, ein Stärkungsmittel, das Euch schneller auf die Beine bringen sollte.«

Jeremy war den Tränen nahe. »Es war Gift, wahrscheinlich Arsenik. Hör mir jetzt genau zu, Amoret. Du musst dich übergeben, bis alles, was du noch im Magen hast, raus ist. Sag der Pflegerin, sie soll dir helfen. Dann nimm ein Stück Holzkohle, zerstampfe sie und löse sie in einer Flüssigkeit auf, Wein, Dünnbier, was da ist. Davon musst du so viel wie möglich trinken. Hast du verstanden?«

Sie nickte stumm, raffte sich auf und lief nach unten in die Küche. Sie brauchte kein Brechmittel, um seinen Anweisungen nachzukommen. Die Übelkeit war unerträglich geworden. Erst als sie nichts mehr hervorwürgen konnte, rief sie nach der Pflegerin, während sie die Holzkohle zerkleinerte und in einen Krug Wein rührte. Doch als sie nur wenige Schlucke getrunken hatte, musste sie sich erneut übergeben.

»Gevatterin Barton, wo bist du?«, rief Amoret, als sie wieder zu Atem gekommen war.

Sie hörte ein Röcheln, und als sie die kleine Kammer neben der Küche betrat, sah sie die alte Frau in ihrem Erbrochenen auf dem Boden liegen. Sie wand sich unter schrecklichen Krämpfen, keuchte und rang nach Luft. Die Milch!, dachte Amoret. Sie hat den ganzen Topf ausgetrunken. Es ist also wahr. Und mir wird es genauso ergehen.

Von Panik überwältigt, griff sie nach dem Weinkrug und schleppte sich die Treppen zu Jeremys Kammer hinauf. Schmerzhafte Wadenkrämpfe behinderten sie, und nur unter äußerster Kraftanstrengung brachte sie die letzten Stufen hinter sich und taumelte über die Schwelle.

»Was ist mit der Pflegerin?«, fragte Jeremy.

Amoret schüttelte mit schreckgeweiteten Augen den Kopf. »Sie liegt im Sterben. Die Milch ...«

Jeremy nickte, nahm ihr den Krug ab und half ihr beim Trinken. Doch kurz darauf musste er hilflos mit ansehen, wie sie alles wieder erbrach.

»Setzt Euch auf das Rollbett«, drängte er sie. »Lockert Eure Korsage, damit Ihr Luft bekommt. Nun versucht es erneut. Ihr müsst etwas von der Holzkohle bei Euch behalten!«

Nach mehreren vergeblichen Versuchen gelang es Amoret endlich, wenigstens einige Schlucke des Weins unten zu behalten. Aber die Anfälle hatten sie völlig erschöpft. Kraftlos ließ sie sich auf das Rollbett sinken. Das Atmen fiel ihr schwer, und ihr Gesicht verzerrte sich immer wieder vor Schmerzen. Jeremy konnte es nicht ertragen, sie so zu sehen.

Als sie sich ein wenig beruhigt hatte, wurde Jeremy klar, dass er handeln musste. Gwyneth Bloundel wusste, dass es ihm besser ging, und hatte ohne Zögern versucht, ihn zu vergiften. Er musste sein Wissen weitergeben, bevor sie wieder zuschlug. Aber wie? An wen sollte er sich wenden? An Sir Henry Crowder? Aber der Ratsherr kannte ihn nicht und würde wahrscheinlich nicht auf ihn hören. Für ihn war er nur ein Pestkranker, den die Seuche um den Verstand gebracht hatte. Sollte er Sir Orlando schreiben? Aber der Richter war fern, auf seinem Landsitz, und es mochten Tage, wenn nicht Wochen vergehen, bevor ein Brief ihn erreichte. Die Menschen auf dem Land weigerten sich oft aus Angst vor Ansteckung, Briefe aus London zu befördern. Bis Trelawney sein Schreiben erhielt und ihm zu Hilfe kommen könnte, hätte die Apothekerfrau vielleicht einen anderen Weg gefunden, Jeremy zu ermorden. Es war zum Verzweifeln! Wem konnte er sonst noch trauen? Wer würde seinen Anschuldigungen glauben? Unversehens kam ihm der rettende Gedanke. Von neuem Mut erfüllt, stützte er sich auf die Krücken und kämpfte sich ein weiteres Mal durch die Kammer zum Fenster.

»Mr. Cooper, ich habe noch einen Auftrag für Euch«, rief er zu dem Wachmann hinab. »Kennt Ihr den Friedensrichter Edmund Berry Godfrey?«

»Den besten Friedensrichter Londons? Klar! Wer kennt ihn nicht?«

»Geht auf dem schnellsten Weg zu ihm und richtet ihm aus, dass Dr. Fauconer den Juristenmörder entlarvt hat. Er muss sofort herkommen. Es geht um Leben oder Tod. Beeilt Euch!«

Jeremy sah dem Hellebardenträger nach und trieb ihn in Gedanken zur Eile an. »Heilige Jungfrau, gib ihm Flügel«, murmelte er.

Dann besann er sich auf seine Pflicht als Priester und kniete sich neben Amorets Lager. Der Kampf gegen das Gift hatte ihren Körper erheblich geschwächt, doch sie war noch bei Bewusstsein. Er nahm ihr die Beichte ab und gab ihr das heilige Sakrament. Jetzt konnte er nur noch warten und beten.

Jeremy fuhr erschrocken zusammen und riss die Augen auf. Er glaubte, nur kurz eingenickt zu sein, doch dann wurde ihm zu seinem Schrecken klar, dass er fest geschlafen haben musste. Er saß aufrecht im Bett, in derselben Haltung, in der ihn die Müdigkeit besiegt hatte.

Auf der anderen Seite des Rollbetts, auf dem Amoret lag, stand eine Gestalt. Jeremy spürte sein Herz aussetzen, als er Gwyneth Bloundel erkannte. Sie hatte sich über Amoret gebeugt, die sich nicht rührte, und bedeckte ihr Gesicht mit einem nassen Tuch. Jeremy hatte schon gehört, dass manche der Pflegerinnen beschuldigt wurden, auf diese Weise die ihnen anvertrauten Kranken umgebracht zu haben, um gefahrlos das

Haus ausrauben zu können. Die Bewusstlosen atmeten den nassen Stoff durch den Mund ein und erstickten, ohne dass verräterische Spuren zurückblieben.

Mit einem Entsetzensschrei ließ sich Jeremy aus dem Bett fallen und riss dabei das Tuch von Amorets Gesicht. Sein Blick kreuzte den der Apothekerfrau, der sich abfällig auf ihn richtete. Sie wusste, dass er zu schwach war, um sich gegen sie zu wehren oder vor ihr zu fliehen. Sie war eine kräftig gebaute Frau, er dagegen ein von schwerer Krankheit gezeichnetes, hinfälliges Wrack, dem es nicht einmal gelang, seinen ausgezehrten Körper ohne fremde Hilfe ins Bett zurückzuhieven. Verzweifelt suchte Jeremy nach einem Ausweg. Was konnte er tun? Um Hilfe rufen? Zwecklos! Seit Ausbruch der Pest hörte man ständig die unheimlichen Schreie der Pestkranken, die die Seuche um den Verstand gebracht hatte, aus den verschlossenen Häusern dringen. Niemand kümmerte sich mehr darum, man wechselte auf die andere Straßenseite und eilte so schnell wie möglich weiter. Der Wächter war sicher noch nicht zurück, aber selbst wenn, würde er es nicht wagen, ein Pesthaus zu betreten. Sie waren der Mörderin hilflos ausgeliefert! Er konnte nur versuchen, ein wenig Zeit zu gewinnen.

Gwyneth schickte sich an, um das Rollbett herumzukommen. Jeremy widerstand dem Impuls, vor ihr zurückzuweichen. Er durfte keine Angst zeigen, sonst hatte er verloren. Seine Stimme zur Ruhe zwingend, sagte er: »Ihr seid Jeffrey Edwards' Mutter, nicht wahr?«

Die Worte zeigten Wirkung. Sie hielt in der Bewegung inne und maß den Mann, der im Nachthemd vor ihr auf dem Boden kauerte, mit einem Blick, der Bewunderung verriet.

»Ja, Jeffrey war mein einziger Sohn. Aber woher wisst Ihr das?«

»Ich habe es erraten. Ihr musstet ihm sehr nahe stehen, um

diejenigen, die für seinen Tod verantwortlich sind, mit so viel Hass zu verfolgen. Habt Ihr seinen Prozess miterlebt?«

»Nein!«, stieß sie aufgebracht hervor. »Glaubt Ihr, ich hätte zugelassen, dass man ihn hängt? Ich war in meiner Heimatstadt in Wales, als ich von seiner Verurteilung erfuhr. Und ich beschloss, seinen ungerechten Tod zu rächen.«

Jeremy sah ihre Hände beben, als sich die tief in ihr aufgestaute Wut Bahn brach. Er musste sich ihre Erregung zunutze machen, um sie zum Weiterreden zu ermuntern. Sie war eine Mörderin, aber sie hatte nicht wahllos getötet, sondern um Vergeltung zu üben für eine Tat, die in ihren Augen ein Verbrechen war. Bisher hatte sie sich jedoch niemandem gegenüber rechtfertigen können. Der Drang, ihre Anklage hinauszuschreien, musste seit langem in ihr schwelen, und in diesem Moment bot sich ihr die einzige Gelegenheit, sich einem anderen mitzuteilen, ohne ihre Mission in Gefahr zu bringen, denn er würde nie darüber sprechen können. Außerdem hatte sie so raffiniert getötet, dass sie selbst Jeremy lange Zeit hatte täuschen können, aber es war ihr nie möglich gewesen, damit zu prahlen – bis jetzt. Sie konnte ihn nicht töten, bevor er nicht anerkannt hatte, dass sie ihm an Schlauheit überlegen war.

»Woher kanntet Ihr die Namen der Richter, die an dem Prozess beteiligt gewesen waren?«, fragte Jeremy, in der Hoffnung, dass sie den Köder schlucken würde.

Sie tat es. »Ein Freund meines Sohnes kam nach seinem Tod zurück nach Wales und brachte mir die Nachricht. Er konnte sich aber nur an den Namen des Vorsitzenden erinnern: Lord Chief Justice Sir Robert Foster. Ich war Witwe, es gab nichts, was mich in Wales hielt. Und so entschloss ich mich, nach London zu reisen. Unterwegs hörte ich, dass Lord Chief Justice Foster in den westlichen Grafschaften die Assisen abhielt. Ich reiste ihm nach. Es war leicht, in einem der Orte, in denen er

Gericht hielt, eine Anstellung als Magd zu bekommen. Ich bediente ihn bei einem der üppigen Bankette, die für die Richter abgehalten wurden, und vergiftete seinen Wein. Es war so erschreckend einfach! Dann reiste ich weiter nach London. Dort lernte ich Meister Bloundel kennen. Ich erkannte schnell, wie vorteilhaft es für mich wäre, mit einem Apotheker verheiratet zu sein, und gab seinem Werben nach. Als ich erst seine Frau war, nutzte ich jede freie Stunde, um die anderen Schweinehunde aufzuspüren, die meinen Sohn rücksichtslos geopfert hatten. Ich beauftragte einen kleinen Dieb, Jack Einauge, mir die Namen der anderen Richter und der Ratsherren zu besorgen. Ich beobachtete sie, machte mich mit ihren Gewohnheiten vertraut. Sir Michael Rogers, der Vertreter der Anklage, war ebenfalls ein leichtes Ziel. Er trieb sich oft abends mit seinen Freunden herum und ritt dann allein nach Hause. Eines Nachts fing ich ihn auf der Fleet-Brücke ab und gab vor, seine Hilfe zu brauchen. Als er sich zu mir herabbeugte, riss ich ihn vom Pferd, schlug ihn mit einem Knüppel bewusstlos und warf ihn in den Fluss. Ich wusste genau, dass ich nur abzuwarten brauchte, bis sich mir die nächste Gelegenheit zum Zuschlagen bieten würde. Es dauerte einige Zeit, aber ich war geduldig. Als Baron Peckham an einer Kolik erkrankte und sein Arzt meinem Gatten den Auftrag gab, die Medizin herzustellen, erbot ich mich, sie auszuliefern. So konnte ich sie leicht mit Arsenik versetzen.«

»Habt Ihr Richter Trelawney auch verfolgt?«, fragte Jeremy.

»Trelawney war schwieriger. Ich habe ihn lange Zeit beobachtet, aber er gab sich keine Blöße. Bis zu dem Abend von Peckhams Leichenschau. Ich erfuhr von Alan, wo und wann sie stattfand, und legte mich auf die Lauer. Als ich sah, dass sich Trelawney in einer Schenke betrank, erkannte ich sofort die Gelegenheit, die sich mir bot. Zufällig wusste ich, dass in der Nachbarschaft jemand an Fleckfieber gestorben war, denn ich hatte einen Tag zuvor noch Medizin vorbeigebracht. Ich bezahlte Jack Einauge, den Mantel des Verstorbenen zu holen und ihn mit Trelawneys zu vertauschen. Als Einauge mit dem Mantel zurückkam, hatte Trelawney gerade die Schenke verlassen und torkelte die Straße entlang. Einauge folgte ihm.«

»Und legte dem Richter den verseuchten Mantel um, als dieser in einem Hauseingang eingeschlafen war.«

»Ihr müsst zugeben, es war eine geniale List. Und sie gelang. Trelawney wäre an dem Fieber gestorben, wenn Ihr ihn nicht behandelt hättet! Auch meinen zweiten Versuch habt Ihr vereitelt. Ich hatte schon frohlockt, ihn bei der Prozession unter Eurer Nase vergiftet zu haben. Wie konntet Ihr das nur ahnen?«

»Ich hatte bereits bei dem ersten Anschlag erkannt, dass Ihr nicht so leicht aufgeben würdet.«

»Warum musstet Ihr Euch einmischen? Diese Schweine hatten den Tod verdient!«

»Und Alan? Hatte er auch den Tod verdient? Nur weil er seine Pflicht erfüllte und im Auftrag des Leichenbeschauers vor Gericht aussagte? Ihr hattet doch über Monate das Lager mit ihm geteilt und müsst erkannt haben, dass er kein schlechter Mensch ist und Eurem Sohn nichts Böses wollte.«

»Seine Aussage hat dazu beigetragen, dass Jeffrey zum Tode verurteilt wurde!«

»Aber das habt Ihr erst später erfahren, nicht wahr? Ihr wusstet es nicht, als Ihr mit ihm eine Liebschaft eingegangen seid.«

»Ja, auch damit habt Ihr Recht. Die Person, die Einauge die Namen der Richter gab, konnte sich nicht an den Namen des Wundarztes erinnern, dessen Aussage einen so schwerwiegenden Eindruck auf die Geschworenen gemacht hatte, dass sie sich weigerten, Gnade walten zu lassen. Ich erfuhr erst später von Alan selbst, dass er es war.«

»Und Eure Rachsucht war so groß, dass Ihr auch ihm keine

Gnade erweisen wolltet«, sagte Jeremy vorwurfsvoll. »Aber es ist Euch trotzdem nicht leicht gefallen. Ihr musstet die Liebschaft mit ihm beenden, bevor Ihr den Anschlag auf ihn durchführen konntet. Und jetzt ist mir auch klar, warum der Attentäter floh, als Alan ihn konfrontierte. Ihr konntet ihm trotz Eures Hasses nicht in die Augen sehen. Dabei hattet Ihr alles sehr schlau eingefädelt. Ihr kanntet meine Schrift von den Rezepten, die ich zuweilen Eurem Gatten schickte, und Ihr brauchtet auch keinen Komplizen. Ihr habt nur so getan, als wenn Euch der Lakai an der Tür zur Werkstatt angesprochen hatte. Alan konnte ihn aus seinem Blickwinkel nicht sehen. In Wirklichkeit hattet Ihr die Nachricht gefälscht und sie bei Euch getragen. Und als Ihr mir später die Livree des Lakaien beschrieben habt, der Euch angeblich die Botschaft ausgehändigt hatte, wart Ihr bereits entschlossen gewesen, auch ihn zu töten, da er es abgelehnt hatte, seinen Herrn für Euch zu vergiften. Dabei hatte er mit dem Tod Eures Sohnes nichts zu tun.«

»Er wollte Trelawney alles erzählen. Ich musste ihn zum Schweigen bringen.«

»Damit Ihr ungehindert weitermorden konntet. Mir wird übel bei dem Gedanken, dass ich es beinahe zugelassen hätte, dass Ihr an Alans Krankenlager wachtet. Ihr hättet ihn ohne Mühe mit einem Kissen ersticken können, und selbst ich wäre nicht in der Lage gewesen, festzustellen, dass er nicht an seinen Verletzungen gestorben ist.«

»Ja, auch ihn konntet Ihr letztendlich retten. Ihr habt Euch mehr und mehr zu einem Ärgernis für mich entwickelt.«

»Habt Ihr deshalb versucht, Euren nächsten Mord einem Mann anzuhängen, den ich unter meine Fittiche genommen hatte? Wolltet Ihr mich herausfordern?«, fragte Jeremy.

»Ich wollte Euch zeigen, was ich durchgemacht hatte. Ihr solltet am eigenen Leib erfahren, wie es ist, wenn man mit ansehen muss, wie ein Unschuldiger gehängt wird, ohne ihm helfen zu können. Ich wusste alles über den Streit zwischen Sir John Deane und dem jungen Iren. Und da Deane nie allein auf die Straße ging, nutzte ich diese Feindschaft, um ihn zu einer günstigen Zeit in die Falle zu locken. Ich war sicher, dass die beiden aufeinander losgehen würden. Ich beobachtete das Geschehen, in der Hoffnung, dass sich für mich eine Gelegenheit ergeben würde, an Deane heranzukommen. Es hätte nicht besser laufen können. Als der Ire wegging, brauchte ich nur noch den Degen aufzuheben und ihn dem bewusstlosen Deane durch die Brust zu rammen. Der Junge wäre dafür gehängt worden, und Ihr hättet einsehen müssen, dass die Richter des Königs herzlose Mörder sind, die es nicht verdienen, zu leben. Aber Ihr habt es wieder geschafft! Ich weiß nicht, wie, aber es gelang Euch, ihn vor dem Galgen zu bewahren. Ah, warum wart Ihr nicht da, als mein Sohn vor Gericht stand? Warum wart Ihr nicht da, um *ihn* zu retten? Von diesem Moment an hasste ich Euch so sehr, dass ich auch Euch tot sehen wollte.«

»Aber zuerst habt Ihr Euch den Ausbruch der Pest zunutze gemacht, um erneut einen Anschlag auf Alan durchzuführen«, warf Jeremy ein. »Ihr habt verseuchte Binden durchs Fenster in seine Werkstatt geworfen, weil Ihr wusstet, dass er jeden Morgen als Erster nach unten ging, um nach dem Rechten zu sehen.«

»Ja, ich wusste es. Ich hatte mir Leinenbinden besorgt, die mit dem Eiter aus einer Pestbeule getränkt waren. Inzwischen war es mir egal, ob ich mich dabei selbst anstecken würde. Ich wollte so viele wie möglich von denen, die ich umzubringen geschworen hatte, mit ins Grab nehmen. Aber Ihr habt Alan weggeschickt, und auch an Trelawney kam ich nicht mehr heran.«

»Also versuchtet Ihr Euren alten Trick mit der vergifteten Arznei, als Sir Henry Crowder bei Eurem Gatten einkaufte. Es war Euch gleichgültig, ob vielleicht ein anderes Mitglied seines Haushalts durch die Arznei umkommen würde.«

»Ich hatte nicht mehr viel Zeit. Ihr hattet die Verbindung zu Jeffrey entdeckt, und früher oder später hättet Ihr herausgefunden, dass er mein Sohn war.«

»Und so habt Ihr versucht, den Verdacht auf Breandán zu lenken. Ihr wart es, die Mistress Brewster mit der Lüge gefüttert hat, dass seine Mutter aus Wales stammte.«

»Ich ließ während eines Gesprächs eine entsprechende Bemerkung einfließen«, stimmte Gwyneth zu. »Ich kannte sie gut genug, um zu wissen, dass sie sich nicht erinnern würde, wer ihr davon erzählt hatte. Aber selbst wenn doch, so war es mir das Risiko wert.«

»Leider muss ich eingestehen, dass Ihr Erfolg hattet. Ich bekam tatsächlich Zweifel, ob Breandán nicht doch schuldig war. Jetzt schäme ich mich dafür. Ich habe nicht reagiert, als Euer Gatte mir erzählte, dass Ihr die Medizin an Sir Henry Crowder geliefert hattet. Es ist meine Schuld, dass diese arme Magd an Eurem Gift starb.«

Gwyneths Züge wurden hart. »Ihr werdet jedenfalls keine Gelegenheit haben, Crowder oder einen der anderen zu warnen. Ohne Euch werden sie mir nie auf die Spur kommen. Ich brauche nur abzuwarten, bis Alan und Trelawney zurückkehren. Irgendwann werden sie mir in die Falle gehen.«

Jeremy spürte, wie sich sein Körper vor Verzweiflung und Erschöpfung verkrampfte. Er konnte sie nicht mehr länger hinhalten. Nervös suchte er nach Worten, die sein bevorstehendes Ende wenigstens noch ein wenig hinauszögern könnten.

»Wie seid Ihr überhaupt ins Haus gekommen?«, fragte er. »Der Wächter trägt den Schlüssel bei sich.«

»Ich stieg über die Mauer zu Eurem Garten und kam durch die Hintertür. Hofft nicht auf Hilfe. Die Pflegerin liegt tot in der

Küche, und der Wächter ist fort. Seid froh, dass Ihr nicht durch Gift sterbt, denn es ist ein schmerzhafter Tod, wie Ihr wisst. Ich werde Eurem Leben ein schnelles Ende bereiten.«

»Weshalb habt Ihr erst jetzt versucht, mich zu vergiften?«

»Ich habe nicht damit gerechnet, dass Ihr die Pest überleben könntet. Außerdem hatte ich nur noch einen letzten Rest Arsenik übrig. Mein Gatte hat all unsere Vorräte verkauft.«

Noch während sie sprach, hob sie das nasse Tuch vom Boden auf und legte es wieder über Amorets Gesicht.

»Lasst sie in Ruhe!«, flehte er, jegliche Würde vergessend. »Sie hat Euch nichts getan!«

»Sie hat das Gift, das für Euch bestimmt war, von mir entgegengenommen. Sie kann mich verraten. Außerdem ist sie ohnehin so gut wie tot.« Gwyneth sah ihn mit grausamem Blick an. »Wenn ich nicht wüsste, dass Ihr ein römischer Priester seid, würde ich glauben, sie sei Eure Mätresse, so wie Ihr um ihr Leben bettelt.«

Die Eröffnung, dass sie sein Geheimnis kannte, ließ ihn gleichgültig. Es war nicht mehr wichtig. Mit Tränen in den Augen sah er, wie sie Amorets Mund öffnete und den nassen Stoff mit zwei Fingern tief in ihre Kehle schob, um den Tod zu beschleunigen. »Nein!«, schrie er wild, zerrte ein zweites Mal das Tuch von Amorets Gesicht und schleuderte es unter das Bett.

Ohne ein Wort wandte sich Gwyneth ihm zu und streckte die Arme nach ihm aus, um ihn zu packen. Von seinem Instinkt geleitet, griff Jeremy nach einer der Krücken, die hinter ihm an der Wand standen, und stieß sie der Apothekerfrau zwischen die Beine. Völlig überrascht verlor diese das Gleichgewicht und ging zu Boden. Im selben Moment raffte sich Jeremy auf, zog sich am Bettpfosten auf die Beine und stolperte an ihr vorbei zum Fenster. Alle Kraft zusammenraffend, riss er den Flügel auf und schrie um Hilfe, obgleich er wusste, dass es sinnlos war. Inzwischen hatte sich Gwyneth aufgerappelt und stürzte sich wutentbrannt auf ihn. Sie packte ihn an den Schultern, riss ihn vom Fenster weg und versetzte ihm einen Stoß, der ihn einige Schritte durch die Kammer taumeln ließ, bevor ihn der Schwung zu Boden riss. Er prallte gegen eine Truhe, und die Gegenstände, die darauf standen, regneten auf ihn nieder. Stöhnend vor Schmerzen, versuchte er, wieder auf die Beine zu kommen, doch seine Muskeln zitterten erbärmlich und konnten sein Gewicht nicht mehr tragen. Mit funkelnden Augen kam die Waliserin auf ihn zu. Jeremys rechte Hand tastete nach dem Kerzenständer, der von der Truhe gefallen war, umklammerte ihn und holte aus, um ihn ihr zwischen die Beine zu werfen. Doch sein Arm war zu schwach, und es gelang ihm nicht einmal mehr, sie zu treffen. Mit einem langen Schritt trat sie über die nutzlose Waffe und beugte sich über ihn. Ihre großen kräftigen Hände schlossen sich um seinen Hals und zogen ihn wie eine Strohpuppe hoch, schmetterten ihn gegen die Wand in seinem Rücken. Halb ohnmächtig spürte er noch, wie die Hände erbarmungslos seine Kehle zusammenpressten. In einem letzten schwachen Versuch, sich zu befreien, hob er die Arme und grub seine Fingernägel in ihre Haut. Doch der Druck ließ nicht nach, sondern wurde stärker, schmerzhafter … seine Kräfte schwanden … vor seinen Augen wechselten sich Licht und Dunkelheit ab … dann hörte er wie durch einen dichten Nebel jemanden rufen: »Lasst den Mann los! Lasst ihn sofort los, oder ich spieße Euch mit meinem Degen auf!«

Die Hände gaben seinen Hals frei. Sein Körper sank schlaff gegen die Wand, röchelnd rang er nach Luft, versuchte zu begreifen, was passiert war. Es dauerte einen Moment, bevor Jeremy in der Lage war, die Augen zu öffnen und zwischen den schwarzen Schleiern etwas zu erkennen. Ein Seufzer der Erleichterung entfuhr ihm, als er den Friedensrichter Edmund Godfrey vor sich hocken sah.

»Seid Ihr in Ordnung, Dr. Fauconer? Ich hörte Eure Hilferufe, als ich kam.«

Jeremy nickte schwach, dann hob er die Hand in die Richtung von Amorets Lager und stammelte: »Ist sie am Leben?«

Godfrey beugte sich betroffen über die Frau, die reglos dalag, und da er nicht erkennen konnte, ob sie noch atmete, nahm er kurzerhand seinen Hut ab, zupfte die Spitze einer der Federn aus, die ihn zierten, und hielt sie unter Amorets Nase. Zuerst passierte nichts, doch dann begann sich der leichte Flaum hin und her zu bewegen.

»Sie atmet«, bestätigte der Friedensrichter. »Ist sie an der Pest erkrankt?«

»Nein, sie wurde vergiftet!«, antwortete Jeremy schmerzlich. »Von dieser Frau hier.«

Gwyneth, die von dem hinter ihr stehenden Wächter am Arm festgehalten wurde, gab sich ruhig und gefasst: »Sir, das ist nicht wahr. Ich bin die Gattin des Apothekers Bloundel und wohne einige Häuser weiter. Dr. Fauconer hat oft Arzneien bei uns gekauft. Seit ich erfuhr, dass er die Pest hat, habe ich ab und zu Medizin vorbeigebracht. Heute hörte ich ihn schreien, und da ich glaubte, er brauche Hilfe, bin ich ins Haus gegangen und sah, wie er sich im Wahn aus dem Fenster stürzen wollte. Ich habe ihm nur den Hals zusammengedrückt, um ihn bewusstlos zu machen, damit er sich nicht selbst schaden konnte. Ihr wisst doch sicher, dass die Pestkranken manchmal den Verstand verlieren und sich umzubringen versuchen.«

Jeremy gab sich alle Mühe, sich trotz seiner bleiernen Schwäche zusammenzureißen. »Glaubt Ihr nicht, Master Godfrey. Sie ist die Juristenmörderin. Sie hat Baron Peckham, Sir Michael Rogers, Sir Robert Foster und Sir John Deane umgebracht und die Anschläge auf Sir Orlando durchgeführt. Sie wollte ihren Sohn Jeffrey Edwards rächen, der von diesen unschuldig zum Tode verurteilt wurde.«

»Er phantasiert!«, widersprach Gwyneth energisch. »Er ist krank und weiß nicht, was er redet.«

»Ich war krank! Aber jetzt bin ich gesund genug, um Euch das Handwerk zu legen.«

Doch Gwyneth gab sich noch nicht geschlagen. Sie spielte ihren letzten Trumpf aus. An Godfrey gewandt, sagte sie in anklagendem Tonfall: »Ihr wollt doch wohl nicht den Anschuldigungen eines Mannes glauben, der sich als Spion und Verräter in dieses Land eingeschlichen hat. Er ist ein römischer Priester, ein Jesuit!«

Der Friedensrichter runzelte erstaunt die Stirn. »Wie könnt Ihr so etwas behaupten, Frau? Ich kenne ihn. Er ist Arzt.«

»Aber er praktiziert Medizin ohne eine Lizenz der Königlichen Ärztekammer. Was glaubt Ihr wohl, weshalb er nie eine solche beantragt hat? Weil er als katholischer Priester die verlangten Eide nicht schwören kann, die den Autoritätsanspruch des Papstes als ketzerisch verurteilen.«

»Versucht nicht, abzulenken. Die Verbrechen, die man Euch vorwirft, sind weitaus schwerwiegender.«

»Als Magistrat ist es Eure Pflicht, einem verdächtigen Priester die Eide abzuverlangen. Wenn Ihr mir nicht glaubt, lasst ihn den Suprematseid und den Treueid schwören. Ihr werdet sehen, er wird sich weigern.«

Jeremy sah deutlich, dass Edmund Godfrey wenig Neigung verspürte, der Apothekerfrau zu glauben und sich mit Formalitäten wie den Eiden aufzuhalten. Doch als er zögerte, mischte sich der übereifrige Wachmann ein: »Sie hat Recht, Sir. Vielleicht ist er wirklich ein papistischer Priester, und seine Anschuldigungen sind nur Verleumdungen.«

Jeremy beobachtete besorgt das Gesicht des Friedensrichters. Wenn er darauf bestand, ihm die Eide abzunehmen, war er in ernstlichen Schwierigkeiten. Selbst um sein Leben zu retten, konnte er sie nicht schwören. Eine Weigerung wäre aber so gut wie ein Geständnis. Er konnte verhaftet und ins Gefängnis gebracht werden. In seinem jetzigen geschwächten Zustand wäre ein Aufenthalt im Kerker sein sicherer Tod. Und was wurde aus Amoret, die dringend sachkundige Pflege brauchte?

»Nun gut«, gab Godfrey nach. »Bringen wir es besser gleich hinter uns, damit wir uns dann ungehindert den Mordanklagen widmen können. Habt Ihr eine Bibel hier?«

Jeremys Herz sank. Nun saß er ein zweites Mal in der Falle, ohne die Spur eines Auswegs. Der Magistrat sah sich suchend in der Kammer um und ging dann zielstrebig zu dem Tisch neben dem Bett. Jeremy zuckte zusammen und verwünschte seine Nachlässigkeit. Er hatte am Morgen in seiner Bibel gelesen und sie auf dem Tisch offen liegen lassen, wie er es unter normalen Umständen nie getan hätte. Godfrey brauchte nur einen Blick in die Heilige Schrift zu werfen, um zu wissen, dass er es tatsächlich mit einem römischen Priester zu tun hatte, denn es war eine lateinische Bibel, die im protestantischen England verboten war.

Was geschehen musste, geschah. Der Friedensrichter hob das Buch auf, öffnete es und warf einen flüchtigen Blick hinein. Im nächsten Moment erstarrte er in der Bewegung und sah zu Jeremy hinüber. Jähes Begreifen trat in seinen Blick, gefolgt von einem Anflug von Ärger. Er ließ sich Zeit, bevor er die Bibel wieder schloss, zu Jeremy trat und sie ihm in die Hand drückte.

»Schwört Ihr auf diese Heilige Schrift, dass Ihr nicht als Spion einer fremden Macht in dieses Land gekommen seid und dass Ihr nicht beabsichtigt, die Untertanen Seiner Majestät zu Rebellion und Verrat aufzustacheln?«

Jeremy hob verblüfft die Augen zu ihm. Godfrey hatte den Wortlaut des Eides auf eine Weise vorgegeben, dass auch er als Priester ihn ohne Einschränkung ablegen konnte. Er nahm die Bibel in die rechte Hand und sagte: »Ich schwöre!«

Gwyneth wurde aschfahl. Sie begriff, dass sie verloren hatte. Mit einem Schrei lehnte sie sich gegen ihren Bewacher auf und wollte ihn zur Seite stoßen. Doch schon war der Magistrat neben ihr, packte ihren Arm und drehte ihn ihr auf den Rücken.

»Mr. Cooper, bindet sie und dann schafft sie ins Gatehouse-Gefängnis. Sie bekommt eine Einzelzelle und wird rund um die Uhr bewacht. Los! Geht! Und lasst Euch nicht von ihr überrumpeln.«

Als der Wächter sich mit seiner Gefangenen entfernt hatte, wandte sich Godfrey an Jeremy, der ihn noch immer verwundert ansah. »Ihr seid also tatsächlich ein papistischer Priester. Weiß Sir Orlando davon?«

»Das müsst Ihr ihn schon selbst fragen«, antwortete der Jesuit ausweichend.

Godfrey lächelte anerkennend. »Eure Loyalität macht Euch Ehre. Ich bin kein Katholikenfeind. Einige meiner Freunde sind Katholiken. Und ich weiß auch, dass die Jesuiten besser sind als ihr Ruf. Darüber hinaus habt Ihr weiß Gott genug durchgemacht. Ihr habt es fertig gebracht, eine gefährliche Verbrecherin zu entlarven. Das ist weitaus wichtiger als religiöse Streitigkeiten. Ich danke Euch für Euren mutigen Einsatz, der Euch mehr als einmal beinahe das Leben gekostet hätte.«

Jeremy hatte sich aufgerafft und schleppte sich an Amorets Lager. »Bitte gebt mir den Krug und den Becher, die auf dem Tisch stehen. Auch wäre ich Euch dankbar, wenn Ihr den Totenkarren vorbeischicken könntet. Die Pflegerin liegt unten in der Küche. Sie wurde von Mistress Bloundel vergiftet. Außerdem muss Sir Henry Crowder gewarnt werden. Die Arzneien, die er von Meister Bloundel gekauft hat, enthalten Arsenik. Sie sind ein wichtiges Beweismittel gegen die Mörderin.«

»Ich kümmere mich darum«, versicherte der Magistrat, während er ihm Krug und Becher reichte. »Ich schicke Euch eine neue Pflegerin, eine, die zuverlässig und vertrauenswürdig ist und nicht versuchen wird, Euch auszunehmen. Wenn Ihr sonst noch etwas braucht, zögert nicht, mir Bescheid zu geben.«

»Vielen Dank für alles, Sir! Das werde ich Euch nie vergessen«, sagte Jeremy herzlich.

Als Godfrey gegangen war, füllte er den Becher mit Wein und hielt ihn an Amorets Lippen. Sie öffnete die Augen und schenkte ihm ein schwaches Lächeln.

Neunundvierzigstes Kapitel

Die Stadt wirkte wie ausgestorben. Als Alan den Bogen des Aldersgate durchquert hatte, zügelte er erschüttert sein Pferd. Man sah so gut wie keine Fußgänger auf den Straßen. Die Häuserfronten zeigten nur verbarrikadierte Fenster, und manche Türen waren mit einem verblichenen roten Kreuz gezeichnet. Sprachlos wandte Alan sich zu seinem Begleiter um, der sein Pferd neben ihm zum Stehen brachte. Sie wechselten einen betretenen Blick, bevor sie ihren Weg auf der St. Martin's Lane fortsetzten. Überall wuchs Gras zwischen den Pflastersteinen, frische grüne Halme, die kein Fuß, kein Huf zertrat. Die Stille war gespenstisch. Keine Kirchenglocke läutete mehr für die Toten, die unzählbar geworden waren. Und immer wieder erhoben sich vor den zurückkehrenden Reisenden die erschreckenden Zeichen des großen Sterbens: die hoch aufgeworfenen Hügel der Kirchhöfe, die die große Anzahl der Toten nicht mehr fassen konnten.

Alans Stimmung verdüsterte sich zunehmend, je näher er der Paternoster Row kam. Und als er das rote Kreuz an seiner eigenen Haustür sah, verspürte er einen dumpfen Schmerz in der Magengegend, als habe er einen Faustschlag erhalten. Eilig glitt er aus dem Sattel und versuchte die Tür zu öffnen, doch sie war versperrt. Verzweifelt hämmerte er gegen das Holz. »Jeremy! Jeremy! Mistress Brewster! John! Antwortet doch!«

Aber es rührte sich nichts. Keuchend trat Alan einen Schritt zurück und blickte zu den Fenstern hinauf. Die Läden waren von innen verschlossen.

»Sir«, sagte sein Begleiter eindringlich, »lasst uns zu Hartford House reiten. Dort wird man wissen, was aus ihnen geworden ist.«

Alan sah ihn Hilfe suchend an. Er war einer von Lady St. Clairs Dienern und hatte ihm die ganze Reise über die Treue gehalten. Sicher hatte er Recht. Die Lady hatte vermutlich einige Dienstboten in ihrem Haus zurückgelassen, um es zu bewachen. Vielleicht hatten sie etwas gehört.

»Ja, William, das wird das Beste sein«, stimmte Alan zu und bestieg wieder sein Pferd.

Nachdem sie das Ludgate passiert hatten, bogen sie in die Fleet Street ein. Jedes zweite Haus war mit einem Kreuz versehen. Vereinzelt stand ein Wächter davor, doch die meisten Häuser waren verlassen. Es war jetzt Mitte Oktober. Alan war schockiert, wie sich die lebendige Stadt seiner Erinnerung innerhalb weniger Monate in eine Geisterstadt hatte verwandeln können. An der Abzweigung zum Strand waren die beiden Reiter plötzlich von zerlumpten Gestalten umringt, denen der Hunger aus den Augen sah. Alan warf ihnen den Rest ihres Reiseproviants zu, und als die Bettler sich darauf stürzten, trieben sie eilig ihre Pferde zum Galopp und hielten erst an, als sie den Hof von Hartford House erreicht hatten. Zu ihrer Überraschung wurden sie sogleich von einem Stallknecht empfangen.

Ein Lakai öffnete ihnen. Als Alan seinen Namen nannte, nickte der Lakai und bat ihn, ihm zu folgen. Vor einem Zimmer im ersten Stock, aus dem Musik erklang, blieb der Diener stehen, kratzte an der Tür und trat ein.

»Meister Ridgeway, Mylady.«

Amoret, die am Spinett saß, hielt in ihrem Spiel inne und

wandte sich freudestrahlend zu ihm um. »Wie schön, dass Ihr wieder da seid! Wir haben uns schon Sorgen gemacht.«

»Ihr seid in London geblieben? Ich dachte, Ihr hättet den König begleitet«, wunderte sich Alan.

»Ihr wisst doch, wie dickköpfig sie ist, mein guter Freund. Sie wollte nicht ohne mich gehen«, erklang Jeremys Stimme aus dem Hintergrund. Er saß auf einem Stuhl nahe des Fensters, ein Glas Wein in der Hand.

»Der Jungfrau sei Dank!«, entfuhr es Alan erleichtert. »Ich glaubte Euch tot, als ich das Kreuz auf der Tür sah.«

»Es war auch nah dran! Ich verdanke es nur Lady St. Clair, dass ich noch am Leben bin. Glaubt mir, Alan, ich habe in den letzten Wochen etwas Wichtiges gelernt. Man hat kein Recht, sich leichtfertig in Gefahr zu bringen und damit den Menschen, die einem nahe stehen, Schmerz zuzufügen. Ich werde diese Lektion in Zukunft beherzigen.«

»Ihr seid also an der Pest erkrankt und habt sie überlebt?«

»Ja, und ich habe lange gebraucht, um mich davon zu erholen. Der Konstabler hatte uns für vierzig Tage eingeschlossen. Danach sind wir hierher übersiedelt. Ich muss zugeben, dass ich Euch vermisst habe, andererseits war ich froh, Euch außer Gefahr zu wissen.«

»Aus diesem Grund habt Ihr mir diesen üblen Streich gespielt, nicht wahr? Aber ich trage ihn Euch nicht nach, denn ich hätte vermutlich dasselbe getan. Als ich auf Eurem Familiensitz angekommen war und Eurem Bruder den versiegelten Brief übergeben hatte, passierten die merkwürdigsten Dinge. Die Familie schien auf einmal unter einem Unglücksstern zu stehen. Erst wurde dieser krank, dann hatte jener einen Unfall, der Sohn übergab sich, die Tochter hatte Ausschlag, die Kuh kalbte, die Stallmauer stürzte ein. Es war wie verhext. Ich kam einfach nicht mehr weg. Nichts lief mehr ohne meine Hilfe. Es dauerte Wochen, bis ich dahinter kam, dass Ihr all das ausgeheckt hattet, um mich von London fern zu halten. Als ich mich schließlich nach Wales aufmachte, um Euch die gewünschten Auskünfte zu besorgen, musste ich zu meinem Ärger feststellen, dass Richter Trelawney bereits jemanden geschickt hatte, um Erkundigungen einzuziehen. Ich war also völlig umsonst dorthin gereist.«

Jeremy lächelte amüsiert über seinen Erfolg. »Es war besser so. Dort wart Ihr sicher. Es war Gwyneth, die Euch vor die Kutsche gestoßen hatte. Sie hat auch die Anschläge auf Richter Trelawney durchgeführt. Sie war nämlich Jeffrey Edwards' Mutter.«

»Sie *war*?«

»Ja, sie ist letzte Woche in Oxford, wohin man die Gerichte der Pest wegen verlegt hat, verurteilt und hingerichtet worden. Sir Orlando führte den Vorsitz und beschrieb mir alles in einem Brief.«

Alan war sichtlich erschüttert. »Wie konnte sie das tun? Wie konnte sie mich kaltblütig umbringen wollen, nachdem wir ...«

»Vergesst sie, Alan. Es gibt jetzt Wichtigeres zu tun. Es tut mir Leid um Euer Haus. Es wird eine Weile dauern, bis es wieder bewohnbar sein wird. Die Zimmer müssen mindestens eine Woche lang ausgeräuchert und alles mit Essig geschrubbt werden. Kleider und Laken werden wir verbrennen müssen.«

»Was ist mit den anderen?«

»Mistress Brewster ist tot. John, Tim und Susan sind geflohen. Ihr müsst Euch einen neuen Gesellen und auch einen neuen Lehrling suchen.«

Es fiel Alan schwer, all diese Neuigkeiten zu verkraften. Schließlich schob Amoret ihn kurzerhand zu einem Stuhl und sagte fürsorglich: »Ihr seid doch bestimmt hungrig nach der langen Reise. Ich werde uns etwas zu essen auftischen lassen. Das wird Euch gut tun.«

Alan begegnete ihrem Blick und nickte dankbar.

»Habt Ihr etwas von Breandán gehört?«, fragte er plötzlich.

»Nein, leider nicht«, antwortete sie mit sichtlichem Bedauern. »Er hat mir versprochen, zu schreiben, aber wegen der Pest verkehrt kein Postboot mehr zwischen England und Frankreich. Ich werde mich wohl noch eine Weile gedulden müssen, bis ich ihn wiedersehe.«

Alan lächelte, als er den sehnsüchtigen Blick ihrer schwarzen Augen auffing. Aber was sind schon ein paar Monate, wenn es um die Liebe geht?, dachte er träumerisch. Ein angenehmes Gefühl der Entspannung überkam ihn. Er war froh, seine Freunde gesund wiederzusehen. Alles andere war nicht mehr wichtig. Bald würde auch die Pest erlöschen und die gegeißelte Stadt zu neuem Leben erwachen.

Nachwort der Autorin

Die Geschichte der Katholiken in England gehört zu den vernachlässigten, dabei aber überaus spannenden Kapiteln der Geschichte. Die Verfolgung Andersgläubiger durch die Inquisition in Ländern wie Spanien oder Frankreich ist den meisten ein Begriff. Der deutsche Leser, der mit der englischen Geschichte vielleicht nicht ganz so vertraut ist, wird wahrscheinlich überrascht sein, zu erfahren, dass es auch in England religiöse Unterdrückung gab. Die Leidtragenden waren hier extreme Protestanten wie Puritaner oder Quäker und Katholiken. Seit der Regierungszeit Elizabeths I. wurden nach und nach immer strengere Gesetze erlassen, die den Katholizismus oder »Papismus«, wie man sagte, im Land ausrotten sollten. Aufgrund ihrer Gehorsamspflicht gegenüber dem Papst, den man als Potentaten eines fernen Landes sah, galten die Katholiken als potentielle Verräter. Dabei hatten Wortführer der katholischen Sache immer wieder beteuert, dass sich ihre Treue gegenüber dem Papst allein auf Glaubensangelegenheiten beschränkte und dass man ihn im Namen des englischen Königs bekämpfen würde, sofern er als weltlicher Fürst eine Invasion Englands plante. Die Angst, die kleine protestantische Insel könnte von den katholischen Mächten des Kontinents (Spanien und später Frankreich unter Ludwig XIV.) überrannt werden, war jedoch zu groß und ließ keinen Platz für religiöse Toleranz. Antikatholizismus entwickelte sich in England aus politischen Motiven zur Tradition. Jegliche Ausübung des katholischen Glaubens stand unter Strafe, der Besuch der Messe ebenso wie der Besitz von religiösen Objekten wie Rosenkränzen oder Kruzifixen. Die gesetzlich verhängten Strafen beinhalteten meist Gefängnis, jedoch in erster Linie hohe Geldstrafen und die Konfiszierung von Gütern. Bald war das Ziel der Verfolgung nicht mehr die Auslöschung des Katholizismus, sondern die finanzielle Ausbeutung einer Minderheit, der nichtsdestotrotz eine Reihe von wohlhabenden Adelsfamilien angehörten. Viele Katholiken hatten, ruiniert von den drückenden Geldstrafen, ihrem Glauben abgeschworen, andere lebten das heimliche Dasein der »Kirchenpapisten«, die sich äußerlich anpassten und taten, was man von ihnen verlangte, im Geiste jedoch ihrem Glauben treu blieben. Ein kleiner Rest schließlich ließ sich durch all die Maßnahmen der Unterdrückung nicht einschüchtern. Ohne die Missionare, die in speziellen Seminaren auf dem Kontinent ausgebildet und dann heimlich ins Land geschmuggelt wurden, hätte der Katholizismus in England jedoch nicht weiterbestehen können. Aus diesem Grund ging der englische Staat mit besonderer Härte gegen die Priester vor. Dem Gesetz nach konnte jeder Engländer, der sich auf dem Kontinent zum Priester weihen ließ und danach auf englischem Boden aufgegriffen wurde, als Hochverräter hingerichtet werden, ohne sich eines Vergehens schuldig gemacht zu haben. So besagten es die Gesetze – in der Theorie. In der Praxis jedoch war das Rechtswesen der damaligen Zeit nicht so starr wie heute, und die Gesetze wurden nicht erlassen, um buchstabengetreu befolgt zu werden. Sie waren biegsame Werkzeuge der Abschreckung, auf die der Staat zurückgreifen konnte, wenn die politischen Umstände es erforderten. Man hütete sich jedoch davor, sie allzu streng durchzusetzen. Die englische Regierung wollte von den anderen Ländern Europas nicht geächtet werden, weil sie Menschen um ihres Glaubens willen hinrichten ließ, wofür man die Inquisition in den katholischen Ländern so gerne anprangerte.

Seit der Thronbesteigung Charles' II. schließlich wurden die Strafgesetze gegen die Katholiken eine Zeit lang überhaupt nicht mehr angewendet, obgleich sie weiterhin in Kraft blieben. Charles hatte während des Bürgerkriegs die Erfahrung gemacht, dass Katholiken sehr wohl treue Untertanen sein konnten, auch wenn sie in spirituellen Fragen die Autorität des Papstes über die des Königs stellten. Es waren Katholiken, die Charles nach der verlorenen Schlacht von Worcester – ungeachtet der damit verbundenen Gefahren – bei sich aufnahmen und ihn vor Cromwells Soldaten versteckten, als so mancher anglikanische Edelmann aus Angst um seinen Besitz dem verfolgten König den Rücken kehrte. Charles hatte diese Loyalität nie vergessen und hätte sie gerne durch eine Abschaffung der Strafgesetze belohnt. Doch er war kein allmächtiger König und konnte sich seinem Parlament gegenüber, das Glaubensfreiheit ablehnte, nicht durchsetzen, ohne seinen Thron in Gefahr zu bringen. Und so konnten sich die katholischen Priester, die zu der Zeit, in der dieser Roman spielt, in England lebten, zwar für den Moment in Sicherheit wiegen, mussten aber jederzeit damit rechnen, dass eine Staatskrise, die die Macht des Königs schwächte, schlagartig alles ändern konnte, wie dies auch einige Jahre später geschah.

Unter den Priestern nahmen die Jesuiten einen besonderen Platz ein. Selbst in katholischen Ländern genossen sie einen schlechten Ruf, galten als machthungrig und verschlagen. Man neidete ihnen den Einfluss, den sie an den Höfen der Fürsten besaßen, und dichtete ihnen die furchtbarsten Verbrechen und geradezu übermenschliche Kräfte an. In England wurden sie so zu einem gefürchteten Schreckgespenst. Sie kamen jedoch nur als Seelsorger nach England. Es war ihnen ebenso wie den Seminaristen untersagt, sich in die Politik einzumischen. Die moderne Forschungsliteratur ist sich darüber einig, dass sich die Priester bis auf wenige Ausnahmen auch an diese Regel hielten.

Die europäische (akademische) Medizin war im 17. Jahrhundert auf dem absoluten Tiefpunkt. Die schlimmsten Folgen hatten die mangelhafte Hygiene von Wundärzten und Hebammen, die oft zu tödlichen Infektionen führte, und die Rosskuren, denen man Gesunde wie Kranke unterzog. Die damalige Medizin stützte sich jahrhundertelang auf das antike Konzept der Viersäftelehre oder Humoralpathologie, das auf Hippokrates und Galen zurückging. Nach dieser Theorie entstand Krankheit durch ein Ungleichgewicht (Dyskrasie) der vier Kardinalsäfte des Körpers: Blut, Schleim, gelbe und schwarze Galle, die wiederum ihre Entsprechung in den vier Elementen Feuer, Wasser, Erde, Luft fanden. Um das Gleichgewicht und damit die Gesundheit wieder herzustellen, musste der überschüssige bzw. durch Gifte verdorbene Saft aus dem Körper abgeleitet werden. Dies geschah durch Aderlass, Abführmittel, Schwitzkuren, Brechmittel oder sogar durch Niesen. Das System entbehrte nicht einer gewissen Logik, weshalb es sich wohl bis ins 19. Jahrhundert hielt. Zum Beispiel glaubte man, dass Schleim im Gehirn gebildet wird und während eines Schnupfens von dort abfließt. Dass die Belastung eines ohnehin geschwächten Patienten durch Blutentzug oder starke Brechmittel für diesen fatal sein konnte, wurde zwar von einzelnen Ärzten und Chirurgen immer wieder warnend betont, an den Universitäten galten die Lehren Galens jedoch als unantastbar. Nur so lässt sich erklären, weshalb selbst ein absoluter Monarch wie Ludwig XIV. es kritiklos zuließ, dass die Ärzte der

Medizinischen Fakultät in Paris nacheinander fast die gesamte königliche Familie auslöschten.

Die Medizin außereuropäischer Länder, vor allem des arabischen und asiatischen Raums, galt als fortschrittlicher, obwohl auch dort seit dem Mittelalter ein Niedergang stattgefunden hatte. Allerdings wurde auf Hygiene größerer Wert gelegt.

Die beiden Infektionskrankheiten, die im Mittelpunkt des Romans stehen, die Pest und das Fleckfieber, waren neben den Pocken die großen Schrecknisse der Zeit. Die Pest, eigentlich eine Krankheit der Nagetiere, war seit dem Mittelalter wegen ihrer hohen Sterblichkeitsrate (50–80%) gefürchtet. Sie trat aber gewöhnlich in Epidemien auf, während das Fleckfieber in den Armenvierteln der Städte ständig präsent war. Die Große Pest von 1665 war der letzte große Ausbruch in England. Die offizielle Statistik für London gibt 70 000 Todesfälle an, die meisten Historiker gehen jedoch eher von 100 000 Opfern aus. (Noch heute kann man die Zeugnisse des großen Sterbens in London mit eigenen Augen besichtigen. Bei vielen Kirchen besteht nach wie vor ein auffälliger Höhenunterschied zwischen Kirchhof und Kirchengebäude, weil die Pesttoten auf den Kirchhöfen so hoch gestapelt und nur mit einer dünnen Schicht Erde bedeckt worden waren.) Die Bevölkerung erholte sich allerdings sehr schnell von dem Verlust, vor allem durch Zuzug vom Land, so dass London in wenigen Jahren wieder seine ursprüngliche Einwohnerzahl erreichte. Als im Winter 1665/66 die Pestfälle zurückgingen, kehrten auch Charles II. und der Hof aus Oxford nach London zurück. Die Ärzte und die Priester der anglikanischen Staatskirche, die vor der Pest aus London geflohen waren und nun zurückkamen, wurden von der Bevölkerung verständlicherweise mit Ablehnung und Spott empfangen. Viele der Chirurgen, Apotheker und Geistlichen der religiösen Minderheiten, die in der Stadt geblieben waren, hatten dagegen ihr Pflichtbewusstsein mit dem Leben bezahlt. Auch der Jesuit Edward Lusher, der im Roman mit Jeremy Blackshaw die Kranken besucht, starb an der Pest, als die Epidemie im September ihren Höhepunkt erreichte. In den folgenden Jahren breitete sich die Seuche noch über andere Städte Englands aus, doch nach 1680 war sie praktisch von der Insel verschwunden. In Europa hielt sie sich länger. Marseille konnte noch in den Jahren 1720 bis 1722 einen verheerenden Ausbruch verzeichnen. Die Forschung ist sich nicht im Klaren darüber, weshalb die Pest aus Europa verschwand. Heute ist sie noch in einigen Ländern Asiens, Afrikas, Südamerikas und in den USA (Kalifornien, Colorado!) heimisch (Hans Schadewaldt [Hg.], *Die Rückkehr der Seuchen. Ist die Medizin machtlos?*, Köln 1994, S. 23 f.).

Ebenso wie die Pest wird auch das Fleckfieber durch den Biss infizierter Rattenflöhe übertragen, in erster Linie jedoch durch das Einkratzen von Läusekot unter die Haut. So tritt diese Krankheit vornehmlich dort auf, wo viele Menschen unter unhygienischen Bedingungen auf beschränktem Raum zusammenleben, wie in Gefängnissen, in Feldlagern und in den Armenvierteln (deshalb auch Hungertyphus oder Lazarettfieber genannt). Einmaliges Überstehen der Krankheit führt zu einer lang anhaltenden Immunität. Die Zustände in den Gefängnissen blieben bis in das 18. Jahrhundert hinein so katastrophal, dass sich in regelmäßigen Abständen Richter, Geschworene und Amtsträger in den Gerichtssälen mit Fleckfieber infizierten und reihenweise daran starben.

Obwohl die Gefahr der Ansteckung bekannt war, gibt es keine Hinweise darauf, dass sich zur damaligen Zeit ein Mörder dieses Wissens bediente, um seine Opfer zu töten. Es existieren jedoch Zeugnisse aus der Zeit der Großen Pest von London, in denen davon die Rede ist, dass Kranke absichtlich Gesunde anhauchten oder mit Eiter aus den Pestbeulen beschmutzte Binden in die Häuser ihrer Nachbarn warfen, um sie anzustecken.

Neben dem Stuartkönig Charles II., dem Lord Chancellor Hyde, dem Herzog von Buckingham und dem französischen Gesandten de Cominges sind auch die erwähnten Richter mit Ausnahme von Sir Orlando Trelawney und Baron Thomas Peckham historische Personen. Lord Chief Justice Sir Robert Foster starb, während er in Westengland die Assisen abhielt; dass er vergiftet wurde, ist jedoch meine Erfindung. Sein Nachfolger Sir Robert Hyde starb tatsächlich in seinem Arbeitszimmer im »Serjeants' Inn« an Apoplexie. Da dieser Begriff damals aber für jede Art von plötzlichem Zusammenbruch verwendet wurde, lässt sich nicht sicher sagen, dass die Ursache seines Todes wirklich ein Schlaganfall war. Im Jahre 1673 während der Prozession der Richter zur Westminster Hall wurde Richter Twisden, einem Augenzeugenbericht zufolge, von seinem Pferd abgeworfen, zog sich dabei allerdings keine größere Verletzung zu. Dieser Vorfall führte dazu, dass die Richter mit der Tradition brachen und sich in der Folgezeit auf den Einsatz ihrer Kutschen beschränkten. Der Ratsherr Sir John Deane und seine Freunde sind fiktiv.

Charles II. war für seine vielen Mätressen berüchtigt. Barbara Palmer, Lady Castlemaine, und Frances Stewart sind authentisch. Ich habe ihm mit Amoret St. Clair eine weitere Mätresse an die Seite gegeben, was er mir aber sicher nicht übel nehmen wird.

Weitere historische Personen sind der Henker Jack Ketch, der Zunftmeister der Barbier-Chirurgen Richard Wiseman, der Jesuit Edward Lusher, der Student George Jeffreys und der Friedensrichter Edmund Berry Godfrey. George Jeffreys machte tatsächlich Karriere. Er stieg in kürzester Zeit zum Lord Chief Justice des Königlichen Gerichtshofs (Lord Chief Justice of the King's Bench) und schließlich unter Charles' Nachfolger James II. zum Lord Chancellor auf. Damit wurde er zum mächtigsten Mann im Staat, sozusagen zum Premierminister.

Jeffreys' Bemühungen um Mary Peckham, die keine historische Person war, sind erfunden. Jeremy Blackshaws Warnung an den Studenten George Jeffreys, besser auf seine Gesundheit zu achten, ist sozusagen ein Vorgriff auf dessen tragisches Ende. Er starb mit nur fünfundvierzig Jahren nach langem qualvollem Siechtum an einem Blasensteinleiden.

Auch Edmund Berry Godfrey ist eine interessante und tragische, historische Person. Seine Beliebtheit, aber auch seine Konsequenz in der Wahrnehmung seiner Pflichten als Friedensrichter sind ebenso überliefert wie seine einsamen nächtlichen Spaziergänge durch Westminster. Bei einer Gelegenheit während der Großen Pest schreckte er nicht davor zurück, ein Pesthaus zu betreten, um einen Verdächtigen zu verhaften, ein anderes Mal setzte er sich erfolgreich bei einem nächtlichen Überfall mit seinem Degen zur Wehr. Godfrey erlangte traurige Berühmtheit durch seinen gewaltsamen Tod fünfzehn Jahre später, der zu den großen ungeklärten Mordfällen der englischen Geschichte gehört (obwohl Selbstmord nicht völlig auszuschließen ist). Sein Tod wurde von politischen Gegnern des Königs, die seinen Bruder James von der Thronfolge ausschließen wollten, während des so genannten *popish plot* (»Papistenverschwörung«) dazu benutzt, eine Reihe unschuldiger Katholiken hinrichten zu lassen, darunter auch fünf Jesuiten. Einer von ihnen wäre womöglich Jeremy Blackshaw gewesen – wenn es ihn wirklich gegeben hätte.

Glossar

Assisen (engl. assizes): Reisegerichte, die von Henry II. im 12. Jahrhundert eingerichtet wurden, um die zuvor unabhängige Jurisdiktion der königlichen Vasallen einzuschränken. England und Wales waren in sechs Bezirke unterteilt, die zweimal im Jahr jeweils von zwei Richtern bereist wurden. Die Assisen waren hauptsächlich für die Verhandlung von Kapitalverbrechen (felonies) zuständig. London und Middlesex waren von diesem System ausgenommen. Dort wurden Kapitalverbrechen im Sitzungshaus am Old Bailey verhandelt.

Common Serjeant: juristischer Berater des Stadtrats, der als Richter im Old Bailey Recht spricht.

Dissenters: Protestanten, die sich weigerten, die Glaubenssätze der anglikanischen Kirche anzuerkennen, z. B. Baptisten, Presbyterianer und Quäker.

Finanzgericht (engl. Court of Exchequer): Gerichtshof des Gemeinen Rechts, der ursprünglich nur mit der Rechtsprechung betreffend der Kroneinkünfte betraut war, später aber auch zivilrechtliche Fälle übernahm. Die Richter führten den Titel Baron.

Friedensrichter (engl. Justice of the Peace): ehrenamtlich arbeitende, vom Lord Chancellor nominierte Laienrichter ohne juristische Ausbildung, die polizeiliche Befugnisse besaßen und in Quartalsgerichten (quarter sessions) kleinere Vergehen verhandelten. Kapitalverbrechen blieben den Assisen vorbehalten. In London hatten die Ratsherren dieses Amt inne.

Gemeines Recht (engl. common law): früheres englisches Gesetzessystem. »Gemein« bedeutet hier allgemein gültiges Recht (im Gegensatz zum regionalen, also nur an einem bestimmten Ort des Landes gültigen Recht). Das Gemeine Recht war ursprünglich ungeschriebenes Volksrecht und hatte sich aus Traditionen und Überlieferungen entwickelt. Seit dem 13. Jahrhundert wurde es durch Statuten (vom Parlament verabschiedete und schriftlich niedergelegte Gesetze) erweitert.

Grand Jury: eine Gruppe von zwölf bis vierundzwanzig Bürgern, die vor dem eigentlichen Prozess aufgrund der von der Anklage vorgelegten Beweise entscheidet, ob ein Fall vor Gericht geht oder nicht. In England wurde die Grand Jury im 20. Jahrhundert abgeschafft, aber in den USA gibt es sie noch.

Hauptzivilgerichtshof (engl. Court of Common Pleas): Gerichtshof des Gemeinen Rechts, der sich vorwiegend mit bürgerlichen Streitfällen, also Zivilrecht, befasste.

Inns of Court: vier Rechtsschulen in London (Inner Temple, Middle Temple, Lincoln's Inn, Gray's Inn), die das alleinige Recht zur Ausbildung von Anwälten (barristers) und Richtern besitzen, da nur dort das Gemeine Recht gelehrt wird. Sie werden von den Benchers, den älteren Mitgliedern, verwaltet (bench = [Richter-]Bank). Der Name des Inner Temple und Middle Temple stammte von den Tempelrittern, die dort im Mittelalter residiert hatten. Nach der Auflösung des Ordens fiel der Besitz an die Johanniter, die einen Teil der Gebäude an Rechtsgelehrte vermieteten.

Ketzer: jemand, der vom »wahren« Glauben abweicht. Katholiken, Protestanten und Orthodoxe bezeichneten sich gegenseitig als Ketzer. Aus der Sicht der katholischen Kirche war jeder, der einen oder mehrere der katholischen Glaubenssätze leugnete, ein Ketzer.

Kirchenpapist (engl. church papist): Bezeichnung für diejenigen, die am anglikanischen Gottesdienst teilnahmen, wie es das Gesetz vorschrieb, in ihrem Innern aber weiterhin dem alten (katholischen) Glauben anhingen.

Königlicher Gerichtshof (engl. Court of King's Bench bzw. Queen's Bench, wenn eine Königin auf dem Thron saß): höchster englischer Gerichtshof des Gemeinen Rechts, der ursprünglich für Kronfälle und hohe Kriminaljustiz zuständig war, später aber auch Fälle von niederen Gerichten übernahm. Er tagte zusammen mit dem Hauptzivilgerichtshof und dem Finanzgericht bis 1882 in der Westminster Hall, dem einzigen erhaltenen Teil des mittelalterlichen Westminster-Palastes, in dem das Parlament zusammentrat. Die drei Gerichtshöfe des Gemeinen Rechts gingen 1875 im High Court of Justice auf.

Konstabler (engl. constable): unbezahlter Ordnungshüter. Jeder Bürger hatte die Pflicht, in dem Bezirk, in dem er wohnte, ein Jahr lang als Konstabler die öffentliche Ordnung aufrechtzuerhalten. Als Zeichen seines Amtes trug er einen langen Stab bei sich.

Lord Chancellor: höchster Kronbeamter, Verwahrer des Großen Staatssiegels und oberster Richter des Königreiches.

Lord Chief Baron: Titel des Vorsitzenden des Finanzgerichts.

Lord Chief Justice: Titel des Vorsitzenden des Königlichen Gerichtshofs sowie des Hauptzivilgerichtshofs.

Lord Mayor: Oberbürgermeister der Stadt London seit 1189. Er besaß formal das Recht, im Old Bailey den Vorsitz zu führen. Auch wenn der Lord Mayor dieses Privileg nicht mehr wahrnimmt, bleibt doch bis heute sein Sitz unter dem Schwert der Stadt im Gerichtssaal 1 des Old Bailey frei. Der vorsitzende Richter nimmt den Platz zu seiner Rechten ein.

Offizin (lat. officina): die Werkstatt eines Chirurgen oder eines Apothekers.

Old Bailey: Im Jahre 1539 wurde das erste Sitzungshaus am Old Bailey gebaut (bailey = Außenmauer einer Festung). Dies war der Name einer Gasse, die an der ehemaligen Stadtmauer entlangführte. Die Bezeichnung ging bald auf das Gerichtsgebäude über. Der heutige Old Bailey (eigentlich Central Criminal Court) stammt aus dem Jahr 1907 und steht an der Stelle des Newgate-Gefängnisses.

Pulververschwörung (engl. Gunpowder Plot): Verschwörung einer Gruppe von Katholiken im Jahre 1605 mit dem Ziel, den protestantischen König James I. mitsamt dem Parlament in die Luft zu sprengen. Der Plan wurde vorzeitig verraten, die Verschwörer wurden hingerichtet, darunter auch der Superior der englischen Jesuiten Pater Henry Garnett, der von dem Komplott unter dem Siegel des Beichtgeheimnisses erfuhr und die Regierung deshalb nicht informieren konnte. Einige Historiker sind der Ansicht, dass die Verschwörer von dem Staatsmann Sir Robert Cecil in eine Falle gelockt worden waren. Die Verschwörung sollte demonstrieren, dass die Katholiken eine Gefahr für das Land darstellten, und diente im Folgenden als Rechtfertigung für eine Verschärfung der Strafgesetze gegen sie.

Recorder von London: Stadtrichter und oberster juristischer Beamter Londons, der bei der Wahl und Vereidigung des Lord Mayor eine bedeutende zeremonielle Rolle spielt.

Sheriff: im Mittelalter mit bedeutenden Machtbefugnissen ausgestatteter hoher königlicher Beamter einer Grafschaft. Im 17. Jahrhundert besaß der Sheriff in erster Linie zeremonielle Pflichten. Es gab zwei Sheriffs für London, die für die Verwahrung von Gefangenen und für die Auswahl der Geschworenen bei Gerichtssitzungen zuständig waren.

Vorrecht des Klerus (engl. benefit of clergy): Seit dem 12. Jahrhundert konnte der Klerus in England das Privileg in Anspruch nehmen, einem kirchlichen Gericht überstellt zu werden und so eine Strafe der weltlichen Gerichtsbarkeit zu vermeiden. Da zu dieser Zeit meist nur Geistliche lesen konnten, galt ein Lesetest vor Gericht als ausreichender Beweis, dass ein Verurteilter dem Klerus angehörte. Später, als immer mehr Verbrechen die Todesstrafe nach sich zogen, nutzten die Gerichte das Vorrecht des Klerus, um Ersttätern eine zweite Chance zu geben, auch wenn diese keine Kleriker waren. Der Lesetest wurde zur Farce. Frauen konnten sich seit 1623 auf das Privileg berufen, ohne dass ein Lesetest verlangt wurde. Erst als die Deportation nach Amerika eine Alternative zur Todesstrafe bot, handhabte man den Lesetest wieder strenger. Ende des 17. Jahrhunderts wurden immer mehr Verbrechen vom Vorrecht des Klerus ausgenommen. 1706 wurde der Lesetest und 1827 schließlich auch das Vorrecht des Klerus abgeschafft.

Literaturauswahl

Baker, J. H., *An Introduction to English Legal History*, London 1971

Barthel, M., *Die Jesuiten. Legende und Wahrheit der Gesellschaft Jesu. Gestern – Heute – Morgen*, Düsseldorf/Wien 1982

Brooke, I., *English Costume of the Seventeenth Century*, 2. Auflage, London 1950

Cobbett, W. (Hg.), *State Trials. A Complete Collection,* London 1809

Defoe, D., *Die Pest zu London*, Frankfurt am Main/Berlin 1996

Fraser, A., *King Charles II*, London 1979

Gerard, J., *Meine geheime Mission als Jesuit*, Luzern 1954

Griffith, A., *The Chronicles of Newgate*, London 1884

Haan, H.; Niedhart, G., *Geschichte Englands vom 16. bis zum 18. Jahrhundert*, München 1993

Herber, M., *Legal London. A Pictorial History*, Chichester 1999

Jütte, R., *Ärzte, Heiler und Patienten. Medizinischer Alltag in der frühen Neuzeit*, München 1991

Keim, C. (Hg.), *Eine Zeit großer Traurigkeit. Die Pest und ihre Auswirkungen*, Marburg 1987

Miller, J., *Popery and Politics in England 1660–1688*, Cambridge 1973

Mörgeli, C., *Die Werkstatt des Chirurgen. Zur Geschichte des Operationssaals*, Basel 1999

Ogg, D., *England in the Reign of Charles II*, 2 Bände, Oxford 1934

Pepys, S., *Tagebuch*, hg. v. H. Winter, Stuttgart 1980

Rüster, D., *Der Chirurg. Ein Beruf zwischen Ruhm und Vergessen*, Leipzig 1993

Werfring, J., *Der Ursprung der Pestilenz. Zur Ätiologie der Pest im loimographischen Diskurs der frühen Neuzeit*, Wien 1998

Widmann, M.; Mörgeli, C., *Bader und Wundarzt. Medizinisches Handwerk in vergangenen Tagen*, Zürich 1998

Wilson, D., *All the King's Women. Love, Sex and Politics in the Life of Charles II*, London 2003